JUAN SASTURAIN

Le dernier Hammett

Traduit de l'espagnol (Argentine)
par Sébastien Rutés

nrf

GALLIMARD

Ouvrage publié dans le cadre du programme d'aide
à la traduction « Sur » du Ministère des Affaires étrangères et
du Culte de la République argentine.

*Obra editada en el marco del Programa « Sur » de Apoyo
a las Traducciones del Ministerio de Relaciones Exteriaras y Culto
de la República Argentina.*

Programa **Sur**

Titre original :
EL ULTIMO HAMMETT

Pour les pages de garde :
Photo © Roy Scott / Ikon Images / akg-images (detail).

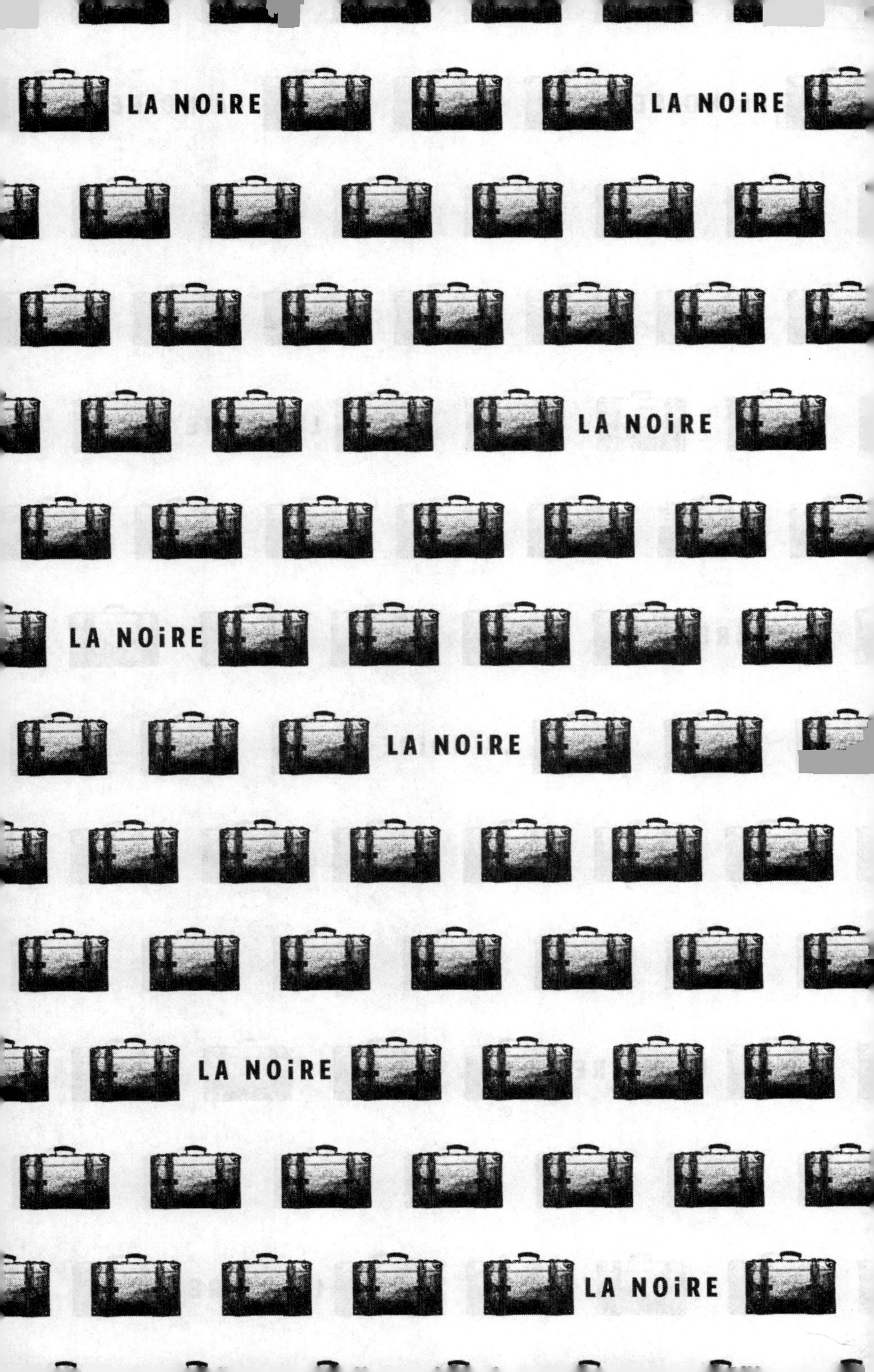
LA NOiRE
LA NOiRE
LA NOiRE
LA NOiRE
LA NOiRE
LA NOiRE
LA NOiRE

LA NOiRE

LA NOiRE
LA NOiRE
LA NOiRE
LA NOiRE
LA NOiRE
LA NOiRE

Juan Sasturain, écrivain et intellectuel de premier plan en Argentine, est le nouveau directeur de la Biblioteca Nacional de la República Argentina (comme Jorge Luis Borges auparavant). Scénariste pour la bande dessinée aux côtés d'Alberto Breccia et journaliste, trois de ses romans ont été publiés en Série Noire dans les années 1990.

El Ultimo Hammett est paru en 2018 en Argentine et a obtenu le prix Hammett en juillet 2019.

À l'hypothétique lecteur

Avant d'entreprendre la lecture, quelques éclaircissements préalables. Premièrement, ce récit n'est pas une biographie mais un roman, une histoire inventée qui prend appui aussi impunément que librement sur des textes, des évènements, des lieux, des circonstances et des personnes réelles, mais seulement dans le but d'élaborer sur cette base d'invérifiables péripéties. Ainsi, bien qu'aspirant à la vraisemblance, ce roman n'a pas la moindre prétention à la véracité, et les personnages qui portent le nom de personnes en chair et en os – ce qui vaut pour Dashiell Hammett lui-même, Lillian Hellman, Nell Martin, Roald Dahl, Pat Neal, E. E. Cummings, Bertolt Brecht ou José María Gatica – ne sont pas moins imaginaires que ceux qui le sont vraiment, c'est-à-dire rien d'autre que des êtres de pure fiction ; par conséquent, inutile d'attribuer aux vrais personnages historiques la moindre des actions ou des paroles qu'on lira ici.

En second lieu – le premier par ordre d'importance –, il faut avouer avec orgueil, sans aucune pudeur et sans rien demander à personne, que la laborieuse rédaction de ce roman trouve son origine dans la transcription sauvage, le développement, la manipulation, la citation, la distorsion et l'appropriation décomplexée de deux merveilleux textes de Dashiell Hammett : le roman inachevé Tulip *– soixante pages publiées seulement après sa mort et fidèlement* *traduites par Ana Goldar pour l'édition Bruguera dont je me suis servi – et l'emblématique septième chapitre du* Faucon maltais, *« Un G dans les airs », dont les versions en espagnol sont nombreuses. Que ce soit pour le lecteur un défi et une invitation à consulter ces sources d'inspiration explicites : sans ces deux textes, voire sans leur tonalité « traduite », non seulement* Le dernier Hammett *n'existerait pas mais ce récit en lui-même perdrait tout son sens. Il y a dans tout écrivain un lecteur enamouré. Et ce roman est une manifestation d'amour, à Hammett et à la littérature.*

Allons plus loin : même si le début de l'histoire suit insidieusement et presque irrespectueusement le texte de Tulip *– en se permettant d'infinies libertés salutaires que le grand maigre aurait sans nul doute déplorées –, ce roman ne se veut pas un sous-Hammett opportuniste, comme l'est, j'en ai peur, le roman de Robert Parker,* Marlowe emménage, *qui prolonge l'agonie de Marlowe au-delà du point où l'avait abandonné un Chandler lassé. Ce n'est pas non plus une glose, un hommage ou un simple tribut.* Le dernier Hammett *est autre chose, une chose tout aussi imparfaite dans son genre. C'est une somme, par la simple accumulation d'évènements et de coups de théâtre qui se répètent encore et encore – des textes qu'on lit et relit, des moribonds qui se confessent, des objets qui disparaissent sans arrêt – et de bouts de récits étrangers à la trame principale qui s'y incrustent plus ou moins bien sertis, et qui font que l'histoire avance tout en revenant constamment sur elle-même. Malgré ces antécédents équivoques, il me semble que* Le dernier Hammett *appartient – principalement dans l'acte répété de réappropriation subjective des textes – à une riche tradition dont on peut remonter le fil dans la littérature argentine, de laquelle il relève indubitablement. Et si le récit, au-delà de toute paternité et de toute imposture, ne tient pas debout, que j'en sois comptable aux lecteurs de ce cher vieux Dash inoxydable, mais pas à ses épigones sans doute jaloux.*

La dernière explication, mise en garde ou promesse, concerne ce texte dans sa matérialité : un manuscrit qui s'intitula un temps The Last Dash *et dont les aléas d'écriture et les péripéties postérieures – pendant plus de trente ans – mériteraient une chronique future non moins romanesque que ce récit.*

Mais cela est une autre histoire. À venir.*

J. S.

Buenos Aires, avril 2017

* Dans le court roman *Pirse, el improbable*, publié trois ans après *Le dernier Hammett*, Juan Sasturain raconte sous forme de fiction les avatars de la rédaction de ce texte.

À la toute fin : les funérailles

En ce froid matin de janvier 1961, sans micro et sous un soleil désenchanté incapable de réchauffer les étroits vitraux qui lui permettaient tout juste de lire sans lunettes, la femme en robe couleur cigare et chapeau dans le ton commença à parler d'une voix basse mais claire et ferme :

« Il y a quelques semaines, une nuit où il n'allait pas bien du tout, je lui ai dit : *Dash, tu es un homme courageux.* »

À cet instant, elle s'interrompit brièvement, comme frappée par la conscience de l'enceinte dans laquelle elle prononçait péniblement ces mots, l'espace clos, les visages graves, peut-être aussi les quelques mètres d'air paisible et froid qui pesaient depuis la coupole de la chapelle sur son estrade de bois, près du cercueil ouvert.

« Je ne lui avais jamais rien dit de pareil auparavant, et alors lui, les yeux à peine ouverts, dans cet état de semi-conscience propre à la maladie, a légèrement souri et dit, avec son ironie habituelle : "Garde ce genre de mots pour la fin." »

Cette femme, Lillian Hellman – qui d'autre sinon l'inconditionnelle compagne du défunt ? –, se permit une pause sans quitter des yeux les papiers qu'elle tenait dans sa main droite gantée. Elle s'éclaircit la voix, peut-être sans nécessité, ce qui fit se mouvoir imperceptiblement la plus longue plume de son chapeau démesuré.

« La fin est arrivée, et je sais parfaitement que lui, dit-elle en désignant imperceptiblement l'homme étendu près d'elle, inerte à jamais dans son cercueil obscur, aurait préféré qu'on ne dise rien du tout. C'est pourquoi je porte l'entière responsabilité de ces petites funérailles, de ce petit hommage. »

Aucun des présents n'en aurait douté. Si l'un d'entre eux avait pu s'approcher suffisamment de celle qui serait la seule et unique à prendre la parole, il aurait remarqué qu'un infime frisson parcourait en ce moment même le cou imperceptiblement perlé de Lillian. Sa peau blanche striée de très fines rides trembla un instant jusqu'à la limite du maquillage quasiment invisible qui atténuait les cernes et le contraste avec ses lèvres incandescentes ; le duvet presque indiscernable de ses avant-bras se hérissa. Juste avant de monter sur l'estrade, à demi suffoquée par la tension, elle avait retiré ses lunettes et son manteau noir, et les avait laissés là-bas, sur un des bancs du premier rang, sous la garde de la fidèle et vigilante Selma. Et maintenant, comme tous ceux qui étaient réunis dans la chapelle à peu près bondée de la 82ᵉ Rue, voire peut-être un peu plus que les autres, elle avait froid.

« Hammett était un homme qui respectait le sens des mots qu'il utilisait dans ses livres, mais qui s'en est toujours méfié dans la vie de tous les jours : il trouvait qu'ils nous évitent trop souvent de penser, et surtout qu'ils ont trop tendance à se substituer à l'action. Or Dash croyait profondément en la pensée et en l'action. Il avait le plus grand respect pour le savoir et la connaissance, plus que la plupart des gens que j'ai connus. Il lisait énormément, jusqu'à cinq ou six livres par semaine, en plus de tout ce qu'il avait à portée de la main. À une époque, les mathématiques étaient son obsession, alors il accumulait les manuels. Après, ce furent les échecs, et il a appris tout seul, en mémorisant les problèmes, en se répétant à voix basse le déroulement des parties, dans son coin... Une année, il s'est intéressé au fonctionnement de la rétine, et une autre, il est allé jusqu'à s'acheter un de ces appareils pour les sourds et se promenait dans les bois en essayant d'entendre le plus clairement possible les bruits des animaux, le chant des oiseaux, grâce à cet engin. En réalité, il lisait n'importe quel livre qui lui tombait entre les mains : de la poésie, des romans, de la science, de la philosophie. Il croyait en la rédemption par le savoir et l'intelligence, et a tout fait pour l'atteindre. »

Hellman l'affirmait avec une autorité sereine, elle apportait des détails en sa qualité de témoin privilégié, mais impossible de savoir vraiment en quoi croyait ou avait cru l'homme grand et maigre, au nez aquilin et aux cheveux blancs presque ras, toujours élégant même à présent, étendu voire détendu dans cette boîte trop grande pour lui, vêtu de cette tenue de soirée qu'il n'avait portée qu'en une seule occasion, l'année précédente, pour son ultime sortie publique, la première de *Toys in the Attic*, une pièce de Lillian elle-même.

« Je me suis souvent demandé, au cours des trente dernières années, poursuivait-elle sur un ton un peu plus familier, pourquoi j'étais persuadée que Hammett était un grand homme. S'il l'est ou s'il l'a été, se corrigea-t-elle incidemment, c'est probablement parce que la Nature produit des associations aussi curieuses qu'intéressantes. C'était son cas. Par exemple : il ne pensait pas toujours du bien des gens et pourtant je n'ai connu personne capable, comme lui, de donner tout ce qu'il avait à quelqu'un dans le besoin, ou même simplement à quelqu'un qui avait vraiment envie de quelque chose ; personne non plus, comme lui, pour accepter tous et toutes avec tolérance. »

Ce n'était peut-être pas une affirmation que beaucoup pouvaient corroborer dans l'assistance. De toute façon, les quelques autres personnes qui avaient compté dans la vie de Hammett n'était pas présentes pour contredire Lillian le cas échéant. Ni ses deux filles avec leur mari et ses petits-enfants, ni Jose, la seule avec laquelle il s'était marié un jour, n'étaient parvenus à traverser au pied levé le pays d'ouest en est en cette première semaine d'un mois de janvier glacial et impitoyable à New York, pour assister à la veillée funèbre dans cette chapelle de la 82e Rue, à deux pâtés de maisons à peine de l'appartement où l'écrivain avait vécu quasiment en ermite ses dernières années, depuis que la maladie l'avait forcé à quitter son bungalow de Katonah. Et pourtant, l'assistance était nombreuse.

« Comme nous le savons tous, supposa Hellman avec raison, Hammett ne pensait pas beaucoup de bien de la société dans laquelle il vivait ; mais il ne s'est jamais plaint, pas même quand cette société l'a puni, et il n'a pas craint non plus le prix à payer. La veille de son incarcération, il m'a dit que peu importait qu'on puisse le croire à court d'arguments politiques pour défendre sa position. Il était arrivé depuis longtemps, m'a-t-il dit, à la conclusion qu'un homme se doit simplement de tenir parole. »

Parmi les proches de l'oratrice et les fréquentations sporadiques de Hammett ces dernières années, personne ne broncha. Sans doute l'un ou l'autre des individus circonspects vêtus de manteaux prêt-à-porter sombres qui étaient disséminés aux derniers rangs avait-il acquiescé ou baissé imperceptiblement les yeux sur le chapeau qu'il tenait dans ses froides mains gantées. Cependant, aucun ne rechercha de quelconque marque de complicité autour de lui. Ils avaient tous l'air d'hommes habitués à se taire. Peut-être y avait-il parmi eux un ancien élève des ateliers d'écriture de Hammett à la Jefferson School, ou alors un improbable camarade du temps de l'armée, un vétéran de la dernière guerre, voire - personne ne le saura jamais - un bénéficiaire secret et plus ou moins honteux de cet orgueilleux respect de la parole donnée que professait Hammett. Car, parmi le peu de choses que le grand maigre emportait avec lui dans la tombe, il y avait ces noms qu'il avait refusé de révéler à quiconque.

« Le soir où Dash est sorti de prison, ça n'allait pas, il ne se sentait pas bien ; et il m'a fallu des années pour comprendre ce qui s'était passé dans le Kentucky : avant de prendre l'avion pour New York, il était tombé sur un distillateur d'alcool clandestin qu'il avait connu en prison et qui en était réduit à mendier dans la rue avec sa femme parce qu'il ne trouvait pas de travail. Dash lui a donné tout l'argent qu'il avait sur lui et, en arrivant à New York, il était dans un sale état : il avait le ventre vide, vu qu'il n'avait rien gardé pour s'acheter à manger. Beaucoup de gens feraient la même chose, mais je suis sûre que la plupart s'en vanteraient. »

Lillian leva les yeux pour chercher l'approbation tacite qu'elle supposait. Tout près, au premier rang, se trouvait Reba, la sœur de Dash, avec son mari, mais elle avait l'air ailleurs. Il y avait des gens debout sur les côtés. Des retardataires continuaient même d'arriver. Un grand jeune homme blond en veston vert, avec des lunettes aux épaisses montures noires, s'avança dans l'allée latérale et s'appuya sans façon à l'une des colonnes du mur, sous le vitrail de saint Georges et le dragon, avant de se mettre à scruter l'assistance comme s'il cherchait quelqu'un en particulier.

« Dash écrivait sur la violence mais il la méprisait, c'est aussi pourquoi il détestait les actes héroïques. Et pourtant il s'est porté volontaire pendant la Seconde Guerre mondiale, à quarante-huit ans, parce qu'il était patriote, engagé pour les États-Unis. Mais il ne s'en vantait pas. Il a été dans trois camps d'entraînement avec des garçons assez jeunes pour être ses petits-enfants, et il m'a raconté par la suite que sa grande contribution à la Seconde Guerre aura été de s'asseoir avec les jeunes recrues aux îles Aléoutiennes pour leur expliquer que perdre ses cheveux ou avoir des problèmes de dents ne faisait pas nécessairement fuir les femmes. »

Ce commentaire détendit légèrement l'atmosphère, il y eut même quelques sourires approbateurs. La belle Pat Neal serra la main maigre de son mari en quête d'une certaine complicité. Lillian profita de cette très courte pause pour se moucher et le jeune homme en veston vert sembla finalement repérer celle qu'il cherchait : une femme noire avec un béret et un manteau en laine assise sur une chaise rajoutée à l'avant-dernier rang, de l'autre côté de la chapelle. Penchée en avant, elle regardait ses mains croisées sur ses genoux, une posture que le jeune homme crut reconnaître.

« Hammett était un homme joyeux, drôle, ingénieux. Pendant une grande partie de sa vie, il aura été prêt à tout, à vivre l'aventure, et il a pris du plaisir, beaucoup et toujours, tant qu'il a pu. Il a beaucoup étudié et agi en accord avec ce qu'il avait appris. Il croyait que l'homme a droit à la dignité, et, de toute sa vie, n'a jamais joué à d'autres jeux que ceux auxquels il pouvait jouer selon ses propres règles : il n'a jamais menti, il n'a jamais fait semblant, ne s'est jamais compromis. "Prêts à tout pour un dollar", voilà ce qu'il disait ironiquement de ceux qui s'y rabaissaient. En trente ans, je ne l'ai pas entendu mentir une seule fois, et ça m'énervait souvent, peut-être parce que j'aurais aimé avoir le courage d'en faire autant. Il voyait clair dans les mensonges des autres, mais il les excusait avec une sorte de dédain tolérant. Dash était un homme d'honneur, simple et courageux. »

Lillian abaissa les papiers qu'elle lisait et les plia en deux. Avec l'index de sa main libre, elle toucha le coin de son œil gauche et conclut son homélie par deux phrases qui n'étaient improvisées qu'en apparence, mais qui n'en parurent pas moins sincères et convaincantes.

« Loués soient ceux qui laissent derrière eux une œuvre importante et une vie aussi pleine de dignité et de respect pour les autres, voilà mon souhait. Puissent tous ceux qui sont aujourd'hui dans ce lieu saint avoir assez d'égards pour bénir un homme bon – et elle tourna son regard vers le cercueil – en son dernier jour sur la Terre. »

À ces paroles, un orgue se mit à résonner avec ferveur quelque part dans la chapelle, une succession de longs accords par-dessus le léger brouhaha général des corps qui se levaient et se déplaçaient, le martèlement des pas, le frottement des semelles sur le sol rugueux. En descendant de l'estrade, Lillian parut soudain plus petite, peut-être parce que certains des amis du premier rang s'étaient levés et l'avaient cachée à la vue des autres en s'approchant d'elle.

Il y en eut qui se mirent en rangs dans l'allée centrale pour jeter un dernier regard au grand maigre avant la fermeture du noir cercueil, de chaque côté duquel d'autres se disposèrent discrètement, à côté des poignées. Le corbillard attendait à la sortie pour conduire le corps à la Pennsylvania Station, d'où il poursuivrait son voyage en train jusqu'au cimetière d'Arlington, sa destination finale. Malgré tout, tout rebelle qu'il était, le citoyen Samuel Dashiell Hammett, extrémiste notoire, jugé et condamné quelques années plus tôt pour ses *activités antiaméricaines*, n'en était pas moins un indéniable patriote, vétéran des deux guerres – ainsi que Lillian l'avait fait remarquer avec une précision pleine d'ironie –, et en tant que tel, non seulement il avait le droit de reposer au cimetière militaire, mais il en avait de plus formulé le vœu explicite.

Tandis que les gens se dirigeaient vers la sortie, le jeune homme en veston vert hésita un instant à s'approcher de Lillian pour se faire connaître. Il fit même quelques pas dans sa direction mais tant d'amis l'entouraient qu'il préféra aller à la recherche de la femme qui - il s'en rendit compte en tournant la tête - ne s'était pas non plus approchée pour saluer, et qu'il avait momentanément perdue de vue. Il quitta la chapelle, traversa d'un pas rapide l'étroite pelouse pour constater qu'elle ne se trouvait dans aucun des groupes qui s'étaient formés, et ce n'est qu'en arrivant au trottoir qu'il finit par la repérer au bout de la rue, au passage piétons, seule, attendant le feu vert pour traverser.

Il remonta le col en cuir de son veston, la rejoignit et se plaça juste derrière elle, tout près, sans qu'elle s'en aperçoive. Quelques mèches de cheveux gris dépassaient du béret de laine et il remarqua qu'elle portait maintenant des lunettes. Le sac à main en cuir et poignées en écaille qui pendait à son coude, tout contre ce corps un peu plus rond que jadis, n'avait pas changé.

Au moment où le feu passa au vert, il inclina sa tête blonde vers la femme et dit :

« Linda. »

Elle se retourna à peine, fronça les sourcils en le regardant du coin de l'œil et commença à traverser.

« Je suis Tony, Linda », insista le jeune homme.

Elle fit quelques pas avant de se retourner encore, sans s'arrêter :

« Tony ? »

Elle l'observa par-dessus ses lunettes.

« Tony Irongate, confirma-t-il en la regardant droit dans les yeux.

— Oh... C'est pas possible ! »

La femme resta pétrifiée au beau milieu de la rue. Il l'attrapa par le bras et la traîna presque sans toucher terre sur les quelques mètres qui les séparaient du trottoir opposé.

Ils tombèrent dans les bras l'un de l'autre. Puis se séparèrent. Puis se prirent dans les bras de nouveau. Elle le regardait en caressant son visage de sa main gantée.

« Tu as tellement grandi...

— Ça fait huit ans... J'en ai vingt-deux, Linda.

— La dernière fois... C'était à l'hôpital.

— Quand mon père y était, son deuxième séjour », confirma-t-il.

Elle secoua la tête comme si ce souvenir l'accablait.

« Et tes sœurs ? demanda-t-elle soudain, l'air plus enjoué.

— Elles vont bien, très bien. C'est une longue histoire... »

Cette fois, c'est le jeune homme qui se sentit gêné d'avoir à demander :

« Et Donald ? »

Linda fronça les sourcils et hocha la tête :

« Une longue histoire aussi...

— Tu es fâchée contre moi ? »

Elle fit non de la tête sans le quitter des yeux. Elle soupira.

À cet instant, le corbillard qui transportait Dashiell Hammett s'avança avec une lenteur infinie jusqu'à leur coin de rue et stoppa. Tous deux le regardèrent.

« Je n'ai pas voulu m'approcher du cercueil, dit-elle. Je préfère me souvenir de lui tel qu'il était.

— Moi aussi. »

Ils restèrent un moment silencieux. Le véhicule démarra, une demi-douzaine de voitures noires derrière lui, en une discrète procession païenne.

Après le départ du convoi, le jeune homme reprit familièrement le bras de la femme et l'entraîna sans effort jusqu'à la porte vitrée de la cafétéria du coin.

« Il fait trop froid pour discuter dehors, entrons. »

Elle hésita, consulta sa petite montre.

« J'ai rendez-vous dans une demi-heure à quelques rues d'ici.

— Je n'ai pas beaucoup de temps non plus, dit-il, avant d'ajouter, soudain jovial : Je te dois quelques milliers de petits déjeuners, Linda. Tu me laisses t'inviter, pour une fois ? »

1

Tulip & Chimney

Dashiell Hammett était assis, seul, dans la fosse ouverte par les racines d'un vieil épicéa bleu que le vent et la foudre avaient abattu une nuit de violent orage, quelques jours plus tôt. Ce n'était pas la raison pour laquelle il se trouvait là, mais quand même. Immobile et silencieux dans les bois baignés par le soleil d'après-midi, à l'affût sur la terre retournée, le grand maigre aux cheveux blancs et au regard toujours aussi pénétrant observait un renard roux. Abrité par un buisson de mûres rabougri, l'animal avait l'air de se demander d'où provenait l'odeur de mouffette qui traversait la clairière, portée par une brise qui, quelques instants auparavant, lui avait aussi permis de percevoir les faibles couinements d'un mulot. Le renard tourna la tête, se retourna ensuite pour observer le chemin par où il était arrivé, et détala soudain; il disparut avec cette allure typique des renards, cette impeccable souplesse qui fait que leurs mouvements rapides ne paraissent pas précipités.

Hammett se dit que les chiens de la maison ne devaient pas être loin. Ces chiens, du moins ceux qui restaient, faisaient généralement beaucoup de bruit en pénétrant dans les bois et, à cette époque – un moment de sa vie où il passait de longues heures dans la forêt à l'affût des animaux sauvages quand il n'était pas devant sa Remington –, le grand maigre était arrivé à la conclusion que les renards accueillent avec la même prudence dédaigneuse la présence des hommes et celle des chiens. Néanmoins, à cet instant précis, il entendit des pas. Quelqu'un approchait.

Ce pouvait être n'importe qui, mais il ne se serait jamais attendu à ce quelqu'un-là : Tulip – l'homme que, depuis plus de vingt ans, Hammett avait pris l'habitude d'appeler Tulip – écarta quelques branches à moins de quatre mètres de l'endroit où s'était tenu le renard et pénétra dans la clairière.

« Salut, Chimney », dit-il en souriant de toute la surface de son large visage.

Hammett, soudain tendu, ne répondit pas. Il n'y avait que Tulip pour l'appeler comme ça : Chimney. Le visiteur fit quelques pas pour l'observer de près :

« T'es plus sac d'os que jamais; mais ils n'arriveront pas à avoir ta peau, pas vrai ?

— Comment tu as fait pour me retrouver ? »

Tulip pointa son énorme pouce derrière lui.

« Dans la maison, ils m'ont dit que tu serais certainement par ici, mais si t'es en train de te cacher, je peux leur dire que je ne t'ai pas trouvé…

— Je ne me cache pas. Comment tu es arrivé à Katonah, je veux dire. »

L'homme que Hammett surnommait Tulip ouvrit les bras, comme pour s'excuser :

« Tu fais encore la une des journaux, mon vieux Chim. »

Hammett ne dit rien mais il imagina que c'était encore pour des raisons politiques. Comme tout ce qui avait à voir avec le sénateur McCarthy et les siens, son affaire avait fait les choux gras de la presse.

« Au pilori une fois de plus », dit l'autre comme s'il lisait dans ses pensées.

Le grand maigre l'arrêta d'un geste. Il n'avait aucune intention d'aborder ce sujet.

« Et toi, d'où tu sors ? demanda-t-il sèchement.

— Moi, je suis toujours en mouvement, je vais, je viens depuis un bout de temps, expliqua Tulip, volontairement imprécis. À New York, j'ai appris que tu n'habitais plus au même endroit qu'avant...

— Ne me dis pas que tu as posé des questions sur moi ?

— Je suis discret, Chim. Sans compter que, aussi longtemps qu'on ne m'en chassera pas, j'appartiens encore à l'armée des États-Unis, j'ai un réseau bien huilé. Pas besoin de sonner à toutes les portes pour retrouver la trace de quelqu'un. »

Le grand maigre, sans lever les yeux, fit une moue de dépit.

Tulip eut l'air de comprendre le message ; il regarda le fusil que tenait Hammett et s'y prit autrement :

« C'est pour faire quoi, ça ? On est en mars, le premier samedi du printemps, la chasse est fermée.

— Il reste des chevreuils et des cerfs. »

Tulip haussa ses larges épaules :

« L'homme qui tue ce qu'il ne va pas manger n'est qu'un imbécile. Je crois te l'avoir entendu dire. »

Hammett soupira.

« Tu dois aussi te souvenir que c'était une phrase de mon grand-père Hammett.

— Pas de ta mère ?

— Elle, elle disait autre chose. »

Tulip sourit légèrement, on aurait dit qu'il se rappelait ces choses que la mère de Hammett disait, à en croire son fils. Il leva soudain la tête et parla le regard par-dessus la cime des arbres, comme s'il y déchiffrait difficilement une inscription :

« Comment c'était, la prison ?

— C'est une question sérieuse ? »

Tulip sourit.

« Bien sûr ; j'y suis jamais allé, dans celles-là. Seulement dans des prisons d'État ou des cellules de village. C'est comment, la prison fédérale ?

— Une saloperie, évidemment. Quelle que soit la prison, t'es toujours au trou.

— M'en parle pas ! Je t'ai déjà raconté la fois où… ? »

Hammett l'interrompit :

« Pour l'amour de Dieu, ne commence pas…

— D'accord, accepta l'autre avec bonne humeur. Rappelle-moi de t'en parler à un autre moment. Et tu en profiteras pour me raconter, toi aussi. »

La lourde main de l'homme surnommé Tulip fit pression un instant sur l'épaule de Hammett.

« Six mois ? »

Le grand maigre acquiesça sans le regarder et se baissa pour récupérer le tabouret pliant sur lequel il était assis dans ce trou encore humide et fraîchement retourné : deux rectangles de métal qui se fermaient en croix, avec un siège vert foncé et des poches à fermeture éclair dessous.

« Tu sors ça d'où ?

— Je l'ai acheté à Gokey, pas cher.

— À Gokey, quand on y était ? Et ce truc vert et marron sur les côtés ?

— C'est moi qui l'ai rajouté. C'est du scotch pour qu'on ne voie pas le métal briller dans la forêt. »

Le nouveau venu approuva.

« Tu prends bien soin de toi, Chim... J'imagine qu'un homme de ton âge qui chasse les petites bêtes dans la forêt comme un vieux trappeur n'a plus envie de s'asseoir par terre pour se mouiller les fesses.

— T'as largement dépassé la cinquantaine, toi aussi, dit Hammett.

— Mais t'es beaucoup plus vieux que moi.

— Pas tellement, j'aurai cinquante-neuf cette année.

— C'est exactement ce que je voulais dire, Chim. Il faut que tu commences à faire attention à toi, alors pourquoi ne pas commencer par le cul ?

— Le conseil n'est pas mauvais, dit Hammett en souriant presque malgré lui.

— C'est parce que je t'aime bien, Chim. Tu le sais. »

L'homme surnommé Tulip resta debout au bord du trou pendant que Hammett récupérait un bocal suspendu à la branche d'un jeune érable et revenait en fermant le couvercle.

« Et ça, c'est quoi ?

— Des morceaux de chiffon imbibés d'extrait de mouffette, expliqua le grand maigre en repartant. L'odeur est censée être plus forte que celle de l'homme, alors les chevreuils n'ont pas peur et s'approchent plus facilement. J'étais en train de tester avec un renard.

— Tu peux continuer, je ne voulais pas t'interrompre.

— Non, allons-y ; c'en est fini de ma tranquillité.

— Des fois, t'es un vrai gosse, dit l'autre en le suivant dans la clairière.

— Qu'est-ce que je devrais dire… »

Ils revinrent par le chemin qui descendait du bois, passèrent près d'un bungalow en rondins et marchèrent en silence entre les arbres, à travers le jardin rocailleux qui entourait le bâtiment principal.

« Pas mal, cette maison, hein ? dit Tulip.

— Elle est solide. »

C'était une construction en pierre et bois, peinte en blanc, à deux étages, avec un toit gris en ardoise et une vaste véranda plus large sur la façade que sur les côtés. Deux grandes fenêtres encadraient la porte d'entrée.

Hammett s'arrêta à l'angle de la maison, au pied de la véranda, devant un tas de cailloux. Il plaça le bocal entre deux pierres, avec une troisième par-dessus ; ensuite, il retira les cartouches de son fusil et monta les marches de devant en tapant des pieds fort sur le bois. Au moment où il leva les yeux, il vit les deux vieilles valises en cuir et un sac de toile vert posés près de l'entrée.

« C'est quoi, ça ? demanda Hammett. Je suis le seul invité admis ici.

— Ce serait de drôles d'amis, tes amis, si un ami à toi n'était pas aussi leur ami, dit Tulip derrière lui. De toute façon, c'est seulement pour un jour ou deux. Tu sais que je ne reste pas en place bien longtemps. »

D'une voix ferme, Hammett répondit sans se retourner :

« Pas question que tu restes. J'essaie de commencer à écrire un livre.

— Voilà précisément de quoi je voulais te parler. J'ai fait plus de mille kilomètres au volant pour ça. » Tulip posa son énorme main dans le dos du grand maigre et le poussa vers la porte à double battant. « Je pourrais tout te raconter d'une seule traite ici même, mais j'imagine que tu préfères être assis, un verre à la main. »

Hammett secoua la tête et le fit entrer. Il laissa le fusil et la chaise pliante dans un coin, alla au bar et, sans même lever les yeux ni poser de question, servit un verre qu'il revint lui mettre dans la main. Quand le grand costaud lui jeta un regard interrogateur, Hammett expliqua :

« Je ne bois plus depuis quatre ans. »

Tulip fit tourner le whisky-soda dans son verre, comme ces gens qui aiment entendre tinter les glaçons. Sauf qu'il n'y avait pas de glaçons.

« C'est peut-être mieux, dit-il. On ne peut pas dire que l'alcool te réussissait... »

Hammett éclata de rire et désigna un fauteuil grenat.

La vaste salle de séjour était dans les tons marron, rouge, vert et blanc, avec un beau Vuillard au-dessus de la télévision.

« C'est pas le genre de choses dont se soucient les anciens alcooliques, Tulip… En plus, dans ce genre de cas, on ajoute toujours que le type ne buvait finalement pas tant que ça…

— Mais toi, à vrai dire, tu buvais pour de bon…

— Toujours est-il que j'ai arrêté, alors parlons d'autre chose. Je t'assure que j'ai passé un sale quart d'heure. »

Tulip secoua la tête :

« J'imagine. Je ne sais vraiment pas comment tu faisais, t'avais toujours une caisse de whisky sous ton lit de camp, là-bas, dans ta petite tente de sergent. Ce serait un bon sujet, ça… Tu as vu *The Lost Week-end*, avec Ray Milland ?

— Je ne l'ai pas vu et je n'ai aucune intention de continuer à parler d'alcool. Assieds-toi, je vais t'expliquer pourquoi tu vas aller dormir au motel ou prendre un train pour New York après dîner.

— Je suis venu en voiture.

— Pas grave, c'est encore mieux. J'ai commencé à écrire un livre et…

— C'est pas exactement ce que tu m'as dit dehors, l'interrompit Tulip.

— Quoi ?

— Tu m'as dit que tu essayais de commencer à écrire un livre, c'est différent. Et c'est de ça que je voulais te parler. Bêtement, Chim, tu n'as jamais voulu comprendre que je…

— Écoute, Tulip : je n'écrirai pas le moindre mot sur toi tant que je n'y serai pas obligé. »

L'autre leva les sourcils mais ne répondit rien.

« Je connais ta chanson par cœur, continua le grand maigre. Tu es un écervelé qui va par monts et par vaux en prenant pour des aventures ses bévues et ses frasques, et qui s'imagine, va savoir pourquoi, que quelqu'un écrira un jour sur lui. C'est absurde.

— Peut-être que ce n'est pas exactement de moi que je veux te parler, Chim…

— Par ailleurs…, continua Hammett. Où tu as vu que les écrivains ont besoin de sujets pour écrire, ou qu'ils en cherchent ? Le problème, c'est d'organiser ses idées, pas d'en trouver. La plupart des écrivains que je connais ont trop de matière, plus d'histoires qu'ils ne pourront jamais en écrire.

— N'essaie pas de me la faire, répondit l'autre avec assurance. Si tu as tant à dire, pourquoi tu n'as pas écrit le moindre mot depuis des lustres ?

— Qu'est-ce que tu en sais, que je n'ai rien écrit ?

— T'as pas dû écrire grand-chose. Les revues te publiaient tout le temps, avant. Maintenant, c'est que des rééditions de tes premiers textes. Même pas les romans, juste des resucées de tes vieilles nouvelles. Et encore, même ça, de moins en moins.

— Je ne fais pas qu'écrire, dans la vie, protesta Hammett. J'ai fait…

— Ne change pas de sujet, l'interrompit l'autre plutôt brutalement. On parlait d'écrire. Que tu veuilles perdre ton temps à faire mumuse avec les animaux ou à jouer les héros inflexibles en prison, je m'en fiche, mais… »

Tout à coup, il eut un large sourire. « Tu ne t'es pas fait coffrer uniquement pour vivre une expérience limite, quand même ? Ne me dis pas que c'est ça, Chimney ! Parce que j'aurais pu t'économiser du temps et pas mal d'ennuis en te racontant tout ce que tu avais besoin de savoir.

— Oh… je n'en doute absolument pas », dit Hammett.

Ils gardèrent le silence un moment.

Tulip haussa les épaules, l'air déçu, but une gorgée de whisky et s'essuya les lèvres d'un index épais avant de répliquer :

« Ce dont tu parlais, les sujets et la… matière, et comment les organiser, ça ne veut rien dire. Comme beaucoup de ce que tu racontes, ça n'a pas de sens. C'est des trucs que tu dis comme ça, rien que des mots. Vous les écrivains, vous avez plus de mots que…

— Voilà exactement le problème, l'interrompit Hammett. Toi, tu es du genre à croire que tu as beaucoup de choses à raconter, beaucoup à dire. Mais ce n'est pas suffisant. C'est pas comme ça que ça se passe : pour écrire, il faut avoir quelque chose à… écrire.

— Qu'est-ce que ça peut bien vouloir dire ? »

Hammett secoua la tête :

« Je ne sais pas pourquoi je perds mon temps avec toi.

— Demande-toi plutôt avec qui et pourquoi tu as perdu ton temps ces vingt dernières années. »

Tulip se tut brusquement. Le grand maigre ne répondit pas. Il lui tourna le dos, fit quelques pas et sortit sur la véranda. Tulip ne le suivit pas. Il avala son whisky et, après une minute ou deux, demanda à voix haute où étaient les toilettes. Il n'obtint pas de réponse.

Il se leva alors avec difficulté et traîna la patte vers l'intérieur de la maison. La première porte qu'il ouvrit était celle d'une chambre avec deux lits, la suivante celle des toilettes.

À son retour, il trouva Hammett dans le même fauteuil qu'avant. Il avait allumé une lampe et tenait un livre entre les mains.

« Tout va bien ? demanda le grand maigre.

— Très bien, impossible d'aller mieux. »

Tulip regarda autour de lui et ce qu'il vit parut lui plaire.

« C'est pas mal, cet endroit, t'es bien installé. C'est à qui ?

— La famille Irongate.

— Des amis à toi ?

— Pas à ce point-là, ou peut-être que si, au point où on en est. Je ne les connais pas depuis longtemps, ils sont de New York. C'était la maison de son père à lui, maintenant ils y passent les week-ends.

— C'est bizarre qu'ils t'aient accueilli comme ça. Ils sont là, en ce moment ?

— D'après ce que je sais, ils ne sont pas encore rentrés de Floride.

— Dans ce cas, c'est encore plus idiot de m'avoir dit que je ne pouvais pas rester un jour ou deux, dit le grand costaud en se rasseyant. Ils sont comment ?

— Ce sont des gens, des gens normaux. »

Tulip soupira :

« Tu es peut-être un écrivain intéressant, Chim, ou tu l'as

peut-être été, mais tu ne t'exprimes pas comme tel. Sois précis : des gens comment ? Des jeunes ? Des vieux ? Des gauchistes dans ton genre ?

— Jeunes. Paulie doit avoir dans les trente-cinq. Gus un ou deux ans de plus.

— Ils vivent seuls ? Ils n'ont pas d'enfants ? »

Le grand maigre fit claquer le livre sur sa cuisse :

« Tu devrais écrire toutes tes questions sur un papier, comme ça on gagnera du temps quand le type du recensement passera, ironisa-t-il, agacé. Trois enfants, entre douze et seize ans, plus ou moins. Deux filles et un garçon. Tony, le cadet, est très intelligent. »

Un éclair passa dans les yeux grisâtres de Tulip.

« Seize ans la plus âgée, hein ? Et la mère n'a que trente-cinq ans ? Un mariage précipité ?

— Comment tu veux que je le sache ? Je suis ici depuis à peine plus d'un an, à ma sortie de prison. Je les avais rencontrés avant, remarque, à mon retour des Aléoutiennes. »

Le visiteur s'anima.

« On a fait les quatre cents coups, là-bas, hein ? »

Il se leva, son verre vide à la main.

« Te dérange pas, je peux me servir tout seul. Un verre m'a suffi pour comprendre que tu as oublié comment les préparer, si tant est que tu savais. Une guerre de tous les diables qu'on a faite dans les Aléoutiennes, hein ? Je crois que t'es rentré avant que je...

— Je suis revenu en septembre 45. Un mois après la bombe.

— Alors, on ne s'est pas revus depuis presque huit ans. »

Tulip regagna son fauteuil grenat, son verre à la main ; il s'assit.

« Un peu plus, presque neuf, précisa Hammett. La dernière fois, c'était à Kiska, et je n'y suis pas retourné après 44. »

Tulip descendit son whisky d'un trait, l'air irrité :

« 44... 45... Qu'est-ce qu'on s'en fout ? Tu te prends pour quoi, un pouilleux d'historien avec un calendrier à la main ? Parle-moi encore des Irongate. Ils sont riches ?

— Je vois que tu n'aimes pas qu'on te rappelle Kiska... Je crois que oui, qu'ils ont de l'argent, mais je ne sais pas combien.

— Il fait quoi, lui ?

— Gus est peintre, il fait des tableaux ; mais ça ne lui suffit pas pour vivre. »

Tulip désigna du menton le tableau au-dessus de la cheminée.

« C'est de lui, ça ?

— Ça, c'est un Vuillard, crétin. Ça vaut des sous, Gus m'a dit que c'était un cadeau de son père. Il lui a laissé pas mal d'argent, par ailleurs.

— Ça devait être un type charmant, ce papa...

— Quoi qu'il en soit, si les Irongate se pointent, interdiction de leur monter un de tes plans », avertit le grand maigre sans élever la voix.

L'autre le dévisagea, les yeux fixes ; sous sa houppe de cheveux ras couleur sable, son visage aux traits grossiers avait l'air vraiment surpris.

« Quel plan ?

— Ton genre de plan habituel. Hors de question, Tulip.

— Que Dieu m'en soit témoin ! protesta le grand costaud. Voilà le résultat de notre pervers système carcéral : on enferme un type a priori normal dans ton genre avec les délinquants les plus endurcis, et, au bout d'un moment, il voit le mal et imagine des crimes partout. On ne peut pas vraiment dire que percevoir le meilleur dans tes camarades ait été ta spécialité, mais là...

— J'ai pas eu besoin d'aller en prison ni à l'armée pour connaître des délinquants, dit Hammett sans la moindre ironie. À l'époque où le pire qui pouvait t'arriver, à toi, c'était que le fils du voisin te lâche les chiens, moi je n'avais presque affaire qu'à des délinquants. Et, par la suite, je ne parlais pour ainsi dire que de ça dans mes livres.

— Et maintenant ?

— Maintenant quoi ?

— Tout est clair, Chimney. Tu vis planqué ici, aux crochets des gens, tu joues les ermites incompris. Et tu n'as plus affaire à personne d'intéressant, délinquants ou pas. C'est pour ça que tu n'arrives plus à écrire ? Cette revue...

— Tu parles de *Black Mask ?* Elle n'existe plus. À ce que j'en sais, le dernier numéro est sorti il y a quelques mois : trente ans d'existence. Ce genre d'histoires n'a plus le vent en poupe.

— C'est pas l'avis de Spillane. Encore moins de ses lecteurs. Il ne vend pas moins de cinq millions d'exemplaires de chacun de ses romans.

— Ne me parle pas de ce facho. »

Tulip éclata de rire :

« Regarde-toi un peu : que ça te plaise ou non, il y en a beaucoup qui disent que celui qui a commencé avec toutes ces conneries sadiques, c'est toi, le gauchiste de bibliothèque. Ton Sam Spade ne traite pas les filles bien mieux que ce fils de pute de Mike Hammer.

— C'est pas pareil.

— Pour qui ? Pour les lecteurs ?

— Pour le FBI, par exemple. »

Tulip fronça les sourcils :

« Qu'est-ce que ça veut dire ?

— Exactement ce que j'ai dit, répliqua Hammett, cassant. Je ne serais pas étonné que le FBI garde un œil sur moi et qu'ils me cherchent pour me provoquer, alors je ne compte pas leur en donner l'occasion. La semaine prochaine… »

Il hésita à peine.

« Si tu as lu les journaux, tu sais que la semaine prochaine sera compliquée, pour le dire comme ça. Donc, je te répète : ne t'avise pas de m'attirer des problèmes, à moi ou à ceux qui m'entourent et qui n'ont rien à voir avec…

— C'est différent, ça, l'interrompit Tulip. Pourquoi ne pas me l'avoir dit tout de suite ?

— Si tu lis les journaux, tu devrais savoir ce qu'il en est.

— Qu'est-ce qu'ils n'ont pas écrit sur toi... On vit bien grâce à l'or de Moscou ?

— À une époque, j'étais censé avoir la vodka à l'œil, mais plus maintenant. Sans compter que saint Joseph, le petit père Staline, vient de casser sa pipe. Je ne t'ai pas dit que j'étais sous surveillance pour ne pas t'effrayer.

— M'effrayer, moi ? Bonne chance ! À vrai dire, en ce

moment, je m'en sors plutôt bien. Je ne manque de rien. J'ai même une bonne voiture pour la première fois de ma vie.

— D'où tu sors l'argent ? »

Tulip le dévisagea quelques secondes et dit soudain :

« Il m'arrive via le Texas et l'Oklahoma...

— La riche veuve d'un magnat du pétrole ? »

Tulip éclata de rire.

« T'es un cas, Chim.

— L'expérience carcérale. L'été dernier, la semaine que j'ai passée dans la prison de West Street, à New York, avant le pénitencier fédéral, j'ai rencontré plusieurs types en attente de jugement sous ce chef d'inculpation. »

Tulip se montra ou parut ou voulut avoir l'air surpris :

« Bon Dieu, comment on peut se mettre hors la loi juste pour soutirer de l'argent à une femme ?

— Pour ou pour avoir ?

— C'est pareil.

— Je ne sais pas, mais c'est possible, puisque ça arrive », conclut Hammett.

Il se leva et sortit en laissant son livre sur le fauteuil.

Il se rendit dans la cuisine. Donald était en train de laver des légumes en compagnie de sa femme, Linda. Hammett baissa le son de la radio pour que la chanson de Johnny Ray dangereusement intitulée *Cry* ne fasse pas tant de bruit.

« Ce soir, nous avons un invité, dit-il. Vous avez déjà fait sa connaissance.

— Il est apparu tout d'un coup à la porte de la cuisine et

vous a demandé, expliqua Linda, comme pour s'excuser : *Le sergent Chimney ?* Voilà comment il a dit.

— Et lui, c'est *le colonel Tulip*, du moins pour moi. C'est un truc spécial entre nous, un échange de surnoms. Tulip est un camarade de l'armée, un ami que je n'avais pas vu depuis des années.

— Voilà donc pourquoi il s'y connaît en attaque surprise. »

Donald Poynton était un Noir élégant, de taille moyenne, trente-cinq ans, le visage très beau et très noir. Hammett l'appréciait. Son humour fin ne se révélait qu'à ceux qu'il connaissait bien.

« Quelque chose comme ça, admit Hammett. Il reste cette nuit et demain, deux jours maximum. Vous pouvez lui préparer une chambre ?

— J'ai changé le carreau cassé dans le bungalow, Linda a tout rangé et fait le ménage. Vous retournez là-bas ? »

Hammett secoua la tête.

« Je reste ici.

— Vous voulez qu'on donne à votre ami la chambre à côté de celle que vous occupez ces jours-ci ? demanda Donald. Ou vous préférez qu'il dorme dans la chambre jaune, à côté du salon ?

— Faites-lui plutôt la chambre jaune. Merci. »

Sur le point de sortir, Hammett revint sur ses pas :

« Des nouvelles de Paulie et Gus ?

— Je ne crois pas qu'ils viendront ce week-end, monsieur Hammett. Ils vont rester à New York. Mais les enfants arrivent aujourd'hui ou demain, juste quelques heures, pour récupérer des affaires. Ils n'ont pas classe lundi et mardi, ils font le pont, alors ils partent camper en montagne, dit Linda.

— Bien sûr », dit le grand maigre.

Depuis qu'il avait accepté la proposition d'emménager à Katonah – moyennant un loyer symbolique qu'il payait quand bon lui semblait –, il recevait rarement des visites. Ce qui lui allait très bien. Lillian était en Europe et ses amis intellos devaient sentir qu'ils n'étaient pas les bienvenus. Parfois, Hammett passait des journées entières sans voir personne ni prononcer un seul mot.

Dans la salle de séjour, le soir tombait aux fenêtres. Il alluma deux autres lampes. Tulip se leva et dit :

« C'est quoi, ça ? »

Il tenait le livre que Hammett avait abandonné sur le fauteuil et en lut le titre à voix haute :

« *Essays in Physics* de Herbert Samuel… Avec une préface d'Albert Einstein… Tu cherches à me prouver quoi ? Que t'es d'un niveau intellectuel supérieur au mien ?

— Donne-moi ça. Je ne cherche pas à prouver quoi que ce soit. »

Tulip lui lança le livre à la poitrine et Hammett l'attrapa au vol.

« Écoute, Chim, de toute évidence, tu vas encore plus mal que j'imaginais. Cette vie que tu mènes, ça ne va pas. »

Tulip consulta sa montre. « J'ai une idée : je dois passer un coup de fil à une fille que j'ai rencontrée avant-hier, et je sais qu'elle a une gentille petite sœur. Pourquoi on ne leur proposerait pas de…

— Bien sûr, pourquoi pas ? l'interrompit Hammett. J'imagine que tu t'es aussi fait quelques relations ici, à Katonah, pendant les dix minutes que tu as passées à la station-service.

— Sois pas sarcastique. C'était juste une idée, dit Tulip avant de retourner au coin où se trouvait le bar pour se préparer un autre verre. De toute façon, il vaut mieux que je te parle de ton travail d'écrivain. Je suis venu pour ça.

— Mensonge. Tu es venu pour me parler de toi, ou pire encore.

— Pas seulement de moi. Mais au fond, c'est la même chose, Chimney. »

Le colonel retourna s'asseoir dans son fauteuil, croisa les jambes, un genou sur l'autre, en observant Hammett.

« On peut savoir pourquoi t'es sur tes gardes chaque fois que quelqu'un te pose des questions sur ton travail d'écrivain ?

— Non, on ne peut pas savoir, et je n'ai pas envie d'évoquer le sujet, répondit le grand maigre dans une tentative emphatique pour parler honnêtement. Revenons plutôt à nos moutons : qu'as-tu fait d'incroyable ces derniers temps, à part séduire des veuves du Midwest ? Pourquoi tu n'es pas en Corée ?

— Je me tromperais de Jaunes, Chim. Parce que maintenant, figure-toi qu'il y a les bons Jaunes et les mauvais Jaunes. On n'avait pas ce problème dans les Aléoutiennes. »

Hammett secoua la tête et sourit en le regardant droit dans les yeux :

« On en avait d'autres. Au pire, tu te débrouillais toujours pour nous en trouver. T'as déjà oublié ?

— Laissons ça de côté pour le moment. »

La tonalité de la voix rauque du colonel aurait pu passer pour de l'embarras.

« Parfois, j'ai l'impression que tu ne me comprends pas. Presque toujours, à vrai dire. »

Il y eut un bref silence.

« Quand on était à Shemya, t'as connu Lee Branch ? demanda soudain Tulip.

— À Shemya ? Non, je ne m'en souviens pas. »

La carte des Aléoutiennes, tout juste une poignée d'îles, se déplia tout à coup dans la mémoire de Hammett.

« Je crois que je ne sais même pas qui est Lee Branch. Pourquoi ?

— Pour rien, je repensais juste à un truc bizarre qui m'est arrivé avec lui. Branch était aviateur dans le 12e régiment. Un gamin sympa. On est devenus amis, je suis allé lui rendre visite quand on m'a démobilisé. Et tu sais quoi ? »

Hammett haussa les épaules.

« C'était très bizarre : il a essayé de me maquer avec sa sœur. Même quand j'étais ado, un truc pareil ne m'était jamais arrivé. »

Hammett ne fit aucun commentaire, de peur des conséquences. Mais, pour une raison ou pour une autre, sans pouvoir ni vouloir s'en empêcher, il lui tendit la perche :

« Elle était bien, au moins ? Sa sœur, je veux dire.

— Écoute ça. »

Alors, sans préambule ni explications préalables, Tulip

se lança dans le long récit de cette visite, la semaine qu'il avait passée, peu après sa démobilisation, chez cet ami. Le colonel commença par dire que la sœur de Branch s'appelait Paulie (Hammett ne put s'empêcher de remarquer que lui-même avait parlé de Paulie Irongate quelques instants plus tôt) et fit ensuite de la maison de l'aviateur une description qui rappelait, à grands traits, celle dans laquelle ils étaient en train de discuter, assis dans la salle de séjour, à la lumière de la lampe, même s'il la situait dans un autre État. En Illinois, à ce que retint Hammett. Et ce n'est pas tout : dans l'histoire de Lee Branch, Tulip mentionna des fusils semblables à celui qu'avait Hammett dans la clairière. Et encore deux ou trois autres détails concordants.

Mais Hammett ne s'en soucia guère car cette histoire, probablement improvisée ou presque, avait un intérêt un peu pervers. Hammett savait par expérience qu'il ne fallait pas être pressé, avec Tulip, surtout lorsque celui-ci se lançait dans une de ses anecdotes, mais il sentit que, au-delà des mots et des pensées que le colonel prétendait avoir eues à l'époque, l'essentiel, peut-être la seule chose vraie dans cette histoire, était la remarquable phrase métaphorique qu'il prétendait que Branch avait prononcée pendant la chasse au canard, la tête un peu penchée pour observer l'extrémité des joncs par-dessous le rebord de son chapeau marron : « Le drapeau ondoie. »

Observation après laquelle, à en croire au pied de la lettre le récit de Tulip, cinq canards noirs avaient traversé « le ciel perlé de novembre, et perdu les basses plumes de leurs ailes, d'un blanc immaculé, en frôlant les pièges. Après quoi ils s'étaient éloignés dans le vent». Mot pour mot.

Et il embraya, sur le même ton, avec la description minutieuse d'une longue scène sur l'embarcadère d'un lac qui se trouvait sur la propriété des Branch, au cours de laquelle le jeune homme se montrait déçu que Tulip, après un séjour d'une semaine, veuille partir, et finissait par lui proposer franchement de rester pour toujours et de prendre la place laissée vacante par le défunt mari de sa sœur.

Hammett se sentit le droit, presque le devoir, d'intervenir :

«Il te l'a dit comme ça, directement, ou c'est toi qui as cru lire entre les lignes que… ?»

Tulip agita les mains devant son visage :

«Lee m'a dit : *Swede* (parce qu'il m'appelle toujours comme ça, Swede), *tu plais à Paulie, j'en suis sûr, c'est parce que ce type était un héros de guerre que tu n'oses pas ?*

— Le mari de la fille était un héros de guerre ?

— Il était aux Aléoutiennes avant nous, Chim : Horris, le colonel Horris, promu à titre posthume. Un vétéran de Guadalcanal, mort d'une bête complication après une opération encore plus bête. Tu ne t'en es jamais aperçu, mais tout le monde tressait ses louanges, là-bas.

— Il n'est pas sur une des photos qu'on a gardées ?

— Je te dis qu'il est parti avant notre arrivée. Quoi qu'il en soit, Lee s'est aperçu que sa sœur me plaisait mais il a cru, il a supposé que ce qui m'arrêtait, c'était que j'idéalisais trop ce type. Il faut dire que j'avais commis l'erreur de lui demander si elle avait été très amoureuse de Horris.»

Hammett éclata de rire :

« Ce n'est pas crédible. Pour une raison que j'ignore, tu es en train d'inventer toute cette histoire.

— J'aimerais bien, Chim. Parce que j'ai passé un sale quart d'heure, crois-moi. C'était affreux : la fille s'est rendu compte de ce que son frère tramait dans son dos et elle m'a mis les points sur les *i*. On était en train de rentrer de l'embarcadère, avec les canards qu'on avait tués, et elle, elle me dit, devant son frère : *Lee a essayé de te caser avec moi ?*

— Rien que ça…

— Il y a des façons plus jolies de le dire, Paulie, j'ai répondu.

— Et alors ? »

Tulip secoua la tête et prit son temps, comme s'il voulait mieux se souvenir ou qu'il se souvenait trop bien d'une scène pénible.

À ce moment, Donald entra pour les prévenir que le dîner était servi. Ils se rendirent dans la salle à manger et, après quelques minutes, Tulip reprit son récit, qu'il lui fallut presque tout le repas pour achever, entrecoupé de silences soigneusement étudiés.

Pour faire court, l'essentiel était que, après ce dialogue avec Paulie, dans un silence de mort, Tulip était monté dans sa chambre bien décidé à faire ses valises et à s'en aller le soir même sans savoir où, mais s'était soudain souvenu – en réalité, c'était une certaine expression de Paulie qui la lui avait rappelée – d'une autre fille, Julie, d'Atlanta, et il s'était mis à lui écrire une lettre pour la prévenir qu'il lui rendrait visite quelques jours plus tard. Il y avait passé une heure, tout au plus. À la réflexion, il croyait l'avoir fait dans l'espoir que quelque chose se passe. Mais rien ne s'était passé. Quand il était descendu avec sa valise et la lettre dans sa poche, ni le frère ni la sœur n'étaient là. Il avait laissé passer un délai de prudence, selon son expression, avant de gribouiller un mot d'adieu et de s'en aller.

Il ne mit un point final à son récit qu'au moment du dessert, une tarte aux noix.

« Je ne devrais pas manger ça », dit-il comme s'il y avait un lien quelconque avec ce qu'il venait de raconter.

Hammett s'était contenté de l'écouter en silence. Mais il finit par dire :

« C'est très bien, tout ça. Mais si tu comptais m'intéresser au récit de tes aventures, laisse-moi te dire que celle-ci n'a pas grand-chose à voir avec toi. Dans cette affaire, tu n'es qu'un faire-valoir, un prétexte, tu ne participes pas, tu ne fais que passer. À moins que tu ne veuilles bien admettre enfin que, dès que tu sens que tu vas t'attacher à quelqu'un ou à quelque chose, tu inventes une fable que tu fais passer pour un souvenir dans le but d'échapper à toute forme de responsabilité. »

Tulip reposa dans son assiette la seconde part de tarte qu'il était sur le point d'avaler et dit :

« Je ne sais pas pourquoi je perds mon temps à discuter avec toi, Chim. Écoute, je t'ai avoué ce que je ressentais pour Paulie, et peut-être aussi pour la fille d'Atlanta. Moi, je…

— Ce que tu m'as dit ressentir ou penser jusqu'à présent

ne compte pas. Si je devais l'écrire, je n'en garderais pas un seul mot. »

Tulip secoua la tête.

« T'es insupportable quand t'es comme ça. Pas étonnant que la littérature n'ait pas grand-chose à voir avec la vie, si c'est la conception que s'en font les écrivains. Les écrivains dans ton genre, en tout cas.

— C'est ça, mange…, dit Hammett. Ce sont tes idées sur la vie ou les relations entre les gens qui n'ont rien à voir avec la vie. Pourquoi crois-tu que tu as fui cette Paulie, si tant est que tu n'as pas inventé toute cette histoire ? »

Tout en mâchant sa tarte, Tulip répondit :

« J'ai toujours été du genre à tomber amoureux des femmes au premier regard et puis à les abandonner malgré mes sentiments, et…

— Voilà exactement de quoi je parlais. Tu crois que ce genre de poncif mensonger mérite que je le consigne par écrit ? »

Le colonel coupa un bout de tarte avec sa fourchette et secoua la tête une fois de plus.

« Ce que tu peux être antipathique. »

Hammett poussa son raisonnement :

« Par exemple, est-ce que tu crois qu'elle avait raison de penser que son frère avait déjà fait le même coup avec Horris ? »

Tulip le dévisagea et cligna des yeux comme pour assimiler l'idée.

« Jamais je n'aurais pensé à un truc pareil, admit-il à voix basse, avant de reprendre vivement : Écoute Chim, quelle que soit la part d'homosexualité de Lee, je ne crois pas qu'il en ait jamais pris conscience. C'est un brave gars... »

Hammett secoua la tête :

« Le vrai problème avec les gens comme toi, ce ne sont pas leurs idées simplistes ou infantiles. Ce qui est grave, c'est qu'ils n'aiment pas, qu'ils ne supportent pas l'idée que les gens autour d'eux puissent réfléchir. »

Il y eut un bref silence.

« Ça y est, je comprends ce qui t'arrive, déclara Tulip dépité. Je n'ai pas encore fait suffisamment de "ah !", de "oh !", et ce genre d'exclamations admiratives que tu as l'habitude d'entendre quand tu déclames ces bouts de théorie freudienne mal assimilée que tu ramasses ici ou là dans des bouquins. J'imagine que c'est plus simple avec les nanas : elles sont plus réceptives à ce genre de trucs, tu dois avoir plus de succès avec elles...

— Pas avec celles que je connais. Je dois jouer de malchance. »

Tulip soupira :

« Quand je me serai reposé, j'essaierai de te faire parler un peu de ça.

— De ma relation avec les femmes ?

— Peut-être bien. J'ai jamais été dingue du genre de filles que tu fréquentes, ou que tu pourchasses, plutôt. Mais tu es bizarre avec les femmes, tu leur fais un truc. Comment elle s'appelait, celle avec qui t'es venu à New York, la première fois ? Celle-là, je l'aimais bien.

— L'idée que je sois sorti, ou que je puisse sortir, avec le genre de fille qui te rend dingue me fait horreur, dit

Hammett d'un ton désagréable, en se levant. On prend le café ici ou dans la salle de séjour ?

— Reste tranquille, planche à pain, et écoute. »

Tulip le fit rasseoir d'un geste martial.

« Ce qui m'a plu, c'est l'histoire, pas la fille. Je ne l'ai jamais rencontrée. Mais, un soir, tu m'as raconté ta relation avec elle, c'était à Kiska, je crois, elle t'avait écrit une ou deux longues lettres à l'époque où on y était. D'après ce que tu m'as dit, tu ne t'attendais pas à les recevoir parce qu'il y avait plusieurs années que…

— Nell.

— C'est ça, Nell, celle qui écrivait pour Hollywood, je crois.

— Nell Martin, c'est comme ça qu'elle s'appelait à l'époque, du moins. Un pseudonyme. »

Dans la bouche de Hammett, cela semblait la définir.

« Mais elle n'écrivait pas pour Hollywood : ils ont tiré un film d'un de ses livres, *Lord Byron of Broadway*.

— C'est plutôt un bon titre. Tu as eu de ses nouvelles ?

— Non, je l'ai perdue de vue. »

Hammett se leva de nouveau. « Café ici ou dans la salle de séjour ? »

Tulip haussa les épaules.

« Tu vois ce que je veux dire, Chimney ? Il y avait quelque chose avec cette fille, une histoire dont tu n'as rien fait.

— Ah non ? Je lui ai dédié *La Clé de verre*. »

Ils regagnèrent en silence la salle de séjour, où Donald leur servit le café.

« Tu ne mérites pas une confidence pareille, finit par dire

Hammett, sa tasse en suspens. Mais chaque fois que j'ai dédié un roman à une femme, notre relation n'était plus qu'un souvenir au moment de la publication.

— Je ne comprends pas.

— C'est comme ça : j'ai dédié *Le Faucon maltais* à Jose, mon épouse, mais à la sortie du livre j'étais déjà à New York avec Nell ; j'ai dédié *La Clé de verre* à Nell, mais la publication a pris du retard et je ne vivais déjà plus avec elle ; après, j'ai dédié *L'Introuvable* à Lillian quand on était ensemble, mais... »

Tulip l'interrompit en pointant son index épais sur lui :

« Mais elle n'est plus là non plus.

— Si. »

Avec ostentation, Tulip regarda autour de lui.

« Où ? »

Hammett secoua la tête :

« À Paris, à Rome, le genre d'endroits où elle a l'habitude de... »

Il fit un geste vague.

« Tu ne comprendrais pas.

— Elle n'est plus là, exulta Tulip, triomphant. N'essaie pas de m'avoir, ni de te tromper toi-même. Voilà pourquoi tu n'écris plus : tu n'as plus aucune femme à qui dédier un roman pour l'abandonner ensuite. T'es un sacré pervers, Chim. Cette fois, c'est toi qui ne mérites pas une pareille analyse freudienne. De rien, c'est gratuit.

— Merci, docteur, dit Hammett subitement jovial. J'oublie toujours que tu es passé par Harvard.

— Et pas seulement dans la rue. »

Ils rirent ensemble.

Le café terminé, Poynton revint et dit :

« Les chiens sont dans la cuisine, monsieur Hammett, si vous voulez que je les fasse venir…

— Pas d'urgence. Envoie-les quand tu auras fini ce que tu es en train de faire, à moins qu'ils ne te dérangent. Ils vont bien ?

— Ils sont plutôt calmes, monsieur.

— Tu as dit aux enfants ce qui est arrivé à Rush ?

— Oui, monsieur. À Tony. Je lui ai expliqué pour l'orage, mais rien de plus.

— Merci, Donald. Amène les chiens quand tu voudras.

— D'accord, monsieur. »

Tulip observa Poynton qui se retirait.

« Vous parliez de quoi ? »

Hammett soupira et s'exprima d'une voix fatiguée :

« Pendant l'orage de la semaine dernière, il y a eu du tonnerre, la foudre est tombée pas loin, et le chien de Donald, Old Rush, a disparu. Il y en a trois autres, mais celui-ci, ils l'avaient ramené de Brooklyn avec eux. Il a eu peur cette nuit-là, on ne sait pas ce qu'il est devenu.

— Juste à cause de l'orage ?

— Que je sache… »

Tulip l'observa un moment, tourna le regard vers la porte par laquelle Poynton était sorti et dit :

« Un chiot, je comprendrais ; mais un grand chien adulte… Une fois, au camp, on a eu un berger allemand de douze ans au moins…

— Ça n'a rien à voir, ne recommence pas, s'il te plaît.

— Ta suffisance n'a pas de limites.

— À part celles de ta bêtise. »

Ces répliques flottèrent un moment entre eux comme s'ils étaient des acteurs désabusés répétant une pièce qu'ils ne connaissaient que trop.

D'un accord tacite, ils décidèrent d'éviter de continuer sur cette voie.

Hammett tendit la boîte à cigares à Tulip, qui en choisit un.

« Ils sont à toi ou ils étaient ici ?

— À moi.

— Excellents. La seule chose que j'aie jamais aimée, chez toi, c'est tes cigares, et pas tes cheveux, comme tu avais l'air de croire. »

Ils rirent ensemble, soulagés.

« Je me souviens que tu en avais dans une boîte en fer-blanc, des cubains, et que tu as gardé la boîte après les avoir finis. Tu y cachais des babioles, comme un gamin. Je parie que tu l'as encore.

— Fume et tais-toi.

— Je me trompe ?

— Non.

— Tu vois ? Tu es cachottier par nature. »

Tulip mordit le bout de son cigare et posa un regard triste sur l'homme immobile mais détendu en face de lui.

« C'est pas toujours facile de discuter avec toi, Chim : t'es un sacré putain d'arrogant. Pas étonnant qu'à force de t'obstiner comme un gosse avec cette liste de types qui ont payé les cautions t'aies fini derrière les barreaux : je dirai rien, je dirai rien, je dirai rien..., l'imita Tulip.

— Tout citoyen est fondé à ne divulguer aucune information qui lui aurait été confiée de bonne foi, en l'absence d'un motif d'intérêt public avéré qui le justifie, dit Hammett d'un ton posé. Ce qui n'est pas le cas et ne l'a jamais été, étant donné que...

— Arrête de me parler comme un bouquin ! »

Exaspéré, le colonel l'interrompit et tira sur son cigare avant de reprendre :

« On parle de gens, Chim, des noms concrets, une liste de types ; probablement une poignée de connards planqués sous leur lit, morts de trouille, et qui ne lèveraient pas le petit doigt pour toi... Qui ne l'ont pas levé, d'ailleurs. Pas un pour aller dire : *j'ai payé pour la caution, je suis sur la liste de ce triste sire, c'est moi qui vais en prison*. Ils ne t'ont pas non plus attendu à la sortie pour fêter ta libération. Même les gangsters sont plus solidaires, celui qui a passé du temps à l'ombre trouve toujours du boulot en sortant.

— C'est une façon un peu superficielle de voir les choses, dit Hammett d'un ton neutre. Et la comparaison avec les gangsters est un peu forcée. À une autre époque, si j'avais été debout avec deux scotchs dans le cornet, je crois que je t'aurais plié en deux d'un uppercut sous le sternum, pour avoir dit ça.

— À cet endroit ? »

Tulip pointa son gros pouce vers le troisième bouton de sa chemise et sourit.

« Je ne crois pas que ce petit poing maigrelet et osseux puisse grand-chose contre des abdos pareils. »

Tous deux tirèrent sur leur cigare sans cesser de se dévisager avec un sérieux affecté qui se transforma imperceptiblement en un sourire à peine esquissé. Au bout d'un moment, ils se mirent à rire franchement.

« Je te sers un autre verre ? demanda finalement Hammett. Pourquoi pas un cognac ? Quand j'ai parlé de Kiska, tu l'as mal pris, tu es devenu inutilement agressif. J'imagine qu'il doit y avoir pas mal d'autres choses de ton passé qui te tourmentent quand tu y repenses.

— C'est la seconde fois que tu évoques Kiska aujourd'hui, dit Tulip, et ça n'a rien d'un souvenir honteux, comme tu sembles le croire. À moi de me défendre, maintenant, triste sire. Tu voulais que je fasse quoi ? Tu sais parfaitement que je n'ai jamais fait valoir mon grade, mais il n'empêche que j'étais lieutenant-colonel et toi un sous-officier qui essayait de…

— Il n'y avait aucune capote d'officier japonais sur l'île à ce moment-là, lui signifia Hammett. En admettant qu'il y en ait jamais eu.

— Ne dis pas ça, parce que je les ai vues, de mes yeux vues. Et par-dessus le marché, il se trouve que j'ai ici, avec moi…

— Tu me rends malade, l'interrompit Hammett.

— Tu mens, je peux le prouver, répliqua l'autre en se dressant avec une puissante détermination. Et juste pour cette raison, tu sais quoi ? Je vais t'humilier.

— Toi ? M'humilier ? »

Tulip acquiesça dans un grand éclat de rire, avant de s'exclamer, toujours en riant :

« C'est pas difficile. J'ai lu un truc à toi, vraiment pitoyable. Je ne connaissais pas, il paraît que c'est toi qui l'as écrit, mais sous pseudonyme : Peter…

— Peter Collinson.

— C'est ça. »

Hammett montra de l'intérêt :

« T'as trouvé ça dans une revue ? Elle ne doit pas dater d'hier. »

Tulip l'observa un moment en silence. Il esquissa soudain un sourire, comme s'il se demandait s'il devait le dire ou pas :

« Pas dans une revue, c'est pas quelque chose que tu as publié. »

Il ménageait un brin de suspense.

« C'est un type qui avait des affaires à toi, de l'époque de San Francisco, quand il a su qu'on était amis et qu'on se verrait un de ces jours, il m'a donné ça et d'autres choses aussi. En réalité, il m'en a fait une copie.

— Qu'est-ce que c'est ?

— Une niaiserie, un truc court, très vieux. Parfait pour t'humilier, comme j'ai dit. C'est dans ma valise, je te montrerai demain. Pas question de gâcher mon effet en t'en parlant maintenant. Mais quand je l'ai lu, j'ai tout de suite compris pourquoi tu avais pris un pseudonyme. »

Hammett lui expliqua brièvement que, à ses débuts, dans les années vingt, *Black Mask* et d'autres revues dans le genre réclamaient beaucoup de textes et que, comme lui-même avait besoin d'argent, il en publiait plusieurs dans chaque numéro. Raison pour laquelle il signait parfois d'un pseudonyme.

« Tu verras bien. On dirait que ce truc ne leur a pas plu, parce qu'ils ne l'ont pas publié, à moins qu'ils ne t'aient demandé de le réécrire.

— Oui, dit Hammett avec détachement. Ça arrivait souvent. »

Tulip lui adressa un regard inquisiteur.

« T'es pas curieux de savoir ? »

Le grand maigre haussa les épaules.

« Je vais te l'apporter, dit soudain Tulip. Où sont mes valises ?

— Dans la chambre jaune. Monte, à droite en haut de l'escalier, et puis tout droit jusqu'au bout du salon. »

Tulip partit, gravit précautionneusement l'escalier, et Hammett entendit le bruit de ses pas peut-être un peu incertains au-dessus de sa tête. Il entendit aussi les chiens aboyer dans la cuisine et les voix graves de Donald et de sa femme tenter de les calmer.

La disparition d'Old Rush rendait les choses difficiles, surtout vis-à-vis de Linda et des enfants Irongate. La situation – crut-il un instant – lui en rappelait une autre ; ou peut-être seulement quelque chose qu'il avait lu, voire écrit lui-même. Étrange qu'il ne fasse pas la différence. Et plus étrange encore qu'il continue à spéculer alors qu'il n'avait aucune certitude à ce sujet. Que valent les raisonnements et les conclusions d'un esprit conscient de ses limites et de son impuissance ? On ne s'en sort que par des pirouettes, des jeux dialectiques, des feintes. Des mensonges, quoi.

Il eut le temps de tirer longuement sur son cigare avant que les pas incertains ne résonnent à nouveau au-dessus de sa tête. À son retour, Tulip tenait à la main quelques feuilles de papier à lettres jaunies.

« Voilà, dit-il sèchement en les lui tendant. Si tu peux lire ça sans mourir de rire, t'es autrement plus faux jeton que moi. »

Il s'agissait de cinq feuillets tapés à la machine, une copie carbone bleue un peu brouillonne. Il y avait quelques annotations au stylo rouge en marge et plusieurs ratures. En haut, au milieu, était écrit : « Retour au pays », par Peter Collinson.

« Je me souviens exactement de la machine que j'ai utilisée pour écrire cette nouvelle, dit Hammett. Une Underwood plutôt bruyante. Le « l » marchait mal, regarde, ici. Je me rappelle que j'avais retiré la sonnette pour qu'elle ne tinte pas chaque fois que le chariot arrivait en bout de ligne. J'écrivais dans la cuisine et ma fille Mary dormait à côté, dans la chambre.

— Très émouvant. »

Le grand maigre ignora le commentaire :

« C'est la première nouvelle que j'ai publiée dans *Black Mask*, à l'été 1922. J'envoyais l'original et je gardais une copie. »

Le grand maigre avait l'air vraiment ému.

« Merci, Tulip.

— Pourtant, ton ami m'a dit qu'elle n'avait jamais été publiée. Qu'ils te l'avaient refusée. »

Hammett fronça les sourcils. Il lut les premières lignes, avant de parcourir le reste, surtout les corrections.

« Ils me l'ont refusée, c'est vrai, dit-il finalement. L'histoire leur plaisait mais ils m'ont demandé plusieurs changements, plus quelques petits trucs à la fin.

— Faut dire que, déjà à l'époque, tu jouais les originaux, Chim… Tous ces endroits bizarres dont tu parles, ça perd le lecteur… »

Tulip lui prit les pages des mains et lut à voix haute :

« Formosa, Chaco, Mato Grosso. Il est où, ce fleuve marron si large qu'on n'en voit pas les rives ? À croire que t'as fait tourner le globe en fermant les yeux et que t'as posé le doigt au hasard… Les lecteurs, ils aiment les histoires qui se passent près de chez eux. Comme ça, pas besoin d'imaginer les lieux. Ils veulent pouvoir écouter les coups de feu par la fenêtre. Quand t'as commencé à situer tes histoires à San Francisco…

— Détrompe-toi. C'est pas toujours vrai, surtout pas dans le cas présent. Je m'en souviens parfaitement, maintenant : ils m'ont fait changer le décor. Soi-disant, ça allait dérouter les lecteurs, parce que les personnages parlent espagnol, on dirait le Mexique, mais ce n'est pas le Mexique, et il y a des trucs en portugais… Pas de ça dans *Black Mask*. Ils n'avaient peut-être pas tort. En plus, le dénouement…

— Le dénouement vaut pas tripette, comme tu dis souvent. »

Dans le bâillement du colonel, il y avait autant de fatigue que de contrariété.

« J'ai sommeil. Lis-le, si t'en as le courage. Je veux observer ton visage pendant que tu lis ta propre prose. Mais je ne promets pas de ne pas m'endormir avant la fin.

— D'accord. »

Hammett mit ses lunettes et commença à lire à voix haute en s'approchant de la lampe :

RETOUR AU PAYS

Par Peter Collinson

« Vous êtes dingue, Hagedorn ! Vous vous rendez compte que vous êtes en train de laisser passer la chance de votre vie ? Personne ne s'en rendra compte ! La récompense sera la même, que vous me rameniez moi ou des preuves de ma mort, et le mérite ne sera pas moindre. Je vous donnerai les documents et tout ce que j'ai enterré à la frontière paraguayenne, pour corroborer votre histoire, et je vous promets de ne jamais refaire surface pour vous démentir. »

Hagedorn, l'homme en kaki, fronça les sourcils avec un agacement croissant, et détourna le regard des yeux sombres et gonflés en face de lui pour le poser par-delà le bastingage du Señorita, *à un endroit où la surface du fleuve marron, large comme une mer, était troublée par le long nez de deux petits caïmans. Quand l'un d'entre eux replongea dans les eaux boueuses de la rive, ses yeux gris se plantèrent de nouveau dans ceux du type qui le suppliait, et il parla avec lassitude, comme quelqu'un qui a répondu encore et encore aux mêmes arguments.*

« Je t'ai déjà dit que je ne peux pas, et que je ne veux pas, Barnes, si c'est encore comme ça qu'on t'appelle. Il y a deux ans que j'ai quitté San Francisco pour te retrouver, deux ans à tourner en rond dans ce foutu pays – le Sertão, le Chaco, même la forêt de Misiones – sur tes traces. J'ai promis à ceux qui m'ont engagé de rester jusqu'à ce que je te retrouve et te ramène. Et je compte tenir parole. Tu devrais comprendre ça, ajouta-t-il avec un peu d'exaspération. Après tout ce que tu m'en as fait baver, tu n'imagines pas que je vais faire comme si de rien n'était… Juste au moment où j'en ai presque fini ! »

L'homme au teint désormais mat et brûlé par le soleil, habillé comme un péon, esquissa un sourire hypocrite et mielleux et rejeta d'un geste de la main les paroles de celui qui le tenait à sa merci.

« Je ne suis pas en train de vous proposer quelques milliers de dollars, détective ; je vous offre une partie d'un des gisements de diamant les plus riches du Brésil, une mine que les cangaçeiros *ont protégée et gardée secrète pendant toute la guerre de Canudos. Remontez le fleuve avec moi et je vous montrerai des diamant à couper le souffle. Tout ce que je vous demande, c'est de m'accompagner jusqu'à la côte de Formosa pour jeter un coup d'œil. Et si ça ne vous plaît pas, il sera toujours temps de me ramener à San Francisco. »*

Hagedorn fit non de la tête, doucement.

« Tu rentres à San Francisco avec moi. Chasseur de primes, ce n'est peut-être pas le meilleur métier du monde, mais je n'en ai pas d'autre, et ton gisement de diamant m'a tout l'air d'une

entourloupe. Je comprends que tu ne veuilles pas rentrer... mais je te ramène coûte que coûte. »

L'homme qui s'était appelé Barnes posa sur le détective un regard désespéré :

« Vous êtes dingue ! À cause de vous, on va tous les deux perdre des milliers de dollars, bon Dieu ! »

Après quoi il cracha rageusement par-dessus le bord du petit bateau à vapeur – comme un parfait ouvrier des exploitations forestières – avant de se caler dans son coin, sur les sacs de coton empilés à la poupe.

Le vigilant regard de Hagedorn s'en détourna un instant pour se poser sur la proue, de l'autre côté de la petite cheminée peinte en rouge et de la fumée blanche, vers l'aval du fleuve, le début du long voyage retour à San Francisco. Une brise tiède, pleine de moustiques, aidait à la surprenante vitesse du petit vapeur de quinze mètres. On était presque à Rosario. Dans quatre jours, ils seraient à bord d'un autre bateau pour Buenos Aires ; un bateau différent les emmènerait à Valparaíso, et un autre à San Francisco, le bercail. Après deux ans !

Deux ans dans cette région inconnue, à poursuivre quelqu'un qui, jusqu'à sa capture, n'avait été qu'une ombre. D'abord dans le Sertão et le Mato Grosso, à explorer le plateau désertique et la forêt tropicale centimètre par centimètre – à jouer à cache-cache entre les fleuves, les collines et la jungle –, puis à travers le Chaco et la forêt de la province de Misiones, parfois sans le moindre indice pendant des mois, perdant la piste de temps à autre, toujours pourchassant sa proie. Mais maintenant, il rentrait vainqueur à la maison ! Betty devait avoir quinze ans, une vraie jeune fille.

Barnes se pencha en avant et reprit ses supplications d'une voix pitoyable.

« Allez, Hagedorn, pourquoi vous ne voulez pas être raisonnable ? C'est absurde de perdre tout cet argent pour quelque chose qui s'est passé il y a deux ans. De toute façon, ce type à Tacoma, je n'avais pas l'intention de le tuer. Vous savez comment c'est ; j'étais jeune, une tête brûlée – mais pas un mauvais bougre –, et je sais parfaitement que j'aurais dû mieux choisir mes fréquentations. Ce braquage, ça paraissait un jeu quand on en a parlé. Et puis ce type a crié, et j'ai tiré sans m'en rendre compte, l'excitation, j'imagine. Je ne voulais pas le tuer, et même si vous me ramenez à San Francisco et qu'on me pend, ça ne va pas le faire revenir à la vie. La compagnie de transport n'a pas perdu un centime. Pourquoi vous me pourchassez comme ça ? J'ai tout fait pour oublier, c'est comme si c'était quelqu'un d'autre avait fait ça. »

Le détective répondit plutôt calmement, mais sans plus aucune bienveillance dans la voix :

« Je la connais, cette bonne vieille histoire... Et les contusions de la métisse avec qui tu vivais, ça prouve aussi que tu es un brave gars, pas vrai ? Ça suffit, Barnes, vois les choses en face : toi et moi, on rentre à San Francisco.

— Pas question ! »

Barnes se leva lentement et recula d'un pas :

« Je préfère mourir ! »

L'automatique de Hagedorn fit feu une fraction de seconde trop tard. Son prisonnier avait sauté par-dessus bord et nageait vers la rive tandis que le vapeur s'éloignait. Le détective attrapa le fusil qu'il avait posé derrière lui et se jeta sur le bastingage de poupe. La tête de Barnes apparut un instant, plongea de nouveau, émergea encore à cinq ou six mètres de la berge. En aval, le détective vit les nez allongés d'une demi-douzaine de caïmans qui se précipitaient sur le fugitif. Il s'appuya sur le garde-corps en métal pour évaluer la situation.

« On dirait bien, après tout, que je ne vais pas pouvoir le ramener en vie… Mais j'ai fait mon boulot. Je peux lui tirer dessus quand il ressortira ou attendre que les caïmans se chargent de lui et en finissent. De toute façon… »

Mais un soudain quoique logique instinct de solidarité pour un représentant de son espèce contre des ennemis d'une espèce différente effaça toute autre considération. Il mit en joue et tira une double salve sur les caïmans.

Une minute plus tard, il vit Barnes se hisser sur la rive, agiter la main au-dessus de sa tête sans regarder en arrière et s'enfoncer dans les saules qui bordaient la côte.

Hagedorn se retourna vers le propriétaire du vapeur, un barbu qui s'était approché de lui, et baragouina en espagnol :

« Amener moi rive… et attendre moi ramener lui. »

Le capitaine secoua sa barbe noire en signe de protestation :

« Impossible. Sur ces hauts-fonds, il y a des centaines d'îles et de petits affluents, et un homme est comme une feuille parmi les autres feuilles. Vingt personnes mettraient une semaine ou un mois à le retrouver. Cinq ans, qui sait ? Je ne peux pas attendre. »

Le détective se mordit la lèvre inférieure et regarda en aval du fleuve… le chemin du retour au pays.

« Deux ans, dit-il comme pour lui-même, à voix haute. Il m'a fallu deux ans pour le retrouver alors qu'il ne savait même pas

que je le poursuivais. Alors maintenant... Oh, bon Dieu ! Ça m'en prendra peut-être cinq. Je me demande ce qu'il y a de vrai dans cette histoire de diamants. »

Il se retourna vers le capitaine.

« Moi aller à sa poursuite. Vous attendre trois heures. »

Il montra trois doigts et désigna le ciel.

« Jusqu'à coucher de soleil, pas plus. Si moi pas revenu, en aller vous. D'accord ? »

Le capitaine fit oui de la tête :

« D'accord ! »

Et il manœuvra pour se rapprocher de la rive. Lorsqu'ils trouvèrent une anse de sable noir dans la végétation ininterrompue, Hagerdorn sauta par-dessus bord et, sans se retourner une seule fois, pataugea dans l'eau jusqu'aux cuisses, entre les joncs, avant de grimper sur la berge et de se perdre dans l'intérieur des terres.

Le capitaine attendit cinq heures, le vapeur à l'ancre, et puis, lorsque l'ombre des arbres de la lointaine rive ouest commença à s'étendre sur le Paraná, il donna l'ordre de mettre en marche et le Señorita *démarra dans un ronronnement tranquille avant de disparaître à un coude du fleuve, en direction du port de Rosario.*

Le silence se fit. Même Poynton, qui avait écouté, attentif, dans l'encadrement de la porte du couloir de la cuisine, les chiens tenus par une courte laisse, ne dit pas un mot.

Tulip fut le premier à parler :

« T'es resté de marbre, Chim. Tu ne vas pas me faire croire que ce truc te plaît ?

— Quel écrivain se satisferait de quelque chose écrit des années plus tôt ? Cela dit, à un ou deux détails près... Allez, ça va, je reconnais que c'est un peu pédant : à cette époque, je tachais de me servir de tout ce qu'on me racontait, de tout ce que je lisais, c'est pas pour rien que je passais des journées entières à la bibliothèque de San Francisco.

— Tu connaissais ces endroits ?

— J'avais lu un livre d'Euclides Da Cunha, un romancier brésilien, sur la région nord-est de l'Amérique du Sud, ça m'a donné l'idée de m'en servir de décor, vu que les bandits essayaient souvent de s'y cacher, dans ce temps-là, comme Butch Cassidy. Il suffisait de regarder une carte et de choisir des noms. Et puis, on dirait bien que je me prenais pour un styliste, à l'époque, avec cette fin ouverte...

— Une vraie connerie, ce dénouement.

— Possible, mais la seconde version était meilleure, crois-moi. Quoique encore plus bizarre. Adieu l'Amérique du Sud, j'ai cherché le point le plus éloigné du globe : la Birmanie, le Sud-Est asiatique. Et j'ai situé l'histoire à Rangoon, à Calcutta... Cette fois, l'éditeur a aimé, peut-être parce que ça faisait un peu Kipling ou Conrad. Pourtant, dans certains dialogues, impossible de savoir quelle langue les personnages parlaient...

— Ça disait quoi ?

— Pas la moindre idée, j'ai inventé une traduction en langue native. Ça marche, ce genre de choses, comme le dialecte que Tarzan utilise pour parler aux singes... Qui sait ce qu'il leur raconte ? Le sens est dans le contexte. »

Tulip sourit.

« T'es un drôle de type, Chimney : tu aimes qu'il y ait des choses incompréhensibles dans ce que tu écris... J'imagine que c'est pour te sentir supérieur au lecteur, tu le forces à croire que t'es plus intelligent que lui.

— C'est ce que m'a fait comprendre Huston, si ça peut te consoler. »

Le colonel ne vit pas de quoi il parlait.

« John Huston, le poseur qui a adapté *Le Faucon maltais*, la dernière version, avec Bogart, celle qui a rempli les poches de la Warner sans que j'en voie le moindre dollar. »

Tulip acquiesça.

« Il m'a téléphoné une nuit, Huston. Il était rond (je suppose que moi aussi), il m'a expliqué qu'il n'allait pas mettre *toute la partie de la parabole*. Tu sais de quoi je parle ?

— Aucune idée.

— Pas grave, c'est une histoire que Spade raconte à la fille qui l'a engagé. Bon, je lui ai dit qu'il fasse comme il voulait, que c'était son film et que j'avais déjà été payé. Et c'est là qu'il m'a dit que *les écrivains écrivent des choses bizarres pour avoir l'air intelligent*. Ça m'a étonné de la part d'un Irlandais.

— Pourquoi ?

— À cause de Wilde, de Joyce...

— Ne recommence pas avec tes petits copains. »

Cette fois, c'est Hammett qui sourit.

« Va pas croire que je ne sais pas qui c'est, s'emporta

Tulip. Ce que je veux dire, à propos de cette niaiserie que tu t'entêtes à défendre, c'est que toi aussi tu as eu tes errements, et que, en plus, tout le monde est au courant. Et je ne parle même pas de ta pathétique comédie politique de ces dernières années.

— Question de point de vue. Mais tu veux qu'on compare, en matière de honte ? Tu crois que mes erreurs te dédouanent d'avoir perdu la boule à Kiska ? contre-attaqua Hammett.

— J'ai absolument pas perdu la boule. Mais bon, tu peux voir ça comme ça. N'empêche que cette merde dont tu es si fier me donne un petit avantage. »

Le grand maigre secoua la tête, il ne semblait pas disposé à continuer la joute.

« Je peux en faire une copie ? J'avais oublié cette première version.

— Tu peux garder ces paperasses. À ta place, moi aussi je voudrais les brûler.

— Tu as dit que quelqu'un te les avait données à San Francisco ? C'était qui ? Et il sort ça d'où ? »

Tulip plissa les yeux :

« Je ne me souviens pas du nom du type. Il ne me l'a peut-être pas dit. Et je n'ai jamais affirmé que c'était à San Francisco, ni qu'il m'avait donné quoi que ce soit, souligna-t-il à dessein. Il y a des acheteurs pour ce genre de vieilleries, Chim. Je me demande bien comment tu t'y es pris pour faire croire à tous ces gens que tu es un écrivain important. Que tu l'as été, du moins.

— N'abuse pas de ma proverbiale mansuétude », menaça le grand maigre.

La fumée des cigares forma momentanément une sorte de nuage gris suspendu entre eux.

« Tu devrais savoir où tu as laissé tes papiers personnels, non ? Encore qu'après ta fuite précipitée de San Francisco...

— Ni fuite ni précipitée, dit Hammett avec une lassitude mal contenue. Je démarrais, ou du moins je croyais le faire, une nouvelle étape de ma vie, bourricot, quelque chose que toi...

— Toujours est-il que tu as oublié ou abandonné une valise pleine de papiers, alors. Ce type possédait aussi tout un tas d'articles, des critiques ou des recensions de livres que tu gardais sûrement par égard pour ta contribution fondamentale à l'éducation populaire nord-américaine. J'en ai conservé un ou deux... Incroyable le nombre de conneries qui tiennent dans une tête de frimeur comme la tienne !

— À une époque, j'écrivais des comptes rendus de lecture pour un hebdomadaire, *The Saturday Review of Literature*, ils payaient bien. Ils ont arrêté la publication peu après, au moment de la Grande Dépression.

— Une grande perte, j'imagine.

— Comme beaucoup d'autres choses, n'en déplaise à ton ironie, dit Hammett. Alors, ce type t'a dit qu'il avait trouvé ça où ?

— Il ne me l'a pas dit, Chim. Par contre, il m'a raconté des choses très intéressantes sur toi, dit Tulip qui jouissait de distiller l'information au compte-gouttes. C'est un type qui aime parler.

— Comme ça il aime parler, hein ? dit Hammett.

— Oui. Il a quelque chose dans la voix, dit Tulip,

étrangement. Et les gens qui ont quelque chose dans la voix aiment toujours s'entendre parler. Non seulement j'ai eu l'impression qu'il te connaissait bien, mais aussi que c'était un admirateur.

— Tu l'as vu quand ? À quel moment tu as été à San Francisco avec lui ? Parce qu'on parle de choses qui se sont passées il y a trente ans. »

Tulip précisa :

« Je ne t'ai pas dit que je l'avais vu à San Francisco ni que lui te connaissait de là-bas ou de cette époque. On dirait plutôt qu'il en sait beaucoup sur toi sans te connaître. Je l'ai rencontré à New York il n'y a pas longtemps, par hasard. Et il a dans les trente ans, peut-être moins. »

Hammett fronça les sourcils :

« Tu es en train d'inventer. Moins de trente ans ? Il est comment ?

— Un grand type jeune qui parle bizarrement. Mais il a l'air d'en connaître un rayon. Je te raconterai. Même si je ne crois pas que tu mérites une aussi bonne histoire, Chim. »

À ce moment-là, Donald ramena les chiens de la cuisine. Les Irongate possédaient trois chiens d'eau : deux marron et un noir. Un des marron, Jummy, était énorme pour sa race. Les chiens avaient l'habitude de jouer un moment avec Hammett le soir, mais cette fois ils essayèrent d'abord d'attirer l'attention de Tulip et le reniflèrent un long moment.

Donald tapota la tête des chiens en guise d'au revoir, dit bonne nuit et emporta le plateau avec les tasses de café.

Tout en caressant la tête de Jummy, Tulip le regarda s'éloigner et dit :

« Il a une jolie démarche. »

Hammett se rappela que c'était le genre de choses que Tulip remarquait. Lui-même, Tulip, était de taille moyenne mais marchait toujours si droit qu'il avait l'air plus grand, malgré ses épaules et son torse volumineux : il marchait comme quelqu'un qui a fermement confiance en l'avenir, quelqu'un de résolu à ne jamais faire un pas en arrière ni perdre l'équilibre. Quelqu'un avait dit une fois à Hammett – peut-être une amie commune, Nancy Mawhorter, le jour où ils s'étaient connus dans sa maison de Baltimore – que Tulip, avec une simple boussole, aurait pu retrouver son chemin n'importe où.

« Il a fait un poids welter honorable, il y a dix ans, dit Hammett en parlant de Donald. Il boxait à Philadelphie sous le pseudonyme de Donny Brown.

— Jamais entendu parler.

— Possible, mais ça n'empêche pas qu'il était bon. D'après lui, c'était ses mains le problème, il se blessait les métacarpes, et la boxe, pour un Noir, c'est un moyen difficile de gagner sa vie, à moins de combattre pour le titre assez vite, ou de faire quelque chose d'autre, en plus du ring. Après, il a été *sparring partner* pendant quelques années.

— Noir ou Blanc, pas facile de combattre à Philadelphie. Pas facile non plus d'y prendre un taxi, pas vrai ? Il faut descendre dans la rue et secouer les bras jusqu'à ce qu'un chauffeur vous voie et s'arrête.

— Et encore, pas sûr qu'il ne vous roule pas dessus. »

Ils rigolèrent.

Les chiens décidèrent qu'il n'y avait plus rien à tirer de

Tulip pour l'instant et se désintéressèrent de lui. Jummy alla s'allonger dans son coin préféré, derrière le canapé, et Meg s'installa à un bout, par terre, pour la nuit. Cinq, le noir, qui n'était encore qu'un chiot, erra de chambre en chambre pour trouver le coin idéal où s'étendre, de préférence dans le courant d'air d'une porte.

« Tu étais en train de me raconter comment tu avais rencontré ce type à New York récemment. Tu faisais quoi, là-bas ?

— D'après toi ? Je cherchais une fille.

— Une fille pour...

— Pour ce à quoi servent les filles, soupira le colonel en se calant dans le fauteuil. Mais où avais-je la tête ? Il m'arrive d'oublier que, toi, tu n'as pas l'esprit à ce genre de bagatelle, Chim. Pas si tu as quelque chose de plus important en tête. C'est un privilège réservé aux écrivains, et encore, aux vétérans.

— Ne va pas croire, les femmes m'intéressent encore. »

Tulip acquiesça.

« Elles t'intéressent, mais à ta façon : comme sujet. Et tu es bon dans ton genre, il faut l'admettre. Un jour, tu m'as parlé de quelque chose que t'avait conseillé ta mère, tu te rappelles ?

— Ma mère m'a donné seulement deux conseils dans sa vie, tous les deux très bons, dit Hammett avec une certaine solennité moqueuse : premièrement, *Ne monte jamais sur un bateau sans emporter des rames, mon fils, pas même sur le* Queen Mary, et deuxièmement : *Ne perds pas ton temps avec les femmes qui ne savent pas cuisiner, parce qu'elles risquent de ne pas savoir mieux s'y prendre dans les autres pièces de la maison.*

— Le *Queen Mary* n'était même pas en projet que ta mère était déjà morte et enterrée, tu le sais parfaitement...

— Elle était à moitié écossaise, dit imperturbablement Hammett, ces gens-là peuvent prévoir l'avenir.

— Peut-être, admit le colonel. Mais c'est de l'autre conseil que je parlais. J'ai eu l'occasion de m'assurer qu'il est plus vrai qu'il n'y paraît au premier abord, même s'il ne marche pas toujours.

— Il n'y a pas grand-chose qui marche toujours. »

Tulip se leva pour aller une fois de plus au bar.

« Je vais me préparer une dose pour la nuit, pour pouvoir aller vite me coucher si tu continues à parler comme ça, dit-il en se servant. T'es épuisant quand tu joues les philosophes, Chim. »

Il regagna son fauteuil, le verre à la main.

« Tulip, dit Hammett, je te vois venir. Écoute : j'en ai assez entendu pour ce soir, je vais monter dans ma chambre me mettre au lit et lire un moment avant de dormir.

— D'accord, répondit Tulip en souriant. Je n'ai pas de confession urgente à faire. Enfin... À quelle heure tu te lèves, Chim ?

— En général, à cette époque de l'année, à huit heures.

— Réveille-moi. On prendra le petit déjeuner ensemble. Tu avais une raison particulière de ne pas m'avoir dit que les Irongate n'allaient pas venir pour le moment ?

— Non, à part mon étourderie habituelle, dit Hammett.

Par contre, il est probable que leurs enfants arrivent d'un moment à l'autre.

— Ah. »

Hammett éteignit les lumières pendant que l'autre finissait son verre et ils montèrent à l'étage ensemble. Il joua son rôle d'amphitryon en inspectant la chambre et la salle de bains de Tulip pour vérifier que tout était en ordre.

« Bonne nuit.

— Bonne nuit, Chimney. »

Hammett attendit que son ami ferme la porte avant d'entrer dans sa chambre, à l'autre bout du couloir. Cinq, le petit chien d'eau noir, était couché près de la table de chevet et, lorsqu'il le vit sous les draps, il le rejoignit pour les politesses du soir. En lui grattant la tête, le grand maigre au nez aquilin et aux lunettes à large monture ne put éviter de penser que, à cet instant même, au rez-de-chaussée, le bruit de la queue poilue du vieux Old Rush balayant sous leur lit devait manquer aux Poynton.

Hammett s'installa confortablement dans son lit et reprit la lecture des *Essays in Physics* de Samuel à cette lettre polie dans laquelle Einstein refuse d'admettre que le concept d'éther double puisse être d'une quelconque utilité aux physiciens. Il avait l'intention de réfléchir un peu à la visite de Tulip mais son esprit se laissa entraîner vers l'idée d'un univers en expansion dans l'unique but de continuer encore et encore son trafic d'infini.

Sur ce, il entendit frapper légèrement à la porte. C'était Tulip. Encore habillé et un papier à la main.

« Je me suis dit que tu aurais peut-être des insomnies après notre perturbant dialogue, dit-il avec un étrange sourire. Avec ça, tu t'endormiras avant la fin du premier paragraphe.

— Qu'est-ce que c'est ?

— Un de ces trucs pédants que tu écrivais et que tu as eu le culot de conserver. Vois par toi-même. »

Il le posa sur le lit et sortit sans faire plus de commentaires.

Hammett posa le livre de Samuel et prit les deux colonnes imprimées sur un fragile papier jauni, peut-être découpé par lui-même vers 1927. C'était le compte rendu d'un livre sur les Rose-Croix aux États-Unis. Il le déplia avec soin et lut :

Dans le grand fatras d'hypothèses, d'ambiguïtés, de charlataneries et d'approximations qu'est l'histoire de la Rose-Croix, Arthur Edward Waite, dans The Brotherhood of the Rosy Cross *(William Rider and Son, Londres, 1924) a tenté une classification et une pondération des faits. Conscient de l'ampleur de la tâche et fort d'une vaste expérience dans le champ de la recherche sur les religions, il a fait avec succès le ménage dans les immenses bibliothèques pleines des rebuts accumulés par des étudiants qui, tout à leur enthousiasme, ont cru voir un membre de la Rose-Croix dans chaque alchimiste, chaque cabaliste et chaque magicien, si peu sérieux fût-il.*

Les faits exposés par Waite semblent toujours avérés, quoique l'interprétation qu'il en propose ne soit pas toujours convaincante. Par exemple, il démontre clairement qu'il ne subsiste aucune preuve concluante de l'existence de la Rose-Croix avant l'apparition, respectivement en 1614 et 1615, des œuvres anonymes Fama Fraternitatis R. *et* Confessio Fraternitatis R., *et de l'œuvre de Johann Valentin Andreas,* Chemical Marriage, *en 1616.*

Hammett leva les yeux, bâilla et replia la coupure. Impossible à lire jusqu'au bout, bien entendu ; mais ce n'était pas si mal, au fond. Sous le vernis intello horripilant, Hammett se reconnaissait dans l'écriture. Il chercha à se souvenir ce qu'il essayait de prouver, ou de se prouver, à cette époque, en écrivant sur des sujets tellement éloignés de ses récits policiers et criminels, mais il n'était pas prêt à y accorder beaucoup d'importance pour l'instant. Et comme le sommeil l'envahissait, il admit secrètement que Tulip avait peut-être tout simplement raison, éteignit la lumière et se prépara à s'endormir.

2

Tony & ses sœurs

Quand Hammett descendit à l'heure du petit déjeuner, Tulip était déjà levé. Il mangeait des harengs en lisant un des journaux. Ils se saluèrent et Hammett s'assit aussi pour lire. Donald avait laissé son courrier devant sa place : une lettre de Lillian de Paris, une autre très longue de sa fille Jo, sur du papier bleu, qu'il garda pour plus tard, et beaucoup de publicité bonne à jeter. Le grand maigre se servit du jus d'orange, des harengs et des toasts. Il était en pleine mastication quand son ami dit :

« J'ai repensé à ce qu'on a dit hier soir.

— Quoi en particulier ? On a dit beaucoup de choses.

— Sur ton problème d'écriture. Je ne t'ai montré ces vieux trucs que pour te motiver.

— Le seul qui a eu et a encore des problèmes, Tulip, c'est toi, dit Hammett. Pourquoi est-ce que tu ne... »

Le klaxon d'une voiture dans l'allée l'interrompit.

Peu après, Tony Irongate entrait chargé de deux valises en osier, de grande taille mais apparemment légères. Il les laissa tomber près de la porte quand les chiens coururent lui faire la fête. C'était un garçon grand et mince de quatorze ans, les yeux marron dans un visage lumineux et pâle.

« Salut, dit-il en s'adressant seulement à Hammett. Des nouvelles de Paulie et Gus ?

— Rien ou presque, répondit ce dernier. Linda les a eus au téléphone, elle dit qu'ils ne viendront pas ; ils ont prévu de rester à New York.

— Ah. »

Cela n'avait pas l'air de l'inquiéter.

« Et mes sœurs ?

— Si toi-même tu n'en sais rien... »

Tony ne savait pas, même s'il supposait qu'elles ne tarderaient pas, étant donné que tous les trois devaient partir en camp de montagne ce week-end.

« Elles ne doivent pas être loin », dit Hammett.

Après quoi il lui présenta Tulip, qui ne se leva pas mais dit :

« Alors comme ça c'est toi le fameux Tony. Laisse-moi te dire une bonne chose...

— Tu ne vas rien lui dire du tout, l'interrompit Hammett.

— Juste une chose : ne te fie pas trop à la sagesse ni aux conseils de ce vieux débris tout sec. »

Le jeune homme regarda Hammett comme pour lui demander quoi faire :

« Ne fais pas attention, dit celui-ci. Quoi de neuf ? »

Il y avait du neuf, il y avait toujours du neuf avec Tony :

« J'ai acheté une arbalète toute neuve pour demain. Elle est puissante mais les carreaux glissent quand je la pointe vers le bas. On pourrait arranger ça ?

— Ça ne devrait pas être trop difficile. »

Tulip fit une moue dubitative.

« Excellent, dit Tony. On s'en occupe aujourd'hui ? Je ne crois pas que Sexo et Lola arrivent tout de suite. On ne vient nous chercher pour le camp qu'à quatre heures du matin.

— Pas de problème.

— Bien. Je pose tout ce barda là-haut, je me débarbouille et je viens déjeuner avec vous. J'ai une faim de loup ; j'ai le ventre vide.

— J'imagine, dit Hammett.

— Préviens Donald. Il reste des harengs ? »

Hammett acquiesça.

« Je reviens tout de suite. »

Tony ramassa ses valises et partit au trot à l'autre bout de la maison, suivi par les chiens.

« C'est quoi cette histoire de Sexo ? demanda Tulip.

— C'est comme ça qu'il appelle Do, sa grande sœur. C'est pour se moquer. Elle a l'âge de s'intéresser à ces choses-là et elle a posé pas mal de questions récemment.

— Et toi tu lui as apporté tes lumières. Ah, mon pote… Je t'imagine te pourléchant les babines à l'idée de la perturber avec tes explications. C'est une gamine arrangeante ? Il y en a qui le sont.

— Ça suffit, ne t'occupe pas de ça. Il ne s'agit pas de lui apprendre à dire oui ou non. Ça se situe à un niveau que tu ne comprendrais sans doute pas.

— Si ce n'est pas ce que je crois, alors non, que je ne comprendrais certainement pas, admit Tulip. Parce que je suis le genre d'homme pour qui c'est oui ou c'est non.

— Je n'en doute pas, dit Hammett d'un air convaincu. Tu es un type frontal, une personnalité dominante, et tu te fais fort de tout essayer en matière de sexe, alors qu'en réalité, si on regarde bien, tu ne fais rien d'autre que te masturber, d'une manière ou d'une autre. Sauf les quelques fois où tu es tombé sur plus malin que toi. »

Tulip regarda de part et d'autre pour vérifier qu'ils étaient seuls et se mit à rire :

« Il faut que je réfléchisse soigneusement à ça, Chim. Je ne peux pas en dire autant de tout ce que tu me racontes, en général. Tu crois que c'est pour cette raison que le sexe est triste parfois, pas trop triste quand même, mais plus triste qu'il ne devrait ?

— Vu ta mentalité et ta façon de te comporter, le sexe doit toujours être triste.

— Pas autant que tu crois. »

Ils s'interrompirent au retour de Tony, qui avait d'autres sujets de conversation.

Pendant qu'il mangeait et discutait avec le grand maigre, Tulip se plongea – du moins en apparence – dans la lecture attentive du journal.

« Écoutez ça, dit-il soudain à voix haute. Caryl Chessman écrit un livre.

— C'est qui ? demanda Tony.

— Un condamné à mort, dit Hammett. Il y a des années qu'il est dans le couloir de la chambre à gaz mais il a obtenu deux fois…

— Trois, le corrigea Tulip.

— … trois fois que la justice de Californie repousse l'exécution.

— Tu te rends compte, Chimney ? dit Tulip en baissant le journal, un grand sourire sur le visage. Le premier venu qui a un peu de temps libre peut faire ce que tu n'arrives pas à faire.

— On l'accuse de quoi ? »

Tony avait l'air intéressé.

« Chessman ? Il s'en prenait à des couples dans leur voiture…, commença Tulip. Explique-lui, toi, après tout c'est toi qui es en charge de l'éducation sexuelle dans cette famille.

— Ça suffit, dit Hammett.

— Il agressait des femmes ? insista Tony.

— Il agressait des femmes, exactement, dit Hammett. Et maintenant, mange. »

Tandis que Hammett se lançait dans la laborieuse explication des méthodes du Bandit à la lumière rouge sans donner plus de détails que ce que Tony devait en connaître, Tulip poursuivit sa lecture, sans commentaires, jusqu'aux *comic strips* de la dernière page. Après quoi, il se rendit dans la cuisine et discuta un moment avec Donald en buvant un autre café.

À son retour, Tony et Hammett vaquaient toujours à leurs occupations, assis désormais sur la véranda de devant. Il leur fallait arranger la nouvelle arbalète dont le garçon avait parlé. Tulip les observa un moment par la fenêtre de la salle de séjour avant de boitiller jusqu'au fauteuil, en secouant la tête.

« Elle est redoutable, dit Tony en sortant l'engin d'un long étui de cuir marron. Elles le sont toutes, mais celle-ci est vraiment terrible. »

Hammett songea que Tony prenait plaisir à utiliser certains adjectifs. Il prit l'arbalète dans les mains et la soupesa. À vrai dire, c'était un hybride lourd et un peu monstrueux, quelque chose entre l'arbalète et ces machins invraisemblables qu'il avait vu fabriquer à des types de l'ouest de la Pennsylvanie avec des courroies de voiture.

« Elle est surpuissante, dit le gamin avec la même exagération. Mais regarde, le cran se relâche quand on la tend. » Ses yeux brillaient : il aimait les armes.

« On peut trouver quelque chose pour retenir la détente en arrière pendant que tu tires sur la corde. Mais pas sûr que ça en vaille la peine, m'est avis que tu ne vas pas t'en servir souvent. Pourquoi ne pas mettre un petit morceau de sparadrap quand tu veux qu'elle reste dans cette position ? Ajouter du poids avec une sorte de butée, je ne crois pas que ce soit une bonne idée, et avec un sparadrap tu ne perds ni en force ni en précision.

— Bon, si tu le dis…, répondit lentement Tony. Mais j'avais plutôt pensé que… »

Hammett lui jeta un regard.

« Tu crois que j'essaie juste de me défiler, pas vrai ? On dirait Tulip. »

Tony rit joyeusement :

« C'est un personnage, ton ami Tulip, non ?

— Oui, d'une certaine façon, mais dis-toi bien que lui et

moi, on se lance toujours des piques, alors ne nous prends pas trop au sérieux. La plupart du temps, Tulip veut passer pour pire qu'il n'est, et moi j'essaie d'avoir l'air un peu meilleur. Les vieux la ramènent toujours avec leurs souvenirs, et la plupart de ces conneries machos n'ont pour but que d'impressionner les filles et les enfants… Quand ce n'est pas pour s'impressionner l'un l'autre, ou tout simplement soi-même.

— Tu me l'as déjà expliqué, certifia Tony.

— Ça n'en reste pas moins vrai, en tout cas en partie, l'avertit le grand maigre. Viens, amène ce truc au garage, voir ce qu'on peut faire. »

Ils descendirent de la véranda et traversèrent la pelouse, déjà vigoureuse en ce tout début de printemps, avec ses touffes d'herbe sauvage qui croissaient hirsutes, dans l'attente de la première tonte de la saison. Ils se dirigèrent vers le garage par l'allée de gravier. Les érables qui la bordaient ne fleuriraient pas avant une semaine.

« Tulip a des côtés agréables, dit Hammett. Une des choses qui m'ont toujours plu chez lui, c'est l'idée qu'il se fait de l'éducation. Tu sais qu'il est diplômé de Harvard ? »

Tony, qui marchait à côté de lui, l'arbalète et l'étui en cuir à la main, s'exclama :

« Sans blague ? »

Il le dit sur un ton que Hammett ne comprit pas. Il ne comprenait pas toujours Tony. Et vice versa.

« C'est vrai. Je ne sais rien de la famille de Tulip ni de ses origines, à part que ce sont des émigrés suédois, et pourtant je le connais depuis plus de vingt ans… Il m'a raconté des histoires que j'ai préféré ne pas croire... Mais toujours est-il qu'il a étudié quatre ans à Harvard, et qu'en sortant il était persuadé d'être un homme instruit, jusqu'à qu'il tombe sur un certain Eubanks, à Jacksonville. C'était un an après son diplôme. Eubanks lui a expliqué que, pour être un homme instruit, il ne suffit pas de suivre un cursus universitaire, même si c'est un premier pas indispensable. Tulip n'y avait jamais vraiment pensé auparavant, mais il a cru Eubanks et a tout envoyé au diable en renonçant tout bonnement à être un homme instruit. »

Tony dit :

« Tu sais, j'aime bien cette façon de penser, moi aussi. »

Ils se mirent ensuite à tirer sur une souche, cible qui leur avait déjà servi pour d'autres armes. Derrière, le sol s'élevait vers la colline qui dominait le parc.

Cette arbalète était une arme dangereuse : elle envoyait des carreaux d'acier, fort et avec de plus en plus de précision après quelques réglages.

Tony sourit :

« Là, c'est bien, non ? »

Hammett approuva :

« Mmm... »

Le sourire du garçon s'épanouit :

« Et si je disais que c'est dommage de ne tirer qu'à la cible, ce serait idiot ?

— En l'occurrence, oui. »

Tony soupira avant d'approuver. Le grand maigre sourit discrètement.

Ils continuèrent longtemps à s'exercer. Soudain, pendant qu'il regardait le garçon viser, Hammett dit :

« Tu en es où avec cette lampe que tu voulais faire ?

— Oh, la lampe... Finalement, j'ai laissé tomber, répondit Tony avec découragement.

— Dommage. »

Hammett se souvenait que, en partie à cause de cette tendance qu'ont les enfants à vouloir tout essayer, en partie parce qu'il avait lu un livre sur la symétrie dynamique que son père avait à la maison, et aussi un peu parce qu'il ne connaissait personne qui crût ne serait-ce qu'un minimum aux théories généralement acceptées sur la lumière, Tony s'était imaginé qu'un morceau de métal réfractant enroulé aux deux bouts en une spirale à quatre-vingt-dix degrés pouvait se transformer en écran ou en source de lumière pour économiser l'électricité. Il ignorait tout, bien entendu, des problèmes de température, ou n'avait peut-être l'intention de ne s'en préoccuper qu'en temps voulu, seulement si nécessaire, est-ce que toutes les théories sur la lumière ne procédaient pas de la même façon, après tout ?

« Un papier épais recouvert d'une fine feuille d'aluminium marcherait aussi bien que du métal brillant, lui rappela Hammett. Et le papier serait peut-être même mieux que le métal, parce que tu pourrais facilement le couper et le coller après avoir déterminé avec quelle longueur tu obtiens le plus de lumière.

— Mon problème, c'est que le bout des spirales est trop près du verre de l'ampoule.

— La spirale telle que tu l'as imaginée est trop grande,

dit Hammett, il faut peut-être envisager une lampe plus petite. De toute façon, tu verras bien quelle est la taille qui convient en mesurant l'intensité de la lumière. Mais ce à quoi tu devrais réfléchir, c'est à une spirale en trois dimensions plutôt que deux. »

Le garçon ferma ses yeux sombres, en rouvrit un pour viser et appuya sur la détente juste avant de demander :

« Comment la lumière fera pour sortir d'une spirale en trois dimensions ? La majeure partie restera prisonnière, pas vrai ? »

Les connaissances mathématiques de Hammett ne lui permettaient pas de répondre à cette question. Il l'avoua en s'emparant de l'arme pour la recharger et la rendre au garçon :

« Remarque, ce n'est peut-être pas une question de mathématiques, Tony, ajouta-t-il. On dit que la topologie est une branche des mathématiques, mais je crois que c'est faux, et la topologie nous serait peut-être utile. Pas seulement dans ton cas, ou plutôt notre cas; je veux dire, à tous ceux qui s'intéressent aux problèmes de luminosité. »

Tony abaissa l'arbalète et émit un petit gloussement de plaisir quand Hammett dit « topologie », comme s'il avait entendu prononcer le nom d'un vieil ami. L'hiver dernier, Hammett les avait écoutés, lui et Gus, son père, parler pendant des heures de sculpture et de la relation spatiale exclusive qu'entretient la peinture avec la surface des objets, et seulement avec elle.

Hammett s'intéressait à la topologie. Quelques années auparavant, il avait commencé une nouvelle sur l'anneau de Möbius, ou plutôt en s'inspirant de l'anneau de Möbius. Il l'avait pensée de telle sorte qu'on puisse commencer sa lecture n'importe où et continuer jusqu'à revenir à ce même point, afin d'obtenir un récit complet et intelligible, où qu'on commence à la lire. Il trouvait l'idée originale et les résultats provisoires satisfaisants, bien qu'imparfaits. Au point que ce qu'il essayait d'écrire en ce moment avait quelque chose à voir.

En revenant à la maison, ils trouvèrent Tulip qui descendait, cigarette aux lèvres, l'escalier du grand espace qu'on appelait, allez savoir pourquoi, le bureau. C'était une pièce spacieuse et claire, avec plusieurs fenêtres et pas mal de livres, qui donnait sur l'extrémité de la pelouse du jardin bordé d'arbres.

Il s'arrêta sur le palier et plissa les yeux comme pour mieux observer l'arbalète.

« Vous n'auriez pas remonté le temps, messieurs ? demanda-t-il. J'ai lu des choses sur les pistolets laser, les désintégrateurs et autres armes modernes. Tu as vu *Le Jour où la Terre s'arrêta*, Tony ? Ou il ne t'amène voir que *La Flèche et le Flambeau*, celui-là ?

— On est allés à la première du *Jour où la Terre s'arrêta* avec Pat », dit Tony avec une certaine fierté.

Tulip fronça les sourcils.

« Pat Neal, l'actrice, c'est une amie à nous », expliqua Hammett.

Les sourcils de Tulip se relâchèrent.

« Mais *La flèche et le Flambeau*, on est allés le voir trois fois, continua le garçon, enthousiaste. Et *Le Corsaire rouge* aussi.

— Qu'est-ce que je disais ? T'en es à peine à l'arquebuse, Chimney. Le petit n'est pas responsable de ton retard technologique pathologique. Sans compter que, maintenant, tu joues les trappeurs embusqués dans les bois…

— Des étapes, répondit le grand maigre. De simples étapes, des variations sur le même thème. En fin de compte, les rayons mortels se détruiront eux-mêmes, comme la poudre à canon, et tout ce qu'il y a eu avant. »

Il se planta devant son ami.

« Tu veux faire une promenade jusqu'au lac ? Il doit exister depuis un millénaire ou deux.

— S'il nous attend, alors… »

Tulip tira une dernière fois sur sa cigarette et se prépara à sortir. Tony laissa l'arbalète et son étui sur un fauteuil et regagna le parc. Hammett attrapa une veste sur le portemanteau, vu qu'il faisait encore frais à neuf heures du matin. Puis, tous trois traversèrent le jardin en direction du sentier du lac.

Quelques juncos qui n'avaient pas encore migré vers le nord s'étaient posés sous une mangeoire à oiseaux ; un écureuil qui nichait dans un noyer tout proche descendait le long du tronc à toute vitesse ; un passereau, une mésange, se mit à chanter, et trois autres volèrent dans leur direction.

« Elles cherchent des graines », expliqua Tony à Tulip.

Et en désignant Hammett :

« Lui, il leur donne à manger dans la main.

— Il a une âme de saint François, commenta Tulip. Ce type est un vieux gâteux qui lit trop de livres ; il l'a toujours été. »

Tony pouffa de rire en regardant Tulip ; Hammett marchait de l'autre côté.

« Vous l'avez déjà vu faire son numéro pour caresser les papillons ? dit Tony. C'est très beau.

— J'imagine, répondit Tulip. Par bien des côtés, Chimney est un malin. J'aimerais bien te raconter ce qui nous est arrivé un jour dans un village proche de Spokane... Je peux ?

— Tony est quelqu'un devant qui on peut parler », fit savoir Hammett.

À ce moment, ils étaient arrivés au sentier boueux, assez large pour que les trois marchent côte à côte. Quelques bourgeons semblaient sur le point d'éclore ; mais ça faisait des semaines qu'ils restaient comme ça, rien ne changeait malgré l'arrivée du printemps.

« Tu veux dire que j'ai le droit de raconter ce qui s'est passé à Cœur d'Alène ? demanda Tulip.

— Je ne sais pas de quoi tu parles, mais raconte si tu veux. Pour ce qui est des papillons, rien d'extraordinaire. Tu sais comme ils aiment ouvrir et fermer les ailes. Eh bien, avec prudence, en ne leur faisant pas peur avec ton ombre, si tu fais vite tu peux leur caresser les ailes, ils aiment ça et se tiennent tranquilles. C'est tout.

— Formidable, dit Tulip. Voilà comment tu en viens à te persuader qu'ils aiment ça. Et à toi, pourquoi ça te plaît, à ton avis ?

— Au cas où la théorie selon laquelle les insectes finiront par dominer le monde se révélerait vraie, mieux vaut se faire quelques amis.

— Tu ne trouves pas que ce type est un affreux vieux fossile ? » demanda Tulip à Tony.

Puis il secoua la tête.

Tony se tourna vers Hammett :

« Vous vous connaissez depuis longtemps, vous deux, pas vrai ?

— Depuis longtemps, mais pas bien. Ne t'imagine pas qu'on n'est pas de grands amis. C'est juste que, de temps en temps, ce type débarque là où je me trouve et reste quelques jours. Jamais longtemps. »

Tulip grommela quelque chose de sérieux et grossier par-dessus la tête du garçon.

« Tu sais parfaitement à quels moments j'apparais, Chim, dit-il pour finir. Et tu sais aussi pourquoi je ne reste jamais longtemps. »

Après avoir attendu quelques instants la réponse du grand maigre, Tony demanda :

« Tu le sais ?

— Il est bête, dit Hammett. Je le sais : je sais pourquoi il ne reste pas, c'est vrai, mais ça n'empêche pas qu'il est bête.

— Facile à dire, commenta Tulip d'un air indifférent.

— Eh, dit Tony en se tournant vers Hammett, tu as dit que je suis quelqu'un devant qui on peut parler. Mais, pour une raison que j'ignore, c'est pas vraiment ce que tu es en train de faire. »

Tulip donna un ou deux coups de coude dans l'épaule de Tony.

« On ne te la fait pas à toi, hein ? »

Il jeta un regard à Hammett, sourcils froncés, par-dessus la tête du garçon.

« On lui raconte cette histoire de Cœur d'Alène, voir ce qu'il en dit ?

— Si ça te fait plaisir, répondit le grand maigre, mais sache que je me fais mes propres idées sans me soucier de ce que disent les autres.

— Je sais. Tu es un ennemi de la démocratie.

— C'est faux, même si je ne crois pas vraiment à ses vertus dans les groupes réduits. Et ne t'avise pas de raconter partout que je suis un ennemi de la démocratie. On me renverrait en prison.

— Au fond, ton ami le sénateur n'a pas tort. Écoute, Chim, il faut essayer de voir les choses avec réalisme. Moi...

— Quand quelqu'un prononce le mot réalisme dans une discussion, les gens sensés remettent leur chapeau et rentrent chez eux », expliqua Hammett à Tony.

Et même si personne ne remit de quelconque chapeau ni ne rentra nulle part, ils gardèrent le silence pendant quelques dizaines de mètres.

« Alors tu crois qu'il faudrait que je m'y remette ? À la lampe, je veux dire, demanda soudain Tony, qui n'avait pas oublié l'idée. J'en suis arrivé à me dire que je ne m'y connais pas assez. Mais j'aimerais essayer, si tu crois que ça en vaut la peine.

— Je crois que ça en vaut la peine, répondit Hammett. S'y connaître n'est pas la garantie d'un travail réussi. Un travail est bon quand tu utilises ce que tu sais (pas seulement sur ce que tu es en train de faire) pour comprendre ce que tu ne sais pas.

— Qu'est-ce que tu racontes ? intervint Tulip.

— Si tu en arrives à ce résultat, c'est déjà pas mal, continua Hammett, imperturbable. Les problèmes arrivent quand tu cèdes à ce qu'on appelle généralement le sens commun, lequel finit par devenir une finalité en soi. Voilà la différence entre un menuisier et quelqu'un qui fait quelque chose pour de bon.

— Mon père était menuisier, l'interrompit Tulip avec colère. Je ne pense pas te laisser continuer sur ce ton.

— Ton père était un voleur ou un escroc.

— Absolument. Mais il n'avait pas assez de talent pour en vivre, dit Tulip sans la moindre trace d'ironie. Voilà pourquoi il devait travailler comme menuisier la plupart du temps. »

Quelqu'un, probablement Tony, esquissa un sourire.

Les chiens les rejoignirent à la bifurcation ; le sentier de gauche grimpait une colline jusqu'à la nouvelle volière des McConnell, leurs indiscrets voisins, et celui de droite conduisait au lac qui s'étendait entre les deux propriétés. Après toutes les démonstrations d'amour possibles, les animaux partirent devant en direction du lac dont on apercevait – la glace avait fondu quelques semaines plus tôt – des bouts entre les branches nues des arbres ; la plupart des plantes à feuillage persistant poussaient de l'autre côté. C'était un petit lac alimenté par le dégel, à peine plus de trois hectares et trois mètres de profondeur maximum, avec deux petites îles, très calme et beau.

Au moment où ils quittèrent le sentier pour se diriger vers la rive et le ponton, Hammett, qui marchait un ou deux pas en arrière, observa son ami, qui boitillait légèrement, sans pouvoir déterminer si le paysage qu'il avait sous les yeux lui évoquait quelque chose, ni même s'il l'avait déjà vu. Pourtant, comme s'il devinait ses pensées, Tulip se retourna légèrement et désigna le lac d'un mouvement de tête tout en regardant Hammett du coin de l'œil.

« Le lac de Lee, en Illinois, celui dont je t'ai parlé, ressemblait beaucoup à celui-ci, dit-il. Et il ajouta, par souci de précision : Sauf qu'il avait un embarcadère en pierre et que la cabine de bain était au bord de l'eau, pas en retrait comme celle-là. Et puis, il était – il l'est toujours – plus grand. »

Le grand maigre acquiesça.

Ce que Tulip avait appelé la cabine avait été longtemps au bord de l'eau, avant que les Irongate ne la fassent déplacer au sec ; et, par ailleurs, tout était constamment plus grand dans les histoires de Tulip.

Hammett aimait beaucoup ce lac. À la bonne saison, on y trouvait toujours des perches noires, des brochets, des poissons-lunes, des serpents, des grenouilles et des tortues. Il n'avait jamais goûté au serpent et les perches noires sentaient la boue, mais le reste était mangeable. En été, l'eau réchauffait trop pour que des truites y fraient, elles manquaient d'oxygène dans l'eau chaude, ainsi qu'il l'avait souvent expliqué aux enfants Irongate.

« Ce Thoreau, c'était pas la moitié d'un con, dit Tulip en se laissant tomber en arrière, le dos contre l'herbe humide de la berge.

— Un hommage peu orthodoxe, mais un hommage quand même, j'imagine », dit Hammett.

Le bras en arrière – il était assis sur la marche en bois du ponton –, il lança une pierre sur le miroir du lac.

« De qui vous parlez ? »

Tony, collé à Hammett comme s'il avait peur de manquer quelque chose, passa la tête par-dessus le bras tendu du grand maigre.

« D'un homme sage, dérangeant, d'une sérénité équivoque, atrabilaire peut-être…, commença Hammett.

— Ça n'est pas un mot à utiliser au grand air, dit Tulip. Atrabilaire. »

Le grand maigre éclata de rire et deux oiseaux posés sur le toit en paille du ponton s'envolèrent. Ils les suivirent du regard jusqu'à ce qu'ils traversent le lac et se posent sur l'autre rive.

« Vous parliez de qui ? insista Tony.

— D'un écrivain : Thoreau, dit Hammett. On a déjà parlé de lui, toi et moi, une fois, et ses livres sont dans la bibliothèque. Et pour le côté atrabilaire, il y aurait de quoi dire. »

Pendant ce temps, les chiens entraient et sortaient de l'eau dans leurs habituels vagabondages au bord du lac. À environ six mètres de l'extrémité d'une des îles, deux bernaches, ou peut-être deux oies (difficile de distinguer l'espèce à cette distance), les observaient, eux ou les chiens, écoutaient peut-être leurs voix fortes, avant de reprendre leur migration précoce vers le Canada. À cette époque de l'année, les oies sauvages devaient se sentir plus curieuses que méfiantes.

Tulip, sans changer de place, allongé sur l'herbe, se mit à jouer avec les chiens. Il avait jeté un bâton dans le lac pour que Cinq le rapporte et fut un peu surpris de voir le chiot se jeter à l'eau et nager vigoureusement pour l'atteindre.

« Voilà peut-être le début d'une belle amitié », dit Hammett.

Il se leva et s'éloigna de quelques pas sur la rive.

Cinq rapporta le bâton, le posa devant Tulip et attendit. Tony en profita pour expliquer à Tulip que les chiens se baignaient souvent avant que Jummy ne commence à avoir des problèmes aux oreilles. Depuis, l'eau ne les attirait plus autant, Jummy ne nageait presque plus et les deux autres faisaient tout comme lui.

Tulip répéta l'opération avec un peu moins d'enthousiasme que les fois précédentes. Cinq se jeta à l'eau pour aller chercher le bâton ; il gardait la tête bien droite au-dessus de la surface, comme les chiens de son espèce, même quand ils ne sont pas dressés. Pendant ce temps, Jummy et Meg entraient et sortaient de l'eau à l'endroit où la rive s'incurvait.

Tony, un peu embarrassé, comme s'il prenait la responsabilité d'on ne sait quoi, se mit à expliquer à Tulip :

« On avait un autre chien, le vieil Old Rush, un bâtard de terrier qui appartenait à Donald, mais il a disparu le jour de l'orage. Il a eu peur de la foudre.

— J'ai entendu Chim en dire deux mots. C'était un bon chien ? »

Tony acquiesça :

« Ce n'était pas un chien d'eau, comme ceux-là. Il creusait des trous et chassait les rats. C'était un vrai chien de garde, il pouvait devenir féroce. J'ai demandé à Dash s'il pense qu'il reviendra.

— Qu'est-ce qu'il t'a répondu, ce vieux charlatan ?

— Rien.

— C'est tout lui : il ne dit jamais rien, confirma Tulip en secouant la tête.

— Tu te trompes. Il parle beaucoup avec moi, j'imagine que tu as entendu : on avait une idée pour une lampe et… »

Sans quitter des yeux la tête noire du chien, Tulip l'interrompit :

« Écoute, si c'est lui qui t'a mis ce projet en tête, peut-être que ça présente un quelconque intérêt, concéda-t-il avec difficulté ; mais, à mon avis, c'est une usine à gaz, ou du moins ça le sera quand il en aura terminé. C'est un vieux charlatan, plein de théories fumeuses, tu perdras ton temps avec lui, Tony. C'est un expert.

— Un expert pour quoi ?

— Pour perdre son temps. Tu ne t'en es pas encore rendu compte ? »

Cela étant dit, Tulip s'éloigna à la rencontre de Cinq, qui revenait le bâton entre les dents. Hammett observait le lac avec indifférence, en direction de la rive opposée, comme s'il consacrait toute son attention au balancement des joncs.

Tony resta au milieu. Le silence se prolongea.

« Il fait la tête, affirma subitement Hammett, en revenant.

— Oui.

— Pourquoi, d'après toi ?

— Chaque fois qu'il a voulu parler de quelque chose, tu lui as coupé la parole », dit le garçon.

Sans savoir pourquoi, il s'imaginait que Tulip était le plus vulnérable des deux, ou quelque chose dans le genre.

« Tu lui as dit qu'il pouvait parler de tout ce qu'il voulait mais tu l'as systématiquement interrompu. »

Hammett toussota. Il trouvait que Tony était un brave garçon, et presque tout ce qu'il avait dit depuis le début lui était adressé. Il croyait que Tulip l'avait compris et qu'il était entré dans son jeu. C'est toujours en répondant par le mutisme, ou du moins en refusant d'entrer dans son jeu, qu'il avait pris le dessus sur Tulip.

« Tu crois que je me suis mal comporté avec lui ? dit-il.

— Je ne sais pas. Par exemple, quand il a évoqué ce qui vous est arrivé près de Spokane et qu'il a mentionné Cœur d'Alène. Qu'est-ce qui s'est passé ?

— Il ne s'est rien passé en particulier : tu connais l'histoire des Cœurs d'Alène ?

— C'est quoi, du français ?

— Oui, du français : ça veut dire cœur d'acier. Tu vois l'idée ? Un cœur très dur, comme un poinçon en métal, pour désigner quelqu'un de courageux ou alors (ou aussi) d'impitoyable. »

Tony acquiesça. Ils s'assirent sur le ponton et Hammett alluma une cigarette :

« Les Cœurs d'Alène étaient une tribu qui a longuement résisté aux guerres d'extermination du siècle dernier. Des gens très courageux et déterminés. Cette ville près de Spokane porte leur nom parce qu'ils y vivaient et il y a…

— C'est bien toi, ça, dit Tulip en revenant. Au lieu de lui expliquer ce qui nous est arrivé là-bas, tu te mets à raconter l'histoire de la tribu pouilleuse qui a donné son nom à la ville. C'est ta manière de fonctionner, pour ne pas…

— Cette histoire présente un intérêt plus général, plus compréhensible pour tout un chacun qu'une anecdote qui n'intéresse que toi, ou peut-être moi, comme tu as l'air de croire.

— Bah ! Pour changer, tu te trompes : moi, ça ne m'intéresse pas, ou presque pas, c'est à toi que je pense, pas à mon intérêt personnel. »

Hammett souffla la fumée de sa cigarette en observant l'autre rive.

« Je ne le fais que pour ton bien, ajouta Tulip.

— Maintenant, je pourrais faire valoir mon droit à me lever et à partir en courant, expliqua Hammett en se retournant vers Tony. C'est ce qu'il faut toujours faire quand quelqu'un te dit qu'il fait quelque chose pour ton bien. »

Tulip grogna et s'assit, ou plutôt se laissa tomber près d'eux ; après quoi il tendit la main vers les cigarettes de Hammett.

« Tout ce verbiage ne t'amène nulle part. Tu en es exactement au même point qu'à mon arrivée.

— Vraiment ?

— Vraiment, répondit-il avec une tranquille assurance.

Et tu peux plaisanter autant que tu voudras, tu sais que j'ai raison. Tu es aussi inerte, pour ne pas dire mort, que cette île, là-bas. Et si tu as un problème avec moi, c'est parce que je t'oblige à t'en rendre compte. »

Tony s'était assis en tailleur sur le ponton et les observait du coin de ses yeux noirs et brillants, comme si de rien n'était. Il ne savait pas exactement de quoi ils parlaient mais comprenait que c'était sérieux, et montrait de l'intérêt.

« Ce type s'imagine que je suis définitivement à sec, cette fois, expliqua finalement le grand maigre à Tony. Depuis ma sortie de prison et mon arrivée ici, il y a presque un an et demi, tout fout le camp. Quand j'étais derrière les barreaux, mes derniers feuilletons radio, celui de Sam Spade et celui de *L'Introuvable*, ont été retiré des ondes, et maintenant le gouvernement de l'État et l'administration fédérale veulent mettre mes biens sous séquestre pour retard d'impôts. Tu comprends de quoi il est question ? »

Tony acquiesça.

« Et puis, impossible pour moi de recommencer à travailler à Hollywood, soi-disant pour des raisons politiques. Alors Tulip s'imagine qu'il va me falloir écrire un nouveau livre (tu parles d'une imagination) et me fait miroiter sa vie minable, pour reprendre un adjectif à son goût, dans l'espoir que je m'en inspire.

— Je constate simplement que tu ne fais pas un bon sujet de livre, dit Tulip, je l'ai toujours dit.

— Ah bon, moi non mais toi oui ? demanda le grand maigre.

— Bon Dieu, c'est l'évidence même, répondit l'autre fièrement. Je suis beaucoup plus intéressant que toi.

— Ce n'est pas mon avis, mais inutile d'en débattre, sans compter que ça n'a rien à voir avec ce que j'ai dit. »

Avec une mauvaise humeur évidente, Tulip observa :

« Content de voir qu'il y en a au moins un qui sait ce que tu as bien pu vouloir dire. »

Puis s'adressant à Tony :

« Tu as compris, toi, ce qu'il a raconté ? »

Tony fit non de la tête :

« Mais j'imagine qu'il sait où il veut en venir, dit-il.

— Tu es encore jeune. Tu as la vie devant toi pour attendre que ce vieux casse-pieds finisse par cracher le morceau, mais il fait un peu pitié, des fois, pas vrai ? »

Tulip haussa ses sourcils blonds et se tourna vers Hammett.

« Il va falloir que tu m'expliques pourquoi, moi qui suis plus intéressant que toi, je ne pourrais pas faire un bon sujet de livre.

— Écoute, dit le grand maigre en s'adressant de nouveau à Tony, ou peut-être à Tulip à travers le garçon, c'est très simple : en ce qui me concerne, j'ai travaillé dans ma jeunesse pour une agence de détectives spécialisée dans l'enquête criminelle, j'ai participé à deux guerres, ou du moins j'étais dans l'armée pendant ces guerres, j'ai pris part à la vie politique de mon pays, raison pour laquelle j'ai fini dans une prison fédérale, j'ai eu la tuberculose pendant sept ans, je me suis marié, j'ai eu autant d'aventures que j'ai voulu, j'ai des enfants et des petits-enfants. Et qu'est-ce que j'ai tiré de tout ça ? »

Personne ne répondit.

« Il y a longtemps, j'ai écrit une nouvelle, plutôt pas mal mais qui manque de matière, sur un tuberculeux qui voyage à Tijuana pour échapper, le temps d'un après-midi et d'une nuit, à l'hôpital de San Diego où il est interné. À l'exception de ce récit, je n'ai jamais écrit un seul mot directement en lien avec ma vraie vie. Pourquoi ? C'est pas fait pour moi, voilà tout ce que je peux dire. Je ne suis peut-être pas prêt, je ne le serai peut-être jamais. J'ai essayé plus d'une fois, et je crois que j'y ai mis du cœur, mais jamais rien de ce que j'ai écrit sur ma vie n'a eu le moindre sens pour moi.

— *N'a eu le moindre sens pour moi...*, l'imita Tulip. Laisse tomber ces conneries, tu ne te rends même pas compte de tes mensonges, Chim... C'est quoi cette histoire de petits-enfants ? Ils sont nés depuis la dernière fois qu'on s'est vus ?

— Ouais. Une fille il y a deux ans et un garçon l'hiver dernier, juste avant que je sorte de prison. Je ne l'ai encore jamais vu.

— Bravo, Chim. Peut-être que ces mômes t'ont rendu un peu plus humain. Ils sont en Californie ? »

Lorsqu'il vit Hammett acquiescer, Tulip poursuivit son interrogatoire :

« Tu l'aimes beaucoup, ta fille ?

— J'aime beaucoup mes deux filles. »

À ce moment, les trois chiens, chacun de son côté, se mirent à aboyer avant de s'élancer en direction du sentier par lequel ils étaient arrivés, pour disparaître au tournant.

« On a de la visite, annonça Hammett.

— J'imagine que c'est Do et Lola », dit Tony presque en même temps.

Tulip jeta son mégot dans l'eau, où il s'enfonça dans un faible grésillement.

À cet instant, les trois chiens réapparurent à toute vitesse dans la boucle du chemin, les deux sœurs Irongate derrière eux. Do était une jeune fille blonde de seize ans et Lola une gamine aux yeux et aux cheveux sombres, aux joues roses, très jolie, de douze ans tout au plus. Hammett trouvait que Lola ressemblait à son père et à Tony ; par contre, Do ne ressemblait à personne de sa connaissance, mais on lui avait dit qu'elle avait les traits d'une tante : tout le monde ressemble à un membre de sa famille.

Elles saluèrent Tony de loin et firent la bise au grand maigre avant de tendre la main à Tulip.

Lola dit :

« Ils auraient dû venir aujourd'hui mais ils ne viendront pas. »

Elle parlait de Gus et Paulie.

« On est tout seuls. »

On devinait de l'excitation dans sa voix.

Do ajouta, du même ton :

« Ils n'ont même pas pensé à nous prévenir. Il va falloir qu'on se débrouille par nous-mêmes. »

Tony résuma :

« Du coup, on va devoir s'occuper du dîner. »

Hammett dit aux filles qu'il était content de les voir, qu'ils ne s'étaient pas beaucoup croisés ces derniers mois. Pareil pour Tony. Après une période sans nouvelles, Gus avait écrit la semaine dernière pour prévenir Hammett qu'ils reviendraient tous à Katonah dès que lui-même aurait achevé le tableau sur lequel il travaillait en Floride.

Mais, pour une fois, les choses s'étaient passées autrement. Les enfants étaient arrivés sans leurs parents. Et ils n'avaient pas l'air de s'en inquiéter. Au contraire.

« On va se débrouiller, dit Hammett au diapason des enfants Irongate. Vous partez à quelle heure ?

— Le car passe nous prendre tôt demain matin, dit Do, qui était la meneuse.

— Vous avez tout le temps de vous préparer. Du camp, vous retournez directement à New York ? »

Ils acquiescèrent. De toute évidence, la perspective de rester seuls à la maison, de préparer le dîner – les Poynton avaient quartier libre du samedi après-midi au lundi matin –, de probablement veiller tard et de se lever à l'aube, le tout sans leurs parents, semblait les enchanter.

« On pourra prendre la barque pour pêcher ? dit Lola.

— Bien sûr. Après déjeuner.

— Rien que nous trois ? » voulut savoir Tony.

C'était de la provocation, mais aussi une manière de rechercher la complicité de Hammett. Gus ne les laissait pas s'aventurer sur le lac sans un adulte pour les accompagner.

« On verra, dit Hammett. Si vous promettez de ne pas aller trop loin, peut-être. »

Il y eut une exclamation enthousiaste. Face au raffut, Tulip chercha le regard de Hammett, comme pour demander silencieusement si sa présence dérangeait. Le grand maigre était sur le point de faire non de la tête, mais, somme toute, en y réfléchissant à deux fois, il finit par hausser les épaules : à quoi bon le laisser penser qu'il voulait qu'il reste ?

Lola s'assit à côté de Hammett et Tony, et demanda pleine d'espoir :

« De quoi vous parliez ? »

Elle portait un pantalon de ski bleu foncé et un court blouson rouge.

« De rien », répondit Hammett.

Tulip se rassit et dit :

« Je crois que Chimney allait nous raconter l'histoire de sa vie. Mais pas sûr. »

Do lui lança un regard perplexe :

« Chimney ? »

Elle se tourna ensuite vers Hammett : « Oh, toi ! »

Elle éclata de rire. Elle avait un sourire sympathique, ses lèvres étaient fines. « Il me plaît, ce surnom, affirma-t-elle à Tulip.

— Je l'ai trouvé il y a plus de vingt ans, quand j'ai vu comme il fumait. »

Lola se rapprocha du grand maigre :

« Je veux connaître cette partie de ta vie… Chimney.

— Ne compte pas sur moi pour te la raconter, ma belle. »

Do intervint :

« On a interrompu une conversation, pas vrai ? »

Elle était restée debout, et, dans sa veste marron deux tailles trop grande, elle paraissait encore plus grande et mince. « Pas vrai, Tony ? »

Après avoir jeté un regard à Hammett, son frère répondit :

« À vrai dire, oui.

— Vous n'avez rien interrompu du tout, leur assura Tulip. Si Chim a envie de poursuivre son histoire, il le fera. Dans le cas contraire, il fera croire que vous l'avez interrompu. Assieds-toi et laisse-le décider... »

Do fit ce qu'il disait.

Tony rafraîchit la mémoire de Hammett :

« Tu disais que tu en avais vu des vertes et des pas mûres dans ta vie, mais que tu n'avais jamais rien réussi à écrire dessus.

— Que ça n'avait pas de sens pour toi, se moqua Tulip.

— Ce que je voulais dire, c'est que ça ne m'a servi à rien... »

Il hésita puis reprit.

« On imagine qu'un écrivain, ou disons quelqu'un qui a l'intention de passer pour tel, qui joue les écrivains et inscrit *écrivain* à la case *profession* sur les formulaires d'hôtel, peut écrire sur n'importe quoi. Tous les sujets sont possibles, en théorie. En principe, on penserait qu'il vaut mieux écrire sur ce qu'on connaît, soit par expérience personnelle, soit parce qu'on s'est documenté, ou les deux. Ainsi, il y en a qui écrivent sur ce qu'ils ont vécu, d'autres sur ce qu'ils ont lu, et d'autres encore écrivent parce qu'ils n'ont rien vécu mais qu'ils ont beaucoup lu.

— Je ne comprends pas », dit Lola.

Hammett poursuivit, comme si ce qu'il disait pouvait expliquer ou reformuler ce qu'il venait de dire :

« Il y en a qui s'imaginent que si l'écrivain veut comprendre les autres, leur faire sentir qu'il s'intéresse à certains d'entre eux, leur faire croire qu'il est intelligent, qu'il a eu une vie pleine d'aventures, qu'il a foi dans le progrès social ou autre, alors il lui suffit de choisir un sujet. Mais ce n'est pas comme ça que ça se passe, ce n'est pas une question de sujet. »

Il s'interrompit quelques secondes avant de reprendre.

« Mais mon ami Tulip croit que si... Vraiment... »

Il s'arrêta de nouveau. Il sentait bien qu'il s'exprimait de façon chaotique, hésitante.

« Et donc ? » dit Do.

Au départ, s'adresser uniquement à Tony avait facilité les choses pour Hammett, du moins en apparence, mais il peinait à trouver le ton face à ce nouvel auditoire plus large.

« Le sujet n'a pas d'importance ? Je ne comprends pas, répéta Lola.

— C'est pas ça », dit Hammett sur la défensive, en reprenant son souffle.

Do et Lola n'étaient pas un public dénué de bienveillance. Au contraire. Hammett savait qu'elles l'aimaient bien, et aussi que son récent emprisonnement l'auréolait, à leurs yeux, d'un certain charme. Mais ce dont il parlait en ce moment – ou ce dont il essayait de parler – n'avait aucun rapport. Alors il poursuivit, en s'efforçant tant bien que mal de les inclure.

« Là où j'essaie d'en venir avec tout ça, dit-il en s'adressant de nouveau à eux tous, c'est que je n'ai réussi à tirer qu'une courte nouvelle de toutes les péripéties de ma vie, une nouvelle qui n'est pas mal, qui se laisse lire, mais qui n'est pas très profonde, à propos d'un tuberculeux paisible qui va se payer une journée de bon temps à Tijuana. Il y aurait aussi de quoi écrire un ou deux textes à partir de ce que j'ai vécu à la guerre ou en prison. Et toi, dit-il en se tournant vers Tulip, tu n'as que ce genre de sujet à me proposer : quel que soit le bout par lequel on la prend, tu n'as pas connu autre chose de toute ta vie minable; il y en a peut-être qui trouveront le sujet fascinant et raffiné, mais il ne m'intéresse pas. Je ne saurais pas quoi en faire.

— À dire vrai, répondit Tulip, je n'ai jamais eu la tuberculose, et j'étais encore un enfant pendant la Première Guerre mondiale. Mais je sais pourquoi les choses qui te sont arrivées ne te servent à rien : elles ne sont pas arrivées à la bonne personne. Toi, tu penses que tout vient de l'esprit, et la vie devient évidemment insipide quand on rationalise comme tu fais. »

Il regarda Tony.

« Pas vrai, petit malin ? »

Tony lança un regard à Tulip, puis un autre à Hammett, mais ne répondit rien.

« Toi et tes émotions immatures, vous ne supportez pas le poids du bon sens, commenta Hammett sur un ton un peu didactique, parce qu'il en avait assez des reproches. Un sentiment qui doit se garder de la raison, la tenir à l'écart, n'aura pas la force nécessaire. Il n'est pas rare que les ivrognes qui cognent sur leur femme pleurent devant un oiseau blessé. »

Lola demanda :

« Qu'est-ce que ça veut dire ? Quel ivrogne ? Où ça, un oiseau blessé ? »

Tony grogna pour la faire taire.

Tulip reprit :

« Des fois, je ne comprends pas de quoi tu parles, Chim. Ce serait si difficile d'écrire les choses telles qu'elles se sont passées et de laisser les lecteurs les interpréter comme bon leur semble ?

— C'est une façon d'écrire, bien entendu, et si tu prends garde à ne pas trop t'impliquer dans ce que tu écris, tu peux t'arranger pour que chaque lecteur y trouve une signification différente, étant donné que tout ou presque peut devenir symbole, en fin de compte. J'ai lu beaucoup d'œuvres de ce genre, elles m'ont plu, mais ce n'est pas ma manière d'écrire, inutile de faire semblant.

— Tu cherches la petite bête, dit Tulip. Tu peux égarer tes lecteurs, si tu veux, mais ce n'est pas une obligation, si tu veux mon avis. Et je ne vois pas d'objection à ce que tu les laisses faire une partie du travail à ta place, si ça les chante… Quand tu as utilisé l'histoire de ce type de Spokane… »

Tony leva la tête.

« On revient à Cœur d'Alène… »

Tulip fit non de la tête :

« Non, une autre histoire, celle d'un type qui disparaît.

— Il ne suffit pas de vouloir pour que ça vaille le coup, les interrompit Hammett de façon un peu brusque, même si on obtient de bonnes critiques.

— *De bonnes critiques* : l'argent, encore l'argent…, dit Tulip, triomphal. Voilà la vérité. Si tu écris, c'est parce que tu as besoin d'argent, ou, en tout cas, pour gagner de l'argent. »

La chose ne manquait pas de piquant, se dit Hammett, venant justement de quelqu'un comme lui.

« L'argent, de toute évidence, répondit-il. Quand on écrit, on veut tout : la célébrité, la fortune et la satisfaction personnelle. On veut écrire ce qu'on a envie d'écrire, on veut avoir la conviction d'écrire bien et de pouvoir vendre des milliers d'exemplaires, on veut que son œuvre plaise à tous ceux dont l'opinion compte, et ainsi pendant des siècles et des siècles. Il y a peu de chances qu'on arrive à faire tout ça, mais on ne peut pas non plus arrêter d'écrire ou se suicider parce qu'on n'y arrive pas. En tout cas, voilà quel est (quel devrait être) l'objectif.

— Tu es tellement snob, Chimney, dit Tulip en jetant un autre mégot dans le lac. Tu nous sors tes grands discours alors que tu vis sur le dos des gens. »

Il y eut un nouveau silence, plus long que le précédent. Sentant qu'elle n'était pas à sa place, la petite Lola se leva sans bruit et sans un mot. Le grand maigre la regarda s'éloigner.

« Oublions ça », dit-il d'un ton sec.

À cette époque, Do se préparaît sereinement à entrer dans le monde des femmes et pensait qu'il revient à celles-ci d'éviter les disputes des hommes et de meubler de façon constructive les silences gênés. C'est peut-être pour cette raison qu'elle dit :

« J'ai demandé à Donald et Linda de servir le déjeuner tôt. Ça vous va ? »

Tony, peiné par cette interruption conciliatrice, eut un geste méprisant. Mais Hammett répondit :

« D'accord pour moi. »

Il consulta sa montre : onze heures cinquante-quatre minutes. « Vous voulez qu'on rentre à la maison ? »

Tandis qu'il se levait, Tulip demanda, en souriant, pour recoller les morceaux :

« Au fait, Chim, je t'ai déjà dit qu'il y a une ou deux choses sur lesquelles je ne suis pas cent pour cent d'accord avec toi ? »

Et tous éclatèrent de rire, même ceux qui ne savaient pas pourquoi.

Hammett les devança pour rattraper Lola tandis que les chiens qui avaient disparu dans la forêt, de l'autre côté du lac, revenaient par le sentier. Ils rentrèrent les uns derrière les autres jusqu'à la maison. Lola, Hammett et – un peu derrière eux – Tony marchaient en tête ; Tulip et Do les suivaient. Ils venaient de dépasser l'abri de pierre de la pompe à eau quand Tony rattrapa sa sœur et le grand maigre, pour demander :

« Au final, tu es arrivé à ton but, avec ton explication ?

— Non, je ne crois pas. J'ai l'impression d'avoir tourné autour du pot. »

Hammett regarda Lola comme pour demander sa permission.

« Pour dire les choses simplement, il y a deux sortes de raisonnements ou d'argumentations : ceux qui servent à te faire mousser et ceux qui te font comprendre des choses.

Dans le cas présent, on se disputait, et dans les disputes, ce qu'on dit n'a pour but que d'avoir raison sur l'autre, on ne cherche pas la vérité. On en reparlera, si tu veux. Il y a un petit livre de Schopenhauer… »

Lola demanda :

« Et moi, j'aurai le droit d'écouter ?

— Pourquoi pas ? » dit Hammett.

Tony sourit discrètement. Il savait que le grand maigre n'en pensait pas un mot.

3

Chimney & Tulip

Linda avait préparé un rôti d'agneau garni de pommes au four que tout le monde mangea avec appétit. Les enfants Irongate monopolisèrent la conversation tout au long du déjeuner. La situation inédite de se retrouver dans cette maison de campagne en l'absence de leurs parents provoquait l'excitation générale. Ils débattirent longuement du moyen de se lever aux aurores et Tulip proposa ses services pour les sortir du lit, car, selon ses dires, les années d'armée avaient rendu son horloge interne très sensible et il était capable de se réveiller quand bon lui semblait.

« Quand ce n'était pas la sonnerie du petit déjeuner, c'était le branle-bas de combat », précisa-t-il sous l'œil attentif de Lola, assise à côté de lui.

Hammett secoua la tête sans faire de commentaires.

« Les obus t'ont souvent réveillé ? demanda Tony, les yeux brillants.

— C'est-à-dire… »

À cet instant, Poynton entra pour les prévenir que Gus

appelait de New York et le garçon se leva naturellement pour aller répondre.

— Je reviens », dit-il sur un ton qui laissait entrevoir l'adulte en lui.

Ses deux sœurs le suivirent à toute allure.

« Tu n'as vraiment pas honte, dit Hammett à peine les enfants hors de vue.

— Et toi alors ? Tu ne m'as même pas dit que tu avais ton propre bungalow. »

Le grand maigre fronça les sourcils.

« C'est Do qui me l'a appris, j'avais rien demandé. Elle m'a dit en passant : *tu as vu le bungalow de Chim ?*

— Je n'ai pas menti, Tulip. Disons que j'ai gardé cette information pour moi.

— Pour pas que je reste.

— Tu sais parfaitement que je ne veux pas que tu restes. J'ai été clair depuis le début. Et encore moins maintenant que tu chouines. Tu pars quand ?

— Dès que possible. Tu me déçois, Chim.

— Toi, par contre, tu es fidèle à toi-même. »

En entrant avec les cafés, Poynton remarqua que les deux vieux amis gardaient le silence. Pendant un moment, on n'entendit rien d'autre que le tintement des petites cuillères et, en arrière-plan, les voix de Do et Lola qui se disputaient le téléphone.

Tony revint à table cinq minutes plus tard. Tulip n'y était plus.

« Il est allé en ville, dit Hammett.

— Il reviendra ? »

Le grand maigre haussa les épaules.

« Sans le moindre doute. Que raconte Gus ?

— Comme d'habitude : que je dois veiller sur Lola et ne pas trop t'embêter. Tu vas finir l'histoire que tu as commencée au lac ?

— Attendons tes sœurs. »

Tony ne put cacher sa déception :

« Elles s'en fichent de tes histoires, elles ne comprennent pas. Tout ce qu'elles veulent, c'est ne pas se sentir exclues de la conversation.

— On peut les comprendre, Tony. Mais je sais ce que tu penses. Tu te dis que mon histoire ne sera pas la même si elles écoutent, que je ne dirai pas tout et que je ferai attention à bien choisir mes mots et ce que je raconte.

— J'ai tort ? »

Hammett secoua la tête.

« Quand on raconte une histoire, on ne sait pas d'avance ce qui va intéresser l'auditeur ou le lecteur, ce qu'ils veulent. Souvent, on ne se rend même pas compte à quel point on modifie ou on adapte le récit pour répondre à ses attentes supposées.

— Qu'est-ce que tu crois que j'en attends, moi, de ce que tu vas raconter ? »

Le grand maigre n'eut pas le temps de répondre car, à cet instant précis, les filles Irongate revinrent en courant et il sentit qu'il fallait trouver un moyen de les inclure dans la conversation. Peut-être pouvait-il tout simplement se taire et attendre d'être à nouveau seul avec Tony, et sans Tulip, cette fois. Cependant, comme toujours, la réalité décida pour lui.

« Raconte-nous quand tu as eu la tuberculose, Chimney », dit Lola en se jetant dans le plus proche fauteuil.

Ils rirent tous, même l'exclusif Tony.

« Je vais essayer », répondit Hammett avec un empressement qui l'étonna lui-même.

Sans transition, il commença son récit.

« Ça se passait dans un hôpital pour tuberculeux, un peu après la Première Guerre mondiale. À peu près à l'époque où j'ai vu Anna Pavlova, la ballerine russe, danser pour la dernière fois à Tacoma, mais c'est une autre histoire. En 1920, j'avais vingt-six ans et j'étais dans ce sanatorium, une ancienne école pour Indiens, sur Puyallup Road, juste à la sortie de Tacoma, dans l'État de Washington. La plupart d'entre nous étions ce qu'on appelle des vétérans invalides de guerre, mais l'administration des anciens combattants ne possédait pas d'hôpitaux en propre, en ce temps-là, et peut-être même pas une organisation digne de ce nom. De sorte que nous étions pris en charge dans les hôpitaux du Service de santé publique des États-Unis. Dans le mien, la moitié des patients étaient tuberculeux. Les autres, atteints de névroses de guerre (les fous comme on les appelait entre nous), étaient tenus à l'écart, séparés du reste ; ils dormaient et mangeaient de leur côté, parce que j'imagine qu'il fallait les garder à l'œil (pour nous, il n'y avait presque aucun contrôle) et aussi éviter qu'ils attrapent la tuberculose.

— Et parmi les tuberculeux, il n'y avait pas de fous ? s'enquit Tony, comme pour montrer qu'il suivait.

— Bien sûr que si. »

Hammett se désigna du pouce. « Mais personne ne s'en est jamais rendu compte. »

Tony sourit.

« C'était un hôpital agréable, continua le grand maigre, géré à la va-comme-je-te-pousse, et ceux d'entre nous qui prenaient les choses du bon côté ont fini par vaincre la maladie. Je parle des tuberculeux. Je ne sais pas comment s'en sortaient les névrosés de guerre ; mais ceux qui étaient les plus conscients de leur état refusaient en général les traitements et mouraient de dépression, démoralisés par la maladie. C'est paradoxal.

— Qu'est-ce que ça veut dire ? dit Lola.

— Que ceux qui savaient qu'ils étaient malades de la tête déprimaient et refusaient de se soigner alors que ceux qui n'y comprenaient rien s'en sortaient mieux parce qu'ils se laissaient faire.

— Ah, c'est triste.

— Oui, très triste, admit Hammett. Le commandant à la tête de l'hôpital passait pour un pervers, un dégénéré, mais je n'en ai jamais eu la preuve. Ce que je me rappelle, c'est que ce type avait une peur bleue de la toute nouvelle Légion américaine, et qu'on lui en parlait chaque fois qu'il jouait les petits chefs, même si la plupart d'entre nous n'appartenaient pas à cette association d'anciens combattants mais à celle des Invalides de guerre. À chacune de ses tentatives pour serrer la vis, notre défense se réduisait à une phrase : *On n'est plus à l'armée !* sur un ton furieux ou triomphal, murmurée ou criée à tue-tête, selon qui la prononçait et dans quelles circonstances. Presque tous nos docteurs et infirmières venaient aussi de quitter les drapeaux, ils se sont lassés d'entendre cette phrase avant que nous de la dire.

— Bref, tu t'amusais bien, malgré la tuberculose..., résuma Lola.

— On peut dire ça comme ça. Le gouvernement nous versait une indemnité de soixante ou quatre-vingts dollars (je ne me souviens pas du montant exact). Je crois que cette somme variait en fonction de la gravité de notre état de santé, raison pour laquelle on appelait les thermomètres des *jauges d'indemnisation*, vu qu'on était payés en fonction de ce qu'ils indiquaient... On nous fournissait aussi une quantité de cigarettes insuffisante pour un fumeur; logés et nourris à l'œil, bien sûr, et on n'avait pas besoin de beaucoup de vêtements. La situation n'était pas mauvaise. Même en ce qui concerne l'alcool. C'était la Prohibition, mais on se débrouillait. En plus de ce qu'on pouvait soutirer aux médecins ou aux infirmières, on arrivait à obtenir de l'alcool de contrebande; d'une qualité déplorable, et très fort. Extinction des feux à dix heures précises mais la chambre que je partageais avec un gars de Snohomish avait été celle de la directrice, à l'époque de l'école pour Indiens, et elle était branchée sur la lumière des toilettes, qui restait allumée. C'est-à-dire qu'il suffisait d'accrocher une couverture devant la fenêtre pour pouvoir jouer au poker aussi tard qu'on voulait. On pouvait entrer et sortir de l'hôpital quand ça nous chantait, on n'avait besoin d'une autorisation que pour aller passer la nuit à Seattle ou dans un endroit comme ça. Mais il y avait tout de même des moments où il fallait rester à disposition de l'administration. Enfin, quoi qu'il en soit, même s'il nous arrivait d'être à sec, la plupart d'entre nous pensaient que ça valait toujours mieux que d'avoir à travailler pour vivre.

— Tu t'y es fait des amis ? dit Tony.

— Je me souviens de Whitey Kaiser, dit Hammett, conscient d'avoir choisi un personnage à la hauteur des attentes du garçon. Whitey était un petit gros, blond, très costaud, né en Alaska. Il avait presque toutes les maladies connues mais ça ne l'empêchait pas de cogner aussi fort qu'un marteau-pilon, même s'il avait les métacarpes en miettes depuis longtemps. Alors, pour ce qu'il appelait ses *missions spéciales*, il m'empruntait une matraque, qu'il me rendait le lendemain matin, accompagnée de dix dollars. Cette matraque, je l'avais gardée de l'époque où j'étais détective à Spokane : quand on est jeune, on aime bien avoir ce genre de trucs en poche. Un jour, j'ai lu dans un journal du soir qu'un type en avait agressé un autre et volé cent quatre-vingts dollars, la nuit précédente, sur Puyallup Road, la route de Tacoma à Seattle. J'ai montré ça à Whitey, tout ce qu'il a dit c'est que les gens exagèrent toujours la somme volée. »

Tony éclata de rire et Lola le regarda sans comprendre. Hammett poursuivit.

« Il y avait aussi un Philippin, j'ai oublié son nom, qui s'entraînait pour devenir joueur professionnel, c'est-à-dire, en d'autres termes, qu'il espérait pouvoir vivre en trichant aux cartes, expliqua Hammett, au cas où. Mais il n'était pas très bon et ne le deviendrait jamais. Je crois que, dans le civil, avant d'entrer dans l'armée, sa paie de la semaine disparaissait chaque samedi dans un tripot chinois. Ce type, le Philippin, possédait un jeu de cartes biseautées qu'on le laissait utiliser de temps en temps pour nos parties de poker (en cachette, à ce qu'il croyait). Mais, bien sûr, la plupart d'entre nous connaissaient ces cartes marquées encore mieux que lui, et il ne gagnait jamais... Une fois, un truc bizarre est arrivé. En général, les joueurs professionnels sont très à cheval sur l'honneur, vu qu'ils sont souvent confrontés à des accusations de tricherie. C'est comme ça que le Philippin s'est retrouvé dans une discussion qui a fini en bagarre, mais son adversaire a dû l'attendre le temps qu'il aille chercher une paire de gants de boxe dans sa chambre... C'était pour se protéger la peau et les mains, j'imagine, vu que ses gants n'étaient pas plombés et n'avaient pas non plus de ces coutures apparentes qui font mal, sans compter qu'ils étaient trop petits et l'empêchaient de fermer complètement les poings pour taper fort. Complètement ridicule... Mais c'est le genre de choses qui nous amusait, ça faisait passer le temps, il faut bien admettre qu'on ne devait pas s'embêter tant que ça.

— Whitey, il devait s'embêter plus que les autres..., dit Tony.

— Je vois que ce type t'intéresse. Écoute ce qui lui est arrivé quand on nous a envoyés au sud de la Californie. À cette époque, le gouvernement avait ouvert – ou rouvert, je ne me souviens plus – un hôpital près de San Diego. C'était le vieil hôpital militaire de l'ancien Camp Kearney, et quatorze d'entre nous, pas les plus disciplinés, il faut bien l'admettre, y ont été transférés. On nous a fait monter dans un autocar privé qui a pris quelques autres passagers à Portland. Il y en avait parmi nous qui se croyaient très malins, les plus malins du monde. Par exemple, il y avait un certain Austen qui avait perdu une jambe (les docteurs qui lui avaient diagnostiqué une tuberculose osseuse lui raccourcissaient la jambe petit bout par petit bout), et un autre, un affreux roux dénommé Quade, qui souffrait d'une tuberculose intestinale. Whitey et moi, on n'avait pas un rond, mais lui, entre autres maladies, il avait un problème aux reins, et le médecin de Tacoma lui avait prescrit une poudre à prendre dans de petits sachets, comme de la drogue.

— Je ne crois pas que…, dit Do en regardant sa petite sœur qui somnolait, et puis Hammett et Tony avec une sévérité mêlée de scepticisme. Il vaut mieux qu'on aille se reposer un moment dans notre chambre.

— Je crois que c'est une bonne idée, vous vous êtes levées très tôt », dit Hammett en clignant de l'œil à l'aînée.

Et quand les filles eurent grimpé l'escalier, il continua, cette fois rien que pour Tony :

« Alors, pendant le voyage, on a vendu ces sachets à Austen et Quade, qui ont sniffé la poudre. Et ils ont bien tripé, du moins ils ont cru qu'ils tripaient, tout le voyage jusqu'à San Diego…

— Ah…, dit Tony.

— Attendons Do un moment, dit Hammett. Je suis sûr qu'elle va revenir.

— Continue. Après, si ça te chante, tu pourras revenir en arrière, ça ne me dérange pas.

— Je ne préfère pas, Tony.

— Je ne répéterai rien à personne.

— C'est pas ça.

— C'est quoi, alors ? »

Hammett n'en savait rien, en réalité. C'était peut-être le fil ténu qui sépare récit et confidence. Il faut que ce soit clair en permanence. Pour les deux personnes qui dialoguent ; au pire pour une d'entre elles. Si le récit s'interrompt à différents moments pour chaque interlocuteur, le sens peut en être mal interprété. Hammett avait acquis une conscience exacerbée de ce genre de problèmes.

« Une autre fois, Tony, promis, on en reparlera. »

Le garçon gratta le sol du pied sans rien dire, parce que Do revint à cet instant et s'assit à côté de Hammett avec naturel.

« Tu m'excuses, pour les petits sachets de poudre ?

— C'est pas grave », dit la demoiselle.

Elle semblait avoir mûri d'un ou deux ans en seulement quelques minutes d'absence. « Il était où, cet hôpital de Californie où on t'a emmené ?

— L'hôpital était près de la frontière mexicaine, au bord du désert, dit le grand maigre. Il y avait de drôles de bestioles dans ce désert. Beaucoup de crapauds, notamment, c'était une de nos grandes distractions ; on organisait aussi des combats entre des serpents à sonnette et des lézards venimeux, les monstres de Gila, dans un wagon abandonné sur un tronçon de voie ferrée désaffectée. Au début, les gogos misaient invariablement sur les serpents, mais les lézards gagnaient toujours. Alors, quand plus personne n'a voulu miser sur les serpents, on a mis fin aux combats. Et puis, il y avait Tijuana, pour aller s'amuser tous les quinze jours. Je ne me rappelle pas grand-chose de San Diego, mais c'était une jolie ville vue de la colline qu'on descendait entre des maisons de stuc rose et bleu; je me souviens de l'US Grant Hotel et des drugstores où, en ces temps de Prohibition, on pouvait acheter et boire pas mal de fortifiants qui contenaient une proportion considérable d'alcool.

— Tu n'écrivais pas, à l'époque ?

— Pas encore. Je n'imaginais même pas le faire un jour. Par contre, j'ai beaucoup lu dans cet hôpital, mais je ne me rappelle pas le moindre titre.

— C'est pareil pour moi, dit Do, pressée de participer. Comment s'appelle le roman que Lillian m'a offert pour Noël et qui m'a tellement plu ?

— *L'Attrape-cœurs* ? hasarda Hammett.

— C'est ça, l'histoire de Holden…

— Tais-toi, dit Tony, avant de s'adresser à Hammett : Elle interrompt toujours pour parler de ses trucs à elle.

— Tais-toi toi-même, tu n'y comprends rien. Tu ne lis que des magazines comme *Popular Mechanics* et ces comics pourris que tu caches dans le cagibi.

— J'en ai écrit, des comics, moi, mes petits amis, intervint Hammett avec une fierté surjouée. Pour le meilleur dessinateur de l'époque : Alex Raymond. »

Les deux jeunes se regardèrent sans la moindre expression

d'admiration ou de surprise, sans même avoir l'air de savoir de qui il parlait.

« *Flash Gordon ?* tenta Hammett. *Rip Kirby ?* »

Les enfants Irongate firent non de la tête. Hammett les imita. Un long silence se fit.

« Et au final, tu es resté longtemps à la frontière ? dit Tony, avec une maturité presque condescendante, pour renouer le contact.

— Non. Pas beaucoup plus, admit Hammett. C'est vrai que je prenais du bon temps à Camp Kearney mais, à la fin de la saison des courses hippiques à Tijuana (en mai, je crois), j'ai décidé que je n'avais plus envie de rester et j'ai demandé à quitter l'hôpital. Ce qu'ils ont accepté. On ne pouvait pas dire que mon état était stable ou la maladie sous contrôle, vu que je ne suis venu à bout de la tuberculose que cinq ou six ans plus tard, mais les docteurs ont tout de même inscrit *objectifs de rétablissement atteints* et m'ont laissé partir. »

Lorsqu'il se tut finalement pour allumer une cigarette, Do demanda :

« Et tu es allé où ?

— Je suis rentré à Spokane, parce qu'on m'avait donné un billet de train et que je voulais revoir des gens là-bas. Ensuite, j'ai passé une semaine ou deux à Seattle : c'était une ville bruyante, mais j'aimais bien. Après, je suis parti à San Francisco ; je pensais n'y rester qu'un mois ou deux, tout au plus, avant de rentrer chez moi, à Baltimore, dans ma famille. Mais, finalement, j'y suis resté sept ou huit ans ; je me suis marié avec Jose, que j'avais connue à l'hôpital où elle était infirmière, et puis ma fille est née, j'ai commencé à écrire et je ne suis retourné à Baltimore que pour de courtes visites. »

Le silence se fit de nouveau. Soudain, comme si elle se souvenait de quelque chose d'important ou remarquait une anomalie, une absence autour d'elle, l'aînée des Irongate dit :

« Et ton ami, le colonel ? »

Le grand maigre haussa les épaules, désigna la porte du jardin du menton.

« Tulip a déjà entendu ces histoires, dit-il sans répondre à la question.

— Pourquoi tu l'appelles comme ça ? » dit Tony à l'improviste.

Hammett sourit légèrement :

« Tulip ? Il n'en sait rien lui-même. C'est une... *private joke.* Mais si ça t'intéresse, le nom sur ses cartes de crédit, c'est Carl Lindgren.

— Ah. Il va rester quelques jours ?

— Je ne crois pas. J'imagine qu'il partira demain, juste après vous.

— Il a promis de nous réveiller, dit Tony.

— C'est vrai. Tenez vos affaires prêtes.

— On peut aller au lac ?

— Bien sûr. Préparez tout ce qu'il faut. »

Hammett se leva, étira ses jambes et alla faire un tour dans la cuisine pendant que les enfants Irongate remontaient bruyamment à l'étage.

Il trouva Linda en train de finir de laver la vaisselle pendant que son mari rangeait les restes de viande et de pommes de terre au réfrigérateur.

« Tu seras au Madison ce soir, Donald ? Ezzard Charles contre ce Portoricain, c'est une belle affiche.

— C'est vrai, mais je vais plutôt aller à la St. Nicholas Arena, monsieur Hammett. En ouverture, il y a un poids moyen qui fait ses débuts, un Blanc, il paraît qu'il a une bonne gauche. Dommage que vous ne puissiez pas venir. »

Le grand maigre fit non de la tête.

« Pas cette fois.

— Votre ami, le colonel…, insinua Poynton.

— Tulip ? Eh bien ?

— Vous restez avec lui. »

Hammett acquiesça.

« Disons que je ne veux pas le laisser seul, au cas où il déciderait de rester. Difficile de savoir, avec lui. Il est en ville, en ce moment. »

Une pause.

« Il est malade, non ? dit Donald sans bouger.

— Pas que je sache. »

Hammett remarqua le regard de Linda, un reproche voilé à son mari. « Pourquoi tu dis ça ? »

Poynton tira de sa poche une petite fiole dont le bouchon en caoutchouc était retenu par un anneau d'aluminium. Un flacon pour injection.

« C'était dans la poubelle de la salle de bains », dit Linda.

Hammett l'approcha de son nez. Il le scruta à la lumière : il ne restait presque rien de son contenu.

« De l'insuline », dit-il.

Poynton acquiesça, il avait fait la guerre du Pacifique dans les *medics*, il s'y connaissait :

« Vous avez remarqué qu'il boite ? Il fait ce qu'il peut pour le cacher, mais il a un problème à la jambe droite.

— C'est vrai. »

Hammett rangea la fiole. Il savait reconnaître les symptômes du diabète en phase avancée. Dans ces cas-là, l'amputation guette.

« Il a mangé deux parts de tarte aux noix. Il ne devrait pas, dit-il.

— En effet. »

Linda retira son tablier et sortit par la porte latérale, tête basse. Donald accrocha sa veste à une patère, à côté du réfrigérateur.

« N'oublie pas pour jeudi, dit Hammett en guise d'au revoir. Garde ta journée pour me conduire à Washington.

— Jeudi, c'est loin.

— Je sais. Je te le dis pour que tu n'oublies pas.

— À quelle heure ?

— L'audience est à neuf heures. Il faudrait y être une heure en avance, et après, une fois que ce sera fini, on ira à New York. Tout un programme.

— Oui, monsieur Hammett.

— Vous partez ?

— Oui. L'express de Grand Central part dans quarante minutes.

— À lundi, alors. Prends soin de toi. »

Il se retourna et sortit de la cuisine.

4

Poynton

Hammett avait rencontré Poynton et sa femme le premier jour, en ce petit matin frais où le taxi en provenance de la gare de Katonah l'avait déposé devant la résidence des Irongate et que ce Noir athlétique avait baissé la revue *The Ring* qu'il lisait sous le grand auvent de la maison pour venir l'aider à porter ses maigres bagages.

« Tout est là, monsieur ?

— Pour l'instant, oui.

— Bien, monsieur.

— Le reste arrivera demain, j'espère. »

Le reste, c'était trois ou quatre caisses de livres, les machines à écrire et une lourde malle qui resterait longtemps fermée.

« Je suis Hammett, avait alors dit l'invité, avec l'embarras poli de qui s'aperçoit qu'il n'a pas respecté une élémentaire règle de courtoisie.

— Donald, dit Poynton en lui serrant la main. Et elle, c'est Linda, ma femme. »

Elle était apparue à ses côtés comme une ombre et la main qu'elle avait tendue avait la même consistance.

Sur le chemin du bungalow où le grand maigre allait s'installer, une cabane en rondins de trois petites pièces en lisière de la forêt, les gardiens de la maison – surtout elle, loquace et exhaustive – lui avaient expliqué qu'ils étaient à sa disposition, qu'ils laveraient son linge et lui feraient à manger, que le bois pour le feu était stocké sous l'abri du fond.

« Parfait », avait dit Hammett.

Ils étaient entrés, avaient traversé un living exigu encombré d'une table et de deux fauteuils avant de déposer les valises sur l'édredon d'indienne qui recouvrait un lit sommaire, sous la fenêtre de la toute petite chambre. Tandis que Donald lui montrait la salle de bains et que Linda lui expliquait qu'il y avait du café, du lait, du pain et du beurre dans le petit réfrigérateur sous le plan de travail, Hammett avait demandé :

« Tu t'intéresses à la boxe, Donald ? »

Et il avait frôlé du doigt la revue pliée dans la poche extérieure de la veste de Poynton.

Celui-ci avait hoché la tête avec un sourire muet.

« Tu as été boxeur ? »

Il avait encore acquiescé, et son nouveau sourire avait fait ressortir, en plus des rides légères aux coins des lèvres, deux cicatrices roses qui coupaient ses sourcils larges et plats en deux.

« J'ai été *sparring partner* jusqu'à l'année dernière, avait-il dit d'une traite. J'ai laissé tomber quand on a eu la possibilité de venir ici.

— Et elle, qu'est-ce qu'elle en pense ? »

Hammett avait tourné la tête vers la chambre voisine, d'où Linda lui expliquait que, s'il avait besoin de couvertures, de savon ou de serviettes, il n'avait qu'à lui demander.

« Elle est heureuse, ici. Elle aime cette vie.

— Et toi ? »

Poynton avait souri de nouveau, incliné la tête sur le côté et fait un pas chassé comme les bons boxeurs pour esquiver un coup prévisible ou faire croire qu'ils ont encaissé sans broncher.

Sur le moment, Hammett n'avait pas compris ce que ce geste signifiait exactement. Mais il ne tarderait pas longtemps à le savoir.

L'occasion s'était présentée quelques jours plus tard, au cours d'une longue conversation à table, quand Gus Irongate avait expliqué être entré en contact avec Poynton et sa femme par l'intermédiaire d'un ami qui fréquentait, juste pour le plaisir de s'entraîner et de tâter du sac de frappe, la salle de Tony Lomuto dans le Bronx.

« Le Shadows ?

— Tu connais ?

— Tout le monde connaît. »

Hammett savait que le Shadows, le gymnase que l'inoxydable Tony Lomuto et son fils Andrea tenaient depuis environ vingt ans au cœur du Bronx était – et surtout avait été – autre chose qu'une simple salle mal ventilée saturée d'odeur de résine, de transpiration de corps en activité et de consignes immanquablement criées dans des dialectes étrangers. D'une certaine façon, l'endroit faisait office d'école, on y enseignait une manière originale et révolutionnaire de penser le dialogue des poings, très loin de la conception habituelle du gymnase comme *fabrique de champions*. Que Donald Poynton y soit passé disait beaucoup de sa singularité.

Bien que les Lomuto aient découvert quelques diamants bruts et les aient polis pour en faire des cracks – environ deux douzaines de boxeurs formés entre ces cordes dégoulinantes de sueur avaient décroché différentes ceintures –, ce n'était paradoxalement pas ce qui faisait leur fierté. Tony n'avait jamais joué les managers ni ne s'était approprié les succès de ses élèves. Au contraire, passé maître dans l'art du *side step* classique, il faisait un pas de côté une fois qu'il les avait conduits jusqu'au classement mondial, dans l'antichambre de la gloire. Il les accompagnait, mais pas plus loin.

En réalité – et c'est ce par quoi Hammett avait été séduit après l'avoir compris –, il focalisait son attention sur un autre objectif, une tâche plus difficile et plus subtile : entraîner de parfaits *plastic boxers*, des boxeurs polyvalents, sans style propre ou capables de les incarner tous, des *sparring partners* fonctionnels en apparence, dans le jargon traditionnel des sports de combat, mais bien plus encore : ce qu'il appelait des *shadows*. D'où le nom de sa salle.

Lomuto, qui avait troqué, dans les années vingt, les sacs de farine de la toute nouvelle chaîne de pizzerias familiale pour le sac de sable dans une cave obscure pleine de Noirs en sueur, avait eu dès le début l'intuition que, dans sa salle, on ne devrait pas se contenter de la simple gonflette du muscle et de l'illusion. Il faudrait offrir plus que des vestiaires propres, un punching-ball bien gonflé, de la vaseline à la bonne température, ainsi que les techniques du jab, les exercices de corde à sauter et l'apprentissage des mouvements réflexes en attaque ou en défense. Il y avait une tâche préalable qu'il ne fallait pas, au sens propre, esquiver : détecter les dispositions et différencier les profils professionnels. Ceux qui venaient à la salle auraient beau répéter encore et encore les mêmes gestes et s'imaginer le surlendemain sous les feux du Madison Square Garden, tous n'étaient pas, ou ne seraient pas, d'authentiques boxeurs. Beaucoup, presque tous, resteraient en chemin.

L'idée, le rêve de Tony, c'était qu'il n'y avait aucune raison que le plus grand nombre – la majorité besogneuse – soit inexorablement destiné à jouer les seconds couteaux. La vocation pouvait mener à quelque chose de non moins important, un art à part où on n'arrivait pas seulement par élimination, ou résigné à force de coups. Voilà à quoi il travaillait.

Depuis le début, lorsqu'il avait commencé à recruter des dockers et des livreurs de journaux de banlieue, tout-terrain et de toute taille, pour leur apprendre l'art de donner des coups et de les éviter, Lomuto ne doutait pas – et c'est ce qu'il voulait transmettre – que la tâche du *sparring partner* ne consiste pas simplement à jouer les cibles mouvantes pour des apprentis champions, à remplacer le docile punching-ball. *Sparring partner*, c'était un métier, une vocation différente – voilà ce qu'il leur enseignait – de celle du boxeur à part entière. « Un bon boxeur doit avoir un style à lui, une manière de combattre ; pas le bon *sparring partner* : celui-là doit être plus et moins à la fois. Il lui faut être un acteur, un transformiste capable de copier, d'imiter des styles et des boxeurs spécifiques. » Selon la théorie de Lomuto, quand le boxeur combat, il agit ; à l'inverse, le *sparring partner* est en représentation. Le boxeur doit – son destin en dépend – être lui-même ; le *sparring partner* – c'est là tout son art – doit devenir un autre. Ce qui n'est que répétition pour les boxeurs – l'entraînement – est à l'inverse le moment de vérité pour les *sparring partners*, transformés, dans cette conception active de leur fonction, en *shadows*.

À partir des deux profils de base – le *fighter*, ou boxeur frontal, l'attaquant, et le contreur, plus technique –, Lomuto avait élaboré une riche typologie, des modèles de styles avec des variantes adaptées à toutes les tailles et à toutes les catégories : le grand luxe. Avec une telle réputation, le gymnase avait créé plus de vocations de *sparring partners* que de boxeurs...

C'est ainsi que le Shadows, au sommet de sa gloire, dans l'immédiat après-guerre, se vantait de pouvoir fournir un *sparring partner* adapté non seulement à n'importe quel boxeur, mais aussi pour n'importe quel combat spécifique. Ce qui rendit le service toujours plus complet, personnalisé et cher, destiné seulement aux vrais champions : rares étaient les boxeurs qui pouvaient *utiliser* ces *sparring partners* de luxe sans avoir le dessous.

Les meilleurs et plus célèbres *shadows* étaient capables d'imiter de nombreux styles : l'incroyable Jesse *The Plastic* Carter, par exemple, pouvait se muer en boxeur agressif d'une endurance exténuante, en attentiste mécanique, en artiste de l'esquive ou en puncheur lent et statique. Son don pour le mimétisme pouvait même lui permettre – dans de rares cas et avec une stimulation adéquate – de prendre ou de perdre dix kilos. Hammett avait un jour pensé faire de lui le personnage d'un de ces récits expérimentaux qu'il n'écrirait jamais.

C'est précisément là, dans cette salle mythique, qu'avait débarqué comme tant d'autres – de retour de la guerre du Pacifique et prêt à recommencer à cogner – un Donald Poynton encore jeune. Mais le gros puncheur aux mains fragiles de Philadelphie, détenteur d'un palmarès plutôt enviable sous le pseudonyme de Donny Brown, n'avait tardé que quelques mois et deux difficiles combats à se rendre compte qu'il avait laissé passer sa chance de faire de la boxe son métier.

« Tony n'a même pas eu besoin de me le dire, avait-il confié à Hammett la première fois qu'ils en avaient parlé. Je m'en suis rendu compte tout seul, et je peux même vous dire à quel moment précis. C'était pendant mon dernier combat, que j'ai gagné aux points. Mon adversaire était un gamin d'Atlantic City, un roux à la peau très blanche que tous les coups marquaient. Courageux mais très frontal, sans imagination. À la fin du quatrième round, il était sonné et dans les cordes. Il ne rendait même plus les coups. Je l'ai cadré avec deux jabs du gauche, et au moment de balancer ma droite à fond pour l'envoyer au tapis, j'ai hésité un instant. Aujourd'hui encore, j'ignore pourquoi. Rien qu'un instant. Et quand j'ai cogné, finalement, je n'ai pas tout donné, je l'ai juste poussé, comme si j'attendais qu'il tombe tout seul. »

Hammett avait haussé les sourcils :

« Et il est tombé ?

— Non, bien sûr que non. Il a fini le round debout, et ses coups ont même porté une ou deux fois. Pendant les deux derniers rounds – c'était au meilleur des six –, je me suis contenté de trottiner en le maintenant à distance. J'ai gagné aux points mais le public m'a sifflé. Je ne suis plus jamais monté sur le ring.

— La main te faisait mal ?

— C'est ce que j'ai dit à Andrea quand j'ai rejoint mon coin.

— Et c'était vrai ?

— À l'époque, j'en étais persuadé. Mais aujourd'hui, je ne crois pas, monsieur Hammett. »

D'après Poynton, le sujet n'avait pas été remis sur le tapis au gymnase, mais personne n'avait voulu programmer Donny Brown les semaines qui suivirent, et lui n'avait pas posé de questions. Il avait continué à s'entraîner et, six mois plus tard, presque sans s'en apercevoir, il faisait partie de l'équipe de *shadows* de Lomuto, sa vraie vocation, sous son vrai nom.

Pendant des années, il s'était révélé l'un des meilleurs dans l'art d'être un autre. C'était un poids welter naturel, polyvalent et travailleur. De Sandy Saddler à Kid Gavilan, tous les grands champions, et même quelques challengers de temps en temps, avaient eu recours à ses services pour s'entraîner et se faire mal. Poynton, c'était la garantie de la compétence, du professionnalisme et du fair-play.

Jusqu'à une sombre affaire qui l'avait définitivement mis sur la touche. Hammett tenait une première version de la bouche de Gus Irongate, qui avait connu Poynton et l'avait embauché peu après. D'après le peintre, tout avait commencé quand Donald s'était laissé tenter, contre l'avis des Lomuto, par l'offre et l'argent de types qui s'occupaient de la carrière d'un soi-disant – ou tout du moins inconnu – champion sud-américain. Ils l'avaient amené à New York à l'été 1950 dans l'idée de lui organiser en trois ou quatre mois une demi-douzaine de combats à sa portée afin de lui construire un palmarès et une réputation suffisants pour défier Ike Williams pour le titre mondial en poids welter. Le type, une grande gueule pittoresque, n'était pas mauvais, mais il se croyait trop le meilleur. Finalement, le combat s'était tenu au Madison et le foudroyant Williams avait remis le prétentieux Mono Gatica à sa place – c'est-à-dire au tapis – en moins de deux minutes.

Fin de l'histoire ; de l'histoire officielle, du moins.

« *I like Ike*, avait fait savoir Hammett.

— Moi aussi, je trouve que c'est un bon boxeur, avait dit Gus. Mais le combat s'est terminé de façon trop spectaculaire, presque suspecte. »

Et l'autre avait entraîné Poynton dans sa chute.

Hammett ne se souvenait pas de l'affaire, et encore moins du Gatica en question, mais la fois où Donald avait bien voulu en parler – la seule allusion qu'il fit –, il lui avait montré des photos de presse des jours précédant le combat, où, tout sourire face à l'objectif, il jouait les *sparring partners* pour le champion argentin et son équipe d'entraîneurs à la petite semaine. Les coupures de presse qu'il avait conservées ne montraient que les bons moments.

« Le reste, pas la peine d'en parler », avait-il conclu.

Hammett avait deviné dans cette réticence l'embryon d'une bonne histoire.

« J'ai écrit un récit de boxe, une fois ; un récit de boxeurs, en tout cas, avait-il dit.

— Le mien finit mal, monsieur Hammett.

— Ça arrive, Donald. Mon histoire aussi finissait mal. Elle s'intitulait « J'avais un frère », et je crois que la plupart des gens ne l'ont pas comprise.

— Je pourrai la lire ?

— Oui, pourquoi pas. Mais raconte-moi d'abord ton histoire à toi.

— Il n'y a pas grand-chose à dire. Je crois que ma première erreur a été de me prendre d'affection pour Gatica, pas le personnage insupportable qu'il jouait pour les journalistes mais l'homme drôle et généreux qu'il était en privé. On a passé des heures et des heures ensemble, les semaines avant le combat. Ma seconde erreur, c'est d'avoir accepté d'être son homme de coin. Difficile de croire qu'il puisse s'accumuler autant de merde dans un si petit espace ! »

Hammett avait trouvé cette phrase trop bonne pour quelqu'un qui improvisait une histoire à l'oral, au débotté.

« Qu'est-ce qui s'est passé ? avait-il demandé.

— Ils l'ont envoyé au casse-pipe, avec pour consigne de ne pas laisser de répit à Williams, de l'arroser constamment, même hors de portée. En kamikaze, soi-disant parce que Ike n'était pas en forme, qu'il avait eu de la fièvre le matin.

— C'était ça, votre stratégie ?

— Non. Ils ont décidé ça dans le vestiaire, ou peut-être juste avant de monter sur le ring. Une fois qu'il a été K.-O., ils ont laissé entendre que Gatica avait été mal entraîné, qu'il n'avait du jus que pour dix minutes, pas plus, et que son seul espoir de gagner, c'était un coup gagnant, un *lucky punch* dans les deux ou trois premiers rounds.

— Un mensonge.

— Oui. Rien n'était vrai. Ni ce qu'ils ont fait croire à Gatica sur Williams, ni que lui-même n'était pas en forme : on avait boxé plus de deux cents rounds ensemble, il était affûté comme jamais. Voilà pourquoi j'ai été surpris, le lendemain, de lire ce qu'ils ont raconté aux journalistes argentins. Ils se sont servis de moi comme bouc-émissaire, j'étais l'influence néfaste. Ils ont fait courir le bruit que tous les progrès qu'il faisait à la salle, Mono les gâchait en alcool et en femmes en faisant la tournée des bars avec moi, le soir. Et lui, il a avalé ça, ou disons qu'il n'a pas démenti une version qui relativisait un peu son combat désastreux.

— De la merde dans le coin, encore et encore.

— Peut-être, monsieur Hammett. Disons plutôt que Mono était un dégonflé qui a préféré accréditer sa réputation de fier-à-bras invétéré plutôt que reconnaître la vérité, à savoir qu'il n'était plus capable d'encaisser les coups. Ce qui m'a rendu dingue, ce n'est pas tant qu'il me rende complice de son prétendu comportement irresponsable, un grossier mensonge facile à démentir, mais plutôt ce qu'il m'a dit à l'hôtel, complètement bourré, devant toute l'équipe.

— Qu'est-ce qu'il t'a dit ?

— Il m'a reproché de ne pas l'avoir préparé aux crochets et aux uppercuts du gauche, enchaînement grâce auquel Ike l'a envoyé au tapis. La vérité était plus complexe. Je l'avais préparé comme il faut mais il avait un point faible : sa mâchoire. Tout le monde le savait, ils me l'avaient dit eux-mêmes : pas question de cogner à la pointe du menton. Il était bien entraîné mais il n'encaissait plus les coups remontants. Alors, comme personne n'osait rien dire, je le lui ai dit en face.

— Et ?

— Il ne m'a même pas écouté : "T'as salopé un travail pour lequel on t'a trop bien payé, noiraud." Il a sorti une poignée de dollars de la poche d'une de ces vestes de couleur à large revers qu'il affectionnait, et il me les a jetés à la figure. »

Poynton avait soupiré, observé une courte pause comme pour attendre l'effet causé par ses paroles, avant de poursuivre : « Je vous jure, monsieur Hammett, que les billets n'avaient pas encore touché terre que Gatica y était déjà. Je l'ai touché là. »

Il avait montré le côté droit de son menton. « Un arbitre aurait pu le compter jusqu'à cent… »

Le grand maigre l'avait dévisagé un moment, sérieux et silencieux. Puis, lentement, il avait esquissé un sourire que Poynton avait apprécié, auquel il avait répondu et qu'il avait même accentué jusqu'à ce que tous deux éclatent d'un rire tonitruant. Et chacun avait senti qu'ils venaient de signer ensemble une sorte d'accord ou de pacte tacite.

Quoi qu'il en soit, même si Poynton avait repris sa routine au Shadows, le gymnase du Bronx, au bout d'une semaine, son poing gauche était irrémédiablement enflammé – il avait fallu l'opérer – et sa réputation de fiabilité détruite à jamais. Malgré les félicitations en privé, on l'ignorait, ou du moins on ne le soutenait pas publiquement, et les Lomuto eux-mêmes avaient ouvert la porte à un départ inévitable. C'est ainsi que Donald Poynton avait quitté la salle, accepté un emploi de gardien de maison pour lui et sa femme dans une tranquille résidence de Katonah et réduit sa vocation et son métier de boxeur à un doux vice auquel il cédait un ou deux week-end par mois, à l'occasion d'escapades au Madison, à New York.

Hammett l'accompagnait quelquefois. Ils achetaient *The Ring* et *The New Yorker* au kiosque à journaux de la gare et lisaient dans le train du retour. Parfois, s'ils devaient rester dans la maison assiégée par l'hiver et la forêt glaciale, on les trouvait au beau milieu de la nuit emmitouflés dans des couvertures devant la télévision, éclairés par les flashs intermittents de l'écran noir et blanc, admirant un nouveau K.-O. de Rocky Marciano ou l'élégant jeu de jambes de Robinson pour une de ses dernières prestations. Une fois, Poynton était allé chercher la boîte qui contenait ses gants et un protège-dents abîmé, ainsi qu'une affiche pliée en huit de son premier combat à Philadelphie et quelques coupures de presse. Une autre fois, peut-être pour lui rendre la pareille,

Hammett lui avait montré une photo de la rédaction de *The Adakian*, aux Aléoutiennes, autour d'un Joe Louis en tournée, déjà gros et fatigué.

Rares étaient ces semblants de confidences et d'intimité, ces conversations hachées, cordiales et pleines de sous-entendus, entre cet homme maigre comme un clou qui n'arrivait plus à écrire et ce Noir à l'élégance de panthère qui ne boxerait plus jamais. Mais même s'ils parlaient d'un peu tout, de la maison, des chiens, du repas du soir, de n'importe quoi, ils conservaient de façon tacite ce territoire en commun : deux métiers qui leur étaient chers et consistaient à susciter et à manipuler des ombres sans jamais cesser de mettre son corps en jeu.

5

De Baltimore à Katonah

L'après-midi, une fois les Poynton partis pour Brooklyn et les enfants Irongate entassés – après de longues négociations – avec leurs cannes à pêche dans la seule et unique barque, au bout d'une grosse corde qui les maintenait au maximum à dix mètres du ponton, Hammett s'assit sous l'abri avec le livre de Samuel. Mais il n'avança pas beaucoup dans sa lecture. Tandis que le jour déclinait, il se laissait distraire par les cris venus du lac, le vol des oiseaux l'emmenait au loin. Il eut beau essayer d'empêcher son esprit de vagabonder, il finit par comprendre qu'il ne pouvait faire autrement que penser à Tulip.

Dans sa poche, il tripota le flacon vide. Tulip lui avait caché sa maladie, et lui ne s'en était pas rendu compte ; il avait du mal à le reconnaître, à l'accepter, tout simplement. Il ne se souvenait pas d'avoir jamais vu son ami malade. Tulip avait toujours respiré, voire irradié, la santé, ou du moins une sorte de vitalité exubérante. Depuis le premier jour.

Même si, à cet instant précis, l'esprit engourdi et dans le

vague, il pouvait confondre les époques et les circonstances précises, Hammett crut se rappeler la première fois qu'il avait vu le type qui deviendrait, à partir de ce moment-là et pour toujours, Tulip.

C'était plus de vingt ans en arrière, en 1930, aucun doute là-dessus ; chez Nancy Mawhorter, la doctoresse, à Baltimore. Parti de New York, Hammett se rendait pour la première fois à Hollywood, où l'attendait un emploi pour les studios. Il avait fait une halte. À cette époque, son père était encore en vie et sa sœur Reba se trouvait aussi à Baltimore.

Le soir où il avait rendu visite à Nancy, qui exerçait comme pédiatre en ce temps-là, le jeune Carl Lindgren faisait partie des nombreux convives. C'était une vieille maison à trois étages, face à la cathédrale. Le jeune homme en uniforme, corpulent, sûr de lui, avait expliqué, pour autant que Hammett s'en souvenait, avoir commandé une équipe de débardeurs noirs à la gare de fret de Sparrow Point, pour les chemins de fer de Pennsylvanie ; si Hammett s'en souvenait, c'était parce que lui-même y avait travaillé dans son adolescence. Mais il ne se rappelait rien de plus, ou presque, parce qu'il y avait d'autres types en uniforme, dont un qui avait joué au base-ball, et Hammett le confondait avec Lindgren.

Mais il n'y avait pas que ça. À cette époque, se souvenait le grand maigre, en partie parce que l'absence de relation, ou plutôt de cohérence, entre les sentiments, les mots et les actes des gens l'étonnait et le perturbait, il buvait beaucoup ; voilà pourquoi la plupart de ses souvenirs étaient confus.

Toujours est-il que la première fois, ce soir-là à Baltimore, Nancy, qui était une grande fille à la peau blanche et aux cheveux foncés, très séduisante et sympathique, plaisait au type qui deviendrait Tulip. Mais, soit parce qu'il jouait les coqs, soit à cause du genre de plaisanteries qu'il faisait, il s'y prenait complètement de travers et n'arrivait apparemment à rien. Nancy avait beaucoup d'humour, mais elle prenait son métier très au sérieux; pas lui. Il lui expliquait qu'il avait besoin d'un examen médical et qu'il voulait devenir un de ses patients; elle répondait qu'elle ne s'occupait pas des adultes et que, de toute façon, tout ce qu'il voulait c'était « jouer au docteur », comme font les enfants. Voilà en substance le sujet de leurs pétillantes discussions cette soirée-là.

Hammett se souvenait que Nancy lui avait longuement parlé de lui, son ami Lindgren, plus tard, une fois tout le monde parti. Elle parlait toujours beaucoup et n'employait de mots de trois syllabes que si elle n'en trouvait pas de quatre : un jargon professionnel fréquent parmi les docteurs et autres professions médicales qui s'imaginent qu'il y a quelque chose d'ésotérique dans leur métier. Mais Nancy était gentille et ne s'offusquait pas si son interlocuteur se contentait de fumer et de faire « mmm » de temps en temps, en la laissant parler.

Hammett croyait se souvenir que le jeune homme lui avait fait bonne impression, qu'il lui avait plu. Lindgren allait sur ses trente ans – Nancy en avait deux de moins – et déjà, alors, il considérait avoir une vie digne d'intérêt pour un écrivain. Aucune importance pour Hammett, il ne s'en étonnait pas trop, parce qu'il faisait ce métier depuis huit ans déjà et avait l'habitude que les gens lui proposent des sujets, des situations ou des anecdotes; il faisait semblant d'écouter poliment en pensant à autre chose. C'est pourquoi, au début, lui et ce jeune casse-pieds, cet impertinent à la voix rauque, n'avaient pas trop sympathisé.

Mais peut-être y avait-il une autre raison à leur mésentente initiale. En ce temps-là, quand il buvait, Hammett cherchait souvent la bagarre, surtout quand il buvait assez pour oublier qu'il valait mieux éviter. Qui sait si Tulip se bourrait la gueule, lui aussi, à l'époque : Hammett ne repérait que les alcoolos finis, ce qui était encore le cas maintenant qu'il avait arrêté de boire. Toujours est-il que le grand maigre se souvenait ou du moins croyait se souvenir de l'essentiel de leurs discussions ce soir-là, bien que le temps ait passé, sans savoir à quel point son esprit avait déformé les choses pour lui renvoyer une meilleure image de lui-même ou confirmer ses théories.

Il se souvenait qu'il y avait une douzaine de convives au moins et qu'après les salutations et les présentations Nancy l'avait laissé dans un coin avec Lindgren, pendant qu'elle allait leur chercher à boire. Ils avaient gardé le silence. Hammett fumait cigarette sur cigarette. Soudain, le jeune homme lui avait fait savoir, sur le ton de la blague, qu'il l'avait observé :

« T'en allumes une avec le mégot de l'autre… Tu craches la fumée en permanence, Chimney !

— C'est juste, dit Hammett, l'air de rien. C'est pour me cacher à la vue des importuns, Tulip.

— Comment tu m'as appelé ? Tulip ? »

Le grand maigre avait acquiescé en silence.

« C'est un surnom homo ? » avait demandé l'autre, amusé et offensé à la fois.

Hammett avait nié :

« Dans ce cas-là, je t'aurais appelé Violette. Non, ce n'était qu'une allusion littéraire idiote.

— Je ne comprends pas, Chimney.

— Pas grave, Tulip. »

L'autre l'avait dévisagé un moment, l'air de ne pas savoir s'il devait lui en coller une ou éclater de rire. Il n'avait finalement fait ni l'un ni l'autre ; il s'était retourné vers la fenêtre et les lumières de la ville, en disant, sans regarder Hammett :

« Nancy m'a dit que tu es né ici.

— Pas exactement, avait répliqué Hammett. J'ai grandi ici. Avant, j'ai vécu un peu à Philadelphie, mais je suis né au sud de l'État.

— Tu es parti depuis longtemps ?

— Dix ou onze ans.

— Tu dois trouver cette ville sans intérêt, maintenant.

— C'était déjà le cas à l'époque.

— Mais elle est devenue plus laide.

— Quelle ville ne l'est pas ? » avait demandé Hammett.

L'autre n'avait pas répondu.

« Bon, c'est pas de ça que je veux parler avec toi, Chimney », avait-il dit après une pause.

Voilà comment Hammett avait découvert que Tulip voulait parler de quelque chose avec lui.

« Écoute, toi tu écris, moi pas, et à part toi je ne connais pas de bons écrivains, alors je voudrais qu'on parle. »

Hammett avait apprécié. Le jeune homme lui avait plu, et il fallait bien reconnaître qu'aujourd'hui encore, après toutes ces années, il lui plaisait toujours, mais pas autant que lui-même le croyait.

« Moi, j'ai voyagé beaucoup plus que toi, avait-il dit cette fois-là, et j'ai vu énormément de choses. »

Hammett avait un peu moins apprécié. Pour commencer, il ne trouvait pas important de voyager, sauf à vouloir vérifier par soi-même les horaires avant de rédiger un guide de chemin de fer. Hammett avait toujours pensé que tout le monde dispose de vingt-quatre heures par jour, pas plus, rarement moins, et qu'aucune façon de les utiliser n'est meilleure qu'une autre, tant qu'elle reste en accord avec la vraie nature de chacun. Voilà pourquoi il avait dit :

« Ah oui ? Et tu as vu plein de trucs à travers la vitre ? »

Et il s'était mis à regarder ailleurs.

« Écoute, avait insisté Tulip, je ne veux pas insinuer que tu ne connais que les bibliothèques, les musées, l'université et des trucs comme ça. Tu ne m'intéresserais pas si tu étais ce genre d'écrivain. Mais moi, j'ai plein d'histoires, là-dedans. »

Et il s'était frappé la poitrine.

Hammett, pour donner le change, s'était tapoté le crâne :

« Alors trouve-toi un écrivain qui en a beaucoup là-dedans : vous ferez la paire.

— Pour l'amour de Dieu, je n'ai pas voulu dire que…, avait gémi Tulip.

— Bien sûr que non. Voilà pourquoi tu ferais mieux de ne pas t'occuper de moi. »

Et Hammett s'était remis à cracher sa fumée.

Nancy avait compris que la sauce ne prenait pas entre eux et s'était approchée pour voir.

« Ton ami Chimney est du genre susceptible, lui avait dit Tulip.

— Ton ami Tulip, par contre, est tout à fait touchant », lui avait expliqué Hammett.

Nancy avait éclaté de rire avant de les enlacer de ses bras blancs.

« Vous allez me raconter ce qui se passe ?

— Non, avait répondu Hammett.

— Non », avait répondu Tulip.

Après quoi, il s'était retourné vers l'autre :

« Laisse-moi te donner un exemple, te raconter quelque chose. Tu comprendras ce que j'ai voulu te dire. »

Hammett avait secoué la tête, faussement résigné.

« Si ce n'est pas une histoire répugnante, pourquoi tu ne le laisses pas faire ? » était intervenue Nancy.

Elle devait penser à autre chose, ou avoir la tête ailleurs, parce qu'elle avait utilisé des mots simples, et ce n'était pas sa façon normale de s'exprimer. « Attendez, je vous rapporte à boire. »

Et elle était partie avec les verres.

« Eh bien d'accord », avait finalement consenti le grand maigre.

Alors, Tulip s'était lancé dans la première des nombreuses

anecdotes qu'il allait lui raconter au fil des années, ou en tout cas essayer de lui raconter.

Celle-ci parlait de gens très pauvres qui vivaient à Providence ; ces gens semblaient toujours ressentir un sentiment parfaitement adapté à ce qui leur arrivait, à eux ou autour d'eux, et il leur arrivait des tas de choses. Mais aucun ne franchissait jamais les limites des sentiments les plus conventionnels, si bien que rien de tout cela n'avait beaucoup d'intérêt. Nancy était revenue avec les verres et avait écouté les deux derniers tiers de l'histoire. Après avoir fini, Tulip s'était tu, et la jeune femme n'avait rien dit non plus.

« Une histoire sympathique, avait dit Hammett au bout d'un moment, mais elle sent un peu l'anecdote littéraire, non ? »

Sous le bronzage mat que lui valait son travail à la gare, le visage de Tulip avait un peu rougi.

« Je crois que j'ai un peu enjolivé, peut-être trop », avait-il dit.

Et comme Hammett ne disait rien, il avait ajouté : « Mais tu sais, Chimney, ça s'est passé pour de vrai. » Et comme l'autre ne disait toujours rien, il avait demandé :

« Comment je peux savoir à quel point il faut enjoliver une histoire ? »

Nancy aussi s'en était prise à un Hammett muré dans son silence :

« Il n'est pas indispensable de te montrer aussi insupportablement outrecuidant. » Ce qui ressemblait beaucoup plus à sa façon habituelle de s'exprimer.

Hammett avait soufflé la fumée, bu un coup et regardé ailleurs.

Ils étaient restés silencieux. Tulip avait regardé Hammett les sourcils froncés et passé les gros doigts de sa main dans ses cheveux.

« Tu vas rester longtemps en ville ? avait-il demandé au bout d'un moment.

— Trois ou quatre jours. Peut-être cinq ou six, mais j'aimerais avoir le temps de passer à Santa Monica voir mes filles.

— Tu as des filles ?

— Deux. Une de huit ans et l'autre qui va bientôt en avoir quatre. »

Sur ce, une jeune fille qui avait envie de parler s'était approchée ; le grand maigre avait laissé l'autre s'en charger pour s'éloigner avec Nancy.

Avant qu'ils partent, Tulip lui avait demandé :

« Je peux te joindre par l'intermédiaire du doc, Chim ? »

Les deux avaient fait oui du menton en s'éloignant.

« Qu'est-ce qui le *ronge* comme ça ? » avait demandé Hammett au bout d'un moment.

Avant de répondre, la pédiatre avait secoué la tête comme si elle voulait s'éclaircir les idées pour se faire comprendre avec la précision requise.

« Difficile de concevoir que quelque chose puisse le *ronger* à proprement parler. J'imagine que son inquiétude provient de son besoin de cohérence, avait-elle dit d'un trait. Il a toujours prêté une attention notable aux diverses théories selon lesquelles, jusqu'à un certain point de consécution (mais pas forcément chronologique) dans le cours des évènements (indépendamment de leur dissimilitude) de la vie (d'une vie en particulier, dans le cas présent, c'est-à-dire indubitablement la sienne), il est possible de décrire, ou plutôt de découvrir, l'existence d'une forme, pour ne pas dire LA forme par excellence. »

Nancy fit enfin une pause pour respirer. « Mais il n'y a rien qui le *ronge*, stricto sensu, avait-elle conclu.

— Ah », avait dit Hammett.

Il avait aspiré puis craché la fumée.

« En conclusion : ton ami veut que je ramasse les perles de son collier cassé et que je les réenfile à sa place.

— Quelque chose comme ça. Toi ou quelqu'un d'autre.

— Et il croit que les gens essaient de faire quoi avec leur propre vie ou avec celle des autres ?

— Tu n'es certainement pas naïf au point de croire que les gens se font une idée précise de ce qui occupe leurs semblables, ni même qu'ils les soupçonnent de posséder une forme de vie intérieure, dit Nancy presque sans respirer.

— Non, bien sûr que non, avait admis Hammett, perplexe. Ou peut-être que si, bah... »

Et il s'était tu. Et il avait bu un coup ; et elle aussi.

Nancy était une très jolie fille et Hammett avait suffisamment bu pour que tout ce qu'elle avait dit lui paraisse parfaitement sensé, même si, en réalité, il s'en fichait, ou n'avait compris qu'à moitié. De sorte qu'il avait changé de sujet et qu'ils s'étaient mis à parler d'eux : une discussion agréable. D'autres s'étaient ensuite mêlés à leur conversation, ou eux à la leur, pour un résultat tout aussi agréable.

Tout avait été agréable, ce soir-là, pour autant que se le rappelait Hammett.

Il en était à ce souvenir quand le bruit du livre de Samuel sur le plancher de l'abri le tira de ses réflexions. Au même moment, Cinq appuya dangereusement ses pattes humides et boueuses au bord de sa chaise, mettant en danger son pantalon.

« Va-t'en, va-t'en », dit-il doucement, en l'écartant du revers du bras.

Le chiot retourna au lac aussi vite qu'il était venu, et avec autant d'ardeur. Hammett le suivit du regard jusqu'aux autres chiens couchés sur la rive, et les trois se mirent à aboyer ensemble en direction de la barque blanche qui tanguait un peu, à gauche, près des joncs, où elle avait dérivé lentement. À grands cris, les enfants Irongate se réjouissaient ou se plaignaient de quelque chose qu'avait fait Lola.

Hammett rejoignit la berge au milieu des cris et des aboiements, et, sans mot dire, tira une ou deux fois vigoureusement sur la corde de la barque pour la rapprocher du rivage, jusqu'à ce que l'équipage – subitement calme et dans l'expectative – soit à portée de voix :

« Les poissons n'ont pas d'oreilles mais ils entendent très bien, jeunes gens », dit-il sérieusement.

Il appuya ensuite son pied droit sur le bord du bateau, le renvoya au large et revint sur ses pas.

Plus tard, dans la cuisine, ils finissaient un dîner composé de sandwichs jambon, de fromage et de tomates lorsqu'ils entendirent un moteur de voiture et que des phares illuminèrent la fenêtre.

Deux minutes plus tard, Tulip entrait dans la cuisine à reculons, en s'appuyant sur la porte battante. Il portait deux grands sacs en papier remplis de nourriture, qu'il posa sur la table avec fracas.

« J'arrive trop tard ? demanda-t-il en se retournant théâtralement.

— Un peu. Qu'est-ce que tu as là-dedans ? » dit Hammett.

Sans mot dire, le colonel déposa les provisions sur la table comme s'il vidait un camion de ravitaillement de l'armée. Les enfants regardaient les boîtes de conserve et les pots, les bouteilles de soda, les baguettes de pain et les filets de fruits sans oser toucher à rien.

« C'est dur, la vie au grand air », dit Tulip, tout sourire.

Il y eut des exclamations de toute sorte. Tony regarda Hammett comme s'il avait besoin de sa bénédiction.

« C'est pas compliqué, les enfants : si vous comptez transporter tout ce bazar sur votre traîneau, il va falloir abandonner vos raquettes et vos harpons, dit le grand maigre.

— De quoi vous parlez ? demanda Do.

— Bien sûr, vous pouvez toujours tuer les ours polaires à coup de boîte de soupe Campbell, ajouta Hammett.

— Voilà bien la jalousie typique du sédentaire aigri, incapable de décoller le cul de sa magnificente chaise, dit Tulip aux enfants Irongate, en désignant Hammett du doigt.

— Magnificente ? » dit Lola.

Les grands sourirent. Tulip posa la main sur sa tête.

« Aujourd'hui, j'ai pêché deux poissons, lui expliqua-t-elle, contente de trouver quelqu'un à qui raconter de nouveau ses exploits. Mais ces deux-là les ont rejetés à l'eau.

— Demain, c'est un ours que tu attraperas », dit Tulip.

Hammett se leva et ajouta une chaise à table :

« Assieds-toi, Papa Noël… Tu veux un sandwich ? »

Tulip s'assit mais ne répondit pas.

« Ou peut-être quelque chose pour tes rennes ?

— Les animaux dorment à l'étable, Chim. Ceux qui se lèvent aux aurores demain matin devraient les imiter.

— Vous avez entendu ce qu'a dit Papa Noël, dit Hammett. Laissez tout comme ça. Je m'occupe de ranger et de faire la vaisselle. »

Il y avait tant de choses nouvelles sur la table que les enfants ne résistèrent presque pas. Seules les retardèrent les négociations pour savoir qui porterait la lampe de poche flambant neuve.

Quand le dernier des Irongate eut poliment tiré sa révérence, Tulip sortit une petite bouteille de bourbon de la poche de sa veste et en but une lampée. Il la posa ensuite sur la table sans la lâcher. Hammett, debout devant l'évier, les mains dans l'eau chaude, remarqua qu'elle était presque vide.

« La routine carcérale t'a bien préparé à la vie en communauté, Chimney, dit Tulip d'un ton railleur. Je ne sais pas si je t'ai raconté la fois où j'ai dû laver les latrines du régiment pendant deux semaines et que je me suis arrangé pour…

— La ferme, l'interrompit Hammett. Linda a trouvé ça dans la poubelle de ta salle de bains. »

Il se sécha les mains avec le chiffon qu'il avait sur l'épaule, mit la main gauche dans la poche de son pantalon, en tira le flacon d'insuline vide et le lui montra dans sa paume ouverte.

« Tu sais ce que c'est ? » dit Tulip.

Hammett acquiesça.

« C'est grave ? demanda-t-il en remettant le flacon dans sa poche.

— C'est sous contrôle, dit Tulip.

— Montre-moi ta jambe. »

Le colonel Lindgren eut un mouvement de recul, comme si un serpent l'avait mordu.

« *Noli me tangere*, s'exclama-t-il théâtralement. Si je t'ai laissé voir cet indice, c'est pour que tu ne t'imagines pas que tu es le seul à être capable de contrôler une maladie chronique.

— C'est pas un concours, cette fois, dit Hammett.

— Comment, cette fois ? »

Tulip prit un ton de rhétorique forcée.

« Ne me dis pas, mon vieux Chim, que tu as ressenti la moindre trace de compétition entre nous au cours de ces deux dernières décennies !

— Je ne m'aventurerais pas à l'affirmer avec une certitude absolue, dit Hammett sur le même ton en faisant couler l'eau dans l'évier. Précisément, aujourd'hui, je me remémorais – en tout cas j'essayais – des détails de notre première rencontre à Baltimore.

— Ah… C'était chez cette toubib qui était si bien foutue. »

Tulip porta la paume de la main à son front.

« Comment elle s'appelait, déjà ? Annie ? Mary ?

— Nancy Mawhorter.

— C'est ça : Nancy. Je me souviens qu'elle parlait de façon compliquée, j'arrivais pas à la suivre, je perdais le fil à force de reluquer ses nichons... »

Tulip descendit le reste de la bouteille.

« Est-ce que toi, tu l'as...

— Non.

— Ce soir-là, quand elle nous a présentés, tu m'as fait l'effet d'un insupportable poseur ; mais plus tard dans la soirée, quand on a reparlé...

— Ah bon, on a reparlé plus tard ? »

Hammett abandonna l'évier pour s'asseoir avec Tulip.

« Je ne m'en souviens pas. Je buvais beaucoup, à cette époque, je mélange les souvenirs.

— Moi aussi je buvais, et je bois encore, Chim. Mais j'ai une meilleure mémoire que toi : tu étais avec une blonde maigrichonne, à l'étage, et nous on était sur le départ ; on ne peut pas dire que tu m'aies beaucoup mieux traité qu'au début, mais au moins on a pu discuter un peu, et j'ai cru déceler une parcelle d'humanité en toi, je me suis dit que tu n'étais peut-être pas seulement le fils de pute prétentieux que m'avait présenté Annie.

— Nancy.

— Comme tu préfères : Nancy Mayflower, avec ses jolis nichons. »

Hammett opina du chef.

« Va dormir, on reparlera demain. Tu vas vraiment réveiller les membres de l'expédition ?

— Tu parles à un soldat, Chimney ; pas à un branleur de gauchiste pourri de belles phrases dans ton genre. »

Le grand maigre soupira, se leva et se dirigea vers la porte de la cuisine.

« D'accord, MacArthur », dit-il en se retournant.

Il mit la main à la poche et lui lança le flacon vide, mais Tulip n'arriva pas à l'attraper au vol. Ils le regardèrent rouler dans un coin de la cuisine.

« Et, par pitié, il faut que je me mette au travail pour de bon : j'espère bien que tu seras parti demain à midi. Maintenant, va dormir ; et prends soin de toi. »

Tulip fit un geste vague en guise de réponse, comme pour faire fuir un moustique ou enlever une toile d'araignée, mais il ne bougea pas de l'endroit où il se tenait.

Hammett ne monta pas se coucher tout de suite. Il attendait que Tulip y aille aussi mais comme celui-ci – écroulé sur la table – n'avait pas l'air décidé à quitter la cuisine, il fit les cent pas dans le bureau avant de mettre son manteau et de sortir dans le parc. La nuit était fraîche et claire, avec une lune décroissante flanquée de nuages gris qui se détachaient au-dessus de la rangée d'érables. Sa longue ombre s'étira encore plus que d'habitude lorsqu'il descendit les escaliers et s'avança sur le chemin de gravier, la lumière de l'unique lampe allumée dans son dos.

Le véhicule de Tulip, une Chevrolet Suburban verte, un modèle récent avec des portières en bois, immatriculée dans l'Illinois, était garé maladroitement sur la pelouse, au bord du chemin d'accès, les feux de position allumés. Hammett les éteignit en passant le bras par la fenêtre ouverte côté conducteur et continua son chemin sous l'opaque clarté de la lune jusqu'au portail grand ouvert. Il le ferma en poussant le loquet en fer de l'extérieur et partit à pied. La station-service était à environ un kilomètre.

Hammett se souvenait parfaitement – ou du moins le croyait-il – de la seconde conversation qu'il avait eue avec Tulip le premier soir, plus de vingt ans en arrière, chez Nancy Mawhorter. Il avait menti misérablement dans la cuisine, dans l'espoir que Tulip lui raconte sa version. Un expédient minable, pensa-t-il. Sur certains sujets, feindre l'ignorance ou l'indifférence était devenu sa stratégie de défense préférée au cours des échanges de plus en plus rares et frileux avec ceux qui étaient censés être ses amis, mais il préféra ne pas y penser. En l'occurrence, il n'avait a priori aucune raison de douter de la véracité de ses souvenirs. En particulier parce que certains détails de la topologie – ce mot l'interpella – et de la situation en rendaient l'évocation plus vive et plus précise.

Ce soir-là, la fête battait de l'aile, il n'y avait presque plus personne et ils s'étaient retrouvés dans un petit salon à l'arrière de la maison, au deuxième étage. Hammett était avec une fille mince et presque blonde – certainement celle dont Tulip se souvenait –, une certaine Mme Hatcher, ou quelque chose dans le genre. Au départ de la fille, Tulip avait expliqué sans préambule, comme s'il poursuivait la conversation interrompue deux heures plus tôt :

« Je voulais simplement parler avec toi, pas tout gâcher.

— Pour être honnête, je ne sais pas encore si c'est le cas, avait répondu Hammett.

— Oh, tant mieux, alors », avait dit Tulip, et il s'était assis en lui offrant une cigarette, mais Hammett avait encore la sienne.

Le grand maigre avait rempli le verre que lui avait laissé la fille presque blonde et l'avait tendu à Tulip. C'était pendant la Prohibition, bien sûr, et à Baltimore on buvait beaucoup plus de whisky écossais que de rye à base de seigle, fait unique d'aussi loin qu'on se souvienne.

« Ça n'a pas été le coup de foudre entre nous, pas vrai, Chimney ? avait dit Tulip après quelques gorgées. C'est dommage, parce que je crois qu'on aurait pu beaucoup s'apporter l'un l'autre. »

Hammett avait peut-être haussé les épaules (il avait toujours aimé le faire) et sans doute prononcé une de ces phrases mémorables sur le fait que, grâce aux hommes, aux vrais, l'humanité était capable de survivre à n'importe quelle catastrophe et à n'importe quelle connerie.

« Que tu imagines que quelque chose qui t'est arrivé devrait m'intéresser et moi pas, c'est un fait parmi d'autres, avait-il finalement dit. Ça n'a pas vraiment d'importance.

— D'accord, d'accord, avait dit Tulip. Je ne dis pas que c'est important, je dis juste que c'est dommage, pour moi en tout cas, mais il n'y a pas mort d'homme, si c'est ce qui t'inquiète ; c'est un peu comme d'avoir à mettre des chaussures marron avec son pantalon bleu uniquement parce qu'on n'en a pas d'autres. Des fois, on n'a pas le choix. »

Hammett avait approuvé la métaphore mais n'avait pas

cru Tulip… C'est-à-dire, il ne savait plus exactement ce qu'il avait ressenti, à présent, tandis qu'il essayait de reconstruire ce qui s'était passé à cette époque lointaine. Mais il se souvenait avoir gardé le silence, n'avoir émis aucun son à part les petits bruits qu'on peut faire en fumant ou en buvant. Ce n'était pas vraiment qu'il ne croyait pas à ce qu'avait dit Tulip, c'est qu'il doutait de la réalité de ses sentiments. Et pourtant, dès cet instant, à leur première rencontre, tout bourré qu'il était, Hammett avait eu la sensation claire que Tulip pouvait devenir, peut-être pas un alter ego – il ne raisonnait pas en ces termes –, mais du moins une part de lui-même. Absolument : ni plus ni moins.

Bien sûr, il y avait de la cohérence à ce qu'il fût une part de lui-même – il l'avait ressenti alors et y croyait toujours aujourd'hui – dans la mesure où toute personne représente, jusqu'à un certain point, un petit peu de chacun de ses semblables ; dans le cas contraire, comment pourrait-on avoir la prétention de se comprendre mutuellement ? Mais, pour Hammett, ce genre de spéculation ne servait qu'à simplifier les choses, comme des symboles intentionnels ou de trompeuses images *chargées de sens*, recours qu'il détestait. Du moins en était-il persuadé au moment où il se remémorait cette scène, et il supposait aussi qu'il avait déjà dû vaguement en avoir conscience à l'époque : utiliser ce genre de facilités, œuvrer de la sorte – mettre n'importe quelle paire de chaussures, selon l'expression de Tulip –, c'était bon pour les auteurs vieux et fatigués. Et si on est fatigué, le mieux est de ne rien faire, de se reposer – c'est ce que pensait Hammett – plutôt que d'essayer de s'illusionner soi-même ou ses possibles clients avec des bulles de couleur.

Le bar de la station-service restait ouvert après minuit. Les chauffeurs de poids lourds en provenance de New York ou de Philadelphie et qui roulaient vers le nord, Boston ou même Toronto, faisaient un premier arrêt pour manger, et des jeunes à moto venaient prendre un verre avec leur copine. La nourriture était chaude, la bière ne manquait pas, mais le café était mauvais, une vraie lavasse. Hammett en but une tasse au comptoir et en emporta une autre à la table ronde la plus proche de la fenêtre. Il se leva une fois pour acheter un paquet de Lucky Strike au distributeur et une autre pour mettre un morceau de Fats Navarro sur le juke-box, après avoir écouté pour la quatrième fois d'affilée un truc affreux qu'il ne connaissait pas, *Crazy, Man, Crazy* par Bill Haley and the Comets. Il ne fit pas attention aux regards étonnés des jeunes qui le suivirent jusqu'à sa place. D'une certaine façon, la présence de Hammett détonnait dans ce bar. Pour tout dire, il n'y était pas entré plus de trois fois depuis qu'il vivait à Katonah. Et en sortant, il aurait pu jurer qu'il n'y remettrait plus jamais les pieds.

Il revint en marchant le long de la route. Il se sentait fatigué et respirait avec difficulté. À son arrivée, il trouva le portail ouvert. Il entra et le ferma à nouveau. La voiture de Tulip n'était plus là. Il gagna la maison dans l'obscurité complète, entra sans allumer et fila tout droit dans la chambre de Tulip. Ses valises avaient disparu. Le lit était fait, impeccable, exactement comme Linda l'avait laissé l'après-midi. Deux tiroirs étaient ouverts et vides. Rien de plus. Même pas un mot.

Dans sa chambre, Hammett alla directement à la salle de bains ; il se déshabilla, se brossa les dents et ce n'est qu'en se mettant au lit qu'il découvrit le sac militaire de toile verte qui pendait de la boule en bronze au coin droit de la tête de lit.

Il le mit sur l'édredon et ouvrit la fermeture éclair d'un coup. Dedans, il n'y avait qu'un vêtement d'épaisse étoffe grise soigneusement plié. Une capote militaire japonaise aux insignes décolorés, avec deux boutons arrachés et l'air d'avoir été beaucoup portée. Un mot dépassait de la poche droite.

Hammett s'allongea sur le lit pour le lire. Il était écrit en grandes lettres bien lisibles :

Vaniteux Sgt Chimney :

J'aurais aimé voir votre visage guindé en cet instant où il vous faut admettre, peut-être pour la première fois de toute votre putain d'existence, que vous aviez tort au moins sur un point. J'offre un exemple type de votre orgueil et vous en laisse, en prime, les preuves pour votre plus grande honte. Cependant, j'ai choisi de me priver de ce spectacle inouï pour la simple et bonne raison que je ne peux pas supporter l'idée de partager une minute de plus cet air que vous polluez et qu'il nous faut tous deux respirer. Moisissez donc à jamais dans votre vaniteuse solitude.

Cordialement,

Tulip, Lcol

Hammett retourna le papier mais il n'y avait rien de l'autre côté, alors il le relut deux fois. Après quoi, en soupirant, il remit le mot dans la poche et le tout dans le sac, qu'il jeta violemment contre le mur.

Les chiens aboyèrent longtemps.

6

Pat & Roald

Cinq jours plus tard, vers midi, Hammett était assis seul sur le siège passager d'une Buick noire qui scintillait sous un épais rideau de pluie. Il pleuvait sans répit sur Manhattan. La voiture était stationnée du côté droit de la rue devant un immeuble d'habitations au 231 de la Dixième Avenue Ouest, et Hammett attendait. Tendu, mal à l'aise, probablement fiévreux, le grand maigre aux cheveux coupés très court transpirait légèrement dans le costume de flanelle qu'il n'avait porté qu'une demi-douzaine de fois auparavant, le dernière à l'occasion du mariage de sa fille aînée, quelques années plus tôt.

Il se disait maintenant, en observant ses mains plus maigres que jamais dépasser des manches trop grandes, qu'il avait peut-être fait une erreur en venant habillé de façon si formelle à l'audience, avec ces habits qui lui pesaient sur les épaules. À aucun moment il ne s'était senti à l'aise face à ces types : la chaise dure et inconfortable, le micro trop loin de sa bouche, les caméras, les photographes. Il lui fallait beaucoup se pencher en avant chaque fois qu'il devait répondre. Par ailleurs, il n'avait pas aimé avoir à contourner les questions insidieuses de façon presque mécanique à l'aide d'une formule destinée à éviter les réponses directes qui pouvaient l'incriminer d'une façon ou d'une autre. C'était légal, c'était la bonne stratégie, mais ce n'en était pas moins un faux-fuyant qui lui flanquait la nausée, pour tout dire.

Ce n'est qu'à la fin, quand ils avaient essayé de le piéger en lui demandant ce qu'il fallait faire des livres des écrivains communistes, qu'il s'était senti plus serein, ou du moins avec un peu de latitude pour répondre autrement que par une formule toute faite. Il était parvenu à les décontenancer. Cela ne servait à rien, mais c'était une façon de démontrer – à qui, c'était toute la question – une forme de supériorité intellectuelle qui n'était pas pour lui déplaire. Hammett se targuait de facultés critiques, réflexives et analytiques qui lui permettaient de formuler des idées et de soutenir des raisonnements cohérents depuis des perspectives différentes ; il était même capable d'argumenter contre lui-même. Lillian boirait du petit-lait quand il lui raconterait.

Par la vitre à peine entrouverte de la Buick, il vit Donald Poynton sortir de l'immeuble. Il tenait un paquet d'enveloppes à la main.

« Mme Brodsky vous passe le bonjour », dit-il à peine assis au volant après une brève course sous la pluie.

Les gouttes de pluie avaient laissé des taches obscures sur la demi-douzaine d'enveloppes blanches et marron.

« Mme Brodsky m'aime depuis que j'ai commencé à

l'appeler ma concierge préférée, dit Hammett en feuilletant le courrier accumulé ces dernières semaines.

— Elle demande si elle doit continuer à dire qu'elle ignore votre lieu de résidence actuel.

— Ceux qui veulent savoir n'ont qu'à demander au FBI ou à la Commission. »

Il y avait quelques publicités en couleurs pour des machins sans intérêt, une mise en demeure à payer une somme qu'il n'aurait jamais, une ou deux nouveautés éditoriales, le service de presse qui compilait à coup sûr toutes les médisances actuelles à son sujet, et, tout en dessous, une grande enveloppe épaisse et lourde qui, à en croire les multiples annotations des services postaux, avait voyagé plus que prévu.

Hammett écarta la publicité et repoussa à plus tard la lecture des calomnies de la presse pour s'intéresser à la grande enveloppe. D'après le cachet de la poste, elle avait été envoyée trois mois plus tôt et ne comportait qu'une adresse dans Market Street, à San Francisco, en guise d'expéditeur. Il l'ouvrit en la déchirant. Elle contenait le dossier jauni d'un texte original de cinquante feuillets tapés à la machine en espace double : « La main et le poing », signé R. P. F. On aurait dit un roman, un roman court. Peut-être un de ses anciens élèves de la Jefferson School. Ou un de ces olibrius sans scrupule qui voulait son avis. Un bref message manuscrit était agrafé sur une carte à la première page. Hammett referma le dossier et le mit de côté avec une implacable lassitude.

« Vous ne m'avez pas dit comment s'est passé l'interrogatoire, monsieur Hammett », dit Poynton.

Le grand maigre secoua la tête.

« Vous ne voulez pas en parler ?

— Je préférerais éviter. »

Il ouvrit l'enveloppe contenant les coupures de presse, se contenta de jeter un coup d'œil aux titres, les roula en boule avec les publicités, sans les ouvrir, et jeta le tout par la fenêtre dans le caniveau :

« Allons au Derby, Donald. »

Poynton démarra et la Buick fit gicler l'eau accumulée le long du trottoir.

« Prends la Cinquième Avenue, jusqu'à la Dix-Septième. On va manger un bout. » Hammett consulta sa montre. « On a le temps, Pat ne rentre pas des répétitions avant quinze heures. »

Ils mangèrent des œufs au jambon en buvant du café, rien de très original. Poynton commanda en plus un milk-shake et une tarte aux pommes. À une autre époque, Hammett n'aurait pas choisi le Derby pour clore une grande journée, ou du moins une journée aussi importante pour lui. Il ne venait pas non plus y boire avec Dotty Parker après les meetings antinazis, dix ans auparavant. Et pourtant, dernièrement, l'endroit lui plaisait, c'était comme revenir au bon vieux temps, sans compter que Bunny était toujours derrière le bar.

Le Derby, qui était devenu depuis un endroit très fréquenté, avec son long comptoir, existait déjà dans la 17e Rue Est – même façade, même devanture, mais encore sans plastique ni néons – à l'époque où Hammett était venu à New

York pour la première fois. L'appartement que louait Nell Martin n'était pas loin et ils avaient l'habitude de passer de longues heures dans un des boxs, un verre à la main, les après-midis pluvieux comme celui-ci. Plus tard, après avoir connu Lillian, il n'était plus venu. À chacun de ses séjours de quelques mois à New York, il avait sa chambre réservée dans l'hôtel que gérait de main de maître Nathanael West et de l'argent à ne plus savoir qu'en faire. Et même si ce n'était pas le cas, il dépensait par avance ses futurs gains.

Mais tout avait changé depuis longtemps. Le grand maigre ne fréquentait plus les grands hôtels et ne dînait plus au champagne chaque soir avec une femme différente.

« C'est pas croyable, Donald, dit-il soudain, après un long silence à peine troublé par le bruit de la pluie sur les fenêtres et les bouffées soufflées par les deux fumeurs. Tu sais de quel texte ils ont parlé la seule et unique fois de toute la conversation qu'ils ont fait mention de mon travail d'écrivain ? Même pas McCarthy, d'ailleurs, un autre, un de ses sbires, un certain Cohn. Tu sais quel texte ? »

Poynton fit non de la tête.

« "Coups de feu dans la nuit". Tu sais pourquoi ? »

Poynton fit à nouveau non de la tête.

« Je vais te la raconter pour voir si tu piges : c'est trois pages, pas plus. Il pleut autant qu'en ce moment, mais c'est la nuit. Le narrateur, Jack Bye, est en voiture, et dans une autre voiture garée, une petite écervelée blonde qui a mis les pieds là où il ne fallait pas et s'est embarquée avec deux voyous, appelle à l'aide. Jack les connaît, et il reconnaît aussi la fille. Alors il s'arrête, et, après avoir secoué un peu les voyous, il emmène la fille avec lui. Elle lui est reconnaissante. Ils vont boire quelques coups dans un bar de Noirs, sous les regards méfiants de l'assistance, ils discutent et flirtent un peu. Ils finissent par sortir et la fille un peu gaie espère qu'il va l'emmener chez elle et après, qui sait ce qui se passera, mais lui dit qu'il vaudrait mieux qu'elle prenne un taxi à la station du coin. Déçue, elle s'en va. Lui retourne à l'intérieur et le barman, un ami à lui, lui reproche d'avoir amené dans son bar rien de moins que la fille du vieux juge Warner, une figure locale. "On n'est pas à Harlem, il lui dit. Tu sais parfaitement les problèmes que tu peux avoir, et moi par la même occasion." Il acquiesce. Et le barman insiste : "T'as beau avoir la peau aussi blanche que tu veux et être allé à l'université, n'oublie jamais que tu restes un nègre." "Et qu'est-ce que tu crois que je voudrais être ?" répond Jack hors de lui. "Un Chinois ?" C'est tout.

— C'est tout ?

— Oui. »

Le grand maigre planta sa cigarette dans le cendrier. « C'est pas assez communiste à ton goût ? »

Poynton ne sut pas quoi répondre, ou ne voulut pas.

« Et vous leur avez dit quoi, monsieur Hammett ? demanda-t-il en revanche.

— À propos de quoi ?

— De la nouvelle du Noir.

— Rien. Seulement que c'était bien moi qui l'avais écrite et publiée. Il semble que c'est suffisant pour m'incriminer. Tu comprends ? »

Poynton acquiesça avec un drôle de sourire.

« Et pour finir, écoute bien, McCarthy lui-même me dit : "Si vous étiez en charge d'un programme de lutte contre le communisme, est-ce que vous achèteriez des œuvres d'écrivains communistes pour les distribuer dans le monde entier ?" J'ai répondu : "Si j'avais à combattre le communisme, je crois que je ne laisserais pas les gens lire du tout." »

Hammett éclata de rire. Poynton l'imita timidement.

« Qu'est-ce qu'ils ont dit ?

— "Votre réponse m'étonne", a dit McCarthy : "de la part d'un écrivain, c'est surprenant". »

Hammett rit de plus belle.

« Et alors ?

— On en est restés là. C'est pathétique. Il y a des gens qui votent pour ce genre d'énergumènes, Donald. »

À trois heures, Hammett téléphona à Pat Neal depuis la cabine. La sonnerie résonna deux fois dans ce salon qu'il connaissait bien, avec sa baie vitrée qui donne sur l'East River, avant qu'elle ne décroche.

« Ici Hammett le Rouge, Lady, pour vous servir.

— Oh, Dash, comment ça s'est passé ?

— Ça aurait pu être pire. Je te raconterai. Je peux passer te voir ?

— J'avais envie de sortir. Les répétitions ont été annulées à cause de la pluie et j'ai passé toute la journée à lire à l'intérieur.

— Brave petite ! Lillian m'a écrit de Paris la semaine dernière : elle conclut par deux lignes très aimables à ton sujet.

— *The Children's Hour* est extraordinaire. Il y a des répliques de la pièce où j'ai l'impression de t'entendre.

— Je suis encore mieux en chair et en os, Lady. »

Hammett se retourna vers la fenêtre.

« Il ne pleut plus, du moins à Greenwich Village. J'ai deux heures à tuer avant de rentrer dans ma grotte, dis-moi où tu veux qu'on se retrouve.

— Attends un instant, Dash. »

Hammett entendit le bruit du combiné sur la table, une pause et puis la voix de Pat, qui posait une question. Après un court dialogue, elle revint.

« Je suis avec Roald, dit-elle avec naturel. Tu es où ? »

Hammett s'éclaircit la voix.

« Dans un bar de la 17e, mais si tu ne veux pas...

— On arrive. »

Le grand maigre lui donna l'adresse du Derby, raccrocha et passa aux toilettes avant de regagner sa table.

Il se sentait fatigué, son repas lui était resté sur l'estomac. Mieux aurait valu sortir prendre l'air. Devant le miroir, il défit son nœud de cravate, retira ses lunettes, ouvrit le robinet et s'aspergea le visage d'eau froide. Il se sécha et refit sa cravate avec le plus grand soin. Sans nécessité, il peignit ses cheveux courts et crépus. Il remit ses lunettes, avant de les enlever à nouveau.

Il aurait préféré voir Pat seule, sans Roald Dahl. Il le connaissait, il l'avait croisé une ou deux fois, et le type lui déplaisait. Enfin, pas exactement, on ne pouvait pas dire que c'était un sale type. Mais il y avait quelque chose dans son style flegmatique et réservé, dans son regard tranquille et un peu ironique, qui le dérangeait. C'était le genre de personnes qui vous poussent à trop parler, à vous exposer, un peu comme ces boxeurs calculateurs, ces contreurs qui font porter sur leur adversaire tout le poids du combat. C'était une caricature de Scandinave – un Norvégien ou quelque chose comme ça –, grand, maigre, pâlichon, avec un début de calvitie précoce, qui avait publié quelques nouvelles dans le *New Yorker*.

D'après Lillian, qui l'avait présenté à Pat, il avait du talent. Un soir, au lit, elle lui avait lu à voix haute, avec un enthousiasme peu coutumier, une nouvelle sur la femme d'un officier de police qui tue son mari à coups de gigot d'agneau congelé. Après quoi, elle appelle la police, invente un cambriolage qui a mal tourné et, éplorée, invite les collègues de son mari à dîner : un gigot aux pommes de terre, bien entendu. Elle n'était pas mal, cette nouvelle. C'était le genre de choses que ce type écrivait.

Il retourna à leur table, expliqua la situation et congédia Poynton.

« Je rentrerai plus tard, ne t'en fais pas. Il n'y a rien de plus ennuyeux qu'une conversation d'écrivains. »

Il remarqua une hésitation.

« Qu'est-ce qui se passe ?

— C'est Linda.

— Encore l'histoire du vieux Rush ? Qu'est-ce que tu lui as raconté ?

— Rien. Elle croit qu'il s'est échappé.

— Tant mieux, dit Hammett, presque avec résignation. Autrement, il y aurait trop de choses à expliquer, elle finirait par demander où il est, et j'ai de bonnes raisons pour ne pas vouloir le lui dire, pareil pour toi.

— Oui, monsieur Hammett.

— Donc, elle est rassurée ?

— Absolument. Seulement, je ne peux pas rentrer comme ça : je lui ai promis un autographe de Pat Neal. »

Hammett sourit.

« Un portrait de studio, du genre de ceux de la Warner ? Elle en a un de Gary Cooper et de l'autre, Michael Rennie, l'extraterrestre du *Jour où la Terre s'arrêta*. Elle a un faible pour les hommes grands et taiseux, elle a même une photo du robot du film, avec son rayon mortel. Tu pourrais la lui échanger contre une de Rocky Marciano, ou même de ton ami Gatica...

— Pas obligé que ce soit une photo, dit Poynton avec sérieux. N'importe quel papier avec sa signature. Même cette serviette en papier. »

Il en prit une dans le distributeur sur la table.

« Bon, alors reste, dans ce cas, dit subitement Hammett. Une jolie fille, c'est toujours bon à voir, même avec son accompagnement de cabillaud scandinave. »

Poynton fronça les sourcils.

Hammett lui parla alors de Dahl, le petit ami, le fiancé, quelque chose comme ça. Il expliqua que le type avait été pilote dans la Royal Air Force en Afrique du Nord, en Grèce et au Proche-Orient pendant la guerre, que son avion avait été abattu ou s'était écrasé tout seul dans le désert, qu'il s'était cassé le cou mais s'en était sorti en un seul morceau.

« Il a plein de choses à raconter, résuma-t-il. Mais toi aussi : parle-lui de Tarawa.

— J'ai pas participé à cette boucherie, monsieur Hammett. Ma division n'est pas allée plus loin que les îles Gilbert.

— C'est surprenant que tu n'y aies pas été : ces temps-ci, il y a de plus en plus de Marines qui ont combattu à Tarawa ou qui ont planté le drapeau à Iwo Jima. À les en croire, ils s'y sont mis à une centaine, alors qu'ils sont une demi-douzaine sur la célèbre photo de *Life*. Ça doit faire chic, je suppose.

— Je suppose.

— Quoiqu'un survivant, c'est toujours suspect, surtout si ça parle trop.

— Je suppose.

— Tu supposes trop.

— Je suppose.

— Tu mérites un gnon, dit le grand maigre en brandissant son poing osseux. Mais je ne sais pas si j'ai intérêt… Et ne réponds pas “je suppose” encore une fois.

— Non, monsieur Hammett.

— Tu n'as rien d'autre à dire ? »

Donald Poynton réfléchit un moment :

« Je peux vous dire quelque chose que me disait mon père, monsieur Hammett, ça devrait vous plaire. Il y a deux types qui nous ont fait beaucoup de mal, dans ce foutu pays, qu'il disait : l'Oncle Sam et l'Oncle Tom. Le premier vous pousse à partir à la guerre et l'autre à ne pas vous plaindre.

— C'est excellent. Qu'est-ce qu'il faisait, ton père ?

— Je ne sais pas vraiment, je ne l'ai pas beaucoup vu. Il est parti quand j'avais six ans. Il revenait de temps en temps, restait un jour ou deux avant de repartir. Je sais qu'il a conduit un autocar Greyhound pendant longtemps, et qu'il a traversé tous les patelins entre Dallas et Atlantic City ; après, il s'est posé, il a été serveur à Harlem pendant plusieurs années. C'est à cette époque que ma mère est morte et qu'il m'a pris quelque temps avec lui, avant la guerre. C'est là que j'ai appris tout ça, entre autres choses.

— Il a été serveur ?

— Oui, en livrée blanche. Pendant des années, il a travaillé au Milton's, un club de jazz de la 52e Rue, et je l'accompagnais parce qu'il n'avait nulle part où me laisser. J'ai gagné mes premiers dollars en portant les instruments des musiciens qui y jouaient.

— Ça, c'était de la bonne musique ! T'as connu Fats Navarro ? Il vient de mourir, un vrai gâchis, c'était presque un gosse.

— Du gâchis, là-bas, il n'y avait que ça, monsieur Hammett.

— La semaine dernière j'ai mis un disque de Fats Navarro dans le juke-box du bar, les petits blousons noirs gominés m'ont regardé comme si c'était du Stravinsky. »

Le regard de Poynton dut ressembler au leur.

« Stravinsky, tu comprends : quelque chose de bizarre, de dissonant.

— Ah. »

Hammett tourna les yeux vers la porte battante du Derby au moment précis où le couple entrait en trombe. À en croire la façon dont chacun d'entre eux inspecta ses vêtements, leur précipitation devait plus à la pluie qu'à une improbable hâte des retrouvailles à venir. Ils se firent signe de loin.

« Voilà la star, mon gars, dit Hammett. Prépare ta serviette en papier, mais ne compte pas sur moi pour t'aider. »

Le sourire légèrement en biais de Pat Neal la devançait généralement d'un pas, comme une délégation d'ambassadeur en grande tenue. Dans son sillage, le très compassé Roal Dahl ne s'anima que pour tendre un interminable bras martial en guise de salut et avancer une chaise à sa promise.

Pat embrassa Hammett sur la joue, tendit le dos de sa main à Poynton comme une princesse et s'assit.

« Donald était en train de me raconter que son père travaillait dans la boîte de la 52e où est né le be-bop, dit Hammett, loquace et mondain, après de succinctes présentations. Tu aimes le jazz, Roald ? »

Le blond prit son temps pour retirer son manteau. Il ne répondit qu'une fois assis, mais avec une jovialité inattendue :

« En Afrique, un pilote de mon escadron avait un pick-up. Avec seulement trois disques. Je m'en souviens parce qu'on n'a rien écouté d'autre jour et nuit pendant neuf semaines : *Moonlight Serenade* avec *Tuxedo Junction* en face B, *Pennsylvania 6-5000* et *In the Mood* de l'autre côté, les deux de Glenn Miller, dit-il en comptant sur les longs doigts de sa main droite, et le troisième, c'était l'orchestre de Benny Goodman : *Stompin' at the Savoy* et *Stardust*, je crois bien. C'était tout. Et c'était déjà trop pour moi. Par chance, après un bombardement, on a retrouvé le pick-up en miettes. Personne n'a jamais su ce qui s'était passé. »

Il fit une légère pause. « Ah, et puis Tommy Dorsey et son orchestre se sont produits au camp, une fois, à Tripoli.

— De bonnes raisons de déserter, estima Hammett sans aucune ironie. Au moins, Glenn Miller a eu l'amabilité de tirer sa révérence à temps. »

Pat mit la main sur la bouche d'un geste élégant pour dissimuler son sourire.

« Une musique sympathique, peut-être un peu trop prévisible, dit Dahl qui, lui, souriait franchement.

— Sans doute parce que ceux qui cherchaient à inventer autre chose pour faire passer le goût de fraise du swing ne sont pas allés se déguiser en petits soldats, dit Hammett en jetant un regard à Poynton, qui ne tiqua pas. Ils sont restés dans cette ville à jouer et à se droguer.

— Heureusement, les écrivains n'ont pas fait pareil, dit Pat, et elle les regarda chacun son tour.

— Moi, je n'étais pas encore un écrivain, dit Dahl en clignant légèrement des yeux en signe de modestie.

— Et moi, je ne l'étais déjà plus, fit savoir Hammett, imperturbable.

— Ne dis pas ça, Dash.

— Je veux dire que je n'avais pas encore compris que je ne l'étais plus.

— Sauf votre respect, Dash, dit Dahl. Je crois qu'on l'est pour toujours, même si on ne publie plus.

— Le problème n'est pas d'arrêter, le problème c'est de le devenir pour de bon. Je connais des dizaines de types qui écrivent des livres et ne réaliseront peut-être jamais qu'ils ne sont pas écrivains. C'est Raymond Chandler qui m'a dit ça, un jour...

— Vous vous connaissez ?

— On s'est rencontrés une seule fois, à une convention de *Black Mask*, à la fin des années trente. Il y a une photo avec Horace McCoy et d'autres collègues. Chandler, c'est d'un autre niveau que moi, mais, à l'époque, il commençait à peine, il n'avait même pas encore inventé son lourdingue de Marlowe. Contrairement aux autres, Chandler savait parfaitement où il allait. En aparté (il ressemblait à un écrivain anglais, pour tout dire il rêvait d'être anglais, avec pipe et veste en tweed), il m'a dit ce que je viens de vous dire. Il devait faire référence à bon nombre de ceux qui nous entouraient. Parler littérature lui plaisait, mais pas avec tout le monde, bien entendu. Il était (il est, plutôt) du genre acerbe.

— Il vous respecte, dit Dahl en se mettant à bourrer sa pipe, comme si ce que venait de dire Hammett lui avait rappelé une nécessité ou une habitude oubliée.

« Oui, récemment, il a publié un article sur le roman noir dans *The Atlantic Monthly*, il fait de moi un précurseur. L'article est bon, mais c'est une façon de m'enterrer. Une épitaphe, ou plutôt une oraison funèbre.

— Dash... »

Pat secoua la tête.

« C'est une façon de faire son trou. Rien de plus normal. À la soirée *Blask Mask* (on était déjà bien ronds), il m'a sorti toute une théorie sur Stevenson et Conrad. D'après Chandler, ce n'était pas fortuit (ce sont ses mots) si l'un avait commencé à écrire au moment exact où l'autre s'arrêtait. Il avait raison. Ils se succèdent littéralement : à l'instant où Stevenson meurt aux Samoa, le polonais Conrad abandonne son navire (il était capitaine) et sa langue et se met à écrire. Et ils se complètent, ils se reflètent presque. Stevenson invente ce qu'il n'a pas vécu : d'abord il lit et écrit, et dans un second temps il voyage (comme passager, pas comme capitaine, et en plus il a le mal de mer), pour mourir là où il avait situé ses aventures imaginaires. Conrad vit d'abord une longue vie pleine d'expériences sans écrire une ligne, et ce n'est que plus tard qu'il s'assoit pour écrire. Il raconte ce qu'il a vécu, ou ce que des gens qu'il a connus lui ont raconté, c'est sa façon de mettre en fiction l'expérience qu'il a accumulée.

— Et donc ? »

Roald Dahl l'écoutait avec attention. Hammett sourit légèrement et dit :

« Je crois que, symboliquement, avec cette référence à Stevenson et à Conrad, c'était moi que Chandler était en train d'enterrer, et il me faisait comprendre qu'il en était conscient. J'ai arrêté de publier quand il a commencé : comme s'il n'y avait pas assez de place pour nous deux. Même dans "L'art simple d'assassiner", il ne parle de Hammett qu'au passé… »

Roald Dahl sourit à son tour, avec une certaine gêne :

« Mais vous, vous vous êtes fondé sur votre expérience personnelle pour commencer à écrire. C'est le cas de vos "Souvenirs d'un détective privé"… »

Hammett n'eut pas l'air tout à fait d'accord mais il ne le reprit pas.

« Toi aussi, Roald, intervint Pat, contente une fois de plus de pouvoir rapprocher ces deux grands maigres en compétition secrète. À ce que tu m'as raconté, ton premier récit parlait de la fois où ton avion a été abattu dans le désert.

— Oui, c'est un des premiers que j'ai publiés, il y a plus de dix ans. Ou plutôt, qu'on m'a publié. »

Les yeux grands ouverts du Norvégien parurent liquides tant ils étaient clairs. « Parce que, moi, ce n'était pas mon intention. »

Et il se mit à leur raconter – à grand renfort de mouvements précis et amples de ses longues mains au-dessus de la table – comment il avait débuté dans l'écriture.

Pas encore remis de ses blessures de guerre, début 1942, Dahl faisait office de conseiller pour l'aéronautique auprès de l'ambassade d'Angleterre à Washington lorsqu'il avait rencontré par hasard C. S. Forester, le célèbre auteur de récits de mer qu'il avait toujours admiré et dont il avait lu tous les romans dans son enfance. Forester recherchait des témoignages d'authentiques combattants – les États-Unis venaient d'entrer en guerre et les lecteurs commençaient à s'intéresser plus en détail à un conflit qui leur était jusqu'alors étranger –, pour servir de matière à des récits que, à l'en croire, le *Saturday Evening Post* lui payait rubis sur l'ongle. Au cours d'un déjeuner auquel le célèbre écrivain l'avait invité, Dahl s'était mis à raconter son histoire, mais au beau milieu d'un récit décousu qui avançait tant bien que mal et que l'autre prenait en note au crayon dans son carnet entre deux bouchées, il avait suggéré que le mieux et le plus simple serait peut-être que lui-même lui envoie ses notes par écrit.

« Comme vous pouvez voir, je n'ai jamais été bon à l'oral, expliqua Dahl à la tablée en s'excusant presque. Toujours est-il que je m'y suis mis le soir même et que j'ai écrit d'une seule traite, avec autant de détails que Forester voulait, un rapport sur ce que j'avais vécu de plus intense au combat. Quelque chose que je croyais pouvoir l'intéresser. Le lendemain, je l'ai fait taper à la machine à l'ambassade et je l'ai envoyé à Forester. Une semaine plus tard, j'ai reçu un mot de lui : "N'ai pas eu à changer une seule virgule. Je l'ai envoyé tel quel. Vous ne le savez pas encore mais vous êtes un écrivain." Et il joignait un chèque de neuf cents dollars, sur les mille que payait le *Saturday* : les 10 %, c'était pour son agent, qui dès lors serait aussi le mien. Le texte a été publié en août 1942, sous le titre "Shot Down Over Libya", avec une illustration impressionnante de chasseurs Hurricanes en action, et sans mention d'auteur. Je l'ai retravaillé plus tard, pour le rendre plus proche de ce qui s'est vraiment passé, ce n'est plus du tout le même texte, il s'intitule désormais "A Piece of Cake", de façon ironique. Voilà comment je suis devenu écrivain sans le vouloir.

— C'est une bonne histoire, dit Poynton. La façon dont c'est arrivé, je veux dire.

— Toujours mieux que le récit en lui-même, admit Dahl, le sourire aux lèvres. D'abord, j'ai vendu pour vraie une aventure imaginaire, après quoi j'ai inventé un évènement réel. Mais, dans les faits, je n'ai plus jamais eu recours à ma propre expérience, militaire ou pas. Tous les récits d'aviation que j'ai écrit pour des revues à l'époque et que j'ai compilés dans *Over to You*, c'était de la pure invention.

— Des mensonges vrais, aventura Poynton.

— Quelque chose comme ça.

— C'est toujours comme ça, mon cher Dahl, remarqua Hammett. Mais, quoi qu'il en soit, l'histoire de l'atterrissage forcé dans le désert entre les lignes ennemies et le sauvetage...

— La vérité vraie. Je me suis écrasé et je suis sorti comme j'ai pu de mon Gloster Gladiator, avec le crâne ouvert. Je suis resté allongé un bon moment avant qu'on vienne me chercher. Quelques semaines plus tard, je me suis réveillé à l'hôpital d'Alexandrie.

— Et après, tu es venu à New York, comme ce Français, compléta Hammett. Mais tu n'as pas écrit *Le Petit Prince.*

— Quoi ?

— C'est cet écrivain français, Saint-Exupéry... Il a passé sa vie à s'écraser en avion, jusqu'à ce que... » Hammett ponctua sa phrase d'un geste éloquent.

« Je connais, dit Dahl en se rejetant en arrière sur sa chaise. Si seulement je pouvais écrire un jour un texte pour enfants qui se vende autant...

— Peut-être la prochaine fois que tu t'écraseras.

— Dash..., dit Pat une fois de plus.

— C'est un après-midi parfait pour parler de crashs dans le désert et de leurs conséquences littéraires, dit le grand maigre en regardant par la fenêtre, avant de se retourner subitement vers Pat. Mais si tu préfères, Lady, on peut plutôt parler de l'audience de ce matin : pendant presque une heure, j'ai joué les répondeurs automatiques. Comme si quelqu'un appuyait sur un bouton ; un bouton rouge, évidemment.

— Combien de temps a duré l'audience, Dash ?

— Je refuse de répondre à cette question attendu que ma réponse pourrait être de nature à m'incriminer. »

Poynton ne put s'empêcher de sourire :

« Une heure et demie, monsieur Hammett ?

— Je refuse de répondre à cette question attendu que ma réponse pourrait être de nature à m'incriminer. »

Il se fit un bref silence meublé de sourires gênés. Hammett fit signe à Bunny, qui vint débarrasser assiettes et verres, et prendre les nouvelles commandes : un cognac chacun pour Pat et Dahl, un autre milk-shake pour Poynton.

Hammett commanda un café, et ce n'est qu'alors qu'il se mit à raconter sans trop de détails ni sarcasmes excessifs l'interrogatoire qu'il avait subi devant la Commission, le matin même à Washington. Il se rendit compte qu'il parlait pour les trois mais s'adressait surtout à Pat, c'est pour elle qu'il jouait ce rôle de vieux de la vieille droit dans ses bottes et d'orateur blasé qui l'aurait fait vomir venant de quelqu'un d'autre. Heureusement, Lillian n'était pas témoin de ça.

« Ils vont te laisser tranquille, conclut Pat.

— Je suppose, comme dirait Donald », dit Hammett.

Poynton secoua la tête. Les consommations arrivèrent à cet instant et chacun se consacra à la sienne.

« Vous n'avez pas terminé l'histoire avec Chandler, Dash, dit Roald Dahl sans même reposer son verre.

— Ah, oui…, se souvint Hammett. Ce truc un peu méchant

sur les écrivains qui ne s'aperçoivent jamais qu'ils n'en sont pas.

— Exactement. »

Hammett se dit que Dahl semblait vouloir éviter la politique, ou du moins qu'il avait l'air plus à l'aise avec d'autres sujets de conversation que le fanatisme paranoïaque de la politique intérieure des Républicains. Peut-être parce que, la première fois qu'ils avaient discuté, à leur première rencontre, ils avaient eu du mal à s'entendre sur le sens à donner à la récente création de l'État d'Israël, et sur le rôle du sionisme aux États-Unis et en général. Mais Hammett était conscient que ce n'était qu'une façon de dénigrer Dahl, sentiment qu'il ne pouvait pas accepter facilement ni justifier aux yeux de Pat, pas plus qu'aux siens.

« Vous parlez de quoi ? Je suis perdue, dit justement celle-ci.

— Je ne sais même plus pourquoi j'ai évoqué Chandler, dit Hammett en regardant d'abord Pat, puis les autres. Mais auparavant, Roald, quelque chose qui n'est pas sans lien avec ce qu'on disait, parce que les choses ne sont jamais simples, et les motifs jamais clairs. On se laisse porter. C'est ce que je voulais dire, je crois : au début, je ne voulais pas, je n'imaginais pas écrire des histoires de détectives ni créer le gros Continental Op ni sortir le crime des salons pour le jeter dans le caniveau, parodia-t-il sans emphase. J'en voulais même aux Pinkerton et à ces services de santé mesquins qui me donnaient presque pour mort, je n'étais pas fier de ces années que j'aurais préféré oublier, même si les quintes de toux me les rappelaient constamment. Alors, pour tourner le dos à tout ça, j'ai pris des cours de journalisme et je me suis mis à écrire.

— Mais pourquoi à écrire ?

— Je suppose, dit-il en regardant Poynton du coin de l'œil, que je voulais devenir quelqu'un. En plus, ça ne demandait pas d'effort physique, je pouvais rester à la maison. J'étais sur le point d'avoir trente ans, j'étais marié, j'avais une fille en bas âge... »

À ce point de son récit, le grand maigre sentit qu'il allait plus loin qu'il n'aurait voulu, qu'il en venait doucement aux confidences et qu'il n'y avait pas moyen d'y couper.

« Je voulais être écrivain, peut-être aussi par vanité. À la bibliothèque publique de San Francisco, j'avais lu Henry James, Flaubert, Anatole France et d'autres, et même si je ne comprenais pas tout, je voulais surtout qu'on me croie subtil et spirituel. Moi, ce qui m'intéressait, c'était *The Smart Set*, la revue de H. L. Mencken, lequel, par-dessus le marché, était originaire de Baltimore, ma ville ; il était la grande célébrité locale, pour tout dire. *Smart Set*, comme son nom l'indique, était la revue la plus sophistiquée qui soit, exclusive, chère, influente, qui ne vendait pas beaucoup mais qui payait bien. Ils publiaient O'Neill, Scott Fitzgerald, Sherwood Anderson, Hemingway. C'est pour ça que mes poèmes et mes textes courts, je les ai pensés pour *Smart Set*.

— Et quand ils n'en ont pas voulu...

— Figure-toi qu'ils les ont pris. C'est ça qui est drôle (ou pas), ils les ont pris. Et c'est eux qui m'ont publié pour la première fois, un texte court, même pas une nouvelle : « La flèche du Parthe », qui n'a jamais été réédité, à ma connaissance.

— Qu'est-ce que ça racontait ?

— Ça fait à peine quinze lignes. Une femme décide d'abandonner son mari, l'insupportable Harold Key, avec qui elle a un enfant de six mois qui promet d'être aussi laid, bête et têtu que son père. Mais avant de partir (d'où la référence à la flèche du Parthe), elle va faire enregistrer leur fils à l'état civil sous le prénom Don. Après, elle le renvoie à la maison avec la nourrice et prend un train pour l'Est.

— Don Key ? *L'âne* ? »

Pat regardait Hammett avec l'air de ne pas le reconnaître.

« C'est un jeu de mots... »

Ils rirent tous. De Pat, surtout.

« Je trouvais que c'était drôle, ou que ça devait l'être, se justifia Hammett très sérieusement. J'en ai écrit plusieurs dans le genre. Les écrivains qui font de l'humour ne sont généralement pas des types très marrants. Tu as déjà croisé Thurber au *New Yorker*, Roald ? Un type exceptionnel, du moins c'est l'impression que j'ai eue les fois où on a parlé.

— Je n'ai jamais mis les pieds au journal, Dash, s'excusa presque Dahl. Je donne mes textes à mon agent, c'est lui qui se charge de les envoyer.

— À l'époque, les agents n'existaient pas. Moi, je n'en avais pas, du moins. J'imagine que personne n'en avait à *Black Mask*.

— Entre *Black Mask* et *Smart Set*, tu parles d'un grand écart.

— Pas vraiment. Au fond, ce n'est qu'une histoire de

stratégie éditoriale. *Blask mask* aussi appartenait à Mencken et ses associés. Ils ont lancé un pulp pas cher pour compenser les pertes de l'autre revue, équilibrer leurs comptes. Et je la lisais, bien sûr. Dans son genre, on ne faisait pas mieux. Pourtant, les pulps, c'est pas ça qui manquait. Enfin... »

Hammett s'interrompit et parut se demander comment continuer. Subitement, il reprit :

« Ce que j'essayais de dire, c'est qu'il y a une différence subtile mais essentielle dans la façon dont on se présente au lecteur ou dont on est perçu par un éditeur, une façon qui dépend de chacun, de ce qu'on attend ou de ce qu'on croit attendre de soi-même : un écrivain qui a été détective et un détective qui se met à écrire, ce n'est pas la même chose. Dans le premier cas, l'écrivain utilise (ou pas) son expérience pour faire ce qui le définit en tant qu'écrivain : écrire ; dans l'autre cas, le détective utilise l'écriture pour mettre en avant le statut qui l'intéresse : celui de détective. La fin et le moyen pour l'atteindre sont inversés. L'exemple des deux versions de ton premier texte, Roald, c'est exactement ça. Tu étais un pilote qui écrivait, tu es devenu un écrivain qui a été pilote. Dans mon cas, quand j'écris pour *Smart Set* les fragments de "Souvenirs d'un détective privé" à la première personne, des textes épars, des notes, le brouillon d'un improbable texte, je suis, ou j'essaie d'avoir l'air d'un écrivain qui a été ou qui a un passé de détective privé, ce qui me donne soi-disant une sorte de glamour équivoque. À l'inverse, dans *Black Mask*, mon statut d'ancien enquêteur devenu écrivain est censé me donner une certaine crédibilité quant au fait que je “dis la vérité”. C’est différent. Et, dans mon cas, c’est simultané. Entre *Smart Set* et *Black Mask*, c’est le pacte avec le lecteur qui change, les critères d’interprétation et de vraisemblance. »

Roald Dahl acquiesça en silence. Il se demandait peut-être ce que tout cela avait à voir avec lui. Pat ne disait rien.

« C’est encore plus évident pour la poésie et les poètes, continua Hammett. Parce que personne ne vit de la poésie : William Carlos Williams n’est pas un médecin qui écrit de la poésie, de même que Wallace Stevens n’est pas un directeur de grande compagnie d’assurances qui écrit de la poésie. Pas vrai ? »

Donald Poynton opina lentement du chef, la lèvre inférieure sur la lèvre supérieure, en signe d’admiration. Il était avachi sur sa chaise, affalé en arrière, comme quand on suit le va-et-vient d’une balle de tennis ou les mouvements d’une partie d’échecs.

« Je t’avais prévenu que tu allais t’ennuyer, Poynton.

— Pas du tout, monsieur Hammett. »

Le grand maigre perçut une légère ironie dans son ton et contre-attaqua en se retournant vers Pat :

« Donald m’a demandé de te dire que son épouse serait très heureuse si tu lui signais un autographe », dit-il sans cligner des yeux.

Poynton resta de marbre.

« Je n’ai pas de photo sur moi, dit-elle gracieusement. Si tu veux, Donald, je peux t’en faire parvenir une par l’intermédiaire de Dash ou… Comment s’appelle ton épouse ?

— Linda. Pas besoin d'une photo ; un papier, c'est bien. »

Poynton tendit la main vers le distributeur de serviettes.

Mais Roald Dahl attira leur attention d'un geste pour leur demander d'attendre, il mit la main dans la poche intérieure de sa veste et tira de son portefeuille un papier plié en quatre. C'était un programme de cinéma vieux de deux ans.

« Tu crois que ça lui plairait ? » dit-il.

Le film, c'était *Le Rebelle*, l'adaptation d'un roman de l'ineffable Ayn Rand qui avait eu beaucoup de succès en son temps. Le nom de Patricia Neal apparaissait à côté de celui de Gary Cooper et on voyait aussi l'affiche du film.

« Je ne savais pas que tu l'avais gardé, Roald, dit Pat avec un air de perplexité flattée.

— À l'époque, je n'avais pas l'occasion de t'avoir en vrai aussi souvent qu'aujourd'hui, Pat », dit-il tout sourire.

Après quoi, il se leva :

« Je passe aux toilettes ; après, il faudrait qu'on y aille, si tu veux bien. On n'est pas en avance. »

Elle acquiesça avant de se mettre à écrire sa dédicace sous l'œil comblé de Donald Poynton, un homme amoureux de sa femme.

Hammett suivit du regard Roald Dahl entre les tables – il le regarda marcher comme Tulip l'aurait fait – avant de se retourner vers elle :

« Tu es sûre de toi, Pat ? »

Elle leva les yeux et le stylo de ce qu'elle était en train d'écrire :

« Tu parles de Roald ? »

Le grand maigre acquiesça :
« Il n'est pas vraiment de la première jeunesse. »
Elle se remit à écrire et parla sans lui adresser un regard :
« Je l'épouse en juillet, Dash. On part vivre à Londres. »

7

Gus & Paulie

Gus Irongate était grand et longiligne au point de ressembler au modèle d'une sculpture de Giacometti. Ou carrément à une sculpture de Giacometti, comme le lui avait dit Lillian la première fois qu'elle l'avait vu, dans le jardin, courbé en avant par le double effet du vent au-dehors et de l'alcool à l'intérieur, ligués contre sa verticalité.

« Gus, ne te laisse pas tomber », lui avait-elle dit alors.

Mais, maintenant, Gus était tombé, littéralement écroulé à plat ventre sur le plus long et le plus décrépit des divans de son atelier.

Il avait tout l'air de s'être traîné difficilement depuis on ne sait où pour arriver là. Au moins depuis la porte du loft humide que Hammett et Poynton avaient trouvée ouverte en sortant de l'ascenseur. La musique et les lumières étaient allumées, mais Gus, lui, n'avait jamais été aussi éteint.

Hammett vérifia au moins qu'il n'était pas mort.

« Son cœur bat », dit-il sans entrain.

Poynton arrêta le disque de Stockhausen qui hurlait dans un meuble à musique dernier cri et donna en se retournant un coup de pied involontaire dans une des bouteilles, qui roula aux pieds de Hammett.

« On va avoir des difficultés à le bouger, dit-il en se rapprochant.

— On n'a qu'à l'enrouler dans le tapis, dit le grand maigre. Un classique. »

Poynton le jaugea du regard :

« Il vaut mieux qu'il marche. La dernière fois...

— La dernière fois, c'est celle-ci, Donald. »

L'autre secoua dubitativement la tête et s'approcha des interrupteurs près de l'évier plein à ras bord. Il éteignit deux lampes : celle qui tombait presque à la verticale sur la toile inachevée du chevalet et la table couverte de tubes de peinture et de pinceaux, et la lampe murale qui illuminait le haut d'une douzaine de cadres de toutes tailles appuyés, les uns contre les autres, face au mur blanc.

Dans le silence et la lumière subitement moins forte, le crépuscule qui se précipitait à travers la grande baie vitrée sur presque tout le mur opposé et une partie du toit mansardé se fit presque trop remarquer.

« Qu'est-ce qu'on en fait ? dit Poynton.

— Si tu demandes à Paulie, c'est clair : dans le tapis et au fond de l'Hudson. »

À cet instant précis le téléphone retentit. Gus n'était pas en état de l'entendre. Après trois sonneries, Hammett décrocha.

C'était Paulie :

« Salut, Dash. Il est là ?

— Oui.

— Dans quel état ? »

Hammett se contenta d'une description anodine sans mentionner la porte ouverte ni quatre des cinq bouteilles.

« Il dort, maintenant, conclut-il. À son réveil, on le conduira à Katonah.

— Vous avez parlé ?

— Un peu. Je crois qu'il regrette.

— C'est un imbécile, Dash. Et un gros con de fils de pute. »

Le grand maigre n'eut rien à répondre à cela, il se contenta d'observer la mèche de cheveux blonds étalée sur le visage penché de Gus.

« Qu'il ne s'avise pas de remettre les pieds ici, Dash.

— Dans l'immédiat, je ne crois pas que ce soit l'idée.

— Il a intérêt.

— Ne t'en fais pas. »

Paulie raccrocha sans même remercier. Hammett resta à regarder le téléphone.

« Elle est furibarde, confirma Poynton.

— Ce qui s'est passé avec Do, c'est dur. Pas facile de s'en remettre.

— Je suppose », dit Poynton.

Hammett le dévisagea et Donald détourna le regard.

Tout avait commencé deux heures plus tôt, après le départ de Pat et Roald Dahl et avant de prendre le chemin du retour, quand Hammett avait téléphoné chez les Irongate pour au moins dire bonjour et prendre des nouvelles. Ce genre de contact protocolaire n'était pas son genre mais sa position d'hôte permanent exigeait certainement quelques attentions. D'autant qu'il y avait presque deux mois qu'il ne les voyait pas, ils n'étaient pas venus à Katonah depuis leur retour de Floride la semaine dernière et Hammett n'avait pas de nouvelles, si ce n'est les rares bribes d'information données par les enfants. Il craignait que quelque chose ne soit arrivé. Et c'était encore pire.

Paulie avait décroché, en sanglots. Gus venait de partir en claquant la porte après une scène terrible.

« J'arrive tout de suite, avait dit Hammett en regrettant que Lillian ne soit pas à New York.

— Pas la peine. C'est pas la première fois, Dash, mais aujourd'hui les filles étaient là. »

Et elle s'était remise à sangloter.

« Je serai chez toi dans un quart d'heure. »

Il ne pleuvait plus et la Buick s'était retrouvée dans la Quatrième Avenue encombrée de tous les taxis qui avaient longtemps attendu à l'arrêt sous la pluie. Il leur avait fallu une demi-heure pour arriver à la maison de trois étages de la 43e Est, à trente mètres de Central Park.

Paulie en personne avait ouvert la porte. Elle s'était reprise, ses cheveux étaient même encore mouillés après une rapide douche réparatrice.

« J'ai envoyé les filles au cinéma avec Lupita, avait-elle dit comme on présente un certificat médical. Entre, Dash, je t'en prie. »

Poynton était resté en arrière.

« Je vous attends en bas, monsieur Hammett.

— Entre aussi, Donald, avait-elle dit avec détachement. Il n'y a rien que tu ne saches déjà. »

Ce que Poynton savait déjà et dont il avait une longue expérience, c'était le goût de Gus pour la boisson ; la nouveauté, c'était l'œil au beurre noir de Paulie.

« C'est lui, ça ? » avait dit Hammett.

Elle avait fait oui de la tête. Elle les avait précédés pour s'asseoir dans un fauteuil vert avec des pieds en fer et avait lissé les plis de sa jupe écossaise. Les hommes étaient restés debout.

« Il est rentré bourré et a continué à boire, avait-elle dit à Hammett. Il m'a accusé de tout ce que tu peux imaginer.

— Jalousie ?

— Entre autres choses. On se hurlait dessus. Voilà pourquoi il n'a pas entendu Do entrer, mais elle, elle a écouté toutes les insultes ou presque. Quand il m'a frappé, elle s'est jetée sur lui. »

La scène s'était déroulée dans cette même pièce et Paulie situait l'action par petits gestes.

« Alors, il s'est mis à balbutier, il a fondu en larmes et puis il est parti en me maudissant. Demain, je ferai changer la serrure. Il ne mettra plus jamais les pieds ici. »

Le silence s'était fait. Poynton regardait par terre.

« Et Tony, où est-il ? avait demandé Hammett tout à coup.

— Chez un ami, un intello dans son genre, avait-elle dit rapidement. Il est obsédé par cette expérience de lampe, tu vois de quoi je parle... »

Le grand maigre avait acquiescé.

Au regard que lui avait jeté Paulie, il avait eu l'impression qu'elle lui reprochait d'avoir à aborder ce sujet plutôt que les choses importantes. Elle avait tiré du doigt le col roulé de son pull-over noir dans lequel, subitement, elle paraissait suffoquer :

« Asseyez-vous, s'il vous plaît », avait-elle finalement proposé.

Hammett et Poynton avaient pris place sur le grand canapé jaune aux coussins géométriques et dit presque à l'unisson qu'ils ne voulaient pas de café, qu'ils venaient juste d'en prendre un.

« Je vais chercher quelque chose à boire », avait-elle répondu en allant à la cuisine.

Le living des Irongate avait des murs blancs et un tas de meubles modernes, de style rationaliste, voire pas de style du tout, bois clair, lignes droites et tissus uniformes de couleurs vives. Et puis beaucoup de tableaux. Il y avait une encre originale de Ben Shahn et une affiche sous verre d'une vieille exposition de Benton. Hammett ne savait pas si le grand tableau horizontal dans les tons obscurs était d'Orozco ou d'un autre Mexicain. Le reste, c'étaient des huiles de Gus. Les meilleures, selon lui, commençaient à dater et certaines pouvaient passer pour les exercices d'un disciple consciencieux de Hopper. Mais, depuis peu, Gus les reniait.

Paulie était revenue avec une carafe d'eau, trois verres et les yeux humides. Elle avait été à la cuisine pour pleurer.

« Excusez-moi », avait-elle dit en se mouchant.

Hammett ne partageait pas l'opinion machiste selon laquelle les femmes étaient plus belles après avoir pleuré, mais Paulie aurait bien pu le faire changer d'avis.

« Tu n'as pas à t'excuser, avait dit le grand maigre. Parle

si tu as envie de parler et fous-nous dehors quand tu voudras. »

Paulie avait eu un brusque hoquet, toussé, bu une longue gorgée d'eau et s'était finalement mise à rire.

« Excellente introduction, avait dit Hammett. Et maintenant, les détails. »

Paulie avait fait non de la tête. La superbe femme de Gus Irongate pouvait rester belle le bout du nez rouge, les arcades sourcillières gonflées, les cheveux en désordre sur le visage et les yeux gris, myopes et larmoyants.

« Tu sais ce que c'est, Dash. Encore et toujours la même chose, avec-elle dit avec dépit.

— Non, je ne sais pas, explique-moi.

— Il n'arrive pas à peindre. Il n'a rien fait en Floride, à part boire. L'exposition commence dans un mois et demi et il sait très bien qu'il ne sera pas prêt. Mais je n'y peux rien s'il n'arrive pas à peindre, pas plus que s'il ne peut pas s'arrêter de boire. C'est pas la faute des enfants non plus. »

Ni celle de Hammett, ni de Poynton. C'était le problème avec les alcooliques. Et les peintres qui n'arrivaient pas à peindre.

« Il est allé où ?

— À l'atelier, je suppose. Où pourrait-il bien aller ? Sur les ponts, il a le vertige », avait-elle dit d'un air froid.

Le charme de Paulie Gerscher résistait à toutes les calamités et à toutes les agressions, comme il avait résisté aux grossesses répétées et au délaissement d'abord, à la violence ensuite, de son idiot de mari. Hammett n'avait pu s'empêcher de penser que, quoi qu'il advienne, Paulie ouvrirait le lendemain sa galerie d'art de Greenwich Village, les plus élégantes et les plus modernes lunettes de soleil de sa collection sur le bout de son fin nez sémite et croiserait consciencieusement les jambes sous son bureau en verre.

« On va passer à l'atelier, avait dit Hammett.

— Emmène-le avec toi », Dash.

Ce n'était pas une prière. C'était un ordre.

Et il avait obéi. Pendant leur morne retour à Katonah, sans prêter attention aux récriminations obstinées de Donald contre la supposée musique moderne qui passait à la radio tandis qu'il sautait vainement d'une fréquence à l'autre, Hammett ressentit comme jamais et pendant longtemps le désir de se remettre à boire. Mais il fut distrait par des détails concrets, comme la pluie qui se remettait à tomber au pire moment ou les balbutiements pathétiques de Gus, affalé sur le siège arrière. Sans compter que Donald Poynton s'était révélé un vrai *sparring partner* tout-terrain. En l'occurrence, il sut se couler dans un moule dont il sentit que le grand maigre avait besoin, et fit montre de son sens de l'équilibre ainsi que de sa capacité à exprimer des lieux communs de bon sens comme s'il s'agissait de trouvailles soudaines.

« C'est une femme forte, monsieur Hammett.

— Résister, c'est quelque chose qu'elles savent faire », généralisa le grand maigre.

Ils tombèrent d'accord sans approfondir, ce qui est généralement la meilleure façon de tomber d'accord.

Leur unique désaccord porta sur qui prendrait le peintre par les chevilles au moment de le transporter à l'intérieur. Heureusement, Linda était là, qui sut remettre chacun et chaque chose à sa place. La femme de Poynton jouait consciencieusement les inquiètes pour masquer une colère contenue mais qui sautait aux yeux, qui se focalisait sur Donald mais avait à voir avec les trois hommes et cette situation dont Gus n'était que le prétexte fortuit.

Poynton sentit que l'épreuve des explications à venir ne serait pas une partie de plaisir, mais il espérait que l'autographe de Patricia Neal sur le programme du *Rebelle* qu'il avait dans sa poche lui servirait de sauf-conduit.

Hammett resta à fumer sur la véranda en regardant tomber la pluie même après que toutes les lumières de la maison furent éteintes. L'envie de boire l'avait quitté. Ou plutôt, pas exactement l'envie, ainsi qu'il essaya ensuite de l'expliquer à Lillian dans la lettre qu'il lui écrivit au petit matin dans son bungalow. Il lui fit un récit détaillé quoique expurgé de cette journée trop bien remplie – « comme dans un film, Lillishka, où une vie entière passe en une heure et demie » – avant de préciser qu'il avait ressenti « non pas le besoin mais la nostalgie de la boisson ». Et qu'une telle sensation était « moins remarquable et moins héroïque que d'avoir à affronter l'envie ou vaincre un désir compulsif ». Et il conclut : « J'ai contrôlé le désir mais j'en ai perdu la sensation de plaisir. C'est une perte, une grande perte, en vérité. »

Il se dit que la même chose lui arriverait probablement un jour avec le sexe mais n'en écrivit rien à Lillian.

8

Les Irongate, père et fils

Dashiell Hammett était assis, seul, dans son bungalow, près de la fenêtre qui donnait sur la forêt, dans un fauteuil en cuir aux accoudoirs en bois, face à la machine à écrire posée sur une petite table. Le soleil du matin entrait en biais et éclairait par la droite les papiers et les piles de livres qui s'entassaient autour de la vieille Remington. C'était sur cette même machine que, vingt ans plus tôt très exactement, il avait mis au point l'intrigue labyrinthique de *L'Introuvable*, en travaillant quinze heures par jour dans la meilleure chambre du Sutton Club Hotel de son ami Nathanael West. Il avait conservé une photo de cette époque, peut-être une de celles qui avaient servi à la campagne de promotion du livre, mais prise dans un autre hôtel, le Lombard, où on le voyait taper à la machine, détendu, élégant, en costume noir, les jambes croisées et une cigarette aux lèvres. Aujourd'hui aussi il avait un cendrier plein de mégots et la fumée de sa cigarette enveloppait la Remington, mais il était assis depuis deux heures et n'avait pas écrit une seule ligne. Et il n'était pas détendu non plus.

En réalité, voilà des mois qu'il n'arrivait pas à avancer dans le roman que, ainsi qu'il avait fait croire à Tulip et se faisait aussi croire à lui-même, il était en train d'écrire. Cette histoire qui avait été provisoirement un projet de pièce de théâtre intitulée *The Good Meat* avait perdu jusqu'à son titre en cours de route. En dix ans, c'était sa troisième tentative pour se frotter à un texte long.

Après avoir quitté l'armée en 1945, le sergent en retraite Hammett avait essayé, après une longue période de sécheresse, d'écrire l'histoire d'un nommé Helm, un artiste qui ne faisait que boire depuis qu'il avait été démobilisé et qu'on avait chassé de l'hôtel où il vivait. Ce Helm qui lui ressemblait tant avait un fils, capitaine dans la Huitième Air Force, mais le grand maigre devait bien admettre qu'il n'avait jamais trop su quoi en faire. Peut-être parce que lui-même n'avait jamais eu de fils, ou parce qu'il buvait encore plus que son personnage, ce qui n'est jamais recommandé. Il en était resté là avec Helm et son rejeton militaire.

Un peu après, il y avait trois ans à peine, à l'époque où il occupait déjà l'appartement de la Dixième Avenue, il avait écrit l'essentiel du brouillon d'un autre roman intitulé – selon les périodes – *The Hunting Boy* ou *December 1.* L'écriture laborieuse et intermittente en avait été rendue plus difficile encore par la boisson, avant d'être interrompue par Truman, la guerre de Corée et, en dernière instance, des distractions inévitables auxquelles la politique est prétexte.

Désormais, il n'avait plus à sa disposition ni alcool ni secrétaire. Muriel, toujours prête à taper ses originaux sur sa machine électrique flambant neuve n'était plus là. À l'époque, il se raccrochait aux nouveautés technologiques comme par superstition; s'il avait ressorti sa vieille Remington désormais, c'était peut-être pour la même raison. Il y avait plusieurs machines à écrire dans le bungalow – dont deux portables sur une étagère à portée de main – et Donald n'avait pas arrêté de lui demander, en l'aidant à défaire ses bagages, s'il les collectionnait. Il mit longtemps à savoir quelle avait été la part d'ironie dans ce commentaire initial de l'insaisissable *sparring partner.*

Et pourtant, surtout depuis la nuit de l'orage, il ne faisait confiance autour de lui à personne autant qu'à Poynton. Une confiance née d'abord de la complicité. Comme il se doit.

Hammett joua un moment à faire tourner le cylindre de la machine d'avant en arrière. Finalement, il retira la feuille d'un petit coup et la reposa bien proprement sur le papier blanc dans le tiroir. Après quoi il abandonna le fauteuil et attrapa le fusil accroché derrière la porte. Mais, à la réflexion, il le remit en place et prit un livre sur le haut de la pile la plus proche, enfila la veste qu'il avait pendue au dossier de sa chaise et sortit du bungalow la cigarette aux lèvres.

« Dash ! »

Les chiens le rattrapèrent juste après ce cri et, sur leurs traces, Tony arrivait en courant de la maison, tout sourire et en agitant le bras.

Hammett ne dit rien avant d'avoir le garçon près de lui :

« Tu es arrivé quand ? demanda-t-il en lui tapant sur l'épaule.

— Tôt, au petit déjeuner. Gus m'a dit que tu étais en train d'écrire et de ne pas te déranger. Tu as fini ?

— Pour aujourd'hui. Je vais me dégourdir les jambes dans les bois.

— Qu'est-ce que tu lis ? »

Hammett lui montra la couverture de *Le Temps et le Rêve* de Dunne. Tony prit un air admiratif. Le grand maigre lui tapota amicalement la tête avec le livre et sourit.

« Quoi de neuf ?

— J'ai reçu les photos du campement, dit Tony.

— Tu as utilisé ton arbalète ?

— Ils me l'ont confisquée à peine arrivé. »

Hammett secoua la tête en geste de solidarité.

« Et tes sœurs ?

— Elles sont restées avec Paulie. »

Hammett acquiesça. C'était la première fois qu'il revoyait un des enfants depuis la cuite et la mauvaise conduite de Gus, deux semaines auparavant. Même si le couple Irongate communiquait régulièrement par téléphone et que la virulence de leurs échanges s'était atténuée, la séparation était consommée. On ne parlait pas de divorce, le sujet n'avait pas été abordé avec les enfants, mais Gus avait emménagé à Katonah jusqu'à nouvel ordre. Ce qui lui avait fait le plus grand bien. Après deux premiers jours où il était à peine sorti de sa catatonie, voilà plus d'une semaine qu'il travaillait avec une énergie que Hammett ne lui connaissait plus depuis longtemps. Il n'était retourné que quelques heures à New York pour prendre des affaires à l'atelier tandis que

Donald allait lui chercher des vêtements chez lui. De plus, il avait apparemment laissé tomber la boisson.

Hammett posa la main sur l'épaule du garçon et ils prirent la direction du bois :

« Ton père avait très envie de te voir.

— Moi aussi, dit Tony d'un air grave. Il m'a montré ce qu'il est en train de peindre.

— Moi, il ne me laisse pas approcher de son atelier, exagéra Hammett en regardant droit devant lui. Sur quoi il travaille ? »

Tony s'arrêta, conscient des attentes qu'il pouvait provoquer chez le grand maigre :

« Il peint des portraits, dit-il, les yeux brillants.

— Des portraits ? »

Hammett s'arrêta aussi. « Avant, il n'avait jamais...

— Des portraits de famille. Il a apporté un album photo.

— Ah. »

Ils reprirent leur marche en silence. Hammett ne voulait pas infantiliser Tony et se dit que, par respect, il fallait le questionner sur la séparation, bien qu'il ne sache pas à quel point Paulie et Gus lui en avaient parlé. Mais le garçon semblait avoir autre chose en tête.

« Je t'ai vu à la télé, dit-il soudain, un sourire éclatant aux lèvres. Ils montraient ces types de la Commission qui t'interrogeaient. J'étais chez un camarade de classe, à travailler sur la lampe, quand on t'a vu aux informations.

— Et la lampe ? dit Hammett sans accuser réception. Ça avance ?

— Je crois que c'est fichu, Dash. Elle s'est cassée dans la bagarre.

— Quelle bagarre ? »

Tony ne dit rien.

« Tu t'es battu avec ton ami ? »

Le garçon acquiesça mais fit remarquer que ce n'était pas son ami, et pointa du doigt une marque rouge au-dessus de son sourcil gauche. Hammett se dit que l'après-midi de ce jeudi-là avait été particulièrement propice aux accès de fureur dans la famille Irongate.

« Qu'est-ce qui s'est passé, Tony ?

— Ils ont dit qu'il fallait tuer tous ces salauds de rouges, ou quelque chose comme ça. Et moi j'ai dit que c'était une chasse aux sorcières.

— Où tu as entendu ça ?

— C'est Gus qui me l'a dit. Ou plutôt, je l'ai entendu le dire. Tu étais présent, en plus. »

Hammett sourit.

« Tu sais ce que ça veut dire, une chasse aux sorcières, à quoi ça fait référence ? »

Tony fit non de la tête.

« Avant, au Moyen Âge et même après, commença le grand maigre, il y avait des tribunaux religieux qui condamnaient les gens, surtout des femmes, sous prétexte qu'elles pratiquaient la sorcellerie, c'est-à-dire qu'on les accusait de commercer ou de pactiser avec le Diable. Et on les brûlait sur un bûcher, Tony. Sans aller plus loin, un exemple marquant d'intolérance religieuse s'est produit tout près d'ici, au Massachusetts, à la fin du XVIIe siècle. Tu sais où se trouve Salem ? »

Hammett allait le lui expliquer lorsqu'il remarqua le sourire de Tony. « Qu'est-ce qui t'amuse ?

— Je me suis souvenu de ton ami Tulip.

— Pourquoi ?

— Il aurait dit que c'est bien ton genre : au lieu de me parler de ce qui t'est arrivé, tu me refais toute l'histoire de l'expression "chasse aux sorcières".

— Et tu veux quand même que je te l'explique ou pas ? répliqua Hammett vexé.

— Oui, Dash. »

Hammett se retourna et s'en alla à grandes enjambées par le sentier du lac ; Tony resta un moment quelques pas en arrière. Tout à coup, le grand maigre s'arrêta, revint sur ses pas et le prit dans ses bras.

« Tu es un garçon courageux, Tony. Merci. »

Après quoi, il lui raconta par le menu toute l'histoire des sorcières de Salem et lui expliqua même la pièce de théâtre qu'Arthur Miller en avait tiré, et qui ne lui avait pas trop plu quand ils avaient assisté à la première à Broadway avec Lillian, deux mois plus tôt.

« Maintenant, parle-moi de Whitey, dit Tony de but en blanc.

— De qui ?

— Ton ami à l'hôpital pour tuberculeux de San Diego...

— Ah, Whitey Kaiser, le dingue... »

De toute évidence, ce personnage qu'il trouvait tellement

captivant n'était pas sorti de la tête du garçon depuis la dernière fois, il voulait connaître le reste de ses aventures.

« D'accord, bien qu'il n'y ait pas grand-chose de plus à en dire. Je crois qu'on en était aux petits sachets qu'on a vendus à ces types pendant le voyage... »

Tony acquiesça, les yeux plus brillants que d'habitude.

« Bon, ce qui devait arriver arriva : dans cet hôpital de Camp Kearney où on nous a envoyés, on s'est heurtés à notre ennemi habituel, à savoir le règlement. Je ne sais pas si je t'ai raconté qu'on est arrivés très tard après un voyage interminable et qu'un aide-soignant nous a réveillés au beau milieu de la nuit parce qu'il avait besoin d'échantillons d'urine avant de finir sa garde. Évidemment, étant donné le style de Whitey, ça a été vite vu : on lui a dit où il pouvait se les mettre, ses échantillons, et on s'est rendormis. Et l'aide-soignant a fini sa garde sans rien prélever. »

Tony cligna des yeux en signe d'approbation.

« Après, notre problème, c'était qu'il fallait des laissez-passer pour sortir de l'hôpital, continua Hammett. Une de nos principales motivations pour venir, c'était Tijuana, juste de l'autre côté de la frontière, vu que les sources thermales d'Agua Caliente n'étaient pas encore ouvertes. Et non seulement on avait besoin de ces laissez-passer pour sortir, et ils n'étaient pas facile à obtenir, mais par-dessus le marché, parce qu'on était nouveaux, il nous fallait respecter deux semaines de quarantaine avant d'avoir droit à quoi que ce soit, même de nous promener librement dans l'hôpital et ses environs. Tu imagines ? On n'était pas habitués à ça.

— J'imagine, Dash.

— Alors on s'est joyeusement rebellés et on a fait savoir qu'on quittait l'hôpital pour San Diego. Le conseil médical a bien voulu nous recevoir, moi, Whitey et un autre représentant du groupe, et ils ont ramené à dix jours la période de quarantaine, si mes souvenirs sont bons, mais ils n'ont pas voulu transiger avec les autres mesures. On est sortis pour consulter le reste des patients ; nous, on était contents, parce qu'on se voyait déjà à San Diego ou à Tijuana, avec sa Croix-Rouge pour nous tirer des mauvais pas. Mais ce qui s'est passé, c'est que, en chemin, on a croisé une des auxiliaires civiles de l'hôpital, une jolie fille avec une chemise à rayures et une jupe sombre, et des bas de soie sur ses jolies jambes, dont un discrètement filé à l'arrière. Suffisant pour que notre révolte fonde comme neige au soleil. On s'est dit que cet hôpital n'était pas si mal, après tout, et qu'il serait toujours temps d'en partir quand on voudrait... »

Hammett regarda Tony comme s'il attendait une réaction. Quand il le vit sourire légèrement, il continua :

« Whitey a été notre porte-parole pour annoncer au directeur qu'on restait. Mais aucun d'entre nous n'est jamais arrivé à ses fins avec cette jolie fille ; je ne sais même pas si quelqu'un a sérieusement essayé. L'un d'entre nous, je ne me rappelle pas non plus lequel, en était venu à croire pour de bon que notre rébellion avait des bases morales, et il a mis les voiles direction San Diego. Le reste d'entre nous a pris son parti de la routine de ce nouvel hôpital.

— Et Whitey ?

— Whitey n'est pas resté longtemps. Quelques semaines après notre arrivée, lui et un de ses comparses sont rentrés très tard de la ville, pas mal allumés, et ils ont cogné un médecin qui avait fait au copain de Whitey une piqûre d'apomorphine à cause de la cuite, je crois. Les deux ont été jetés dehors. On a évoqué la possibilité de les accompagner mais aucune décision n'a été prise et Whitey a suivi sa propre voie.

— Tu l'as revu ?

— Non. Pas lui. J'ai rencontré d'autres Whitey, à San Francisco. Mais celui-là, je l'ai perdu de vue. »

La déception se lisait sur le visage de Tony.

« Tu sais s'il est encore en vie, Dash ? »

Hammett ressentit soudain le poids d'une simple hypothèse, chose qui lui arrivait rarement.

« J'en suis persuadé, dit-il en regardant ailleurs. Difficile d'imaginer un type pareil mourir. Du coup, libre à nous de supposer qu'il continue à faire des siennes quelque part. »

Le jeune Irongate opina du chef. Il espérait probablement une réponse plus précise de la part de Hammett mais, d'un autre côté, il arrivait à un âge où on apprend à cohabiter avec le doute.

« Maintenant, à ton tour de raconter, dit le grand maigre. Je rêve ou tu as commencé à te raser la moustache ? »

Tony ne répondit pas mais il sourit légèrement et porta la main à son visage presque pudiquement.

« J'ai une demi-douzaine de rasoirs au bungalow, camarade, conclut Hammett. Tu me feras le plaisir d'en choisir un, un de ces jours. »

Deux heures plus tard, tous sujets de conversation épuisés, ils étaient tapis au bord du lac – dans un patient silence, entre les joncs – à observer les répugnantes manœuvres d'approche d'une tortue carnivore en direction d'une grenouille vert et or qui ne semblait pas s'en inquiéter. Tout à coup, Gus Irongate déboula dans leur dos :

« Je savais bien que je vous trouverais ici, dit-il, amical. Qu'est-ce que vous faites ?

— Regarde cette bestiole, dit Hammett à voix basse, en désignant la tortue de la tête. La *Chelydra serpentina* en pleine action. »

À cet instant, la tortue, qui avait gardé la moitié du corps hors de l'eau, le ventre enfoncé dans la boue, grattant et retournant les cailloux de la berge avec les puissantes griffes de ses pattes sans rien perdre des allées et venues de la grenouille, commença à pivoter sur elle-même comme un grand transatlantique et, en deux brusques coups de rame, après avoir secoué la queue, s'enfonça dans le lac.

Tony se retourna vers son père. Le peintre se tenait debout sur l'herbe, soucieux de ne pas salir ses chaussures dans la boue de la rive :

« Dash en a attrapé une deux fois plus grande dans le lac Tashmoo, dit le garçon.

— Je connais l'histoire », dit Gus.

Le soleil de midi découpait sa maigre silhouette et le faisait paraître encore plus grand, presque évanescent avec ses cheveux blonds en bataille. « Mais Lillian dit que c'est elle qui l'a tuée.

— Je l'ai tuée ; elle, elle n'a fait que l'enterrer, rectifia Hammett, et il se leva.

— Ce sont des choses qui arrivent, dit énigmatiquement Gus. Tu déjeunes avec nous ?

— Je n'ai pas encore faim. Je crois que je vais en profiter pour écrire encore une heure ou deux, une fois que tu m'auras débarrassé de ce moulin à paroles qui me donne une bonne excuse pour ne pas travailler. »

Tony lui donna un coup de poing dans le dos et Hammett fit semblant d'avoir mal.

« Le moulin à paroles me donnera une bonne excuse à moi aussi, dit Gus sur le même ton. J'en ai fini pour aujourd'hui. Je travaille d'arrache-pied depuis cinq heures du matin. »

Pour preuve de ce qu'il disait, il leva les mains devant son visage et montra ses doigts sales, sa chemise bleue tachée de peinture.

« J'ai raconté à Dash que tu peins nos portraits, dit Tony avec spontanéité, un peu provocateur.

— Il m'a aussi raconté qu'il s'était battu pour moi, dit Hammett sans fanfaronner. Et avant de nous consacrer à l'observation des chéloniens, nous avons étudié le problème en détail et sommes arrivés à la conclusion qu'il en était venu aux mains non pas pour un problème idéologique mais purement et simplement par loyauté envers un ami.

— Ce qui me semble très bien », dit Gus.

Il posa la main sur la tête de Tony. « Un garçon merveilleux, pas vrai ? Je me demande toujours de qui il a pris.

— Viens, Dash, insista Tony. Je veux te montrer les photos du campement.

— Ce soir.

— C'est ça, viens dîner ce soir, approuva Gus. Mais tôt, pour que je te montre sur quoi je travaille.

— Merci à vous deux. Je promets d'ouvrir grand les lunettes. »

Ils rentrèrent escortés par les chiens qui étaient revenus au trot par une bifurcation du sentier, en aboyant. Tony marchait entre les deux hommes et alternait les questions comme on distribue soigneusement les cartes.

Hammett entra dans le bungalow, posa le livre de Dunne – qu'il n'avait même pas ouvert – sur l'étagère du bas de la bibliothèque qui occupait un des murs en rondins, et alla se préparer du café. La fenêtre de sa petite cuisine de contes et légendes suisses, avec ses rideaux à carreaux rouges et blancs lavés et repassés par Linda, donnait sur l'abri où était empilé le bois et où un petit tracteur John Deere rouillait depuis des années, les roues à moitié enfouies dans l'herbe.

Tandis que l'odeur du café se répandait, Hammett tentait de se rappeler où il avait lu cette réflexion selon laquelle l'amitié et la loyauté d'homme à homme étaient supérieures à n'importe quelle autre considération politique ou idéologique.

Il versa le café dans le petit pot en métal orné de son matricule qu'il avait gardé clandestinement en souvenir de son passage par la prison fédérale – les surveillants lui en avaient presque fait cadeau – et s'assit à demi couché, les jambes allongées, sur le canapé deux places près de la bibliothèque. Il songea que les livres n'avaient pas bougé depuis qu'il les y avait rangés, le premier jour, et que personne ne les avait touchés, à commencer par lui. Les trois étagères du haut avaient pris la poussière et continueraient à le faire.

« Forster », dit-il soudain.

Il se leva et s'étira pour atteindre un gros volume cartonné posé en travers sur la rangée des livres de philosophie, plus précisément sur Hegel et Spinoza. Il le descendit et en frappa sa cuisse pour faire tomber la poussière. *What I Believe*, publié en Angleterre en 1939. Une série d'essais dans lesquels différents auteurs livraient leur profession de foi en ces temps de crise, de perte de repères et de pessimisme à l'aube d'une nouvelle guerre, qui n'était encore qu'européenne à ce moment-là. Un truc présomptueux, à la limite du pathétique. Mais ce dont il essayait de se souvenir était là-dedans. Il avait lu ce livre à l'époque et les pages qui avaient attiré son attention étaient encore cornées. Il retrouva le texte d'Auden, celui de Thurber, il passa sur Thomas Mann et Maritain, mais s'arrêta sur Mencken et arriva finalement à la déclaration de E. M. Forster, avec cet incipit abrupt : « Je ne crois pas aux croyances. » Et, à la troisième page, souligné, le mémorable passage qu'il recherchait : « Je déteste l'idée de mourir pour une cause, et s'il me fallait choisir entre trahir ma patrie et trahir un ami, j'espère avoir le courage de trahir ma patrie. » Tellement anglais, cet Anglais. Il n'avait rien publié ces trente dernières années, depuis *Route des Indes*. Et pourtant, impossible de faire sans lui. On disait de Forster que son prestige était tel que sa renommée augmentait à chaque roman qu'il n'écrivait pas.

Hammett ferma le livre. Il se souvenait même, à présent, de longs débats avec d'autres professeurs de la Jefferson School à propos de ce texte polémique. Le plus surprenant (ou pas) était qu'il se souvenait parfaitement avec qui il avait débattu mais pas quelle avait été sa position, ce qui le fit secrètement sourire malgré lui.

Il alla se servir une autre tasse de café et regagna son fauteuil ; il reprit le livre et passa un long moment à lire ici ou là des passages de ce qui ressemblait à de prétentieuses déclarations de patrimoine spirituel. Voilà peut-être pourquoi il finit par s'endormir. Une fois de plus, il rêva de serpents.

Il faisait fréquemment ce genre de rêves, qui n'étaient pas forcément des cauchemars. Il s'en était parfois servi dans ses romans. Dans *La Clé de verre*, il avait donné à Ned Beaumont un de ses rêves sophistiqués à l'excès dont un critique moqua ce qu'il qualifia de « flagrante prétention freudienne ». Une interprétation aussi tordue avait surpris Hammett mais il ne s'était pas soucié de la démentir. Il n'en avait pas d'autre à proposer et, en fin de compte, il aimait l'idée de recourir consciemment à un matériau inconscient, si l'on peut dire.

En l'occurrence, dans ce rêve, les serpents n'étaient pas seuls. Leur rôle était même secondaire. Au départ, le décor – ou plutôt l'espace conceptuel – ressemblait au wagon abandonné où avaient lieu les combats entre serpents et monstres de Gila à l'époque de l'hôpital militaire de San Diego. Une sorte de grande arène rectangulaire improvisée, avec des gradins en bois, où chacun venait avec son animal; mais ceux-ci ne se battaient pas en combat singulier mais tous contre tous. Dans son rêve, il était jeune, comme à l'époque, et accompagné de ses compères de l'hôpital ainsi que d'autres gens qui pariaient. Mais le théâtre du combat n'était en réalité qu'une de ces maquettes d'écoliers destinées à présenter la faune d'une région – ou de plusieurs, éloignées les unes des autres – en réduction, avec du sable, des pierres, un arbre et une lagune ou un étang plein de plantes. Et chacun devait replacer dans son habitat naturel l'animal qu'il avait amené. Voilà pourquoi les monstres de Gila s'empilaient sur le sable et les serpents dans l'arbre. Les gens les suspendaient aux branches comme des écharpes en attendant les animaux de l'étang, mais personne n'y déposait rien. Hammett était assis avec Lillian, la Lillian d'aujourd'hui, qui portait sur tout un regard critique mais avait l'air, d'une certaine façon, d'apprécier l'atmosphère. C'était comme si, enfin, après lui avoir tant parlé de son passé, Hammett pouvait lui en montrer quelque chose afin qu'elle confronte les images qu'elle s'en était faites avec l'expérience directe de ce qu'elle avait vu de ses propres yeux. Soudain, comme tout le monde avait posé son animal et le retenait difficilement avant de le lâcher pour le combat, Lillian se levait et se saisissait de ce sur quoi elle était assise, à savoir pas un rocher ou un banc mais une tortue. Tout le monde était surpris, pas pour cette raison mais parce que l'animal grossissait au fur et à mesure qu'elle l'approchait de l'étang. La tortue grandissait, les gens s'éloignaient et, quand Lillian la posait finalement au bord de l'étang – elle était docile avec elle –, l'immense bête sortait une longue langue pour lui lécher la main tout en distribuant à droite et à gauche de violentes morsures, à l'aide de son bec ou de ses dents. Les animaux s'enfuyaient sans combattre et la tortue de Lillian restait seule, admirable au milieu de son étang, à lancer des regards de défi à la ronde. L'instant d'après, un impromptu Poynton – qui avait du mal à tenir le trophée avec ses gants de boxe dans ce décor devenu ring – lui remettait son prix, une coupe toute petite mais remplie de dollars froissés que les gens y déposaient contraints et forcés avant de sortir, chacun avec sa bestiole sous le bras. Finalement, Lillian, l'air hautain, attendait que la tortue reprenne sa taille normale et mettait fin au rapetissement en claquant des doigts; après quoi, elle la rangeait dans son portefeuille avec les billets et ils quittaient les lieux. Dehors, c'était le désert, un soleil absolu, un ciel blanc, aveuglant. Hammett avait cligné des yeux pour s'habituer. C'est alors qu'il s'était réveillé.

Un unique rayon de soleil printanier dans la pièce tombait précisément sur ses paupières, comme si un sniper juché sur les hauteurs visait la fenêtre de son bungalow. Il se leva, tira les rideaux et regagna son fauteuil. Quelques minutes plus tard, il était à nouveau profondément endormi.

Mais il ne rêva plus.

Ce soir-là, après dîner, tandis qu'ils fumaient dehors face à l'obscurité, Gus Irongate évoqua l'exposition. À table, ils n'avaient pas dit un mot des tableaux, ils s'étaient contentés de se laisser dériver au fil de l'interminable babil de Tony.

« Lui n'arrête pas de parler et ses sœurs n'ouvrent jamais la bouche, résuma son père.

— Et vous deux ?

— D'après Paulie, je ne fais qu'entendre, il n'y a qu'elle qui écoute », schématisa Gus.

Et puis, brusquement : « On va voir les tableaux ? »

Gus avait reconverti un débarras plein de bric-à-brac à l'arrière de la maison en atelier plus ou moins improvisé, beaucoup plus petit que celui de New York. Il n'était pas bien éclairé – deux petites fenêtres hautes – et n'avait pas encore grand-chose à raconter : il n'y avait qu'un chevalet avec une toile blanche, une chaise bancale, la table couverte de pinceaux et de peintures, et les nouveaux tableaux accrochés à intervalles réguliers le long des quatre murs.

Ils avancèrent sans mot dire. Une fois qu'ils eurent fait le tour pour observer les tableaux – une douzaine de petites toiles carrées, quarante par quarante, a priori très semblables entre elles –, Gus Irongate se retourna vers Hammett et attendit quelques secondes avant de demander :

« Alors, qu'est-ce que tu en penses ? »

Le grand maigre ne répondit rien. Il tourna sur ses talons et refit le tour en sens inverse, plus rapidement et sans s'éloigner trop du centre de la pièce. Après avoir regardé la douzaine de tableaux un par un et de près, il les observait maintenant dans leur ensemble, comme un tout. Une fois terminée sa nouvelle inspection, il dit :

« Je les trouve très bons, Gus.

— Pourquoi ?

— Il y a deux séries mais il y a une cohérence.

— Qu'est-ce que tu veux dire ? »

Hammett le dévisagea subitement avec sérieux :

« Je ne vais pas te faire ton appareil critique à ta place. Si tu veux dix lignes pour ton foutu catalogue, je te les écris. Mais ça va te coûter des sous. »

Gus sourit.

« C'est mieux, dit ou plutôt estima Hammett.

— De quoi tu parles ?

— Depuis que le *sparring partner* et moi on t'a ramassé après ton pire K.-O., c'est la première fois que je vois la commissure de tes lèvres se détendre. »

Gus Irongate se laissa tomber dans l'unique siège branlant de la pièce.

« "Les plus beaux sourires n'ont pas de motif apparent", déclama-t-il avant de préciser sans qu'on le lui demande : C'est une citation, *signore* Vasari.

— Si c'est à Léonard de Vinci que tu penses, dit imperturbablement Hammett, à cette époque il n'y avait pas de reportages, les galeries d'art n'existaient pas et les catalogues étaient publiés quatre ou cinq siècles après l'exposition.

— Ne parle pas d'exposition. Il me reste trois semaines.

— Tu seras prêt ? Qu'est-ce qu'il te reste à faire ? »

Gus Irongate fronça les sourcils.

« La série a l'air close, dit Hammett. Du moins à ce qu'il me semble. Je dirais même enclose, ce qui tombe bien.

— Je ne comprends pas. »

Le grand maigre fit un large geste :

« Avoir utilisé un seul format et une seule taille, que ce

soit pour un ou pour plusieurs visages, comme si on les voyait à travers une seule et unique fenêtre et pas sur un espace où ils se répartissent de façon harmonieuse, c'est déjà une idée forte, dit-il sans regarder Gus, en portant son attention sur les œuvres les unes après les autres. Admettons que le tableau ou la surface de la toile, c'est la famille ; le mariage, si tu préfères. Tous ses membres se définissent forcément en fonction de comment ils s'y positionnent inévitablement : seuls ou accompagnés, en lutte pour se faire une place. Cette tension, on la ressent. Ceux qui sont seuls, il leur manque quelque chose. »

Il tendit son doigt pour montrer.

« Ce regard de côté, par exemple, comme s'il attendait quelqu'un qui n'a pas pris la pose, qui est en train d'arriver ou de partir. Et pour ceux qui sont en groupe, à l'inverse, il y a quelque chose en trop.

— En trop ? »

Hammett ne fit pas attention, il continua :

« Et puis, la relation entre les visages et ce qui les entoure compte aussi beaucoup. J'ai l'impression que les enfants sont représentés avec une sérénité et une innocence qui n'a rien à voir avec le décor chaotique qui les enferme et les attaque parfois, comme ici. »

Il pointa de nouveau son doigt.

« Mais les adultes, c'est le contraire : cet autoportrait est très bon, tu as l'air tellement hors de toi, incroyablement amer, perdu dans une ambiance agréable que tu ne… »

Le grand maigre hésita. « …que tu ne mérites pas ? »

Affalé sur sa chaise, Gus était sidéré. Il saisit un pinceau fin sur la table en désordre et le tendit à Hammett d'un geste lent et cérémonieux :

« Signe-les de ton nom, Dash. »

Hammett attrapa énergiquement le pinceau, le cassa en deux et le lui rendit :

« Je crois que c'est ce que tu as peint de meilleur. Ne flanche pas maintenant. »

Gus Irongate se leva, fit non de la tête. Hammett lui posa la main sur l'épaule, ils éteignirent la lumière et sortirent.

Tony était monté dans sa chambre depuis un moment et Linda finissait dans la cuisine. Poynton proposa de leur servir un autre café mais Gus refusa, il voulait se lever tôt pour peindre et avait besoin de bien dormir :

« Je pense en faire deux de plus, dit-il.

— Eux sans toi, et elle toute seule, aventura Hammett.

— Cinq nuques et l'espace vide : ils sont partis, c'est fini, dit Gus.

— Ne perds pas espoir. Tu es jeune, tu ne devrais pas.

— C'est l'hôpital qui se fout de la charité. »

Hammett devint sérieux :

« Moi, je sais interpréter un tableau, mais toi, tu ne sais pas lire entre les lignes. Vivre, je n'en parle même pas, évidemment.

— Encore moins », dit Gus.

Puis, comme s'il se souvenait soudain d'une question en suspens : « C'est qui, cet ami à toi, Tulip, que Tony a mentionné plusieurs fois ?

— Il ne t'en avait jamais parlé avant ?

— Non. Il m'a juste dit c'était à lui qu'appartenait la

capote d'officier japonais que tu lui as offerte, celle qu'il n'a pas enlevé une seule fois et qu'il porte sur toutes les photos du campement.

— Elle ne lui appartenait pas, dit Hammett en jetant son mégot loin dans l'obscurité du parc. C'est une longue histoire sans grand intérêt, surtout si tu veux aller dormir.

— Tu sais parfaitement rendre les histoires intéressantes, Dash, dit Gus. Enfin, je crois, vu que, comme tu le dis si bien, je ne sais pas lire entre les lignes.

— Comme tu voudras. »

Hammett lui fit alors un bref résumé de la visite de Tulip quelques semaines plus tôt, de leur longue et intermittente amitié, pour en venir finalement à l'histoire insolite qui expliquait cette capote japonaise qui avait tant plu à Tony :

« À Kiska, dit-il en allumant une autre cigarette, une des îles Aléoutiennes où on m'a envoyé, il y avait une rumeur selon laquelle les Japonais avaient momentanément débarqué au début de la guerre, pendant une offensive éclair, et puis s'étaient retirés ou avaient été repoussés en secret. On n'en avait pas la moindre preuve. C'était une simple légende. À l'origine, il y avait des vétérans des campagnes des Gilbert et de Guadalcanal qui avaient rapporté une centaine de couvertures trouvées dans un dépôt abandonné par les Japs, et qui avaient eu l'idée de s'en servir pour faire des affaires. Un ou deux d'entre eux étaient des tailleurs honorables, ils ont recyclé le tissu pour vendre aux bateaux russes de prétendus uniformes d'officiers japonais capturés…

— Ah…, dit Gus avec admiration.

— C’est pas tout : ils profitaient de ce trafic de faux uniformes pour faire passer de la drogue en douce et se faire du fric. Rien de bien différent de ce qui se faisait ailleurs sur le front.

— Et Tulip, qu’est-ce qu’il vient faire là-dedans ?

— Lui, il était colonel, on était sous ses ordres, et son rôle n’est pas très clair. Il était peut-être dans le coup de la fabrication d’uniformes, et alors, quand ses supérieurs lui ont mis la pression, il a dû faire semblant de croire à l’histoire de l’occupation japonaise pour se justifier ; ou bien, il a prétexté de la recherche du *véritable* uniforme pour extorquer de l’argent aux soldats qui faisaient leur petit bizness. Pour le dire autrement : il en a fait une affaire de sécurité nationale et porté préjudice à tout un tas de gens qui étaient impliqués mais ne faisaient finalement de mal à personne.

— Et toi ?

— Comme je le connais depuis vingt ans et que le hasard a voulu qu’on se retrouve à Kiska, et qu’en plus il était mon supérieur, je lui ai dit ce que je savais de cette arnaque et lui ai demandé de ne pas trop remuer la merde. Mais lui, va savoir pourquoi, il n’en démordait pas : il y avait d’authentiques uniformes japonais sur l’île, tout était vrai. Il a dit que sa crédibilité était en jeu, il en a fait une affaire personnelle avec moi… Jusqu’à aujourd’hui, ou plutôt jusqu’à trois semaines en arrière. Presque dix ans après cette histoire.

— Je ne comprends pas.

— Il n’y a pas de logique, Gus. C’est lui qui a apporté la capote que porte Tony. Soi-disant, c’est la preuve qu’il n'avait pas menti. Il s'est donné tout ce mal. Moi, ce qui m'a rendu furieux, c'est sa façon de faire. »

Cette fureur latente résonnait dans la voix de Hammett. « Il est parti offusqué et m'a laissé ça. C'est blessant, cette manière de prendre le dessus, en m'humiliant sans me laisser la possibilité de répondre. On appelle ça la flèche du Parthe.

— La flèche de qui ?

— Du Parthe, à cause des Parthes, cette tribu d'Asie Mineure qui a vaincu les Romains grâce à une tactique qui consistait à attaquer en s'enfuyant, assis à l'envers sur leurs chevaux et en tirant des flèches derrière eux. J'ai écrit un court texte qui…

— En résumé, c'est un sale type, l'interrompit Gus, un sournois.

— Non, pas du tout. »

Après une affirmation pareille, Hammett prit une longue inspiration.

« Il peut même se montrer charmant, comme avec Tony. Pas charmant comme un serpent qui t'hypnotise pour te tuer, mais comme une musique trop entêtante, trop Rachmaninov, ou comme le discours du représentant qui essaie de te vendre cent acres de terre au Groenland en te décrivant la faune locale par le menu. Brillant.

— Un ventriloque ?

— Je n'avais jamais vu ça comme ça, mais pourquoi pas. En désespoir de cause.

— Tout ça ne me dit pas pourquoi tu as donné la capote à Tony.

— Il le fallait. »

Hammett décrivit alors en détail ce qui s'était passé ce soir-là :

« Tulip s'était engagé à les réveiller à l'aube, Gus ; il jouait les Marines ; mais on s'est disputés, il s'est mis en rogne contre moi, il a trop bu et il est parti. Je n'ai pas voulu en rajouter parce je me sentais coupable. Je l'ai poussé à bout. Voilà pourquoi – je m'en rends compte seulement maintenant – j'ai essayé de redorer son blason en disant à Tony que Tulip avait dû s'en aller mais qu'il lui avait laissé la capote en cadeau. Et je lui ai raconté une partie de l'histoire ; on pourrait même dire que c'est la version de Tulip que je lui ai racontée. Celle qu'il voulait entendre.

— Que c'est compliqué !

— C'est comme ça, les relations entre les gens, non ? »

Gus acquiesça sans doute d'un geste que Hammett ne vit pas dans la nuit noire de la véranda.

« Tulip est un affabulateur, continua le grand maigre en lançant son mégot en une longue parabole. Ou peut-être même pas, parce qu'il n'est pas menteur. Il fait partie de ces gens qui croient ou qui veulent te faire croire qu'il leur arrive sans cesse des tas de choses, qui transforment tout en de prétendues aventures. C'est leur façon de se convaincre que leur vie est intéressante, ou qu'elle devrait l'être pour les autres. Tulip, par exemple, s'obstine depuis toujours à vouloir me faire écrire sur sa vie. Il n'est pas du genre à inventer des choses qui ne lui sont pas arrivées mais il raconte celles qui lui sont vraiment arrivées comme si elles avaient de l'intérêt, ce qui n'est pas le cas.

— Vraiment pas ?

— Tout dépend de ce qui vaut la peine d'être raconté, selon toi. Raconté ou écrit ou écouté.

— Un personnage.

— Qu'est-ce que tu as dit ?

— Que Tulip est, en lui-même, un personnage. »

Gus l'affirma avec une confiance inaccoutumée, conférée par l'obscurité ambiante ou la sensation présente d'avoir fait du bon travail.

« Tu ne vois peut-être pas les choses sous le bon angle, Dash. Ce qu'il veut, ce n'est peut-être pas que tu t'intéresses à ses histoires, qui ne sont sans doute pas aussi passionnantes qu'il le dit, mais que tu fasses de lui, c'est-à-dire de quelqu'un qui s'imagine avoir vécu des expériences dignes de la littérature, le sujet d'un livre. Le sujet, c'est lui. Enfin, lui et aussi toi, qui dois te le farcir. Pourquoi tu n'écris pas là-dessus ? Je ne crois pas que qui que ce soit ait...

— *Toi aussi, mon fils*..., récita Hammett, surpris.

— Réfléchis-y, Dash. »

Gus Irongate se leva et éclaira légèrement son profil en tirant une dernière fois sur sa cigarette.

« Tu t'en vas déjà ? »

Hammett n'avait pas l'air pressé.

« Je vais dormir. Merci d'avoir jeté un coup d'œil à mes tableaux et de m'avoir fait me sentir artiste. » Gus rentra et ajouta quelque mots alors qu'il était déjà loin, presque dans un murmure que Hammett n'entendit peut-être pas.

« Et merci aussi de n'avoir pas prononcé le nom de Paulie de toute la soirée. »

Sur le chemin de son bungalow, Hammett urina longuement à l'orée du bois. Pendant son service en Alaska et dans les Aléoutiennes, il avait pris l'habitude, ou plutôt il avait retrouvé le plaisir d'enfant de pisser à l'air libre. Surtout le matin très tôt, lorsque des restes de neige ou du gel ou tout simplement le froid ambiant produisait de petits nuages de vapeur, quelque chose comme ça. On se sentait aussi vivant qu'en se prenant le pouls ou en écoutant battre son cœur. Et c'était moins anxiogène.

Il entra dans le bungalow et, à sa grande surprise, avec une détermination sereine, il se rassit devant la machine à écrire qu'il avait abandonnée en milieu de journée. C'était inhabituel. Depuis longtemps déjà, il n'écrivait – lorsqu'il en était capable – que le matin. L'écriture nocturne, les veillées créatrices et l'imagination insomniaque appartenaient au passé, à une autre vie dans laquelle il avait du mal à se reconnaître, sans rien en renier, évidemment.

Il alluma une cigarette, replaça la feuille sur le cylindre et écrivit sans hésiter, en majuscules, en haut de la page, au milieu : TULIP.

Pendant les trois heures qui suivirent, il nota des idées, ébaucha des scènes, des morceaux de dialogue, et commença à manipuler cette matière nouvelle. Même pas une histoire, rien encore. Et pourtant, à l'aube, lorsqu'il éteignit finalement la lumière pour aller se coucher, il avait dix pages. Et il sentit que ce qu'il avait entre les mains, quoi que ce puisse bien être, ne ressemblait à rien de ce qu'il avait écrit jusqu'alors. Et il sut – ou crut – que c'était une bonne chose.

9

Homme ou démon

Hammett tardant à répondre, Donald hésita à frapper une seconde fois à la porte du bungalow. Il regarda par la fenêtre pour voir s'il dormait dans son fauteuil, comme souvent l'après-midi. Il cogna à la vitre, sans obtenir plus de réponse. Hammett était peut-être dans les bois. La porte n'était pas fermée à clé et, lorsqu'il entra en l'appelant, Donald sentit l'odeur de renfermé et de cigarette. À côté de la Remington dans sa housse, le cendrier débordait de mégots. Dans la cuisine, les assiettes sales s'empilaient dans l'évier. Avant de ressortir, il jeta un coup d'œil dans la chambre. Le pot coloré de cigares cubains dans lequel Hammett gardait des papiers et de vieilles babioles était ouvert sur la table de chevet. Au milieu du lit défait, deux livres et les enveloppes ouvertes des trois lettres qu'il lui avait remises le matin. Il y en avait une de Lillian, on reconnaissait facilement son écriture.

Depuis deux jours, Linda était alitée et ne pouvait faire le ménage comme d'habitude. Par chance, Gus venait de partir pour New York et Hammett n'était pas du genre à se plaindre, ni pour cela ni pour le reste. Il laissait les choses telles quelles. Comme quelqu'un qui regarde tomber la pluie à l'abri sous une marquise en se disant qu'il n'y a rien d'autre à faire qu'attendre qu'elle s'arrête et que tout ce qui doit tomber tombe une bonne fois pour toutes. Poynton ne toucha à rien. Ce n'est qu'en se retournant pour sortir qu'il remarqua que le fusil n'était plus accroché à sa place, derrière la porte, comme toujours. Il se dit alors qu'il n'avait pas entendu le moindre coup de feu dans les bois de tout l'après-midi. Il sortit, referma la porte et hésita à aller à la rencontre de Hammett par le sentier du lac ou à rentrer. Il décida de rentrer.

En poussant la porte de la maison, il tomba sur lui. Hammett avait sa veste, le fusil sur l'épaule et un bouquet de fleurs à la main.

« Un bon chasseur ne doit jamais revenir les mains vides, dit-il. C'est pour Linda.

— Merci, elles vont lui plaire, dit Donald en attrapant le bouquet avec un sourire. Je suis allé vous chercher, monsieur Hammett, vous avez reçu un appel. La personne rappellera dans dix minutes.

— Qui c'était ?

— Je ne sais pas.

— Homme ou démon ? »

Cette question digne d'une invocation d'exorciste amusait toujours Donald.

« Un homme. Il a seulement dit que c'était important mais pas urgent.

— Tout un programme, Poynton. »

Donald apporta les fleurs dans la cuisine, d'où il offrit un café à Hammett. Celui-ci déclina. Alors Donald mit le nez à la porte battante et lui proposa de dîner tôt ensemble, vu qu'ils étaient seuls.

« Et Gus ?

— M. Irongate a parlé ce matin avec son galeriste et, deux heures plus tard, il a tout emballé et il est parti. Vous ne l'avez pas croisé ?

— Non. Peut-être qu'il ne m'a pas trouvé. Tu sais s'il a fini les deux tableaux sur lesquels il a sué sang et eau ces jours-ci ? »

Donald n'en savait rien. Ce qu'il savait, c'était que Gus avait recommencé à boire – il avait trouvé deux bouteilles dans la poubelle de l'atelier – mais il n'en dit rien à Hammett pour l'instant. Il finit de disposer les fleurs dans un petit vase, repassa la tête et dit :

« On mange dans une demi-heure : côtes de porc, patates sautées et compote de pommes. »

Hammett acquiesça. Pendant que Donald portait une tasse de thé, des biscuits et les fleurs à Linda, il s'assit pour relire la lettre enjouée de Lillian, à laquelle il n'avait pas encore fini de répondre.

La chronique aussi pétillante qu'égocentrique de ses aventures parisiennes était parsemée de petites touches d'attention délicates à son endroit. Elle le félicitait pour l'ingéniosité de sa dernière lettre, la version tragi-comique de son expérience face à la commission du Sénat à laquelle « j'aurais donné des années de ma vie pour assister » et, à la fin – presque par obligation, lui semblait-il –, elle demandait s'il avait avancé *The Big Meat*, dont l'évolution intéressait soi-disant beaucoup de gens : « J'ai vu Marcel Duhamel, le directeur de la Série Noire de Gallimard, qui m'a encore proposé une sortie simultanée en français – ton traducteur habituel est libre et impatient – aussitôt que le roman sera prêt. Il t'invite même à venir le présenter. »

Hammett plia en quatre les trois feuillets de papier à lettres à en-tête de l'Hôtel de Ville que recouvrait l'écriture volontaire de Lillian à l'encre noire, et se remit à sa laborieuse réponse. Il avait commencé à l'écrire au pied levé le matin même, dans le carnet qu'il emportait généralement dans les bois, l'impossibilité de rester immobile devant la Remington l'ayant poussé à fuir très tôt le bungalow. Mais il n'avait pas beaucoup avancé. Ou plutôt si, mais par des voies inattendues. La référence de Lillian à *The Big Meat*, ce roman mort-né, était probablement ce qui l'avait perturbé. Voilà pourquoi, contrairement à son habitude de ne jamais entrer dans les détails d'un travail en cours, il se surprit presque à se confesser.

La simple perspective d'avoir à affronter, une fois encore, toujours avec plus d'intensité, les attentes des autres vis-à-vis de son travail l'épuisait. Il avait passé trop de temps sans rien publier pour pouvoir continuer à écrire avec un minimum de conviction sur les sujets ou à la manière d'autrefois. Récemment, il avait expliqué cette situation à un journaliste européen – pour les journalistes locaux, il n'existait pas en tant que sujet littéraire, seulement comme proie politique – et avait, non sans une certaine intention provocatrice, déplacé l'orbite de l'excellence en matière de roman policier vers la langue française : pour le moment, c'était Simenon le meilleur.

Mais lui n'était pas le prolifique Simenon – pour le meilleur et pour le pire – et pas non plus Chandler, qui promenait impunément son soi-disant alter ego Marlowe à travers Los Angeles pour séduire les femmes et donner son opinion à tout-va. Il venait de lire l'édition anglaise de *The Long Goodbye* et y avait repéré les symptômes de l'écroulement final, le maniérisme. Ce *The Long Goodbye* n'était pas qu'un titre : c'étaient des adieux littéraires. Chandler était au bout du rouleau. Incapable de construire une intrigue cohérente. Le roman était impossible à résumer. La scène finale, avec ce Terry Lennox transformé en señor Matamoros par la magie de la chirurgie esthétique, était d'une invraisemblance et d'une contrition larmoyante insupportables. Et pourtant, il y avait un certain héroïsme dans la persévérance de Chandler, c'était comme s'évertuer à rester debout face à Rocky Marciano pour arracher une égalité aux points après quinze rounds. Quand bien même on ne serait plus jamais capable de boxer. Il faut dire qu'il avait eu ses moments de gloire, ses élans de fougue et d'inspiration : ce chapitre dans lequel il classait les différents types de blondes était mémorable, pas de doute là-dessus. Mémorable et trompeur.

C'est que Chandler écrivait avec l'impunité de ceux pour qui les jeux sont faits. Marié, enchaîné par amour ou perversité à une Cissi qui aurait pu être sa mère, il tirait derrière lui, pareil à un pécheur éberlué et confus, le corps lourd et malade de son épouse, un peu comme le poisson du vieux Santiago dans *Le Vieil Homme et la mer*, cette autre imposture qui irritait un peu Hammett.

Lui n'avait jamais écrit une seule ligne dans le but de racheter ses défauts ou de laisser une image positive voire émouvante de lui-même : écrire sur ce qu'il n'avait pas vécu ou ce qu'il aurait aimé vivre et ne pourrait jamais. Il avait écrit pour de l'argent mais jamais en essayant de ressembler à cette meilleure version de lui-même qu'il avait parfois entrevue. Il n'avait pas produit de pâles copies de ses meilleurs moments. Il ne pouvait pas (ou plutôt, il pouvait mais ne voulait pas) reproduire des versions au rabais, par habileté ou par métier, de ce qu'il avait réussi dans sa vie, avec les tripes. Ces questions étaient sous-jacentes à ses difficultés à aller de l'avant. Cependant, à la différence des fois antérieures, écrire était désormais devenu une question de survie, ainsi qu'il l'avait admis devant Tulip. Or, le projet *The Big Meat* s'était embourbé, prisonnier de ces contradictions.

Voilà ce qu'il était en train d'essayer d'écrire dans ce vague brouillon de lettre qu'il n'enverrait sous aucun prétexte à Lillian lorsque le téléphone sonna.

« Ça doit être pour vous, monsieur Hammett, dit Donald en venant de la cuisine. Monsieur Hammett…

— J'arrive. »

Donald regarda le grand maigre interrompre son écriture l'air agacé, laisser son carnet sur la table, se lever du fauteuil et aller répondre au téléphone. Après quoi il s'en retourna à ses fourneaux.

À la radio passait un jeu de questions-réponses, le volume un peu plus fort que d'habitude pour que Linda entende depuis son lit, dans la chambre contiguë. La vedette du programme du soir était un des garçons de la famille Glass, ce prétentieux élevage d'enfants prodiges, et Donald savait qu'il n'écoutait que pour voir si ces gamins finissaient par se tromper ou rester muets. Quand Linda et lui auraient un fils, ils n'en feraient pas un monsieur Je-sais-tout crâneur mais un garçon sensible, discret et observateur. Mais pour l'instant, l'enfant n'arrivait pas. Ils ne prenaient plus de précautions depuis trois ans mais Linda n'était pas encore tombée enceinte. Le docteur disait que tout allait bien, que ce n'était qu'une question de temps et qu'il ne fallait pas s'affoler, mais Donald, dans ses accès de pessimisme, se disait que le problème venait peut-être de lui. On l'avait questionné sur le genre de maladies qui rendent stériles mais il ne les avait pas eues. Il ne lui était pas non plus arrivé le même malheur qu'à ce camarade blessé par une grenade dans les îles Gilbert. Par contre, il se souvenait de la fois où il était resté inapte au sexe pendant des semaines. Tout son corps se contractait encore en y pensant, tant d'années plus tard. C'était pendant un entraînement à Philadelphie, au début de sa carrière, pour avoir négligé de porter une protection. Un terrible coup bas l'avait plié en deux, il s'était évanoui de douleur et, à son réveil à l'hôpital, ses testicules ressemblaient à deux aubergines. Un soir qu'ils regardaient la boxe à la télévision et qu'un poids moyen canadien avait été disqualifié pour des coups bas répétés, Donald avait raconté l'histoire à Hammett et le grand maigre avait déclaré :

« Les choses sont claires. On protège plus nos couilles que notre cerveau. C'est comme ça... »

Donald retourna les côtes de porc tandis que les dernières pommes de terre finissaient de frire. Il gardait la compote de pommes pour la fin, pour ne pas qu'elle caramélise. Il fallait la manger au sortir du four. Une salve d'applaudissements destinée au plus jeune des enfants Glass envahit le studio de radio et la cuisine.

« Tu as entendu ça ? s'exclama Linda dans son lit. Il est incroyable, ce gamin. »

Le jeune Glass venait de détailler les différents genres de la famille des lémuridés endémiques de Madagascar, une île dont la majorité des auditeurs de la fréquence venait de découvrir l'existence.

Une minute plus tard, Donald retira les côtes de porc du feu et sortit de la cuisine. Hammett venait de poser le combiné et restait immobile près du téléphone.

« Le repas est prêt, monsieur Hammett. Je nous sers ici ?

— Mangeons dans la cuisine, dit Hammett.

— Linda est en train d'écouter son quizz », dit Donald, qui savait que Hammett détestait la radio à fond.

Ils se regardèrent.

« J'ai une idée, dit Donald. Je n'ai qu'à mettre la radio dans sa chambre.

— Laisse-moi faire. Toi, tu t'occupes de servir. Ça sent bon, ce que tu as préparé. »

Hammett eut la courtoisie d'attendre l'intermède publicitaire pour débrancher le poste et le porter dans la chambre des Poynton.

En revenant, il ferma la porte et la radio ne fut plus qu'un murmure. Donald avait déjà mis la table et servait des louches de compote de pommes à côté des côtes de porc juteuses.

Ils s'assirent. Pendant quelques minutes, ils mangèrent en silence. Hammett fit l'éloge du dîner et, soudain, après une pause, il dit :

« Tu te souviens, la dernière fois à New York, en revenant de Washington, avec Pat et le cabillaud norvégien ?

— Qu'est-ce qu'il y a ? Linda n'a pas envoyé de remerciements pour l'autographe ?

— Bien sûr que si. Rien à voir. Ce jour-là, avec le courrier que t'a donné Mme Brodsky, ma concierge préférée, il y avait un manuscrit.

— De qui ? demanda Donald, qui ne s'en souvenait pas.

— C'est de ça qu'il s'agit : du type qui vient de téléphoner. Il voulait savoir si je l'avais lu et ce que j'en pensais.

— Et vous l'avez lu ?

— Évidemment que non. Et je ne compte pas le faire. Je crois même l'avoir jeté, il y a quelques jours, quand j'ai remis de l'ordre dans les papiers que le vent avait éparpillé le soir de l'orage.

— C'est ce que vous lui avez dit, que vous ne le liriez pas ?

— Exactement », mentit Hammett.

Poynton consacra quelques instants à piquer les dernières frites avec sa fourchette.

« C'est qui, ce type ? »

Hammett tarda à répondre, non pas parce qu'il ignorait la réponse mais parce qu'il ne voulait pas avoir l'air d'y attacher trop d'importance ni associer une identité à cet appel.

« Un nom italien, Panesi ou Rinesi, quelque chose comme ça, dit-il après avoir mâché longuement. Un type à côté de la plaque : il s'imaginait que je m'étais mis à lire son manuscrit à peine je l'avais reçu. Je lui ai demandé comment il avait eu mon numéro de téléphone, il m'a répondu qu'il m'expliquerait quand on se verrait. Il suppose qu'on va se rencontrer. Il est comme toi.

— Comme moi ? Je suppose que c'est parce que...

— C'est ça : il suppose trop, comme toi. »

Hammett avait retrouvé sa bonne humeur.

« Et il y a une autre raison pour laquelle tu t'entendrais bien avec lui. J'ai remarqué son accent bizarre et je lui ai posé la question. Il est argentin, comme ton ami Mono Gatica.

— C'est mauvais signe, dit Poynton. Encore de la compote ? »

Plus tard, en rentrant au bungalow dans l'obscurité croissante du parc, Hammett réalisa, à sa démarche légère, qu'il avait oublié son fusil. Inutile de retourner le chercher. Pour tout dire, il l'avait promené tout l'après-midi dans les bois alors qu'il n'avait rien fait d'autre que ressasser ce que la lettre de Lillian avait remué en lui.

Sur le divan, une tasse de café à la main, il relut à la

lumière de la lampe l'interminable réponse qu'il avait écrite dans son carnet et y renonça rapidement. Il était rarement enclin à révéler les vérités de son travail d'écrivain. Ou plutôt si, il pouvait, mais il fallait ensuite en assumer les conséquences. Surtout avec Lillian. Il se donna tacitement l'absolution : il n'était pas en état d'expliquer sans détour le livre qu'il s'apprêtait (ou pas) à écrire, qu'il croyait pouvoir se mettre à écrire et qu'il pensait en valoir la peine. Il fallait trouver l'occasion et le bon moment. Il écrirait sa lettre plus tard.

Il se remit à la Remington et relut les dernières notes réunies sous le titre TULIP : le torrentiel épanchement du premier soir, à la suite de sa discussion avec Gus, ces dix pages et les notes qui suivaient. Le nom et le comportement général de son ami – en qui le lecteur verrait un possible alter ego du narrateur à la première personne – pouvaient être l'étincelle qui le sortirait de sa panne d'écriture actuelle. Sans compter que *The Big Meat*, cette histoire sans issue sur laquelle il s'était escrimé jusqu'alors, pouvait très bien intégrer ce nouveau projet narratif : Hammett écrirait, à la première personne, en utilisant un narrateur avec lequel le lecteur pourrait l'identifier, un roman sur ce qui était en train de lui arriver. Il y insérerait ses tentatives avortées, ses brouillons, ses tâtonnements. Il s'agissait non plus de trouver un sujet pour écrire mais de faire de cette recherche le sujet du roman. Avec Tulip pour prétexte.

Peut-être que, cette fois, il parviendrait enfin à écrire un roman sur le modèle de l'anneau de Möbius, un roman qu'on pourrait commencer n'importe où et qui serait infini et continu. Un roman qui se mordrait la queue. Il commencerait avec quelqu'un – peut-être Tulip – qui s'acharnerait à raconter une histoire au narrateur pour qu'il l'écrive et à la fin le narrateur se mettrait à le faire... En réalité, le grand maigre ne faisait qu'intégrer deux mensonges machinaux sur lesquels se construisait son discours habituel : qu'il était effectivement en train d'écrire et qu'il avait déjà écrit une histoire sur le modèle de Möbius, alors qu'il n'avait fait que l'imaginer.

D'un point de vue technique, la solution consistait probablement à renvoyer le point de vue et le départ de la narration dans le temps et dans l'espace : retourner à l'origine de tout et décrire les difficultés du processus de choix du sujet et le jaillissement ou plutôt l'acceptation de l'écriture. Il devait en faire le nœud du récit. Pour autant, il n'était pas sûr de lui ni résolu à partager ce parti pris narratif avec Lillian. Du moins pas pour l'instant : peut-être n'était-il pas plus mal de laisser se propager la rumeur – y compris par son intermédiaire – qu'il travaillait à *The Big Meat*, roman qui représentait un retour sur scène moins radical, plus facile et plus attendu. Il aurait toujours la possibilité de surprendre son monde avec ce nouveau Hammett, cet autre Hammett, plus conscient de lui-même, qu'approuveraient sans doute ceux que son audace surprendrait. Mais un tel projet demandait d'explorer des régions inconnues. Il lui faudrait pour ce faire une énergie sur laquelle il n'était pas sûr de pouvoir encore compter. Cette pensée l'inhiba.

Ça va pour aujourd'hui, finit-il par admettre. La réponse à Lillian pouvait attendre. De sorte qu'il laissa le carnet qui contenait ses notes sur la housse de la Remington, se leva difficilement et, après avoir verrouillé portes et fenêtres, se mit en quête de quelque chose à lire au lit.

Il était difficilement venu à bout de deux tomes de Proust et ne se sentait pas encore prêt à découvrir les raisons de la disparition d'Albertine. Sans compter qu'il n'était pas sûr d'en avoir vraiment quelque chose à cirer. Peut-être continuer Dunne, qui était complètement fou mais avait le mérite de spéculer infatigablement. Il ne se lassait pas de lire ces mathématiciens ou ces philosophes qui dérivaient des sciences exactes vers la métaphysique, parfois seulement pour la renier. Ce qui n'était pas le cas de Russell, par contre, lequel croyait dur comme fer à ses connaissances et à ses convictions sur le monde. Spinoza, impossible de le lire sans des notes de bas de page ; mieux valait Pascal, le genre de catholique que Hammett aurait aimé être s'il était encore croyant, ne serait-ce que par inertie ou par tradition familiale.

Lorsqu'il se mit sur la pointe des pieds pour attraper les *Pensées*, son genou toucha une grosse enveloppe en équilibre instable sur les volumes de la deuxième étagère, qui tomba par terre. Hammett la reconnut immédiatement : les cachets de la poste, l'adresse à New York, le dossier jaune qui dépassait là où lui-même l'avait déchirée, assis dans la Buick tandis qu'il pleuvait sur Manhattan. Il ne l'avait pas jetée.

Hammett ne croyait pas plus aux coïncidences qu'aux stratagèmes de l'inconscient. Voilà peut-être pourquoi il ramassa l'enveloppe avec plus d'agacement que de curiosité. Il sortit le dossier et retomba sur le manuscrit, dont il avait oublié le titre : « La main et le poing », par R. P. F. Une carte de visite y était épinglée. Il la lut debout, devant la bibliothèque.

Roberto P. Fanesi. Agent maritime, avec deux adresses en bas : *Cochabamba 2 345, 4to B. / Rosario / Santa Fe. Argentina* et *Market Street 17 / San Francisco / California. USA.* Une note était écrite à la main avec deux numéros de téléphone : « Je serai à New York en mars et j'espère avoir l'occasion de converser avec vous. Un lecteur de votre œuvre. » Suivi d'une signature alambiquée.

Il rangea la carte de visite et se mit à lire le début.

La main et le poing

par R. P. F.

I

Sous le porche de sa maison, Charles Pierce, l'homme que tous dans cette rue d'une banlieue de Spokane connaissaient sous le nom de Charles Pierce, passait à petites touches un vernis transparent sur un rocking-chair, le pot dans la main gauche et le genou droit sur le plancher, lorsqu'il entendit son chien aboyer au portail. Il leva la tête et vit l'homme en costume sombre frapper à nouveau dans ses mains. En réalité, il ne vit que la moitié de son corps. L'homme était debout près du portail, derrière la haie de troènes qui séparaît le petit jardin du trottoir ensoleillé. Derrière lui était garée la voiture dans laquelle il était arrivé.

Charles Pierce se redressa, posa le pot sur le journal étalé par terre, avec le pinceau posé dessus, essuya ses mains sur sa blouse de travail grise et rappela le chien d'un cri :

« Gabin, au pied ! »

L'animal, un terrier noir avec l'extrémité des pattes et le museau blancs, trotta vers la maison le long de l'allée de gravier puis fit le chemin inverse pour accompagner son maître jusqu'au portail, en sautant autour de lui, sans cesser d'aboyer.

« Qu'est-ce que vous voulez ? » demanda Pierce d'une voix forte, quelques pas avant d'arriver au portail. Son visage rubicond avait l'air agacé, par le vacarme et peut-être aussi parce qu'on l'avait interrompu.

« Bonjour, dit le visiteur en retirant son chapeau. Est-ce la maison de monsieur Charles Pierce ?

— C'est moi. Qu'est-ce que vous voulez ? »

Les yeux clairs du visiteur brillèrent fugacement. C'était un jeune de vingt-cinq ans tout au plus, l'air plus âgé, grand et très maigre, qui portait un gilet et des chaussures bien cirées. La poussière du trottoir avait légèrement terni leur éclat. Il parla d'une voix sereine et concise :

« Je suis Sam Spade, de l'agence Pinkerton de Seattle. »

Il sortit une carte qu'il mit sous les yeux de l'autre par-dessus les troènes. « Vous avez un moment pour répondre à nos questions, monsieur Pierce ? »

Et en utilisant le pluriel, il fit un signe de la tête vers un individu robuste, d'une trentaine d'années, assis au volant de la décapotable en stationnement, qui toucha son chapeau en guise de salut.

Charles Pierce se gratta légèrement le bout du nez, jeta un seul coup d'œil en arrière, vers la maison, et dit à voix basse :

« De quoi s'agit-il ?

— Flitcraft, dit l'autre comme s'il récitait un mot de passe. Pour tout dire, nous recherchons depuis des années Charles Flitcraft, disparu à Tacoma. Et nous pensons que vous pouvez nous aider. »

Pierce ne dit rien. Il resta à regarder dans le vide, en silence. Le jeune en costume sombre tira quelque chose de la poche intérieure de son veston.

« Regardez », dit-il.

Avant même de jeter un coup d'œil, Charles Pierce sut de quoi il s'agissait. Une photo qu'il reconnut sans avoir besoin d'y regarder à deux fois.

Quelques secondes passèrent.

« Vous avez quelque chose contre moi ? » dit-il subitement.

L'autre fit non de la tête.

« Pas pour le moment.

— La police ?

— Ils ne savent rien. Aucune raison pour que ça change. »

Charles Pierce jeta pour la seconde fois un coup d'œil vers la maison. Une petite fille se tenait maintenant sous le porche, à côté du rocking-chair.

« Ne touche à rien, Daisy, lui cria-t-il. Rentre. »

La petite n'obéit pas et vint vers lui en chantonnant le long de l'allée de gravier. Charles Pierce l'attendit, la prit dans ses bras et l'embrassa. Lorsqu'il se retourna vers le visiteur, son visage avait changé : il était gris et n'était plus celui d'un homme de quarante ans, mais de deux décennies plus vieux, au moins. Le ton de sa voix aussi, soudain plus rauque, était différent :

« On peut parler à un autre moment, monsieur... ?

— Spade, Sam Spade.

— On peut en reparler plus tard, monsieur Spade ?

— Comme vous voudrez. Je rentre à Seattle ce soir.

— Vous êtes à quel hôtel ?

— Le Davenport, répondit l'autre en inspectant du regard les deux côtés de la rue. À quatre heures dans le lobby, monsieur Pierce ?

— À cinq heures, plutôt, dit Pierce en s'accoudant au portail de son bras libre. Si je suis en retard, merci de rester discret.

— Bien sûr, monsieur Pierce. Personne n'est au courant de tout ça, pour l'instant.

— Je peux tout expliquer, dit Pierce d'un ton neutre.

— Tant mieux. À cinq heures. »

L'homme qui répondait au nom de Spade remit son chapeau, frôla légèrement la joue de la petite fille d'un geste affectueux et, contre toute attente, serra pendant quelques secondes la main de Pierce, en le regardant droit dans les yeux. Après quoi il se retourna brusquement et regagna la voiture.

Hammett fronça les sourcils et s'arrêta. Il mit le dossier sous son bras, alla dans sa chambre et le jeta sur le lit. Il ramassa tout ce qu'il avait laissé en désordre l'après-midi, mit les lettres de Jo et Lillian dans la boîte à tabac, qu'il referma et rangea à l'endroit habituel, sur l'étagère de la table de nuit. Ensuite, il se déshabilla, posa ses vêtements sur l'unique chaise et se rendit pieds nus dans la minuscule salle de bains. Il se brossa les dents, urina, vida son cendrier dans la cuvette, tira la chasse, éteignit les lumières en ne laissant allumée que la lampe de chevet. Il tira sur le couvre-lit et arrangea les oreillers. Il posa le cendrier vide sur la table de chevet, alluma une cigarette et se mit au lit, la couverture remontée jusqu'à sa poitrine. Ce n'est qu'alors qu'il rouvrit le dossier jaune pour reprendre sa lecture.

Au moment où la décapotable tourna au coin en direction du centre de Spokane, le conducteur regarda en arrière et parvint à voir que Charles Pierce était resté au même endroit, la petite dans les bras, derrière le portail de sa maison. Il ne regardait même pas dans leur direction, il demeurait le regard dans le vide.

« Qu'est-ce qui lui arrive ? Tu peux m'expliquer maintenant ? demanda-t-il en se retournant vers le jeune Spade.

— C'est lui, Buddy, c'est lui !

— Comment ça, c'est lui ? Je ne comprends pas.

— Pierce est Flitcraft. C'est une seule et même personne.

— C'est pas croyable ! Il était juste sous notre nez », dit Buddy.

Sam Spade confirma en faisant oui de son long menton, un sourire aux lèvres.

« Il s'est juste débarrassé de sa moustache. »

Il lui montra pour la première fois la photo, que l'autre observa tout en conduisant. « Et de sa femme, bien entendu. »

Buddy Landucci sourit à son tour. Il était nouveau à l'agence. Deux ans plus tôt il était arrivé de l'Est sans un sou pour travailler dans les services de sécurité du chemin de fer, et avait décidé de changer de travail il y a quatre mois, quand la Pinkerton avait ouvert des bureaux dans la ville. Une équipe réduite de trois personnes. Lui était le plus bas dans la hiérarchie, chauffeur et garçon de course ou à peine mieux.

Quand les gens du siège l'avaient prévenu qu'ils voulaient localiser Pierce discrètement, sans que l'Agence soit officiellement impliquée parce que le sujet était probablement lié à la disparition de quelqu'un d'important, sept ans plus tôt à Tacoma, il avait dû accepter de travailler sans savoir vraiment de quoi il retournait, pour arrondir ses fins de mois. Ils lui avaient fait comprendre que de précédentes fausses alertes les avaient poussés à agir avec prudence. Et c'est ce qu'il avait fait. Bien qu'il ait eu l'impression que quelqu'un le suivait ou du moins surveillait ses mouvements, il s'était acquitté de sa part de l'enquête sans problème. Comme un lévrier, il s'était mis en arrêt devant la proie toute prête, mûre pour le coup de grâce.

L'élégant Sam Spade était arrivé de Seattle le jour même, par le premier autobus, et lui avait laissé entendre, à la fois amical et un peu sceptique, qu'ils allaient probablement au-devant d'une nouvelle désillusion. Mais que, quoi qu'il arrive, ses frais étaient payés pour deux jours, et le jeune homme maigre était prêt à en faire profiter Buddy s'il s'avérait un bon guide dans les bars clandestins de Spokane. Ils tombèrent d'accord là-dessus et sur tout le reste aussi.

« On va déjeuner ? » dit Spade. Il avait retiré son chapeau et, enfoncé dans son siège, passé amicalement le bras sur les épaules de Buddy. « Il y a un bar en face de la gare routière. »

Buddy le dévisagea, fronça les sourcils et désigna derrière eux l'homme qu'ils venaient de laisser planté dans son jardin avec sa fille dans ses bras.

« Et cet oiseau-là ?

— On a le temps, dit Spade. Je lui ai donné rendez-vous à quatre heures à l'hôtel et il m'a demandé un délai d'une heure.

— Tu ne crois pas qu'il pourrait s'enfuir ?

— Je ne crois pas. J'ai l'impression que ce dont il a besoin en ce moment, c'est de parler.

— Avouer ?

— Pas exactement. S'expliquer, peut-être. C'est ce qu'il a dit : tout peut s'expliquer. »

Ils se turent. Chacun dans ses pensées et chacun persuadé que l'autre pensait différemment. La voiture traversa la rue principale de Spokane; ils passèrent devant le Davenport. La gare routière était à l'autre bout, face à la station-service, avant de sortir de la ville.

« Il doit t'avoir demandé une heure de plus pour trouver de l'argent, dit Buddy en regardant droit devant lui. Il va se pointer et nous dire : "Voilà mille dollars. Donnez-moi quarante-huit heures."

— Tu connais cet oiseau-là mieux que moi, je l'ai seulement vu trois minutes et demie, dit Spade sans se tourner non plus. Si tu veux, fais demi-tour, laisse-moi à l'hôtel et va planquer devant la maison jusqu'à l'heure dite. Ou alors, tu tapes à la porte et tu lui suggères mille cinq cents, plutôt. Mais tu me laisses en dehors de ça. »

Cette fois, il s'était tourné vers lui. Buddy secoua la tête :

« C'est toi qui commandes, Sam. »

C'était en effet le cas. Le jeune agent envoyé en secret par le bureau de Seattle était en charge de cette opération.

« Il ne s'agit pas seulement d'un homme, Buddy, mais d'une histoire. J'imagine qu'il est dans une situation bizarre : il doit

être fatigué de porter sur les épaules le poids d'un secret dont il ne peut parler à personne. Et voilà qu'arrive quelqu'un qui pose des questions, qui montre de l'intérêt.

— Peut-être, dit l'autre. Même si je ne comprends pas très bien cette affaire.

— C'est étrange, Buddy. Le client veut seulement que ce type sache qu'il est repéré. Et qu'il s'en aille.

— J'arrive pas à y croire. Tu l'as dit à Pierce ? »

Spade fit non de la tête.

« Ni ça ni rien d'autre. »

Ils arrivèrent devant le bar et descendirent de la décapotable chacun de son côté.

« Tu es marié, Sam ?

— Non, et toi ?

— Quelque chose comme ça. »

Spade sourit. Il avait la mâchoire en pointe et dévoilait des dents parfaites en étirant la commissure des lèvres.

« Tu vois ce que je voulais dire ? dit-il en s'écartant pour que l'autre entre en premier dans le bar. "Quelque chose comme ça." Là aussi, il y a une histoire. Et je suis sûr que tu as envie de me la raconter. »

Le dossier glissa des mains de Hammett et resta sur la poitrine du grand maigre endormi sur le dos. Quelques petites minutes, il se souleva légèrement de bas en haut, au rythme d'une respiration courte mais spasmodique. Mais quand le dormeur se tourna vers le mur pour retrouver la position dans laquelle il dormait la plupart du temps, le mouvement fit glisser le dossier qui tomba par terre. Le bruit sur le plancher réveilla Hammett qui, encore à moitié endormi, retira ses lunettes, éteignit la lampe de chevet et se rendormit tandis que son dernier mégot finissait de se consumer dans le cendrier.

10

La police

Linda et Donald finissaient de déjeuner dans la cuisine; elle n'avait pas voulu manger au lit et prétendait retrouver une activité normale. Donald voyait les choses autrement et c'est ce dont ils parlaient – chacun de son côté de la table – quand la sirène de police leur fit tourner la tête vers la fenêtre.

Ce n'était pas le son continu et modulé des véhicules qui passaient parfois sur la route. C'était l'appel sec – qui se répétait à présent – des voitures de police à l'arrêt pour attirer l'attention, faire connaître leur présence.

Donald regarda par la fenêtre, vit l'avant du véhicule noir et blanc garé perpendiculairement au portail d'entrée, la lumière de toit rouge étrangement allumée à cette heure matinale. Un policier était debout près de la grille et un autre appuyé à la portière de la voiture. Ils actionnèrent la sirène à nouveau.

« Je vais voir ce qu'ils veulent », dit Donald, et il sortit dans le parc tel qu'il était, avec son tablier de cuisine.

Le gros policier, lunettes noires et chemise bleu ciel,

souleva son képi avec le pouce jusqu'à le faire glisser vers la nuque en voyant Poynton s'approcher.

« Il n'y a personne, ici ? dit-il en pointant son menton vers lui.

— Il y a ma femme et moi.

— Un Blanc, je veux dire. Quelqu'un à qui parler. »

Donald Poynton hésita un instant.

« C'est pour la plainte ? demanda-t-il soudain.

— C'est moi qui pose les questions et tu ne m'as pas répondu, négro : est-ce qu'il y a quelqu'un à qui je peux parler ?

— Je vous l'ai dit : ma femme et moi, monsieur. Nous sommes les gardiens, le propriétaire est à New York.

— Ouvre le portail. »

Donald Poynton hésita mais ne bougea pas. Le policier passa la main entre les barreaux pour essayer de tirer le lourd loquet de fer mais il n'y parvint pas, à cause de l'angle ; en forçant, il coinça sa montre et retira son bras en jurant.

« Ouvre la porte ou ça va te coûter cher, négro !

— Qu'est-ce qui se passe, Donald ? »

Hammett arrivait en peignoir et pantoufles, les cheveux mouillés. Il avait les mains dans les poches et le dossier jaune sous le bras. Linda le suivait deux mètres derrière.

« Il se passe que ce nègre ment et qu'en plus il refuse d'obtempérer, dit le policier. Il a dit qu'il n'y avait personne. »

Hammett regarda Donald, puis le policier :

« C'est la vérité. Les propriétaires sont absents. Qu'est-ce que vous voulez ? »

Le policier lui montra sa plaque à travers les barreaux :

« Vous êtes qui, papi ?

— Un hôte.

— C'est pas une réponse. Décline ton identité, connard. »

Hammett ne répondit pas mais il vit l'autre policier, plus petit et encore plus large, affublé des mêmes lunettes noires, s'approcher du portail. Il ne portait pas sa casquette mais tenait son arme dans la main droite.

« Qu'est-ce qui se passe, Joe ?

— Ils refusent de collaborer, Tom ; il va falloir les embarquer. Appelle le central. »

Et, sans attendre, il sortit lui aussi son arme : « Ouvrez ce putain de portail. »

Poynton regarda Hammett, qui ne quittait pas le policier des yeux.

« Vous avez un mandat ? » dit le grand maigre en sortant les mains des poches de son peignoir. Poynton en fit de même.

« Ouais, un mandat pour tabasser les nègres insolents et casser la gueule des vieux emmerdeurs qui les défendent. Ouvrez ! »

Poynton regarda Hammett, qui eut un léger geste d'acquiescement. Ce n'est qu'alors qu'il tira le loquet et que les policiers entrèrent. Hammett et Donald reculèrent.

Le plus petit et le plus large, qui venait d'utiliser la radio, devança celui qui s'appelait Joe et s'adressa à eux pour la première fois :

« Inutile de s'énerver, dit-il d'un ton aimable et posé. Venez aussi, madame. »

Linda s'approcha mais resta derrière Donald.

« C'est pour la plainte ? demanda Hammett, imperturbable.

— De quoi vous parlez ?

— Quelqu'un a tiré sur la maison il y a trois ou quatre semaines, la nuit de l'orage. C'est moi qui ai porté plainte. On nous a dit qu'il y aurait une enquête. »

Linda fit les yeux ronds.

« Qui vous a tiré dessus ? dit Joe.

— On suppose que... », essaya de dire Donald.

Le gros policier se tourna à demi et frappa avec le canon de son arme ; Donald s'écroula. Linda poussa un cri.

« On t'a rien demandé, grande gueule de nègre. Le policier se pencha sur lui. Tu parleras quand on te le dira. »

Donald prit son temps pour se relever, il compta mentalement jusqu'à huit avant de se redresser, le regard fixé sur le torse du policier. Il ne lui manquait plus qu'à se mettre en garde. Hammett le retint, la main sur son épaule.

« Du calme, Donald.

— Du calme, Joe, dit l'autre policier. Allez, vous deux : tournez-vous et mettez les mains en l'air.

— Vous n'avez pas le droit de faire ça », dit Hammett.

Personne ne prit la peine de lui répondre.

« Ça va, dit Joe après les avoir fouillés.

— Emmène la femme à l'intérieur et vérifie qu'il n'y a personne d'autre », dit Tom.

Après le départ de Linda et de Joe vers la maison, Tom sépara les deux hommes sans cesser de les tenir en joue. Il se tourna d'abord vers Donald Poynton et lui mit une photo sous les yeux.

« Tu connais cet homme ? »

Donald regarda un moment avant de faire non de la tête.

« Je ne le connais pas.

— Regarde mieux. Et fais bien attention à ce que tu vas dire. »

Donald secoua de nouveau la tête.

Le policier se tourna vers Hammett et fit de même.

« Oui, dit le grand maigre avec fermeté. Je le connais. »

Le policier plissa les yeux :

« Il était ici ?

— De quoi on l'accuse ?

— C'est moi qui pose les questions. »

Hammett haussa les épaules.

« Dans ces conditions, je ne répondrai pas. Je suis Dashiell Hammett. J'ai le droit de passer un coup de fil. »

Le policier soupira :

« Et moi je suis Thomas Wolfe et je vais te coffrer, imbécile, dit-il d'un ton las. Tu pourras téléphoner au poste, quand on t'y autorisera.

— D'accord, mais lui, laissez-le tranquille, dit le grand maigre.

— Tous les deux.

— Il faut que je m'habille.

— Elle vous portera des vêtements. »

Joe, l'autre policier, revenait de la maison avec Linda.

« Il n'y a personne d'autre, Tom, dit-il. Le propriétaire

s'appelle Irongate et il est à New York, comme l'a dit McConnell.

— Et elle, elle l'a reconnu ?

— Elle ne sait rien. »

Linda tremblait et regardait alternativement les uns et les autres.

« Prépare-leur des vêtements chauds, lui dit Tom. Ils vont en avoir besoin. »

Il pointa de nouveau son arme en direction de Hammett et Donald :

« On y va. »

Linda poussa un nouveau cri, moins fort.

« Du calme, tout va bien, dit Donald.

— Préviens Gus ou qui tu pourras », eut le temps de dire Hammett.

À cet instant, les chiens déboulèrent en aboyant furieusement et obligèrent les policiers à battre en retraite, avec leurs prisonniers derrière eux. Pendant que l'un fermait le portail, l'autre donnait des coups de pied dans le vide pour les tenir à distance. Ensuite, ils fourrèrent Hammett et Donald sur le siège arrière et, après avoir reculé sur la pelouse humide, ils repartirent par où ils étaient venus, mais sans la sirène.

Les aboiements des chiens les accompagnèrent longtemps.

Linda retourna à la maison. Elle montait les marches de bois lorsqu'elle entendit la sonnerie du téléphone. Elle courut répondre.

Une voix bizarre et inconnue demanda M. Hammett.

« Il est absent, c'est de la part de qui ?

— Roberto Fanesi, un ami.

— C'est pour quoi ?

— On a parlé hier soir d'un petit roman à moi qu'il était en train de lire et il a promis de me donner une réponse ce matin à la première heure, alors je m'étonnais de ne pas encore avoir de ses nouvelles.

— Vous êtes un bon ami à lui ?

— Plus que ça : un admirateur. »

Linda sanglota :

« Aidez-le. La police vient de l'emmener.

— Quoi ? »

Alors, sans s'arrêter pendant trois minutes, Linda raconta la scène à laquelle elle venait d'assister. En raccrochant le combiné, elle n'était pas certaine d'avoir bien fait. Elle téléphona ensuite à l'atelier de Gus. Personne ne répondit. Elle hésita à téléphoner chez les Irongate vu que, depuis la séparation, Paulie ne s'était pas montrée très aimable à chacune de leurs conversations. C'est alors que le téléphone recommença à sonner.

C'était McConnell, le voisin. Il voulait savoir ce qui s'était passé avec la police, pourquoi ils avaient embarqué Donald et Dash. Il avait vu leur voiture passer, à l'aller et au retour.

« Je ne sais pas, monsieur McConnell, dit Linda au bord des larmes.

— Ils m'ont posé des questions sur le type qui était chez vous le mois dernier, le propriétaire de la Chevrolet », dit le voisin.

Il y eut un blanc.

« Ah, évidemment... », dit posément Linda.

Elle venait à peine d'associer le visage sur la photo qu'on lui avait montrée – un jeune homme moustachu, en uniforme – avec celui du grossier colonel Tulip, avec sa voiture dernier modèle tape-à-l'œil. Elle raccrocha et se remit à sangloter, qu'aurait-elle pu faire d'autre ?

Elle ne comprenait rien à ce qui se passait. Elle ignorait qu'on avait tiré sur la maison le soir de l'orage. Donald avait l'air d'être au courant mais il ne lui avait rien dit. Pauvre Donald. Le mieux à faire était peut-être de rassembler des vêtements à leur apporter. M. Hammett ne pouvait pas se permettre de prendre froid, avec sa toux déjà si sèche, il ne fallait pas.

Hammett toussa. Il n'aimait pas tousser, et encore moins dans des circonstances pareilles. Il détestait l'apparente position de fragilité dans laquelle cela le mettait. Le jeune policier qui tapait à la machine au bureau le plus proche leva les yeux et l'observa un instant avant de se remettre au travail. Il était en train de prendre l'inaudible déposition d'une femme toute petite qu'on avait escroquée avec des obligations de guerre frauduleuses pour une guerre de Corée qui l'était tout autant. Devant des bureaux vides, deux autres que lui poireautaient en attendant qu'on enregistre leur déposition. Le premier était un chauve à l'air perdu qui paraissait dormir, le menton posé sur la poitrine ; l'autre, un jeune blouson noir aux cheveux gominés, que Hammett croyait avoir vu au bar de la station-service, mais il pouvait confondre. À ses yeux, ils se ressemblaient tous. Dans dix minutes, il serait trois heures de l'après-midi à l'horloge murale, mais Hammett avait l'impression d'avoir passé deux jours dans cette pièce jaune aux deux fenêtres à barreaux qui donnaient sur la cour intérieure du bureau du shérif du comté de Westchester.

De Donald, il ne savait rien. Ils avaient été séparés à leur arrivée et, depuis lors, Hammett n'avait pas la moindre idée d'où il était ni de ce qu'ils avaient fait de lui. Il n'avait même pas pu voir Linda, qui lui avait apporté des chaussures mais avait oublié les chaussettes. L'avocat commis d'office qui l'avait assisté pour les formalités du premier interrogatoire et à qui il avait demandé de se mettre en contact avec Gus et son avocat de New York n'était pas non plus reparu.

Comme il n'avait pas encore récupéré le peu de choses qu'il avait sur lui – ses cigarettes et l'insolite manuscrit qu'il avait commencé à lire la vieille au soir –, il ne pouvait ni fumer ni lire. Sans compter qu'il avait faim. Il n'avait eu ni le temps ni l'occasion de prendre son déjeuner. Il sortait de la douche et fumait sa première cigarette du matin lorsqu'il avait entendu la sirène de la voiture de police ; il avait mis le nez à la fenêtre pour voir ce qui se passait au moment de l'échauffourée entre Donald et les policiers à l'entrée. La suite avait été un cauchemar.

La porte en verre dépoli s'ouvrit et un policier en civil qu'il n'avait pas encore vu passa la tête dans la pièce jaune et dit d'une voix sonore :

« Hammett, Dashiell Hammett. »

Le grand maigre se leva et sortit derrière lui. Il le suivit le long d'un couloir sans mot dire. Ils passèrent devant quelques portes en verre gris sur lesquelles on lisait des grades de plus en plus élevés et, sans frapper, le policier ouvrit la dernière, une porte en bois massif.

Il s'écarta pour laisser passer Hammett.

Ce n'était pas le bureau aux murs nus et meubles métalliques où on l'avait interrogé, mais une pièce avec bureau, drapeau américain et un portrait d'Eisenhower flambant neuf.

Sam Rosen, le jeune avocat de Hammett, se leva en le voyant :

« Dash, dit-il avec un sourire, en tendant la main. Tout est arrangé. »

L'individu derrière le bureau et le drapeau américain, sous le portrait flambant neuf d'Eisenhower, ne daigna pas se lever et encore moins faire un geste qu'on aurait pu prendre pour un salut.

« Le capitaine Thriller vient de signer ton autorisation de sortie », précisa Rosen en lui offrant un siège à côté du sien. Un sac en toile ordinaire contenant les biens de Hammett était accroché au dossier.

« Il faut que je remercie quelqu'un ? demanda ce dernier sans s'asseoir.

— Non, certainement pas. La place d'un type comme vous, Hammett, est en prison », dit le capitaine Thriller sans prendre de pincettes.

Sa voix était grave, sourde, désagréable.

« Interdiction de quitter le comté sans y être autorisé. Vous connaissez les limites ? Celles du comté, je veux dire. »

Derrière le capitaine Thriller, un plan occupait la moitié du mur. Hammett acquiesça.

« Restez dans les parages et à disposition de la police jusqu'à nouvel ordre », l'informa le capitaine.

On aurait dit qu'il rédigeait un rapport, pas qu'il lui parlait. Tout son style, ou plutôt son absence de style, était fondé là-dessus.

Hammett regarda son avocat avant de dire quoi que ce soit. Ce fut Rosen qui parla :

« Mon client est disposé à collaborer pleinement dans le dossier du fugitif Carl Lindgren et à se présenter chaque fois que les autorités jugeront sa présence nécessaire mais il ne peut pas, pour des raisons professionnelles, demeurer indéfiniment à Katonah ou dans le comté de Westchester.

— Il lui faudra demander une autorisation chaque fois, maître.

— D'accord, mais nous ferons appel.

— Comme il vous plaira.

— Qu'en est-il de Donald Poynton ? » demanda Hammett.

Apparemment, le capitaine Thriller n'en savait rien. D'un léger soulèvement de sourcil gauche, il interrogea le policier qui était resté silencieux près de la porte.

« Il y a des charges contre lui, monsieur. Le juge doit établir le montant de la caution.

— Quelles charges ?

— Faux témoignage, rébellion contre un dépositaire de l'autorité publique, refus d'obtempérer et coups et blessures, monsieur.

— Est-ce qu'il reste un des dix commandements qu'il n'aurait pas encore enfreint, par hasard ?

— Sortez-le d'ici, maître », dit Thriller d'une voix neutre.

Le grand maigre s'appuya sur le bureau du capitaine et toussa longuement au-dessus du plateau en verre, sans mettre la main devant la bouche. Une fois remis, il se tourna vers Rosen et dit :

« On y va, Sam. »

Ils sortirent.

11

Le fugitif

Ils prirent la voiture de Rosen pour rentrer. Hammett ne dit presque rien de tout le trajet. Il se contenta de serrer légèrement le genou de son avocat peu après le départ, en regardant droit devant lui :

« Merci, Sam.

— Pas de quoi, Dash. »

Le jeune avocat avait connu Hammett dans le mouvement pour les droits civiques et avait même suivi quelques-uns de ses cours à la Jefferson School – il était bon lecteur – uniquement pour le plaisir de le côtoyer. Il l'admirait comme écrivain et aussi comme militant des causes difficiles. Il le tutoyait depuis peu, uniquement parce que Hammett l'y avait obligé, une fois qu'ils urinaient à l'unisson dans les toilettes de l'école en échangeant sur la prose parlée de Ring Lardner.

« Deux hommes qui n'interrompent pas leur conversation même pour pisser, avait dit Hammett en se dépêchant de fermer sa braguette, ne peuvent pas continuer à se vouvoyer. »

Sam Rosen avait approuvé. Ils avaient continué depuis.

Maintenant, dans la voiture, le jeune avocat prenait la conversation à son compte. Il raconta les détails insignifiants de ses nombreuses péripéties depuis l'appel de Hammett à son cabinet, tôt le matin, et se vanta en creux de la célérité et de l'efficacité de ses démarches.

« Je ne sais pas ce que tu leur as raconté, mais ton ami Lindgren est dans de beaux draps, conclut-il.

— Je sais. Je leur ai dit la vérité. Mais j'ai peine à croire Tulip coupable de tout ce dont ils l'accusent.

— Tulip ?

— Lindgren est un vieil ami. Je le surnomme Tulip depuis des années, depuis qu'il m'appelle Chimney.

— En référence aux poèmes d'E. E. Cummings. »

Hammett se tourna vers lui, les yeux brillants :

« En vingt ans, tu es le premier à t'en rendre compte, Sam. Lui-même n'en sait rien. C'est le livre que j'étais en train de lire quand je l'ai rencontré. J'aimais beaucoup Cummings, je l'aime toujours, d'ailleurs. »

Sam Rosen récita :

« "Personne, même pas la pluie, n'a des mains aussi petites."

— "Un homme politique est un cul sur lequel tout le monde s'est assis, sauf un homme" », compléta Hammett.

Ils rirent ensemble.

« Tu sais que c'est Cummings qui donne les conférences de la chaire de poésie de Harvard cette année ? demanda le grand maigre.

— Non. C'est public ?

— Je ne sais pas. Si on ne me renvoie pas en prison, j'aimerais bien aller y tousser au dernier rang.
— Tu ne retourneras pas en prison, Dash. Pas tant que tu seras mon client.
— J'espère bien.
— Parlons plutôt de Lindgren, ton ami dans le pétrin. »

D'après ce qu'ils purent reconstituer à eux deux, la voiture de police était arrivée jusqu'à la maison de Gus Irongate au terme d'une opération longue mais pas très compliquée à laquelle était mêlée la police de trois États. Au départ, il y avait la découverte dans le New Jersey, cinq jours plus tôt, d'une voiture impliquée dans un accident avec un cycliste – lequel était tombé dans le coma à la suite d'un traumatisme crânien – et abandonnée après avoir embouti un réverbère dans la banlieue de Brummel, quelques minutes plus tard. Personne ne savait rien du conducteur. Par contre, une recherche administrative avait permis d'établir que le véhicule, une Chevrolet dernier modèle, avait été loué cinq semaines auparavant à Fortune, dans l'Illinois, par Carl Lindgren, cinquante et un ans, qui ne l'avait pas ramené à la date fixée et n'avait pas donné signe de vie depuis. Jusque-là, il ne s'agissait que d'un incident plutôt anodin. Mais le cycliste était mort trois jours plus tard et l'enquête avait pris un tour nouveau.

On avait facilement identifié Lindgren, un vétéran de l'armée officiellement domicilié à Chicago, bons états de service et pas d'antécédents judiciaires. Avec la photo de Lindgren, les recherches s'étaient faites plus concrètes, mais sans rien contre lui, au départ, qu'un délit de fuite après un accident de la route ayant entraîné la mort sans intention de la donner; circonstance aggravante, dans un véhicule de location. Le conducteur de la Chevrolet pouvait tout aussi bien ne pas être Lindgren mais quelqu'un qui la lui aurait volée. Dans ce cas : où était-il passé ? Sa disparition n'avait pas été signalée à la police. Dans la boîte à gants, divers papiers avec des inscriptions manuscrites, le programme d'un club de jazz de Greenwich Village et un ticket de station-service sur la route de Philadelphie où le plein avait été fait trois semaines plus tôt avaient confirmé l'intérêt de rechercher d'éventuels indices de son passage dans cette zone. Les informations avaient été télégraphiées et on avait fait circuler sa photo, ainsi que celle de la Chevrolet, une voiture facilement repérable. Plusieurs fois, des témoins avaient reconnu la voiture mais pas le conducteur. Jusqu'à ce qu'un pharmacien de Katonah qui avait signalé un étrange vol de médicaments quelques semaines plus tôt reconnaisse la Chevrolet sans pouvoir assurer que l'homme qui l'avait si aimablement – selon ses mots – volé était celui de la photo. C'est alors qu'une vague adresse griffonnée sur un papier et jusqu'ici incompréhensible avait pris toute son importance : « Route de K, km 130 ». Si le K désignait Katonah, il fallait s'y rendre. Alors, les policiers du comté s'étaient lancés sans trop y croire dans une inspection de routine qui les avait conduits chez Andrew McConnell, lequel leur avait donné une information clé : il avait identifié la voiture et les avait orientés vers son voisin immédiat, Gus Irongate. C'était tout.

Lorsqu'ils eurent fini de reconstituer la version de la police, Rosen dit :

« Tu sais comment Lindgren t'a retrouvé et où il a eu cette adresse ?

— Non. Il m'a donné une vague explication que j'ai acceptée par facilité, admit Hammett un peu irrité. J'ai supposé que, en tant qu'ancien militaire, il avait peut-être accès à certaines informations, et je crois bien qu'il a laissé entendre quelque chose dans le genre... Je ne sais pas. J'admets que c'était une idée stupide.

— Et qu'est-ce qu'il te voulait ? »

Hammett secoua la tête :

« J'ai dit aux flics qu'on se connaît depuis vingt ans, qu'on a été dans l'armée ensemble aux Aléoutiennes et que notre rythme de rencontre, pour le dire comme ça, est réglé sur une fois tous les cinq ou sept ans, voire plus. Des périodes longues mais irrégulières. Mon exemple de la différence entre l'orbite des planètes et l'ellipse des comètes, quelque chose dans le genre, n'était pas très bon. Ils ont cru que je me foutais d'eux, évidemment.

— Tu leur as menti ?

— Non. C'est la pure vérité. Sauf que cette fois, sa visite n'a pas ressemblé au passage de la comète Halley mais plutôt à la chute d'une météorite dans un jardin.

— Tu leur as dit ça ?

— Non. Pas ça. »

Hammett toussa deux fois très fort en couvrant sa bouche avec le dossier jaune.

« Merci, Dash. Je ne voudrais pas que tu me fasses la même chose qu'à Thriller. »

Hammett sourit pour la première fois de la journée :

« Je lui ai tout dégueulassé son bureau, à ce fils de pute. »

Rosen partagea sa joie.

Ils arrivaient mais, avant de s'arrêter devant le portail, Hammett voulut savoir ce qu'il en était de Poynton. Il savait que Linda allait le questionner.

« Ne t'en fais pas. Mon associé Phil Frisson est là-bas, il s'occupe de tout, dit Rosen.

— J'ignorais que tu avais un associé.

— Il vient d'obtenir son diplôme; il travaillait pour moi, maintenant on est associés. Mais ça fait des années qu'il est au cabinet. Phil nous passera un coup de fil dès que le juge en charge de l'affaire prendra une décision. Quoi qu'il en soit, Poynton sera libérable. »

Hammett acquiesça :

« Ils n'ont rien à lui reprocher, Sam : rien à part un port de peau illicite. »

La voiture stoppa et Hammett décrivit l'incident exactement comme il l'avait fait dans sa déposition; en précisant même l'endroit exact où ils s'étaient tenus, où on les avait interrogés et où le policier avait frappé Donald :

« Tu as pu l'identifier ? »

Rosen fit non de la tête.

« Il y en a un qui a dit s'appeler Thomas Wolfe. C'est peut-être une plaisanterie littéraire, mais ça m'a plutôt l'air d'une coïncidence. L'autre, il s'appelait Joe. Le numéro de la voiture, c'était 0563.

— On contre-attaquera, promit l'avocat. Mais d'abord, il faut sortir Poynton d'affaire. Il y a autre chose : c'est quoi cette histoire de dépôt de plainte ? Quelqu'un a tiré sur la maison il y a quelques semaines ? »

Hammett avait déjà entrouvert la porte pour descendre mais il la referma et se tourna vers Rosen :

« Je ne t'en ai pas parlé pour ne pas t'inquiéter.

— Je suis ton avocat.

— Avant tout, tu es mon ami.

— Je ne comprends pas.

— Disons les choses autrement : je ne t'en ai pas parlé pour ne pas t'impliquer. Mais maintenant que la police s'en mêle... »

Rosen secoua la tête et sourit avec dépit :

« Ton ami le Suédois était là ?

— Non. C'était quelques jours avant son arrivée, le soir du gros orage, même que quelques arbres sont tombés.

— Qu'est-ce qui s'est passé, exactement ?

— Je ne sais pas, ce ne sont que des suppositions. Il était dix heures passées, en plein orage, le tonnerre, le vent, les chiens se sont mis à aboyer en direction de la forêt. Il y a même eu quelques éclairs. J'étais déjà au lit en train de lire, je me suis levé pour voir ce qui se passait. C'est là qu'une vitre de la fenêtre de derrière a éclaté. Au début, j'ai pensé qu'une branche était tombée d'un des arbres à proximité. Les chiens continuaient d'aboyer. Quand la pluie s'est un peu calmée, il m'a semblé entendre, entre les coups de tonnerre, au moins une demi-douzaine de coups de feu. Je suis allé à la maison mais personne n'avait rien entendu.

Alors j'ai préféré ne rien dire. Je n'en ai parlé qu'à Donald, plus tard.

— Tu penses qu'ils tiraient sur quoi ?

— Sur mon bungalow, à coup sûr : j'ai vérifié, la vitre a été cassée par une balle. Il y a un trou dans le mur. Mais ce n'est pas le pire. À mon retour, deux heures plus tard, la porte était ouverte, il y avait des traces de pas boueuses et tout était sens dessus dessous. Quelqu'un était entré.

— Quelque chose a été volé ?

— Rien. Que je sache. Cette nuit-là, j'ai refermé le bungalow et je suis allé dormir dans la maison. J'ai dit à Linda et Donald que le vent s'était engouffré par la porte que j'avais mal fermée et avait fait voler les papiers partout... Le lendemain matin, ils se sont aperçus qu'Old Rush, leur chien, n'était pas rentré, alors on est allés le chercher avec Donald. On l'a trouvé dans le bois, mort, pas loin d'un arbre coupé en deux par la foudre. J'ai dit à Donald qu'il avait de toute évidence été foudroyé, que je me chargeais de l'enterrer et qu'il valait mieux ne pas en parler à Linda.

— Pourquoi ?

— Je suis absolument certain que c'est contre moi et moi seul qu'ils en avaient, on essaie de m'intimider et je ne veux impliquer personne là-dedans.

— Qu'est-ce que tu as fait ?

— Donald a dit à Linda qu'on n'avait pas retrouvé le chien, qu'il avait dû prendre peur, et moi, le matin même, je l'ai enterré dans les bois avant d'aller porter plainte au bureau du shérif du comté, celui d'où on arrive. J'ai emmené Donald comme témoin.

— Ils ont pris ta plainte ?

— À moitié. Ils ont dit que c'était au propriétaire de porter plainte, alors ça n'a probablement servi à rien. Ils ne sont jamais venus voir et moi, en y repensant à deux fois, j'ai préféré laisser tomber. Même Gus n'est pas au courant. Par contre, j'ai pris mes précautions.

— Tes précautions ?

— J'ai mieux caché ce que je crois qu'ils cherchaient. »

Rosen fronça les sourcils.

« Ne pose pas la question parce que je ne te répondrai pas, dit Hammett avec fermeté. Le jeu n'en vaut pas la chandelle. Ça ne vaut pas la peine – ni les risques – que tu saches.

— Tu raisonnes de travers, Dash, ça m'étonne de toi.

— Peut-être, mais laisse tomber. Je t'en ai déjà trop dit. »

Hammett descendit le premier et Rosen lui passa le dossier jaune qu'il avait oublié sur le siège :

« Tu lis quoi, Dash ? »

Le grand maigre fit défiler les pages tapées à la machine sous son pouce droit :

« Je ne sais pas encore : a priori, quelqu'un a pris une idée à moi et l'a développée.

— Et c'est bien ?

— C'est une sensation étrange. Il n'y a rien de pire qu'un plagiaire qui culpabilise. Ils te manipulent, ils essaient de camoufler le vol. Je préfère ceux qui assument.

— Pourquoi ?

— Parce que le plagiaire qui assume ne se donne pas le

mal de cacher son forfait : il crée une situation qui justifie l'utilisation flagrante de ce qu'un autre a imaginé. Celui-ci est de cette sorte, je crois. Il y a toujours un mélange de vol, de jalousie et d'hommage. Je préfère qu'on choisisse l'un ou l'autre. Si on peut.

— Et dans ce cas, c'est quoi ?

— Un qui assume dangereusement.

— Tu as tout lu ?

— J'essaie mais la réalité me distrait. »

En entrant dans la maison, ils trouvèrent Gus Irongate – qui venait de rentrer de New York – en train de consoler Linda, sans trop savoir quoi dire. Il se tourna à peine vers Hammett pour confirmer ce qu'il savait déjà :

« Le type qu'ils cherchent, c'est ce Tulip dont on a parlé ?

— Oui et non, dit le grand maigre. Sam va t'expliquer, il sait tout, ou il devrait. Désolé de te causer des ennuis, Gus.

— Il ne manquerait plus que je me plaigne, dit le peintre avec un sourire indéfinissable. Et même si le moment est mal choisi : j'aimerais que tu m'écrives ce texte pour le catalogue.

— Je vais le faire, dit Hammett sans la moindre hésitation.

— Merci, Dash. En outre, on dirait que tu n'es pas le seul à aimer ces portraits.

— Tu m'en diras tant…

— Deux semaines avant l'inauguration, j'ai déjà des acheteurs. »

Le grand maigre lui tapa sur l'épaule :

« Ça te réussit, les malheurs.

— Espérons qu'à toi aussi. »

Hammett fut sur le point de répliquer que le concept lui paraissait excessif dans son cas mais il se retint. Il préféra prendre momentanément congé de Rosen, qui parlait avec Linda, après l'avoir pris à part :

« Il faut enquêter sur Tulip, Sam. On doit le trouver. Pour une fois, c'est moi qui vais le chercher, pas l'inverse. Et j'ai besoin de ton aide.

— Oui, mais tiens-toi tranquille pour le moment. Tu n'as pas le droit de voyager et ils vont surveiller tes moindres faits et gestes. Prenons les choses avec calme.

— D'accord. »

Il alla chercher le fusil qu'il avait oublié la veille, dit au revoir et marcha jusqu'au bungalow. Il ne se sentait pas à l'aise : il n'avait pas porté ses chaussures sans chaussettes depuis au moins six ans.

Il restait deux heures de jour. Le ciel sur le lac était pur, avec seulement deux petits nuages très blancs, en hauteur, séparés l'un de l'autre. Une douce brise qui se levait ridait à peine la surface de l'eau et sur les pilotis blancs et écaillés du ponton deux couples d'outardes allaient et venaient, toute une contredanse de petits sauts pour changer d'endroit, un interminable défilé de bruits et de battements d'ailes.

Hammett se laissait distraire. Couché à ses pieds, comme chaque fois qu'il s'installait sous l'abri pour lire, Cinq somnolait. De temps en temps, il donnait un coup de dent, chassait les mouches d'un claquement de mâchoires sec, en mastiquant du vent.

Hammett reprit le dossier et relut « La main et le poing » jusqu'à l'endroit où le sommeil avait interrompu sa lecture. Sam Spade et Buddy Landucci, après la visite à Charles Pierce au cours de laquelle ils lui avaient révélé qu'ils savaient que lui et l'introuvable Flitcraft étaient une seule et même personne, allaient manger pour tuer le temps jusqu'à l'heure du rendez-vous avec le fugitif à l'hôtel Davenport de Spokane. Ils discutaient en mangeant. Spade semblait accorder une certaine importance aux déboires sentimentaux de son compère.

L'histoire du mariage de Buddy Landucci avec sa cousine Patty couvrait douze années, deux continents et une guerre mondiale. Sans se perdre en détails, Buddy en condensa l'inextricable intrigue en une demi-douzaine de phrases, tandis qu'ils attendaient leur commande :

« Une chienne, Sam. Pas de doute là-dessus, résuma-t-il, imperturbable. Le problème, c'est qu'elle a toujours été la même chienne, mais pas moi. Moi, j'ai été successivement l'enfant qui l'a ramassée avec une patte cassée et l'a soignée, le dresseur qui a tenté de l'apprivoiser, le limier qui a retrouvé sa piste, le chasseur qui...

— Et maintenant ?

— La proie qui lui a échappé. »

Spade ne put s'empêcher de rire et, après quelques secondes, Buddy en fit de même.

« J'espère que tu auras plus de chance que Flitcraft, dit Spade

en le regardant droit dans les yeux, sans se départir de son sourire figé.

— Flitcraft ou Pierce ? Comment on l'appelle ?

— Je ne sais pas. On verra bien à la fin, si tant est qu'on en finisse aujourd'hui. »

Spade s'accommoda sur sa chaise et, sans préambule, sans remarque préliminaire de quelque sorte que ce soit, il se mit à raconter les évènements qui s'étaient produits quelques années plus tôt et dont Buddy n'avait jusqu'alors qu'une connaissance parcellaire. Le détective s'exprimait d'une voix uniforme et cadencée, sans emphase ni pauses, même s'il répétait parfois une phrase en la modifiant légèrement, comme s'il lui tenait à cœur de rapporter chaque détail exactement comme il s'était produit.

Au départ, sept ans plus tôt, il y avait un homme répondant au nom de Charles Flitcraft qui avait quitté son agence immobilière de Tacoma pour aller déjeuner et qui n'était jamais revenu. Il n'était pas allé jouer au golf après quatre heures cet après-midi-là, alors qu'il avait lui-même organisé le rendez-vous une demi-heure avant de sortir déjeuner. Sa femme et ses enfants ne l'avaient jamais revu. Apparemment, elle et lui entretenaient d'excellents rapports. Ils avaient deux garçons, un de cinq ans et l'autre de trois. L'homme était propriétaire d'une maison dans la banlieue de Tacoma et d'une Packard neuve, entre autres symboles d'une vie américaine prospère.

Flitcraft avait hérité de soixante mille dollars de son père, ce qui, ajouté à ses bons coups immobiliers, le mettait à la tête d'un capital d'environ deux cent mille dollars à l'époque de sa disparition. Ses affaires étaient en ordre, mais avec trop de choses en cours pour supposer qu'il les avait réglées de façon à disparaître ensuite. Ainsi, un contrat qui lui aurait rapporté une somme enviable aurait dû être signé le lendemain de sa disparition. Rien ne laissait supposer qu'il avait plus de cinquante ou soixante dollars sur lui au moment de son départ. Ses allées et venues au cours des mois précédents pouvaient être détaillées si précisément qu'elles ne permettaient pas de lui imaginer des vices secrets ou une autre femme dans sa vie, deux hypothèses de toute façon guère vraisemblables.

« Flitcraft est parti comme ça, dit Spade en faisant le geste, comme le poing disparaît quand la main s'ouvre. »

Buddy examina la paume tendue comme s'il pouvait y être resté quelque chose.

« Jusqu'à aujourd'hui », dit-il enfin.

Spade acquiesça.

À cet instant, le serveur arriva avec les plats et les boissons, alors tous deux se turent et s'inclinèrent légèrement en arrière. Ils levèrent discrètement leur verre au succès de leur enquête et se mirent à manger avec appétit. Spade essuya ses lèvres avec une serviette en papier blanche avant de continuer :

« Comme je t'ai dit, Buddy, ça s'est passé il y a sept ans, au printemps 1922. Sa femme a appelé la police le soir même. Une fois l'hypothèse d'une fuite pour raisons économiques ou sentimentales rapidement écartée – personne ne se souvenait l'avoir vu à la gare ou à la gare routière, pas même aux stations de taxis, ni seul ni accompagné –, on a enquêté sur son entourage familial restreint et ses relations de travail : rien à signaler. Alors, ils ont envisagé la possibilité d'un accident de la route, d'une crise cardiaque, d'une attaque cérébrale ou d'une amnésie

soudaine. Après deux jours à sonder les hôpitaux de Tacoma et de la région et à passer au peigne fin les endroits perdus, près des ponts, même le fond de certaines lagunes proches du comté, l'idée a été abandonnée. Il pouvait bien s'agir d'un enlèvement mais aucun des innombrables appels qui prétendaient l'avoir vu n'a donné de résultat, et on n'a pas non plus réclamé de rançon. La police ne savait plus quoi faire. Il y a eu des annonces à la radio, des affiches avec le visage de Flitcraft que la police s'est chargée de distribuer dans presque tout le comté, et une récompense de mille dollars à qui donnerait des informations pour le retrouver. Rien : que des fausses alertes. Voilà pourquoi, après une semaine sans nouvelles, avec une enquête qui ne progressait pas, sa femme est venue nous voir à l'agence. »

Le détective interrompit son récit, but une gorgée et s'occupa momentanément de son plat.

« Comment elle est ? dit Buddy.

— Qui ?

— Sa femme.

— Mme Flitcraft est une grande dame, Buddy. Comme je n'en avais jamais vu auparavant… »

Spade secoua la tête.

« Et laisse-moi te dire que je n'en ai pas vu beaucoup après non plus.

— Elle a dû vous en faire baver.

— On était trois sur l'affaire, dont moi, dit Spade. Deux mois à travailler jour et nuit uniquement là-dessus. On a repris toutes les pistes de la police pour les approfondir. Et rien. Après dix semaines, on a classé l'affaire et Flitcraft a disparu aussi des journaux.

— Et sa femme, qu'est-ce qu'elle a fait ?

— Comme toujours dans ce genre de cas. Elle a lancé une procédure légale de disparition inquiétante qui lui a permis au moins de reprendre les affaires de son mari, et elle s'est faite à l'idée que, même s'il n'était pas mort, il valait mieux faire comme si. Il y a sept ans, l'époque n'était pas bien loin où beaucoup de gens avaient dû se résigner à ignorer ce qu'il était advenu de leur fils ou de leur mari à la guerre. Se résigner à ne pas voir de corps, ni vivant ni mort. Et il fallait aller de l'avant quand même.

— Mais la femme de Flitcraft n'a pas eu de difficultés à endosser son nouveau rôle de veuve présumée.

— Il lui a fallu du temps. »

Buddy sourit.

« Qu'est-ce qu'il y a ?

— Rien, je pensais à quelque chose.

— À Flitcraft ?

— Non, à Patty.

— Ta femme ? »

Buddy acquiesça.

« Quand je suis parti, elle m'a dit qu'elle allait s'acheter une ou deux robes de deuil. Elle a dit : "À mes yeux, tu es déjà mort."

— Elle tient ses promesses ?

— Je suis encore en vie. Mais elle aimait à dire que les Montolivo ne mentent jamais et n'oublient pas non plus. »

Spade comprit que la simple chienne de la succincte histoire précédente avait d'autres facettes qu'il aimerait connaître. Il était encore tôt.

À en croire le récit cette fois détaillé de Buddy, Patrizia

Montolivo, qu'il appelait toujours sa cousine mais qui n'était en réalité cousine – et encore, cousine éloignée – que de son père, et par conséquent sa tante, était arrivée dans le port de New York à bord du Comte Quasimodo *par un après-midi glacé. Par chance ou malchance, c'est ce bateau qui avait porté secours aux rares rescapés du* Titanic *qui n'avaient pas sauvé leur peau en montant à bord des canots de sauvetage du géant des mers, trop peu nombreux et en mauvais état. Et parce que le tragique est roi, c'est cette poignée de malheureux directement sortis des eaux glacées qui avait accaparé l'attention vulgaire de la presse.*

La belle Patrizia n'avait pas l'ambition de leur voler la vedette, mais il est vrai que la troupe de variétés dont elle faisait partie, Stelle di Mezzanotte, *était passée inaperçue ce jour-là, ainsi que – pour des raisons différentes – les trois mois qui suivirent, durée d'un prétendu contrat au Crazy Legs Minute Theater que « les producteurs sans scrupule du Bronx » jetèrent bien vite aux orties.*

Tels furent les termes utilisés par Ettore Landucci, père de Buddy et de quatre autres enfants plus âgés, lequel, depuis son étal de boucher au marché de la 42e Rue et en vertu de son influence sur le syndicat du secteur, avait en quelque sorte parrainé la venue de ce contingent de compatriotes artistes. C'est lui qui leur avait trouvé, dans un premier temps, un logement – même s'ils y étaient un peu entassés – dans les faubourgs de New Italy, et par la suite des solutions de remplacement pour ne pas mourir de faim quand l'argent était venu à manquer, que les feux de la rampe et des enseignes lumineuses s'étaient éteints et que les survivants obstinés du peu qui restait de Stelle di Mezzanotte, *rejetés sur le rivage de* il sogno americano, *s'étaient mis à chercher ailleurs.*

À aucun moment de son récit Buddy ne prononça le mot gangster ni ne fit allusion à la mafia, particulièrement lorsqu'il s'agissait de son père, mais, à l'instar des chameaux du Coran, on les devinait partout derrière ces péripéties frénétiques, sans qu'il soit besoin de les nommer.

Patrizia était de sept ans l'aînée d'un Buddy encore adolescent, et quand Ettore l'avait finalement invitée à vivre avec eux dans l'appartement familial bondé, elle l'avait fasciné. Rebaptisée Patty Moth pour que son nom tienne mieux sur les éphémères affiches, la cousine s'était lancée dans une carrière en solo, dans tous les sens du terme, que Buddy avait suivie depuis les loges obscures. Elle l'avait pris, pour ainsi dire, à son service et emmené avec elle lorsqu'elle avait déménagé dans un meublé de la 51e Rue. Toute une aventure.

« C'est elle qui m'a acheté mon premier pantalon long, Sam, dit Buddy sur le ton de qui révèle un secret d'État.

— Mais c'est elle qui portait la culotte.

— Et elle a fini par m'enlever la mienne, nota un Buddy presque rêveur. Personne ne me l'a jamais enlevée mieux qu'elle. »

Ce prometteur récit offrit un rapide compte rendu des tribulations de ce duo étrange et disparate durant cinq années où lui était petit à petit devenu l'homme souhaité tandis qu'elle cessait d'être une femme souhaitable, à part peut-être pour elle-même. Le jour où Buddy découvrit qu'Ettore Landucci était non seulement celui qui payait leurs factures mais aussi celui à qui Patty devait les bleus qu'elle maquillait chaque soir avec plus ou moins de succès avant de monter sur scène, il n'avait pas osé les mettre devant le fait accompli, ni elle ni son père. Il était parti, tout simplement, sans savoir s'il devait ressentir de l'indignation ou s'apitoyer tragiquement sur lui-même.

« Personne ne s'attend à des choses pareilles, Sam.

— J'imagine que non. »

Il y avait eu – sans entrer dans les détails – un côté Verdi à leur réconciliation presque immédiate, dans le ton et les gestes employés pour se jurer fidélité et amour éternels, ou du moins une passion sincère. Ce qui ne fut pas sans conséquence :

« On s'est mariés, Sam. À peine j'ai eu l'âge légal…

— Aïe. »

Buddy acquiesça.

« Des années difficiles. »

Immanquablement, tout un tas de durs à cuire à l'air patibulaire, chevalière en or et crinière huilée, s'étaient mis à tourner chaque jour un peu plus autour de Patty, rendant de plus en plus difficile et chargée l'atmosphère dans laquelle vivait le jeune Buddy, devenu une sorte d'appendice ou d'inexplicable caprice de la diva sur le retour plutôt qu'un conjoint en fonction.

« C'était ça, le plus dur, Sam : adolescent, je pouvais décider ou non de rivaliser avec mon père pour elle, mais en tant qu'homme je ne faisais pas le poids contre les casiers judiciaires les plus chargés du 46e District. C'était trop, sans compter que ça ne m'intéressait plus.

— La chienne ne t'intéressait plus ?

— Elle et ses fréquentations lourdingues. Alors je lui ai dit que je la quittais.

— Mauvaise idée.

— Sûrement. J'aurais dû filer sans rien dire. J'en sais trop pour que ces types se sentent en sécurité. »

Buddy fit une pause et but un coup.

« C'est à ce moment-là qu'elle a dit : "À mes yeux, tu es déjà mort" et qu'elle s'est acheté les robes de deuil. Ça va faire deux ans. »

À ce moment précis du récit de Buddy, un petit jeune en uniforme couleur violette entra à toute vitesse dans le bar et s'approcha de leur table.

« Monsieur Spade ? » demanda-t-il dans le dos de l'homme en costume noir.

Celui-ci se retourna et le reconnut immédiatement. C'était le groom du Davenport.

« Qu'est-ce qu'il y a ?

— Le boss vous demande de venir à l'hôtel aussi vite que possible. C'est urgent. »

Spade n'eut pas l'air troublé :

« Comment tu nous as retrouvés ?

— À cause de la voiture. J'ai vu la décapotable en passant. Il n'y en a pas d'autre comme ça en ville.

— Ah… Petit malin ! Tu sais ce qu'il nous veut ? »

Le groom secoua la tête pour toute réponse.

« La police est venue ? » demanda cette fois Buddy.

Le garçon fit encore non de la tête :

« Pas que je sache. Mais il y a eu un appel téléphonique. Le boss avait à peine raccroché qu'il m'a envoyé vous chercher. »

Spade jeta un coup d'œil à l'horloge derrière le comptoir. Il n'était pas encore deux heures. Le serveur arriva à cet instant avec une nouvelle tournée de boissons.

« Tu as mangé ? » demanda Spade au groom.

Une fois de plus, le garçon fit non de la tête.

« Assieds-toi », dit Spade en rapprochant une chaise.

Il poussa sa propre assiette devant le garçon. « Mange tranquillement, prends ton temps.

— Impossible, monsieur Spade. Je dois repartir tout de suite.

— Tiens-toi tranquille. »

Il le fit asseoir en le tirant fermement par le bras.

« On n'a qu'à dire que tu ne nous as pas encore trouvés. Quelqu'un sait qu'on est ici ? »

Nouveau non du garçon.

« Mais Sam... », commença à dire Buddy.

Spade rappela le serveur, lui demanda un autre plat, un soda et le numéro de téléphone du bar. Après quoi, il se tourna vers Buddy :

« Va voir de quoi il s'agit. Ne laisse pas repérer la voiture. Gare-toi dans la rue qui passe derrière l'hôtel. Si on te demande où je suis, dis que tu ne m'as pas vu de la matinée. Vois ce qui se passe et appelle-moi, je te garde ton café au chaud. »

Buddy ronchonna un peu, mit son chapeau, attrapa un biscuit pour la route et sortit.

Sam Spade attendit de voir passer la décapotable devant la fenêtre. La poussière de la route n'était pas encore retombée qu'il fit un clin d'œil au groom qui s'en mettait plein la lampe, lui retira son calot, fourra un billet de deux dollars à l'intérieur avant de le lui renfoncer énergiquement sur la tête, jusqu'à ses oreilles penaudes.

« Brave gosse, répéta-t-il. Mange et ferme-la. »

Il alla au téléphone et demanda un numéro à Tacoma. Son message à la femme qui répondit et donna son nom fut bref :

« Madame, ici Spade. Le problème est résolu. »

La femme ne dit rien. Elle raccrocha simplement.

Spade revint à table et, pendant quelques minutes, regarda en silence le groom manger. Lorsque celui-ci eut terminé, il dit :

« La crème glacée est bonne, ici. Tu en veux une à la fraise ? »

Les yeux du garçon brillèrent. Sam appela le serveur et commanda une glace et un café. Un autre quart d'heure s'écoula.

Pour passer le temps, Spade parcourut les résultats des courses dans le Spokane Daily News *et, presque par habitude, la rubrique des faits divers. À en croire le journal local, l'indice de criminalité avait considérablement diminué à Spokane et dans les environs au cours du dernier semestre. Il douta secrètement de la véracité d'une telle information.*

À trois heures moins le quart, le serveur le prévint qu'il avait un appel. Il alla répondre. C'était Buddy, très agité :

« Sam, c'est ce que je craignais : Pierce a disparu.

— Comment tu sais ça ?

— J'ai parlé au directeur de l'hôtel. L'homme qui a téléphoné n'a pas donné son nom mais il a dit qu'il appelait de la part de Charles Pierce et qu'il avait un message pour toi. Que c'était urgent, une question de vie ou de mort. Le directeur a eu peur et il a envoyé le gosse te chercher. Qu'est-ce qu'on fait maintenant ?

— Rien.

— Rien ?

— Rien. »

Il y eut un bref silence.

« Qu'est-ce que... ? » dit Buddy.

Spade réalisa que cette exclamation ne lui était pas adressée. Il se passait quelque chose à l'autre bout du fil.

« Buddy ? »

Il y eut des bruits d'empoignade et de lutte, un cri étouffé et une détonation.

« Buddy ! » cria Spade.

À l'autre bout, quelqu'un raccrocha.

Spade resta immobile, dans ses pensées, le combiné à la main. Un instant plus tard il raccrocha et alla au comptoir.

« Payez-vous et remettez-lui une crème glacée », dit-il en désignant sa table et le groom, de dos.

Il sortit à grandes enjambées par la porte de derrière. Dix minutes plus tard, il était dans le premier autocar Greyhound qui partait en direction du nord.

Le grand maigre bâilla, leva les yeux vers les arbres sur l'autre rive du lac et posa le manuscrit. Il avait beaucoup de mal à se concentrer sur la lecture, à entrer complètement dans l'histoire. Malgré lui, il en sortait souvent, il perdait le fil et son attention se portait sur les indices du pastiche. L'auteur de ce texte savait écrire mais il avait travaillé une matière par procuration, qui lui était doublement étrangère. D'abord, parce que l'histoire originale avait été écrite par quelqu'un d'autre – en l'occurrence, Hammett essayait de se persuader que le fait que ce quelqu'un d'autre soit lui-même n'avait pas d'importance –, et aussi pour une simple question de temporalité, d'époque : ce Spokane des années vingt était le produit de l'imagination, pas le fruit de l'expérience. Aux légers anachronismes et à la surenchère de couleur locale, on devinait que l'auteur n'y avait jamais mis les pieds.

Un instant, Hammett se demanda si la même chose ne lui arriverait pas au cas où il se mettrait en tête d'écrire aujourd'hui une histoire dans le genre de celles qui l'avaient rendu célèbre dans les années vingt. À l'époque, elles coulaient de source. Elles sortaient telles quelles, et c'est ce qu'on attendait de lui. D'une certaine façon, son œuvre était à l'avenant ; voilà exactement ce qu'il avait fait à l'époque du gros agent de la Continental, rien d'autre. Que fait un écrivain relativement en vogue, à part se copier lui-même, comme Fitzgerald, jusqu'à ce que la belle mécanique se dérègle, et lui avec elle ? Ou le triste Hemingway de la fin ? Hammett n'avait pas pu finir *Le Vieil Homme et la mer*. Pourtant, c'était à peine plus long qu'une nouvelle. On allait donner le Nobel à un écrivain qui ne faisait que se répéter depuis des années, et mal.

Après tout, songea-t-il en regardant l'étrange manuscrit qu'il tenait entre les mains, peut-être valait-il mieux qu'un plagiaire acharné se soit embarqué dans cette aventure qui l'aurait peut-être tenté lui-même – par confusion ou désarroi – à un moment ou un autre. Et plein de ce sentiment de gratitude envers celui qui s'était risqué à faire ce que lui-même n'avait pas intérêt à faire, il reprit sa lecture.

L'action changeait de décor.

II

Le vieux concierge du West Praga Motel avança le long de la galerie et s'arrêta devant la porte 4. Il frappa deux fois, une pause, puis trois fois de plus.

« Oui, dit quelqu'un à l'intérieur.

— Señor Ramírez, un certain Pike vous demande.

— Merci.

— Il vous attend au bar.

— J'arrive dans cinq minutes. »

Ce n'était que la deuxième fois que le vieil homme entendait cette voix. Trois jours plus tôt, le client était arrivé à pied et presque sans bagages, il avait payé une semaine par avance et, après avoir établi un code simple pour frapper à la porte, s'était claquemuré dans la chambre. Il n'en était sorti que deux fois pour passer des coups de fil à la cabine de la station-service jouxtant le motel. Il se faisait porter ses repas dans la chambre par la serveuse du bar et donnait de généreux pourboires. Rien d'autre. Dans un patelin comme celui-là, trois ou quatre maisons loin de toute concentration urbaine, les voyageurs qui payaient une semaine d'avance étaient rares. Personne ne s'arrêtait plus d'une journée à Tomahawk – quatre-vingts miles de Struggle Creek, deux fois plus de Fort Nobody –, une sorte de néant dans l'est de l'Oregon. Celui qui restait plus longtemps devait attendre quelque chose.

Le concierge revint sur ses pas, la main en visière. Le vent rouge du désert soufflait depuis l'aube et il y avait peu de chances qu'il retombe avant midi.

Spade écrasait sa deuxième Lucky Strike de la matinée dans le cendrier lorsqu'il vit Charles Pierce pousser la porte. Il but une gorgée de café et lui fit signe depuis le comptoir. Sa moustache naissante et ses cheveux un peu plus sombres plaqués sur les tempes ne le faisaient pas plus ressembler à un señor Ramírez que sa chemise bariolée par-dessus le pantalon et ses bottes par-dessous.

« Buen día, mister Pike, dit Pierce en espagnol, en tendant la main.

— Buen día, señor Ramírez, répondit Spade en espagnol aussi, en la lui serrant. Un verre? »

L'autre acquiesça. Spade l'invita à s'asseoir dans l'unique box du bar et s'écarta pour le laisser passer. Par réflexe professionnel, il remarqua presque immédiatement la bosse de l'arme dans la poche de derrière, sous l'ample chemise de ce señor Ramírez pâlichon.

« Votre revolver, il est déclaré ? commenta-t-il en passant.

— Oui, répondit l'autre sans se retourner. Et ce n'est pas celui qui a tiré sur votre associé, si c'est ce que vous insinuez.

— Ce n'est pas mon associé, dit Spade. Il travaillait avec moi sur cette affaire.

— Et comment va-t-il ?

— Mieux. Par chance, ils ont tiré bas. Enfin, la chance... Il pourra sortir dans un jour ou deux, il en est quitte pour une bonne frousse.

— C'est compréhensible. »

Ils s'assirent de part et d'autre d'une table encastrée entre des banquettes pliables en cuir défraîchi. Le détective se regarda du coin de l'œil dans le miroir couvert de taches de mercure grises et dit :

« Vous avez une idée de qui peut lui avoir tiré dessus ? »

Le señor Ramírez sourit :

« Je ne sais que ce que les journaux en ont dit : un jeune homme qui a pris la poudre d'escampette. Ce n'était pas vous ? »

C'était un coup bas :

« J'étais à l'autre bout de Spokane, répondit Spade, imperturbable. Buddy était au téléphone avec moi, en l'occurrence.

— C'est peut-être quelqu'un que vous avez envoyé, alors. De toute évidence, il n'était pas votre associé à plein temps et vous, Spade, vous avez joué double jeu, à tout le moins. J'y ai réfléchi, pendant ces jours d'attente...

— Ne dites pas de bêtises », l'interrompit le détective avec irritation.

À cet instant, le serveur approcha. Ils commandèrent des cafés et Spade demanda deux verres d'eau. Le serveur fronça les sourcils et Spade lui fit un clin d'œil en posant une pièce dans sa main.

Le señor Ramírez s'inclina en arrière et reprit sa démonstration :

« Ce ne sont pas des bêtises.

— Si. Je ne vous demande pas de me croire ni de me remercier, mais je vous ai sauvé la vie, dit Spade. Et maintenant, donnez-moi le papier. Tout de suite, et pas de plaisanteries. C'est la condition sine qua non *pour qu'on poursuive cette conversation, señor Ramírez, ou Pierce, ou Flitcraft, comme vous voudrez.*

— C'est vous qui voyez. Ramírez, c'est bien.

— Le papier, Ramírez. »

Tous les sens en alerte, Spade regarda l'autre tirer de la poche supérieure de sa chemise bariolée, entre deux doigts, une feuille de papier pliée plusieurs fois, et l'étaler sur la table. Il la tourna vers Spade, qui la reconnut. L'en-tête de l'hôtel Davenport, le message écrit de sa main, à l'encre bleue du stylo qu'il avait dans sa poche en ce moment même.

Tous deux l'observèrent :

« J'admire votre sang-froid, dit Charles Pierce. Je vous jure que j'ai failli crier ou faire un commentaire quand vous me l'avez passée en me serrant la main.

— Vous avez été parfait, un excellent comédien. Le comble aurait été de la laisser tomber, ou quelque chose dans le genre.

— Vous vous méfiiez de qui ? Votre collègue ?

— Pas seulement. Disons au contraire que je vous protégeais de tiers, aussi bien lui que vous. J'essayais, du moins. Moins vous en saviez, mieux c'était. »

Le papier disait :

« Pierce, vous êtes en danger de mort. Quittez Spokane immédiatement. Seul. Et ne revenez pas. Ne vous présentez pas à notre rendez-vous. Appelez l'hôtel – je n'y serai pas – et laissez-moi un message anonyme comme quoi Pierce s'est enfui. C'est ma couverture. Ne montrez ce papier à personne. Ne le jetez pas. Je vous donnerai mille dollars et les moyens de disparaître quand vous me le rendrez. Rendez-vous dans une semaine au West Praga Motel de Tomahawk, sur la route de l'Oregon. M. Pike vous demandera. »

« Vous avez pensé à tout », dit Charles Pierce.

Spade ne dit rien. Il déchira soigneusement le papier en plein de petits bouts qu'il déposa dans le cendrier avant d'y mettre le feu avec la même allumette qu'il utilisa au passage pour allumer sa cigarette. Pierce, qui ne fumait pas, dit :

« Maintenant, l'argent.

— Pas si vite, Ramírez. »

Le détective le scruta à travers la fumée. « Où est votre famille ? Mme Pierce, je veux dire, et la petite Daisy.

— Chez une sœur à elle, Nancy Freemen, de Coolville, Montana. Elles sont parties juste après moi.

— Vous leur avez dit quoi ?

— Rien.

— C'est votre marque de fabrique.

— Vous ne me connaissez pas. »

Spade rit franchement :

« Je ne sais pas qui vous connaît vraiment. Qui peut affirmer qu'il connaît Flitcraft ou Pierce ou le señor Ramírez ?

— Peut-être qu'il me connaissait, celui qui voulait me tuer, à vous croire.

— Pas de doute là-dessus.

— Dites-moi ce que vous savez, Spade. Après, ce sera mon tour.

— D'accord. »

Le serveur arriva avec les cafés et les verres d'eau. Spade attendit son départ, vida son verre d'un trait et sortit en cachette une flasque de whisky pour le remplir. Il en offrit à Pierce d'un geste imperceptible mais l'autre déclina. Spade rangea la flasque, but une gorgée et parla sans lâcher son verre :

« J'ai participé aux recherches initiales, Ramírez, à l'époque

où vous vous appeliez Flitcraft et que vous avez disparu du jour au lendemain, il y a sept ans...

— Et trois semaines.

— ... de votre bureau de Tacoma.

— Vous deviez être un gamin, à l'époque.

— Moi ? Oui, même pas vingt ans. Je débutais chez Pinkerton. Après l'échec de la police, votre femme a fait appel à notre agence et on a remué ciel et terre pendant trois mois pour vous retrouver mort ou vif. Vous aviez bien fait les choses : pas la moindre trace. »

Pierce sourit énigmatiquement :

« Fuir et partir, ce n'est pas la même chose, dit-il d'une voix posée. À plus forte raison s'échapper. Ce sont des actes différents. Moi, j'ai seulement voulu disparaître.

— Vous n'avez pas fui quelque chose ?

— Comment pourrait-on ?

— Je ne comprends pas.

— Pas grave. Continuez.

— Au début, il y a eu des fausses alertes, des gens qui rêvaient de toucher la récompense : votre argent, pour ainsi dire. Après, rien de rien pendant des années, affaire classée. Et puis, il y a deux mois, alors que j'étais justement à Seattle, dans les bureaux de l'agence locale, votre femme s'est présentée, votre première femme, Ramírez. Je me souvenais bien d'elle. En réalité, j'étais le seul à m'en souvenir, depuis cette époque. Et elle, Mme Flitcraft, nous a dit que quelqu'un avait vu un type qui vous ressemblait beaucoup à Spokane. »

Spade le regarda droit dans les yeux : « Elle n'a pas dit qui.

— C'est tout ?

— Oui. Mais je suis persuadé qu'il y avait autre chose : celui qui vous a repéré la faisait chanter ou menaçait de le faire.

— Elle ? »

Pierce fit non de la tête. « Au pire, celui qui me retrouvait pouvait me faire chanter moi. Ce n'est pas ce que vous essayez de faire, d'ailleurs ? »

Spade ne prit pas la peine de répondre. En revanche, il dit :

« Il pouvait la menacer, la faire chanter, s'il avait de bonnes raisons de penser qu'elle préférait que vous restiez mort.

— Je crois savoir qui a pu me reconnaître. Continuez.

— Ça m'étonnerait. Mais voici exactement ce qu'elle m'a dit : "Quelqu'un m'a raconté avoir vu Charles à Spokane."

— Elle l'a dit sur le ton de la peur, de la haine ou de l'espoir ?

— De la peur, je crois. »

L'information ne troubla pas le visage de Pierce :

« Comment va-t-elle, comment va Alice ?

— Mieux qu'après votre départ, pour sûr. Elle vous a donné pour mort depuis longtemps. Et on dirait que ça lui réussit.

— Tant mieux.

— C'est aussi mon avis. Tant mieux pour tout le monde.

— Tout le monde ? »

Spade ne répondit pas à cela non plus. Mais il dit :

« Avant d'aller plus loin, je dois vous dire que vous m'impressionnez, señor Ramírez. »

Il avait l'air sincère.

« Je ne vous comprends pas, je ne sais pas ce que vous cherchez ou ce que vous cherchiez à l'époque. Vous ne vous êtes jamais senti coupable ? »

Pierce n'eut pas l'air d'avoir entendu cette remarque. Il alluma une cigarette :

« Qui est celui qui pense que ma disparition vaut trois mille dollars ?

— Peu importe. Quelqu'un qui paie le double que celui qui vous veut mort. Vous avez de la chance d'être tombé sur moi, señor Ramírez. Il aurait pu en être autrement.

— Vous aviez le choix, Spade ? »

Cette fois, c'est le détective qui fit la sourde oreille.

« On vous a offert deux mille dollars pour me tuer ?

— Disons que, lorsqu'on m'en a offert le double pour vous faire disparaître de la circulation, j'ai prêté attention, je vous ai fait passer ce message que seuls vous et moi avons vu, et nous voilà à discuter aimablement de votre départ.

— C'est elle, Alice, qui… disons… qui veut m'éliminer ?

— Mme Flitcraft ?

— Oui.

— Non, pas elle. »

Spade prit son temps, comme pour laisser à cette information le temps de prendre corps.

« De plus, elle s'appelle Mme Pockett, désormais. »

Pierce fronça les sourcils.

« Elle est avec Pockett ? Avec ce connard ?

— M. Fully Pockett, avocat.

— Un gros fils de pute, oui », déclara Charles Pierce sans élever la voix.

Il se retourna à son tour vers le miroir, toucha une petite marque blanche du bout de l'index, la cicatrice d'une blessure sur la pommette, avant d'ajouter, au bout d'un moment : « Vous savez quoi, Spade ? C'est mieux comme ça.

— Qu'elle se soit remariée ?

— Non. Ou si... Mais qu'elle ait choisi de refaire sa vie, ou plutôt de la gâcher, avec cette ordure... Ça en dit long sur elle. Pas en bien, évidemment. J'ai toujours admiré ma femme, je croyais ne pas représenter grand-chose à ses yeux, je craignais la comparaison avec des hommes plus intelligents ou plus beaux ou plus généreux... Je ne sais pas si vous connaissez cette sensation.

— Je ne me suis jamais marié, señor Ramírez.

— Bien sûr. Toujours est-il que cette histoire de Fully Pockett me rassure, elle me libère d'un poids.

— Je ne comprends pas.

— Vous n'avez jamais eu l'impression d'être un imposteur ? De vivre avec la sensation que les autres vous croient meilleur que vous n'êtes ?

— Venant de vous... »

Pierce, momentanément hors de son rôle de Ramírez, secoua la tête :

« Vous ne comprenez pas ce que je veux dire, dit-il avec dépit. Continuez. »

Spade fit comme s'il n'avait pas remarqué sa contrariété et compléta son rapport préliminaire :

« Alors, on vous a fait suivre par des gens à Spokane, Buddy pour être précis, et en une semaine on a découvert la partie immergée de l'iceberg : que vous teniez un garage automobile, que votre situation n'était pas aussi bonne qu'avant, que vous étiez remarié et que vous aviez une fille, que vous ne jouiez plus au golf mais que vous faisiez du canot tous les samedis... On a

informé Mme Flitcraft, ou Mme Pockett, de tout ça avant d'établir le contact et ce n'est qu'alors que…

— Un moment, Spade, dit l'autre comme s'il faisait le point ou revenait à l'essentiel du problème : qui est votre client ? Mme Flitcraft ou Mme Pockett ? »

Le détective prit son temps pour répondre.

« Disons que je ne sais pas moi-même. Mais je suis ici devant vous, señor Ramírez. À prendre les risques que je prends. Il est vrai qu'elle était pleine de rancœur. Mais si elle préfère que vous ne reveniez pas, elle ne veut pas vous éliminer pour autant. Évidemment, elle n'est pas seule à prendre la décision. Parce que vous laisser mort sans vous tuer, ça coûte très cher, señor Ramírez. Par exemple : imaginez ce qu'il a fallu payer pour que ni votre nom ni votre photo ne réapparaissent dans les journaux. Ce serait un coup fatal, parce qu'il y aurait toujours quelqu'un pour vous reconnaître malgré vos transformations et faire le lien avec la disparition de Flitcraft, il y a des années. »

À cet instant, deux policiers en uniforme sombre boutonné jusqu'au col entrèrent en retirant leur képi et s'assirent à l'extrémité du comptoir après avoir salué aimablement le barman. Le señor Ramírez fronça les sourcils.

« Du calme. Tout va bien, dit Spade sans même se retourner. Je vous repose la question précédente : vous ne vous sentez pas coupable pour ce que vous avez fait ?

— Non. Et je peux vous expliquer pourquoi, dit le señor Ramírez sans quitter les policiers des yeux. C'est parfaitement cohérent. Vous allez comprendre.

— Moi, peut-être. Mais votre épouse… Ramírez, regardez par ici. »

Pierce détourna difficilement le regard des deux policiers qui venaient de passer commande et se concentra sur ses propres mains sur la table.

« Vous allez comprendre ce qui s'est passé. »

Il hésita un instant et Spade se rendit compte ou crut comprendre qu'un long secret était sur le point d'être révélé pour la première fois.

« Ce jour-là, je suis sorti déjeuner, Spade, comme chaque midi. J'étais seul. Je ne pensais à rien de spécial, j'empruntais toujours le même trajet de façon presque mécanique. À deux rues de mon bureau, je suis passé, comme chaque fois, devant un immeuble en démolition depuis quelque temps, d'où provenaient les bruits et les cris habituels. Les travaux étaient presque finis : il ne restait que l'armature. Soudain, comme je passais sans penser à rien, il est arrivé ceci : quelque chose s'est brisé à mes pieds, quelque chose a éclaté au milieu des cris et j'ai senti le sol bouger. Instinctivement, je me suis jeté en arrière. »

Pierce fit une grimace de terreur et de surprise et leva les mains.

« C'était quoi ? demanda Spade.

— Une poutrelle. Une poutrelle ou quelque chose comme ça, une barre de fer de deux ou trois mètres de long, tombée du huitième ou du dixième étage comme une balle, un obus, une météorite, qui s'est plantée à quelques centimètres de mes chaussures, Spade, elle s'est fichée comme ça, toute droite, dit-il en mimant le mouvement soudain sur la table avec l'index perpendiculaire à sa main droite, avant de retomber sur le côté. Sans me toucher. »

Hammett interrompit sa lecture. Il connaissait la suite – il jeta un rapide coup d'œil aux pages suivantes pour s'en assurer – et avait du mal à croire que quelqu'un ait eu l'idée stupide de raconter cette histoire une seconde fois.

Il posa le manuscrit et se frotta les yeux. De toute façon, il n'y avait plus assez de lumière pour lire. Cinq avait disparu comme chaque fois qu'il avait faim et la menace d'un coucher de soleil sur le lac lui parut trop romantique pour son état d'esprit actuel.

De retour au bungalow, fatigué, il trouva un message écrit au fusain sur un papier coincé entre la porte et le chambranle : « Nous t'attendons pour dîner à huit heures. Gus ». Cette sorte d'invitation piège le gênait car elle ne lui laissait aucune marge de manœuvre. Il n'avait pas envie d'y aller mais, pour décliner, il lui faudrait de toute façon se rendre jusqu'à la maison. Et s'il ne prévenait pas de son absence, ils étaient capables de venir le chercher, pour voir si tout allait bien, sous prétexte qu'ils s'inquiétaient. Dans tous les cas, ce n'était qu'embarras, alors que tout ce qu'il voulait, en ce moment, c'était rester seul ; mais, en même temps, il se sentait lié par une reconnaissance et une amitié tacite avec ces gens qui l'accueillaient. Sans compter que, après les évènements si graves de la journée, il ne pouvait pas, il ne devait pas, une personne convenable ne pouvait pas se permettre de ne pas échanger – quand bien même ce ne serait que pour faire des commentaires ou donner son avis – sur ce qui venait de se passer et la suite à donner. Hammett détestait ce genre de situation.

Néanmoins, il prit un bain, mit des vêtements propres et huit heures n'avaient pas sonné qu'il était déjà en chemin pour la maison, prêt pour le dîner. Entendre de loin, parmi d'autres, une voix de stentor qu'il identifia vite comme celle du vieux McConnell, le voisin, le démoralisa. Mais, l'instant d'après, il vit par la fenêtre que Sam Rosen était encore là. Il y avait dans la conversation des hommes une certaine excitation qui baissa d'un ton ou deux à l'arrivée de Hammett.

« Mon associé vient d'appeler, Dash, dit Rosen en guise de bienvenue. Ils libèrent Poynton demain à midi.

— Et la mauvaise ?

— Quoi ?

— C'est une trop bonne nouvelle. Quelle est la mauvaise ?

— Deux mille dollars », dit Gus qui finissait de servir les verres.

Hammett alluma une cigarette, inspira et cracha la fumée :

« Il en aurait coûté beaucoup plus à son grand-père qu'on lui retire ses chaînes, dit-il avec un rictus. On a fait des progrès, de toute évidence. »

McConnell laissa échapper un petit rire. Hammett le dévisagea avec sérieux, sans mot dire. Les autres trempèrent les lèvres dans leur verre.

« J'irai à la banque demain, dit Gus avec un sourire indéfinissable. On verra ce qu'on peut faire. »

Hammett secoua la tête et se dirigea vers la cuisine où la radio était allumée. Gus le suivit.

« Depuis la séparation, Paulie est devenue regardante sur

les dépenses, Dash, dit le peintre. Il me faut nos deux signatures pour retirer de l'argent.

— Je comprends. Tu en as parlé à Linda ?

— Elle est au courant. Ils ont quelques économies, à ce qu'elle m'a dit.

— Ça n'a pas de sens…

— Il suffirait de deux tableaux vendus pour le sortir de là, dit Gus, jovial.

— Dépêche-toi de devenir célèbre. Tu en tireras un meilleur prix. »

Dans la cuisine, Hammett trouva Tony en grande conversation avec Linda.

« Qu'est-ce que tu fais là ?

— Je l'aide en l'absence de Donald.

— C'est un brave garçon », fit remarquer la cuisinière.

Depuis qu'elle savait que son mari pourrait sortir le lendemain, Linda se sentait plus tranquille ; elle ne pensait pas à la caution :

« Ils ne pourront plus lui faire de mal, monsieur Hammett.

— Il sera de retour demain, répondit celui-ci avec un sourire. On ne peut malheureusement pas se passer de ce bon à rien.

— En effet, monsieur. »

Hammett aida Tony à porter les assiettes et la nappe.

« C'est vrai que tout est la faute de Tulip ? demanda le garçon à voix basse, pour que les hommes qui fumaient et buvaient n'entendent pas. Ils l'accusent d'avoir fait quoi ?

— Des choses graves.

— Et c'est la vérité, Dash ? »

D'une certaine façon, Tony sentait que l'ami de Hammett représentait une sorte de secret qui établissait entre eux une complicité que même son père ne partageait pas.

« Sans doute pas tout. Et même, je suis sûr qu'il y a une explication.

— Il a tué quelqu'un ?

— Non. Qui a dit ça ?

— M. McConnell. Je l'ai entendu le dire à mon père, en arrivant.

— C'est moi qui vais tuer quelqu'un, dit Hammett à voix basse. N'en parle à personne. Même pas à ton père. Et à propos : ne crois pas que j'ai oublié le rasoir que je t'ai promis. Je te le donnerai. »

Tony sourit et parla encore plus bas :

« D'accord, Dash. »

Et continuant sur le même ton de confidence intime : « Il y a quelque chose qu'il faut que tu voies, toi et toi seul. C'était dans la poche de la capote que Tulip m'a offerte.

— Qu'est-ce que c'est ?

— Pas la moindre idée. Toi, tu sauras peut-être. »

Le garçon fouilla dans la poche de son jean et en sortit une petite clé attachée à une plaque en bronze par un anneau métallique. D'un côté de la plaque, il y avait un numéro et une lettre, et de l'autre l'inscription N. Y. P. S.

Hammett l'identifia immédiatement :

« C'est la clé d'une consigne à la Pennsylvania Station. Tu dis qu'elle était dans la poche de la capote japonaise ? »

Tony acquiesça :

« Qu'est-ce que ça veut dire, à ton avis ? »

Hammett observa la clé avant de fermer le poing :

« Un oubli, probablement, mentit-il sans le regarder. Je crois qu'il a porté cette capote un moment. Il n'a pas dû bien vider les poches avant de te l'offrir ; souviens-toi qu'il est parti précipitamment. N'en parle à personne, d'accord ? »

Tony fit oui de la tête, les yeux plus brillants que d'habitude, un sourire d'excitation aux lèvres.

« Qu'est-ce qu'il a bien pu cacher là-dedans, Dash ? »

L'air renfrogné, Hammett estima à la volée la taille d'un casier de consigne.

« Pour que ce soit un cadavre, il aura fallu qu'il le coupe en six, au moins, comme une dinde de Noël. Déçu ?

— Un peu, admit le garçon sur le même ton. Tu vas donner ça à la police ?

— Bien sûr que non. On ira toi et moi. Mais le plus probable, c'est qu'on trouve une valise de linge sale, de vieilles chaussures, une brosse à dents et un rasoir.

— N'en parle pas à Gus. »

Cette fois, c'est le grand maigre qui acquiesça :

« Rien que toi et moi, dit-il en lui adressant un clin d'œil. Maintenant, allons aider Linda. »

Il mit la clé dans sa poche, avec l'impression d'avoir volé le denier du culte à la messe du dimanche.

Au cours du dîner, la conversation suivit un cours prévisible. Hammett déçut les attentes du petit auditoire en refusant d'ajouter le moindre détail croustillant ou morbide aux versions déjà connues des « tribulations de son ami », selon les mots de M. McConnell.

« Tout cela n'est probablement qu'un malentendu, conclut-il sans grand intérêt pour ce qu'ils pouvaient bien croire.

— Voler une voiture et attaquer une pharmacie, je ne crois pas que ce soit ce qu'on appelle un malentendu », dit McConnell.

Hammett fit comme s'il n'avait pas entendu :

« L'important, maintenant, c'est de réunir l'argent pour la caution de Donald, dit-il posément. Je m'en occupe, j'ai de l'expérience en la matière et, comme vous le savez, on peut me faire confiance : tout se fera dans le respect du plus strict anonymat, personne ne saura jamais qui a déboursé pour libérer un agitateur noir. Je préférerais aller en prison moi-même plutôt que de donner le nom d'un seul des contributeurs.

— Tu gardes ton humour malgré tout, Dash, dit Gus en levant son verre.

— Je dirais plutôt : à propos de tout, répondit le grand maigre en sortant un carnet de la poche de sa chemise écossaise. Vous participez à quelle hauteur, monsieur McConnell ? À sa sortie, je suis sûr que Donald ne verra pas d'inconvénient à vous faire un prix pour tondre votre pelouse si vous le lui demandez gentiment. Il paiera même la peinture pour votre clôture.

— Ne vous trompez pas sur mon compte, monsieur Hammett, dit le voisin, piqué au vif. Vous n'êtes peut-être pas au courant, mais j'ai été l'ami de Harry Irongate, le père de Gus, depuis l'époque où nous n'étions que quatre dans le voisinage. Jamais nous n'avons eu le moindre problème avec la police, et je n'ai pas non plus hésité à me servir de mon fusil pour faire déguerpir les intrus.

— Elle doit vous manquer, cette époque, sans rouges ni Noirs pour barioler le paysage.

— Dash... », dit Sam Rosen.

Mais Hammett n'avait pas l'air d'en avoir fini :

« Ne vous en faites pas pour moi. Je ne vous ai pas entendu vous en plaindre, mais les coups de feu tirés pour m'intimider il y a quelques semaines n'ont pas dû vous échapper. Peut-être que ça suffira à me faire partir : un nègre en prison et un rouge chassé comme un malpropre. »

McConnell se leva de l'autre côté de la table :

« Une minute : je n'ai rien dit d'autre sur ce Noir insolent que ce qu'en a dit la police...

— Fermez-la.

— Comment osez-vous...

— Tony va aller se coucher », annonça Gus d'un ton sec, la main sur l'épaule fuyante de son fils.

Le silence se fit.

« J'y vais aussi, c'est l'heure, dit Hammett. Justement, on a quelque chose à faire ensemble demain. Pas vrai, Tony ? »

Le garçon acquiesça.

Ils sortirent par deux portes différentes, mais simultanément, comme à la fin d'un premier acte longuement répété.

12

La Studebaker jaune

Donald Poynton était couché sur le dos sur le grabat d'une des seules cellules du bureau du shérif du comté. Les mains sous la nuque, les jambes étendues, croisées, il tachait de prendre du repos. Plus facile à dire qu'à faire. Il n'avait pas réussi de toute la nuit. Et c'était pire ce matin. L'occupant de la cellule voisine, un Noir tout maigre accusé de scandale sur la voie publique et qui avait la même voix que la basse des Platters, mais sans la retenue nécessaire, paraissait décidé à épuiser le répertoire du groupe. C'était toujours le risque. La solitude, l'enfermement dans des espaces hauts de plafond et la qualité acoustique de certains lieux réveillaient parfois la vocation de chanteur des gens atteints par un occasionnel revers de fortune.

En l'occurrence, tout s'était bien passé jusqu'à la version syncopée de *Blue Moon*. Poynton n'aurait jamais cru qu'il verrait d'un bon œil l'irruption d'un policier en uniforme – dans le cas présent son bourreau en personne, Joe –, mais ce fut le cas, étant donné les circonstances :

« Tu vas la fermer une bonne fois pour toutes, espèce d'Al

Johnson de foire, dit le policier en frappant avec sa matraque les barreaux de la cellule du soliste. Avant de s'adresser à Donald presque sur le même ton : Et toi, face de singe, on dirait que quelqu'un a braqué une ou deux vieilles pour payer le prix qu'on donne à ta liberté. Prépare-toi.

— Merci, dit Poynton presque sans réfléchir, par réflexe.

— Ne me remercie pas, si c'était moi je te laisserais moisir là-dedans. Mais les choses sont mal faites.

— Je suppose, approuva le détenu dans son style le plus tranquille.

— Ne suppose pas ! », tonna Joe, qui fit trembler le bureau de la salle d'un coup de matraque.

Un enquêteur en civil apparut sur-le-champ :

« C'est quoi ce foin, Joe ?

— Rien. Je suis venu avertir ce nègre que quelqu'un avait mis sa sœur sur le trottoir pour payer sa caution et il se fout de ma gueule. »

L'autre posa la main sur son épaule et dit :

« Ça va, lâche-le, Joe. Allez, t'es de faction. »

Il attendit que le policier en uniforme sorte pour se tourner vers le détenu. « Et toi, Poynton, fais-toi beau, tu sors. Ton avocat est arrivé. »

Phil Frisson, l'associé de Sam Rosen, l'attendait dans le bureau d'un taciturne officier de service. Il était midi et quart à l'horloge murale.

« On a eu de la chance, Poynton, tout s'est passé plus facilement que prévu, dit-il en agitant les papiers qu'il tenait dans la main. Signez ça et on s'en va. »

Donald l'observa avec curiosité. Frisson était un jeune

homme chétif et maigre, avec un visage osseux et des lunettes à monture noire. Aussi blanc que le formulaire qu'il lui mettait sous le nez.

« C'est Dash et Gus ? » demanda Donald.

L'autre fit non de la tête.

« Quelqu'un qui nous attend dans le hall », dit-il pour toute réponse.

Poynton signa sans s'asseoir, en se penchant sur le bureau. Il prit ses affaires et ils sortirent.

L'homme grand et élancé en veste bordeaux et pantalon marron qui les attendait parut bondir de son siège avec une agilité inattendue. Il fit deux pas dans leur direction et tendit une main longue et vigoureuse, un large sourire soudain aux lèvres :

« Quel plaisir de vous rencontrer, Poynton ! »

Donald ignorait qui était ce personnage mais il se dit qu'il connaissait sa voix.

« Vous êtes…, dit-il tandis que l'autre lui secouait le bras.

— L'ami écrivain de Hammett, expliqua celui-ci sans le lâcher. Nous avons parlé d'un manuscrit que je lui ai envoyé, il y a quelques jours.

— Ah oui…, dit Donald en escamotant sa main.

— M. Fanesi a déposé le montant de la caution ce matin à la première heure, dit Frisson comme un guide qui décrirait les mœurs insolites d'une espèce récemment découverte.

— Merci », trouva seulement à dire Poynton.

Celui à qui il s'adressait passa la main dans sa longue et

abondante chevelure châtain clair, et ferma les yeux à demi, l'air satisfait :

« Vous le méritez, mon ami. Je me suis permis cette initiative sur la base des informations fournies, par pur hasard et entre deux sanglots par votre épouse affolée, expliqua-t-il avec une lente précision langagière. Sachez que mon entreprise, ainsi que je l'ai expliqué à votre défenseur, ajouta-t-il en désignant d'un geste imperceptible un Frisson en extase, n'a d'autre finalité que d'atténuer les effets toujours indésirables de la prolongation excessive du séjour intramuros d'une personne innocente. »

Donald Poynton se tourna vers son avocat, l'air interrogateur.

« Il a téléphoné pour parler à M. Hammett juste après que la police vous a emmenés, expliqua Frisson. Et votre épouse lui a raconté ce qui s'était passé.

— La suite a été un jeu d'enfant, conclut Fanesi. J'ai contacté la police du comté mais, comme je n'obtenais pas de réponse, j'ai fait le trajet hier dans l'après-midi. Hammett était déjà rentré avec maître Rosen mais je suis tombé sur Phil, poursuivit-il avec un nouveau geste d'inclusion amicale, qui m'a circonstancié les détails de votre affaire. Une fois le montant de votre caution fixé par le juge, le temps n'était plus aux palabres.

— Mais vous ne me connaissez pas, lui opposa Donald Poynton.

— Désormais, vous, vous me connaissez », dit l'autre avec un sourire où brillait une prémolaire en or.

Il mit la main dans la poche supérieure de sa veste et en

tira une carte de visite et un stylo. Il nota deux numéros de téléphone au dos de la carte et la lui tendit : « À votre service. »

Donald Poynton récupéra la carte, y jeta un coup d'œil et la rangea :

« Merci, répéta-t-il sans savoir quoi dire d'autre.

— Sortons d'ici », dit le jeune Frisson.

Dehors, dans la clarté de midi, Sam Rosen les attendait. En les voyant, il mit le moteur en marche et descendit de voiture pour les saluer.

« Vous nous accompagnez, monsieur Fanesi ? » suggéra-t-il une fois les présentations faites.

L'homme à la veste bordeaux avait l'air plus grand mais moins sûr de lui en plein soleil. Il chaussa des lunettes noires, consulta une montre trop grande pour son poignet fin et dit :

« Non, merci. Il est temps pour moi de rentrer à New York. »

Son clin d'œil se voulait truculent.

« De toute façon, j'ai une conversation prévue avec M. Hammett dans les jours à venir, alors on trouvera l'occasion. C'était un plaisir, messieurs. »

Le jeune Fanesi distribua des poignées de main sur le trottoir comme le père ou le frère d'une mariée remerciant les invités après des noces magnifiques ; il attendit que tous montent en voiture et, après leur départ, s'assit au volant d'une Studebaker jaune qui démarra superbement et fut suivie par tous les regards jusqu'à ce qu'elle tourne au premier coin de rue.

13

Nell

Quelques minutes avant midi, l'agitation sous la haute coupole de la grande salle de la Pennsylvania Station, au cœur de New York, laissait imaginer avec peu de chance de se tromper à quoi ressemblerait la répétition générale du Jugement dernier. Les grandes horloges qui pendaient de la toiture en fer menaçaient la foule sans même avoir à darder leurs aiguilles; leur poids suffisait; une fourbe et trompeuse épée de Damoclès.

Sam Rosen – silhouette parmi d'autres – passa devant l'immense panneau des départs et des arrivées, à destination et en provenance de centaines de points sur une carte complexe qui les reliait; il longea la bonne douzaine de guichets de vente de billets devant lesquels faisaient la queue une multitude de voyageurs avec leurs bagages respectifs, et prit finalement un couloir sur sa gauche, une galerie en marbre avec un toit de verre de chaque côté de laquelle s'alignaient, sur trois rangées superposées, des centaines de petites portes métalliques, numérotées comme des tombes pillées, les niches funéraires d'un cimetière futuriste. Il y avait de ça.

Avant de s'approcher du *locker* 129 du secteur B, Rosen jeta un coup d'œil autour de lui. Quatre personnes au moins vaquaient à des occupations semblables aux siennes, et la surveillance réglementaire – deux policiers qui caressaient leur matraque en marchant d'un bout à l'autre du couloir – n'avait pas l'air de s'intéresser particulièrement à ses agissements. Il s'accroupit – le casier se trouvait sur la rangée inférieure –, mit la clé dans la serrure et, sans qu'il ait eu besoin de forcer, la porte s'ouvrit. L'espace était entièrement occupé par une vieille valise en cuir marron, en mauvais état, avec une poignée sur le dessus et deux courroies en cuir plus sombre. Rosen jeta un regard de part et d'autre avant d'attraper la valise. Elle était assez lourde et il dut tirer deux fois pour la poser par terre. Une fois le casier vide, il poussa la porte et la ferma à clé.

Il se redressa en soupirant, saisit fermement la poignée, vérifia une nouvelle fois que personne ne le surveillait et retourna dans la grande salle par le chemin inverse. Il marchait avec naturel, en essayant de cacher les efforts qu'il lui fallait faire pour transporter un tel poids, lorsque quelqu'un s'approcha subrepticement et lui toucha l'épaule. Il se retourna, crispé :

« Dash ! Qu'est-ce que tu fais ici ? On avait dit qu'il valait mieux que tu… »

Le grand maigre sourit et fit un signe de tête derrière lui :

« C'est lui qui m'a convaincu. »

C'est alors que Sam Rosen découvrit Tony Irongate :

« Dash m'a dit que si vous ne pissiez pas le sang, on pouvait s'approcher. »

Rosen allait esquisser un reproche mais il ne dit finalement rien. Ils se trouvaient au beau milieu de la grande salle et n'avaient aucun intérêt à attirer l'attention.

« Donne-moi la clé, dit subitement Hammett après avoir examiné la valise.

— Tu vas faire quoi ?

— Rapporter ça.

— Pourquoi ?

— Je sais ce que cette valise contient. Et il vaut mieux qu'elle reste où elle était. »

Tony écarquilla les yeux :

« Tu sais ce que c'est ? »

Il n'obtint pas de réponse. Déjà, Hammett avait attrapé la valise et se dirigeait vers la consigne avec une vitesse et une énergie surprenantes.

Sam Rosen et Tony le suivirent de loin. Ils le virent arriver au casier, ouvrir la porte, remettre la valise et refermer soigneusement.

Il revint auprès d'eux, l'air calme et détendu.

« Allons-y, dit-il comme si de rien n'était. Assez d'allées et venues pour aujourd'hui. »

Ils sortirent en silence.

« Tu ne vas pas nous expliquer ce qui s'est passé, Dash ? » demanda Tony.

Il était extrêmement déçu.

« Je préférerais ne pas, dit Hammett comme s'il récitait.

— Pourquoi ? »

Le grand maigre se tourna vers le garçon et s'adressa à lui avec un sérieux inhabituel :

« Écoute, Tony. Tu sais que je ne t'ai jamais menti. Et cette fois non plus. Mais je ne vais rien te dire d'autre parce qu'il vaut mieux que tu n'en saches pas plus. Tu comprends ? »

Tony le dévisagea en silence. Il ne savait que penser.

« Tu comprends ? répéta Hammett.

— Rends-moi la clé. C'est la mienne. »

Hammett le regarda avec une amicale sévérité :

« Elle n'est ni à toi ni à moi, Tony. »

Le garçon serra les lèvres ; ses yeux se remplirent de larmes.

« C'est ce qu'on verra, espèce de menteur », dit-il.

Il tourna les talons et partit en courant.

« Eh ! » cria Sam Rosen.

Hammett le retint par le bras.

« Laisse-le. C'est lui qui a raison. »

Et puis, après un soupir :

« Rends-moi service : va au bureau de la consigne et demande comment on loue un *locker*. Si c'est au jour, au mois, quelles informations il faut fournir, comment ça marche.

— Tu veux que je demande pour le 129 B ?

— Ils ne te diront rien, ça ne fera qu'attirer l'attention. Demande seulement comment on fait. Je t'attends aux cabines téléphoniques. Il faut que je passe un coup de fil.

— À qui ?

— À une amie. Je ne sais pas quel est son nom, aujourd'hui. Je l'ai toujours appelée par son pseudonyme. »

Rosen fronça les sourcils.

« Même au lit », compléta Hammett, l'air de rien.

Sam Rosen revint dix minutes plus tard. Il trouva Hammett l'épaule contre la paroi en bois de la cabine, l'annuaire de la ville de New York ouvert en équilibre précaire sur l'étroite tablette qui se trouvait sous le téléphone. Plongé dans ses pensées, il parcourait les pages, prenait des numéros en note, appelait, les rayait.

« Les *lockers* sont nominatifs, Dash, dit Rosen. Au jour, à la semaine ou au mois, au maximum. Ils sont faits pour des valises. Tu peux garder la clé – les autres sont sur un grand panneau en bois – et personne ne te demande ce que tu laisses, même s'il y a une liste de choses interdites, depuis les aliments frais jusqu'aux armes à feu et aux explosifs.

— Et les cadavres ? demanda Hammett sans interrompre ses appels.

— Ils n'ont pas précisé, par contre ils disent qu'ils ne sont pas responsables de ce que tu y mets et ça n'est pas assuré contre le vol ni contre l'incendie. Les policiers sont habilités à te faire ouvrir au moindre soupçon. En cas de problème ou si le délai est dépassé, ils ont des doubles des clés et peuvent ouvrir eux-mêmes.

— Tu as pu voir si…

— J'ai pu, Dash, et la réponse est non, dit Rosen avec assurance. La 129 B n'était pas sur son crochet. »

Le grand maigre tripota la clé dans sa poche.

« C'est une vraie, alors. J'aurais juré que c'était un piège. »

Rosen le regarda comme s'il le voyait pour la première fois.

« Et malgré ça tu m'as laissé y aller ?

— Rappelle-toi, Sam, c'est toi qui n'as pas voulu que je m'en charge », dit Hammett avant de reprendre ses recherches.

Une heure et une douzaine de coups de fil plus tard, il avait épuisé toutes ses idées pour localiser Nell Martin à partir des informations qu'il avait en sa possession ou dont il se souvenait vaguement. Il décida de s'y prendre autrement. Après plusieurs voies sans issue, une amie commune lui donna une piste : le nom de famille – Wilkinson ou Dickinson – du type, un journaliste ou un écrivain, avec qui, croyait-elle, Nell s'était mariée quelques années plus tôt.

Hammett crut se souvenir qu'elle avait mentionnée, peut-être dans une lettre qu'elle lui avait écrite pendant la guerre, qu'elle était de nouveau en couple avec quelqu'un qui écrivait, ce qu'il avait pris pour une espèce de provocation. Quoi qu'il en soit, il décida de tenter le coup en commençant par les Dickinson de sa liste. Après la sixième ou septième tentative infructueuse, une femme répondit :

« Allô. »

Il reconnut instantanément sa voix.

« Nell, ici Dash.

— J'entends mal… Ash ? »

Un long soupir :

« Nell, c'est Dash.

— Qui ?

— Dash. Dashiell Hammett.

— Dash ! » Elle avait presque crié.

« Tu peux parler ?

— Évidemment. Où es-tu ?

— À New York.

— Et comment vas-tu ?

— Je vais en liberté. »

Elle éclata de rire. Hammett reconnut aussi ce rire.

« J'ai quelque chose pour toi, dit-il.

— Je ne comprends pas.

— Il n'y a rien à comprendre : j'ai quelque chose à te donner.

— Attends un instant, Dash. »

Il y avait quelqu'un d'autre là-bas. Pendant quelques secondes, Hammett entendit les bruits étouffés d'une conversation animée.

« Rappelle-moi dans une demi-heure, s'il te plaît. J'ai un souci », dit-elle en revenant à toute vitesse.

Elle raccrocha.

Mais, une demi-heure après, elle ne répondit pas. Plus tard non plus. Des fois, la ligne était occupée ; d'autres fois, même pas.

Ils sortirent finalement de la gare et s'attablèrent dans un bar. Hammett ne disait rien. Sam Rosen ne comprenait pas ce qui se passait et se sentait fatigué. Il souffla et demanda :

« La valise est à elle ?

— Pas exactement. Mais c'est tout comme.

— Qu'est-ce que Tulip a à voir avec elle ? »

Le grand maigre haussa les épaules :

« Aucune idée. C'est justement ce que j'aimerais savoir.

— Qu'est-ce que tu comptes faire maintenant ?

— Vu que personne n'a l'air de vouloir nous servir, allons faire un tour chez les Dickinson », dit Hammett.

L'adresse trouvée dans l'annuaire, au nom de mariage de Nell, désormais Mme Ashley Weed Dickinson, se trouvait dans un quartier de Brooklyn.

« Laisse-moi y aller et rentre à Katonah, dit Rosen. Tu n'as pas le droit d'être à New York, tu pourrais te retrouver à nouveau en prison.

— Tu ne la connais pas.

— Elle non plus ne me connaît pas, ça peut être utile. De toute évidence, la personne qui l'accompagnait ne voulait pas qu'elle te parle.

— Mais ça n'était pas son mari. Quand j'ai appelé, elle a demandé : « Ash ? » Comme Ashley, je suppose…

— À l'évidence. »

Hammett réalisa qu'il y avait plus de quinze ans qu'il ne voyait plus Nell.

« D'accord, occupe-t-en, ça vaut mieux.

— Et puis, je peux me faire aider en cas de surveillance prolongée. »

Hammett admit que c'était le plus raisonnable. Ils décidèrent que Rosen trouverait un prétexte pour établir le contact mais sans la harceler. Hammett, pendant ce temps, essaierait de nouveau de l'avoir au téléphone.

C'est précisément ce à quoi il consacra son après-midi, depuis Katonah. Même si, en réalité, il n'obtint même pas la sonnerie, comme si le téléphone avait été débranché.

Celle qui répondit, par contre, c'est Paulie, quand Hammett voulut parler à Tony.

« Qu'est-ce que tu as fait à ce gosse, Dash ? Il est rentré tout seul en pleurant.

— Désolé, Paulie. Je ne lui ai rien "fait". »

Mais elle avait sa propre théorie :

« On est dans une mauvaise passe, il a besoin d'aide, pas de problèmes supplémentaires. Qu'est-ce que tu lui as dit ?

— Je ne lui ai rien "dit" ou "fait" de spécial. Tu sais que j'aime beaucoup Tony, je le respecte et j'essaie toujours de le préserver. Tu peux me le passer ?

— Non, pas question », dit-elle furieuse.

Paulie Gerscher, galeriste à la page, retrouvait ses réflexes immuables de *yiddishe mame* traditionnelle.

« Paulie, passe-le-moi.

— Non. C'est encore un enfant et je n'aime pas qu'il me cache des choses, et encore moins qu'on le laisse tout seul en plein Manhattan à vingt rues de chez lui. »

Hammett résista à l'envie de répondre.

« Bien, comme tu voudras. Tu as peut-être raison sur ce point. Mais dis-lui quand même que j'ai appelé.

— Tu pourrais au moins avoir la décence de me dire de quoi il s'agit. »

Le grand maigre ne sut pas non plus quoi répondre à ça. Il esquissa ce qui ressemblait à un syllogisme bienveillant :

« Je ne te raconte rien pour les mêmes raisons qu'à Tony. Et s'il te plaît, ne te mets pas à pleurer toi aussi.

— Tu es un malappris », dit Paulie.

Et elle lui raccrocha au nez.

C'était la seconde femme qui lui raccrochait au nez en quelques heures. Il avait son compte.

Longtemps, il attendit en vain l'appel de Sam Rosen et ne tarda pas à se convaincre que lui confier la mission de surveiller l'appartement de Brooklyn avait été une erreur. Lassé d'attendre à côté du téléphone, comme il était déjà six heures et que Donald n'était pas encore rentré de New York, il prévint Linda qu'il ne dînerait pas à la maison et retourna au bungalow.

Mais il n'y entra pas. Il se dirigea vers le bois, alluma une cigarette et s'engagea sur le sentier du lac. Le sous-bois était presque plongé dans l'obscurité, les étourneaux et les martinets volaient en cercle, très haut dans le ciel d'acier, tout n'était que silence.

Assis sur un gros tronc tombé parallèlement au rivage, Hammett se souvint d'une longue marche dans Central Park, à l'automne 1929, peu après son arrivée à New York. L'appartement loué par Nell dans la 30e Rue était petit et, après avoir travaillé toute la journée chacun de son côté, ils avaient pris l'habitude de sortir arpenter la ville. Cette soirée-là, presque vingt-cinq ans plus tôt, tandis que les gros titres des journaux du soir comptaient les faillites astronomiques et les suicides depuis des étages toujours plus hauts des immeubles de Wall Street, eux exploraient les rares coins de tranquillité d'un New York en émoi. Allongé sur un banc à demi caché sous un pin, les jambes croisées et la tête sur la jupe de Nell – elle portait une robe d'été de couleur claire, la seule qu'elle ait apportée de la côte Ouest –, Dash sentait à travers le tissu léger la douceur, la tiédeur de ses cuisses tandis qu'elle jouait avec ses cheveux crépus.

« C'est quoi, cette cicatrice ? avait-elle demandé en passant l'ongle sur une petite marque à peine plus claire que la peau qui disparaissait sous les cheveux déjà poivre et sel de ses pattes.

— Une bagarre sur le ferry de San Francisco. On tenait le type mais il a réussi à se libérer et à courir jusqu'au garde-corps pour se jeter dans la baie. J'ai couru après et je suis arrivé juste à temps pour l'attraper par le mollet au moment où il enjambait le bastingage. Je me suis pris son talon renforcé dans la figure.

— Mais tu l'as eu ?

— Non. Il s'est échappé sans sa chaussure. Il a même enlevé l'autre pour mieux nager et l'a jetée sur le bateau en se foutant de nous. Au moins, la seconde ne m'a pas touché... »

Nell s'était penché pour l'embrasser en riant :

« Tu mens toujours comme ça ?

— Seulement quand je n'écris pas. »

Ce soir-là, détendus et loquaces, ils avaient parlé de nombreux aspects de leurs vies respectives que l'autre ignorait. Ils avaient beaucoup de choses à se raconter étant donné que, amoureux fous ou attirés l'un par l'autre ou quel que soit le nom qu'on donne à ce sentiment, ils étaient pour ainsi dire partis ensemble dans l'Est presque sans se connaître, portés par le besoin de recommencer à zéro ailleurs. Chacun d'entre eux avait un passé pas exactement caché sous le tapis, disons plutôt soigneusement gardé dans les poches intérieures de leurs valises décrépites.

« C'est quoi le pire qui te soit arrivé ? avait dit Hammett sans bouger, en levant à peine les yeux vers elle.

— Des accidents, avait-elle répondu sans emphase. Toujours pour avoir joué avec le feu. »

Elle lui avait alors raconté comment elle s'était brûlé les cheveux un Noël dans son village de l'Illinois, à six ans, et comment l'histoire s'était répétée douze ans plus tard dans le grand incendie de Chicago.

« Je me suis fiancée au pompier qui m'a sauvée. C'est avec lui que je l'ai fait pour la première fois, Dash. Sur le siège du camion de pompier.

— Avec ou sans la sirène ?

— En silence. J'étais une fille réservée.

— Qu'en a pensé M. Martin ?

— Rien, à l'époque. M. Martin est arrivé plus tard, plusieurs incendies après. »

Elle riait et ses yeux s'illuminaient.

Dans l'obscurité croissante, Hammett – qui n'arrivait pas à se souvenir du nom de jeune fille ni de la couleur des yeux de Nell – essaya de reconstituer les motifs de sa robe et cette sensation sur sa nuque. Il porta la main derrière son cou et massa légèrement. Il continua de longues secondes. Une légère brise commençait à hérisser la surface du lac.

Il remonta le col de son manteau, alluma une autre cigarette et repartit vers le bungalow.

« Boyer, se dit-il à voix basse. Nellie Columbia Boyer. »

Un nom français. Ils en avaient plaisanté, une fois. À ce moment-là, ils se connaissaient déjà bien, peut-être trop, ils s'étaient séparés cinq ans plus tôt et ne s'étaient pas revus. Hammett était avec Lillian Hellman et pourtant Nell lui avait dédié *Lovers Should Marry* qu'elle venait de publier. Dans un des nombreux passages à vide de sa relation avec Lillian, Hammett en visite à New York lui avait téléphoné. Une fois n'est pas coutume, Nell était seule. Ils avaient pris un verre à l'Algonquin et, en remontant dans le taxi, s'étaient embrassés comme au premier jour. Dans l'étreinte, son sac à main était tombé et ses papiers s'étaient répandus sur le sol.

« Nellie Columbia Boyer », avait-il lu en fronçant les sourcils tandis qu'elle tentait de tout ramasser.

Nell s'était alors vantée d'une étroite parenté avec son beau cousin Charles Boyer, dont l'imperceptible tremblement de la veine frontale commençait en ce temps-là à faire battre le cœur des jeunes filles.

« Son anglais est lamentable et c'est un nabot, avait dit Hammett avec une intention méprisante. Sans compter qu'il sera bientôt chauve.

— Garbo n'a pas l'air de s'en plaindre. Dietrich non plus.

— Elles sont trop européennes. Et toi ?

— Il m'en ferait oublier l'inceste.

— Tu es une jeune fille moderne et vaillante, Nellie

Columbia. Mais il faut que je te dise une chose : l'Oncle Sam, ça te parle ?

— Oui.

— Eh bien c'est moi. »

Elle avait éclaté de rire à nouveau.

« Maintenant que tu es au courant, verrais-tu un inconvénient à refaire l'amour avec moi ? »

Elle n'en avait pas vu, elle n'en voyait jamais.

Elle possédait toujours l'appartement de la 30e. Rien n'y avait vraiment changé. Il y avait même toujours, par terre, sous le lit, la valise pleine de vieux papiers que Hammett avait traînée de San Francisco et Los Angeles à New York, et qu'il n'avait pas emportée à leur séparation.

« Un de ces jours, je balancerai tout à la poubelle, Dash, avait-elle dit en écrasant sa dernière cigarette dans le cendrier de la table de nuit. Emporte-moi tout ça.

— Je reviendrai les chercher. Peut-être que si je relis ce que j'écrivais à l'époque, ça me rappellera comment on fait.

— Et ce nouveau roman dont tout le monde parle ? »

Hammett avait soufflé la fumée vers le plafond :

« Il n'existe pas.

— C'est un mensonge ?

— Je dis aux gens ce qu'ils veulent entendre. »

Alors Nell s'était rendue coupable de son seul et unique poncif sentimental en plusieurs années d'autocensure :

« À moi aussi ? »

Hammett s'était tourné vers elle – leurs têtes très proches sur l'oreiller –, avait cligné des yeux comme s'il ne la reconnaissait pas et s'était retourné vers la table de nuit pour mettre ses lunettes :

« De quoi on parle, Nell ?

— De rien, Dash, évidemment.

— Bon. »

Il n'était jamais retourné chercher les vieux papiers ; en réalité, ils ne s'étaient jamais revus. Ils n'étaient restés en contact que de façon épistolaire après que Nell – certainement déjà devenue Mme Dickinson – lui avait écrit au camp des Aléoutiennes en apprenant son enrôlement.

Et voilà que maintenant la valise refaisait surface, avec Tulip dans le coup.

La nuit tombait derrière lui lorsqu'il regagna le bungalow. Dans la cuisine, il mangea la moitié d'une pomme et prépara du café. De retour dans le salon, il éteignit toutes les lumières sauf la lampe de la petite table près du fauteuil. Il se laissa choir sur les gros coussins, appuya un moment son dos contre le dossier avant de se pencher en avant, les coudes sur les genoux. Il ne se sentait pas à l'aise. Il buvait le café à petites gorgées, le regard dans le vide droit devant lui. La journée avait été bien remplie, pleine de péripéties, et ce n'était pas fini. Il se sentait épuisé et l'épuisement le mettait de mauvaise humeur. Sa propre irritation le contrariait : non seulement il n'écrivait pas une ligne depuis des jours mais il ne pouvait même pas non plus penser clairement, de façon ordonnée, harcelé qu'il était par les évènements. L'anxiété l'empêchait de se concentrer. Tout ce qu'il faisait, c'était attendre, et ne pas savoir quoi renforçait son angoisse.

Il alluma la radio pour penser à autre chose, sortir de

lui-même, et prit presque à l'aveuglette un livre dans la bibliothèque. Rilke. Il soupira, retira ses chaussures et s'allongea de tout son long sur le canapé, la tête sous la tiède lumière de la lampe. En sourdine, la radio donnait des nouvelles de la blessure à l'épaule gauche de Joe Di Maggio tandis qu'il ouvrait au hasard et relisait des passages des *Lettres à un jeune poète*, livre qui, fut un temps, au tout début, à l'époque où il avait encore le courage de lire des vers, l'avait remué jusqu'à l'insomnie.

Aujourd'hui, en revanche, la célèbre formule de Rilke tant rabâchée, « n'écrivez que si vous ne pouvez pas vivre sans écrire », lui semblait un piège dans lequel tombent typiquement les psychopathes obsédés par l'Ange de la Mort. Il avait eu un sentiment similaire en lisant le péremptoire *Zarathoustra* de Nietzsche, à la même époque. Sans doute par préjugé, Hammett avait toujours ressenti chez les Allemands ce quelque chose de solennel et de définitif qui les rend insupportables même à qui partage leur opinion.

C'était peut-être une conséquence de la dureté de leur langue. Il aurait aimé savoir l'allemand pour lire dans le texte Marx, Freud, même cet aigri de Schopenhauer. Mais la typographie gothique et l'excès de majuscules pour mettre en évidence la moindre des banalités l'avaient rebuté. Si bien que la question de la dureté de la langue restait ouverte. Une fois, en passant, il en avait parlé avec un Allemand atypique, l'évasif Georg Grosz, le féroce caricaturiste de l'époque de la République de Weimar reconverti en publicitaire bon teint à New York, en plein cœur de Madison Avenue, et qui était l'ami de Ben Hecht.

Ben avait connu Grosz à Berlin, à l'époque dada de sa jeunesse sauvage, au début des années vingt, et ils s'étaient retrouvés quand la montée de Hitler avait forcé le peintre à émigrer aux États-Unis. Une fois, Hecht avait demandé à Hammett d'assister à l'inauguration d'une petite exposition confidentielle de son ami : une douzaine et demie de ténébreux dessins à l'encre pour illustrer une série d'articles dans lesquels il dénonçait les crimes des nazis et la persécution des Juifs. Personne n'abordait le sujet à l'époque et, aux meetings du Parti national socialiste des États-Unis, sur Madison Square Garden, les militants défilaient sous la bannière à la croix gammée.

D'une certaine façon, Hammett avait été déçu par Grosz, une sensation probablement réciproque. Tous deux avaient un passé auquel les autres les identifiaient mais dans lequel eux-mêmes se reconnaissaient de moins en moins; et tous deux avaient l'honnêteté suffisante pour ne pas alimenter ce quiproquo ni endosser un rôle qui ne les représentait plus. Et encore moins jouer les victimes, pour cela ou pour autre chose. Ils en devenaient prudents, sur la défensive jusqu'à en être presque désagréables. À cette époque, Grosz venait d'être naturalisé américain, une déclaration publique de scepticisme à en croire la réponse qu'il donnait chaque fois qu'on l'interrogeait à ce sujet. Tout le monde célébrait ce trait sans le comprendre et lui ne donnait aucune explication. Il n'en parlait pas, ni d'à peu près rien d'autre. Il buvait seulement. Trop, à l'image de Hammett lui-même.

Et le jour où ce dernier aborda le sujet de la langue allemande, Grosz – qui n'avait sans doute pas compris la question et n'avait fait aucun effort pour s'en cacher – avait trop vite abondé en son sens, de façon presque condescendante, raison pour laquelle Hammett avait laissé tomber et s'était éloigné. Des années plus tard, Grosz lui avait fait parvenir son autobiographie, *Un petit oui et un grand non*, avec une dédicace affectueuse et distante à la fois. Hammett n'avait pas réussi à en lire plus de cinquante pages. Il le préférait dessinateur.

À son époque hollywoodienne, Hammett avait parfois été en lien avec d'autres émigrés allemands, mais c'étaient des gens du monde du cinéma, des affabulateurs inconscients qui ne pouvaient pas s'empêcher de jouer la comédie même lorsqu'ils exprimaient quelque chose de sincère, ou qui racontaient des films quand ils auraient dû parler d'eux-mêmes. Leur profession faisait partie intégrante de leur personnalité et il fallait s'en contenter ; c'était parfois drôle mais, en général, Hammett trouvait cela éreintant. La majorité de ces personnages avait quitté l'Allemagne plus par confort personnel que pour défendre des convictions outragées ; plus que ses morsures, c'étaient les aboiements désagréables et inesthétiques du Führer qui les avaient fait fuir.

Il y avait des exceptions, bien sûr. Une fois, à l'époque où Lillian écrivait *Quand le jour viendra* et qu'on acceptait encore les scénarios où les Soviétiques étaient les gentils, Hammett avait assisté à une réunion antifasciste dans un manoir avec piscine, en présence de tout le gratin, où l'alcool coulait à flots ; il y avait rencontré un homme étrange, habillé comme un ouvrier, avec casquette en cuir, lunettes rondes et havane, qui faisait tache dans le décor. C'était Bertolt Brecht. Lillian, qui connaissait tout le monde, même Kurt Weill, fit en sorte que le compositeur les présente : « Vous avez beaucoup de choses en commun », leur avait-il dit avant de s'éclipser.

Lorsqu'ils furent seuls, Brecht, qui ne parlait pas l'anglais par pudeur mais le comprenait et le lisait couramment, surtout des romans policiers, lui avait expliqué avec difficulté qu'il connaissait son œuvre et admirait tout particulièrement *Moisson rouge*. Même, il avait songé une fois à lui en demander les droits pour adapter l'histoire de Poisonville en une comédie musicale sanglante. Hammett n'hésita pas à les lui céder sur-le-champ. Il n'avait vu que *L'Opéra de quat'sous* et *Grandeur et décadence de la ville de Mahagonny* mais il lui dit – ou du moins essaya de lui faire comprendre – que les quelques strophes de Mackie-le-Surineur et Jenny-des-Lupanars, surtout chantées par Lotte Lenya, valaient à son avis au moins trois cents pages de *La Montagne magique*. Brecht avait souri sans rien dire. Ils avaient ensuite échangé leurs adresses et numéros de téléphone mais ils ne s'étaient jamais revus ni reparlé, même pas lorsqu'ils avaient tous deux été victimes du harcèlement de l'innommable sénateur et de ses sbires. À la différence de Hammett, Brecht s'était défendu de façon pragmatique, à la limite du cynisme, et ses réponses avaient été d'authentiques épigrammes. C'était une question de diction et de style plutôt que d'idéologie. Sans être une langue latine, l'allemand a en commun avec le latin les déclinaisons, la désinence des noms et surtout l'ordre strict de la phrase, avec le verbe à la fin. Voilà pourquoi Brecht avait quelque chose d'un classique latin, et Hammett avait lu récemment un court poème de lui sur Hollywood, traduit par James Laughlin, qui ressemblait à du Martial ou à du Tchouang-tseu, car les Chinois ne lui étaient pas non plus étrangers. Le poème disait : *Chaque matin, pour gagner mon pain, / je vais au marché où l'on vend des mensonges. / Plein d'espoir, / je me range du côté des vendeurs.* Il l'avait certainement écrit à l'époque de leur rencontre. Désormais, Brecht était rentré en Allemagne pour vivre du côté soviétique de Berlin. Hammett se dit que les inquisiteurs de l'autre côté du mur ne lui feraient certainement pas la vie facile non plus.

Il se couvrit le visage avec l'exemplaire de Rilke et ferma les yeux. Il ne parvint pas à s'endormir parce que Donald, après ce qui lui sembla une poignée de secondes, se mit à taper, pas trop fort mais avec fermeté, au carreau de la fenêtre. Le grand maigre se leva et lui fit signe de le rejoindre.

Donald Poynton entra avec un paquet sous le bras et la calme détermination de qui se croit porteur d'une bonne nouvelle.

« Dans le mille, monsieur Hammett, dit-il sans préambule. Votre ami est passé à la boutique de la Septième Avenue, comme je le supposais.

— Pour une fois, tu as bien supposé.

— Oui monsieur : tout à dix dollars. »

Il sourit de travers. La lèvre supérieure lui faisait toujours mal, là où le policier l'avait frappé.

« Ils ont pas mal de camelote militaire : des armes neutralisées, des casques, des bottes de l'armée, des talkies-walkies… Et des vêtements, des douilles de balles, de faux trophées et des uniformes ennemis. Il y a l'embarras du choix. »

Donald posa sur la table le paquet qu'il avait sous le bras. Hammett déchira l'emballage et trouva une capote d'officier japonais identique à celle que Tulip avait laissée.

« C'est une vraie ? »

Poynton fit non de la tête.

« Ils les font faire dans un atelier du New Jersey. »

Hammett fronça les sourcils :

« Tu l'as achetée pour toi ? »

Le sourire de Donald Poynton s'élargit davantage :

« C'est un investissement, monsieur Hammett, et aussi une pièce à conviction. Il me fallait gagner la confiance des gens de la boutique…

— Et qu'est-ce que tu as découvert ?

— J'ai dit à la vendeuse, une blonde exubérante, qu'un officier qui avait été mon supérieur dans le Pacifique m'avait parlé de cet endroit quelques semaines auparavant.

— Et alors ?

— Elle s'est souvenue du colonel à peine je le lui ai décrit. Elle m'a dit qu'il lui avait parlé de la guerre dans les Aléoutiennes mais qu'elle ne l'avait pas vraiment cru, même s'il était charmant, selon ses propres termes. Je crois même qu'il a promis de lui téléphoner…

— Je ne suis pas surpris. »

Ils sourirent à l'unisson.

« Mais je ne crois pas que Tulip soit en condition de conter fleurette désormais. »

Hammett prit la capote et la déplia devant lui ; presque instinctivement, il retourna les poches vides. « Autre chose ?

— Sam Rosen vient d'appeler. »

Hammett sursauta :

« Tu ne lui as pas dit que…

— Il ignore que j'ai quitté le comté. Personne ne le sait.

— Fais attention au vieux McConnell.

— Bien sûr, monsieur Hammett. Moi non plus je n'ai pas envie de le voir. »

Le grand maigre approuva d'un hochement de tête. Il ne savait pas s'il pourrait cloisonner encore longtemps les informations que chacun détenait, mais il ferait de son mieux.

« Il a dit quoi, Rosen ? »

Cette fois, Donald Poynton transmit les informations avec une précision un peu distante, presque avec ressentiment :

« Pas grand-chose. Il a dit qu'il n'avait pas avancé dans sa mission. »

Sa voix exprimait implicitement la contrariété de ce qu'on lui fasse des cachotteries. « Mais il viendra demain midi.

— Demain ? Il n'a rien dit d'autre ?

— Rien d'autre. »

Hammett se leva et abandonna Rilke sur la table où les livres s'empilaient ; Donald Poynton patienta. Il vit le dossier jaune.

« Vous avez fini de le lire, monsieur Hammett ?

— Pas encore, dit le grand maigre avec une pointe d'agacement. J'ai d'autres priorités.

— Traitez-le bien, il a payé ma caution, dit Poynton un large sourire aux lèvres. Il peut arriver d'un moment à l'autre. Il est du genre à ne pas avoir…

— De scrupules.

— Ce n'est pas ce que je voulais dire.

— Moi, si. »

Hammett souleva le dossier et le laissa retomber.

« Tu sais ce que ce type a fait, pas vrai ? »

Donald Poynton fit non de la tête.

« Tu as lu *Le Faucon maltais* ?

— Pas le roman. Mais j'ai vu le film avec Bogart. »

Hammett se gratta le haut du crâne.

« Ces voleurs de la Warner en ont tiré trois versions mais ne m'en ont payé qu'une, fit-il remarquer en passant. Je suis en procès avec ces crapules.

— Vous avez une chance de gagner ?

— On ne perd rien à essayer, Donald. Un peu d'argent ne me ferait pas de mal.

— Je suppose. Et ce type avec sa nouvelle, il vous a volé aussi ?

— Oui et non…, hésita Hammett. À sa manière, disons. Dans *Le Faucon maltais*, il y a une histoire qui n'est pas reprise à l'écran, quelque chose que Spade, disons Bogart, raconte à la fille comme une anecdote personnelle, quelque chose qui lui est arrivé, c'est deux pages du livre, pas plus. Et ce type en a tiré un long récit.

— Sans votre autorisation.

— Évidemment.

— Mais il vous l'a fait lire, monsieur Hammett. Il ne l'a pas publié sans vous mettre au courant, comme s'il lui appartenait entièrement. C'est un de vos admirateurs, je crois.

— C'est ce qu'il m'a dit.

— Les films, je suppose que c'est une autre affaire. »

Et après une pause :

« Soyez gentil avec lui. »

Le grand maigre sourit et reprit le dossier, s'en donna une claque sur la cuisse et le mit sous son bras :

« Bonne nuit, Donald.

— Bonne nuit, monsieur Hammett. »

14

« La main et le poing »

Le lendemain, Hammett était assis, seul, sur une des chaises longues de la véranda. Il fumait pour se préserver de la clarté translucide et de l'air froid du matin, tout en observant par-dessus ses lunettes posées sur le bout de son nez pointu comment Donald, un genou à terre et un engin de mort à la main, s'ingéniait à faire la vie impossible aux fourmis et aux escargots des parterres du vaste jardin. Depuis la séparation des Irongate, le soin des plantes, jadis pré carré et prérogative exclusive et hautement qualifiée de la délicieuse Paulie, avait été réparti de façon naturelle entre les deux membres du couple Poynton. Linda s'occupait de les soigner et de les replanter; Donald se chargeait de l'extermination systématique des nuisibles.

« Pas de quartier, champion ! » l'encouragea le grand maigre.

Poynton inclina l'embout du pulvérisateur, poussa deux fois à fond sur la pompe et de petits nuages de poison jaune recouvrirent la terre noire autour du massif de fleurs incarnat.

« C'est ça, champion, c'est ça, approuva Hammett. Boxe bas, Donald, direct aux côtes. Travaille-les, pousse-les dans les cordes. »

Poynton tourna à peine la tête pour observer le grand maigre avec son dossier jaune sur les genoux. Il donna deux derniers coups de pompe avant de se relever. Encore quatre massifs. Il calcula qu'il lui restait une demi-heure de travail avant que Linda n'apparaisse pour leur dire de venir déjeuner.

« Ça avance, cette lecture ? » demanda-t-il d'une voix forte.

Hammett tendit le bras vers lui en faisant osciller sa main, paume vers le bas, comme un bateau qui tangue.

« Plus ou moins. Mais j'y suis presque.

— Je parie que je finis mon travail avant vous », dit Donald en souriant encore avant de se retourner.

Hammett hocha la tête. Il le regarda s'éloigner de sa démarche si particulière et admirablement cadencée avant de reprendre le manuscrit.

Il en avait abandonné la lecture au moment où Flitcraft-Pierce, désormais rebaptisé Ramírez, expliquait à Spade, dans ce bled perdu de l'Oregon, comment il en était venu à tout abandonner du jour au lendemain. Il venait de lui raconter le fameux épisode de la poutrelle de l'immeuble en construction tombée à ses pieds.

« Vous n'avez pas été blessé, dit Spade.

— Ça m'a frôlé, dit Pierce dont la main ouverte s'abattit verticalement devant ses yeux comme une guillotine, sans me

toucher. J'ai quand même senti quelque chose au visage, comme une piqûre : en tombant, la poutrelle en fer a fracassé une ou deux dalles et un éclat s'est enfoncé ici. »

Il se toucha la joue, près de la pommette gauche.

« Ça m'a seulement arraché un petit bout de peau. À cet endroit, vous voyez... Imaginez ! »

Il caressait la marque, une petite coupure blanche sur son visage, presque avec tendresse.

« Et après ?

— C'est tout.

— Rien d'autre ?

— Non, bien sûr que non. Comme toujours dans ce genre de cas, j'imagine, je suis resté paralysé par la peur, c'est naturel. Quoique, en réalité, j'ai ressenti de la surprise plutôt que de la peur, de la stupéfaction plutôt que de la crainte. C'est difficile à expliquer, même aujourd'hui, après tant de temps. Mais ça a été une révélation, comme quand on prend conscience de quelque chose qui a toujours été là mais à quoi on ne faisait pas attention. »

Le ton de la voix de Charles Pierce avait changé. Les mots et les phrases s'espaçaient, comme dans une psalmodie.

« L'impression que j'ai eue, Spade, dit-il au bout d'un moment, c'est que quelqu'un avait soulevé le voile qui cache le mécanisme de la vie, pour que j'en voie les rouages.

— Je ne comprends pas. »

Pierce secoua la tête avec bienveillance et répéta l'idée autrement :

« Réfléchissez : j'avais été un bon citoyen, un bon époux et un bon père, Spade. J'avais accompli mon devoir, disons. Et pas

parce qu'on m'y avait forcé mais parce qu'il me semblait, parce que je croyais naturellement que c'était ce que j'avais à faire. La rébellion, ça n'était pas pour moi, si vous voyez ce que je veux dire : je m'étais toujours senti plus à l'aise quand j'agissais en accord avec ce qui faisait norme et consensus autour de moi. Parce que c'est comme ça qu'on m'a éduqué, je suppose, comme tout le monde. Tous mes proches étaient et sont toujours comme j'étais moi-même, Spade. La vie, pour moi, jusqu'alors, c'était une affaire propre et nette, structurée, logique et raisonnable, un chemin à parcourir en respectant des règles claires. Et soudain, en un éclair, cette poutrelle en se décrochant me démontrait que la vie ne se passe pas forcément comme ça.

Il observa Spade comme s'il attendait de constater l'effet de ses paroles.

Le détective ne trouva rien de plus expressif que de hocher la tête, sachant que c'était ce que Pierce attendait. Même s'il n'aimait pas l'avouer, lui aussi se sentait plus à l'aise lorsqu'il était d'accord. Ou plutôt, il montrait son accord pour se sentir plus à l'aise.

« Moi, un bon citoyen, un bon époux, un bon père, énuméra Pierce comme s'il montrait un album photo de ses meilleurs rôles, tout cela aurait pu être effacé de la surface du globe sur le trajet de mon bureau au restaurant par la simple apparition d'une poutrelle décrochée. Vous comprenez où je veux en venir ? J'ai alors compris que l'être humain vit seul et au petit bonheur la chance tant que le hasard aveugle le permet. »

Un battement de paupières fut l'infime signe d'assentiment du détective. Il y avait quelque chose d'excessif, d'élaboré à l'extrême dans l'explication de ce señor Ramírez qui avait été

Pierce et racontait ce qui était arrivé à Flitcraft. Sa dernière phrase ressemblait à une citation d'un distique célèbre ou du moins à une phrase de quelqu'un qui y aurait mûrement réfléchi.

« Mais ce qui m'a perturbé, ce n'est pas de découvrir la prétendue injustice de tout ça. »

La voix de Pierce s'apaisa jusqu'à la confidence après la solennité de la déclaration précédente.

« Je l'ai acceptée comme une évidence, Spade, mes yeux se sont déssillés à peine je me suis remis du choc initial. Ce qui m'a troublé, c'est de me rendre compte qu'en organisant mon existence aussi méticuleusement j'étais allé non pas dans le sens de la vie mais au contraire à rebours. Vous comprenez ce que je vous raconte ? »

Il tendit la main pour le saisir, comme par peur de perdre le témoin d'une découverte transcendantale imminente.

« Ce qui m'arrivait n'était ni un malheur ni une chance. C'était comme ça, tout simplement. L'erreur consiste à prendre la vie autrement. J'y ai vu clair comme en plein jour. Et voilà ce qui s'est passé : je n'avais pas fait vingt pas pour m'éloigner de l'endroit où était tombée la poutrelle qui m'était passée à quelques centimètres que j'avais compris que je ne trouverais plus la paix avant d'avoir, comment dire, Spade… »

Il choisit ses mots comme on met la main dans une boîte de bonbons. « Je ne trouverais plus la paix avant d'avoir ajusté ma conduite, accordé mon mode de vie sur cette intuition nouvelle de ce qui est l'essence même de la vie. »

Charles Pierce se tut brusquement, presque théâtralement, et dévisagea Spade avec une extrême intensité. Le détective, en guise de réponse tacite, sortit sa flasque d'un mouvement rapide et remplit leurs deux verres en la déplaçant au ras de la table. Il descendit le sien. Charles Pierce l'accompagna en se penchant, presque sans soulever son verre de la surface de la table. Il y trempa les lèvres et battit des paupières :

« Il y a des années que je ne bois plus.

— Continuez. Que s'est-il passé ensuite ?

— Mon déjeuner à peine terminé, j'avais trouvé la manière d'adapter ma conduite à la réalité de la vie, Spade. Une poutrelle tombée par hasard aurait pu en finir avec mon existence, de telle sorte que je vivrais désormais à l'aveuglette. Je laisserais tout tomber et je recommencerais chaque fois, chaque jour, au hasard des circonstances : sans plan préétabli, sans prétendre organiser un avenir qui ne nous appartient pas… »

Et en concluant cette tirade, Charles Pierce ouvrit les bras pour englober du geste un décor beaucoup plus vaste que ce bar pour routiers, plus vaste même que cet endroit en rase campagne à moitié désert où ils s'étaient retrouvés sans vraiment se reconnaître.

« Seule l'habitude nous retient, conclut-il comme si c'était la conséquence logique de son ample geste muet. Parce que j'aimais ma famille, Spade, mais je savais que je leur laissais suffisamment de quoi vivre, et aussi que mon amour pour eux n'était pas de nature à leur rendre mon absence difficile.

— Qu'est-ce que vous avez fait ?

— Je suis allé à Seattle l'après-midi même, et le lendemain, en bateau, à San Francisco. C'est là que je me suis fait une nouvelle identité. Tout est possible dans le quartier chinois. Après quelque temps, je me suis embarqué comme membre

d'équipage sur La Paloma, *un bateau à vapeur qui faisait route pour le Pacifique.*

— Je connais, il faisait la liaison avec Hong Kong, avant.

— Ça m'était égal, je n'ai pas choisi en m'embarquant. Mais le destin a voulu qu'il finisse par se dérouter sur l'Amérique du Sud. De toute façon, j'avais l'impression que le Pacifique Sud et les îles de Polynésie auraient été une destination excessive, trop littéraire. Pendant cinq ans, j'ai erré à travers le continent, c'est pourquoi je parle espagnol sans problème. Finalement, je suis revenu, et je me suis retrouvé à nouveau dans cette région du Nord-Ouest. Il y a deux ans, je me suis installé à Spokane et je me suis marié. Le reste, vous êtes au courant.

— Pourquoi être revenu ? »

Pierce tarda à répondre et, au mouvement de la pupille de ses yeux fixes, Spade comprit qu'il regardait les policiers gagner la sortie. Lorsqu'on entendit la porte se refermer, Pierce tourna de nouveau ses yeux vers lui.

« J'ai pas mal lu, à cette époque, j'avais beaucoup de temps libre, dit-il à l'improviste, soudain détendu. Vous lisez, Spade ?

— Qu'est-ce que vous voulez dire ?

— Des romans, des livres, ce genre de choses…

— J'ai été enfermé quelque temps. Pas en prison, à l'hôpital ; et il y avait une bibliothèque. Mais je ne me souviens ni des titres ni des auteurs : Huckleberry Finn, Le Scarabée d'or…

— Il y a une nouvelle de Hawthorne…

— Qui ?

— Nathaniel Hawthorne. »

Spade secoua la tête.

« Je ne sais pas qui c'est.

— La nouvelle s'intitule « Wakefield », elle est assez connue.

— Connais pas. Quel rapport ?

— Laissez tomber. Vous m'avez demandé pourquoi j'étais revenu si près de mon point de départ... La curiosité, peut-être. Qui ne voudrait pas savoir ce qui se passe après sa mort, ce qu'on dit de nous, comment la vie continue ? On aimerait revenir pour y assister... »

Hammett leva les yeux du texte et s'adressa à Poynton qui, après avoir saupoudré de poison les plantes du massif le plus proche de la maison, s'était assis sur la deuxième marche du porche en bois et bricolait le moteur de la tondeuse à gazon.

« Wakefield, ça te dit quelque chose, Donald ?

— Il boxe dans quelle catégorie ?

— C'est pas un boxeur, c'est une nouvelle.

— C'est vous qui l'avez écrite, monsieur Hammett ?

— Si seulement. Non, c'est de Nathaniel Hawthorne.

— Qui ?

— Hawthorne. Mais oublie ça, c'est sans importance. C'est une nouvelle extraordinaire. Un type qui disparaît de chez lui du jour au lendemain sans motif apparent et vit caché pendant au moins vingt ans au coin de la rue. Il observe sa femme, il la regarde vivre sans qu'elle s'en aperçoive. Un jour, il revient de la même façon qu'il est parti. Et la vie reprend son cours.

— Et puis ?

— C'est tout.

— Qu'est-ce que ça veut dire ?

— Comment, qu'est-ce que ça veut dire ?
— Eh bien, pourquoi il a fait ça ?
— Il l'a fait, voilà tout. On n'en sait rien, Hawthorne ne l'explique pas, il l'ignore ou fait comme s'il l'ignorait. »
Poynton resta pensif quelques secondes, tandis qu'il tachait de faire démarrer ce moteur qui s'arrêtait presque aussitôt.
« Je n'aime pas ça, dit-il, parlant de façon générale.
— Mais assister à tes propres funérailles, ça te plairait…, dit Hammett sans transition.
— À mes quoi ? »
Le vrombissement du moteur rendait toute conversation impossible.
« Laisse tomber », cria le grand maigre avant de reprendre sa lecture.

Spade se rejeta en arrière et observa le señor Ramírez comme s'il prenait ses mesures, soit pour l'acheter à bon prix, soit pour l'enterrer dans un trou aux bonnes dimensions.
« Alors vous êtes venu, vous êtes revenu à Spokane pour espionner…
— Vous savez parfaitement que c'est faux, Spade.
— Non, je n'en sais rien. Vous n'êtes pas venu extorquer de l'argent à Fully Pockett quand vous avez su que votre femme était avec lui ?
— Moi ? Vous venez de me l'apprendre. En plus, à quoi ça rimerait ? Attendez, le type qui m'a repéré à Spokane et qui est allé le crier sur les toits à Tacoma… Et si c'était lui qui avait vendu la mèche à Alice ? »

Soudain, le señor Ramírez se tut, on aurait dit qu'il venait de prendre conscience de quelque chose à quoi il n'avait pas pensé jusqu'alors :

« Qu'est-ce qu'on fait ici ? On attend quelqu'un ou quelque chose ? Donnez-moi l'argent et laissez-moi partir.

— Quelqu'un va venir vous chercher, señor Ramírez. Ils veulent être certains que vous allez partir et que, cette fois, vous ne reviendrez pas.

— Et vous, à quoi vous jouez ?

— Moi, je serai payé à la livraison. Alors, comme disent les docteurs en sortant de la chambre du malade dans les romans à l'eau de rose, "il ne reste qu'à attendre". »

Spade consulta sa montre et, en allongeant le cou, jeta un coup d'œil par la fenêtre à cette route quelconque.

« Ils sont en retard ? demanda le señor Ramírez.

— Pas encore. Pourquoi vous ne m'en diriez pas plus sur vos voyages ?

— Ils veulent m'envoyer où ?

— Je ne sais pas où ils vous emmèneront. Ils vous mettront peut-être dans un bateau à la Nouvelle-Orléans, ou dans un avion à Los Angeles… Je n'en sais rien. Ce n'est pas moi qui ai acheté le billet pour nulle part. C'est ce qu'ils ont dit : un billet pour nulle part.

— C'est plutôt effrayant. »

Spade fit la sourde oreille :

« Qu'est-ce que vous avez fait pendant ces cinq ans ? »

Le señor Ramírez frotta légèrement la petite cicatrice près de la pommette :

« C'est une longue histoire, dit-il finalement. Vous avez vu

que je parle couramment espagnol. Je suis resté en Amérique du Sud tout ce temps.

— C'est prometteur, mais on en était restés à La Paloma*…»*

L'autre se rejeta en arrière, presque découragé.

«À bord de La Paloma, *oui.»*

Il fit un petit geste avec son verre, et Spade le lui remplit à moitié d'un rapide mouvement de poignet, presque sans montrer l'insaisissable flasque de whisky.

«Nous avons fait route vers le sud pendant quatre mois, le long de la côte. J'ai connu Acapulco, Panamá, d'autres ports de l'isthme ; après, on a fait escale à Guayaquil, et je suis descendu à Valparaíso. J'ai vécu presque un an au Chili, dans une cabane en bois peinte de couleurs vives sur les hauteurs, face à la mer, Spade, avant de m'embarquer à nouveau.

— Une autre poutrelle ? Un déluge ?»

Pierce secoua la tête :

«Pas besoin. Je voulais me rendre en Afrique, mais je n'y suis pas arrivé, comme vous allez voir. Je suis allé à Punta Arenas, à l'extrême sud du continent, et on a franchi le détroit, toute une traversée, pour remonter vers Montevideo. Mais il y a eu une épidémie à bord, j'ai attrapé la diphtérie, et j'ai été débarqué contre mon gré, avec d'autres, à Buenos Aires. J'ai passé cinq semaines à l'Hôpital britannique. Finalement, je suis resté cinq ans en Argentine.

— Cinq ans ? À faire quoi ?

— Rien de spécial. Je vivais, je passais le temps… C'est un pays étrange.»

Spade n'avait pas l'air de vouloir en savoir plus mais le señor

Ramírez avait des choses à dire. Il n'avait probablement guère parlé de tout cela au cours des dernières années.

« Un pays étrange, répéta-t-il deux tons plus bas ; il s'écoutait parler, il avait besoin d'entendre le son de sa propre voix pour continuer, comme s'il se glosait lui-même : un camarade de chambre à l'hôpital m'a proposé de travailler avec lui dans une entreprise d'import-export à notre sortie. J'ai dit oui, et Buenos Aires m'a plu. Je n'imaginais pas une ville pareille, si grande, si moderne, avec un métro et tant de vie nocturne. Un soir, on est allés au ciné, c'était Les quatre cavaliers de l'Apocalypse, *avec Rudolph Valentino. La scène où il entre dans un bar habillé en gaucho, les gens balançaient sur l'écran tout ce qu'ils avaient sous la main.*

— Pourquoi ?

— Le tango, c'est autre chose, les gauchos aussi. Il n'y a pas de gauchos à Buenos Aires.

— Il y a des gauchos quelque part ? »

Le señor Ramírez secoua la tête :

« Moi, en tout cas, je n'en ai pas rencontré. J'ai pensé en voir quand j'ai pris le train pour Rosario, mais non. Il n'y a plus de gauchos, ils ont tous été tués pendant les guerres.

— Quelles guerres ?

— Je ne sais pas. Des guerres entre eux, j'imagine. Du moins, c'est ce qui se dit. Ils y ont consacré beaucoup de temps et maintenant Buenos Aires est une ville moderne, et j'y serais bien resté. Je m'y plaisais.

— Qu'est-ce qui s'est passé ? Encore une poutrelle ?

— Non. J'ai dû partir après un incident avec la police au moment du combat entre Dempsey et Firpo, le Taureau sauvage

de la pampa, une célébrité de là-bas. C'était au printemps 1923. Les gens s'étaient réunis devant les kiosques à journaux et il y avait des haut-parleurs dans les rues, pour écouter la retransmission en direct. On n'entendait pas bien, à cause des grésillements électromagnétiques. C'est pour ça que, quand Firpo a fait tomber Dempsey hors du ring, les Argentins ont cru qu'il avait gagné, il y a eu une explosion de joie, tout le monde fêtait ça. Mais Jack est remonté sur le ring et a mis une dérouillée à Firpo. Moi, j'étais tout seul, au milieu de la foule. Je ne sais pas ce que j'ai dit en anglais, ou si j'ai été trop démonstratif, mais deux policiers sont arrivés et ils m'ont conduit au poste à coups de trique. Je suis resté en taule deux jours pour provocation au désordre sur la voie publique… Dès ma sortie, j'ai pris un train pour Rosario, une ville portuaire sur le fleuve Paraná. J'y suis resté trois ans.

— Mais vous avez fini par rentrer, dit Spade en se retournant, apparemment distrait par quelque chose.

— Je me suis mis à revenir presque sans m'en rendre compte. En réalité, je ne savais pas ce que je faisais. Personne ne sait jamais…

— Taisez-vous. »

Le détective se leva en lui imposant le silence d'un geste, prêtant l'oreille au murmure d'un moteur dans les environs, sans quitter des yeux la fenêtre qui donnait sur l'avant du bar et, plus loin, sur le désert. Pierce le regardait sans savoir quoi faire.

« Cachez-vous sous la table », dit Spade entre ses dents.

Les deux policiers étaient de retour et garaient leur voiture noire tout près de la porte. Mais, cette fois, ils n'étaient pas seuls.

Ils descendirent de voiture dans un nuage de poussière rouge, franchirent les derniers mètres en plein soleil et entrèrent lentement dans le bar, en secouant leur uniforme foncé. L'homme décharné qui les accompagnait retira son chapeau melon et entra à son tour, l'air ébloui par le contraste avec la luminosité extérieure.

« C'est Pockett, eut le temps de dire Pierce en jetant un coup d'œil avant de disparaître, recroquevillé sous la table.

— Je vais faire diversion, passez par les toilettes et sautez par la fenêtre », murmura Spade.

Après quoi il fit deux ou trois pas énergiques dans la direction des trois hommes.

« Vous l'avez trouvé ? » dit-il à voix haute en regardant par la fenêtre.

Personne ne répondit.

« Il est là ! » cria-t-il sans s'arrêter.

Les policiers s'arrêtèrent net ; Pockett tourna la tête vers la fenêtre.

D'un mouvement rapide, Spade sortit son arme, passa à côté d'eux en criant et fit feu deux fois à travers la vitre de la porte. Tout le monde se retourna quand le verre éclata. Les policiers sortirent leur arme tandis que Pockett se jetait à terre.

Spade tira encore, sauta à travers la porte brisée et courut vers sa voiture en plein soleil.

« Pierce ! » cria-t-il pour personne.

Du coin de l'œil, il vit le señor Ramírez apparaître à l'arrière du New Praga Motel, et soudain, en se retournant à peine, fit feu deux nouvelles fois, vers l'arrière, et les baies vitrées du bar s'effondrèrent dans un fracas retentissant.

« Allez-y, maintenant, courez ! » cria-t-il.

Recroquevillé sur lui-même, le señor Ramírez se glissa le long du mur extérieur du bar et Spade remarqua qu'il tenait une arme à la main.

« Les pneus, visez les pneus, Pierce ! »

Deux coups de feu retentirent à l'intérieur du bar, auxquels Spade répliqua au jugé, depuis sa voiture en marche.

« Visez les pneus ! » cria-t-il de nouveau.

Le señor Ramírez visa soigneusement et quatre coups suffirent à mettre la voiture de police hors d'état de nuire, tandis que les agents, tenus en respect par le tir de barrage de Spade, ne parvenaient pas à sortir du bar. Ensuite, pelotonné sur lui-même, Pierce courut entre les balles qui soulevaient de petits nuages de poussière autour de lui et plongea dans la voiture en marche tandis que le feu se faisait plus nourri.

« On y va », dit Spade en fermant la portière par-dessus le corps affalé de l'autre.

Pierce répondit par un gémissement.

Le détective se redressa sur son siège, enclencha la marche arrière et tourna à fond en direction de la route, avant de passer la marche avant et d'accélérer, et la voiture s'éloigna dans un épais nuage de poussière rouge que le vent dissipait rapidement. Deux cents mètres plus loin, en se retournant, Spade n'aperçut aucun mouvement du côté du motel. Personne ne les poursuivait. Alors, sans lâcher le volant, il se pencha sur Pierce, qui était affalé sur le ventre. Il le retourna avec difficulté sur le siège. Il avait les yeux ouverts, fixés sur rien, et la bouche tordue. Un filet de sang coulait derrière son oreille droite, souillé de teinture à cheveux.

III

L'infirmière frappa deux fois et ouvrit immédiatement la porte :

« Monsieur Landucci, vous avez de la visite, dit-elle en passant la tête.

— Un instant. »

Buddy mit la main sous son oreiller, empoigna le revolver et ramena son bras armé sous le drap :

« C'est bon. »

Sam Spade fit irruption dans la chambre, un sourire aux lèvres et une main levée en signe de paix et de capitulation :

« Du calme, Buddy, dit-il en le voyant nerveux et sur le qui-vive. Tu peux ranger ça, je suis venu seul. »

Landucci soupira profondément, passa le dos de sa main sur son front en sueur et remit le revolver à sa place sous l'oreiller.

« Comment ça s'est passé, Sam ? Qu'est-ce qui t'est arrivé ? », dit-il, les sourcils froncés.

Spade avait une allure déplorable. La barbe de plusieurs jours, le nœud de cravate défait, son costume sombre tout poussiéreux, les chaussures couvertes de boue sèche. Il posa son chapeau et sa mallette sur l'unique chaise et s'assit sur le lit vide à côté de celui de Buddy :

« Tout va bien, mon gars. Il me reste juste à passer un coup de fil ou deux. Tu es prêt à partir ?

— J'ai encore mal... »

Landucci écarta le drap pour montrer le bandage tout autour de sa taille. « Mais ils me laissent sortir demain. »

La voix du jeune homme était dénuée de joie mais Spade fit mine de ne pas s'en apercevoir. Il en rajouta une couche :

« On s'en va aujourd'hui.

— On va où ? Tu les connais, ces salauds que m'a envoyés la chienne. Ils me tueront s'ils m'attrapent. Ils m'ont déjà trouvé une fois. J'ai eu de la chance qu'ils me croient mort mais ils tenteront à nouveau le coup dès qu'ils sauront que j'ai survécu.

— Tu t'en vas très loin et tu deviens quelqu'un d'autre. »

Spade tapota la mallette.

« Je t'ai trouvé un billet pour nulle part. Par contre, dépêche-toi, bouge ton cul. »

Il consulta sa montre. « À neuf heures du soir, il faut qu'on soit sur le quai passager du dock H, à Seattle.

— On part pour où ?

— Pas nous, toi. J'en sais rien, mais dans un endroit lointain et sûr. Ceux-là, ils te veulent vivant, pas mort.

— Et Pierce ? »

Pour toute réponse, Spade ferma les yeux.

« Mort ? »

Le détective hocha la tête.

« Mais personne ne le sait ni n'en saura jamais rien, ajouta-t-il à voix basse. Allons-y, j'ai des vêtements et des nouveaux papiers d'identité pour toi. Dépêche-toi, je passe un ou deux coups de fil et je reviens te chercher. »

Il posa la mallette sur le lit d'un Buddy Landucci interloqué et quitta la chambre.

Le téléphone sonna deux fois à peine. Comme d'habitude, c'est la femme qui répondit, sans dire autre chose que son nom.

« Madame, ici Spade, dit le détective d'une voix posée. Tout est sous contrôle, Charles est avec moi. Il va bien. Comme vous devez savoir, on a essayé de nous doubler au New Praga Motel, mais il sera sans faute au nouveau point de rendez-vous que nous avons fixé. Après ce qui s'est passé hier, je ne fais plus confiance à personne à part vous. »

Spade se tut et attendit une réponse quelconque. Rien que le silence. Après quelques secondes, il entendit le bruit du combiné qui coupait la conversation.

Il soupira profondément, appuya son index sur le commutateur et, après l'avoir retiré, composa un nouveau numéro sur le cadran. La réponse se fit encore moins attendre.

« Barry, ici Spade, répéta-t-il. Tout est sur les rails.

— On veut le voir avant, dit quelqu'un.

— Vous le verrez sur le quai, il va bien mais on ne peut pas trop le déplacer. Vous n'aviez qu'à arriver à l'heure hier.

— On a eu des problèmes.

— Et moi donc ! Et je ne parle pas des frais supplémentaires. Je veux cinq sacs, autrement je le largue devant la mairie de Tacoma et tout le monde en sera pour ses frais. »

Un long silence se fit. Il y eut des apartés.

« D'accord. À neuf heures sur le quai.

— Cinq sacs.

— D'accord. Cinq sacs, à neuf heures.

— Affaire conclue. »

Et il raccrocha.

IV

Pendant le trajet à Seattle, Spade n'arrêta pas de parler. Même quand Buddy, déguisé à la hâte en señor Ramírez, mal à l'aise avec ses vêtements d'emprunt et ses cheveux teints à l'improviste, hébété par la douleur persistante et les calmants, se laissait glisser sur le toboggan du sommeil, le détective continua à lui faire le récit plus ou moins véridique de ses deux derniers jours. C'était surtout une façon de rester éveillé. Il y avait plus de trente heures qu'il ne dormait pas et l'excitation accumulée l'empêchait de se détendre et de se détacher de ce qu'il avait vécu.

Il se souviendrait pendant des années de ces vingt ou peut-être trente miles à travers les routes perdues de l'Oregon, à imaginer une échappatoire, à se creuser la tête pour trouver un endroit où se débarrasser d'un cadavre, dans une tempête de poussière sous le soleil, et qui lui avaient semblé le plus long voyage de sa vie. Finalement, il s'était décidé pour une piste, même pas un chemin vicinal, qui l'avait emmené vers le sud. Il avait continué jusqu'à trouver un petit bois où déshabiller le cadavre et le bourrer dans le coffre. Ensuite, il n'avait pas regagné la route. Il avait continué droit devant lui et, après une heure dans une zone désertique, il était arrivé au bord des gorges entre les parois desquelles coulait une rivière rapide et encaissée, de trois mètres de large tout au plus. Entre quelques arbustes, il avait dérobé son véhicule aux possibles mais improbables regards depuis la piste, était descendu de voiture, avait traîné le cadavre jusqu'au bord et l'avait poussé pour qu'il roule jusqu'en bas, avant de descendre à son tour. Il avait fait une demi-douzaine d'allers-retours avec de l'essence sortie du réservoir à l'aide d'un chiffon avant de recouvrir le corps de branches sèches et d'y mettre le feu. Le vent avait fait le reste en attisant les flammes et en dispersant la fumée. Il avait eu la patience d'attendre et de réfléchir en pleine horreur. Deux heures plus tard, il avait un plan. Il avait poussé le cadavre presque consumé dans le lit de la rivière, là où elle était la plus profonde, à peine assez pour le recouvrir, et il s'était déchiré les mains à traîner dessus de grosses pierres pour le cacher et le maintenir au fond. Sa tâche achevée, le soir tombait.

Était-ce la brusque irruption du bruit continu de la tondeuse à gazon ou peut-être la dernière image qui lui avait déplu, toujours est-il que Hammett écarta de nouveau le manuscrit, le posa à côté de lui et se leva de sa chaise longue en s'étirant. Poynton, sans prêter attention à lui, avait remis la tondeuse en marche et s'éloignait vers l'extrémité du parc. Hammett le suivit et lui adressa la parole dans son dos :

« Le cinéma et la mauvaise littérature induisent les gens en erreur, Donald. Je viens de lire une scène parfaitement invraisemblable. »

Poynton arrêta la tondeuse et se retourna :

« Comment ?

— À ton avis, combien de balles les gens croient-ils qu'un revolver peut tirer ? demanda Hammett de façon rhétorique.

— Six ?

— Ha ha ! Si seulement… Non, au moins une douzaine ! »

Le grand maigre avait l'air d'en faire une question personnelle.

«Et le plus drôle, c'est l'aisance avec laquelle ils manipulent un cadavre et s'en débarrassent. Ça n'est jamais aussi facile !

— Je suppose que non. Au moins, avec... »

Et il compléta sa phrase par un geste vague en direction des bois.

Hammett hocha la tête.

«Le problème, c'est que le jeune homme qui a payé ta caution a beaucoup lu et vu beaucoup de films, mais qu'il ne connaît pas grand-chose.

— C'est si mauvais que ça ?

— Ce n'est pas le mot : c'est pire. Parce que, comme je l'ai dit un jour à Lillian : ce n'est pas aussi bien que ça pourrait l'être, à mon avis. »

Donald Poynton secoua la tête :

«Dépêchez-vous de finir, monsieur Hammett, moi aussi je veux le lire avant qu'il revienne. »

Et il ralluma la tondeuse.

Le grand maigre retourna à la véranda et se replongea dans la lecture de la dernière partie de l'histoire de Spade, du cadavre de Pierce et des ennuis de Buddy Landucci sous son déguisement :

Spade était retourné à la voiture et avait préféré ne pas allumer les phares jusqu'à ce que la piste débouche sur une autre route; grâce à une nuit de pleine lune immaculée, il n'en avait pas eu besoin. Il ignorait où il se trouvait mais avait opté pour une direction supposément opposée à celle qu'il avait prise dans sa fuite. Une demi-heure plus tard, il avait réalisé qu'il n'était qu'à trois miles de Tomahawk, ce qui l'arrangeait bien : il s'était enfui en direction de Fort Nobody. Il avait continué, s'était garé aux abords du village et était entré dans le bar du seul hôtel de la grande rue, avec sa mallette pour tout bagage. Aucun policier en vue. Pour dîner, il avait commandé le plat du jour et, après le café, s'était servi du téléphone public. Il avait appelé ses clients sans leur dire où il se trouvait et expliqué que le rendez-vous avait été éventé, ce qu'ils devaient déjà savoir, et que lui et Pierce s'en étaient sortis de justesse et qu'il se rendrait à la police au cas où on ne lui confirmerait pas un rendez-vous de rechange, étant donné qu'il n'avait plus rien à perdre. Ils avaient accepté, en lui demandant de rappeler le lendemain matin, comme s'il s'agissait d'une foutue administration. Il avait raccroché en jurant.

Il avait regagné sa voiture, fait le plein et conduit toute la nuit jusqu'à Tacoma.

« Je ne savais pas si j'allais te trouver à l'hôpital, Buddy, expliqua-t-il à son somnolent compagnon de voyage. Et maintenant, réveille-toi, il faut qu'on révise le scénario. »

Buddy acquiesça. Il répéta son nom, celui de ses femmes et de ses enfants, le numéro de sa carte d'identité et sa dernière adresse à Spokane.

« Je ne ressemble pas trop à Pierce, dit-il, la carte d'identité à la main. Je suis plus jeune et plus gros.

— C'est pas grave : l'important, c'est que vous ressembliez tous les deux au señor Ramírez. Et eux n'ont jamais vu Flitcraft,

ils ne connaissent de Pierce que de vieilles photos et ils savent que tu es déguisé. Ne t'embête pas à cacher que tu es un imposteur. Ça fait partie du plan.

— Je ne comprends pas tout.

— Pas grave. La seule chose importante, c'est que tu saches dire : "Buenas noches, caballeros."

— "Buenas noches, caballeros."

— Très bien, Buddy. Ne pense qu'à une chose : dans deux heures, tu seras hors de danger, avec mille dollars en poche.

— Qui va me les donner ?

— Un officier de bord, une fois en haute mer. Ils veulent être certains que Flitcraft-Pierce-Ramírez prendra bien le large…

— Ça ne va pas marcher.

— Si, ça va marcher, Buddy. Tu sais pourquoi ? Parce que tout le monde a besoin que tu montes sur ce bateau pour toucher sa part.

— Toi aussi.

— Évidemment. »

Buddy Landucci regarda dehors. Les lumières de la banlieue de Seattle filaient en arrière tandis que la nuit se pressait dans la direction opposée. Les points de suture à l'entrejambe lui faisaient toujours mal. Où Pierce avait-il eu mal pour la dernière fois, juste avant de mourir ?

« Il est mort comment ?

— Il a cessé de respirer, dit Spade sans le regarder. Toi, par contre, concentre-toi. C'est la seule chose que tu as à faire à partir de maintenant : respirer. »

Buddy obéit résolument.

En arrivant au port, Spade conduisit jusqu'à l'entrée du quai H, mal éclairée par un réverbère jaunâtre. Derrière, la silhouette noire du bateau se découpait contre la brume naissante qui montait d'une mer d'huile. Le son profond et grave de la sirène du bateau emplit la nuit de son premier appel.

Le Cayenne *n'était pas un navire de passagers mais un cargo. Pendant que les grues finissaient de transporter la cargaison du quai aux cales, une douzaine d'hétéroclites passagers attendaient de pouvoir monter à bord, devant la passerelle gardée par un officier et un marin.*

Spade descendit seul et se dirigea vers les deux voitures garées l'une derrière l'autre, tous feux éteints, à l'autre bout du quai. Un homme corpulent coiffé d'un chapeau de couleur claire ouvrit la portière de la première et s'approcha du détective; Spade repéra au moins deux autres hommes dans le véhicule.

« Salut Sam, dit avec familiarité l'homme corpulent. L'oiseau est dans la cage ? »

Le détective fit oui de la tête :

« Il est là, Barry. »

Barry Turtle sourit. Il était le numéro 2 de l'agence de Tacoma, mais pour leur petite affaire, cela ne comptait pas. Ni sa voiture ni ses armes n'étaient réglementaires; une fois l'affaire terminée, elle n'aurait jamais existé.

« Du bon travail, dit-il.

— Plus ou moins. Qui va me payer ?

— Burnett, dit Barry. Mais avant, il va falloir que tu nous l'amènes. Il peut marcher ?

— Mieux que toi, mais ça lui fait mal. Venez, vous, ça vaut mieux. »

Barry n'eut pas l'air d'avoir entendu.

« Et Pockett ? » demanda-t-il l'air de ne pas y toucher.

Spade haussa les épaules :

« C'est à toi que je devrais poser la question, Barry. Soi-disant, vous l'aviez à l'œil, mais il s'est pointé au motel. Et vous avez vu le résultat. S'il réapparaît, je n'y serai pour rien. Finissons-en. Venez avec moi, et apportez l'argent. »

Barry se retourna vers la voiture et fit un signe. Un type tout maigre, avec un chapeau melon noir, descendit à l'arrière. Spade reconnut Phil Burnett, qui avait toujours été son intermédiaire auprès de Mme Flitcraft. Ils se saluèrent à peine.

« Allons-y », dit Spade, qui se retourna et partit vers sa voiture.

Barry et Burnett lui emboîtèrent le pas.

À ce moment, l'autre voiture démarra et les suivit, phares allumés, à bonne distance. Comme pour éclairer leur chemin le long du quai.

Un nouvel appel de la sirène du navire retentit.

Spade s'approcha de sa voiture et mit le nez à la fenêtre du conducteur :

« On y va, señor Ramírez, c'est l'heure. »

Buddy Landucci lui adressa un regard de ses yeux éteints et, après avoir pris une grande inspiration et retenu son souffle comme s'il allait plonger dans une piscine, il ouvrit la portière lui-même et sortit dans la nuit.

« Ne t'en fais pas, dit Spade en le soutenant par le bras. Tu as très mal et tu parles le moins possible. »

Ils marchèrent lentement mais sans hésitation. Ils avaient la lumière des phares dans les yeux, elle allongeait leur ombre jusqu'à la diluer dans la vaste obscurité derrière eux. Arrivés devant ceux qui les attendaient les mains enfoncées dans les poches, ils s'arrêtèrent.

*«*Ecce homo, *dit Spade.*

— Quoi ?

— C'est du latin, dit Burnett.

— Il se fait tard, dit Spade en tendant la main.

— On a le temps, Sam, dit Barry en agitant le poing dans la poche de son manteau. Et puis, la dame veut jeter un coup d'œil avant, dit-il avec un léger signe de tête en direction de la voiture derrière eux. Passe-le-moi, je l'emmène.

— N'y pense même pas. »

Rapide comme l'éclair, Spade sortit son revolver, attrapa le señor Ramírez par le bras et le fit passer derrière lui d'une saccade, tout en tenant les autres en joue.

— Comment je sais que Pockett n'est pas dans cette voiture ? »

Et s'adressant à la nuit d'une voix forte : « Madame Flitcraft, c'est vous ? »

Après quelques secondes de silence, on entendit s'ouvrir la portière de la voiture.

« C'est bien moi, monsieur Spade.

— Fully Pockett n'est pas avec vous ?

— Je suis seule. »

La femme fit quelques pas pour entrer dans la lumière. Elle se trouvait à trois mètres d'eux. Spade ne baissa pas son arme.

« Charles, dit-elle.

— Salut Alice, dit le señor Ramírez en anglais, en montrant à peine la tête par-dessus l'épaule de Spade. Ça fait longtemps.

— Ça fait longtemps », confirma-t-elle.

Elle paraissait observer la scène d'un regard fixe et étrangement inexpressif comme s'il s'agissait de la représentation d'un rêve, aussi clair qu'inexplicable.

« Je ne leur fais pas confiance, madame Flitcraft », dit Spade en agitant son revolver.

La sirène du Cayenne *retentit de nouveau.*

Elle se tourna vers Burnett :

« Donnez-leur ce qui a été convenu, Phil. Et pas de coups de feu.

— Bien, madame. »

Burnett mit la main dans la poche intérieure de son manteau et en sortit deux enveloppes.

Spade les saisit de la main gauche, en continuant à les tenir en joue. Il entrouvrit la mieux garnie et la rangea dans la poche de sa veste après y avoir jeté un coup d'œil.

« Maintenant, baissez votre arme, s'il vous plaît, dit Mme Flitcraft. Dis-le-lui, Charles.

— Faites ce que dit Alice, Spade, dit celui-ci.

— La ferme. »

Le détective tendit la main en arrière pour que l'autre attrape son enveloppe.

« Vérifiez que le compte y est et tirez-vous. Vite et sans vous retourner. »

Buddy Landucci vérifia le billet pour Yokahama au nom de Francisco Ramírez et, après un imperceptible coup d'œil autour de lui, il s'éloigna en boitant vers la passerelle d'accès du Cayenne. *Immobiles dans la lumière des voitures, la femme et les trois hommes paraissaient attendre que le rideau tombe.*

Ce n'est que lorsque les marins eurent relevé la passerelle et que le bateau largua les amarres pour glisser lentement vers le milieu du dock que les personnages s'animèrent et que Sam Spade baissa son arme.

« Ça va te coûter cher, Sam, dit Barry Turtle entre ses dents.

— J'ai seulement été plus rapide que vous, dit le détective en tapotant du canon de son revolver la main armée dans la poche du manteau de l'autre. Et puis j'avais, j'ai toujours, de bonnes raisons de ne pas vous faire confiance. »

Il rangea finalement son arme et soupira longuement :

« Tout est bien qui finit bien. Je vous ramène chez vous, madame Flitcraft ? » dit-il en se tournant vers elle.

Elle l'observa un instant, baissa les yeux, secoua la tête et, sans le saluer, retourna à sa voiture et à la nuit.

Une dernière fois, la sirène du Cayenne *retentit, loin, à la sortie du port.*

À une heure du matin, la sonnerie du téléphone agita le pouls de Sam Spade. Pas beaucoup, juste assez pour que la cendre de sa Lucky Strike tremble et tombe dans le vide. Il venait de prendre une douche et, dans son peignoir à rayures noires et grises, il fumait accoudé au balcon, face à la nuit orageuse. Il tira une dernière fois sur la cigarette avant de la jeter, revint s'asseoir sur son lit et attendit que le téléphone sonne encore deux fois sur la table de nuit avant de répondre.

C'était elle.

« Je serai brève, monsieur Spade. Et ce sera la dernière fois que nous nous parlerons, c'est trop dangereux. Vous devez imaginer pourquoi je n'ai pas voulu que vous me raccompagniez chez moi.

— Pockett était dans la voiture.

— Oui. Ils avaient l'intention de tuer Charles. Merci pour ce que vous avez fait.

— Vous savez très bien que cet homme n'était pas... »

Il y eut un bref silence.

« Peu importe ce que vous et moi savons. Ce qui compte, c'est ce qu'ils croient, eux.

— Madame...

— J'imagine que vous avez fait ce que vous avez pu, Spade. Soyez prudent. Tout n'est pas terminé. Merci. »

Et elle raccrocha.

Spade resta à regarder fixement le téléphone, puis appuya lentement sur le commutateur et raccrocha le combiné. Pendant quelques minutes, il demeura immobile sur son lit. Après, il alluma une autre cigarette et, alors qu'il retournait sur le balcon, il eut l'impression d'entendre du bruit dans le couloir et s'arrêta net. Il revint sur la pointe des pieds, éteignit la lampe de chevet, prit le revolver dans le tiroir de la table de chevet et revint sur ses pas jusqu'à la porte de la chambre. Tant que le bruit ne se fut pas dissipé au bout du couloir, il resta l'oreille à la porte, le revolver armé. Alors, seulement, en baissant son arme, il remarqua que la sueur coulait à profusion sous son peignoir et qu'un mouvement convulsif agitait sa poitrine : la cigarette serrée entre les lèvres, il avait retenu sa respiration jusqu'au bord de l'asphyxie.

Alors, il s'épongea le front avec la manche de son peignoir, alluma le plafonnier de la chambre, lança son revolver sur le lit et se mit à remplir sa valise en toute hâte.

Dix minutes plus tard, délaissant sa voiture garée devant la porte, il prenait un taxi pour la gare.

Une semaine plus tard, un facteur au bord de la retraite descendait de bicyclette et frappait avec une vigueur inaccoutumée au numéro 12 de la rue Washington Nord, la troisième plus grande maison de Coolville, Montana, un village dont un panneau à l'entrée disait l'importance : 751 hab. Il était rare que quelque chose de nouveau arrive, à Coolville, et plus rare encore que Nancy Freeman, la vieille fille, reçoive du courrier.

C'est la petite Daisy qui sortit. Et qui rapporta la nouvelle à l'intérieur :

« Le facteur a un colis pour tantine. »

Le léger paquet oblitéré à San Francisco ne mentionnait pas d'expéditeur. Nancy l'ouvrit. À l'intérieur, il n'y avait qu'une enveloppe à l'attention de sa sœur Julie, débarquée de Spokane à l'improviste un mois plus tôt, à nouveau sans mari et, cette fois, sans argent ni explication non plus.

« Ça doit être Charles », dit Julie en déchirant nerveusement l'enveloppe sous le regard sceptique de sa sœur.

Il n'y avait pas de lettre. Seulement dix billets à l'effigie de Benjamin Franklin et l'alliance de Charles Pierce.

Sur le pas de la porte de la chambre, la petite Daisy vit sa mère tout replacer dans l'enveloppe et, quelques secondes plus tard, le regard fixe sur la fenêtre, se mettre à pleurer en silence.

V

La toute jeune Effie Perine frappa à la porte en verre dépoli qui séparait la réception où se trouvait son bureau et le cabinet privé flambant neuf de son patron, au troisième étage du building Smart, sur le boulevard côtier de San Francisco.

« Il y a une femme qui veut te voir, Sam. »

Spade ne détourna pas le regard de la fenêtre baignée de lumière qui donnait sur la baie :

« Archer n'est pas là ?

— C'est toi qu'elle demande.

— Qui c'est ?

— Aucune idée : elle arrive de Seattle et cherche quelqu'un que tu es censé connaître.

— Elle est jeune ?

— Assez. »

Ce n'est qu'alors que Spade retira les pieds du rebord de son bureau, fit pivoter son fauteuil et tourna le dos aux éclats de la lumière du matin sur la tôle du Pacifique.

« Fais-la entrer. »

Il se leva et se lissa les cheveux. Une imperceptible anxiété brillait dans ses yeux. Elle ne dura qu'un instant : la femme qui entra n'était pas Mme Flitcraft et ne le serait jamais.

« Entrez, Madame. »

Rigoureusement vêtue de noir moulant, trop maquillée peut-être, elle salua depuis la porte et se trémoussa pour offrir à Spade sa main droite à baiser comme on tend le poing pour qu'un faucon s'y pose. Après quoi elle déposa son considérable arrière-train sur le rebord de l'unique chaise face au bureau et dit :

« C'est un plaisir de vous rencontrer, monsieur Spade. Je viens de parcourir la moitié de l'État de Washington et tout semble

indiquer que vous êtes une des dernières personnes à avoir vu mon mari.

— Et vous êtes ?

— Patty Moth, dit-elle en battant des cils, en quête d'un effet qui tomba à plat. Patrizia Montolivo, l'épouse de Buddy Landucci. »

Spade hocha la tête avec une admiration à peine contenue.

« Ça alors, dit-il en se rejetant en arrière, les sourcils froncés. Vous avez fait un long voyage, Madame.

— En effet. »

Elle tira une longue cigarette d'un insondable petit sac à main noir. Spade s'empressa de l'allumer pour elle. Elle lui en sut gré d'un battement de paupières et cracha la fumée vers le plafond, selon un angle légèrement supérieur à quarante-cinq degrés.

« La dernière chose que je sais de Buddy, c'est qu'on lui a tiré dessus à Spokane, il y a quatre mois, pendant une surveillance de routine. Et je me suis laissé dire que vous travailliez avec lui à ce moment-là.

— Plus ou moins : disons qu'il nous arrivait de nous croiser occasionnellement. Continuez, je vous en prie. »

Tout en l'écoutant parler, Spade rangea distraitement quelques papiers qui s'empilaient en désordre sur le dessus en verre de son bureau. Il y avait un dossier, une ou deux factures, plusieurs enveloppes et deux lettres. L'une d'elles, qui arborait un timbre japonais aux couleurs criardes et qu'il avait reçue la veille en provenance de Yokohama, finit au fond du tiroir du haut.

Patrizia Montolivo acheva un récit incomplet, élaboré à partir de bribes d'informations complétées par ses propres hypothèses hasardeuses.

« Buddy n'avait pas d'ennemis, monsieur Spade, conclut-elle catégoriquement.

— Parfois, les amis suffisent. Ou les parents.

— Qu'est-ce que vous insinuez ? Buddy vous a dit quelque chose ?

— Il n'a jamais évoqué le sujet. Il savait, ou croyait savoir, qui lui avait tiré dessus mais il ne m'a pas expliqué de quoi il retournait. Vous avez une idée ?

— Des suppositions.

— Alors vous en savez plus que moi.

— Mais vous étiez aux premières loges.

— Non. C'est une affaire extraordinaire, Madame, dit Spade après une pause. Un vrai mystère, ce qui est arrivé à Buddy. Le matin où je suis allé lui rendre visite à l'hôpital, il s'était déjà remis de sa blessure par balle et devait sortir le lendemain. Je connaissais son numéro de chambre, parce que j'étais déjà venu, alors j'y suis allé directement. En ouvrant la porte, j'ai trouvé la chambre vide et le lit défait. J'ai supposé que Buddy devait se trouver dans la salle de bains. J'ai frappé à la porte et, n'obtenant pas de réponse, j'ai ouvert ; il n'y avait personne non plus, mais le robinet gouttait encore et la serviette était mouillée. Je suis retourné dans la chambre, j'ai ouvert le petit placard, ses affaires n'y étaient plus. Il y avait des barreaux à la fenêtre mais j'ai jeté un coup d'œil quand même : rien. Je suis sorti chercher l'infirmière et j'ai dû la traîner jusqu'à la chambre pour qu'elle me croie : elle m'a dit qu'elle l'avait vu une demi-heure plus tôt, qu'il paraissait normal et de bonne humeur. La femme de ménage m'a dit la même chose. On a demandé aux occupants des chambres voisines, dans le même couloir, mais à

cette heure tout le monde était à l'intérieur, personne ne l'a vu sortir. Il n'avait pas reçu de visite et personne n'était sorti de l'hôpital en chaise roulante ou en ambulance au cours de la dernière heure.

— Qu'est-ce qui s'est passé ensuite, monsieur Spade ? Il y en a qui disent qu'il a disparu après la visite d'un jeune homme.

— Je ne sais pas, peut-être, dit Spade presque sincèrement. Mais la vérité, c'est qu'il a disparu, madame Montolivo, il s'est évaporé. Comme ça. »

Et il fit le geste sous son nez :

« Comme le poing disparaît quand la main s'ouvre. »

Elle resta à observer la paume de sa main, comme si quelque mystère s'y cachait.

« Vous avez de belles mains, monsieur Spade », dit-elle soudain.

Et à cet instant, le détective comprit parfaitement à quoi faisait référence le lointain Buddy en la traitant de chienne, de vraie chienne.

Hammett lut la dernière ligne, referma le dossier, tira une dernière fois sur sa cigarette et consulta l'heure. Sam Rosen ne donnait pas signe de vie. Linda ne tarderait pas à débarquer pour faire remarquer avec mauvaise humeur que le déjeuner était prêt depuis quinze minutes. Il se leva et appela Poynton deux fois, en vain. Plongé dans sa tâche bruyante, le zélé gardien du parc ne levait pas les yeux du gazon. Lorsqu'il éteignit finalement la tondeuse quelques secondes, le grand maigre agita le dossier au-dessus de sa tête.

« Viens déjeuner, Donald, cria-t-il.

— Allez-y, monsieur Hammett, j'ai encore un peu à faire.

— Si tu ne viens pas immédiatement, je te raconte la fin de cet infâme pastiche.

— C'est quoi, un pastiche ? »

Hammett secoua la tête et rentra dans la maison sans répondre.

Donald Poynton retourna à son travail. Il lui restait seulement à tondre la portion de gazon la plus clairsemée et irrégulière, en lisière du petit bois de hêtres, une douzaine de vieux arbres, les plus vieux de tout le parc, avec de larges troncs et des branches écorcées parsemées de jeunes pousses. Mais c'était la tâche la plus ardue parce qu'il fallait passer, sans les abîmer, entre les racines qui rayonnaient au ras du sol sur un ou deux mètres autour de chaque arbre. Sans compter que les feuilles mortes mouillées par les dernières pluies et qui n'avaient pas complètement séché dans l'ombre dense du bois adhéraient à la terre noire et brillante et gênaient le travail régulier de la tondeuse. Pour comble, les lames butaient sur des petits cailloux, des morceaux de ciment ou les bouts de maçonnerie d'un ancien muret qui courait le long du bois sans qu'on sache dans quel but, et qu'on avait démoli quelques années plus tôt. L'opération nécessitait une minutie de chirurgien esthétique et la patience de qui manie l'aiguille dans les fibres des plus fragiles tapis.

Donald faisait un dernier passage minutieux, collé au tronc des derniers arbres, lorsqu'il sentit la lame buter contre quelque chose. En jurant, il s'accroupit pour ramasser le caillou. Ce n'en était pas un, c'était un cylindre vide en métal doré. Donald nettoya la boue autour de la douille d'une balle de gros calibre. Un genou à terre, il en ramassa trois autres dans un petit périmètre, près du tronc du dernier arbre. Quelqu'un avait tiré de cet endroit. À cet instant précis, un klaxon retentit et Donald tourna la tête vers l'entrée : Sam Rosen arrivait enfin.

Mais non, ce n'était pas l'avocat : la Studebaker jaune collait son pare-chocs presque contre le portail et le bras volubile du señor Fanesi le saluait par la fenêtre de la portière. Une femme l'accompagnait.

15

Le señor Fanesi & mademoiselle Daisy

Lorsqu'il posa ses gros souliers boueux sur le seuil du bureau, Donald Poynton fut accueilli par cet avertissement crispé de son épouse :

« Demi-tour, Donald, par la cuisine…

— Et M. Hammett ?

— Il est au téléphone. Va vite te laver, le déjeuner refroidit.

— Dis-lui qu'il y a quelqu'un pour lui. »

Hammett en personne passa la tête au fond du bureau, le combiné en main.

« Je suis au téléphone. C'est qui ? »

Donald le lui dit. Le grand maigre eut une expression à mi-chemin entre la stupeur et la contrariété. Il fut sur le point de renvoyer l'intrus par où il était venu mais il remarqua l'expression de Poynton.

« Conduis-le au bungalow, Donald, s'il te plaît, dit-il finalement. Dis-lui de m'attendre là-bas. Et reste avec lui.

— Il y a autre chose.

— Plus tard, Donald.

— D'accord, monsieur Hammett. »

Poynton revint sur ses pas et transmit le message au couple qui attendait près de la voiture, les portes ouvertes comme pour bien montrer qu'ils étaient prêts à repartir si besoin, une marque de courtoisie ou peu s'en faut.

« Il vaudrait peut-être mieux revenir une autre fois..., dit le señor Fanesi en regardant sa compagne. Nous ne voulons pas déranger, pas vrai, Daisy ? »

Elle ne répondit rien, c'est à peine si elle cligna des yeux. Elle ne fit d'ailleurs rien d'autre au cours de ce bref dialogue.

« Suivez-moi », dit Poynton.

Sur le chemin du bungalow, ils lui parurent soudain très jeunes, et Poynton ressentit quelque chose d'étrange dans les manières du couple. Une forme de familiarité réelle mais empruntée entre deux corps qui ne se connaissent pas suffisamment. Le longiligne Fanesi, impeccable dans son costume gris perle, chemise blanche et cravate bleue, guidait imperceptiblement la jeune femme en la tenant par son coude plié. La robe de flanelle grise de celle-ci était neuve mais d'une coupe démodée, et son chapeau ainsi que ses petits pas courts lui donnaient un air paysan qui contrastait avec les manières mondaines et décontractées de son compagnon. Celui-ci la guidait du coude comme s'il manipulait un bouton de commande sensible au moindre mouvement des doigts. Elle se laissait conduire avec un très léger retard dans la réaction. Le contact physique était minime.

« Nous y voilà. »

Le señor Fanesi, raide comme un piquet devant le bungalow, se retourna vers sa compagne avec une expression de surprise calculée.

« C'est là que vit Dashiell Hammett ? »

Elle cligna des yeux. Poynton ouvrit la porte et leur céda le passage.

« Vous pouvez entrer, il ne va pas tarder. »

Comme s'il foulait le vieux marbre de la basilique Saint-Marc à Venise, le señor Fanesi retira son chapeau avant d'entrer. Il tourna sur lui-même sans mot dire jusqu'à s'approcher imperceptiblement de la feuille dans le tambour de la vieille Remington.

« Un nouveau roman ? »

Poynton dit qu'il ne savait pas, qu'il n'en était pas sûr. Et presque sans transition, sans prendre de pincettes, il lui expliqua qu'il ne pouvait pas non plus lui dire au jour d'aujourd'hui – selon ses propres mots – quand il serait en mesure de lui rembourser l'argent de la caution.

Le señor Fanesi ne lui laissa pas le temps de finir son explication :

« Ne le prenez pas mal, Poynton, mais ce que je peux faire pour Dashiell Hammett ou ses amis n'est rien comparé à tout ce que ses livres m'ont apporté. Vous comprenez ?

— Je suppose que je vois ce que vous voulez dire, dit Poynton avec une politesse appliquée.

— Non. Vous n'en avez aucune idée, vous ne pouvez pas imaginer quelle sorte de dette j'ai envers lui, dit-il d'une voix gonflée de la même emphase que son expression. C'est pour lui que je suis venu de si loin m'installer dans ce pays, c'est pour ainsi dire grâce à lui que j'ai rencontré cette jeune personne, et c'est encouragé par la lecture de ses livres que j'ai eu le courage de mettre en forme le texte que je lui ai envoyé. Pas vrai ? »

Daisy sentit qu'il fallait qu'elle réagisse, elle cligna des yeux une seule et unique fois.

Le señor Fanesi se retourna vers Poynton, son ton se fit confidentiel.

« Vous savez s'il l'a lu ?

— Non.

— Il ne l'a pas lu ?

— Je voulais dire que je n'en sais rien.

— Ah, d'accord... Ça s'intitule "La main et le poing". »

Poynton parut soudain intéressé, du moins trouva-t-il le moyen d'en avoir l'air :

« La main et le poing ? Ça parle de boxe ?

— Non. La boxe vous intéresse ?

— Je connais un peu. »

À la suite de quoi Donald expliqua sans entrer dans les détails ce qu'il en connaissait et ce qu'il avait fait pendant de nombreuses années. Et aussi pourquoi il avait arrêté.

« Vous avez été le *sparring partner* de Gatica ? l'interrompit le señor Fanesi.

— Vous savez qui c'est ?

— Tout le monde le connaît en Argentine. C'est une idole, là-bas. Je suis allé le voir combattre plusieurs fois dans ma ville natale.

— Moi, je ne tiens pas à le revoir. Et je ne crois pas qu'il garde un bon souvenir de moi non plus. »

Le señor Fanesi recula d'un pas et l'examina avec des yeux nouveaux.

« Vous remonteriez sur un ring ? Vous avez l'air en forme, Poynton. »

À cet instant, la porte du bungalow s'ouvrit et Hammett entra. Il avait un fusil dans la main droite et le manuscrit sous le bras gauche.

Le señor Fanesi leva théâtralement les mains en l'air :

« C'est si mauvais que ça ? »

Hammett lui concéda un sourire de travers, accrocha le fusil à sa place près de la porte et lui lança le manuscrit pour qu'il l'attrape au vol.

« Ne vous avisez pas de publier ça.

— Je n'en avais pas l'intention... »

Le visiteur tenait le manuscrit à deux mains avec la maladresse de celui à qui on refile un bébé à l'improviste.

« Je voulais seulement que vous...

— C'est non. »

Le grand maigre alluma une cigarette, souffla la fumée, s'assit sans inviter personne et poursuivit :

« Ou plutôt, si : publiez-le, pour que je vous colle un procès. Ce sera une façon légale et digne de gagner quelques milliers de ces dollars que vous semblez pouvoir apparemment jeter par les fenêtres sans problème, monsieur...

— Fanesi. Roberto P. Fanesi, expliqua le visiteur qui, presque par réflexe, porta la main à la poche supérieure de sa veste pour y chercher sa carte de visite.

— Pas besoin, dit le grand maigre avant de se retourner

vers Poynton. Qu'est-ce que tu avais d'autre à me dire, Donald ? »

Poynton s'approcha et lui parla à l'oreille. Hammett fronça les sourcils.

« Tu les as avec toi ? »

Poynton sortit les douilles boueuses de sa poche et les lui montra en les cachant à la vue des deux visiteurs.

Hammett les examina sans les toucher.

« À la cuisine, dans le tiroir des couteaux, tu trouveras ce qu'on a extrait du mur. Montre tout ça à Rosen, il ne devrait pas tarder.

— Bien, monsieur Hammett. »

Pendant ce temps, le señor Fanesi était resté debout, immobile, le regard vide. Il avait perdu une grande partie de sa superbe, dans l'attente de circonstances plus favorables. Il avait seulement l'air de quelqu'un qui sait qu'il va se faire gronder avec raison. Quant à sa compagne, elle ne clignait même pas des yeux.

Un silence exaspérant accompagna la sortie de Poynton. Après son départ, Hammett dit, sur un ton différent :

« Asseyez-vous, je vous prie. »

Et se tournant vers la fille :

« Mademoiselle est... ? »

Le señor Fanesi parut retrouver un peu de sa confiance et de son enthousiasme :

« C'est Daisy, dit-il en désignant le manuscrit plutôt que la jeune femme : Elle est mentionnée deux fois dans l'histoire. »

Hammett l'interrogea du regard. Fanesi hocha la tête en souriant :

« Bien sûr, à l'époque, elle n'était qu'une enfant.

— De quoi est-ce que vous parlez ?

— De "La main et le poing". Mais on dirait que vous ne l'avez pas encore lu.

— Si, je l'ai lu. Sinon, je ne vous aurais pas dit de renoncer à le publier sous peine de procès.

— Tout ce que je voulais, c'était que vous le lisiez.

— Je ne sais pas ce que vous aviez dans la tête, Fanesi.

— Moi non plus, pour tout dire, admit le visiteur qui reprenait un peu du poil de la bête. Mais ça n'est pas du plagiat. Étant donné que votre version est tellement courte et schématique, j'ai pensé que vous aimeriez en savoir plus sur l'affaire Flitcraft. »

Hammett parut ne pas comprendre.

« Comment ça, en savoir plus ?

— Les tenants et les aboutissants de l'histoire. Par chance, j'ai eu accès…

— Écoutez-moi bien : Flitcraft, ce n'est pas Jésus-Christ, il n'a pas plusieurs vérités, des évangiles qui mentionnent des évènements que les autres passent sous silence et qui reconstruisent son histoire tous ensemble.

— Non ?

— Non.

— D'accord, s'excusa Fanesi. Peut-être que j'aurais pu trouver un moyen plus direct de savoir. »

Hammett planta sa cigarette dans le cendrier.

« Qu'est-ce que vous voulez savoir ? »

Le visiteur hésita un instant. Pas parce qu'il ne savait pas quoi dire mais parce qu'il n'osait pas :

« Je voudrais connaître la véritable histoire. »

Hammett se renversa en arrière, croisa les jambes et entrelaça les doigts de ses mains sur son genou :

« Je ne comprends pas.

— Ce qui est arrivé au vrai Flitcraft.

— Le seul et unique Flitcraft, c'est le Flitcraft de papier.

— Il n'a pas existé ?

— Aucune importance. D'un écrivain, on n'attend pas – on ne doit pas attendre – la vérité mais la vraisemblance. Vraisemblance des faits, vraisemblance des sentiments. On ne raconte pas nécessairement ce qui s'est passé mais ce qui aurait pu ou pourrait se passer.

— Mais…

— Écoutez-moi : dans votre récit, la manière dont Spade se débarrasse du cadavre de Pierce, en le brûlant dans un ruisseau perdu de l'Oregon, c'est complètement invraisemblable. Et de façon générale, même si l'histoire se tient, il est évident que vous l'avez bricolée à partir du texte de quelqu'un d'autre que vous avez développé en mélangeant deux histoires, celle de Flitcraft et celle de… »

Hammett fit un effort de mémoire. Fanesi lui vint en aide :

« Celle de Landucci.

— … celle de Landucci. Deux histoires qui n'ont rien à voir entre elles, qui pourraient peut-être tenir debout séparément mais dont le rapiéçage est trop évident. La première, vous me l'avez piquée, même si j'ignore d'où sort le développement et où vous avez trouvé de quoi remplir les trous.

— C'est exactement ce dont je veux vous parler.

— Ne vous faites pas d'illusions, dit Hammett, qui poursuivit comme si l'autre n'avait rien dit : J'imagine que l'autre histoire, celle qui commence à New York, c'est aussi du réchauffé d'une de vos lectures, parce que, de toute évidence… Quel âge avez-vous ?

— Je vais avoir trente ans. Et je suis arrivé à San Francisco il y a cinq ans.

— C'est votre premier texte ?

— En anglais, oui. En Argentine… »

Hammett secoua la tête.

« Vous écrivez sur un monde dont vous ignorez tout, sur une époque que vous n'avez pas pu connaître, dans une langue qui n'est pas la vôtre. Vous avez cumulé toutes les difficultés. »

Fanesi sourit.

« Qu'est-ce qui vous arrive ?

— C'est incroyable que vous soyez en train de parler de mon texte, de le commenter, même… Quand je vais raconter ça, on va me traiter de menteur, c'est tellement invraisemblable. »

Hammett ne put réprimer une moue d'agacement :

« Ce qui est invraisemblable, c'est que j'aie dû manger en quatrième vitesse pour perdre mon temps ici alors que mon avocat est sur le point d'arriver, dit-il sur un ton désagréable. Allons droit au but, señor Fanesi, et ne me sous-estimez pas : je ne vois pas au nom de quoi je devrais vous consacrer du temps et de l'attention ; j'ignore aussi pourquoi vous vous êtes précipité pour payer la caution de Poynton. Vous imaginez que ça vous donne un quelconque droit ? Que je vais vous autoriser à publier ce truc ?

— Rien de plus éloigné de mes intentions, monsieur Hammett. »

Fanesi cherchait ses mots. Il s'avança un peu dans le fauteuil et, les coudes sur les genoux, approcha son visage du grand maigre.

« Et si on faisait comme si rien de tout cela n'était arrivé, comme si ce n'était qu'un malentendu ? Tout ce que je voulais, c'était parler un moment de l'affaire Flitcraft.

— C'est quoi votre problème ? Ce truc vous obsède ? »

Le señor Fanesi acquiesça en souriant, comme on avoue une faiblesse dont on s'enorgueillit néanmoins :

« Depuis le jour où je l'ai lu, j'en ai fait une affaire personnelle.

— Ce sont des choses qui arrivent, admit Hammett. Vous n'êtes pas le seul.

— C'est une histoire compliquée que vous avez peut-être perçue à votre première lecture…

— Première et dernière.

— Je parie le contraire.

— Vous ne doutez de rien. »

Tandis que le visiteur secouait la tête, le grand maigre se tourna vers la jeune fille qui regardait par terre, l'air absent.

« Vous savez de quoi nous sommes en train de parler, Daisy ? »

Elle cligna des yeux, comme réveillée en sursaut.

« Elle sait, mais ce n'est pas tout : elle fait partie de l'histoire, intervint Fanesi comme Daisy se penchait légèrement vers lui. Je peux vous expliquer ? »

Résigné, Hammett acquiesça.

Le señor Fanesi parut retrouver son allant et, après quelques instants, se lança comme quelqu'un qui sait qu'il n'a qu'une seule et unique fenêtre de tir et doit donner une version concise et claire de quelque chose complexe et difficile. Ce qui était tout à fait le cas :

« Après avoir vu le film, j'ai lu votre roman par curiosité. Et voilà que je tombe sur le récit que Spade fait à Brigid, qui n'est pas dans le scénario…

— Huston le trouvait superflu. Justement, j'en parlais avec un ami récemment, l'interrompit Hammett.

— Et vous en pensez quoi ?

— Que les gens du cinéma ne comprennent rien à la littérature. L'idée d'allusion leur est étrangère et ils n'ont aucun sens de la suggestion. Vous avez vu ce qu'ils ont fait des *Tueurs* ?

— Avec Burt Lancaster ?

— Oui, le film de Siodmak : lui, il a raconté l'histoire du Suédois. À l'inverse de Huston, il a trouvé qu'il manquait quelque chose. Je veux dire qu'ils ont inventé une histoire au Suédois sans aucune nécessité. Au bout de quinze minutes de film, on en a fini avec la nouvelle de Hemingway. Vous, vous avez fait pareil : vous avez écrit le film de Flitcraft. J'ai tort ?

— Non… ou plutôt si, d'une certaine façon… »

Fanesi hésita, il sentait qu'il allait devoir improviser, que Hammett n'aurait pas la patience d'écouter jusqu'au bout l'histoire qu'il avait pensé lui raconter.

« Mon intention était de compléter le récit de Spade, ces années au cours desquelles Flitcraft a vagabondé avant de revenir fonder un foyer. Apporter un témoignage là-dessus. Car j'avais de bonnes raisons de penser qu'il avait pu voyager en Amérique du Sud, voire dans mon pays et même dans ma propre ville. Beaucoup de romans et de films américains jouent avec l'idée de disparaître au sud du Rio Grande... »

Hammett plissa les yeux et alluma une nouvelle cigarette.

« Bierce.

— Comment ?

— Ambrose Bierce : lui ne l'a pas écrit, il l'a fait. Il a traversé la frontière pour disparaître pendant la révolution mexicaine. Quelques années plus tard, j'ai passé quelque temps dans un hôpital de la région de San Diego, moi aussi j'ai souvent pensé à m'en aller de l'autre côté. Mais non, je ne voulais pas fuir.

— Est-ce que c'est nécessairement une fuite ? »

Fanesi sentit qu'il sacrifiait sur l'autel de la digression la continuité de son récit en échange d'un répit de bon augure.

« Non. Des fois on vous chasse, d'autres fois vous partez en quête de quelque chose, dit Hammett. Et puis, il y a partir et partir : traverser une frontière à pied en pleine nuit et voyager dans un pays avec un billet payé par le département d'État, c'est pas la même chose.

— Même si le besoin de changer d'air reste le même.

— Si c'était le cas, partir ou rester ne dépendrait que des

distances. En Andorre, il paraît que les gens qui divorcent quittent le pays, dit Hammett sans la moindre ironie. C'est comment, en Argentine ?

— On ne divorce pas.

— Les dimensions du pays, je veux dire.

— C'est grand. L'étendue est le mal qui l'afflige, récita Fanesi.

— Tu parles d'une phrase.

— Elle n'est pas de moi. L'auteur est mort en exil, c'est-à-dire que le pays n'a pas été assez grand pour lui en fin de compte. Les États-Unis lui plaisaient, il y a voyagé.

— Et vous, ça vous plaît ?

— Je ne sais pas, c'est différent. C'est dur de vivre quelque part avec la sensation que les choses importantes se passent ailleurs. Qu'on rate quelque chose.

— Ici aussi, il y en a qui ont ressenti la même chose, mais vis-à-vis de l'Europe : Henry James, Ezra Pound, T. S. Eliot. Chandler s'est toujours senti anglais… Sherwood Anderson et Faulkner, par contre, n'avaient pas besoin de ça.

— On dit qu'il faut parfois partir pour faire ressortir le meilleur de soi.

— Ou le pire : il y en a pour qui c'est comme sortir les poubelles.

— Vous dites ça pour Henry Miller ? »

Hammett fit non de la tête :

« Je crois que l'homme vaut mieux que l'écrivain. D'un point de vue littéraire, Miller est une invention française, avec toute l'ambiguïté que cela implique. Joyce lui-même, à une époque, était plus célèbre pour quelques gémissements de plaisir de la pauvre Molly Bloom que pour avoir révolutionné le roman contemporain. Vous savez que *Sanctuaire* a été censuré et que j'ai vendu des milliers d'exemplaires supplémentaires de *L'Introuvable* grâce à une réplique où Nick faisait allusion à un certain effet visible sous la ceinture ? Le scandale peut aider, encore faut-il savoir écrire. Et ça, ça n'a rien à voir avec l'endroit où on pose son cul pour taper à la machine.

— C'est possible, admit Fanesi. Mais j'ai toujours pensé que j'aurais à le faire un jour.

— Écrire bien ou provoquer un scandale ?

— Quitter mon pays », déclara-t-il, imperturbable.

Hammett hocha la tête, signe tacite pour l'encourager à poursuivre.

« À mon arrivée à San Francisco, j'ai tout fait pour me faire une situation. J'ai même vécu à Chinatown. Au bout de quelque temps, j'ai ouvert ma propre agence. Depuis, tout va bien. Très bien, même, grâce à mes relations formelles et informelles.

— Vous avez trouvé ce que vous cherchiez ?

— Non, bien sûr. Mais, au cours d'un voyage dans l'État de Washington, j'ai appris deux ou trois choses en farfouillant dans les archives de la Pinkerton, à Seattle.

— Sur Flitcraft ?

— Sur Hammett, ne vous déplaise.

— J'y ai travaillé quand j'étais gamin, c'est de notoriété publique.

— C'est pourquoi je supposais que vous aviez attribué à

Spade quelques-unes de vos aventures. Tout du moins, celle qui m'intéressait.

— Vous supposez trop, voilà pourquoi vous n'arrivez à rien.

— C'est vrai. Mais les vieux annuaires téléphoniques et les journaux de la ville peuvent s'avérer très utiles. C'est une chose que j'ai apprise du gros Continental Op.

— Vous avez trouvé quoi ?

— Une demi-douzaine de Flitcraft.

— Mais aucun d'entre eux n'était celui que vous cherchiez.

— Non. Il n'y avait rien non plus sur sa disparition dans les journaux de 1922, alors que sa femme est censée avoir fait publier des avis de recherche. Rien non plus aux archives de la Pinkerton, dans les affaires traitées cette année-là. »

En pointant son index sur lui, Hammett l'interrompit :

« En tant qu'enquêteur vous avez commis plusieurs erreurs, señor Fanesi : premièrement, prendre pour acquis qu'une aventure attribuée à Spade m'était arrivée à moi ; deuxièmement, que les noms n'avaient pas été changés dans le passage à la fiction ; et troisièmement, vous avez omis l'hypothèse de base, le préalable à tout le reste : que l'histoire n'était peut-être que pure invention, inspirée par mes lectures plutôt que par une expérience réelle, que son origine pouvait être littéraire, par exemple. »

Fanesi acquiesça :

« Je dois avouer que quelque chose m'a fait envisager cette dernière possibilité.

— Quoi ?

— Quelque chose que j'ai trouvé. »

Fanesi sourit en portant la main à la poche de sa veste ; toutefois, il la retira, comme pris de remords, et demanda inopinément :

« Les Chinois vous intéressent, monsieur Hammett ?

— En règle générale, ils me sont sympathiques, admit le grand maigre. Ils ont mauvaise presse, leur réputation littéraire est encore pire, mais ils réfléchissent comme il faut, ils vont droit au but. On n'arrive pas à les suivre si on ne prête pas attention au sens des mots qu'ils emploient. À San Francisco, au début, j'avais un ami, un confident même, à Chinatown, un Chinois très bavard que je voyais au Radio Club, certainement pas loin de vos bureaux de Market Street.

— Le Radio Club n'existe plus. Le quartier a beaucoup changé depuis l'époque où vous avez écrit "Crime en jaune", par exemple.

— Vous avez lu ça ?

— J'ai tout lu de vous. »

Hammett n'eut pas l'air impressionné.

« Ce que je vous raconte se passait bien avant, il y a plus de trente ans, continua-t-il. Je travaillais encore pour les Pinkerton, tout au début, et ce Chinois était une sorte d'informateur. J'avais eu le contact par deux types qui faisaient de la contrebande, Bill et Paddy. C'était l'époque où celui qui s'aventurait hors des sentiers battus se retrouvait tout de suite avec une armée de gardes du corps, que ça lui plaise ou non. Sous prétexte de vous protéger, ils vous avaient à l'œil. Dans ce genre de situation, Bill avait recours à ce gros

Chinois entre deux âges, qu'il m'avait refilé au cas où je voudrais faire un tour dans Chinatown sans me faire casser une jambe, ou quelque chose dans le genre... Mais il m'avait bien recommandé de ne pas tout gâcher en lui offrant de l'argent. "Cinq ou dix dollars, c'est suffisant comme pourboire", il m'avait dit, "mais ne gâche pas tout en lui offrant de l'argent". Une drôle de façon de penser.

— Pas tant que ça. Offrir de l'argent, c'est mettre un prix sur quelque chose, donner pour acquis qu'elle est à vendre.

— Et payer une caution, pour prendre un exemple, c'est le prix de quoi ? »

Fanesi secoua la tête :

« Vous ne baissez jamais la garde ? Payer ne veut pas toujours dire acheter.

— Peut-être pas, mais en ce qui concerne ce gars-là, il est certain qu'il ne le faisait pas pour l'argent, dit Hammett sans cligner des yeux. J'ai mis ce Chinois dans un scénario pour Hollywood, dans les années trente, mais le réalisateur, un qui jouait les durs à cuire, me l'a fait enlever, il n'aimait pas ce genre de personnages. Dans mon scénario, le garde du corps avait la manie de raconter des fables et des paraboles, comme l'ami en question, qui me surprenait toujours avec des histoires dont la chute avait l'air d'en dire beaucoup, sans qu'on sache sur quoi.

— Comme l'histoire de Flitcraft.

— Quelque chose comme ça. »

Fanesi sourit.

« Une vraie chinoiserie », dit-il.

Le grand maigre fronça les sourcils.

« Qu'est-ce que ça veut dire ? »

En guise de réponse, cette fois le señor Fanesi introduisit pour de bon la main droite dans la poche extérieure de sa veste et en sortit un petit livre relié en toile verte. Hammett le reconnut aussitôt.

« Où avez-vous trouvé ça ?

— Vous connaissez ?

— Évidemment. »

C'était les *Contes traditionnels chinois*, la célèbre anthologie d'Arthur Waley dont Hammett avait un jour fait la recension pour *The Saturday Review of Literature*.

« Il est à vous », dit Fanesi.

Et il le lui tendit.

« Merci.

— Non, je veux dire que c'est votre exemplaire, pas un cadeau. »

En l'ouvrant, Hammett reconnut l'image du dragon sous le titre et ses propres annotations au crayon dans la marge.

« C'est l'exemplaire qu'a lu Spade, dit Fanesi avec un léger sourire.

— Vous l'avez trouvé dans son bureau ? se moqua Hammett.

— Pas exactement dans son bureau. Mais je suis certain que Spade a lu ces contes. Il y a un marque-page… »

Hammett ouvrit le livre à la page indiquée par le bout de papier plié qui servait de signet. C'était « La forêt convaincante », un conte anonyme du XVIIe siècle recueilli par Fuang-Chu. Quatre pages à peine.

Tandis que Hammett se calait au fond de son fauteuil, le

señor Fanesi commença à lui expliquer quelque chose. Le grand maigre n'entendait pas. Il lisait, passait une page, revenait en arrière, remontait ses lunettes, caressait le bas de sa moustache. Il ne leva les yeux qu'en entendant des gémissements. C'était Daisy.

« Qu'est-ce qui lui arrive ? »

Daisy gémit encore un peu, sans mot dire. Fanesi lui caressa la nuque, comme on calme un chien.

« Vous n'auriez pas un verre d'eau, s'il vous plaît ? »

Hammett le dévisagea sévèrement avant de se lever de son fauteuil, le livre à la main, pour se rendre à la cuisine. Fanesi le suivit :

« Excusez-la, toute cette affaire l'affecte beaucoup personnellement. »

Hammett remplit un verre d'eau et le lui tendit.

« Je crois qu'il vaut mieux que vous partiez. »

Fanesi prit le verre sans rien dire et se retourna pour l'apporter à Daisy, mais il eut l'air de se raviser.

« Je ne peux pas partir comme ça, monsieur Hammett. Je ne me le pardonnerais jamais. »

Le grand maigre l'observa un peu en silence ; ensuite, il lui fit signe de porter le verre. Fanesi s'exécuta, Hammett le vit se pencher sur la jeune fille et essayer de la convaincre longuement, qui sait de quoi et comment. Une minute passa, Fanesi ne revenait pas, la jeune fille continuait à gémir.

Hammett alluma une cigarette, traversa le bungalow à toute vitesse, sans rien dire, sortit, referma la porte et se laissa tomber dans la chaise longue qui faisait face à la forêt. Il ouvrit le livre et reprit la lecture du conte depuis le début.

Lorsqu'il eut terminé, il leva les yeux et vit Fanesi debout près de lui. Il ne l'avait pas entendu sortir. Fanesi était seul. Hammett l'interrogea du regard.

« Elle va un peu mieux, merci, dit-il comme si de rien n'était. Elle s'est allongée sur le canapé, ça ne vous dérange pas ? »

Hammett ne répondit pas. Il se sentait très troublé.

« Je me souvenais du livre mais pas du conte, dit-il à voix basse.

— Il est excellent, ajouta Fanesi sur le même ton. Par un incroyable concours de circonstances, je l'ai d'abord lu en espagnol, monsieur Hammett, dans une revue littéraire de Buenos Aires. Il faisait partie des bonnes feuilles d'une anthologie de *Contes courts et extraordinaires* compilée par deux écrivains argentins, et qui vient tout juste de paraître. Comme le volume est moins long qu'initialement prévu, ce texte n'a finalement pas été retenu. De toute évidence, c'est dans l'anthologie de Waley qu'ils l'avaient pris.

— Où avez-vous trouvé ce livre ?

— Un ami à vous me l'a donné.

— Qui ?

— J'ignore son nom. On s'est croisés une ou deux fois à New York. Il m'a dit que c'était votre exemplaire et que vous aviez été ensemble en Europe.

— Le livre est à moi, le reste est un mensonge : je ne suis jamais allé en Europe.

— Peut-être qu'il a parlé de la guerre et que je me suis imaginé… Vous ne connaissez pas l'Europe ? »

Hammett haussa les épaules :

« On a déjà parlé de ça. »

Il se leva et rentra dans le bungalow. L'autre le suivit.

« La vérité est que j'ai voulu faire la guerre mais que, les deux fois, ils m'ont jugé inapte au combat parce que je ne pouvais pas viser sans me mettre à tousser. »

Fanesi insista :

« Je pensais à un autre genre de voyage, dit-il, une invitation de vos éditeurs, un congrès de littérature…

— C'est arrivé. Mais j'ai toujours remis à plus tard, et j'avais mes raisons. Peut-être la prochaine fois.

— Ce sera différent ? »

Le regard du señor Fanesi se porta sur les feuillets dactylographiés à côté de la machine à écrire. « Je veux dire, avec votre nouveau roman… Vu votre situation, il serait peut-être plus facile pour vous de publier là-bas qu'ici. »

Il se tut brusquement. Hammett le dévisageait avec une colère palpable.

« Je ne sais pas ce que vous imaginez savoir, señor Fanesi, mais vous vous trompez, finit-il par dire avec un calme trompeur. Aidez à se lever cette pauvre femme que vous avez amenée je ne sais pas pourquoi et allez-vous-en une bonne fois pour toutes. »

Daisy avait la nuque appuyée sur l'accoudoir, le bras gauche sur les yeux fermés dans une pose théâtrale, le corps en biais sur le canapé, les pieds par terre. Fanesi lui toucha l'épaule à deux reprises. Hammett s'écarta, comme si le pathétique de la situation dépassait son seuil de tolérance.

« Vous êtes le deuxième crétin en quelques jours qui se croit autorisé à me dire ce que je dois faire avec ce que j'écris ou n'écris pas, dit-il sans leur adresser un regard, comme s'il se parlait à lui-même. Je ne sais pas ce que je déteste le plus : votre ignorance ou votre impertinence.

— Je ne voulais pas, dit Fanesi en essayant de relever Daisy.

— Arrêtez de vouloir. Et je vous interdis d'insinuer que vous aviez l'intention de m'aider avec cet amas de lieux communs que vous vous croyez autorisé à faire lire. Qu'est-ce qui a bien pu vous faire penser que cette saloperie pouvait m'intéresser ? Vous imaginiez que j'allais vous l'acheter pour la signer de mon nom ?

— Rien de tout ça. Je suis venu pour une autre raison.

— Pour suggérer que je m'amuse à plagier des contes chinois ? »

Soudain, Daisy murmura quelque chose de presque inaudible, comme en rêve.

Hammett s'approcha :

« Qu'est-ce qu'elle a dit ?

— Je suis la fille de Charles Pierce », prononça-t-elle clairement, sans ouvrir les yeux.

Les deux hommes la regardèrent en silence et elle répéta, les yeux entrouverts cette fois :

« Je suis la fille de Charles Pierce. »

Hammett se tourna vers Fanesi, qui haussa les sourcils comme pour s'excuser tacitement.

« Elle n'avait jamais lu *Le Faucon maltais*, dit-il avec précaution. Moi, je l'ai lu il y a sept ans mais elle, il y a six mois à peine, à notre rencontre dans le Montana. Je le lui ai prêté. »

Daisy battit des paupières. Probablement une façon d'acquiescer.

Le grand maigre les regarda l'un après l'autre en silence. Avant de revenir vers Fanesi :

« Et puis quoi ? »

La fureur avait fait place à la surprise. « Vous me l'avez amenée en pensant que je la reconnaîtrais ?

— Non. Pour qu'elle nous aide à compléter cette histoire.

— Ce que vous avez inventé n'est pas suffisant ?

— Vous en savez plus que ce qui est dit dans le roman.

— J'en sais moins, Fanesi, dit le grand maigre, entre amusement et stupéfaction. L'écrivain doit en savoir moins que ses personnages. Voilà pourquoi on écrit : pour comprendre ce qui se passe.

— Je ne vous suis pas.

— Évidemment que non. »

À cet instant, on frappa à la porte du bungalow. Hammett se retourna et vit Sam Rosen enfin arrivé qui regardait par la fenêtre. Il lui fit signe d'entrer.

Sam entra et salua. Il n'était pas seul. Le jeune Phil Frisson passa la tête par-dessus son épaule et dit :

« Qu'est-ce qu'elle fait ici, celle-là ? »

Presque immédiatement, un coup de feu retentit et le jeune Frisson tomba à la renverse avec un cri étouffé. Le grand maigre se retourna.

Daisy tenait une arme à la main, un tout petit pistolet. Elle était debout derrière le canapé, parfaitement réveillée.

« J'ai arrêté d'écrire ce genre d'histoires depuis longtemps », dit Hammett.

Lorsque Phil Frisson ouvrit enfin les yeux, la première chose qu'il vit fut un visage noir. Le visage sourit quelques secondes avant de s'écarter. Linda sortit de la chambre et s'en fut annoncer la bonne nouvelle à ceux qui se trouvaient dans le bureau :

« Je crois qu'il s'est réveillé. »

La balle s'était contentée de frôler la deuxième côte sans pénétrer dans le thorax et, grâce à la trousse de premier secours et aux talents de l'infirmier militaire Donald Poynton, le jeune associé de Sam Rosen avait bénéficié d'un bandage et d'un calmant pour se détendre en moins de temps qu'il n'en faut pour le dire. Deux heures s'étaient ensuite écoulées.

Hammett soupira et écrasa sa cigarette.

« Sam, va donc voir quelles explications peut nous fournir le gamin. »

Sam se leva et alla dans l'autre pièce.

Le peu que Phil Frisson était parvenu à dire avant de s'évanouir, tandis que la surprenante Daisy entraînait un Fanesi ébahi dans sa fuite, avait seulement permis d'identifier celle-ci comme la femme qu'il avait vue entrer et sortir de la maison des Dickinson la veille, pendant qu'il planquait à Brooklyn.

« J'ai vendu la mèche en la voyant, Sam, désolé…, s'était

excusé Frisson en se vidant de son sang. Je n'aurais jamais imaginé qu'elle... »

Personne n'aurait pensé – ni même imaginé – que cette sainte-nitouche pouvait avoir une arme sur elle. Encore moins qu'elle savait s'en servir. Voilà peut-être pourquoi – et aussi parce qu'il fallait s'occuper de Phil – aucun d'entre eux ne s'était opposé à la fuite échevelée du couple. Quant à Poynton, qui les avait regardés monter dans la Studebaker et partir sans demander leur reste, il s'était seulement figuré que M. Hammett avait fait l'étalage, une fois encore, de sa patience limitée envers les intrus. En aucun cas il n'avait vu l'arme et n'avait même entendu le coup de feu.

« Il courait devant, et elle derrière, expliqua-t-il ensuite. Rien à voir avec leur arrivée. Impossible de dire si elle le tenait en joue. Il ne me semble pas qu'elle avait un pistolet à la main. »

Peu ou prou, Sam Rosen se sentait honteux. Son récit de la surveillance de la maison des Dickinson était la chronique d'une frustration coupable. Principalement parce qu'il ne pouvait rendre compte personnellement de rien. Le peu qui méritait d'être raconté s'était produit en son absence. La porte de la maison de la rue Purple, dans un faubourg de Brooklyn, ne s'était ouverte que trois fois entre l'après-midi de la veille et tôt le matin même. Les trois fois pour laisser passer la même femme, et les trois fois c'était Frisson qui se trouvait sur place.

Après quelques minutes auprès du blessé, l'avocat revint dans l'atelier avec quelques détails. Phil admettait qu'il n'avait pas seulement eu – comme il l'avait d'abord affirmé – un simple contact visuel avec Irma – c'est comme ça qu'elle lui avait dit s'appeler –, mais que, étant donné les circonstances et le besoin d'en savoir plus long sur les propriétaires du domicile qu'il surveillait, il l'avait abordée la deuxième fois qu'elle était sortie pour acheter le journal. Bien qu'il n'ait rien appris de plus que son nom, il supposait que la jeune fille travaillait sur place.

« D'après Phil, Irma parle à peine anglais, dit Rosen.

— Notre Daisy n'a prononcé qu'une seule phrase, confirma Hammett. Et on aurait dit qu'elle récitait.

— Elle jouait un rôle.

— Peut-être.

— Mais écrit par qui ? Fanesi ? »

Le grand maigre tenait toujours à la main le manuscrit et le livre vert de contes chinois. Il les regardait comme si la réponse s'y trouvait.

« Il réfléchit mal et écrit encore plus mal, dit-il soudain. Ce genre de truc ne fonctionne plus depuis longtemps.

— Je ne comprends pas. De quoi tu parles, Dash ?

— Les substitutions, les changements d'identité, les pistolets cachés. Tout ça est démodé. »

Il se tourna vers Rosen.

« Reste auprès de Frisson et ramène-le chez lui quand tu pourras. Je pars pour New York avec Donald. »

L'avocat secoua la tête :

« Qu'est-ce que tu vas faire ? Tu n'es pas censé y aller, et encore moins avec lui…

— Il faut que je vérifie quelque chose, dit-il en lui montrant la carte de visite que Fanesi avait agrafée au dossier. Je viens de réaliser que, des deux numéros de téléphone qu'il m'a donnés pour l'appeler à New York, l'un est celui de l'hôtel et l'autre celui des Dickinson. »

Rosen fronça les sourcils :

« Nell Martin, Dickinson, Irma, Fanesi…

— Tulip.

— Et Tulip, bien sûr… Tout se recoupe.

— Ça converge, mais ça ne se recoupe pas encore. Il faut que je retrouve Tulip, Sam.

— On ne sait pas où il est.

— Voilà précisément pourquoi il faut le retrouver.

— Dash… »

Hammett se prépara à partir. Il ne savait pas quoi faire avec le livre qu'il avait à la main, aussi le donna-t-il à son avocat, comme pour l'occuper :

« Jette un coup d'œil à ça : je ne me souvenais pas de l'avoir lu, mais c'est pourtant le cas. »

Il attrapa son manteau, ouvrit la porte et se retourna une dernière fois.

« Tu vas voir, c'est à peine croyable. On en reparle demain, Sam, et ne laissons pas ce cinglé nous faire perdre de vue notre objectif. Ni nos priorités…

— Tulip.

— Voilà. »

Après quoi il sortit rapidement, Donald sur ses talons.

« Dash ! »

Il tourna la tête au cri de Rosen, mais sans s'arrêter.

« J'ai parlé au capitaine Thriller ce matin, il faut que

j'aille le voir. Pourquoi tu n'attends pas un peu ? C'est risqué. »

Hammett leva le pouce droit, se retourna et poursuivit son chemin.

Sam Rosen se laissa tomber dans le fauteuil le plus proche et regarda Linda, laquelle fit une moue qui signifiait qu'elle serait à coup sûr d'accord avec tout ce qu'il pourrait dire sur Dash ou son mari.

Mais il ne dit rien et le silence se fit. Linda retourna auprès de Phil, Sam Rosen ouvrit le livre que lui avait laissé Hammett à la page marquée par un bout de papier et se mit à lire.

LA FORÊT CONVAINCANTE

Ceux qui supposent qu'il existe des histoires qui méritent l'effort de s'en souvenir racontent que, aux temps de la dynastie jaune, dans la région du Tnin-dai, où la lèpre et l'usure sont rares, vivait dans le village de Wu l'honorable Tu-shui avec son épouse Fai-li et leurs trois enfants. De son métier, Tu-shui était un fonctionnaire promu à la première catégorie de l'Administration après avoir hérité de son père, le digne Sun-shui – longue vie à lui dans le Tao –, la fonction de Grand Magasinier du Seigneur des Forêts, que ses mérites propres lui avaient permis de conserver.

Pour autant que les insignifiantes facultés de l'entendement humain permettent de l'affirmer, il se disait que Tu-shui était un homme heureux, ou du moins qu'il menait une existence dont l'ordre et l'harmonie, le calme discernement et la sage administration du temps et de l'énergie permettaient d'écarter les surprises et l'angoisse. Une certaine vocation pour la routine et le contrôle des éclats intempestifs de son caractère, ajoutés à la pratique d'une saine tendance à s'interroger – sans excès inutile – sur le sens de ce que le destin lui réservait, avait fait de Tu-shui un modèle d'harmonie et de bien-être, aussi bien dans son foyer auprès de sa famille que dans son travail ou sa communauté, où il était considéré comme un homme équilibré et prévisible.

Le moteur de la voiture qui partait retentit à cet instant et Sam Rosen s'interrompit pour écouter ; le bruit s'amenuisa jusqu'à s'éteindre.

Il reprit sa lecture et continua, immobile, pendant plusieurs minutes :

Jusqu'au jour où Tu-shui quitta Wu à l'heure habituelle pour se rendre à son travail, comme toujours, dans le centre de la ville voisine, mais n'arriva jamais. Fai-li l'attendit en vain pour déjeuner. Elle envoya alors leur aîné à la ville mais celui-ci revint en disant que Tu-shui n'était pas allé travailler et que ses collègues de l'Administration avaient supposé que l'enfant venait, quoique tardivement, expliquer les raisons de l'inhabituelle absence de son père. Inquiets, tous s'en furent le chercher en ville. De leur côté, les enfants de Tu-shui, passèrent au peigne fin le chemin depuis la sortie du village jusqu'à la forêt que leur père traversait en temps normal, et de là jusqu'à son travail.

Sans résultat. Alors, ils requirent les services du vénérable vieux Lao-tseu, commissaire et conseiller du village, ami personnel de Tu-shui, lequel, après de minutieuses recherches, confirma ce que tous savaient : personne ne l'avait vu depuis qu'il était sorti de chez lui. Tu-shui ne fut jamais retrouvé, ni vivant, ni mort. Il s'était évaporé – selon l'expression du sage Lao-tseu – comme le poing disparaît quand la main s'ouvre.

Trois ans plus tard, un marchand qui parcourait la région informa le sérénissime Lao-tseu, une discrète excitation dans la voix, qu'il croyait avoir vu quelqu'un qui ressemblait beaucoup à Tu-shui dans un village à deux jours de voyage à peine en direction de l'est. Le prudent Lao-tseu, réservé quant aux intentions et à la bonne foi des marchands et des voyageurs en général, considéra qu'il ne pouvait cependant pas écarter l'hypothèse, si incertaine fût-elle, et, sans s'autoriser le moindre espoir ni susciter l'espérance de la famille, laquelle s'était résignée à l'absence avec une coûteuse sérénité, il partit pour le village de Wei, prêt à réfuter l'improbable nouvelle.

Mais, à sa grande surprise et pour sa joie, Lao-tseu trouva bien son ami à Wei. Bien qu'il eût changé de nom et s'appelât désormais Wai-nan, c'était bien Tu-shui, lequel ne se montra ni gêné ni honteux en aucune sorte en retrouvant son ami. « Je peux t'expliquer ce qui s'est passé, Lao-tseu, car je sais que tu comprendras », lui dit-il. Sur quoi, il se mit à lui raconter, tandis qu'ils se promenaient aux alentours du village en cet après-midi orageux, ce qui lui était arrivé le jour même de sa disparition.

Ce jour-là, Tu-shui traversait comme chaque jour l'épaisse forêt de Chi, parmi les grands arbres, par l'étroit sentier où l'ombre est habituelle et coutumière, lorsque, passant près de l'endroit où les bûcherons étaient au labeur en chantant, il s'était arrêté un instant et s'était écarté pour laisser passer deux chiens qui se poursuivaient en aboyant à tue-tête. C'est à cet instant précis qu'un énorme tronc, littéralement tombé du ciel dans un fracas de branches brisées, s'était abattu en travers du chemin à quelques centimètres à peine de ses pieds, dans un nuage de terre jaune. Lorsque la poussière était retombée, Tu-shui, tremblant, haletant de surprise plus que de peur, avait compris qu'il était miraculeusement indemne. Une branche en tombant lui avait seulement éraflé la joue.

Il avait regardé autour de lui : personne n'avait remarqué l'incident. Les bûcherons, une fois l'arbre tombé, s'étaient remis à la tâche comme si de rien n'était, les oiseaux chantaient, les chiens, désormais au loin, continuaient à se pourchasser en aboyant. Alors Tu-shui, au milieu de la peur qui le submergeait, avait eu soudain la sensation que quelque chose venait de lui être révélé, l'évidence que, s'il avait fait ne serait-ce qu'un pas de plus, tout suivrait son cours, rien n'aurait changé, à l'exception près qu'il serait mort. C'était tout ce qu'il savait. Et c'était suffisant.

« Ce fut une véritable révélation, Lao-tseu, expliqua-t-il à son ami tandis qu'ils s'éloignaient du village de Wei et entraient dans la forêt sous un ciel menaçant : Toi qui es sage et as l'esprit ouvert, tu peux comprendre ce qu'il en est : en dépit de notre souci et de nos précautions pour contrôler nos actes et notre conduite, pour construire un ordre harmonieux, la seule loi qui régit nos vies est celle du hasard négligent. Et il n'est pas utile, ni sage, et encore moins prudent, d'aller contre. Je l'ai vu aussi

clairement qu'on voit des carpes dans l'eau claire d'un étang par un jour de lumière. Et c'est ainsi que, dès cet instant, j'ai décidé de mettre mes actes en adéquation avec l'imprévisibilité qui se trouve être le cœur de nos vies à tâtons, et, tournant les talons, j'ai volontairement quitté le sentier et me suis perdu dans la forêt, marchant au hasard et sans penser pendant des heures. Voilà comment j'ai tout laissé – sans regret, tu peux m'en croire, mon ami – derrière moi : ma famille, mon travail, mes habitudes. J'ai même changé de nom, pas pour échapper aux miens – que j'ai laissés dans le confort et l'harmonie – mais pour ne pas oblitérer mes chances de liberté. Ainsi ai-je vécu depuis lors. J'ai parcouru toute la province et suis même arrivé un jour aux confins de l'empire, sans m'enraciner nulle part plus qu'il ne faut pour survivre. Si les hasards de mon errance m'ont conduit aujourd'hui si près de mon point de départ, n'y vois pas une tentative de retour mais la preuve que tous les chemins sont interchangeables, que toutes les forêts sont semblables et différentes chaque fois, et que… »

« Justement, cette forêt-là peut nous abriter » l'interrompit Lao-tseu avec inquiétude et pressant le pas, car l'orage se déchaînait désormais dans la sainte indifférence de l'éloquent Tu-shui, resté en arrière, plongé dans l'explication de son expérience. Bien que le bruit dru de la pluie sur le feuillage et le tonnerre retentissant lui aient fait perdre une partie du récit de son ami retrouvé, le prudent Lao-tseu pensait en avoir entendu l'essentiel. C'est pourquoi, lorsqu'un éclair tonitruant déchira le ciel en deux et frappa derrière lui, foudroyant sur place Tu-shui et l'arbre sous lequel celui-ci avait cherché un tardif et discutable refuge, il fut d'abord étonné, avant de réaliser soudain ce qu'il

lui fallait faire : Lao-tseu se promit de ne plus jamais mettre les pieds dans une forêt.

Longue vie dans le Tao à l'homme qui sait écouter et apprendre de ses amis.

Fuang-Chu *(comp.)*
Trivialités exemplaires, XVIIe *siècle.*

Lorsqu'il eut terminé de lire, Sam Rosen esquissa un sourire, referma le livre et, au bout d'un moment, se dirigea vers la chambre où Linda vérifiait le bandage du jeune Frisson.

« Il vaudrait mieux y aller, Phil, dit-il depuis la porte. Comment tu te sens ? »

Frisson ferma les yeux :

« Bizarre. Tout a été si étrange.

— Oui, toute cette affaire, dit Rosen. On se croirait dans une vieille histoire de Hammett.

— Je ne comprends pas.

— Tant mieux, parce qu'on va faire comme si rien ne s'était passé. Et même comme si tu n'existais pas.

— On n'est pas passés loin. »

Linda ne comprit pas pourquoi ils riaient.

16

Balles & pistolets

Dashiell Hammett souffla sur la saleté accumulée sur les douilles et gratta avec l'ongle la boue sèche collée au bord.

« C'est le même calibre mais il est possible qu'elles n'aient pas été tirées par la même arme. Si j'en crois les empreintes du percuteur, il pourrait s'agit de deux pistolets différents. À confirmer. À mon avis, il y avait deux tireurs, en tout cas positionnés à cet endroit.

— Il pourrait y en avoir eu d'autres ? »

Poynton observait les douilles comme des runes aux sens mystérieux.

« Au moins un, affirma Hammett. Celui qui a touché la fenêtre du bungalow tirait depuis une autre position.

— Ça fait déjà trois.

— Probablement.

— La balle qu'on a retirée du mur est toute déformée », dit Poynton.

Le petit bout de plomb se balança un instant dans la paume de la main de Hammett avant de regagner sa poche en compagnie des douilles.

« Il faudrait récupérer les autres », dit-il avec une apparente indifférence.

Donald Poynton fit comme s'il n'avait pas entendu et, sans quitter la route des yeux, dit quelque chose à propos de faire le plein d'essence ou non.

« Il y a des sujets qui te dérangent, à ce que je vois, dit Hammett. On s'arrête quand tu veux, et on en profite pour manger un morceau.

— Rien ne me dérange, feinta Poynton en tordant légèrement le cou. C'est seulement que je ne comprends rien à notre stratégie de combat, monsieur Hammett. »

Ayant la boxe en commun, ils étaient habitués à recourir métaphoriquement à son lexique. Communiquer en ces termes leur offrait une certaine forme de liberté réciproque – surtout du point de vue de Poynton – qui, paradoxalement ou non, facilitait, par le recours à l'allusion, la résolution de problèmes difficiles à exprimer autrement.

« Réveille-toi, Donny Brown : on ne te demande pas de suivre les consignes de ton manager. »

Hammett encouragea Poynton comme si celui-ci rejoignait son coin après un round difficile, sans savoir quoi faire, en quête d'instructions.

« Personne ne pense à ta place ni ne te dit quoi faire. On est partenaires, sur ce coup-là. Ce n'est pas parce que je suis mieux informé ou que je suis censé savoir ce qui se passe que tu dois me laisser prendre les décisions. Tu es impliqué là-dedans, tu as une responsabilité et le droit d'exprimer ton opinion. Et moi, j'espère pouvoir compter sur toi pour m'aider à réfléchir à la situation et à la résoudre.

Les balles, l'autre nuit, c'était un avertissement qui m'était destiné. »

Il remit la main dans sa poche et caressa les morceaux de métal. « Par contre, le coup de poing qui t'a ouvert la lèvre et les heures que tu as passées en cellule, c'est toi que ça regarde.

— Je ne sais pas où sont les autres balles, monsieur Hammett.

— Bien sûr que si. Mais tu as préféré ne pas voir. »

Donald Poynton cligna une ou deux fois des yeux.

« De toute évidence, ce n'est pas un éclair qui a tué ton Old Rush. Tu l'as vu comme moi : il avait pris au moins une balle dans l'œil.

— Mais vous avez dit…

— Je sais ce que j'ai dit, Donald. Et je sais aussi que mon mensonge t'a été bien utile.

— Je suppose, admit Donald d'une voix qui se voulut neutre. Mais moi, je ne sais pas où est Old Rush maintenant. »

Hammett tendit la main gauche et tapa deux fois sur le genou du conducteur.

« Il valait mieux que tu ne le saches pas, tant que ce n'était pas nécessaire, Donald. Maintenant, c'est différent, et il vaudrait mieux que tu m'aides à récupérer ces balles. On s'en occupera dès que possible. »

Poynton ne dit rien. Il conduisit en silence une minute ou deux avant d'arriver à un feu, attendit le signal pour tourner à gauche et traversa la route. Ce n'est que lorsqu'il se fut garé à la station-service qu'il dit, l'air extrêmement concentré, avant de descendre :

« Je crois que j'ai compris la stratégie de combat, monsieur Hammett.

— À la bonne heure. »

Une demi-heure plus tard, ils remontaient en voiture, un gobelet de jus de chaussette à la main. Hammett avala la dernière gorgée et s'alluma une cigarette. Poynton roula son gobelet en boule, le jeta à la poubelle et, avant de prendre le volant, demanda par-dessus le toit de la voiture :

« Et on va où ?

— Voir un vieil ami qui s'y connaît dans ce genre de choses. »

Ils reprirent la route. Hammett sortit un carnet et dit :

« Tu me déposes au Derby et tu repars. Demain, c'est repos, mais tu ne vas pas t'en tirer à si bon compte. Puisque tu connais bien Brooklyn, autant que ça serve à quelque chose : va faire un tour à la maison de la rue Purple où ces gens sont censés habiter, elle en tout cas. Sam Rosen et Frisson ont d'autres chats à fouetter.

— D'accord, monsieur Hammett. »

Le grand maigre nota l'adresse et le numéro de téléphone des Dickinson sur la première page de son carnet et l'arracha. Poynton y jeta un coup d'œil avant de la plier en quatre et de la ranger dans la poche de sa veste.

« C'est seulement à une vingtaine de pâtés de maisons de chez moi.

— Contente-toi de surveiller, ne te fais pas voir. Et tu m'appelles.

— D'accord. Mais je suis censé regarder quoi ?

— Chez Pinkerton, on nous apprenait la technique de la surveillance excentrée : tu surveilles ostensiblement, tu n'essaies pas de te cacher, mais tu surveilles quelque chose qui ne t'intéresse pas plutôt que ce qui t'intéresse vraiment. La porte d'en face, l'immeuble du coin, la belle-sœur plutôt que l'épouse… La technique s'inspire des prédateurs les plus redoutables. La meilleure, c'est la panthère de Birmanie.

— La panthère de Birmanie ?

— Bagheera. Souviens-toi, avant la jungle d'asphalte, il y a eu *Le Livre de la jungle*.

— Je ne l'ai pas vu, celui-là.

— C'est un livre, pas un film. Kipling, mon cher Donald. Mais c'est une autre histoire.

— Je n'y comprends rien, monsieur Hammett.

— Tant mieux. »

Il leur fallut une demi-heure pour arriver au centre de Manhattan. Le grand maigre en profita pour enseigner à Donald Poynton les avantages du cloisonnement d'information, compétence ou plutôt méthode d'action qui lui venait probablement moins de ses années de Pinkerton que de la fréquentation des cellules des organisations de gauche auxquelles il appartenait ou du moins qu'il fréquentait presque sans interruption depuis quinze ans.

« Tout ce que tu as besoin de savoir, Donald, c'est ce qui

peut servir au succès de ta mission. Ce qui est valable aussi pour Rosen et son associé. Et moins tu connais de noms, mieux c'est.

— Dans ce cas, je suppose qu'il vaut mieux ne pas demander pourquoi on n'essaie pas de retrouver le señor Fanesi et l'autre folle.

— Absolument. Direction le Derby. »

Bunny, le serveur, cessa d'astiquer pour la énième fois les mêmes verres propres, le regard dans le vide, quand le grand maigre s'approcha du comptoir.

« Salut Dash, dit-il, une pâle lueur dans ses yeux gris.

— Salut Bunny, dit Hammett en posant l'enveloppe près de sa main. Le Dentiste passe à quelle heure, habituellement ?

— Pas avant vingt et une heures.

— Alors donne-lui ces échantillons de ma part, j'ai besoin qu'il me dise à qui appartiennent ces traces de dents. C'est urgent. »

Le barman souleva l'enveloppe et la secoua comme s'il voulait la faire sonner comme une clochette. Après quoi, il la rangea sous le comptoir et demanda :

« Tu repasseras ?

— Toujours. »

Bunny sourit et voulut reposer sa question plus précisément mais le grand maigre l'en empêcha :

« Tu te rappelles le gars de couleur qui était avec moi et un couple la semaine dernière ? C'est lui qui viendra les récupérer. Il s'appelle Donald Poynton. Mais dit au Dentiste de m'appeler : il sait toujours où et comment me trouver.

— Bien monsieur. »

Hammett s'accouda au comptoir et dit :

« Tu sais quoi ? À une époque, avec le Dentiste, on ne pouvait pas faire autrement.

— Autrement que quoi ?

— Nous trouver. On a été enfermés ensemble pendant une semaine, il y a longtemps. »

Bunny fronça les sourcils.

« Non, pas en prison. Encore qu'il s'en est pas fallu de beaucoup, dit Hammett. L'agence pour laquelle on travaillait, à San Francisco, nous a mis en planque dans un navire qui devait lever l'ancre une semaine plus tard pour Macao. Jour et nuit dans une cabine de trois mètres sur trois. Ils pensaient qu'il y avait un passager clandestin à bord. »

Cette fois, Bunny leva les sourcils. Les longues heures quotidiennes derrière le comptoir lui avaient appris à économiser au maximum son répertoire lexical lorsqu'une simple mimique suffisait.

« Mais non, dit le grand maigre en souriant légèrement. Il n'y avait pas de passager clandestin. Alors il a fallu en inventer un, sinon on n'aurait pas été payés. On a dégotté un jeune Chinois, agile, bon nageur, qui s'est parfaitement acquitté du rôle pour vingt dollars. On l'a fait monter à bord de nuit, on l'a découvert le lendemain, on l'a poursuivi, il s'est jeté par-dessus bord et on a tiré une demi-douzaine de coups de feu devant témoins. Le lendemain, un corps de Chinois criblé de balles a été retrouvé dans le port, personne ne l'a réclamé, on est allés l'identifier : c'était notre passager clandestin, bien sûr, mais avec quarante ans et trente kilos en plus. À l'époque, un cadavre de Chinois, sans papiers d'identité et livré à domicile, ça ne revenait pas à plus de cinquante dollars. La police en ramassait deux ou trois par nuit dans les ruelles. L'agence a été payée, et nous on a été félicités. »

Bunny hocha la tête sans commentaires. À peine s'il avança la lèvre inférieure, peut-être pour montrer son admiration. Hammett consulta sa montre :

« Tu me servirais un café ?

— Bien sûr. »

Le barman déposa le verre qu'il astiquait mécaniquement dans l'alignement des autres et se retourna vers le percolateur. À cette heure, le Derby était presque vide.

« Tu as vu Gus, ces jours-ci ? demanda Hammett.

— Il est passé un moment pour laisser l'affiche de son exposition. Il l'a mise sur la devanture. »

Hammett s'écarta du comptoir et sortit dans la rue pour voir l'affiche scotchée par l'intérieur à la vitre de la fenêtre la plus proche de la porte d'entrée. Elle avait de l'allure : « Gustave Irongate. Last family works ». Le tableau qui l'illustrait était un des derniers, de ceux que Hammett n'avait pas vus. Il émanait de la nuque effondrée du personnage central, Gus en personne, une mélancolie horrible.

Il retourna au comptoir et but une gorgée de son café tout juste servi :

« Comment il allait, Bunny ?

— Comme quelqu'un qui vient t'inviter à son propre enterrement.

— C'est ça, les artistes. Il a beaucoup bu ?

— Il était avec un gamin, alors il s'est maîtrisé un peu.

— C'est son fils, Tony.

— Ah, il m'a fait l'impression d'un gosse intelligent. Tu sais ce qu'il m'a dit, Dash ? »

Le grand maigre fit non de la tête.

« Il m'a dit : "Vous savez, monsieur, vous pouvez probablement obtenir la même luminosité sans allumer toutes ces lumières." »

Le barman était émerveillé. Il répéta :

« Parfaitement, il m'a dit : "Monsieur, vous pouvez probablement." Et il m'a montré comment, en éteignant cette lumière, cette lumière et cette lumière, et en orientant les petites lampes sur les miroirs des tables individuelles, je pouvais obtenir "un effet plus intime mais pas pour autant plus sombre".

— C'est un gamin intelligent, en effet.

— Plus que son père.

— Ça arrive. Tu as des enfants, Bunny ?

— J'oserais jamais. »

Il était cinq heures moins le quart à la grande horloge quand Dashiell Hammett arriva à la Pennsylvania Station. Ce matin, le coup de fil de Tulip, au moment où le señor Fanesi avait débarqué à l'improviste alors qu'il attendait Sam Rosen, l'avait surpris. Dans l'urgence, il avait accepté de le rencontrer sans trop savoir pourquoi ni dans quel but.

Peut-être parce qu'il se sentait vaguement coupable ou responsable après ce qui était arrivé. Quoi qu'il en soit, il était là. Comme convenu, il attendit cinq heures moins cinq avant de se diriger directement vers la consigne et, après une rapide inspection visuelle, de sortir sa clé et de se pencher pour ouvrir le casier 129 du secteur B. La serrure céda facilement. Il ouvrit la porte.

Le compartiment était vide. Il regarda sa clé et vérifia les numéros. Il inspecta de nouveau l'intérieur vide. Il étouffa un juron avant de refermer la porte, de tourner la clé et de se redresser. Il regarda de part et d'autre, puis se dirigea d'un pas décidé, noir de colère, vers la sortie.

Dans le hall de la gare, la foule des passagers en transit rendit difficile sa progression et il lui fallut ralentir. Soudain, il perçut l'agitation sourde d'une lutte ou d'un attroupement derrière lui; en se retournant à peine, il put apercevoir du coin de l'œil un homme au sol à moins de deux mètres de lui et quelqu'un qui se penchait sur son corps tandis que les gens s'agglutinaient autour. Il y eut quelques cris, des gens se mirent à courir, et il pressa instinctivement le pas pour s'éloigner. Tout à coup, il sentit une présence dans son dos et immédiatement la pression d'un revolver ou de quelque chose qui en avait l'air dans ses côtes. Il ne fit pas le moindre geste.

« Continue tout droit et ne te retourne surtout pas », dit une voix tout près de son oreille gauche.

Il la reconnut.

« Qu'est-ce qui se passe ?

— La ferme. Dirige-toi vers la sortie. »

Il voulut résister.

« Je suis en train de te sauver la vie, abruti. »

D'un pas rapide, ils gagnèrent la sortie de la gare à l'unisson. Les taxis faisaient la queue. Hammett sentit soudain la pression du canon disparaître et une grosse main le saisir par l'avant-bras.

« Monte dans le premier, Chim. »

Il obéit sans se retourner, ouvrit la porte et s'assit de l'autre côté de la banquette. Tulip mit quelques secondes à le rejoindre. Hammett ne voyait que le bas de son corps. Il le vit ranger son arme dans la poche du manteau noir cintré qu'il portait boutonné jusqu'en haut et faire pivoter son torse comme s'il contrôlait les lieux avant de monter dans le taxi à son tour.

« Pédale au plancher, l'ami » dit-il en retirant son chapeau melon et en claquant la portière.

Le chauffeur, un Noir énorme coiffé d'une casquette à carreaux mit le contact avant de se retourner, comme s'il avait besoin de précisions.

« En avant, l'ami, droit devant », dit Tulip sans lui adresser un regard.

Il guettait par la vitre arrière. « Je vous dirai. »

Hammett put enfin l'observer plus attentivement. Tulip était habillé comme s'il venait de quitter ses bureaux de Wall Street après avoir signé au stylo-plume en or le contrat de fusion de deux compagnies financières offshore dont il avait déjà oublié le nom. Il avait un attaché-case de cuir noir sur les genoux et son chapeau délicatement posé dessus. Son complet gris, sur une chemise blanche et une cravate bleue avec pince en or, lui allait comme un gant. Ses chaussures à lacets brillaient. Des lunettes rondes à l'armature d'écaille épaisse faisaient ressortir une pâleur inaccoutumée. Il était rasé de près, les cheveux courts teints en châtain foncé. Il avait même l'air plus mince et le voir sortir un fume-cigarette pour s'allumer une blonde égyptienne n'aurait rien eu d'étonnant à cet instant.

« C'était quoi, ça ? dit le grand maigre. T'es vraiment un gros con de fils de pute. »

Tulip s'éventa légèrement avec le bord court de son chapeau.

« N'exagère pas. Si tu parles du casier vide, Chim, je ne sais pas quoi te dire. Je suis aussi étonné que toi. C'est plutôt touchant que tu aies remis la valise en place, la dernière fois. Aujourd'hui, je m'étais dit que ça valait le coup d'être ensemble quand tu retrouverais tes affaires… J'ignore ce qui a pu se passer. »

Hammett secoua la tête :

« La location a peut-être expiré, le bureau de la consigne a tout fait enlever.

— Je ne crois pas que tu sois en position d'aller leur demander. Moi non plus, d'ailleurs. La première fois…

— Tu m'as suivi tout le temps ?

— La première fois, j'ai eu de la chance. Si j'étais là pour te voir faire, c'était un pur hasard.

— Et aujourd'hui ? Tu étais en planque ? Sur qui t'as cogné, tout à l'heure ?

— Le comité d'accueil. Ils allaient t'arrêter, Chim. Ou pire encore.

— Qui ?

— Tu n'as pas reconnu ce brave soldat Gath ?

— C'était lui ?

— Gath en personne. M'est avis que les habits civils ne l'avantagent pas vraiment.

— À l'inverse de toi. Tu es très élégant, Tulip. Ton costume de fugitif te va à ravir. »

Le colonel acquiesça. Hammett s'aperçut que ses lunettes n'avaient pas de verres.

« Tu te souviens de Gath et Chaves ? demanda Tulip. Je me suis dit que le second ne devait pas être loin. »

Hammett se souvenait parfaitement d'eux. À Gokey, ils étaient les plus jeunes du régiment ; deux simples gamins de Mahatown, un village perdu dans le désert à cent miles de Tucson, qui n'avaient jamais quitté l'Arizona – ils n'étaient même jamais sortis de leur village – avant la guerre. Ils étaient toujours ensemble, comme pour se protéger. Gath était petit, blond, les yeux presque transparents ; Hammett se souvenait de Chaves, qui avait du sang indien, comme d'un type robuste à la peau sombre. À l'époque, parce qu'ils étaient désemparés, il les avait pris sous son aile, mais il n'avait pas été étonné de les entendre plus tard faire des déclarations en apparence naïves sur lui et sa « sympathie pour les rouges » quand la presse à scandale partie à la chasse aux communistes s'était mise à fouiller les poubelles pour trouver un moyen de l'incriminer.

« Qui les envoie, ces deux-là ? Qu'est-ce qui se passe ?

— D'après ce que j'ai pu comprendre, il y a un moment qu'ils te tournent autour. Jusqu'à présent, il s'agissait seulement de te faire peur, mais je ne sais pas jusqu'où ils sont autorisés à aller.

— Qu'est-ce que tu veux dire ? »

Tulip sortit le bout de la crosse du pistolet qu'il avait mis dans sa poche.

— Si quelqu'un se promène avec ça, c'est qu'il est prêt à l'utiliser. Je ne serais d'ailleurs pas étonné qu'ils s'en soient déjà servis contre toi, Chim.

— Comment tu sais tout ça ?

— Tu m'as dit qu'on t'avait tiré dessus… »

Hammett observa son ami fixement :

« Je veux dire, pourquoi tu en sais autant sur eux, et comment tu savais qu'ils seraient ici aujourd'hui ? Tu m'as donné rendez-vous pour me prouver qu'ils me suivaient et me sauver ?

— T'es un marrant, Chim : à l'époque où tu écrivais soi-disant sérieusement, ton gros Continental Op se baladait à droite et à gauche sur la base de simples intuitions qui lui permettaient toujours d'arriver à temps. Moi, par contre, j'ai pas le droit de…

— Rien à voir.

— Absolument : dans mon cas, c'est bien plus vraisemblable, comme tu aimes à dire. Et très simple. »

Tulip sortit le journal du soir qu'il avait plié en quatre dans l'autre poche de son manteau et le lui jeta sur les genoux.

« Disons que j'ai l'habitude, à l'instar de Sherlock Holmes et d'autres détectives amateurs, mais contrairement à toi, de lire la presse. Regarde en bas de cette page, voir si tu finis par comprendre quelque chose. Au moins à ce qui se passe, faute de mieux. »

C'était un encadré de quinze lignes, une information de dernière minute. « Queens : le cadavre d'un homme dans un logement vide ». Pour ne pas entraver l'enquête en cours, la police n'avait dévoilé que l'identité du mort, et encore partiellement : Ashley Weed D., soixante et un ans. On savait seulement que son épouse avait signalé sa disparition quelques jours plus tôt. Maintenant, on la recherchait, car elle avait disparu à son tour.

« C'est qui, ce type ?

— Ton camarade Ashley Weed Dickinson.

— Le mari de Nell ? »

Tulip fit oui du menton. Hammett reprit le journal et poursuivit la lecture de l'article :

« Et elle ? »

Tulip haussa les épaules :

« Je m'étais imaginé que tu saurais peut-être. Et on dirait que Gath et Chaves se sont dit la même chose, ou que quelqu'un l'a fait pour eux : ils ont appris qu'elle avait laissé quelque chose à la consigne et ont pensé que toi ou elle voudrait peut-être venir chercher ce quelque chose en cas d'urgence. »

Le grand maigre cligna une ou deux fois des yeux :

« Explique-moi toute l'affaire, si tu en es capable. En particulier ce que tu as à voir avec Nell, dit-il avec une colère mal contenue. À Katonah, tu as parlé d'elle pour me tirer les vers du nez, en me cachant que tu la connaissais. Raconte-moi tout depuis le début.

— Il n'y a pas qu'un seul début, Chim. Ne viens pas me faire une pauvre scène de jalousie tardive, surtout s'agissant d'une amie que tu as laissée tomber. Par contre, je peux t'expliquer la fin : pourquoi je t'ai téléphoné aujourd'hui, pourquoi je suis ici malgré le fait que tu m'as traité encore plus mal qu'on pouvait s'y attendre d'un poseur dans ton genre.

— Rien ne t'autorise à me parler comme ça.

— Si. Tu m'as jeté hors de chez toi. Ou pire : hors d'une maison qui n'est même pas la tienne. »

Hammett souffla et se retourna vers la vitre sans répondre. Ils longeaient les quais à toute vitesse.

Tulip finit par s'adresser au chauffeur :

« Prenez le pont, l'ami : mon camarade ne connaît pas Brooklyn. »

Le taxi se faufila entre deux poids lourds et s'engagea sur le pont tandis que le soir tombait derrière les gratte-ciel qu'ils abandonnaient derrière eux.

« On va où ? » demanda le grand maigre.

Au lieu de répondre, Tulip s'avança pour murmurer à l'oreille du chauffeur une adresse que Hammett ne put entendre.

« Prenez votre temps pour arriver, lui dit-il pour conclure. Calculez une demi-heure, pas moins, mais pas plus non plus : mon ami ne tient guère plus longtemps avant d'avoir à vider sa vessie. »

Après quoi il se rejeta en arrière sur le siège et dit :

« Tu n'as pas compris le message, Chim. C'est parce que

tu as une mauvaise image de moi. Je t'ai laissé les preuves de ma sincère loyauté mais ça n'a servi à rien.

— La capote et la clé ? Au contraire : la capote m'a prouvé que j'avais raison à propos de Gokey. Et la clé que tu m'avais menti tout du long. Pourquoi ne pas m'avoir dit que tu connaissais Nell et que tu avais mis la main sur la valise de mes vieux manuscrits au lieu d'inventer toute cette histoire de mystérieux vendeur ?

— Je n'ai mis la main sur rien, comme tu dis, tu as pu t'en rendre compte par toi-même. Et je n'ai pas inventé cette histoire, mon vieux Chim.

— Et pourquoi tu réapparais maintenant ? Après ce qu'on a dû subir par ta faute…

— L'explication tient en deux mots : la fin et les moyens. Ou le choix du moindre mal, si tu préfères. J'ai toujours agi pour le mieux, dans un contexte sans doute regrettable. Tu connais ça aussi, sauf que moi, je n'ai pas choisi.

— Fais-moi la morale… »

Tulip n'eut pas l'air d'avoir entendu.

« L'Oncle Sam, il fait quoi ? demanda-t-il inopinément. Il pointe son doigt sur toi et dit : "I need you, fucker." Il te fait du chantage à la juste cause afin que tu n'aies pas besoin de penser à ta propre vie. Tu laisses quelqu'un d'autre décider à ta place. Pearl Harbor est tombé à point nommé pour moi, et peut-être encore plus pour toi, vieil hypocrite. »

D'un geste, il étouffa la tentative de Hammett pour l'interrompre.

« Après, bien sûr, une fois démobilisé, on se met à tourner dans le vide et on finit alcoolique ou en prison, moins par conviction que pour se donner une contenance. Au fond, la prison non plus ne t'a pas dérangé. Ta vie n'a pas été bouleversée et te retrouver au trou lui donnait du sens, du moins en apparence. Tout ça pourquoi ? Parce que tu n'arrives plus à écrire. Tout le reste, c'est du bla-bla. Réfléchis-y.

— Tu y as déjà réfléchi pour moi.

— Qu'est-ce que tu peux être orgueilleux… Je n'ai fait qu'essayer de te sortir de l'état de momification que tu essaies de cacher derrière des élans de gauchisme infantile et des bribes de philosophie de bas étage. Cette fois, au moins, grâce à moi et à quelques mensonges de circonstance, il y a un peu d'action dans ta vie.

— Alors, tout ça, c'est ta façon de m'aider ?

— Et de te sauver la vie, pas plus tard qu'il y a dix minutes.

— Explique-moi ça, mon ange gardien. »

Tulip sourit et se carra au fond de son siège :

« Tu finis enfin par admettre que tu as besoin de moi, triste sire. Les femmes accaparent tout ton potentiel de séduction, on dirait. Tu as dû faire quelque chose de mal pour que ces deux petites vipères que tu avais prises sous ton aile à Gokey essaient maintenant de te mordre. Réchauffe un enfant sur ton sein…

— Un serpent.

— C'est toi qui l'as dit, pas moi.

— Gath et Chaves ne sont même pas capables d'organiser des tours de garde et maintenant tu voudrais me faire croire qu'on leur a confié une enquête criminelle et une mission de renseignement qui touche à la sécurité intérieure de l'État, ou peu s'en faut. Mission dont, par ailleurs, tu es au courant.

— Vois les choses autrement, vieil ingrat : tu es dans le viseur. Tu as admis toi-même que le FBI t'a dans sa ligne de mire et cherche n'importe quelle paille dans ton œil, caillou dans ta chaussure ou poussière sur le revers de ta veste pour t'inculper de tout et n'importe quoi. Et voilà qu'est retrouvé mort un type auquel tu es lié bien plus que tu ne voudrais l'admettre, et même bien plus que tu ne le sais. Moi, je viens te sauver des flammes, je me brûle les doigts pour te tirer d'affaire, mais la première chose que tu fais, c'est te méfier de moi. Tu vois où je veux en venir ? »

Hammett opina timidement du chef.

« Non, je ne sais pas où tu veux en venir. Si seulement je savais. Tu es au courant que, à la suite de tes… disons tes frasques, dit-il avec une colère mal contenue, la police du comté a débarqué pour nous raconter ta razzia à travers plusieurs États et qu'on a fini en cellule, uniquement par ta faute ?

— T'es retourné en cellule ? J'imagine que tu as apprécié, Chim.

— C'est pas une blague : ils ont tabassé Poynton, Tulip.

— Il me plaît bien, ce poids welter, je suis désolé pour lui. Mais pas pour toi. »

Le grand maigre ne fit pas attention à cette provocation et l'observa longuement :

« Qu'est-ce qui se passe, Tulip ? Un vol de voiture, la pharmacie, ce type que tu as renversé et qui est mort, c'est du sérieux. Si tu te fais attraper maintenant, sous une fausse identité…

— Appelle-moi Sanders.

— Si tu te fais attraper, Sanders, tu vas te retrouver à l'ombre pour un bon bout de temps. C'est ce que tu veux ? On dirait que plus rien n'a d'importance pour toi.

— Toi, tu en as, imbécile.

— C'est faux. Tu ne sais plus quoi faire pour attirer mon attention, ça n'a rien à voir. »

L'uppercut du droit atteignit Hammett entre la pommette et l'oreille gauche, de bas en haut, mais manquait d'ampleur pour être suffisamment puissant et efficace. Un mouvement d'esquive vers l'arrière amortit l'impact.

« Qu'est-ce qui t'arrive, fils de pute ? dit le grand maigre en se redressant pour envoyer une série de coups de pied dans les jambes de Tulip.

— Je ne te mens pas. Je te dis que tu es important pour moi, foutu prétentieux », répliqua Tulip, sur la défensive, au bout d'un moment.

Ils gardèrent le silence. Hammett se massait le visage en regardant par la vitre de son côté.

« Si tu veux savoir, l'histoire de la voiture, c'est un coup monté, poursuivit Tulip. Ça ne s'est pas passé comme ça. Quant à la pharmacie…

— On a vérifié avec mon avocat, on y est allés.

— Alors on ne t'a pas dit la vérité : j'ai payé ces médicaments, Chim. Ce qui est vrai, c'est que je n'avais pas d'ordonnance. Tu sais comment c'est. Et le type renversé dans le

New Jersey, c'est pas moi. Je veux dire, c'est pas moi qui conduisais. Tu entends ce que je dis ? Tu me crois ?

— Tu as menti à propos de l'uniforme... »

Cette fois, c'est Tulip qui garda le silence. Il resta longtemps les yeux fixés sur son splendide chapeau avant de frapper à la vitre du conducteur.

« Qu'est-ce que tu fais ? demanda Hammett.

— Je descends ici. Ou toi, comme tu veux. On n'a plus rien à se dire.

— Attends. »

Le grand maigre fit signe au chauffeur de continuer et se retourna vers son ami. Il avait la pommette rouge et le regard las.

« Finissons-en. Dis-moi ce que tu as à me dire une bonne fois pour toutes.

— Excuse-moi de t'avoir frappé.

— Je n'aurais pas dû te parler comme je l'ai fait.

— C'est vrai. »

Le colonel Lindgren, alias Swede, alias Tulip, Edmund Sanders d'après ses papiers d'identité, se cala au bout de la banquette pour mieux étendre ses jambes endolories et dit :

« Je vais te raconter une bonne histoire, Chim. Vraiment bonne. Et cette fois, tu ne vas pas me dire qu'elle ne t'intéresse pas, ou que c'est un de ces bobards que tu imagines que je raconte. C'est la sorte d'histoire et de personnages qui t'intéressaient, à une époque, avant que tu prennes la grosse tête et que tu deviennes insupportable. Et puisque le genre autobiographique trop direct a l'air de te déranger, je vais parler au figuré. »

Hammett ne dit rien.

« Imaginons que le protagoniste de cette histoire est un militaire dans la force de l'âge qui a des embêtements qu'il n'est pas nécessaire de raconter au lecteur par le menu, et qui, après avoir été démobilisé un peu comme dans les films d'Alan Ladd, mais sans Veronica Lake ni aucune femme du même genre pour l'attendre, vagabonde un peu, jusqu'à apprendre qu'un ami qu'il voit de loin en loin est dans une mauvaise passe et, bien que celui-ci ne le mérite pas, il décide de voir comment il peut l'aider, malgré ses propres problèmes.

— Passons sur cette dernière partie hautement improbable... Quel genre d'embêtements a ton militaire ?

— Disons qu'il a un souci de santé et qu'il est sous la menace des tribunaux militaires pour un épisode malheureux au régiment, qui l'a placé dans une situation vulnérable au regard de la loi. Pas la cour martiale, pour tout dire, mais des ennuis quand même. Ce qui se passe, c'est que ce militaire a du mal à retrouver son ami, lequel se terre comme un rat après une stupide crise de prétendue intégrité qui l'a conduit en prison. En toute justice, ça va sans dire. En cherchant un moyen de le retrouver, il se souvient que cet ami, à l'époque où ils étaient ensemble aux Aléoutiennes, avait reçu une ou deux lettres d'une vieille amie de New York, et comme cette fille lui avait semblé intéressante, il avait pris note de son nom et de son adresse. Voilà comment il entre en contact avec elle.

— Il y a combien de temps de ça ?

— Deux ans, à l'époque où l'amie en question vivait

encore à Manhattan. Elle n'avait pas déménagé et s'était provisoirement séparée de Dickinson.

— Et je suis censé croire ça ?

— Je ne vois pas ce qui t'en empêche. Tu as cru à suffisamment de conneries dans ta vie, Chim, pour avaler ça les yeux fermés.

— Continue.

— Ce qui est intéressant, c'est que, en entendant parler de leur ami commun, la fille, momentanément seule, sensible et ouverte sentimentalement, assure qu'elle non plus ne sait pas où a détalé cet insaisissable et ingrat lapin, mais qu'elle aimerait avoir de ses nouvelles, parce qu'elle est elle-même dans une mauvaise passe et que sa loyauté (c'est le mot qu'elle emploie) a ou aura probablement des limites.

— J'étais en prison à l'époque où tu prétends avoir rendu visite à Nell, Tulip…

— Non. Ça m'étonne de toi, détective. Si ça avait été le cas, j'aurais su – tout le monde aurait su – où tu te trouvais. C'était avant, Chim, à peine quelques mois plus tôt. Au moment où ils cherchaient encore le moyen de t'envoyer à l'ombre. Et il semblerait qu'ils aient fait pression sur la fille ; c'est du moins ce qu'elle raconte au militaire démobilisé de mon histoire. Elle a quelque chose en sa possession et elle explique (ou plutôt suggère de façon énigmatique) au patient colonel qui lui offre son épaule dans l'espoir jamais démenti d'obtenir en échange une récompense un peu plus que romantique…

— Je vois ça d'ici.

— Tu vois clair et tu ne te trompes pas, Chim. Je résume

l'idée : cette sensible jeune fille explique au colonel qu'elle a sous sa garde des affaires qui appartiennent à leur ami commun et qui – étant donné les circonstances – pourraient s'avérer compromettantes pour elle.

— Tu mens.

— Comme tu voudras, triste sire. »

Tulip eut une moue d'impatience et changea de ton en abandonnant le registre figuré.

« Pour faire court : après ces premières confessions et d'occasionnels rapports intimes, ta Nell a cessé de répondre à mes coups de fil du jour au lendemain, avant de finir par me dire qu'elle avait refait sa vie, qu'elle était retournée avec Dickinson, elle déménageait et me demandait de ne plus chercher à la voir.

— Sage décision.

— Pas tant que ça, tu vas voir. Parce que, quelque temps plus tard, plus ou moins à l'époque – cette fois – où tout le monde a appris que tu avais été mis en prison, c'est elle qui m'a appelé. Mais pas pour les raisons que j'espérais.

— Nell vivait encore à Manhattan à ce moment-là.

— Elle était en train de déménager, et c'est pourquoi la question de la valise commençait à devenir problématique pour elle, Chim.

— Pourquoi ?

— Parce que Dickinson a appris ce qu'elle contenait et lui a fait une scène.

— C'était quoi, son problème ? »

Tulip pointa du doigt le journal plié en quatre dans sa poche.

« Ce monsieur qui est aujourd'hui un cadavre n'a jamais pu te sentir, Chim…

— Je ne le connaissais pas.

— Mais lui te connaissait, dit Tulip sur le ton de quelqu'un qui explique quelque chose qui ne devrait pas avoir besoin d'être expliqué. Et il te haïssait. Peut-être parce qu'il n'était qu'un écrivain médiocre et frustré ou peut-être parce que tu étais passé avant lui, je veux dire sur Nell ; ou pour une autre raison. Sans compter qu'il n'était pas du genre à avoir de la sympathie pour les rouges, alors quand il a appris que Nell avait ces trucs qui t'appartenaient, il a d'abord menacé de les brûler, pour lui demander ensuite de les détruire, de les jeter à la poubelle avant qu'ils leur attirent des problèmes. Prise de panique, elle a promis. Et c'est alors qu'elle m'a téléphoné, la veille du déménagement, parce qu'elle avait aussi la preuve que certaines personnes avaient très envie de fouiller là-dedans.

— Et on peut savoir ce qu'il y avait de si dangereux dans cette vieille valise ?

— Tu devrais le savoir, Chim. Moi, je ne suis jamais allé voir.

— Arrête ton char. Les papiers que tu m'as montrés en provenaient.

— Mais ce n'est pas moi qui les ai sortis. C'est l'autre problème : Nell m'a dit qu'un type qui ne lui inspirait pas confiance lui tournait autour depuis un moment.

— Quel type ?

— Un type qui allait et venait. Je l'ai croisé une ou deux fois. Je te l'ai décrit, Chim. Je t'ai dit qu'il y avait un type bizarre, un jeune admirateur qui avait des affaires à toi. Il était toujours dans les parages, un ami à eux deux. Elle et Dickinson l'appelaient toujours Bobby.

— Bobby ?

— Oui, Bobby. À ce que j'en sais, il est entré en contact avec eux sous prétexte de publier un magazine d'histoires policières, comme à la grande époque. Ça leur a plu, ils se sont mis à écrire, ils ont même touché quelques dollars d'avance... A priori, il avait de l'argent, savait tout sur ton compte et aurait aussi voulu publier un inédit à toi. Mais elle, plus ou moins vite, après quelques mois à le fréquenter, s'est rendu compte que le magazine ne voyait pas le jour et que tout ce qui intéressait ce type, c'était toi et rien que toi, Chim... Comme il insistait pour voir les papiers que tu avais laissés, elle a commencé à se méfier. Finalement, le type a disparu dans la nature avec les textes du premier numéro du prétendu magazine et l'original d'un roman court à elle, alors elle a pris peur et m'a appelé pour que je l'aide à se débarrasser de tes affaires.

— Pourquoi elle ne les a pas cachées autre part elle-même ?

— Dickinson l'avait à l'œil, il lui aurait demandé ce qu'elle en avait fait... Voilà pourquoi Nell a eu la présence d'esprit suffisante pour me téléphoner et mettre au point un plan avec moi : un soir, elle a sorti la valise et l'a mise dans la poubelle pour calmer Dickinson, tout en me chargeant de la récupérer et de la mettre en lieu sûr. Je l'ai mise à la consigne et elle y est restée. Après, je n'ai jamais réussi à localiser Nell. Je voulais lui donner la clé. La suite, tu la connais mieux que moi. »

Hammett le dévisagea. Il n'en croyait pas un mot. Ou plutôt si, mais il n'aurait pas su lequel choisir dans un récit où il y en avait tant, organisés de façon si trompeuse, et où les non-dits avaient bien plus d'importance que la précise cohérence des faits.

« Tulip, tout ça, c'est de la merde. Tu imagines que je vais tomber dans le panneau ?

— Une fois encore : pourquoi pas ? Toi qui avales les contes de fées soviétiques et nie l'existence des goulags en Sibérie. T'aurais moins fait le malin si ça avait été le contraire, si tu avais été jugé par tes camarades.

— Il ne s'agit pas de choisir entre le FBI et le KGB ! s'offusqua Hammett.

— Parle plus bas. »

Tulip signala du coin de l'œil le chauffeur qui les observait dans le rétroviseur.

Celui-ci détourna immédiatement le regard. Le silence se fit.

« Qui a tué Dickinson ? demanda Hammett au bout d'un moment, en baissant ostensiblement la voix.

— Personne ne l'a tué, répondit Tulip sur le même ton. Apparemment, il s'est cassé le cou en essayant de s'enfuir par l'escalier de secours. Il avait été enlevé, ou quelque chose comme ça, vu qu'il était enfermé dans un appartement qu'il avait lui-même loué. Par ailleurs, Dickinson avait une maîtresse, une fille qui bossait chez eux, et Nell le savait. Peut-être que c'est lié. »

Le grand maigre secoua la tête :

« Arrête de m'abrutir de détails, Tulip... Soyons

pragmatiques. Qu'est-ce que la mort de Dickinson a à voir avec la valise ? Pourquoi Gath était de faction à la gare ? On a trouvé une clé sur Dickinson ? Tu l'as donnée à Nell et il la lui a volée ? »

Il était tellement exaspéré qu'il s'écria alors : « Qui sont les enfants de putain qui ont mes papiers maintenant ? »

Tulip l'observa quelques instants avec une perplexité pleine de sympathie :

« Voilà comment j'aime te voir et t'entendre, mon salaud. Et ma réponse à toutes ces questions, c'est que je n'en ai pas la moindre idée. Tu me crois ?

— À propos de quoi ?

— À propos de tout… Enfin, non, pas tout. En général, je veux dire. »

Hammett tourna son regard vers la vitre et attendit un bon moment avant de répondre :

« Tu sais ce que je pense, Tulip ? J'ignore qui a écrit ce scénario mais j'ai l'impression que tout ça n'est qu'une sorte de gros MacGuffin géant. »

Tulip fronça les sourcils.

« Hitch, dit Hammett sans explications.

— Qui ?

— Alfred Hitchcock, le gros, l'homme qui en savait trop. »

Le taxi s'arrêta à un feu et le chauffeur se retourna :

« La rue Purple est coupée. Je fais tout le tour ? »

En entendant le nom de la rue, Hammett fut sur le point de faire un commentaire mais il s'abstint. Tulip n'eut pas l'air de s'en rendre compte.

« On descend ici », dit-il.

Tandis que le taxi se garait le long du trottoir, Tulip porta la main à sa hanche et sortit en catimini une arme qu'il posa sur le siège, à portée de main de Hammett et hors de vue du chauffeur.

« J'espère que tu te rappelles comment on s'en sert, dit-il avec un clin d'œil. C'est celle que j'ai prise à Gath, tu pourrais en avoir besoin. »

Le grand maigre la rangea dans sa poche pendant que son ami payait.

Ils descendirent. Le taxi prit à droite par une rue transversale et s'éloigna. Une barrière de chantier rouge et blanc coupait la circulation dans la rue Purple, qui avait l'air d'avoir subi un récent bombardement. Une équipe d'ouvriers en combinaison grise s'affairaient à coups de pioche et de pelle dans ce qui ressemblait à une longue tranchée. De gros tuyaux de canalisation en ciment s'alignaient le long du fossé et une excavatrice tonnait à l'autre bout.

« On va où ? dit Hammett.

— Je veux compléter la paire, c'est tout. Pour que tu te rendes compte. »

Tulip observait avec attention autour de lui. De chaque côté de la rue éventrée s'alignaient des maisons basses au fronton de stuc ; quelques hommes oisifs fumaient assis sur les marches des porches et observaient le spectacle des autres au travail. Il y avait aussi quelques affreux édifices de trois étages, certains peints en jaune et dotés de minuscules jardins de façade. Derrière la grille, un chien aboyait contre l'excavatrice, peut-être depuis des heures ou même des jours. Il y avait un drugstore au coin et un marché à mi-rue. En face, à la même hauteur, une voiture de police stationnait discrètement, avec deux hommes à bord.

« Tulip... »

Trois gamins noirs qui revenaient de l'école franchirent la barrière et entrèrent dans les tuyaux en ciment, à la queue leu leu. Hammett les suivit du regard jusqu'à ce qu'ils réapparaissent à l'autre bout.

« Tulip, où on va ? insista-t-il.

— C'est juste en face, dit finalement le colonel. Reste ici, je reviens bientôt. Ne fais rien, quoi qu'il arrive. »

Hammett le suivit du regard tandis qu'il traversait la rue et mit instinctivement la main dans sa poche pour empoigner l'arme. Son ami marchait avec l'allure classique d'un brise-glace mais il sembla à Hammett qu'il boitait un peu plus qu'il n'aurait voulu le montrer. Tulip atteignit le trottoir opposé et Hammett crut un instant qu'il se dirigeait vers la voiture de police. Mais non. Après avoir regardé à droite et à gauche, il s'approcha d'un jeune homme, basané et robuste, vêtu d'une chemise de couleur claire, appuyé comme par inadvertance à la prise d'eau, au bord du trottoir, comme si de rien n'était. Hammett reconnut immédiatement le soldat Chaves. Il les regarda discuter pendant une minute ou deux. À un moment donné, Tulip le saisit par le bras et ils entrèrent ensemble au drugstore du coin. Hammett lâcha l'arme qu'il tenait dans sa poche, fit quelques pas et s'adossa au mur.

Les gamins noirs jouaient toujours à on ne sait quoi, entrant et sortant des tuyaux. Il porta son attention sur le drugstore : Tulip et Chaves y discutaient amicalement. Il les voyait par la fenêtre illuminée. Il tourna la tête, maintenant les gamins sautaient sur les monticules de terre pelletée, ils allaient et venaient, sautaient chacun leur tour pour voir qui arrivait le plus loin.

Un Noir les observait, peut-être le père ou le frère de l'un d'entre eux. Hammett y regarda de plus près : c'était Poynton.

À cet instant, il sentit qu'on lui touchait doucement l'épaule. Il se retourna en sursaut :

« Dis donc, Chim... »

Tulip lui souriait d'un sourire figé, tandis que celui qui l'accompagnait, immobile et muet, collé contre lui, avait l'expression significative mais indéfinissable de ceux qui sont sur le point de sauter en parachute.

« Je crois que tu connais bien l'ami Chaves. »

Hammett fit oui de la tête sans émettre un son ni montrer la moindre surprise. Il remarqua l'arme de Tulip enfoncée dans les côtes de son inattendu prisonnier et sa propre main se crispa sur la crosse de la sienne dans sa poche.

« Dis bonjour, fils de pute, dit Tulip.

— Sergent..., dit Chaves, les yeux grands ouverts, en portant le bout de ses doigts à sa tempe.

— Repos », dit Hammett par réflexe.

Tulip lança un grand éclat de rire dans le vide et, revenu de son exaltation, donna un coup de pied dans la cheville de son prisonnier.

« Tu as vu de qui il s'agit, maintenant. Alors tu as dix

secondes pour disparaître dans le métro, dit-il entre ses dents. Et rappelle-toi que je t'ai à l'œil.

— Oui monsieur. »

Tous deux le regardèrent disparaître. Aux alentours, personne ne semblait s'être rendu compte de rien.

« L'élément de surprise, Chim, dit Tulip en rangeant l'arme à sa ceinture. Les quelques secondes qu'il a mis à me reconnaître lui ont été fatales. À l'heure qu'il est, il doit encore se demander ce qui lui est arrivé.

— Toutes ces années à te fréquenter et à te pratiquer me donnent le même avantage sur toi », dit Hammett, avec un calme glacial. Cette fois, c'était lui qui appuyait une arme sur les reins de son ami. « Donne-moi ce flingue.

— N'y compte pas.

— Donne-le-moi, Tulip.

— Tu fais fausse route. Je ne te dirai pas où on allait et pourquoi, triste sire.

— Je crois que j'en sais assez. Donne.

— Tu ne l'auras pas.

— C'est ce que qu'on va voir. »

Hammett, sans cesser de le tenir en joue à travers la poche gauche de sa veste, leva son bras droit et fit un grand geste en direction de Poynton.

Les quelques secondes qu'il fallut à Donald pour s'en apercevoir et le reconnaître suffirent à Tulip pour modifier sa stratégie :

« Qu'est-ce qu'il fait ici, ce noiraud ? dit-il, manifestement contrarié.

— Être ici, voilà précisément ce qu'il fait. Et il y est pour la simple et bonne raison qu'il ne sait pas pourquoi. »

Tulip secoua la tête tandis que Donald approchait.

« Tu ne sais pas dans quoi tu mets les pieds, Chim.

— Mais tu vas m'expliquer. On a tout le temps. »

Silencieux, les yeux écarquillés, Donald Poynton arriva, réalisa la situation et reçut cet ordre :

« Il a deux armes. Une dans la poche et l'autre à la ceinture. Prends-les-lui tout de suite. »

Poynton eut une infime hésitation.

« Prends-les, bon sang ! grommela Hammett.

— D'accord, monsieur Hammett. »

Les habitants du quartier devaient être habitués à des scènes semblables car personne ne leva le petit doigt, bien que le manque d'habitude de Poynton et la collaboration moqueuse de Tulip aient rendu l'opération grand-guignolesque et visible à qui voudrait bien ouvrir l'œil. Personne ne réagit non plus – peut-être encore moins – lorsque le véhicule de police démarra, mit la sirène en marche et passa à toute vitesse à quelques mètres d'eux à peine, avant de continuer sa route.

« Ils l'ont emmenée, dit Poynton, les poches pleines d'armes de différents calibres.

— Ils ont emmené qui ?

— Vous ne l'avez pas vue ? Elle, monsieur, la dingue qui a tiré sur Frisson au bungalow.

— C'était elle, tu es sûr ?

— Oui, monsieur. Je fais de la surveillance excentrée devant la maison depuis trois heures, comme la panthère de

Birmanie. J'ai tout vu. C'est le lieutenant Giuliano qui l'a emmenée, avec un autre policier du district, je les connais bien, monsieur. »

Tulip n'en croyait pas ses oreilles.

« Qu'est-ce qu'il raconte, ce noiraud ?

— Toi, ta gueule. »

Hammett poussa Tulip contre le mur, retira son arme de ses côtes et la fourra dans la dernière poche libre de Poynton.

« Mets les voiles, Donald, dit-il comme on colle un timbre sur un colis à destination de Hong Kong. Passe au Derby demain avant midi. J'y serai. Et tant que tu y es, apporte toute cette quincaillerie avec toi, au cas où.

— Oui, monsieur Hammett.

— À demain.

— Monsieur...

— Quoi encore ? »

Pour toute réponse, Donald Poynton montra un véhicule garé un peu plus loin que l'endroit où avait stationné la voiture de police. C'était une Studebaker jaune reconnaissable entre toutes.

« Elle était là quand je suis arrivé et elle n'a pas bougé depuis.

— Merci, Poynton. Et lui, tu l'as vu ? »

Donald secoua la tête. Tulip les regardait l'un après l'autre.

« De qui vous parlez ?

— D'un ami à toi », dit Hammett.

Et puis, se retournant vers Donald : « Merci, on se voit demain. »

Poynton salua poliment, comme à l'accoutumée. Ils le regardèrent s'éloigner, les armes déformaient les poches latérales de sa veste de façon caractéristique.

« Il les transporte comme si c'étaient des bonbons, dit Tulip émerveillé.

— Je lui ai tout appris », se vanta Hammett.

Puis, en se tournant vers Tulip, sur un autre ton : « Maintenant que tu te sens plus léger, tu n'as pas envie de causer ?

— Tu me rends malade, triste sire. Tu es au courant que tu vas devoir me rendre ces armes ?

— Bien sûr, mais d'abord il faut que tu répondes à quelques questions. Depuis quand tu connais le type de la Studebaker ?

— Je ne sais pas qui la conduit, mais ça, c'est la voiture de Bobby. »

Comme si ce nom avait enclenché un mécanisme, tous deux virent la voiture jaune démarrer à l'autre bout de la rue et disparaître à l'angle le plus éloigné dans un virage serré.

Hammett ne se démonta pas :

« Bobby qui ?

— Je te l'ai dit : Bobby tout court. Tu l'as rencontré ? »

Le grand maigre prit son ami par le coude et ils se mirent en marche :

« Décris-le-moi. »

Tulip en donna une description détaillée tout en observant Hammett du coin de l'œil, comme s'il attendait une réaction particulière. Le grand maigre ne fit que cligner des yeux une ou deux fois et finit par dire tout bas :

« La première fois, tu m'as dit qu'il aimait parler et qu'il avait quelque chose dans la voix.

— Un genre d'accent.

— C'est plus que ça, et je sais ce que c'est. C'est ce qui arrive quand quelqu'un utilise le langage, une langue, comme si c'était un costume neuf. Ou un costume qui ne lui appartient pas et qu'il va falloir rendre. Il se regarde dans le miroir toutes les cinq minutes et se met de profil pour qu'on lui dise de quoi il a l'air. En deux mots : chic mais raide.

— Quelque chose dans le genre, Chim, je pourrais pas dire mieux. Tu le connais, alors ? »

Pour toute réponse, le grand maigre sourit, tendit le bras et arrêta un taxi.

« Ne poussons pas notre chance trop loin, dit-il en montant. Allons-nous-en avant qu'il arrive encore quelque chose. »

Tulip resta sur le trottoir.

« Tu ne viens pas ?

— Non. J'ai une ou deux choses à régler et je préfère le faire seul. »

Tulip retint la porte avec le bras et passa la tête à l'intérieur du taxi.

« Tu as une idée de qui a la valise, Chim ?

— Je n'en sais rien mais on le découvrira, dit Hammett, avant de finir par ajouter quelque chose que lui-même n'aurait jamais imaginé dire : Viens avec moi à Katonah, Tulip.

— C'est une proposition sérieuse ?

— Je m'en voudrais d'avoir devant monsieur une conversation de vieux homosexuels, dit Hammett en désignant le chauffeur de la tête. En réalité, je voulais seulement te faire monter pour te rendre ta mandale.

— Il va falloir patienter, dans ce cas. »

Et Tulip referma la porte avec un mépris souverain.

Hammett descendit de taxi devant l'entrée latérale de Grand Central et, avant de prendre le train pour rentrer à Katonah, il entra dans le kiosque accolé à la gare pour acheter des cigarettes et les derniers journaux du soir. Il y avait du monde. Tandis qu'il parcourait les gros titres et attendait ses cigarettes, son attention fut attirée par les alcools en vente. Une douzaine de flasques de whisky et de brandy s'alignaient sur le présentoir, au moins trois des marques ne lui disaient rien. Il n'avait pas acheté la moindre bouteille depuis cinq ans.

Dans le hall, il consulta le panneau où s'affichaient horaires et destinations et décida de ne pas monter dans le train bondé dont le départ était imminent. Un express partait dans une demi-heure. Il songea à prendre un café debout en lisant le journal mais, après avoir de nouveau consulté sa montre, il entra dans une des cabines téléphoniques et appela Pat Neal.

Étonnamment, elle était chez elle et répondit vite. Roald Dahl était avec elle. La conversation fut brève, décevante, purement formelle.

« Comment ça va, les répétitions ? dit-il après les formalités, comme s'il y attachait le moindre intérêt.

— Bien, avec minutie, on avance tout doucement, Dash. La pièce est complexe, comme tu sais. J'avais consulté Lillian sur certains aspects du personnage, j'ai reçu une réponse de Paris hier. »

Pat mentionnait le nom de Lillian dès qu'elle en avait l'occasion, comme pour montrer à Hammett qu'elle ne l'oubliait pas ; il s'en rendait compte et cela avait tendance à le mettre hors de lui.

« Elle y parle de toi. Elle se plaint que tu ne réponds pas à ses lettres ou que tu te contentes d'enfiler des banalités à propos des livres que tu lis ou des championnats du monde de boxe. Tu devrais y mettre un peu du tien, ta copine est toute seule loin de chez elle, voulut plaisanter Pat.

— Un jour elle dîne avec Yves Montand au Ritz et le lendemain avec Gérard Philipe, contre-attaqua-t-il sur le même ton. Et puisqu'on parle de grand écran : la femme de Poynton te remercie pour la photo avec Gary Cooper. Curieusement, elle est aussi une admiratrice de ton amie Ayn Rand…

— Ce n'est pas mon amie, Dash. On a déjà tiré ça au clair : je lui ai parlé trois fois pendant tout le tournage.

— D'accord. Il y a plus important : vendredi, Linda cuisine et elle a pensé que tu aimerais goûter sa sole aux haricots.

— Ça doit être bon.

— L'odeur est encore meilleure. Et les haricots sont du jardin.

— J'en parlerai à Roald.

— C'est une gageure de faire manger du poisson américain à un spécialiste de la morue.

— Roald a bon goût.

— Je sais. On a les mêmes. »

Il eut un blanc.

« Tu as l'air bizarre, Dash. »

Hammett lui expliqua que c'était la première fois en trente ans qu'il recevait un coup de poing sans être bourré, et que cette expérience nouvelle l'avait sans doute un peu perturbé. Il s'en remettrait, néanmoins. Il s'excusa de l'avoir provoquée en mentionnant Ayn Rand, promit de l'appeler s'il avait des choses incroyables à raconter et raccrocha un peu brusquement.

Ensuite, il appela le bureau de Sam Rosen sans trop d'espoir. Mais l'avocat décrocha aussi ; il venait de rentrer. La première chose qu'il fit fut de remercier Hammett pour le conte chinois :

« Il est merveilleux, Dash. Mais d'une ironie presque trop moderne à mon goût. Tu ne te souvenais vraiment pas avoir fait le compte rendu du livre de Waley ? C'est toi qui l'as annoté ?

— C'est moi, bien sûr. Mais le pire, c'est que je ne me souvenais même pas de ce texte. C'est l'histoire de Flitcraft, tout vient de là. Heureusement, Chinois mort pas faire procès plagiat. »

Rosen acquiesça :

« Le Chinois mort, non, mais qu'est-ce qu'on fait pour Fanesi ? Il est fou à lier, non ?

— Peut-être. Mais pas autant qu'elle. Comment va Frisson ? »

L'avocat lui expliqua qu'il s'était plutôt bien remis et ils s'accordèrent pour dire qu'il avait eu beaucoup de chance.

« Et toi ? demanda Rosen. Tu as appris pour Dickinson ?

— J'ai lu ça dans le journal à la Pennsylvania Station, dit Hammett sans entrer dans les détails. En ce moment même, je cherche s'il y a autre chose dans la presse du soir. Tu as des nouvelles de Nell ?

— Rien de plus que ce qu'en dit la presse : elle a disparu. Il y a du nouveau ?

— Attends. »

Hammett prit son temps ; il coinça le combiné avec son épaule droite tandis qu'il parcourait les faits divers. Il trouva quelque chose sur Dickinson. Le titre différait légèrement : « Victime d'enlèvement présumé meurt en tentant de s'échapper ». Une photo d'archive montrait un Ashley Dickinson jeune, chauve et souriant. Il n'y avait rien sur Nell ni sur personne d'autre.

« Rien de neuf, confirma-t-il. Seulement qu'ils affirment à présent qu'il avait été enlevé. Peut-être que Nell va réapparaître maintenant, vu que, il y a une heure, rue Purple, j'ai vu la police emmener Daisy ou Irma. Ou la dingue, comme dit Poynton.

— Tu étais là-bas ?

— Je te l'avais dit.

— Dash..., le coupa Rosen. Si tu te charges de tout, même de ce que tu ne devrais pas, à quoi je sers, moi ?

— Tu parles comme une mémé, Sam, mon cher élève.

— C'est parce que tu as l'air bizarre, Dash.

— Définitivement, tu parles comme une mémé. Une femme d'un âge que je ne peux même pas concevoir m'a dit la même chose il y a quelques minutes.

— Si vieille que ça, Dash ?

— Assez pour être ma fille.

— Je ne comprends pas.

— Pas grave. Et pour revenir à nos moutons : tu étais censé retrouver la trace de Tulip, tu as oublié ?

— Je suis sur l'affaire, Dash, modula prudemment Sam Rosen. Je m'en occupe. »

Il y avait – du moins Hammett crut-il remarquer qu'il y avait peut-être – une certaine réticence dans son ton, comme si le jeune avocat prenait des gants pour évoquer ce sujet. C'était inhabituel, lui d'habitude si direct.

« Tu l'as localisé ?

— Il est toujours dans la nature, j'imagine qu'il a changé de nom et même d'apparence.

— Ce serait logique.

— Peut-être. Mais j'ai l'impression que ton ami a mis les pieds dans quelque chose de plus grave qu'une voiture pas rendue à temps, un vol dans une pharmacie ou un cycliste renversé. Le fait qu'ils le recherchent pour ces raisons n'est peut-être qu'un leurre.

— Un leurre pour quoi ?

— Je ne sais pas encore. Tu sais qui a mis en branle la police de trois États et envoyé la police à ta porte ? Tu sais qui a vendu la mèche ?

— Non.

— Tes amis du FBI. Ils connaissent très bien Carl Lindgren, et, pour une raison ou pour une autre, ils ont préféré lancer les bêtes et bruyants chiens de chasse du comté à ses trousses plutôt que de s'occuper eux-mêmes de son cas.

— Comment tu sais ça ?

— Le capitaine Thriller me l'a dit. Et il m'a laissé entendre que si je l'aide à le retrouver, ou plutôt que si tu l'aides par mon intermédiaire, ils pourraient laisser tomber les charges contre toi. Pour commencer, il a levé ton interdiction de quitter le comté.

— À Poynton aussi ?

— Non, pas lui. Pourquoi ?

— Pour rien. »

À l'autre bout de la ligne, Hammett put sentir Sam Rosen se retenir de lui poser la question qu'il finit tout de même par lui poser :

« Tu as encore embringué Donald Poynton dans tes histoires ?

— Que voulez-vous dire par embringuer, maître ?

— Dash, je ne te reconnais plus, dit Rosen d'un ton prudent. Tu sais combien il va prendre s'ils s'aperçoivent qu'il a violé son interdiction de…

— C'est pas comme s'il était en liberté conditionnelle.

— Dash, il est noir et pauvre.

— Pas la peine de me dire ce que je sais déjà, Rosen. »

Il y eut un silence au bout duquel, sans rien dire, Sam Rosen raccrocha.

Hammett resta avec le combiné suspendu à quelques centimètres de son oreille, à écouter le bip-bip de la communication interrompue. Il demeura ainsi une bonne demi-minute, jusqu'à ce que de petits coups discrets sur la vitre de la cabine lui indiquent que quelqu'un qui gesticulait, une femme obèse en manteau et petit chapeau gris, noire et pauvre, avait besoin du téléphone. Le grand maigre raccrocha le combiné et sortit en se faufilant dans l'étroit interstice que lui laissa la femme en faisant irruption dans la cabine et en fermant la porte avec fracas.

Il alluma une cigarette, tira deux longues bouffées, consulta sa montra et, à vive allure, traversa en diagonale le hall de la gare. Une fois dehors, il fila directement au kiosque et acheta une flasque de Four Roses.

17

Le Dentiste

Le lendemain, à onze heures du matin, Dashiell Hammett était assis, seul, à regarder encore tomber la pluie depuis une table sous la fenêtre la plus éloignée de la porte, lorsqu'il vit entrer dans le Derby, lentement, petit à petit, le long corps de Gus Irongate. Il lui fit un signe auquel le peintre acquiesça.

Gus approcha entre les tables. Il avait l'air perplexe, les lunettes embuées, les cheveux mouillés et un peu en bataille. En arrivant, il retira sa gabardine, posa son parapluie contre le mur et tendit au grand maigre une main froide et humide en guise de salut.

« Je pensais que tu viendrais avec Tony, dit Hammett.

— Non… »

Quoi qu'il ait été sur le point d'ajouter, il se contint ; il contint aussi le réflexe de s'asseoir. Il s'arrêta à moitié. Hammett était capable d'interpréter le sens d'une telle attitude de la part de son ami.

« Assieds-toi, Gus. Tu vas bien ?

— Oui. Je crois…

— Tu as apporté les épreuves du catalogue ? »

Pour toute réponse, le peintre mit très difficilement la main dans la poche intérieure de sa veste et en tira deux feuilles imprimées pliées en quatre.

« Les voilà. Ne fais pas trop de corrections : ton texte est très bon, trop même. »

Gus Irongate était complètement bourré.

« Prends un café bien serré, dit Hammett en attrapant les feuilles. Je ne suis pas certain que ce soit très efficace mais c'est ce qu'on me disait toujours en pareil cas.

— Et tu le faisais ?

— Bien sûr que non. »

Gus sourit, les yeux fixés sur la toile cirée, il appuya le front sur la table et eut un mouvement de recul, comme s'il avait rebondi.

« Je n'ai pas voulu que Tony me voie dans cet état. Je devais aller le chercher…

— Tony ou Paulie ? »

Gus ne répondit rien mais quand Bunny s'approcha, il commanda avec hésitation un double expresso. Hammett fit de même avant de consacrer quelques minutes à corriger le texte.

« Les femmes sont compliquées, dit le peintre au bout d'un moment, comme s'il se parlait à lui-même. Surtout quand elles croient vous connaître mieux que vous-même. »

Bunny était à côté d'eux et il entendit le commentaire.

« Excuse-moi, Dash, dit-il en les servant : comment s'appelait cette fille, je crois que c'était ta copine, il y a longtemps, à l'époque où le vieux Raff tenait encore la caisse et que je te faisais crédit quand il avait le dos tourné ? C'était Bell, son prénom ?

— Nell.

— C'est ça, Nell. Elle est passée il y a environ deux semaines. J'ai failli ne pas la reconnaître, tu sais.

— Comment elle va ?

— Elle a commandé un bourbon. Il était trois heures de l'après-midi.

— Tu ne réponds pas à ma question. »

Bunny appuya ses poings sur le rebord de la table mais ne répondit pas davantage :

« Elle ne me l'a pas dit directement, mais je crois bien qu'elle te cherchait. Elle a demandé des nouvelles de "mon ami Dash" et m'a demandé de te passer le bonjour quand je te verrais.

— C'est tout ?

— Oui. Mais elle n'était pas seule, c'est peut-être la raison pour laquelle elle n'a pas voulu insister. Un type l'accompagnait.

— Elle t'a dit qu'elle reviendrait ?

— C'est ce que j'ai cru comprendre. Mais comme je te dis…

— Il a bu quoi, lui ?

— De la bière… légère », précisa Bunny avec une nuance de mépris.

Hammett garda le silence un moment.

« Si elle revient, surtout si elle est seule, appelle et passe-la-moi, mais ne lui donne pas mon numéro.

— D'accord.

— Dis-lui aussi que j'irai à l'inauguration de l'exposition de Gus. »

Hammett replia les feuillets des épreuves corrigées.

« À une époque, ce genre de choses l'intéressait, et "Family Works" sera sans nul doute le grand succès de la saison.

— Sans nul doute.

— Mets-lui ça dans la poche », dit Hammett en tendant les épreuves à Bunny.

Celui-ci se pencha sur Gus qui avait glissé sur le côté et avait l'air endormi, les yeux fermés et la tête contre la vitre de la fenêtre. Il ne bougea même pas quand le barman introduisit délicatement les feuilles dans la poche extérieure de sa veste.

« Et lui, tu crois qu'il va réussir à y aller, à l'inauguration ? demanda Bunny en se retournant vers Hammett.

— On l'y traînera de force. »

À l'arrivée de Poynton, un quart d'heure plus tard, il ne pleuvait plus ; par contre, Gus dormait toujours. Ni le bruit de la chaise ni le surprenant bruit métallique que fit sur la table le sac en papier qui contenait les courses faites au marché ne réveillèrent le peintre.

« Qu'est-ce qu'il a ?

— Il s'est épuisé à t'attendre.

— Il a fallu que je fasse des miracles pour que Linda ne tombe pas là-dessus, monsieur Hammett. »

Le grand maigre sourit, l'invita à s'asseoir et mit la main dans le sac. Contrairement aux inquiétudes de Donald, il n'en sortit qu'une pomme. Il la frotta sur sa manche avant de la croquer.

« Le Dentiste est dans l'arrière-salle, il est pressé, dit-il en tournant la tête. Bunny va baisser le rideau une demi-heure, pour qu'on puisse travailler au calme. Tu les as amenés ?

— Oui, monsieur Hammett.

— Porte-les-lui. J'espère qu'il pourra travailler sur place. »

Il remarqua que le jeune homme avait quelque chose à ajouter.

« Qu'est-ce qui se passe ?

— Les chargeurs des trois pistolets étaient pleins.

— Ils ont bien dû servir un jour.

— Je suppose. »

Donald sourit. Hammett sourit aussi, il lui flatta le bras sans se lever de sa chaise et dit :

« Écoute-moi bien, Donald : si on te demande, tu n'as jamais été rue Purple, tu n'as jamais vu Tulip, tu n'as jamais quitté Katonah sans autorisation. »

Poynton fit oui de la tête.

« Tu n'es pas venu ici aujourd'hui non plus.

— Non plus.

— C'est tout, Donald.

— Des nouvelles de la dingue, monsieur ?

— Pas encore. Mais le plus probable, c'est qu'ils lui mettent tout sur le dos, maintenant qu'ils la tiennent. Elle s'appelle Irma. On en saura plus bientôt.

— C'est sûr. Le lieutenant Giuliano est un homme de confiance, monsieur. On ne dirait pas qu'il est policier. Il y a un an ou deux, il est descendu de sa voiture de patrouille, tout seul, pendant une bagarre de rue. J'étais impliqué.

— T'avais fait quoi ?

— Ce que j'avais à faire. J'ai mis une rouste à deux types qui s'en étaient pris à Linda, monsieur.

— Et lui, qu'est-ce qu'il a fait ?

— Il avait assisté à la scène, alors il m'a laissé finir. Quand il a vu dans quel état j'avais laissé les deux types, il a pris des nouvelles de ma main, en ajoutant que Jake LaMotta n'aurait pas fait mieux.

— Flic et commentateur de boxe.

— Il n'y en a pas beaucoup des comme ça, monsieur, confirma Donald avec sérieux. Et le type de la Studebaker, on a des nouvelles ?

— Ton garant est un grand mystère, Poynton. »

L'autre hocha la tête avec une sorte d'orgueil intériorisé.

« Je l'aime bien. Mais les Argentins sont des gens bizarres, monsieur.

— On dirait. »

Poynton se dirigeait vers l'arrière-salle lorsqu'il se retourna :

« Pardon mais... qui vous a frappé, monsieur Hammett ?

— Le train a freiné d'un coup et je me suis cogné contre le rebord d'un siège. »

Donald Poynton le dévisagea avec un sérieux extrême ; soudain, un sourire illumina son visage :

« Cloisonnement d'information, je suppose.

— Possible, admit Hammett. Et maintenant, apporte tout

ça au Dentiste et sois attentif, je vous rejoins dans un instant. Gus ne doit rien savoir.

— Tu m'étonnes, dit Gus en ouvrant un œil, son plus beau sourire aux lèvres.

— Bon, occupe-toi de faire le guet, alors », dit Hammett résigné.

On aurait dit un tableau de Rembrandt. Ou une version actualisée par Hopper, plutôt : *La Leçon de balistique*, sur le plan de travail en aluminium de la cuisine sous bonne garde du Derby. Des à-plats de couleur et un silence à peine troublé par le bruit métallique des douilles sur le revêtement et le frottement des trois armes identiques alignées comme des bistouris. La lumière tombait du plafonnier sur le crâne dégarni du Dentiste, un gros brut de décoffrage avec de petites lunettes et d'étranges mains blanches aux longs doigts de violoniste.

« Inutile de te demander d'où viennent ces pistolets, Dash.

— Je ne te le dirais pas.

— Regarde. Ils n'ont même pas eu besoin de limer les numéros de série, dit le Dentiste en désignant des endroits vides du bout de son long doigt : il n'y a tout simplement pas de numéro de série, Dash. Ce sont des modèles spéciaux, littéralement hors-série, enregistrés nulle part. »

Le grand maigre observait par-dessus l'épaule de l'expert.

« Qui peut bien utiliser ce genre d'armes ?

— En principe, seulement les services secrets. Impossible d'en remonter la trace. Je le sais parce que j'en ai eu une entre les mains, une fois, d'un plus gros calibre.

— C'était à qui ?

— Au cadavre d'un mafieux. »

Ils réprimèrent des rires nerveux. Bunny et Poynton encadraient le Dentiste et ne quittaient pas ses mains des yeux.

« Il faut que je tire une ou deux fois », dit le Dentiste comme on prévient qu'on va aux toilettes.

Il regarda autour de lui et avisa dans un coin le seau plein de sciure pour le sol. « Voilà ce qu'il me faut. »

Discrètement, ils reculèrent tous d'un pas.

« Il vaut mieux que tu retournes dans la salle, Bunny. Et toi, dit-il à Poynton, à mon signal cogne sur le plan de travail avec le maillet. Et ne t'arrête pas. Ça devrait suffire.

— D'acc. »

Bunny sortit et Donald empoigna le maillet. Le Dentiste chargea les trois armes avec des balles qu'il avait apportées, alla au coin de la pièce, enveloppa la main qui tenait l'arme avec un chiffon et donna le signal à Poynton, lequel se mit à marteler le revêtement métallique avec enthousiasme. Le vacarme était infernal.

Le Dentiste approcha le pistolet de la sciure qui remplissait le seau à ras bord et fit feu. La détonation passa presque inaperçue. Ensuite, il fit de même avec les autres armes, pendant que Poynton continuait à tambouriner.

Le silence revenu, Bunny passa la tête par le passe-plat. « C'est bon ?

— Il vaut mieux ouvrir la fenêtre et mettre le ventilateur en marche », dit le Dentiste, toujours accroupi.

Bunny retourna dans la salle et le Dentiste récupéra les

armes, les amorces et les balles qui avaient déformé le seau, et mit le tout sur le plan de travail.

Il compara les marques sur ces douilles et avec celles que Poynton avait trouvées à Katonah. Il les montra à Hammett à la loupe.

« Un tribunal n'en tiendrait pas compte, Dash, dit-il posément, mais ce sont bien ces armes qui ont servi. »

Hammett garda le silence un moment.

« Tu en es sûr, Dentiste ?

— Oui, mais je serais étonné que tu arrives à envoyer devant les juges ceux qui ont fait joujou avec ça.

— C'est pas l'idée. »

Lentement mais avec détermination, le grand maigre remit tout dans le sac de courses de Poynton.

« Donne ça à Bunny, Donald. Demande-lui de te les envelopper dans un paquet cadeau.

— Bien, monsieur. »

Le Dentiste rangeait aussi son matériel dans une petite mallette en cuir noir à fermoir sur le dessus qui ne datait pas d'hier. Il s'y prenait avec une sereine autorité, comme un chirurgien ou un exorciste qui vient d'officier.

« Je te paie un coup, Dentiste.

— Bunny m'a dit que tu ne buvais plus.

— C'est vrai, mais toi si, j'espère. »

Hammett ne se rappelait plus la dernière fois qu'ils s'étaient vus, probablement parce qu'il était trop bourré ce jour-là pour s'en souvenir.

« C'était le jour de l'armistice, Dash. On dirait que c'était il y a un siècle, dit le Dentiste une fois qu'ils furent attablés sous la fenêtre, en compagnie de Gus et Donald. Une marée de gens dans les rues. Il y avait tellement de papiers qui tombaient des bureaux et de toutes les fenêtres qu'on ne voyait pas le ciel de la Cinquième Avenue. J'étais en train de regarder en l'air...

— Et tu me dis qu'on se serait rentrés dedans... On est venus picoler ici ?

— Tu avais une flasque de gin dans la poche et tu étais en compagnie d'une jeune fille très jolie que tu m'as présentée comme ta fille.

— Mary, sans doute.

— Au début, je ne t'ai pas cru. »

Le Dentiste secoua la tête, comme honteux de ses souvenirs. « Tu as toujours eu un drôle d'humour, Dash.

— Si tu le dis.

— Moi, ce jour-là, j'ai mis mon uniforme pour embrasser les filles, intervint brusquement Gus. Paulie allaitait encore Lola, qui avait un peu plus d'un an, elle ne s'occupait pas beaucoup de moi. J'ai fini avec une blonde qui louchait à moitié, avec des grandes dents et des seins qui auraient mérité un tableau, à baiser pendant les actualités, au dernier rang d'un cinéma de Greenwich Village où elle était ouvreuse. Un truc pareil ne m'est plus jamais arrivé. »

Une voix jeune résonna :

« Quel truc ? »

Tony Irongate se tenait debout derrière son père ; à cause

du bruit des tables qui s'étaient remplies petit à petit autour d'eux, personne ne l'avait entendu arriver.

« On parlait du jour de l'armistice, réagit prestement Hammett. On se souvient tous parfaitement de ce qu'on faisait un jour pareil. Tu étais où, toi, Tony ?

— Au lit, j'avais attrapé froid.

— C'est vrai, fils », dit Gus, revenu de sa surprise.

Il enlaça Tony par la taille et continua comme s'il ne s'adressait qu'à lui.

« Moi, il ne m'est plus jamais arrivé d'avoir autant de difficultés pour rentrer chez moi. Toutes les rues étaient coupées cet après-midi-là, et nous qui portions l'uniforme, on aurait dit que c'était notre anniversaire, ou quelque chose comme ça. Des inconnus nous offraient à boire, on ne voulait pas nous laisser payer. Toi...

— Maman m'a laissé regarder par la fenêtre mais il ne se passait rien dans notre rue, dit le garçon avec un empressement las. J'ai emmené ma collection de comics au lit et je me souviens que tu es rentré tard, et que vous vous êtes disputés. Après tu m'as offert un comics de *Capitaine America* et un de *Archie* à Do.

— Et tu m'as demandé ce que voulait dire armistice. »

Tony fronça les sourcils et acquiesça.

« Un armistice, c'est ce qu'on est en train d'essayer de signer avec ta mère, conclut Gus avec un goût douteux. Tu as un message pour moi ?

— À vrai dire, c'est à Dash que je voulais parler, dit Tony avec grand sérieux.

— Et moi avec toi, dit le grand maigre. Assieds-toi. »

Un bref silence se fit et, après toute sorte de considérations sur la météo et le soleil qui brillait de nouveau sur les trottoirs mouillés de Manhattan, le Dentiste s'en fut avec sa petite mallette et Gus finit par réussir à se mettre debout de façon relativement digne, tout en caressant la tête de son fils, sans mot dire.

« Je déposerai les corrections chez l'imprimeur, dit-il d'une voix fatiguée. Il m'a promis que le catalogue serait imprimé vendredi. » Il se tourna vers son fils : « Tony ?

— Ne t'en fais pas, je le ramènerai sain et sauf, dit Hammett. Prends soin de toi. »

Une fois son père sorti par la porte principale, Tony se retourna vers Dash et Donald.

« Il a beaucoup bu ?

— Pas ici.

— Mais il a bu. »

Comme toujours, le garçon voulait des précisions.

« Dash, tu crois qu'il arrêtera quand ils signeront... l'armistice, comme il dit ?

— Je ne sais pas. En général, ce genre de choses ne dépend pas tant de nos relations avec les autres qu'avec nous-mêmes. Ces négociations-là sont plus difficiles ; faire la paix avec soi-même, je veux dire. »

La réponse parut satisfaire Tony, du moins n'insista-t-il pas.

« Tu veux un soda ?

— Un Coca. »

Poynton se leva :

« Je vais commander pour toi. »

Et se retournant vers Hammett : « Qu'est-ce que je fais du... cadeau ?

— Ne t'en occupe pas, rentre à la maison avant que tes tomates pourrissent et que le pain durcisse. Dis à Bunny que c'est moi qui emporte le paquet.

— D'accord, monsieur Hammett. »

Donald attrapa son sac de courses. « Passe le bonjour à tes sœurs, Tony. »

Le garçon fit oui de la tête mais, une fois Donald éloigné, il dit :

« Do et Lola sont insupportables. Ça fait un mois qu'elles ne voient pas papa.

— Dans ce genre de situation, les enfants prennent parti, c'est compréhensible. Compréhensible mais injuste. Toi, tu n'es pas obligé de le faire, Tony. »

Le garçon se mit à regarder le plafond et Hammett crut deviner dans ses yeux les signes avant-coureurs de cette colère qui précède les pleurs. Il décida de changer de sujet :

« Bunny m'a dit que tu lui avais donné d'excellents conseils pour améliorer son éclairage... »

Tony prit une grande inspiration et passa le dos de sa main contre son nez humide :

« Comment tu as fait pour arrêter de boire, toi ? demanda-t-il en regardant par la fenêtre.

— Je n'ai aucun mérite, Tony : c'était ça ou crever. Pour le dire autrement, arrêter n'était qu'un constat d'échec : je n'étais pas arrivé à faire ce que j'aurais voulu, à savoir contrôler mon alcoolisme. La voilà, la vraie victoire. Mais moi, je n'y suis pas arrivé. Voilà pourquoi je n'ai aucune légitimité à donner mon opinion, à part celle que confère l'échec.

— C'est bien dit, ça.

— C'est pas de moi, c'est de Fitzgerald.

— Qui ?

— Scott Fitzgerald. Un écrivain.

— Il buvait ?

— Oui. C'était un écrivain qui buvait, pas un ivrogne qui écrivait. Tu saisis la différence ?

— Bien sûr. Enfin… je crois que oui.

— Si tu veux savoir, et je suis certain que c'est le cas : ton père est un vrai peintre, Tony. Un peintre qui boit et pourrait ne pas boire. Mais un vrai peintre.

— Et tu le trouves bon, n'est-ce pas ?

— Oui. En tout cas depuis que je le connais.

— Tu crois qu'il était mauvais, à ses débuts ?

— Qu'est-ce que tu veux dire ?

— Peut-être qu'il a commencé par mal peindre… Toi, par exemple, est-ce que tu as toujours bien écrit ? Tu aimais ce que tu écrivais, au début ? »

Hammett observa Tony avec attention :

« De quoi tu voulais me parler, Tony ? »

Le garçon ne répondit pas, il tourna les yeux vers la fenêtre.

« Tu es retourné à la Pennsylvania Station, Dash ? demanda-t-il sans le regarder.

— Hier. »

Tony continua à regarder par la fenêtre. Quelques secondes s'écoulèrent.

« Et ? » demanda-t-il avec un léger sourire.

Hammett secoua la tête et se renversa en arrière en soupirant :

« Comment t'as fait ? »

Tony mit la main à la poche et, toujours sans le regarder, posa sur la table un morceau de fil de fer plié en deux tiges, une rigide et l'autre mobile, de la taille d'un doigt, pas plus : le classique crochet artisanal.

« J'ai fait ça avant de te montrer la clé ; j'avais pas confiance », dit-il.

Il prit une nouvelle inspiration et sécha ses larmes sans cesser de sourire.

« À partir de maintenant, moi non plus », dit Hammett, épaté.

Il prit le crochet et l'observa attentivement.

« T'as pas perdu ton temps, à Alcatraz, camarade. C'est de la belle ouvrage.

— À peine six heures de travail, Dash. Avec l'outil qu'on a utilisé pour fignoler la lampe. »

Hammett tendit la main par-dessus la table et lui ébouriffa les cheveux :

« Je peux savoir ce que tu vas faire avec cette valise ?

— Non, pas possible. Mais elle est en lieu sûr.

— En lieu sûr ?

— Là où tu ne la trouveras pas. »

Le grand maigre soupira, il faillit dire quelque chose mais se retint.

« Comme tu voudras, petit malin, finit-il par dire, déposant les armes. Mais s'il te plaît, tiens compte du fait que moi, aujourd'hui, crois-le ou non, je t'ai apporté ce que je te devais. »

Cette fois, c'est lui qui mit la main à la poche. Il en sortit un vieux rasoir au manche en corne, l'ouvrit et le ferma deux fois dans le vide, en faisant briller la lame rectangulaire, avant de le poser délicatement sur la table, à portée de main du garçon :

« J'espère qu'il te plaira. »

Le visage de Tony Irongate s'illumina pour la première fois de la matinée. Il prit le rasoir, l'observa avec attention et déchiffra les initiales gravées : S. H.

« Samuel Hammett, dit le grand maigre. C'est avec ce rasoir que mon grand-père se rasait il y a quatre-vingts ans. Il coupe encore bien. »

Tony soupesa le rasoir d'un air satisfait avant de le ranger dans sa poche.

« Faisons un marché, dit-il d'une voix ferme.

— D'accord.

— Qu'est-ce qui est arrivé à Old Rush le soir de l'orage ? »

Hammett cligna des yeux :

« Il s'est échappé, Tony, dit-il sans hésiter.

— Tu ne sais pas mentir, Dash. Tu peux faire une croix sur ta valise. »

Hammett soupira. Tony énuméra sur ses doigts :

« Donald l'a raconté à Linda, elle a promis de ne rien dire à personne, sauf à moi parce que je lui ai promis de ne rien dire à personne. On a tous tenu parole. À toi, maintenant.

— Si tu le sais déjà…

— Comment il est mort, Dash ? »

Hammett soupira.

« Tu as raison : faisons un marché, dit-il. Je te donne les clés pour résoudre le mystère Old Rush et tu le tires au clair par toi-même ; en échange, tu me rends la valise.

— Dans cet ordre.

— D'accord, dit Hammett, presque admiratif. C'est moi qui commence. »

Il tendit la main au-dessus de la table et Tony la serra.

« Tu sais ce que faisaient les guerriers vikings dans ce genre de situation ? » dit le grand maigre.

Les yeux de Tony Irongate se remirent à briller.

18

Lettres

Deux jours plus tard, sans rien de nouveau sur la mort de Dickinson dans les journaux ni nouvelles de Rosen au téléphone ni apparitions subites de Tulip où que ce soit, après une matinée grise au cours de laquelle il avait pu passer trois heures assez peu productives devant sa machine à écrire, Dashiell Hammett décida que sa journée de travail était terminée. Il mit la housse sur la Remington comme on recouvre le visage d'un cadavre et, tandis que les premiers vrais rayons de soleil commençaient à réchauffer la fenêtre, il se munit d'un crayon et d'un carnet de notes, décrocha la petite boussole qui pendait à un clou près de la porte, mit son manteau et quitta le bungalow. Mais il n'alla pas directement dans les bois. D'abord, il fit un détour, ouvrit le cadenas de la remise de derrière où s'alignaient les outils, choisit une hache de taille moyenne, la jeta dans la brouette et finit par s'engager sur le plus long des trois chemins qui conduisaient au lac. Les chiens ne furent pas longs à lui emboîter le pas.

Son idée était de ramasser assez de branches mortes et

de ne couper, sur les troncs secs, que le minimum nécessaire. Il s'arrêtait de temps en temps, observait la boussole, prenait des notes, donnait un ou deux coups de hache dans un gros tronc et poursuivait son chemin. Il arpenta ainsi une bonne partie de la forêt et les rives du lac, dans tous les sens. À son retour, trois heures plus tard, la brouette était pleine d'un tas de branches et d'une dizaine de petites bûches. Il empila le tout sur le côté de l'abri, remit la brouette et la hache à leur place et rentra au bungalow.

Il ressentait une saine fatigue dans le corps et il avait faim. Il prit une douche avant de se faire frire des œufs et deux grosses tranches de lard qu'il mangea accompagnés de toasts beurrés. Il but un jus d'orange et prit son café en écoutant Thelonious Monk et Milt Jackson sur un pick-up portable que Lillian lui avait offert lorsqu'il était venu à Katonah.

« C'est mieux que la radio, Dash, lui avait-elle assuré en sortant l'appareil de sa boîte. Selon les statistiques, dans 36% des cas de suicide en ville, on retrouve la radio allumée. Et je ne te parle pas de la télévision. Par contre, on ne connaît personne qui s'est suicidé en écoutant un disque.

— En lisant un livre non plus, avait-il ajouté.

— C'est différent : un livre, ça occupe les mains.

— On est bien obligé d'arrêter de lire ou d'écrire pour pouvoir se suicider.

— Il faut y voir un symptôme, alors ? Un signe avant-coureur ? »

La conversation s'était arrêtée là, mais, depuis, chaque fois que Lillian lui téléphonait, que ce soit de New York, de la gare juste avant d'arriver ou de la lointaine Prague, la première question concernait ses occupations :

« Qu'est-ce que tu es en train de faire, Dash ? »

Dans cette simple question, une formalité en apparence, Hammett voyait une preuve d'amour.

Voilà peut-être pourquoi, après manger, couché dans son lit, appuyé sur le coude comme il le faisait à l'armée, il écrivit une longue lettre à Lillian. « Lillishka, voilà cinq ans que je ne bois plus. Mais plus important encore : depuis cinquante heures, j'ai une flasque de Four Roses dans la poche et je n'y ai pas touché. » Sa veste était suspendue au dossier de la chaise et le poids des 250 ml de bourbon en altérait à peine la symétrie.

Il n'avait pas eu l'intention de commencer sa lettre de cette façon, mais il se retrouva bientôt à lui décrire dans le détail tous les aspects de son sentiment vis-à-vis de l'alcool, comme jamais auparavant. Il anticipa de possibles objections dans le genre « jouer à la roulette russe » ou « les problèmes de l'équilibriste allergique au pollen », une blague entre eux, et il conclut la séquence non pas en détaillant les circonstances et l'état d'esprit qui l'avaient poussé à entrer dans le kiosque de Grand Central mais avec la promesse triomphaliste qu'il l'inviterait, dans exactement cinq ans, à boire ensemble cette flasque qu'il avait sous les yeux et dont le bourbon serait alors vieilli comme il se doit. Il y aurait alors « cinq ans qu'il aurait terminé son dernier et meilleur roman », ce serait une façon parfaite de célébrer ça.

Sur ce, il revint au sujet de l'écriture, reparla des notes

qu'il avait commencé à prendre la semaine précédente, avant de se laisser, comme il se disait en lui-même, distraire par la réalité. Il s'y était remis le matin même, après plusieurs jours sans s'approcher de la Remington ; mais il n'en dit rien à Lillian. Hammett écrivait avec jovialité et une certaine ironie, comme toujours avec elle, et cette disposition d'esprit – hommage, reconnaissance ou égards pour l'intelligence de Lillian, en même temps que confession d'un minimum de complicité – était une des raisons qui expliquaient qu'ils restaient ensemble malgré tout : même dans les pires moments, ils devaient ou savaient donner d'eux-mêmes une version passée au filtre de l'humour et jamais polluée d'autoapitoiement. Même si Lillian savait qu'il lui mentait ou qu'il ne lui disait pas toute la vérité, la clé de leur complicité se trouvait dans la prise en considération de cet effort consciencieux de chacun pour ne pas embêter l'autre avec ses propres problèmes. Une fois, Hammett lui avait dit, à l'époque où ils faisaient de longs séjours à Martha's Vineyard ou dans l'appartement de New York, vaquant chacun à ses occupations, travaillant ou simplement lisant côte à côte, que pour lui, être avec elle ressemblait à s'y méprendre à être seul. En sachant qu'il se trouvait très bien, très content, tout seul. Il en profita pour lui écrire ou plutôt lui rappeler une fois encore que le contraire n'était absolument pas vrai – la solitude manquait de tous les avantages et les bénéfices de sa compagnie – et que, si elle le désirait, elle pouvait sans aucune crainte lui décrire « le grain de beauté qu'Yves Montand a sur la cuisse et d'autres particularités de la géographie française », mais qu'il fallait surtout qu'elle revienne « une bonne fois pour toutes ».

Après les effusions, il se mit à rendre compte des nouvelles relations humaines dont il avait fait l'expérience ces dernières semaines, sans savoir où elles le mèneraient : « Pour la première fois depuis des mois, en plus d'un renard, de plusieurs couples d'étourneaux et d'une de ces féroces tortues qui te passionnent, sont entrés dans ma vie quotidienne, avec un certain sans-gêne et sans que je leur aie rien demandé, quelques personnages imprévus. » Après quoi il évoqua l'intrusion intempestive de Tulip – « je t'ai parlé de lui, nous étions ensemble en Alaska » –, son étrange obsession pour devenir un personnage de livre ou transformer des histoires vécues ou simplement entendues en matière littéraire, ainsi que l'idée vertigineuse de Gus de faire de cette prétention le vrai sujet d'un roman : « Peut-être que ça vaudrait le coup, mais ça reviendrait à abandonner définitivement l'idée de construire une histoire à partir d'une intrigue criminelle, ou de quelque intrigue que ce soit, et à imaginer plutôt une réflexion sur les sujets et les modes de narration, entrelardée de fragments de trame, des anecdotes présentées comme de possibles histoires et qu'on commente pour éventuellement les intégrer ou les rejeter. Ce qui rendrait nécessaire – je crois – d'écrire à la première personne, du point de vue d'un personnage à l'expérience proche de la mienne, avec la distance et les omissions de rigueur. Comme tu peux t'y attendre, le seul fait de réfléchir à tout cela m'est difficile. Dès que j'aurai quelques passages suffisamment solides pour être montrés, je les soumettrai à ton impitoyable regard critique. Mais pas avant ton retour, espèce de transfuge impénitent. »

Il se relut et considéra qu'il était sans doute allé trop loin dans la description de l'embryon de projet Tulip, mais il ne tenait pas à ce que Lillian continue à laisser implicitement croire aux gens de Gallimard qu'il se trouvait sur le point de mettre un point final à *The Big Meat*. Il ne voulait pas non plus l'obliger à modifier son discours en fonction de ses propres incertitudes. Il opta alors pour lui parler de l'irruption d'un autre personnage étrange dans son quotidien, le señor Fanesi, qu'il décrivit comme « un Argentin imbuvable », soi-disant auteur d'une version augmentée de l'épisode Flitcraft grâce à laquelle – écrivit-il – « il prétend obtenir quelque chose de moi, sans que je sache quoi. Pour l'instant, mon agacement, et rien d'autre. Mais cet individu plus gênant qu'énigmatique pourrait bien me servir lui aussi de personnage, maintenant que j'y pense », découvrit-il en terminant la quatrième page de sa lettre.

Comme il avait fait mention, dans une précédente lettre, des coups de feu le soir de l'orage et de la plainte qu'il avait déposée, il trouva le moyen d'évoquer l'épisode de la voiture de police au portail et le passage au commissariat sans précisions ni curiosité politique malsaine. Arrivé à ce point, il eut l'impression d'être en train de survoler un ensemble de personnages, de développements et de points de détail comme s'il s'agissait d'un avant-goût, d'un extrait, voire de la bande-annonce d'une histoire plus complexe impossible à résumer pour l'instant sans la trahir. Au fond, c'était ce qu'il avait toujours eu besoin de faire : raconter quelque chose, c'était délimiter les frontières du non-dit. Une façon de se taire. Jamais – il pensa à Nell, à tout ce qui s'était passé avec Tony, à la valise pleine de manuscrits – il n'en avait eu aussi clairement conscience qu'en ce moment.

Sans nécessité, il acheva sa lettre sur des nouvelles de Pat Neal et de l'avancée des répétitions, pour donner à penser ou laisser croire, par l'abondance de détails, à une curiosité exagérée pour ce sujet qui accaparaît une bonne partie de l'attention de Lillian. Il n'ignorait pas qu'elle remarquerait ses efforts pour s'y intéresser, ou du moins qu'elle apprécierait son intention de le lui faire croire, faute de mieux.

Il était sur le point de fermer l'enveloppe, avec difficulté du fait de la demi-douzaine de fines feuilles – il s'était montré inhabituellement prolixe –, lorsqu'il réalisa qu'il n'avait pas écrit une ligne sur les Irongate et le divorce qui se profilait à l'horizon, ni sur l'exposition de Gus, ni sur Tony. Il n'avait pas non plus écrit les mots « coups de feu » ou « revolver ». Il avait produit suffisamment de bla-bla pour couvrir – comme les coups de marteau de Poynton au Derby – l'écho prolongé de détonations embarrassantes.

Il ferma l'enveloppe, inscrivit l'adresse de l'hôtel parisien et posa la lettre sur la table de nuit, entre le cendrier rempli de mégots et le livre de Samuel. Ensuite, il s'étira dans le lit, retira ses lunettes et se frotta longuement les yeux. Il bâilla. Il était fatigué. Il avait mal au cou et aux articulations du bras mais il ressentait dans tout le corps une sorte de satisfaction primale, élémentaire, d'avoir écrit cette lettre trop longtemps retardée.

Il la regarda un moment, puérilement fier de son épaisseur. Il se dit – et ce n'était sans doute pas la première fois – que les lettres sans timbres ni cachets de la poste jouissent d'une sorte de nudité, d'une étrange virginité. De l'insaisissable sens en transit, différé. Parce que cette enveloppe n'était pas vraiment une lettre. Pas encore. S'il la perdait ou qu'il partait en la laissant sur place, celui qui la trouverait le lendemain dirait : j'ai trouvé une enveloppe, il ne dirait pas j'ai trouvé une lettre. Et rien de ce qu'on en ferait alors – que ce soit l'ouvrir ou l'envoyer – ne serait approprié ni ne pourrait lui donner son sens. De la même façon, un manuscrit n'est pas un livre, seulement la possibilité d'un livre. Il pensa que le mot lettre ne renvoie pas toujours à la même chose. Quand on les écrit, les lettres ne sont qu'une série de feuilles, mais quand on les reçoit, elles sont un objet, une enveloppe. L'enveloppe vient à la fin du processus pour celui qui envoie et au début pour celui qui reçoit. Hammett sentit qu'il tenait quelque chose, une idée qui valait peut-être la peine d'être formulée, parce que les verbes habituels décrivent des actions chaque fois différentes. Quatre actions distinctes s'enchaînent : écrire une lettre (des feuilles), envoyer une lettre (une enveloppe), recevoir une lettre (une enveloppe) et lire une lettre (des feuilles). Lillian ne dirait pas ni n'écrirait « j'ai lu ta lettre » mais « j'ai reçu ta lettre ». Les lettres, en général, c'est quelque chose qu'on écrit et une enveloppe qu'on reçoit. Mais toujours médiatisés par l'envoi. Et la lecture. Lesquels pouvaient être différés indéfiniment. Le sentiment d'étrangeté chez le lecteur dépendait probablement de l'allongement relatif du délai et de la distance. L'univers entier n'était peut-être qu'une lettre, un message que quelqu'un avait ouvert sans qu'il lui soit destiné. Quelqu'un avait dit ou écrit que si l'univers est une réponse, il faut essayer d'imaginer la question. L'homme vivrait au monde comme quelqu'un qui a trouvé une lettre qui ne lui est pas destinée. Et qui l'ouvre.

Sans aucun doute, quelqu'un avait déjà dû réfléchir et écrire là-dessus. C'était un sujet parfait pour Lichtenberg, par exemple. Un type qui donnait corps à des questions apparemment triviales en les examinant de près, en les considérant dans leur ensemble. Lichtenberg était un individu capable de faire très sérieusement l'inventaire de toutes les façons possibles de tenir sa tête. Hammett ne se rappelait pas s'il en avait dénombré soixante-douze ou soixante-quatorze – un soir, avec Lillian et Dorothy Parker, ivres tous les trois, ils s'étaient amusés à les mimer toutes pendant des heures –, mais il pouvait parfaitement imaginer le lucide bossu kantien déconstruire – comme pour les variantes des positions des doigts sous le menton – les moindres étapes du processus épistolaire ; depuis l'écriture à la lecture, mille segments variables à l'infini dans le temps et dans l'espace. Et concevoir ou proposer la lettre comme métaphore de qui sait quelle stupeur existentielle.

Mais il n'avait pas sous la main les *Cahiers d'aphorismes* pour vérifier. Quelqu'un avait volé dans sa bibliothèque le livre de Lichtenberg. Peut-être Dotty, justement, qui ne rendait jamais les livres et ne se souvenait même pas les avoir empruntés. Mais qui, quand on les lui réclamait, envoyait des lettres brillantes pour ergoter avec grâce. Le livre ne regagnait jamais son rayonnage mais restait la lettre. Voilà comment miss Parker disséminait à jamais ses talents d'improvisation en des milliers de petits happenings. Pour des questions de style, Dotty insupportait parfois Hammett, mais un authentique talent tel que le sien gaspillé en feux d'artifice d'esprit et de persiflage offrait un spectacle plus intéressant que le bon sens et la cérémonieuse préoccupation morale de poseurs dans le genre de Thomas Mann, un autre qui écrivait des lettres, mais des lettres ouvertes, avec une majuscule, adressées à l'humanité tout entière. Hammett repensa à Brecht. Peut-être recevrait-il un de ces jours une lettre ornée de timbres allemands rouges, noirs et jaunes, estampillée à Berlin, dans laquelle il lui demanderait officiellement les droits de *Moisson rouge* en vue d'une adaptation en comédie musicale prolétarienne, ou même l'inviterait directement à la première mondiale par le Berliner Ensemble. Chose qui avait peu de chances d'arriver en ce moment où il vivait presque caché; inatteignable, comme dirait Tulip.

Il se dit qu'il avait probablement reçu beaucoup plus de lettres qu'il n'en avait écrit dans sa vie, mais ce phénomène était arrivé de façon progressive. Au début, au contraire, il en recevait peu, c'est pourquoi il en avait conservé certaines pendant des années, comme la convocation pour s'enrôler dans l'armée lorsqu'il s'était porté volontaire juste avant la Première guerre, ou la lettre à en-tête de *Smart Set*, signée de la main de Mecken, qui l'informait que sa collaboration à la revue était acceptée, ou encore celle où Jose lui annonçait qu'elle était enceinte.

Il se souvenait s'être dit, en la lisant, qu'il connaissait son corps mieux que son écriture, ce qui l'avait étonné. Ils avaient très souvent fait l'amour mais il ne l'avait jamais vue écrire autre chose que des ordonnances de médicaments ou des bilans cliniques. Sans compter que cette lettre de Jose lui était parvenue presque par hasard. Après son transfert à l'hôpital de Kearney, au sud de la Californie, ses courriers avaient été rares et espacés dans le temps, et même si cette fille lui plaisait, il ne lui aurait sans doute pas écrit lui-même après qu'elle était rentrée dans son village du Montana et que lui, une fois sorti de l'hôpital, avait échoué à San Francisco après avoir un peu bourlingué. Et donc, cette lettre lui était parvenue la veille de déménager sans laisser d'adresse, parce qu'il ne savait pas où aller et qu'il quitterait probablement la ville. Si la lettre était arrivée le lendemain, voire si le facteur avait modifié sa tournée et n'était passé que quelques heures plus tard, Hammett n'aurait rien su de la grossesse, il n'aurait pas reconnu Mary Jane et bien sûr lui et Jose ne se seraient pas mariés. Ils ne se seraient peut-être même jamais revus.

Cette lettre l'avait cherché jusqu'à le trouver, tout comme, chaque jour, des milliers de lettres étaient retournées à l'envoyeur parce qu'elles ne trouvaient pas leur destinataire, à cause d'un quiproquo, d'une erreur ou d'un oubli. Le destin est ainsi fait. La vie est pleine de ces coïncidences ou de ces croisées de chemins où la conscience de l'avenir vous éclate au visage. C'était peut-être la règle plutôt qu'une exception ; l'accepter était vraisemblablement la meilleure façon de vivre. Ce fut sa dernière pensée avant de s'endormir. Il ne s'en souviendrait pas le lendemain.

19

Rasoirs

À son réveil, la nuit tombait et il eut froid. Il se leva avec effort et bâilla longuement en étirant les bras. À la salle de bains, il urina, vida le cendrier dans les toilettes et retourna dans la cuisine. Il fureta dans le réfrigérateur en attendant que bouille l'eau pour le café. Il n'avait pas très faim ; tout à l'heure, il se contenterait d'un sandwich jambon-tomate pour dîner et irait se coucher tôt. Il but son café en observant par la fenêtre de la cuisine comment l'avant-dernière lumière du jour changeait les coloris de la remise du fond. Il décida de sortir prendre un peu l'air et admirer l'arrivée prudente du soir depuis l'orée du bois, comme à son habitude.

Il mit son manteau et, en palpant par réflexe sa poche au moment de sortir, s'aperçut qu'il n'avait plus de cigarettes. N'ayant aucune envie de marcher jusqu'à la route, il en emprunterait une ou deux à Poynton. Il en profiterait pour lui donner la lettre pour Lillian à poster le lendemain matin.

En s'engageant sur l'allée de gravier et en obliquant vers la maison où les lumières étaient déjà allumées, il vit la voiture des Irongate. Immédiatement, il entendit le brouhaha des voix des filles. Il se souvint alors qu'on était vendredi, que quitter New York le week-end avec les enfants était une coutume familiale abandonnée dernièrement suite aux difficultés du couple, et il se réjouit que la tradition perdure, surtout pour Gus.

En montant les marches de la véranda, il percuta presque Paulie qui sortait sans regarder devant elle, terminant une conversation à voix haute avec quelqu'un derrière elle. Elle avait gardé – ou remis – son manteau.

« Salut Paulie », dit Hammett.

Elle s'arrêta tout net et mit les mains sur les hanches :

« Salut, Dash.

— Qu'est-ce que tu fais ici ?

— C'est chez moi aussi, tu es au courant ? »

Hammett s'excusa d'un sourire et approcha son visage pour l'embrasser sur la joue. Elle ne bougea pas.

« Je voulais dire que je ne m'attendais pas à te voir ici.

— Moi non plus, tu sais ? Je ne m'attendais pas à venir à Katonah et encore moins à te voir. »

Hammett fronça les sourcils.

« Il a fallu que je sorte Gus de la voiture, Dash. Je l'ai laissé assis sur le trottoir. Il devait passer chercher les filles mais a débarqué tellement bourré qu'il ne pouvait même pas parler, tu vois le genre ? Alors c'est moi qui les ai amenées.

— Désolé.

— Moi de même, parce que c'est mon soir libre et j'ai quelque chose à faire. Je dois retourner à New York, j'étais sur le départ. Mais puisqu'on y est, profitons-en : il faut qu'on parle.

— De quoi ? »

Paulie soupira et retourna dans le séjour.

« Viens. »

Hammett la suivit. Les paquets et les sacs à dos des filles étaient éparpillés par terre et sur le canapé. Hammett repéra le manteau et aussi l'arbalète de Tony. Paulie suivit son regard.

« Je ne veux plus voir cette arme chez moi », dit-elle en se laissant tomber dans un des petits fauteuils. Hammett resta debout. « J'ai voulu la jeter à la poubelle mais il est devenu hystérique… Il a fallu négocier pour qu'il accepte de la laisser ici. Je ne l'avais jamais vu dans cet état avant, Dash.

— Parce que, avant, il n'avait pas quatorze ans et ses parents ne s'étaient pas séparés, Paulie.

— Ne me prends pas de haut.

— Excuse-moi. Je ne voulais pas… »

Paulie ne l'écouta pas. Elle fouilla dans le sac à main posé sur sa jupe :

« C'est toi qui lui as donné ça ? »

Le rasoir du grand-père Samuel Hammett tremblait dans la paume de la main de Paulie comme un stigmate, ou la preuve d'on ne sait quelle infamie.

Hammett acquiesça. Il tendit la main mais elle retira la sienne.

« J'ai remarqué qu'il avait commencé à se raser... Nous, les hommes, nous avons nos rites.

— Tu sais où tu peux te les mettre, tes rites ? dit Paulie en fouillant à nouveau dans son sac.

Elle y laissa tomber le rasoir et en tira un papier : « Assieds-toi et lis ça. »

C'était une lettre à en-tête du *college* de Tony. Ce dernier ayant eu des problèmes dans le précédent, ses parents l'avaient fait changer de force pour un autre établissement plus loin de chez eux et bien moins huppé. Et voilà que les problèmes recommençaient.

« On m'a convoqué parce que Tony a gravé son pupitre en bois avec cette saloperie de rasoir. Il a pris dix jours d'exclusion. La prochaine fois qu'il emmène une arme en classe, ils le virent. »

Hammett relisait la lettre encore et encore.

Il déchiffra difficilement :

« Qui est... Salvatore Lombino ? Ce nom me dit quelque chose.

— C'est le professeur qui lui a confisqué le rasoir et m'a convoquée. Par-dessus le marché, il veut te parler aussi, j'ignore pourquoi. Peut-être parce que Tony lui a dit que c'était un cadeau de toi.

— Je l'appellerai. »

Hammett nota les coordonnées de l'école et du professeur Lombino. Il rendit la lettre à Paulie.

« Qu'est-ce qu'il a écrit, Tony ? »

Elle ouvrit des yeux tout ronds, sans comprendre :

« Son pupitre est foutu, abruti. »

Hammett soupira et avala sa salive :

« Atteinte à la propriété. On peut ne pas être d'accord.

Mais l'important est ailleurs, à mon avis. Qu'est-ce qu'il a écrit ? Son nom, celui d'une fille, le dessin d'un cœur, une croix gammée... ? »

Paulie parla avec une lenteur recherchée :

« Tu le fais exprès ?

— Je ne crois pas, mais je ne peux pas faire autrement, admit le grand maigre en se levant. Autre chose ? Pas une insulte, s'il te plaît. »

À cet instant, le téléphone se mit à sonner et Donald sortit de la cuisine pour répondre. Sa voix leur fit un fond sonore.

« Oui, il y a autre chose, dit Paulie avec une froideur calculée. Nous allons vendre cette maison, Dash. Il va te falloir trouver un autre endroit où te tourner les pouces.

— Comment ? »

L'irruption de Donald derrière Paulie avait couvert ses derniers mots :

« Monsieur Hammett, on vous demande au téléphone. C'est monsieur Bunny, insista-t-il.

— Qu'est-ce que tu as dit, Paulie ?

— Peu importe. Va répondre. On continuera après. »

Le grand maigre passa devant elle, emprunta une cigarette à Donald et l'alluma tout en répondant :

« Qu'est-ce qui se passe, Bunny ?

— Ton amie Nell est ici.

— Passe-la-moi.

— Elle va pas bien, Dash. Je viens de la trouver évanouie.

— Blessée ?

— Non. Mais elle a dû prendre quelque chose. Elle a

picolé tout l'après-midi. Au moment de fermer, je ne l'ai pas vue. J'ai cru qu'elle était partie mais je l'ai trouvée par terre dans les toilettes. Elle réagit mais elle a du mal à coordonner ses mouvements. Je fais quoi ? Tu peux venir ?

— Difficile. »

Hammett regarda autour de lui comme s'il cherchait quelque chose qui pourrait lui être utile. « Appelle Sam Rosen, mon avocat. Il a ses bureaux tout près du Derby. »

Il lui dicta le numéro de Sam et lui demanda de rappeler dès qu'il aurait du nouveau.

« Et merci encore, Bunny.

— De quoi ?

— De ne pas avoir appelé la police, par exemple.

— Impossible. Je n'ai jamais réussi à me souvenir de leur numéro. »

Hammett raccrocha et resta à fumer à côté du téléphone. Quelques minutes passèrent. Il entendait les voix de Paulie et des enfants Irongate à l'étage. Donald sortit de la cuisine :

« Un problème, monsieur Hammett ?

— Plusieurs. Offre-moi une cigarette et demande à Paulie de ne pas partir avant qu'on parle.

— Ils vont vendre la maison, monsieur.

— Ressors ton protège-dents, Donald... »

Le téléphone sonna de nouveau. C'était Sam Rosen :

« Bunny vient de me dire pour Nell. Qu'est-ce que tu veux que je fasse ?

— Emmène-la.

— Elle est recherchée par la police depuis une semaine, Dash.

— Justement : tu vas la chercher, tu te débrouilles pour la remettre sur pied et, une fois qu'elle est dans un état acceptable, tu la mets dans un taxi et tu la conduis dans un hôtel où on ne pose pas trop de questions. Tu connais le Pontiac ?

— Non.

— C'est vers Battery Park. Autrement, trouves-en un autre où on pose encore moins de questions et tu me fais savoir où. Reste auprès d'elle jusqu'à mon arrivée. Je pars. »

Sam Rosen ne dit rien.

« Tu m'as entendu, Sam ?

— D'accord. Je te rappelle quand je l'ai. Après, tu la prends avec toi ?

— Non, impossible de l'amener ici. Elle est lucide ?

— À moitié, d'après Bunny. On dirait qu'elle a mélangé l'alcool et les médicaments. Mais pas en grandes quantités.

— Ne t'en fais pas. Je vais trouver quoi faire avec elle », dit Hammett.

Paulie et les enfants descendaient l'escalier. Elle entendit la fin du dialogue :

« Quoi faire avec qui, Dash ?

— Pas toi, Paulie. Une copine, dit-il sans raccrocher.

— Je croyais que c'était fini, l'époque des copines.

— Ne sois pas désagréable. »

Hammett se tourna vers Tony et ses sœurs :

« Salut, les enfants… »

Do et Lola vinrent lui faire la bise tandis que Tony, immobile et sérieux un pas derrière sa mère, ne bougea pas d'un centimètre.

« Tu veux qu'on termine notre conversation avant ton départ ? » demanda calmement Hammett.

Paulie le dévisagea un moment, tendue. Elle paraissait sur le point d'exploser mais se retint à grand-peine.

« Non, pas maintenant », dit-elle en soupirant.

Elle mit la main sur l'épaule de Tony. « Parle-lui, Dash. Explique-lui… Explique-lui ce qu'il en est, si tu y arrives.

— Ne t'en fais pas. Tout va s'arranger. »

Paulie prit ses enfants dans ses bras un par un, leur fit la bise et sortit sans se retourner.

Hammett gagna la porte et la suivit du regard tandis qu'elle traversait le parc et montait en voiture. Il lui fit même au revoir quand elle fit demi-tour pour partir. La nuit tombait et il ne put pas voir si elle lui avait répondu.

Lorsqu'il revint dans le séjour, les enfants Irongate n'y étaient plus. On entendait Lola crier dans la cuisine mais les deux grands avaient disparu avec leurs affaires sans laisser de trace. Hammett appela Tony deux fois, sans succès ; il se sentit ridicule.

C'est Poynton qui se présenta le premier.

« Rends-moi service, Donald, dit-il sans prendre de pincettes. Après tout, c'est toi qui as lâché le morceau. Tu sais de quoi je parle… »

Au bout de quelques secondes, Poynton avoua sans ciller :

« Oui, monsieur Hammett.

— Tu n'aurais pas dû en parler à Linda.

— Oui, monsieur Hammett. Je veux dire : non, monsieur Hammett.

— Au moins, tu l'admets. Je te demande de t'occuper de

Tony. Je devais faire quelque chose avec lui, on avait passé un accord, mais je ne vais pas pouvoir pour l'instant, alors prends soin de lui jusqu'à mon retour.

— Oui, monsieur Hammett. Et vous reviendrez quand ?

— Je ne sais pas... demain. Il faut que je parte tout de suite. Emmène-moi en voiture, s'il te plaît. »

Il consulta sa montre.

« Le dernier express part dans dix minutes.

— Oui, monsieur Hammett. »

En route pour la gare, Poynton aborda le sujet de la vente de la maison.

« Linda n'arrête pas de pleurer, conclut-il.

— Finalement, pour vous, c'était mieux du temps de vos grands-parents, dit Hammett après quelques secondes. L'esclavage vous garantissait une certaine stabilité de l'emploi. »

Poynton lui lança un regard de travers.

« Les propriétaires changeaient mais, vous, vous restiez, on vous vendait avec la maison, conclut le grand maigre, imperturbable. Je me trompe ? »

Poynton regardait droit devant lui mais il serra un peu les dents :

« C'est pas drôle, monsieur Hammett.

— Non, c'est pas drôle. Excuse-moi. »

Il lui donna quelques tapes sur la cuisse comme s'il calmait Cinq.

« J'ai peut-être surestimé ton sens de l'humour, mais tu

devrais te détendre. Tu vas voir, rien de tout ça ne va arriver.

— C'est bon, c'est pas grave.

— Et même si ça arrive, on survivra. J'ai quelques idées.

— Je suppose.

— Tu m'offres une autre cigarette ? »

En l'allumant, Hammett crut se souvenir qu'il avait quelque chose à dire ou à donner à Poynton au moment où l'arrivée de Paulie et le coup de fil de Bunny avaient détourné son attention.

« Il y a du nouveau », dit-il.

Après quoi, il lui expliqua le minimum nécessaire sur la disparition et la réapparition de Nell Martin. Sam Rosen téléphonerait bientôt pour laisser l'adresse d'un hôtel. Donald devait prendre note.

« Oui, monsieur Hammett. Et je fais quoi avec Tony, en attendant ?

— Je ne sais pas, il est imprévisible… Ce serait peut-être bien que tu l'entraînes à boxer. Qu'il tape sur quelque chose ; il est rempli de colère, mieux vaut qu'il la libère comme ça ; sinon, il est capable de décimer sa famille un de ces jours. Compris, Donald ?

— Je suppose que oui, dit Poynton, qui ne connaissait sans doute pas le sens de décimer mais comprenait l'idée.

— Tu supposes ?

— Non, monsieur Hammett, enfin, oui…, se corrigea-t-il avec conviction. Je veux dire que je suppose que je comprends.

— J'en suis certain. »

À leur arrivée, le train entrait en gare. Hammett descendit de voiture et, avant de trottiner jusqu'au quai, il eut le temps de mettre la tête à la vitre :

« Donny, si tu remontes bientôt sur le ring, je veux être ton manager. Et alors tu m'appelleras Dash.

— D'accord : je vous appellerai Dash. »

Et pour la première fois, Poynton lui fit un clin d'œil, de l'œil droit.

20

La nuit du Pontiac

Cinq ans s'étaient écoulés depuis la dernière fois que Hammett avait monté les marches délavées qui menaient à la réception du Pontiac. Un type désagréable du nom de Red Adams, qui appelait tout le monde « camarade » et dont la principale activité consistait en apparence à changer constamment de nom et de domicile, était venu de Chicago pour coordonner les activités plus ou moins clandestines du Congrès des droits civiques, organisation qui se chargeait – entre autre choses – de collecter des fonds destinés à payer les cautions de ceux qui étaient accusés de mener des activités antiaméricaines à Hollywood et dans d'autres foyers de conspiration.

Adams était descendu dans ce vieil hôtel pour immigrés des années vingt, pas loin de Battery Park, sous un nom d'emprunt, avec la complicité du gros concierge, l'inoubliable camarade Vittorio Cordiviola, et c'est là que Hammett et quelques autres figures de premier plan de l'organisation étaient allés le rencontrer à contrecœur, par une humide nuit d'été. Hammett détestait jouer les conspirateurs.

De cette réunion – officiellement, l'enterrement de vie de garçon d'un des rares jeunes membres de l'organisation –, le grand maigre se rappelait seulement que la bière n'était pas très fraîche et qu'il avait fini par accepter, dans l'espoir de rentrer plus vite chez lui, des responsabilités formelles qui feraient de lui – entre autres choses – le détenteur de la liste de contributeurs du fonds. Et quelques années plus tard, c'est parce qu'il n'avait pas voulu révéler ces noms qu'il était allé en prison. Sans hésitation, un psychanalyste ne manquerait pas d'interpréter sa décision de revenir au Pontiac précisément dans ces circonstances comme un désir de frapper à la porte du malheur. En réalité, c'était le premier nom qui lui était passé par la tête et, par chance, Sam Rosen n'avait aucune idée de l'histoire de cet hôtel malfamé où on ne posait pas de questions.

Hammett remarqua que, depuis cette époque, il manquait une lettre de plus à l'enseigne lumineuse du Pontiac, et que la plume sur la tête du chef indien clignotait d'une façon qui n'était sans doute pas voulue, mais la façade gardait son cachet. Le camarade Vittorio avait perdu quelques dents, lui aussi, mais pas sa bonne humeur ni la mémoire. Il se souvenait de Hammett, le salua avec effusions et lui désigna d'un geste le couple qui prenait le café dans un coin de la réception, sous une des fresques murales écaillées et naguère brillantes qui reproduisaient des scènes indiennes célèbres de Winslow Homer et George Catlin.

À peine Hammett avait-il fait quelques pas dans leur direction que Sam Rosen se leva pour l'intercepter.

« Heureusement que tu as fait vite, Dash. Elle n'a pas voulu monter dans la chambre. Elle a préféré attendre ici.

— Elle n'a jamais été du genre fille facile. Comment elle va ?

— Mieux pour l'instant, elle a pris des calmants. Il y a autre chose, Dash. Quand j'ai appelé pour dire qu'on était ici, Poynton m'a dit de te dire que Tony avait disparu.

— Pourquoi il ne me l'a pas dit, à moi ?

— Pour ne pas t'inquiéter.

— C'est réussi. »

Hammett vit la femme robuste qu'avait été Nell Martin se lever et attendre, la main appuyée sur le dossier de sa chaise.

« Laisse-moi seul avec elle, Sam. Merci. »

Rosen le retint :

« Qu'est-ce que tu vas faire ?

— La réconforter, la calmer, écouter ce qu'elle a à dire.

— Il va lui falloir un avocat », dit l'avocat.

Hammett haussa les sourcils.

« Pas moi, Dash. Je suis ton avocat et tu dois rester en dehors de toute cette affaire.

— Tu as raison. Trouve m'en un et on reparle de tout ça. Je t'appellerai.

— D'accord. À n'importe quelle heure. »

Ils rejoignirent ensemble Nell, qui avait l'air d'aller mieux. Hammett déposa un baiser sur sa joue glacée.

« Ma belle…

— Dash, excuse-moi…

— Arrête. »

Elle amorça un sourire et tendit la main pour dire au revoir à l'avocat :

« Merci, maître Rosen. Je regrette que nous nous soyons rencontrés dans de telles circonstances. On se reverra, de toute manière : je dois vous rendre cette robe.

— Avec plaisir, Nell.

— Eh là, vous allez un peu vite en besogne à mon goût… », dit Hammett.

Après le départ de Rosen, ils gardèrent le silence quelques secondes, avant que Hammett dise :

« Assieds-toi, je t'en prie. Tu te sens mieux ? »

Elle acquiesça en s'adossant contre le dossier de sa chaise, sérieuse et raide, les mains jointes sur sa robe.

« Tu préfères qu'on aille autre part ?

— Avant, on allait à l'Algonquin », dit Nell d'une voix rauque.

Immédiatement, elle éclata de rire.

« Voilà la Nell que je connais, approuva Hammett.

— Que tu connaissais, du moins. »

Nell pinça entre deux doigts le tissu de sa robe verte et poursuivit avec vivacité :

« Elle me va bien ? »

Après quoi, sans transition :

« Tu savais que ton avocat vit avec sa mère ? La robe est à elle. La mienne était dégoûtante. Le sol des toilettes du Derby laisse beaucoup à désirer, Dash. Tu pourras le dire à ton ami…

— Bunny.

— Bunny, c'est ça », affirma Nell avant de se taire brusquement.

Elle reprit au bout d'un moment, sans changer de ton, en secouant la tête :

« À la réflexion, pas la peine de lui en parler, Dash. Je ne remettrai plus les pieds au Derby maintenant que je t'ai retrouvé.

— Tu y es allée souvent ?

— Deux fois. La première avec Ashley ; il a voulu m'accompagner quand je lui ai promis de te retrouver pour que tu emportes tes affaires.

— Ah. Je vois... »

Nell se tut et détourna le regard. Elle semblait sur le point de fondre en larmes mais elle se reprit et secoua la tête.

« Explique-moi ce qui se passe, dit Hammett.

— Tout est très compliqué. Il y a trop d'hommes dans ma vie. »

Tous deux sourirent. Hammett se pencha vers elle et lui serra les mains. Il retrouvait petit à petit son amie.

« Tu veux qu'on monte ? Tu te reposes et après tu me racontes. Ou tu me racontes et puis tu te reposes. »

Nell sortit un petit tube de cachets de son sac à main et le posa entre eux, à côté des tasses de café :

« Je dois en reprendre un dans deux heures. »

C'était une façon tacite de s'en remettre à lui.

« D'après Rosen, ils sont efficaces contre la gueule de bois.

— Sa mère en prend ? »

Elle se remit à rire.

« Montons, Dash. Mais ne reluque pas mon cul dans l'escalier.

— Difficile de faire autrement. »

Le camarade Vittorio les enregistra sous le nom de M. et Mme Phantom, leur fit payer – non sans s'excuser – deux jours d'avance, prit la robe de Nell pour la faire laver et leur remit la clé de la chambre 7, deux serviettes, un savon et une carafe d'eau. La responsable du service d'étage avait terminé sa journée, elle ne reviendrait pas avant huit heures du matin.

« La chambre donne sur la rue, il y a un beau balcon à l'angle, monsieur Hammett. Vous serez tranquilles. Il n'y a qu'une autre chambre occupée au premier. »

Ils montèrent ensemble. Hammett sentit que Nell avait du mal à marcher, il la soutint fermement. Leur chambre était la dernière au bout d'un couloir mal éclairé. En poussant l'interrupteur après avoir ouvert la porte, ils constatèrent que l'ampoule était grillée. Les lumières rouges et vertes de l'enseigne se glissaient par les rideaux du balcon entrouverts et se réfléchissaient dans un miroir carré posé sur la commode, de l'autre côté de la chambre, colorant la pénombre. Les deux lits étaient séparés par une table de nuit, avec une seule lampe de chevet à abat-jour en papier parcheminé. Nell s'avança pour l'allumer. Une clarté ténue illumina l'antique papier peint à fleurs délavées et les couvre-lits d'un vert indéfinissable.

« Ça ira bien comme ça », dit-elle.

Hammett alla poser les serviettes et le savon dans la salle

de bains. À son retour, elle s'était allongée sur le lit le plus proche de la fenêtre ; elle n'avait même pas retiré ses chaussures. Elle avait le bras sur le front et les yeux fermés. Sa poitrine montait et descendait fébrilement.

« Merci, Dash, murmura-t-elle.

— Repose-toi, maintenant. »

Hammett s'assit sur l'autre lit et l'observa à loisir. Quelques minutes passèrent. De la rue ne provenaient que des bruits de pas, le murmure des voitures et des voix isolées ; de temps en temps, le grondement de la ligne ferroviaire aérienne toute proche. Une fois la respiration de Nell apaisée, Hammett se leva, lui retira ses chaussures et toucha sa joue du revers de la main. Elle était tiède. Elle se tourna sur le côté sans se réveiller. Hammett la couvrit avec son propre dessus-de-lit, sortit de la chambre sur la pointe des pieds et ferma à clé.

Il consulta sa montre. Il était dix heures. Il longea le couloir et descendit dans le lobby désert. Le camarade Vittorio dormait probablement dans la réserve. Il trouva le téléphone public dans la niche sous l'escalier. Il introduisit deux pièces dans la fente et s'appuya au mur.

Après une seule sonnerie, Linda décrocha. Avant qu'il puisse lui demander quoi que ce soit, elle l'informa qu'elle venait de remettre la sole aux haricots intacte au réfrigérateur. Personne n'y avait touché.

« Tant mieux : garde-la toute pour moi.

— C'est surtout pour vous que je l'avais préparée, mais on ne peut pas vous faire confiance, monsieur Hammett.

— J'ai dû partir en catastrophe, Linda.

— Vous revenez tard ?

— Demain. Et les autres convives ?

— Les filles ne mangent que des hamburgers.

— Donald et Tony ?

— Quand Tony est finalement reparu, après qu'on s'est fait tant de mauvais sang, Donald est allé chercher ses gants de boxe et ils se sont enfermés dans le garage. Impossible de les faire venir. À leur sortie, Tony avait les oreilles toutes rouges et il était en sueur. J'ai dû les envoyer se laver. Ils n'ont qu'à se préparer leur dîner eux-mêmes, monsieur Hammett. Moi, je vais me coucher.

— Tu as bien raison. Tu peux me passer quelqu'un ? »

Linda lui passa Tony, qui venait de sortir de la salle de bains. Il mit quelques secondes à prendre le téléphone :

« Dash… »

Le garçon était excité.

« Tu savais que Donald a été boxeur professionnel ?

— Tu parles de Donny Brown ?

— Il a combattu au Madison, Dash… On vient de s'entraîner.

— En voilà une bonne idée !

— Il m'a appris à me déplacer et à envoyer des jabs. C'est facile.

— Ne l'énerve pas, on ne sait jamais. »

Tony baissa la voix pour changer de sujet :

« Pour notre affaire, comment on fait ? En ce qui me concerne, personne n'est au courant.

— Je n'en doutais pas. Restons discrets : rien que toi et moi.

— Tu reviens quand ?

— Demain, j'espère. »

Hammett fit une pause, hésita à poursuivre, avant de dire finalement, en choisissant ses mots avec soin :

« Tony, il va falloir te résigner à l'idée que les rasoirs servent à raser, tout autre usage peut causer des dégâts. Tu vois de quoi je parle ?

— Qu'est-ce que t'a raconté ma mère ? »

Il s'était braqué de façon perceptible : « Qu'est-ce qu'elle t'a dit comme mensonge ?

— Elle ne m'a rien dit. Elle m'a seulement montré un mot de ton école. »

Il y eut un long silence. Tony ne répondait pas.

« Tu es là ? Tony, tu es là ? »

La communication fut coupée. Hammett jura tout haut et, après un moment d'hésitation, il raccrocha et s'éloigna.

En quittant la niche sous l'escalier, il vit le camarade Vittorio discuter avec un client. Hammett s'arrêta et recula : ce n'était pas un client. Hammett ne pouvait pas entendre la conversation mais il savait reconnaître les flics, il pouvait même deviner à quel moment de leur entrée en matière ils retireraient leur chapeau et entrouvriraient leur veste pour montrer leur insigne. Le type, grand et massif, vêtu d'un inutile imperméable gris, accomplit tous ces gestes comme s'il sacrifiait à un rituel.

Le camarade Vittorio s'étira par-dessus le comptoir, les lunettes sur le bout du nez, pour vérifier son identité et, une fois revenu à sa position initiale, ouvrit son mystérieux registre et fit glisser son doigt le long de la feuille horizontale jusqu'à un certain point, avant de retourner le registre pour que l'autre puisse lire.

Au moment où le policier se penchait pour vérifier, Hammett se dit qu'il était temps de remonter dans la chambre. En faisant vite, il pouvait franchir les quelques mètres de tapis sans être vu ni entendu. Mais un léger contact inattendu entre ses jambes le fit presque crier de panique. Un chat gris émergea de la pénombre de la soupente et s'en fut lentement, la queue en l'air, vers la lumière. Hammett se replia dans la niche. De sa position, il put voir, du coin de l'œil, le camarade Vittorio et le policier quitter le comptoir et se diriger vers l'escalier. Pétrifié, il se colla contre le mur tandis que le chat sautillait sur les premières marches, comme pour leur montrer le chemin.

« Hé, Gramsci... *Vía*, *vía* », grogna le concierge en le chassant. Le policier le suivait à deux mètres. Ils se mirent à monter.

Hammett sentit qu'ils foulaient le tapis à cinquante centimètres de sa tête. Depuis sa niche, dans un silence seulement dérangé par de légers miaulements, il entendit ou crut entendre leurs pas le long du couloir que Nell et lui avaient traversé une demi-heure plus tôt. Il eut une nouvelle hésitation. Il transpirait à grosses gouttes. Il entendit des voix qu'il ne parvint pas à distinguer et ensuite des coups à la porte d'une chambre. Ce n'est qu'alors qu'il sortit de la niche et attendit au pied de l'escalier. Il essaya de se représenter la scène. Les coups reprirent. Personne n'avait l'air de répondre. Il monta trois marches et s'immobilisa en attendant de nouveaux coups. Quand la porte s'ouvrit dans un grincement, il recula instinctivement d'un pas et descendit d'une marche.

« Vous voulez quoi ? » dit une voix masculine.

Hammett s'appuya sur la rambarde de l'escalier. Il soupira profondément et, après quelques secondes, commença à monter tandis que le dialogue se poursuivait à l'étage.

Il arriva au premier. Le policier était entré dans une chambre et le camarade Vittorio attendait à la porte. Hammett le dépassa en coup de vent pour gagner le bout du couloir.

« Bonsoir, monsieur Phantom, dit le concierge d'un air naturel.

— Bonsoir », parvint-il à répondre, en accélérant insensiblement le pas.

Il eut l'impression de faire beaucoup trop de bruit en enfonçant la clé dans la serrure et de mettre une éternité à entrer dans la chambre et à refermer la porte. Il appuya le front au bois du chambranle, mit la chaîne et, après quelques secondes, se retourna lentement.

Nell dormait dans la même position, enveloppée d'une pénombre qui paraissait désormais accueillante. Rien n'avait changé mais Hammett avait le visage couvert de sueur et un mélange de fébrilité et d'angoisse oppressait sa poitrine. Dans la salle de bains, il retira ses lunettes embuées et s'aspergea le visage et le cou à l'eau froide, sans lever les yeux. Il s'essuya avec la serviette et ce n'est qu'alors qu'il se regarda dans le miroir. Il vit un vieillard apeuré.

De retour dans la chambre, il alluma une cigarette et sortit sur le balcon. La voiture de police, toutes lumières allumées, était stationnée n'importe comment loin du trottoir, la porte avant ouverte; un homme en uniforme dont les jambes dépassaient du siège conducteur parlait à la radio.

Hammett resta à contempler la scène en fumant sans bouger, l'esprit vide, jusqu'à ce que le policier en imperméable finisse par ressortir de l'hôtel, seul, et monter dans la voiture par l'autre portière, sans mot dire. Le policier en uniforme éteignit la radio, la voiture de patrouille partit sans mettre la sirène et la rue redevint parfaitement calme.

Quand onze heures sonnèrent à l'horloge métallique du coin de la rue, Hammett rentra dans la chambre et s'assit sur le lit à côté de Nell. Elle n'avait presque pas bougé, elle dormait maintenant sur le dos, le couvre-lit était tombé par terre. Il le ramassa, chercha les cachets dans le sac à main, remplit un verre avec l'eau de la carafe et se pencha sur elle.

« Nell, dit-il doucement. Nell… »

Elle cligna des yeux et se redressa sur le coude.

« Quelle heure il est ?

— L'heure de ton médicament. Prends-le et rendors-toi. »

Elle prit le cachet dans la paume de sa main maigre et but tout le verre d'eau à grandes gorgées.

« Je me sens mieux, dit-elle. Tu as dormi aussi ?

— Pas exactement.

— Il s'est passé quelque chose ?

— Rien du tout. J'ai fumé sur le balcon. La nuit est belle. »

Elle prit sa main dans les siennes et se retourna sur le côté sans la lâcher.

« Tu as envie de parler, tu veux me raconter ce qui s'est passé ? dit Hammett.

— Je commence par quoi ? demanda-t-elle au bout d'un moment, sans se retourner pour le regarder.

— Par ce que tu veux. »

Nell embrassa sa main avant de la lâcher.

Le silence se prolongea. Hammett crut qu'elle s'était rendormie, alors il se leva et s'allongea sur l'autre lit, sur le dos, les deux mains croisées sous sa tête, à regarder le plafond. Un temps plus ou moins long s'écoula. Il s'assoupissait lorsque soudain, lentement, comme si elle lisait un texte à elle qu'elle semblait ne pas bien reconnaître, Nell se mit à parler :

« Ne te moque pas mais c'est vrai qu'il y a trop d'hommes dans ma vie, Dash. Tu aurais pu être le seul et unique, mais il en a été autrement. Voilà pourquoi ces choses arrivent... Ashley était un bon conjoint, tu sais. Jusqu'à ses cinquante ans, après il est devenu bête ; les hommes ne savent pas vieillir, ils deviennent bêtes. Il suffit qu'une femme plus jeune les chauffe un peu pour qu'ils envoient tout balader. Au début, j'ai fait deux fausses couches, tu sais... Après, c'était trop tard. Si on avait eu un enfant, peut-être qu'Ash ne se serait pas comporté aussi stupidement. Je n'arrive pas à croire qu'il est mort maintenant, et que la police me recherche, et que tu sois obligé de me voir dans cet état...

— Ne dis pas ça.

— Lillian est au courant ?

— Lillian n'est au courant de rien. Elle est en Europe depuis environ deux mois.

— Tu es bien avec elle ?

— Elle chez elle et moi chez moi, mais bien.

— C'est le mieux, non ? Peut-être que si nous…

— Il n'y a pas de règles, Nell. On ne peut pas savoir ce qui se serait passé. Ou plutôt si, mais…

— Tu as raison, soupira-t-elle. Je me suis mise avec Ashley à une époque où j'espérais encore après toi. Lui, il écrivait aussi, et pas mal. Pas comme toi, bien sûr. J'ai mis trop de temps à réaliser qu'il ne supportait pas que je prononce ton nom. Pour quoi que ce soit. Mais je contrôlais la situation ; du moins, je croyais. Même au sujet de cette valise qui contenait tes papiers et qui aurait pu aussi bien rester au même endroit pendant un siècle avant que tu daignes revenir dans ma vie… J'imagine que c'est pour continuer à y croire que je n'ai pas jeté toute cette paperasse. Mais il m'arrivait de ne pas y penser pendant des années entières. Ashley ne savait même pas que je les conservais ; c'est quand il l'a appris que les problèmes ont commencé. Finalement, je les ai perdus, tu sais… Je les ai perdus mais c'est parce que je voulais essayer de… te protéger.

— Je suis au courant.

— Tu es au courant ? Alors, quand tu m'as téléphoné…

— Oui, c'était à propos de la valise, Nell. Je voulais savoir comment elle avait pu finir à la consigne de la Penn Station… »

Elle ouvrit des yeux tout grands :

« Elle était où ? Tu l'as récupérée ?

— Oui, elle est en lieu sûr maintenant. »

Nell Martin se retourna vers lui dans la pénombre et Hammett retrouva l'espace d'un instant un regard qu'il croyait perdu à jamais :

« Ah, tant mieux. Ça me faisait très peur. Comment tu as…

— Il n'y a pas que toi qui as une vie compliquée. Ne t'en fais pas, je te raconterai. Ce soir-là, quand j'ai téléphoné, tu as cru que c'était Ashley ?

— Oui, c'était le lendemain de sa disparition. Je ne l'ai pas revu.

— Qui était avec toi ?

— C'est difficile à expliquer, Dash. »

Il y eut un long silence. Soudain, Nell se mit à sangloter doucement.

« C'est elle qui était avec moi. Et Ash est mort parce qu'il a eu le béguin pour cette petite sainte-nitouche…, dit-elle d'une traite. Et c'est ma faute si elle est entrée dans ma maison, Dash. Enfin, en réalité, elle est venue avec quelqu'un et elle est restée. C'est là que tout a commencé, tu sais.

— Le colonel a quelque chose à voir avec tout ça ? »

Elle tarda à répondre, comme si elle n'avait pas compris :

« Ah, le colonel, ton ami Lindgren…, dit-elle finalement. Oui, mais plus tard, et lui m'a aidée, il m'a mise en garde… Elle, elle était avec Bobby, un garçon que tu ne connais pas. »

Hammett allait répondre mais il se retint.

« Bobby pourrait être mon fils, ou notre fils, si tu veux…, dit Nell d'une voix presque inaudible. Tellement passionné, avec une telle énergie... Il m'est tombé dessus presque par hasard, ou plutôt... Non, pas par hasard. Au fur et à mesure, je me suis rendu compte que, à ses yeux, je n'étais qu'un moyen de parvenir jusqu'à toi. Il arrivait de San Francisco, il fait des affaires là-bas. Il prétendait venir de quelque part en Amérique du Sud et racontait des choses bizarres en lien avec tes romans, des choses aussi bizarres que cette fille qu'il a ramenée avec lui. Elle, elle ne parlait jamais, Dash. Parce que Bobby parlait tout le temps, j'imagine. Il connaissait les moindres détails de tes livres, il les lisait comme les cabalistes lisent la Bible, en découvrant partout des références étranges. Tu vois ce que je veux dire ?

— Je crois.

— Je n'ai jamais vu une chose pareille, Dash : une véritable obsession. Il sait tout de toi, il a tout lu, il est capable de disserter sur des détails dont même toi tu ne te souviendrais pas. Bobby est une espèce d'écrivain, lui aussi, il avait écrit une histoire qui avait à voir avec toi, il voulait te la montrer parce que tu avais changé sa vie et qu'il ne pourrait jamais te remercier assez de que tu avais fait pour lui. Sans le connaître, bien entendu. Aujourd'hui encore, je ne sais pas quoi penser de lui, à vrai dire. Du jour au lendemain, il disparaissait pour plusieurs mois. En voyage d'affaires, soi-disant. Sa voiture était flambant neuve et il avait toujours de l'argent ; on ne s'en plaignait pas, vu qu'il nous a même payé d'avance, à Ash et moi, les textes pour sa revue.

— Quelle revue ?

— Un pulp, un pulp de nouvelles policières à l'ancienne, comme quand on était jeune et qu'on publiait nos premiers textes. Il m'a même dit qu'il pensait l'intituler *Moisson rouge*, il voulait savoir si tu l'y autoriserais, vu que c'était un hommage. Il avait l'air d'être prêt à investir son argent dans ce projet. Mais l'essentiel, pour lui, c'était que tu y participes, il se croyait capable de t'aider à publier à nouveau. Alors, j'ai fait l'erreur de lui dire que j'avais de vieux manuscrits à toi. Et Ashley l'a appris aussi, évidemment. À partir de ce moment, ces papiers l'ont purement et simplement obsédé... Ce qui m'a d'autant plus inquiétée que j'avais déjà peur, à ce moment-là, Dash.

— Pourquoi ?

— À cause de ce qui t'arrivait. Tu sais, les types de la Commission sont venus me voir une ou deux fois, de façon informelle. Ils ne m'ont pas menacée directement mais ils ont dit qu'il valait mieux coopérer et ont parlé à Ashley des peines encourues par ceux qui s'y refusent et peuvent être déclarés complices de dissimulation d'activités antiaméricaines... Ils voulaient que je leur parle de toi, de tes relations. J'ai eu l'impression que quelqu'un avait fait croire au FBI que je possédais de quoi t'incriminer, Dash. Tu comprends ?

— Je comprends. Qu'est-ce que tu as fait ?

— J'ai dit la vérité, rien d'autre. Que je ne te voyais plus depuis des années, que je ne savais pas où tu habitais... Mais la seconde fois, j'ai eu peur qu'ils entrent fouiller l'appartement, tu comprends... Je ne voulais pas qu'ils s'emparent de ta valise. J'ignorais ce qu'ils auraient pu en faire, ce qu'ils pouvaient me faire à moi...

— Ou ce qu'ils pouvaient mettre à l'intérieur, Nell. Ils font souvent semblant de trouver des choses…

— Au même moment, Ash a perdu son travail. Il s'est mis à boire et à me faire des scènes à tout bout de champ. Tout est arrivé en même temps. J'ai dû prendre un emploi à temps complet dans une agence de pub, et, comme la demi-sœur de Bobby, Irma, ne savait pas où aller, on l'a logée dans la chambre de service, en échange du ménage. Bobby était en voyage, il nous l'avait laissée, mais il est resté absent plus longtemps que prévu et elle n'avait nulle part où aller. Elle venait - ou plutôt il l'avait ramenée - d'un village du Midwest, elle ne connaissait rien à la ville, elle restait toute le temps à l'intérieur. Et comme Ash passait ses journées à boire sans rien faire, il s'est mis à la draguer, et j'ai fini par les surprendre. Elle m'a juré que c'était lui qui l'avait obligée, alors je l'ai mis à la porte, tu comprends… C'est moi qui payais le loyer, je l'ai foutu dehors. On est restées toutes les deux, Irma et moi. Je n'avais aucun moyen de localiser Bobby pendant ses mystérieux voyages. Il est resté absent plusieurs mois. Irma disait qu'il était en Argentine. Mais ce que j'ignorais, c'était qu'elle et Ash continuaient à se voir, tu sais, dans l'appartement du Queens où on l'a retrouvé mort... Mais je ne l'ai su que plus tard, quand j'ai compris qu'ils m'escroquaient.

— Ils t'escroquaient ?

— Encore une longue histoire. Toujours est-il que c'est à ce moment tellement bizarre de ma vie, une époque funeste où je n'avais personne sur qui compter, que ton ami le colonel a fait son apparition.

— Qu'est-ce qu'il t'a dit ? Il s'est présenté comment ?

— N'oublie pas que j'étais seule quand il a débarqué. Je veux dire : sans Ashley. En le voyant pour la première fois, je me suis méfiée ; j'ai cru que c'était un agent du FBI ou de la Commission. Mais il m'a expliqué que vous étiez amis, qu'il ne savait pas où te trouver mais qu'il se rappelait de mon adresse parce que tu lui avais lu mes lettres aux Aléoutiennes. Je me suis laissé convaincre. Il disait la vérité ?

— Oui, c'est vrai.

— Tu as gardé mes lettres, Dash ?

— Bien sûr, mentit Hammett presque sans s'en rendre compte. Enfin, bon… je crois que oui, je les ai encore quelque part.

— Tu crois que oui ? Le colonel m'a dit que tu les conservais dans une boîte à cigares en fer-blanc et que tu les lisais tous les soirs.

— Il t'a dit ça ?

— Pas seulement. Il a dit qu'à force de t'écouter les lire et lui raconter des choses sur nous il est tombé amoureux de moi.

— Je veux bien le croire. Je veux dire : je veux bien croire qu'il t'a dit une chose pareille. »

Nell sourit dans la pénombre.

« Ton ami Carl s'est comporté en gentleman. Tu sais, il m'a beaucoup aidée à ce moment-là, en l'absence d'Ash. On sortait, il m'emmenait dîner, il me traitait comme si j'étais sa fiancée, il me faisait rire en me parlant de toi. Surtout de votre époque dans l'armée. Il t'appelait… Chip, c'est ça ?

— Chim. Et qu'est-ce qu'il te voulait ?

— Je ne sais pas... Et c'est peut-être justement pour cette raison que, quand Ashley, qui avait arrêté l'alcool et retrouvé du travail, est revenu avec l'intention de rester, j'ai demandé à Carl, je ne sais pas comment dire ça... Je lui ai demandé ce que représentait pour lui notre espèce de relation... Et là, du jour au lendemain, il a disparu. Il m'a dit qu'il devait aller quelque part voir quelqu'un, et s'est évanoui dans la nature.

— Sa grande spécialité.

— Je n'ai pas eu de nouvelles pendant un bon moment. Avec Ashley, on a continué jusqu'à ce qu'une tante à lui meure quelques mois plus tard en lui léguant sa maison à Brooklyn et un peu d'argent sur un compte en banque. Il m'a convaincue de quitter l'appartement de Manhattan, qui coûtait cher et dont le bail était à mon nom, pour déménager à Brooklyn, où nous n'aurions rien à payer. Je n'aurais plus besoin de travailler, je pourrais me consacrer à l'écriture, on lancerait ce magazine avec Bobby, qui venait de rentrer, et on emmènerait Irma avec nous. Et il a ajouté qu'on devrait vendre tes manuscrits à Bobby, puisqu'ils l'intéressaient tant, et que moins on aurait à voir avec toi et tes affaires, mieux ce serait. Je lui ai répondu que je ne les vendrais jamais. On s'est disputés, et c'est là qu'il a menacé de les brûler. Ce qui a fini de me convaincre, c'est qu'on avait récemment reçu de nouveaux appels anonymes. Ashley devenait parano, il insistait pour que je me débarrasse de tes affaires, Dash, puisque je ne le laissais pas les vendre. Je les ai cachées ailleurs et j'ai prétendu que je les avais jetées, mais il ne m'a pas crue. C'est alors que ton ami Carl est revenu dans le secteur : il m'a téléphoné et m'a dit de sortir ces papiers le soir même, en même temps que la poubelle, si je ne voulais pas finir en prison. Que c'était le mieux à faire.

— Je ne comprends pas. Tu l'as appelé et tu lui as dit que…

— Non, c'est lui qui m'a appelée.

— Comment il savait que tu avais des problèmes ?

— Il ne savait rien de concret mais il m'a dit qu'il en avait entendu parler. Ce sont ses mots : "Il en avait entendu parler." Avec le déménagement et Ash qui me harcelait, j'ai fait ce qu'il m'a dit, j'ai sorti tes affaires de leur cachette, je les ai descendues avec la poubelle et je n'en ai plus jamais entendu parler. Le lendemain, exactement comme il l'avait prévu, des fédéraux sont venus fouiller la maison, ils ont tout mis sens dessus dessous. Il m'a évité la prison, Dash. Mais je n'ai plus jamais revu le colonel et je n'ai eu aucune nouvelle de lui. Il t'a retrouvé ?

— Oui. Quelque temps plus tard.

— Et il t'a parlé de moi ? »

Hammett hésita :

« Pas au début, pour tout dire. Il m'a laissé la clé de la consigne sans me dire de quoi il s'agissait. »

Nell secoua la tête :

« Je n'y comprends rien, Dash. Mais je suis contente que tu les aies.

— Moi non plus je n'y comprends rien et moi aussi je suis content. Je t'ai appelée parce que la valise était chez toi la dernière fois que je l'ai vue et je voulais savoir comment elle s'était retrouvée là-bas…

— Je n'en savais rien mais je n'ai pas eu le temps de te l'expliquer.

— Pourquoi ? »

Nell se retourna vers lui :

« Irma était dans la pièce. Dès qu'elle a compris que c'était à toi que je parlais, elle a sorti une arme et l'a pointée sur moi. Un tout petit pistolet comme ça… »

Le geste de Nell, quatre centimètres entre le pouce et l'index, exagérait à peine. Hammett le savait ; mais il n'était pas encore prêt à abattre ses cartes.

« Qu'est-ce qui s'est passé après ?

— Difficile à expliquer, Dash. Irma est une drôle de fille… Elle arrive à peine à s'exprimer, elle est toute mince, elle a l'air inoffensif, mais elle a grandi à la campagne, tu sais, elle est très forte… Je crois qu'elle est épileptique, en plus. Elle me tenait en joue et disait des trucs incompréhensibles, elle parlait d'Ash, de la valise, d'elle et lui, elle mélangeait tout… J'essayais de la convaincre de poser son arme, qu'il n'y avait rien à craindre pour la valise, que je m'en étais débarrassée, qu'il ne fallait pas avoir peur. Mais elle, rien à faire, elle continuait à me menacer. Elle m'a forcée à me retourner, à lui tourner le dos, et j'ai senti un coup sur la tête. Je suis tombée en avant mais sans m'évanouir. J'aurais dû faire le mort mais je me suis mise à genoux et, en me retournant, je l'ai vue s'avancer avec le tabouret du piano à la main, elle le tenait par un pied et le faisait tourner.

Elle m'a frappée avec. C'est la dernière chose dont je me souviens. Regarde ça... »

Nell interrompit son récit et enfonça son visage dans l'oreiller en écartant ses cheveux de la main gauche pour montrer, sur l'arrière du crâne, une entaille d'environ deux centimètres derrière l'oreille droite. C'était une blessure rouge sombre, avec le pourtour violacé.

« Tu n'imagines pas comme ça a saigné, dit-elle la bouche contre le couvre-lit vert. Je me suis soignée toute seule. »

Hammett se leva du lit pour aller s'asseoir près d'elle sans un mot. Quand Nell se retourna, il tendit la main pour remettre ses cheveux en place derrière l'oreille.

« Continue », dit-il à voix basse.

Elle se redressa un peu sur le coude :

« Tu as une cigarette ? J'ai fini les miennes. »

Hammett lui en tendit une, lui donna du feu et posa le cendrier en bois près de la lampe de chevet. Nell inspira profondément et poursuivit :

« À mon réveil, j'étais allongée par terre dans les cabinets du fond, je l'ai deviné à l'odeur. Comme tu peux voir, finir comme ça est en train de devenir une mauvaise habitude... »

Hammett sourit à peine, pour l'accompagner, mais ne dit rien. Nell continua, sur un ton presque didactique :

« Les cabinets se trouvent entre la chambre de service et la cuisine, ils n'ont pas de fenêtre ; seulement une grille d'aération. Impossible de distinguer le jour et la nuit, là-dedans. J'étais pieds et poings liés, bâillonnée, avec une sorte de capuche posée comme ça sur la tête. Plus tard, j'ai découvert que c'était une taie d'oreiller. J'ignore combien de temps je suis restée là-dedans, Dash ; des fois, à travers la porte fermée, j'entendais sonner le téléphone sans que personne réponde, et aussi le bruit de la télé. Aux voix, j'ai reconnu les programmes préférés d'Irma, ceux qu'elle regardait toujours. Une ou deux fois, j'ai entendu la porte de la rue s'ouvrir ou se fermer. Personne n'est jamais entré dans les cabinets. Il y a une salle de bains principale dans la maison, elle a dû l'utiliser en attendant.

— Tu es restée comme ça longtemps ?

— Je n'en sais rien. J'étais endormie, évanouie, je ne sais pas… Mais au moins deux jours, si je me fie aux programmes télé. Je suppose qu'il n'y avait qu'Irma, je n'ai pas entendu d'autres voix, mais impossible d'en être sûre. Je suis restée endormie ou en état de léthargie pendant des heures, possible que quelque chose m'ait échappé.

— Comment tu t'en es sortie ?

— C'est très bizarre, Dash. Je dormais mais j'ai senti tout à coup, comme en rêve, que quelqu'un ouvrait la porte des cabinets et, sans un mot, me détachait les mains, rien que les mains, et ressortait. L'instant d'après, j'ai cru entendre se fermer la porte de la rue. C'est tout.

— C'était Irma ?

— J'ai plutôt eu l'impression que c'était un homme. Impossible d'en être sûre. C'était une sensation, rien de plus.

— Ash, peut-être ?

— Non, le pauvre. Enfin, je n'en sais rien.

— Et l'autre, ce Bobby ?

— Je ne crois pas. Il était parti et…

— Le colonel ?

— Tu vois ? Il y a trop d'hommes dans ma vie... Ce n'était pas toi ? »

Hammett fronça les sourcils :

« C'est le genre de scènes que j'écrivais, mais de là à les vivre..., dit-il. Raconte-moi ce qui s'est passé ensuite. Tu as toujours été bonne pour raconter les histoires, Nell.

— Je sais. »

Et elle poursuivit comme si elle racontait un film ou – mieux – un scénario qu'elle était en train d'écrire :

« En sortant finalement des cabinets, je trouve un mot sur la table du salon. »

Hammett nota que Nell était passée au présent, il en prit mentalement bonne note. « Il faut que tu le voies. Il est dans mon sac à main. »

Hammett se déploya jusqu'à la table de chevet et lui passa le sac. Nell se redressa sur le coude, alluma une cigarette avec celle de Hammett, tira dessus une ou deux fois, et, après avoir farfouillé dans son sac, en tira une feuille de papier à lettres pliée en quatre. Le message était fait de lettres de différentes tailles découpées dans des magazines et collées ensemble.

« Regarde ça. Ils se sont donné du mal. »

Hammett lut : *Si vous voulez revoir Ash vivant, quittez cette maison et ne prévenez pas la police. On vous surveille.*

« Tu as fait quoi ?

— J'étais pas bien du tout, Dash. J'étais faible, j'avais perdu du sang. J'ai pensé appeler quelqu'un mais les fils du téléphone étaient coupés et la nuit tombait. Alors, crois-y ou non, je me suis lavée, j'ai mangé quelque chose, j'ai pris l'argent qu'il y avait dans la maison et auquel personne n'avait touché, et je suis sortie par la porte de derrière.

— Il y a une porte de derrière ?

— Oui, qui donne sur une ruelle. J'ai arrêté un taxi et, presque inconsciemment, je lui ai donné l'adresse de l'appartement de Manhattan. J'avais encore la clé. C'était une drôle d'idée mais, comme le déménagement datait de quelques mois à peine et que l'appartement était inoccupé et encore un peu meublé, je me suis dit que je pourrais peut-être y aller. Et ça a marché. Mais je n'y étais pas depuis deux heures quand le téléphone a sonné. J'ai failli mourir de peur : c'était Ash… La première chose qu'il m'a dite, c'est qu'il avait été enlevé, mais il était bâillonné, tu sais, je comprenais à peine ce qu'il disait. »

Hammett s'essaya à des déductions :

« Ils t'ont libérée pour que tu t'en ailles et puis t'ont suivie depuis Brooklyn… Ils t'ont vue entrer dans l'immeuble et en ont parlé à Ash, qui a supposé qu'ils pourraient te contacter dans l'appartement…

— C'est sûr, Dash. C'est ça. Ash m'a dit que si je ne voulais pas qu'ils nous tuent tous les deux, il fallait que je retire tout l'argent de notre compte commun le lendemain matin et que je le laisse sur place, dans l'appartement de Manhattan. Vingt-quatre heures après avoir laissé l'argent, on se retrouverait dans notre maison, lui et moi, ils le lui avaient promis. J'ai dit d'accord, que j'allais le faire, mais quand j'ai demandé qui étaient ces gens, il a raccroché. Quelqu'un a raccroché, du moins.

— Tu as entendu d'autres voix ?

— Non.

— C'est arrivé quand, ça ?

— Je ne suis pas très sûre. Il y a trois ou quatre jours, j'imagine. Ce soir-là, après le coup de fil, je suis allée au Derby te laisser un message, mais c'était déjà fermé. Je suis retournée à l'appartement et je n'ai presque pas dormi. Le lendemain, je suis allé à la banque à pied, je n'ai vu personne me suivre. J'ai sorti tout l'argent, vingt mille dollars, et j'ai fait deux liasses sur la table à mon retour. Je n'ai rien remarqué de bizarre en sortant non plus. Je suis rentrée à Brooklyn attendre Ash, mais il n'est pas apparu ce jour-là, bien que j'aie respecté ma part du marché. Je ne savais pas quoi faire. Je n'ai plus eu aucune nouvelle de personne. Je me suis dit que je m'étais fait avoir mais je ne voulais pas aller à la police. Ce soir-là, je n'ai encore presque pas dormi, et j'ai bu. J'avais très peur, Dash. Le lendemain, je suis sortie tôt acheter du café au tabac du coin et, en revenant, j'ai vu la voiture de police devant la porte de la maison et j'ai eu peur d'aller voir. Je suis retournée à l'appartement de Manhattan sans savoir que penser. L'argent n'y était plus. Je ne savais pas quoi faire et, dans l'après-midi, je suis descendue pour aller au commissariat mais j'ai acheté le journal et appris la mort d'Ash… J'ai aussi découvert que la police me recherchait. Je suis rentrée et je me suis enfermée à double tour.

— C'était quand ?

— Avant-hier… je crois.

— Et tu es restée tout ce temps là-bas, dans cet appartement vide ?

— Oui. Le téléphone a sonné deux fois mais je n'ai pas répondu. Je prends des cachets pour dormir, tu sais…

— Tu n'as pas un avocat, quelqu'un à appeler ?

— Je t'ai, toi. »

Hammett ne répondit pas ; il se contenta de serrer sa main dans la sienne.

« Voilà pourquoi j'ai pris mon courage à deux mains pour aller au Derby aujourd'hui. J'ai demandé à Bunny de te contacter. Il m'a dit qu'il n'arrivait pas à te localiser mais qu'il réessaierait. Je ne savais pas si je devais le croire. Comme j'avais peur, je me suis mise à boire, mais j'avais pris des cachets. Après, c'est le trou noir. Tout est confus jusqu'à l'apparition de ton jeune avocat avec cette belle robe de sa maman… »

Nell caressa la manche de la robe entre deux doigts et se tut. Au bout d'un moment, le nez humide, elle renifla deux ou trois fois et tendit la main vers son sac. Elle en sortit un mouchoir et se moucha. Ses yeux étaient rouges. Elle regarda Hammett qui s'était levé et arpentait la chambre.

« Qu'est-ce que tu en dis ? Tu dois me trouver stupide…

— Absolument pas. Mais tu vas avoir besoin d'un bon avocat, ma belle, dit-il posément en se rasseyant près d'elle sur le bord du lit. Il va falloir prouver que tout s'est passé comme tu me l'as raconté.

— Tu ne me crois pas ?

— Je te crois. Mais tu ne dois déclarer que ce que tu es en mesure de prouver. Tu comprends ?

— Je crois que oui. Je peux avoir une autre cigarette ? »

Hammett lui laissa le paquet ouvert sur la table de chevet. « Garde-le, dit-il en se levant. Je peux te laisser seule un moment ? »

Nell écarquilla encore plus les yeux mais finit par acquiescer sans rien dire.

« Je vais descendre passer un ou deux coups de fil avant qu'il ne se fasse trop tard, dit-il lentement. Profites-en pour te reposer un peu. Tu as faim, tu veux un sandwich ? »

Elle fit non de la tête et dit :

« Ferme la porte à clé.

— Il vaut mieux que tu mettes la chaîne. Je frapperai quelques petits coups à mon retour. »

Nell se leva du lit et s'approcha de lui en soufflant la fumée.

« Je préférerais un verre.

— Demain, dit Hammett. Promis. »

Il l'embrassa sur la joue et sortit en tirant doucement la porte derrière lui. Il fit quelques pas avant de s'arrêter. Ce n'est qu'en entendant le bruit de la chaîne qu'il reprit son chemin sur le tapis du couloir. Il descendit l'escalier et traversa le lobby désert. Le camarade Vittorio n'était pas à la réception ; Gramsci dormait sur le comptoir, roulé en boule sous la lampe verte.

Sam Rosen dormait déjà, mais pas sa mère. Hammett se présenta avec une politesse inhabituelle étant donné l'heure et les circonstances et expliqua à la mère de son avocat que l'heure était en effet tardive mais que son affaire ne pouvait pas attendre le lendemain :

« Vous n'ignorez pas, madame Rosen, que votre fils est un des meilleurs avocats de New York, et si les gens ont tellement recours à ses services et lui font tellement confiance, c'est justement parce qu'il est toujours disponible, affirma-t-il dans un sorte d'envolée rhétorique.

— Avec raison », admit Mme Rosen.

Deux minutes plus tard, le jeune avocat était au bout du fil :

« Dash… Quelle heure il est ?

— Presque une heure du matin.

— C'est quoi, ce bruit ?

— Le percolateur. Je suis dans un bar à l'angle du Pontiac. J'avais besoin d'acheter des cigarettes et de manger quelque chose.

— Et elle ?

— Elle, ce dont elle a besoin, c'est d'un spécialiste.

— Je lui ai trouvé un avocat, Dash. Si c'est la raison de ton appel, demain à la première heure…

— C'est bien mais pas suffisant : ce qu'il faut, c'est un psychiatre.

— Elle est dingue ?

— Je ne sais pas ce qu'elle est, mais elle ne va pas bien du tout, Sam. L'histoire qu'elle m'a racontée ne tient pas debout. Je crois qu'elle ment. Mais je n'ai pas l'impression qu'elle s'en rende compte. Tu as deux minutes ?

— Je suis réveillé, maintenant, Dash. »

Hammett lui fit alors un résumé assez détaillé des dernières péripéties de Nell, depuis son premier coup de fil jusqu'au vertigineux final. Rosen l'interrompit une ou deux fois, en se focalisant surtout sur les détails de l'enlèvement et l'épisode final des négociations pour la remise des dollars.

« Il faut vérifier tout ça, conclut Hammett.

— Qu'est-ce que tu as l'intention de faire ?

— Je me dis que la faire examiner et diagnostiquer par un psychiatre pourrait être utile pour déterminer son niveau de responsabilité, au cas où elle serait inculpée. Il y a un mort et sans doute vingt mille dollars dans la nature. »

Le silence se fit à l'autre bout du fil.

« Tu veux la faire interner ?

— Peut-être. En revenant au Pontiac, je vais essayer de lui faire raconter l'histoire à nouveau, pour voir ce qu'elle raconte... »

Hammett s'interrompit un instant. « Maintenant que j'y pense...

— Tu as une idée ? »

Le regard de Hammett se promena à travers le bar. L'endroit était propre et lumineux, comme dans une nouvelle de Hemingway au meilleur de sa forme. Il n'y avait qu'un couple assis à une table près de la fenêtre. L'unique serveur discutait avec le barman derrière son comptoir, le journal ouvert à la page des sports. De longs silences ponctuaient la conversation. À l'autre bout du comptoir, un gros mangeait, les coudes appuyés de chaque côté de son assiette, les manches de sa chemise grise retroussées et le chapeau sur la tête ; à ses côtés, une femme, cheveux jaunes, robe rouge, paraissait prête à attendre toute la nuit qu'il veuille bien lui parler, les yeux fixés sur une flûte à moitié vide.

« Dash… Qu'est-ce que tu veux faire ? insista Sam à l'autre bout du fil.

— Tu oserais t'introduire dans la maison de Brooklyn, rue Purple ? demanda Hammett d'une traite. Tu utilises sa clé pour entrer par la porte de derrière. Celle que toi et Frisson n'avez même pas remarquée pendant votre surveillance...

— Comment ?

— Tu m'as bien entendu : il faut s'introduire chez Nell.

— C'est toi qui vas lui demander la clé ?

— Je l'ai déjà. Je l'ai prise dans son sac à main. La police est déjà passée mais, si Nell a bien été enfermée, il doit rester des indices, quelque chose qui pourrait nous être utile. On peut consulter la déposition d'Irma ?

— Pas pour le moment, Dash. »

Sam Rosen soupira.

« Je suis allé voir au commissariat mais ils n'ont pas voulu trop m'en dire.

— Il y a un lieutenant là-bas, Donald dit que c'est un type bien.

— Peut-être, je ne l'ai pas rencontré. Il semble qu'ils aient relâché Irma après qu'elle a fait sa déposition, faute de preuve. C'est ce qu'ils disent, en tout cas, mais ce n'est peut-être qu'un leurre… »

Sam soupira de nouveau.

« Sérieusement, tu veux que j'y aille maintenant ?

— Je pourrais demander à Poynton, plutôt. Ou, si tu

préfères, j'y vais moi-même. Ou alors tu réveilles Frisson, je suppose qu'il vit seul et qu'il est insomniaque.

— Il vit avec sa grande sœur.

— J'imaginais quelque chose dans le genre.

— Quel rapport ? dit Sam, déconcerté. Mais bon, d'accord, je m'en occupe. Tu es où ? »

Hammett le lui dit.

« J'arrive.

— Parfait. Mais dépêche-toi, il faut que je raccroche.

— Qu'est-ce qui se passe encore ?

— Elle arrive. »

Nell était dans la rue, de l'autre côté de la vitrine, elle lui faisait signe.

Hammett s'éloigna du téléphone et l'invita à le rejoindre, lui aussi par gestes. Nell longea le trottoir et entra par la porte à l'angle de la rue.

« J'ai entendu des bruits, Dash. Je ne pouvais pas rester là-bas.

— Viens, asseyons-nous. »

Il attrapa son bras gelé et la conduisit vers la table où l'attendaient sa tasse de café et les restes d'un sandwich.

« Tu as pris quelque chose ?

— Des cachets.

— Combien ?

— Je ne sais pas. »

Nell avait la respiration saccadée et ses yeux se fermaient. La cigarette tremblait dans sa main.

« Allons aux toilettes », dit Hammett en se levant.

Il fallut la tirer par le bras pour qu'elle se mette debout.

Ils longèrent le comptoir. Le serveur et le barman ne levèrent pas les yeux de leur journal.

« Qu'est-ce qu'elle a ? demanda la femme aux cheveux jaunes.

— C'est l'estomac, dit Hammett.

— Laissez-moi faire. »

Elle descendit de son tabouret et saisit Nell par l'autre bras.

« C'est pas tes affaires, Sally, dit l'homme au chapeau.

— Toi, ta gueule ! » répondit-elle.

Ils la guidèrent jusqu'aux toilettes et entrèrent dans les W-C des femmes.

« Attendez dehors, dit la blonde.

— Elle aurait besoin de vomir, dit-il.

— Qu'est-ce qu'elle a pris ? »

Hammett haussa les épaules et secoua la tête. Nell ne disait rien, elle ne pouvait rien faire. La porte se referma.

Au retour des deux femmes, Hammett discutait à table avec Sam Rosen. La blonde le regarda, l'air sévère :

« Qu'elle aille au lit, dit-elle, et elle leur abandonna Nell comme on confie un prisonnier.

— Ramène-toi, Sally, cria l'homme au chapeau depuis le comptoir.

— Toi, ta gueule ! »

Nell s'assit auprès de Sam Rosen et posa la main sur son bras.

« Qu'est-ce que vous allez penser de moi…

— Que vous êtes dans la panade mais que vous avez de bons amis, Nell, dit-il en souriant à Hammett.

— C'est vrai, admit-elle, l'air convaincu. Vous restez avec nous ?

— J'allais partir. Je disais justement à Dash que je vous attends demain matin à mon bureau, à la première heure. Le docteur Leggett, qui a toute ma confiance, sera là pour vous assister. Et une fois que vous serez allée faire votre déposition avec lui, vous pourrez sûrement rentrer chez vous.

— Je ne sais pas si j'en aurai envie. Dash a dû vous raconter…

— Seulement le nécessaire, dit Hammett. Bois ton café à petites gorgées, Nell. »

Sam Rosen s'en alla. Ils le regardèrent sortir du bar, monter dans sa voiture et partir.

« Tu veux retourner à l'hôtel ? » dit Hammett.

Nell fit non de la tête.

« Pas encore. Tu crois que c'est dangereux de rester ici ?

— On reste encore un peu, mais n'abusons pas. La police fait des rondes, tu sais.

— D'accord. Mais je dois te faire un aveu avant d'oublier, Dash. Quand tu m'as laissée seule, je me suis rendu compte que je n'étais pas sûre de te l'avoir dit. Irma et Ash me trompaient.

— Tu me l'as dit.

— Je ne veux pas seulement dire sexuellement. Il y a plus. »

Une demi-heure plus tard, Nell avait méticuleusement

reconstruit tout ce qu'elle lui avait déjà dit sur leur complicité en vue de s'emparer de sa fortune. Elle n'avait pas employé ce terme la première fois.

« De quelle fortune tu parles ?

— L'héritage Boyer, Dash.

— Si j'en crois le grand écran, Charles est encore en vie.

— C'est pas une blague : j'ai hérité de quarante mille dollars l'année dernière. »

Hammett l'interrompit avec un air vaguement intéressé :

« Cet argent était aussi sur le compte commun où Ash t'a demandé de prélever les vingt mille pour les ravisseurs ? »

Le regard de Nell Martin se figea sur Hammett quelques secondes, comme si elle n'avait pas compris de quoi il parlait, ou ne s'en souvenait pas :

« Les ravisseurs... », dit-elle.

À cet instant, quelque part dans la nuit, le bruit d'une sirène s'intensifia, d'abord lointain puis de plus en plus proche. Ils se regardèrent.

« Allons-y, Nell. Aucune raison de t'en faire, mais il faut partir. »

Tandis que Hammett appelait le serveur le plus discrètement possible, les autres clients du bar s'intéressèrent à ce qui se passait dehors, cette sirène de plus en plus proche. Même l'homme au chapeau et la femme aux cheveux jaunes abandonnèrent leur tabouret.

Hammett et Nell payèrent et sortirent du bar par la porte principale au moment précis où un camion de pompiers tournait à l'angle et venait vers eux.

Au bout de la rue, une colonne de fumée noire et grise

s'élevait d'un balcon d'angle de l'hôtel Pontiac, apparemment au premier étage. L'éclat des flammes se reflétait dans les vitres par-dessus les couleurs intermittentes de la silhouette et de la plume en néon du chef indien de l'enseigne.

Le camion de pompiers stoppa au coin de la rue et coupa immédiatement la sirène, tandis que d'autres retentissaient quelque part dans la nuit, les gens se mettaient à la fenêtre pour observer les mouvements rapides des pompiers et les progrès de l'incendie.

Hammett saisit Nell par le bras et l'entraîna dans la direction opposée. Ils firent vingt mètres en silence; de temps en temps, elle tournait la tête et murmurait quelque chose d'incompréhensible :

« À part une cigarette allumée, tu as laissé autre chose ?

— Je ne crois pas.

— Allons à ton appartement, alors. »

Ils stoppèrent un taxi et lui donnèrent l'adresse. En chemin, Nell ouvrit son sac à main et, après avoir farfouillé un peu, elle dit :

« J'ai perdu mes clés, Dash. Elles ont dû tomber à l'hôtel. Désolée. »

Hammett plissa les yeux et soupira :

« Tu auras fait tout ton possible, on ne peut pas dire le contraire, mais désolé, je n'ai pas de quoi nous payer une chambre à l'Algonquin. »

21

Au bureau

Quand la porte du cabinet s'ouvrit, Phil Frisson leva les yeux de son journal et, en voyant Hammett et Nell, les écarquilla tout grand en soupirant de soulagement. Il était huit heures et demie du matin et son patron commençait à s'impatienter.

« Bonjour, vous voilà enfin, dit-il en quittant sa chaise derrière le bureau de la réception. Je vous ai attendus parce que Jenny, notre secrétaire, est au palais de justice, dit-il d'une traite et sans même leur tendre la main.

— Désolé d'être en retard, Phil.

— Pas de problème. Je vais prévenir Sam. »

Le jeune Frisson ouvrit une porte en verre dépoli et entra sans frapper dans le bureau attenant. L'espace d'un instant, Hammett entraperçut Rosen qui parlait à un costaud en costume gris assis de l'autre côté de son bureau. La porte se referma et le bout de conversation s'éteignit dans un murmure. On entendait vaguement le saxo de Lester Young.

« Il va venir tout de suite, ma belle », dit Hammett.

Ils s'assirent aux deux extrémités d'un canapé en cuir

trois places qui occupait la moitié du mur, entre un distributeur d'eau et la porte d'entrée. Il y avait deux fauteuils plus petits dans les coins de la pièce. À leur droite, par la fenêtre, le soleil du matin entrait à son aise, sans le moindre obstacle. Les rideaux relevés laissaient voir les silhouettes grises et ocre des gratte-ciel de la Cinquième Avenue. Frisson avait laissé son journal sur la table de la réception, entre le téléphone et une pile de revues illustrées.

Hammett se leva pour l'attraper. En première page, l'annonce de la condamnation définitive des époux Rosenberg à la chaise électrique à Sing Sing. Après deux ans de rebondissements et plus de vingt appels, la sentence pour espionnage au profit de l'URSS avait été confirmée. Parce qu'ils avaient livré aux communistes les secrets de la bombe atomique, ils seraient exécutés le 18 juin.

De l'index, Hammett fit descendre ses lunettes sur le bout de son nez pour lire plus à son aise. Cette nuit chaotique, sa barbe blanche de deux jours, ses vêtements fripés et ses chaussures ternes lui donnait un air étonnamment négligé. Il croisa les jambes et passa une ou deux pages. La nouvelle d'un début d'incendie sans conséquence au vieil hôtel Pontiac occupait un tout petit cadre au pied de la page six, mais il n'y avait apparemment rien de nouveau sur la mort d'Ashley Dickinson.

Nell posa le *Vanity Fair* qu'elle feuilletait, se pencha audessus du canapé et tendit la main à Hammett. Son allure exprimait la fatigue, les jambes à moitié étendues, les chevilles croisées et les épaules tombantes. Le grand maigre lâcha son journal et prit la main de Nell sans mot dire.

À cet instant, la porte en verre dépoli s'ouvrit et Sam Rosen les invita à entrer sur un ton presque jovial :

« Madame Dickinson, dit-il avec une politesse calculée et sans même un regard pour Hammett, quel bonheur de vous voir si bien remise. Entrez, je vous en prie. »

Ils entrèrent tandis que Frisson retournait dans son propre bureau par une porte latérale. Avant d'aller s'asseoir derrière sa table, Rosen présenta le costaud en costume gris comme le docteur Arthur Leggett, qui assisterait – selon son expression – Mme Dickinson.

« Avant toute chose, dit Sam Rosen en ouvrant le tiroir du haut, je vous attendais aussi parce que, dans la confusion de notre dernière rencontre, dans l'urgence, je crois avoir emprunté quelque chose qui vous appartient. Excusez-moi pour la gêne occasionnée, je les ai prises en croyant que c'étaient les miennes. »

Et il posa les clés de Nell sur le dessus en verre du bureau.

« Oh, quelle chance, murmura Nell avant de jeter un regard à Hammett. Je vais pouvoir rentrer chez moi.

— Sans aucun problème, confirma l'avocat. N'est-ce pas, docteur Leggett ?

— C'est ce que nous espérons », dit le professionnel circonspect.

Après quoi, Sam Rosen se fendit, en adoptant un ton et un lexique de juriste admirables que Hammett ne lui connaissait pas, d'une brève introduction à ce qu'elle qualifia de sujet qui les réunissait, et en profita pour évacuer rapidement l'écrivain, qu'il n'avait même pas pris la peine de présenter :

« J'ai cru comprendre que M. Frisson avait des choses à vous dire, dit-il d'une traite. Si vous voulez bien... »

Et il lui désigna la porte.

Hammett se leva, salua le docteur Leggett d'un mouvement de tête, serra l'épaule de Nell comme on donne à quelqu'un un peu de courage dans la salle d'attente du dentiste et gagna la porte. Elle le regarda avec des yeux plus résignés que sereins.

« Dash... », murmura-t-elle.

Il lui fit un clin d'œil et sortit.

À peine la porte refermée, Phil Frisson l'attrapa par le coude pour le conduire au fauteuil de cuir noir et s'assit à ses côtés :

« C'est moi qui suis entré par la porte de derrière, dit-il à voix basse mais précipitée, en surveillant la porte du coin de l'œil. Il n'y a pas de piano.

— Qu'est-ce que vous racontez ?

— Il n'y a pas de piano, monsieur Hammett. C'est moi qui suis entré chez elle et il n'y a pas le moindre piano. Elle a inventé toute cette histoire de séquestration. »

Hammett comprit :

« Elle a tout inventé ?

— Je suis allé voir. Il n'y a aucune preuve de ce qu'elle a raconté. Est-ce qu'elle ne pourrait pas avoir tué son mari elle-même ? »

Le grand maigre soupira en secouant la tête.

« D'après toi, elle a inventé l'histoire du piano, Frisson. D'accord, mais ça ne veut pas dire que tout le reste est forcément faux. »

Il regarda vers la fenêtre. Après quelques secondes, il se retourna vers son interlocuteur.

« Tu connais l'histoire du loup, du chasseur et de l'incendie de forêt ?

— Non, je ne crois pas.

— Je te la raconterai une autre fois. »

Hammett se leva.

« Je veux partir avant que Nell en ait terminé mais dis à Sam de me téléphoner dès que possible ; c'est important. Tu me prêtes quelques dollars pour rentrer à la maison ? J'avais oublié ce que ça coûte de passer une soirée avec une femme à New York. »

22

Conversations

À peine était-il arrivé à Katonah, en milieu de matinée, que Hammett, à son corps défendant, dut se rappeler les affaires en suspens avec Tony Irongate. Dès le portail, il le vit qui s'entraînait seul à l'arbalète à l'endroit même où ils avaient l'habitude de le faire ensemble ; Donald s'y trouvait aussi. Il les salua d'un grand geste du bras et s'engouffra dans la maison à toute vitesse pour aller directement au téléphone.

Il consulta un papier froissé qu'il avait dans la poche, composa le numéro du collège et demanda le professeur Salvatore Lombino. Une secrétaire lui demanda de patienter. En attendant, Hammett regarda par la fenêtre et surveilla la porte qui donnait sur le parc.

« Lombino, dit sèchement quelqu'un à l'autre bout du fil, au bout d'un moment.

— Ici Dashiell Hammett. Il paraît que vous voulez me parler. À propos d'un élève de quatrième, Anthony Irongate.

— Ah… Hammett, c'est un plaisir. »

Le ton cassant s'était soudain fait cordial. « Excusez le

dérangement, et merci d'avoir appelé. Vous ne vous souvenez sans doute pas de moi mais nous nous connaissons déjà.

— Votre nom me dit vaguement quelque chose...

— C'était il y a environ deux ans, à la Quick Writers Agency de la 72e Rue. À propos d'une anthologie dans laquelle nous allions inclure un texte à vous...

— J'y suis, dit Hammett en se remémorant une expérience pas très gratifiante. Où en est le projet ?

— Nulle part, ces gens-là n'étaient pas très professionnels. Je ne travaille plus pour eux. Je me suis orienté vers l'écriture et j'ai publié deux romans l'année dernière, et un autre plus ou moins policier cette année que j'aimerais...

— Très bien, le coupa Hammett. Mais qu'est-ce que vous faites à l'école ?

— Je suis diplômé du Hunter College et je donne quelques cours ici. Et ce n'est pas de tout repos, je vous assure, monsieur Hammett, tout est difficile avec les jeunes, surtout dans des institutions comme celle-ci...

— J'imagine. Qu'est-ce que vous me vouliez ?

— Ce qui s'est passé avec Tony est surprenant...

— Vous en avez déjà parlé à sa mère.

— Il s'agit de vous.

— Il a parlé de moi ?

— Évidemment. Mais ce n'est pas tout. Il y a quelque chose que j'aimerais que vous voyiez.

— Qu'est-ce que c'est ?

— Je préférerais ne pas en parler par téléphone. Vous pouvez passer aujourd'hui ?

— Non, pas aujourd'hui. Mais si vous me disiez...

— Mardi prochain, alors ? »

Hammett était sur le point d'insister mais Tony arriva du parc à cet instant, alors il décida de couper court.

« C'est bon. Mardi.

— Je vous attends, monsieur Hammett. »

Le grand maigre raccrocha et s'approcha du garçon qui rangeait l'arbalète dans sa housse, l'air concentré.

« Prêt à te mettre au travail, Tony ?

— De quoi tu parles ?

— On avait un accord, si j'ai bonne mémoire, dit Hammett sans prêter attention à la colère ostensible du gamin. Et pour que je puisse respecter ma part du marché, qui suppose en dernière instance de suivre un rituel très précis, il faut tout bien préparer d'avance. Tu te rappelles que je t'ai expliqué comment les Vikings honoraient leurs héros ? »

Tony opina du chef.

« Parfait : alors, si tu veux bien, mettons notre plan au point. Je suppose que Donald va nous aider. Il a déjà rassemblé tout ce dont nous aurons besoin. Il n'y a plus qu'à s'y mettre.

— Et Old Rush ?

— Une fois la construction terminée, je te donnerai tous les indices pour résoudre toi-même le mystère Old Rush. Mais ça demande quelques préparatifs. On est d'accord ? »

Tony ne répondit pas.

« Qu'est-ce qui t'arrive ? »

Tony ne répondit pas.

« Tu ne trouves pas ça juste ? insista Hammett.

— Je m'en fiche, de tout ça. »

Hammett connaissait bien cette façon qu'avait le garçon de hausser les épaules. « De quel côté tu es, Dash ?

— De quoi tu parles ?

— De Gus et Paulie. »

Hammett ne l'avait jamais entendu les appeler par leur nom.

« Je suis de ton côté à toi », dit-il. Et il ressentit un léger et embarrassant accès de honte à contretemps.

Tony secoua la tête sans rien dire. Quelques secondes passèrent. Hammett tendit la main et lui ébouriffa les cheveux.

« Vois avec Donald et mettez-vous au travail, dit-il avec une détermination rare. Ça te fera du bien. »

Probablement le croyait-il.

Quoi qu'il en soit, à partir de midi, Tony et Donald s'installèrent sous l'appentis où étaient rangés les outils pour assembler tout ce que le grand maigre avait ramassé dans les bois la veille après-midi. Apparemment, avoir boxé ensemble avait développé entre eux une camaraderie nouvelle qu'ils semblaient apprécier.

Après environ deux heures à scier et à clouer, un radeau d'un peu moins d'un mètre de côté prit forme et sens, fait de branches parallèles liées par des cordes de chanvre. Pour finir, ils renforcèrent le pourtour avec quatre rondins un peu plus gros qui firent un rebord saillant, une sorte de garde-fou pour contenir le tas de brindilles sèches, conforme au style traditionnel des plates-formes flottantes.

Une fois le travail terminé, ils appelèrent Hammett,

lequel s'était attelé à sa propre tâche. Le grand maigre sortit du bungalow et jeta un coup d'œil approbateur au résultat. Ensuite, à eux trois, suivis par les chiens bruyants, ils traînèrent la lourde armature jusqu'au bord du lac. C'est là que Hammett, d'un geste plutôt cérémonial, remit à Tony la boussole dans sa boîte en bois et le mystérieux document auquel il venait de travailler.

« Compagnon, voici ton guide pour la route. »

Le jeune Irongate déchira l'enveloppe et en sortit une feuille pliée en quatre. C'était un plan à la main de toute la propriété, bois et lac compris, accompagné d'une série d'indications pour s'orienter, faites de références et d'indices codés, le tout constituant un parcours en dix étapes qui finissait à un endroit marqué d'une croix. La boussole devait l'aider à s'orienter dans la bonne direction à partir de chaque point intermédiaire.

« C'est très compliqué, Dash », dit Tony d'un ton un peu dédaigneux, appuyé sur l'arbalète qui lui arrivait presque à la taille.

Il s'était bricolé un carquois en toile pour la porter dans son dos, avec une douzaine de carreaux.

« Pas tant que ça, Crockett. Mais j'admets que ni Edgar Poe ni Stevenson n'ont imaginé un itinéraire pareil, se vanta Hammett, volontairement jovial. J'espère que vous aurez trouvé quelque chose dans environ deux heures.

— Tant que ça ?

— Ce sera tout juste suffisant. Et encore, parce que je ne veux pas que vous soyez rattrapés par la nuit ou le découragement. Synchronisons nos montres. Et rappelez-vous que vous n'avez rien le droit de faire avant que je confirme que vous êtes bien arrivés au bon endroit, compris ?

— D'accord, Dash, dit Poynton, la pelle sur l'épaule.

— Tu as ton bistouri avec toi ? »

Pour toute réponse, Poynton mit la main sur le manche en bois de cerf d'un couteau de chasse à sa ceinture.

« C'est pour faire quoi, ça ? demanda Tony, le visage froncé.

— Il est encore temps de renoncer, Mackie-le-Surineur, dit Hammett comme si de rien n'était.

— Comment tu m'as appelé ?

— Je t'expliquerai plus tard. Les pèlerins vont-ils se mettre en route ? »

Tony le dévisagea presque avec hostilité. Après quoi, il détourna le regard pour fixer Poynton :

« Allons-y, dit-il sans sourciller, avant de revenir à Hammett pour conclure avec une éloquence travaillée : J'espère qu'il résultera de tout cela quelque chose à même de me convaincre que tu mérites de récupérer ta valise.

— J'en suis certain, compagnon. »

Le jeune Irongate ne répondit pas.

Ils partirent, la carte dépliée à la main, les chiens sautillant autour d'eux. Hammett les suivit des yeux en silence jusqu'à ce qu'ils disparaissent au coin du bois, après quoi il retourna à la maison.

Les filles, Lola et Do, se trouvaient dans la cuisine avec Linda. Cette dernière apparut au moment où Hammett s'apprêtait à téléphoner.

« Vous n'êtes pas venu déjeuner, monsieur Hammett.

— Je ne me suis pas non plus douché et je n'ai pas eu le temps de me raser depuis ce matin, Linda. Mais je prendrai d'assaut le frigo plus tard, dès que tu auras le dos tourné. »

Linda s'approcha pour lui parler sans que les filles entendent.

« Vous ne croyez pas qu'il faut que les deux soient d'accord pour pouvoir vendre ? »

Hammett acquiesça.

« Chaque fois que je les entends se disputer, je me dis que tout ça peut très mal finir, continua-t-elle. Les choses qu'ils se disent, les menaces…

— C'est justement pour éviter de passer à l'acte, Linda : supposément, les gens parlent et écrivent pour ne pas tuer.

— Vous aussi ?

— Au contraire, moi, quand j'écrivais, c'était pour pouvoir tuer à mon aise.

— Vous dites de ces choses, monsieur Hammett.

— Exactement. Je les dis mais je ne les fais pas, Linda. »

Il appela Sam Rosen à son cabinet, c'est Frisson qui répondit. Hammett lui demanda s'il avait prévenu son patron qu'il voulait lui parler :

« Oui, mais Sam est dans son bureau avec le type à la Studebaker, dit Frisson sur un ton de conspirateur.

— Fanesi ? Qu'est-ce qu'il fait là ?

— Je ne sais pas. Il a téléphoné peu après votre départ, monsieur Hammett. Et puis il est venu.

— Il l'a croisée ?

— Mme Dickinson ?

— Non. Eleanor Roosevelt.

— Je ne comprends pas.

— Passe-moi Sam », dit Hammett avec exaspération.

Quand Sam Rosen fut en ligne, le grand maigre entendit d'abord la fin d'une conversation échevelée ; et ensuite, son avocat, haut et fort :

« Dash… »

Une pause exagérément longue. « Tout est sous contrôle, mon cher ami.

— Fanesi est avec toi ?

— Oui. M. Fanesi est ici avec moi. »

Le ton était lent et déclamatoire, comme s'il récitait un texte ou lisait un document visé par un autre, au sens littéral.

« Il est en train de te viser avec une arme ou quelque chose comme ça ?

— Quelque chose comme ça.

— Passe-le-moi. »

Hammett changea d'interlocuteur pour la troisième fois.

« Monsieur Hammett, je regrette que les circonstances ne soient pas plus favorables à la reprise de notre dialogue, démarra Fanesi avec une politesse prudente. Je suis venu me renseigner sur l'endroit où se trouve Nell Martin et voilà que je découvre qu'elle a l'intention de se rendre à la justice. Ce que le docteur Rosen m'a dit est vrai ?

— J'ignore ce que Sam vous a dit, mais c'est la vérité. »

Une telle réponse parut décontenancer le señor Fanesi.

« Et pour commencer, laissez tomber toute tentative de

pression sur Rosen. Ou pour mettre des bâtons dans les roues de Nell. C'est moi qui ai ce que vous cherchez, monsieur Fanesi.

— C'est-à-dire ?

— La valise. La valise des manuscrits.

— Ah.

— Si vous la voulez, je vous attends mardi à deux heures au Derby. On en parlera. Maintenant, passez-moi Rosen.

— Mais…

— Au Derby. Passez-moi Rosen. »

Après quelques chuchotements, nouveau changement d'interlocuteur :

« Ici Sam, Dash.

— Fanesi est parti ?

— Il est encore là.

— Dis-lui de se barrer, ou plutôt dis-lui que je dis qu'il se barre. Et fais-le suivre par Frisson.

— D'accord, Dash. »

Rosen posa le combiné sur le bureau et Hammett entendit son avocat discuter avec l'autre ; il entendit ensuite la porte se fermer. Quelques secondes s'écoulèrent :

« Me revoilà, Dash. Il m'a demandé l'adresse du Derby avant de partir.

— Dis à Frisson se le suivre.

— Inutile : Fanesi l'a emmené avec lui. Il était armé, Dash.

— Oh là là… Et tu n'as rien fait ?

— Quoi ? Mais j'avais peur. Encore maintenant, d'ailleurs. »

Ce n'est qu'alors que Hammett comprit la tonalité légèrement forcée du petit numéro de Rosen au cours de la précédente conversation.

« Je comprends, Sam, dit le grand maigre. Hier soir, j'ai ressenti la même chose.

— De quoi tu parles ?

— De la peur.

— À cause de l'incendie ?

— Avant. J'étais à deux doigts de détaler comme un lapin, comme dirait Tulip. Je crois bien que j'aurais abandonné Nell sur place. »

Dans l'attente de la suite, le silence se fit à l'autre bout du fil.

« Je ne sais pas pourquoi je te raconte tout ça, conclut Hammett.

— Peut-être parce que je suis ton ami, hasarda Sam Rosen. Ou parce que je ne le suis pas assez. Même si tu n'as pas l'air du genre de type qui a soudainement besoin de se confier à quelqu'un. »

Cette fois, c'est Hammett qui ne répondit pas.

« Je ne t'imagine pas ouvrir ton cœur à un étranger, dit Rosen. Des confidences aux inconnus, comme au début des romans de Conrad ou dans les films des années trente.

— De préférence dans un compartiment de train, quelque part entre Prague et Bratislava, ou au comptoir d'un bar de Nairobi.

— Tu n'écris pas ce genre de choses, dit Rosen.

— Non. Je ne les écris pas et je ne les vis pas non plus, dernièrement.

— À la différence du señor Fanesi.

— Qu'est-ce que tu veux dire ?

— Ce type ne vit pas, Dash : il joue. C'est l'exemple même du type qui a trop lu. Il y a quelques minutes, il était en représentation ; et son jeu était trop grandiloquent pour être complètement crédible. Il a emmené Frisson au bout de son pistolet mais je suis sûr qu'il ne saura pas très bien quoi en faire si personne ne lui fait lire un script de toute urgence.

— Je ne te suis pas, Sam.

— Comment peut bien se sentir un type qui se croit tout droit sorti d'un roman ? Il t'a parlé de ça ?

— Je crois que c'est ce qu'il était en train d'essayer de faire au moment de votre arrivée, quand la petite Irma a paniqué et a tiré sur Frisson.

— Précisément. Ah…

— Quoi ? »

Rosen ne répondit pas. Hammett entendit son avocat poser le combiné sur le bureau et se lever brusquement en faisant résonner les pieds de sa chaise sur le plancher. Il entendit même des pas qui s'éloignaient et un fragment de dialogue. L'espace d'un instant, il craignit d'entendre un coup de feu. Mais non.

« Qu'est-ce que je te disais ? Frisson vient de rentrer, dit Rosen en reprenant le combiné. Il est blanc comme un linge mais sain et sauf, aucune trace de mauvais traitement. Pas vrai, Phil ? »

Hammett ne parvint pas à entendre la réponse de l'assistant de son avocat car les filles Irongate se précipitèrent soudain hors de la cuisine à grands cris et traversèrent la pièce pour sortir dans le parc, un plat de brioches au chocolat dans les mains.

Quand la conversation reprit, Sam Rosen, après avoir écouté le rapport de Frisson, se mit à expliquer ce qu'il avait pu déduire des plans délirants du señor Fanesi mais Hammett l'interrompit :

« Commençons par le commencement, Sam. Je t'appelais pour savoir qui est ce docteur Leggett qui va s'occuper de l'affaire de Nell. C'est quel genre d'avocat ?

— Il n'est pas avocat, il est psychiatre. Mais elle ne le sait pas et n'a aucune raison de le savoir, du moins pour l'instant. J'ai suivi tes consignes, Dash. »

Et après un long silence : « Est-ce que ce n'est pas ce que tu m'as demandé ?

— Si, bien sûr.

— Mais il y a quelque chose qui ne colle pas dans cette histoire, Dash : c'est quelque chose que j'ai appris dans tes cours de littérature à la Jefferson School. La folle, on l'avait déjà : la petite Irma. Et maintenant, Nell aussi. C'est trop pour une seule histoire.

— Tu crois qu'il y a des quotas de folie ?

— Je ne sais pas si ça fait partie des règles du Detection Club, mais ça devrait. C'est du bon sens.

— Erreur, l'avocat. Depuis quand respectons-nous les règles du Detection Club ? Pire encore, celles du bon sens ?

— D'accord. Mais on peut écarter une des folles : une s'en va, l'autre la remplace. Je t'explique, Dash : selon Fanesi, sa Daisy – c'est comme ça qu'il l'appelle – a beau avoir l'air d'une sainte-nitouche, elle est capable de mentir et de cacher son jeu, c'est une maligne. Mais maligne comme les enfants, avec une sorte d'ingénuité perverse. Pas folle pour un sou, quoi. Il prétend que c'est elle qui s'est mise en cheville avec Dickinson pour organiser un faux enlèvement, mais que quelqu'un s'en est mêlé et que l'affaire a mal tourné.

— C'est ce qu'il t'a raconté ? Qu'ils étaient complices, c'est l'évidence même. Mais je n'ai aucun mal à l'imaginer lui, Fanesi, de mèche avec sa Daisy pour plumer Dickinson... Ils l'ont enlevé, avec la petite gourde en guise d'appât, et après ils ont demandé une rançon.

— Sa version est différente. Il affirme qu'il était en voyage et a appris ce qui se passait à son retour.

— Quand Fanesi prétend-il qu'il a découvert le vol, l'enlèvement, le faux enlèvement, appelle ça comme tu veux ?

— Seulement le jour de l'incident chez toi, Dash. Pas avant. Sur le chemin du retour, quand elle a dû lui expliquer pourquoi elle avait tiré sur Phil. Mais il dit qu'il ne l'a pas crue. »

Hammett ressassa un moment cette explication :

« Pas très crédible, tu ne trouves pas ? Surtout quand on pense qu'elle a été arrêtée sans que lui soit inquiété le moins du monde, alors qu'ils sont repartis d'ici ensemble. »

Rosen admit qu'aucune des deux versions ne collait.

« Je ne pense pas que Fanesi me tourne autour pour le compte de la Commission ou du FBI, mais ce qui est certain, c'est qu'il a partie liée avec la police d'une façon ou d'une autre : il a tout l'argent qu'il veut et entre et sort du pays comme si de rien n'était.

— De la contrebande ?

— Peut-être, ou quelque chose dans le genre. Mais je t'appelais pour une raison différente, se rappela soudain Hammett. Vérifie ce qu'il en est d'un prétendu héritage touché par Nell, quarante mille dollars sur lesquels auraient été prélevés les vingt mille de la rançon.

— C'est elle qui t'en a parlé ?

— Oui, une version complémentaire a posteriori. Et ce n'est pas tout : elle m'a dit que c'est à cause de cet argent qu'Irma et Ash… Dans ce cas, Fanesi n'aurait rien à voir. »

Sam Rosen résuma :

« Je me renseignerai sur l'héritage. Au fond, on a deux hommes et deux femmes. Il suffit de reconstituer les bons couples. Rien de plus.

— Mais rien de moins, conclut Hammett. Sur un autre sujet, Sam : on peut compter sur le docteur Leggett ?

— Pendant trois jours. C'est le temps qu'il est autorisé à la garder en admission temporaire, sans avoir à l'enregistrer comme patiente de la clinique. Il faut faire tout le possible ce week-end.

— D'accord. J'espère qu'on en saura assez lundi pour dire à Nell de se rendre à la police, ou pour l'y emmener nous-mêmes. Fais en sorte qu'elle ne fasse pas de folies au cours des prochaines heures, Sam.

— Ne t'en fais pas.

— Et donne six dollars à Frisson, je les lui dois de ce matin. Je n'avais pas de quoi revenir ici. »

Rosen baissa le combiné et parla à Frisson une fois de plus. Hammett n'entendit pas la réponse de l'assistant.

« Il dit que ce n'est pas grave, mais que tu lui dois une histoire en plus de l'argent : le chasseur et le loup, c'est ça ? répéta consciencieusement Rosen.

— Tu dois la connaître, Sam, dit Hammett en observant par la fenêtre les érables qui jaunissaient à l'orée du bois tout proche. C'est une des nombreuses fins du *Petit Chaperon rouge*. Le chasseur tient en joue le loup après l'histoire habituelle, tout autour d'eux la forêt brûle. Alors le loup dit : "J'avoue que j'ai mangé mère-grand et le Petit Chaperon rouge, mais l'incendie de la forêt, j'y suis pour rien."

— C'est tout ?

— C'est déjà presque trop », dit Hammett, et il raccrocha.

Linda l'attendait avec un sandwich fromage-tomate-charcuterie qu'il mangea sur la table de la cuisine. Il but deux tasses de café en l'écoutant spéculer longuement à voix haute, énumérant pour elle-même les possibles conséquences de la vente de la maison.

« Donald m'a dit qu'il pourrait toujours remonter sur le ring. C'est exactement ce que je voulais éviter, monsieur Hammett, conclut-elle.

— Je crois connaître un peu ce bon à rien, dit Hammett après avoir allumé une cigarette. Je suis sûr qu'il le dit pour te provoquer, même si un peu d'action ne lui ferait pas de mal. Mais rien de tout ça ne va arriver, Linda.

— C'est-à-dire ?

— On n'aura pas à partir d'ici. Crois-moi, on va vieillir à Katonah. »

Le grand maigre souffla la fumée une ou deux fois.

« Tu sais pourquoi ? »

Elle lui jeta un coup d'œil méfiant, elle connaissait ce ton :

« Pourquoi ?

— À cause de la bombe atomique, Linda, affirma-t-il avec un sérieux affecté. Selon *Life*, celle des Russes est au point ; et si, en bonne Américaine que tu es, tu crois sur parole *Esso Reporter* et les correspondants de l'Associated Press, tu sauras que ceux qui ont pris le pouvoir à Moscou sont bien plus imprévisibles que l'affreux Oncle Jo.

— Vous êtes sérieux, monsieur Hammett ?

— Dans un an ou deux, plus personne ne voudra vivre à New York, tu sais ? C'est la cible principale de la bombe des cocos. Les Irongate vendront tout pour venir se réfugier à Katonah. Et toi et Donald resterez pour continuer à faire votre travail. Il en ira peut-être autrement pour moi, parce que je me suis laissé dire que l'abri antiatomique souterrain sera construit à l'emplacement de mon bungalow. Mais je ne m'en fais pas, parce qu'à ce moment-là je serai de retour dans une de ces prisons de haute sécurité qui sont, comme leur nom l'indique, beaucoup plus sûres, avec leurs murs en ciment, que ces fragiles constructions de bois. »

Hammett donna quelques petits coups contre la cloison de la cuisine.

« Vous vous fichez de moi, dit-elle, un vague sourire aux lèvres.

— J'exagère peut-être un peu, mais je t'assure que, statistiquement, les chances d'un démantèlement du consortium Irongate & Gerscher sont très inférieures à celles d'une désintégration de l'Empire State building et des trois quarts de Manhattan au cours des prochaines années. J'espère que cette réflexion t'apaisera, Linda. Tu sais parfaitement que le problème du logement, à Hiroshima, a été résolu du jour au lendemain, il y a quelques années. Ce n'était plus un problème pour les habitants, je veux dire. Ou plutôt, les habitants eux-mêmes n'ont plus été un problème.

— Vous ne devriez pas plaisanter là-dessus.

— Tu as raison. Avec des sketchs pareils, Bob Hope n'est pas près de m'engager pour ce show radiophonique qui te plaît tant. »

Linda secoua la tête sans perdre son sourire. À ce moment, des voix et des aboiements leur parvinrent du parc. Linda se redressa pour regarder par la fenêtre et elle vit les filles revenir avec leur plat de brioches intact. Peu après, elles firent leur entrée dans la cuisine l'une derrière l'autre.

Lola portait une chemise jaune de grosse toile, un jean et des bottes en caoutchouc boueuses à souhait. Ses cheveux blonds dépassaient sous son bonnet au crochet et elle respirait fort, les joues enflammées. La petite mit ses bras autour du cou de Hammett et l'embrassa de ses lèvres froides tandis que son aînée déposait les brioches sur la table. L'ample manteau de Do, d'un rouge pour ainsi dire pétulant, contrastait avec son expression d'exaspération contenue.

« Salut Dash, dit-elle avec une politesse distante.

— Salut, Do. »

L'aînée des filles Irongate lui expliqua ensuite que Donald et Tony, à en croire Linda, avaient disparu dans les bois pour une prétendue mission secrète.

« Tu es au courant de quelque chose ? »

Hammett haussa les épaules et demanda prudemment des nouvelles de Gus. En l'entendant, la petite Lola s'enfuit hors de la cuisine sans se retourner.

« Papa ne va pas bien, Dash, dit Do machinalement, comme on a recours à une formule toute faite pour décrire un cas particulier, comme on émet un bulletin de santé, comme on confirme à contrecœur un état de chose. Et tu le sais parfaitement.

— Oui, bien sûr, admit le grand maigre plus fort et plus vite qu'on aurait pu s'y attendre. Et toi, comment tu prends la situation ?

— Je ne veux plus le voir.

— Je comprends.

— Tu veux dire que j'ai raison ? » insista Do.

Hammett comprit qu'elle cherchait la bagarre.

« Je veux dire que tu as… tes raisons », dit-il comme on saute de rocher en rocher au beau milieu d'un torrent.

Il vit bien qu'elle n'avait pas l'air satisfaite de sa réponse. Il réalisa qu'il ne serait pas en mesure de l'aider ni de gérer ce qui se profilait à l'horizon. Et pourtant, Do le surprit :

« Pourquoi vous buvez, vous autres ? dit-elle soudain.

— Ton père et moi, ou les hommes en général ?

— Toi, par exemple. »

Hammett se servit une brioche dans le plat et mordit

dedans avant de répondre. Il mâcha quelques secondes et avala sa bouchée.

« Je peux peut-être t'expliquer pourquoi j'ai arrêté, si ça peut t'aider. »

Il agita les mains et se toucha les lèvres, sans attendre qu'elle réponde. « Mais ce n'est pas une histoire agréable.

— Pas grave.

— Je pourrais te dire, par exemple, que ce que je mangeais n'avait plus aucun goût, mais ce n'est pas ce qui m'a décidé. Je pourrais te raconter qu'un dimanche soir à dix-neuf heures, alors que je me croyais samedi matin, il a fallu que je demande à la personne qui me réveillait pour que je lui rende son lit où je me trouvais et qui elle était. Mais ce n'est pas non plus ce qui m'a fait arrêter. Au contraire, c'était drôle, ça faisait une anecdote à raconter. »

Do l'observait, les yeux grands ouverts, sans ciller.

« Mais, à une époque, ma fille buvait avec moi, tu sais. L'aînée, tu ne la connais pas, une jolie fille. On était dans un bar, elle s'est levée pour aller aux toilettes, et je l'ai regardée s'éloigner en chancelant, mais en chemin il a fallu qu'elle s'appuie sur le dos d'un homme qui était assis à une table. Et j'ai vu ce type se retourner, l'air exaspéré, tu vois le genre... et dégager cette main blanche, cette main que j'avais serrée quand elle était petite pour lui apprendre à marcher, pour traverser la rue, ce type l'a dégagée comme on enlève un insecte. Alors j'ai voulu me lever pour lui en coller une mais je n'ai pas pu décoller le cul de ma chaise... »

Hammett fronça les sourcils.

« C'est pas trop pathétique ?

— Qu'est-ce que ça veut dire, pathétique ?

— C'est quelque chose qui produit en toi, quand tu le vois ou que tu l'entends, des sentiments excessifs… C'est souvent tragi-comique. On est tous un peu pathétiques quand on se prend trop au sérieux.

— Je comprends.

— Bien : je suppose qu'on boit, qu'on boit autant, je veux dire, à en perdre la raison, tant qu'on a l'impression que c'est drôle, qu'on s'amuse en buvant et que les autres s'amusent avec nous. Ou alors, c'est souvent l'inverse : on boit parce qu'on croit qu'il y a quelque chose de tragique dans notre vie, et que l'alcool est une sorte de confirmation, un certificat d'authenticité de la souffrance. Et on arrête de boire – si on peut et qu'on a le courage – quand on réalise qu'on en a honte. La honte est souvent un sentiment plus fort et plus puissant que la culpabilité, l'apitoiement sur soi-même ou la haine… On peut admettre qu'on laisserait se noyer un membre de notre famille si personne ne nous voyait mais on donnerait un doigt ou une année de vie pour que personne ne s'aperçoive qu'on porte des caleçons merdeux.

— C'est dégoûtant, ce que tu dis.

— Qu'on mange nos crottes de nez, alors.

— Beurk. »

Hammett sourit.

« Peut-être que Gus s'est habitué au sentiment de culpabilité, qu'il lui est un ami et un compagnon. Avoir un peu honte ne lui ferait pas de mal, je suppose. »

Do garda le silence un moment.

« Tu ne m'as pas répondu, Dash.

— Sans doute parce que je n'ai pas de réponse. Ou alors parce que j'ai compris que tu n'en attends aucune et que tu veux seulement me montrer que tu es en colère. Et aussi que tu considères que je suis une donnée du problème, pas vrai ?

— Je suis en colère. Mais tu n'as rien à voir là-dedans, même si maman...

— Laissons Paulie de côté.

— Oui, mieux vaut qu'elle ne soit pas ici en ce moment. Papa arrive et je préfère qu'ils ne se croisent pas, Dash.

— Il arrive ?

— Tu as une idée de ce qu'a fait Tony ? C'est après lui qu'il en a. Je voulais le prévenir que papa a appelé mais je ne l'ai pas trouvé.

— À ce que j'en sais, il a eu un souci à l'école, hasarda Hammett en haussant les épaules. Paulie m'a dit... »

Do secoua la tête et plissa les yeux :

« C'est pas à cause du rasoir. Il y a autre chose.

— Je ne suis pas au courant.

— Il est en colère contre toi aussi, pour les mêmes raisons. Il dit que vous tramez des choses dans son dos, que tu l'as trahi... »

Hammett secoua la tête :

« Ah là là, Gus... »

Linda et Lola revinrent dans la cuisine. La petite faisait des bonds d'excitation, Linda avait mis son chapeau et son sac à main pendait à son bras.

« Nous allons acheter des décorations pour le gâteau à la fraise. Tu viens, Do ?

— Viens avec nous ! cria Lola en lui sautillant tout autour. Viens, viens, viens ! »

Do retint sa sœur par les épaules et l'immobilisa fermement.

« Bien sûr que je viens, dit-elle posément. Mais tiens-toi tranquille, je t'en prie… »

À peine l'eut-elle lâchée que Lola se remit à faire des bonds et, emportée par son élan, cabriola jusqu'au jardin, Linda sur ses talons. Do et Dash restèrent seuls.

« Parle à papa, s'il te plaît. »

Sa voix tremblait.

« Je vais voir ce que je peux faire. Ne t'en fais pas. »

Do lui tourna le dos et sortit.

Hammett rentra au bungalow pour se laver et se raser enfin après deux jours. Il rassembla ses vêtements sales, les mit dans le panier à linge et revêtit une vieille robe de chambre déchirée et terne. Selon ses calculs, il avait moins d'une heure avant que Tony et Donald viennent le prévenir qu'ils avaient trouvé quelque chose. Il avait du temps devant lui pour vaquer à ses propres occupations. Dans sa chambre, il grimpa sur une chaise et s'étira pour atteindre l'étagère profonde tout en haut du meuble où il rangeait ses habits. Il tâtonna quelques instant à l'aveuglette avant de tomber sur un vide inattendu entre les deux piles de couvertures pliées. Il réfléchit, puis s'accroupit pour regarder et fouiller – tout aussi vainement – sous le lit ; finalement, il chercha sans plus y croire dans la table de nuit mais, à part la vieille boîte de cigares en fer-blanc, qui lui sembla avoir été légèrement déplacée, il ne trouva rien d'autre. Après avoir fait un tour et scruté le reste de la chambre d'un œil décontenancé, il regagna la salle de séjour. Il fit deux pas avant de s'arrêter tout net. Quelqu'un était assis dans le fauteuil.

« Ce que tu cherches n'est plus là, Chim », dit Tulip sans même se retourner.

Hammett vint se planter devant lui :

« Comment tu es entré ? »

Même s'il conservait l'apparence générale d'Edmund Sanders, Tulip n'était plus habillé comme un courtier de Wall Street. Il portait les mêmes vêtements décontractés qu'à sa dernière visite mais, à ses pieds, une mallette de dépanneur de la compagnie d'électricité remplaçait les valises, et il tenait une casquette à visière qu'il coiffa d'un geste nonchalant.

« Les frontières de ton royaume sont pleines de trous, triste sire.

— Tu devais être sacrément inquiet pour prendre des risques pareils, dit Hammett. Il suffisait de me faire savoir que tu les voulais...

— Impossible de te faire confiance. »

Tulip posa la main sur un paquet posé à côté de lui sur le fauteuil. C'étaient les armes et les douilles joliment emballées par Bunny. Le paquet était ouvert sur le dessus.

« Je dois dire que la délicate attention de l'emballage m'a touché. Tu voulais me faire un cadeau d'anniversaire ?

— Je pensais plutôt les jeter dans le lac aujourd'hui même, après une dernière vérification.

— Et maintenant, tu vas faire quoi ?

— Pareil. Sauf que je te balancerai à l'eau avec. »

Tulip éclata de rire.

« Comme on disait dans mon quartier : toi et combien d'autres ?

— J'ai besoin de personne, dit Hammett. Si tu m'as attendu au lieu de mettre les bouts après avoir trouvé ces pistolets, il y a sans doute une raison. Tu dois avoir une autre idée en tête que simplement me priver des preuves pour accuser Gath et Chaves de m'avoir tiré dessus la nuit de l'orage. Tu sais que je ne mens pas.

— Ce que je sais, c'est que ces deux bons à rien ne savaient même pas à qui ils s'en prenaient, dit Tulip, sarcastique. Ce n'est pas toi qu'ils auraient tué mais un mystérieux sale rouge anonyme.

— Le moment venu, il faudra collecter des fonds pour le mausolée de la tombe du rouge inconnu. Si tu veux mettre la main à la poche, je te jure de ne jamais révéler ton nom. C'est ma spécialité.

— Tu es incorrigible, Chim…

— Maintenant dis-moi une bonne fois pour toutes ce que tu cherches, Tulip. Encore que, maintenant que j'y pense… »

Hammett fit une pause et se retourna à peine pour inspecter superficiellement la paperasse à côté de la machine à écrire. Il prit le dossier étiqueté TULIP sur la couverture et le remit là où il aurait dû se trouver.

« Fouineur comme tu es, tu es peut-être resté pour découvrir pourquoi ceci porte ton nom…

— Tu me sous-estimes, triste sire, comme d'habitude. Maintenant que je t'ai démontré en long, en large et en travers que ma vie est plus intéressante que la tienne et que ce n'est qu'à travers moi que tu pourras vivre quelque chose qui mérite d'être écrit, cette question est sans objet pour moi. Tu sais où tu peux te mettre ton dossier…

— D'accord, je viens de comprendre, dit Hammett, imperturbable. Excuse-moi, tu vas m'accuser de faire de la psychanalyse à la con, mais c'est l'évidence même : ce que tu cherches, c'est à récolter la châtaigne que tu m'as filée sans raison dans le taxi. »

Pour toute réponse, Tulip se renversa en arrière en éclatant encore de rire. Le coup de poing de Hammett le cueillit à mi-chemin du retour à sa position initiale et lui secoua tellement la tête qu'il s'affala sur le paquet de Bunny.

« C'était ça que tu voulais, pas vrai ? Eh ben voilà. »

Tulip n'arriva pas à répondre ni à réagir tout de suite. Il demeura étalé sur le fauteuil à agiter la tête en silence.

Hammett fit demi-tour et rentra dans sa chambre. Il posa la robe de chambre sur le lit et chercha des habits ; une rage difficilement contenue gênait ses mouvements. Sa main droite, avec laquelle il avait frappé Tulip, lui faisait affreusement mal. Il mit une chemise chaude et un pantalon en velours côtelé. Il était en train de faire ses lacets lorsqu'il crut entendre le bruit de la porte. Il n'alla pas voir tout de suite. Il finit de s'habiller avant de retourner dans la salle de séjour. Tulip n'y était plus et il avait emporté les armes avec lui. Le dossier était toujours à sa place.

Hammett passa son manteau, décrocha le fusil et sortit du bungalow plutôt précipitamment. Il fit un ou deux pas sur le sentier de terre battue et s'arrêta, aux aguets, les jambes un peu écartées sous un ciel agité. Plus aucun signe de Tulip ; et encore aucun de Donald et Tony. Il alluma une cigarette, tira une ou deux bouffées, après quoi il retourna à l'intérieur, laissa le fusil et ressortit. Il fit le tour du bungalow, entra dans la remise de derrière où il récupéra un sac de marin en toile et une petite pelle, avant de pénétrer résolument dans les bois.

23

La cérémonie viking

Quand, bien des années plus tard, dans d'autres circonstances et face à un auditoire inconnu plutôt inattentif, Donald Poynton tenterait d'expliquer ou plutôt de décrire les sensations ressenties au cours de cet étrange après-midi, dans les bois et autour du lac de la propriété de Katonah, il aurait plusieurs fois recours à une comparaison qu'il n'avait pas inventée mais qui lui plaisait, sans pouvoir se souvenir où il l'avait prise : « Je me suis senti comme ce Noir aveugle vêtu de noir qui cherche dans l'obscurité un chapeau noir qui n'y est pas », dirait Poynton. Et, ce faisant, il citait – mal et sans le savoir – un passage de *Sang maudit*.

Dans ce roman vertigineux, que Donald avait lu tardivement, presque par politesse envers Dash, et qu'il n'avait pas trop aimé, le Continental Op, en proie à la confusion et à l'incertitude, disait s'être souvenu dans ces termes exacts de l'histoire du condamné aveugle, mais pas forcément noir, ce détail ayant été ajouté par Poynton.

Après une demi-heure à déambuler aux côté d'un Tony de mauvaise humeur, leur carte artisanale à la main, Donald aurait admis sans difficulté qu'il y avait quelque chose d'un peu, voire de très ridicule dans ce jeu de piste imposé grâce auquel Hammett espérait guérir ou du moins atténuer l'anxiété du garçon. Très vite, Tony avait perdu tout intérêt pour ce modeste amusement qui consistait à suivre le complexe itinéraire d'indice en d'indice, du sapin tordu aux deux rochers superposés; d'une lettre gravée dans l'écorce d'un arbre à un ruban attaché à une branche qui surplombait l'eau. À la fin, sans faire aucun cas de la boussole, il se contentait de suivre en soupirant. Et Poynton devait mener la danse.

Au bout d'un étroit sentier qui conduisait à une petite colline entre les prés, ils découvrirent les restes partiellement carbonisés d'un grand feu de bois, symbolisé par des flammes sur la carte de Hammett. Quelqu'un avait un jour fait un feu de camp et même campé à cet endroit. Peut-être les enfants Irongate eux-mêmes.

Tony s'assit – ou plutôt se laissa tomber pesamment – sur la large souche d'un vieux chêne entre les racines mortes duquel poussaient des grappes de champignons charnus, d'un jaune pâle et rouillé.

« Tu sais parfaitement ce que Dash a fait de Rush. »

Avec un bâton pointu, Tony fouillait dans les cendres grises et humides.

« Dis-le-moi, Donald.

— Non.

— Quoi, non ?

— Je ne sais pas ce qu'il en a fait, Tony. Et de toute façon, si Dash, je veux dire M. Hammett, t'a proposé ce jeu, c'est qu'il préfère que tu le découvres par toi-même. »

Le garçon n'avait pas l'air convaincu.

« Un jeu..., répéta-t-il avant de jeter le bâton au loin. Comment il m'a appelé ? Mackie-le-Surineur ? Tu sais ce que ça veut dire ? »

Donald Poynton secoua la tête, geste qui se voulait plus qu'un simple non :

« Continuons, Tony, dit-il en consultant la carte. Encore deux indices : du feu de camp, cent vingt pas en direction du nord-ouest jusqu'à "l'os enterré". Tu sais ce que ça peut être ? »

Tony Irongate ne répondit pas. Il se leva mais, au lieu de se remettre en route, il sortit un carreau de son carquois, l'air concentré, le mit en position et tendit l'arbalète à moitié ; puis, sans bouger les pieds, il fit faire à son torse un quart de tour en direction du bois à la recherche d'une cible, visa, tira le bras en arrière autant qu'il put et lâcha presque immédiatement. Le carreau vola une dizaine de mètres et alla se ficher dans le tronc fin d'un jeune chêne vert.

« Waouh ! Bravo ! »

L'admiration de Donald était sincère.

Tony sourit avec satisfaction ; il alla jusqu'à l'arbre et secoua plusieurs fois le carreau avant d'arriver à l'arracher du tronc. Lorsqu'il revint, son sourire était glacial.

« La semaine dernière, je suis allé avec à Central Park, dit-il, un peu provocateur. Un policier a voulu me la confisquer pendant que je m'entraînais mais je ne me suis pas laissé faire. J'ai couru à la maison mais il m'a suivi. Il a dit à ma mère que je tirais sur les écureuils.

— C'était vrai ? »

Tony fit non de la tête, l'air grave :

« Je n'ai jamais tiré sur personne. »

Donald vit Tony baisser la tête et planter plusieurs fois le carreau dans la terre molle.

« Qu'est-ce qui se passe ? »

Le garçon ne répondit pas mais il finit par se tourner vers lui :

« Tu ne trouves pas qu'on perd notre temps ?

— De quoi tu parles ?

— De ça, de tout.

— Je ne comprends pas.

— Toi, tu as appris à boxer parce que tu voulais te battre pour de bon. Et tu es devenu boxeur.

— Où tu veux en venir ?

— Je ne sais pas, mais Dash me fait perdre mon temps. Comme lui.

— Comme lui ?

— Tulip m'avait bien dit qu'il me ferait perdre mon temps. Tous ces trucs qu'il raconte, c'est sans queue ni tête… Et les choses qu'il a faites dans sa vie, rien n'a marché. C'est pas ton avis ?

— Je ne te comprends pas, Tony : Dash prend toujours ta défense.

— Peut-être, mais c'est un loser.

— Un quoi ?

— Un loser, comme mon père. Presque soixante ans et pas un sou en poche.

— Qui raconte ça ?

— Paulie.

— Elle est très en colère, Tony, s'empressa de répondre Donald. Tu ne devrais peut-être pas trop prendre au sérieux ce qu'elle dit. »

Tony Irongate se leva.

« Qu'est-ce que t'en sais ? »

Et soudain, il repartit en sens inverse sans dire un mot.

« Où tu vas ?

— J'arrête de jouer », dit-il sans se retourner.

Donald l'observa jusqu'à le perdre de vue.

Il ne le suivit pas et ne l'appela pas à grands cris. Il se maudit seulement à voix basse. C'est peut-être à cet instant que la citation du type dans l'obscurité lui revint à l'esprit pour la première fois. Cependant, il se pencha pour ramasser la boussole abandonnée, consulta la carte avec les indications et, sans quitter le cadran des yeux, commença à compter les cent vingt pas jusqu'au prétendu os enterré.

Vingt minutes plus tard, après avoir résolu la dernière énigme, Donald pénétrait dans la clairière où était supposée se terminer la quête. Dashiell Hammett se tenait debout au bord du trou humide laissé par les racines du vieil épicéa bleu tombé le soir de l'orage.

« Et Tony ?

— Il est rentré. Il en a eu marre, Dash. »

Hammett resta un moment silencieux. Il soupira et s'assit sur le tronc abattu.

« C'est là ? demanda Donald.

— Dans le trou creusé par les racines. J'en ai profité, c'était mou. »

Donald s'approcha, il observait la terre comme s'il n'arrivait pas à y croire.

« Finissons-en, dit le grand maigre.

— La terre a été retournée récemment, dit Donald, penché sur le trou.

— C'est moi, à l'instant. »

Hammett désigna la petite pelle appuyée sur le tronc abattu.

« J'ai vu que des animaux avaient creusé. J'ai voulu vérifier que tout était en ordre.

— C'est le cas ?

— Si on te demande, tu diras que oui, dit Hammett en se levant pour attraper la pelle. Allons-y, qu'on n'ait pas travaillé pour rien.

— Et Tony ?

— Il finira par montrer le bout de son nez. Je sais comment le faire venir. »

Tandis que Donald commençait à creuser, Hammett rassembla à la hâte un faisceau de petites branches au centre de la clairière, il ajouta une poignée de feuilles mortes humides et y mit le feu avec son briquet. La fumée blanche provoquée par la mauvaise combustion s'éleva immédiatement, épaisse et verticale, dans le ciel tranquille.

Hammett tourna le dos au feu et se mit à creuser aussi.

Sa main lui faisait mal, il pouvait à peine la fermer après son coup de poing à Tulip. Au bout de quelques minutes, le pelage d'Old rush apparut. L'odeur aussi. Donald se détourna.

« Je continue », dit Hammett.

Mais il souffrait, il respirait difficilement et dut bientôt s'arrêter en ressentant un soudain élancement au cœur. Croyant pouvoir sauver les apparences, il toussa un peu, s'appuya contre un arbre mais finit par se rasseoir sur le tronc couché sans rien dire.

Donald eut l'air d'avoir compris car il prit son courage à deux mains et se mit vigoureusement à creuser seul, en silence, jusqu'à finir le travail. Le corps d'Old Rush n'était pas complètement décomposé. Il avait gonflé sous la peau, ses orbites étaient vides et on voyait ses dents. Ils le tirèrent par les pieds hors du trou.

« Le pauvre, il n'est pas beau à voir », dit Donald.

Hammett recula. Pendant que Donald inspectait le corps, il regarda à peine par-dessus son épaule.

« Il a pris la balle dans la tête », se contenta-t-il de dire.

Mais il y avait plus d'une balle. Au moins deux. Une au-dessus de l'œil, l'autre dans le cou. Donald sortit son couteau mais n'osa pas enfoncer la pointe dans l'orbite, bien que cette balle ait probablement provoqué la mort. Il découpa la peau du cou et la chair pourrie au-dessous, jusqu'à la colonne vertébrale. Il n'y avait plus de sang. En fouillant avec la lame, il trouva la balle presque contre la peau, de l'autre côté. Il eut un haut-le-cœur en enfonçant la main mais, lorsqu'il s'écarta et parvint à se relever, il tenait le petit projectile d'une luisante noirceur entre ses doigts. Il le posa sur le tronc, à côté de Hammett.

« Je vais me laver, dit-il, comme pour lui-même, avant d'ajouter : Je ne sais pas ce qu'on est en train de foutre. »

Hammett ne répondit pas.

Tandis que Donald s'éloignait d'une centaine de mètres en direction du ruisseau, à peine un ruisselet, rien qu'un fossé peu profond et recouvert de feuilles qui dérivaient lentement vers le lac, Hammett rangea la balle dans un petit flacon boueux qu'il avait dans la poche de sa veste et se dépêcha de mettre le corps d'Old Rush dans le sac de marin. Il était gros et lourd; à la fin, Hammett se félicita de l'absence de Tony. C'était une idée stupide. Il pouvait maintenant l'avouer : tout du long, il avait craint de le voir arriver.

Donald revint, les mains propres. Le grand maigre endolori qui alimentait son petit feu en feuilles humides pour faire plus de fumée, plus blanche et plus épaisse, l'accueillit avec une réponse en retard :

« On fait ce qu'on fait parce qu'on a dit qu'on le ferait.

— Qui l'a dit ?

— Pas toi, c'est vrai. Merci. »

Ils se turent. Un calme complet crispait la forêt. Donald Poynton observa les phalanges gonflées, l'hématome violet sous la peau.

« Qu'est-ce qui est arrivé à votre main, Dash ? Encore un accident de train ? »

Hammett ne put s'empêcher de sourire. Donald en fit

autant. À cet instant, ils entendirent des aboiements lointains qui s'approchaient.

« Les chiens étaient avec Tony ?

— Ils l'ont suivi quand il est reparti.

— Maintenant, on va voir si c'est à son tour de les suivre. »

Hammett se leva, saisit le sac et le souleva avec difficulté :

« Mettons-le hors d'atteinte des chiens. »

À eux deux, ils le hissèrent sur l'enfourchure d'un sapin proche, à un mètre et demi du sol.

« Le petit ne va pas bien, Dash.

— Pas étonnant, étant donné les circonstances. »

Hammett s'accroupit pour rajouter des feuilles à son feu dépourvu de flammes qui ne faisait que cracher de la fumée encore et encore. « Il a dit quelque chose en particulier ?

— Rien que des choses contre Gus, et aussi contre vous. Sa mère lui a farci la cervelle.

— Il lui faudra quelques années.

— Pour ?

— Pour la vider. »

Le grand maigre leva les yeux. « Les voilà. »

La première à faire son apparition, à toute vitesse, fut Meg. Les deux autres chiens se bousculaient derrière. Ils faillirent passer sur le feu, descendirent dans le trou, après quoi ils filèrent directement au sapin et se mirent à tourner autour. Le tohu-bohu d'aboiements discordants provoqués par l'excitation de la course se prolongea une minute ou deux. S'ensuivit un silence oppressant, et soudain, rien qu'un hurlement sourd, une plainte saccadée. Les trois chiens baissèrent les oreilles et, la queue entre les jambes, s'en furent chercher refuge auprès des hommes.

Tony arriva comme s'il marchait en descente, en contrôlant son corps, comme si une corde à sa ceinture le retenait en arrière.

« Pourquoi vous avez fait du feu ?

— Pour que tu viennes poser la question, dit Hammett. Passe-moi la gourde. »

Le grand maigre arrosa une ou deux fois les feuilles mortes qui brûlaient et les recouvrit ensuite avec un peu de la terre entassée près du trou.

« Où est Rush ?

— Dans ce sac. »

Tony comprit mais ne réagit pas. Donald se chargea alors des explications et lui montra la fin du parcours sur la carte, le trou et les pelles, comme s'il y avait besoin. Hammett fumait.

« Pourquoi tu es revenu, Tony ? Tu avais abandonné.

— Gus est arrivé.

— Ah... »

Tony tendit la main vers le sac :

« Je peux le voir, Donald ?

— Bien sûr. Mais ce n'est pas joli joli. »

Tandis que Donald descendait le sac et le posait par terre, Hammett dit :

« Old Rush a été très courageux, si tu veux mon avis. Il a reçu au moins deux balles, tirées à bout portant. »

Le garçon jeta un coup d'œil sans toucher. Donald tenait

le sac ouvert. Tony observa un moment et dit, sans détourner le regard :

« Les chiens défendent les maisons ou les gens ?

— La maison, en l'occurrence.

— Mais les intrus en avaient après toi, pas après la maison, dit Tony, toujours sans regarder Dash. Pourquoi tu n'as rien dit ? Tu ne voulais pas reconnaître qu'il était mort par ta faute ? »

Donald allait répondre mais Hammett l'en empêcha d'un geste et réfléchit quelques secondes.

« J'imagine que je croyais avoir d'autres motivations. Maintenant que tu le dis, je vois les choses autrement, du moins en partie. Mais, sur le moment, je ne voulais pas qu'on sache qu'ils avaient cherché à m'intimider.

— J'ai raison, alors : tu as menti de peur d'être fichu à la porte si on apprenait ce qui s'était passé.

— Je n'ai pas pensé à ça, Tony.

— Paulie et Gus croient que si.

— C'est dommage, j'en discuterai avec eux. Quoi qu'il en soit, Old Rush n'est responsable de rien et il mérite des funérailles dignes de ce nom, à la hauteur du courage dont il a fait preuve, tu ne crois pas ? »

Tony soupira sans rien dire.

« Sans compter que tu me dois quelque chose, maintenant, ajouta Hammett, comme si de rien n'était.

— Je suis au courant », répondit hargneusement le garçon.

Un long silence s'établit.

« Emmenons-le au lac et finissons-en une bonne fois pour toutes », dit Donald.

Le grand maigre dut bien admettre qu'en fin de compte, ou plutôt avant tout, ce chien était le sien.

Ils soulevèrent le sac à eux deux et se mirent en marche. Au bout d'un moment, Tony leur emboîta le pas de loin, entouré des chiens méfiants et décontenancés.

Le temps passant, Donald se souviendrait que c'est à ce moment précis de cet invraisemblable après-midi, tandis qu'ils transportaient, pensifs et mal à l'aise, le corps d'Old Rush, que Hammett lui avait raconté comment et quand était né son intérêt pour le monde des anciens Scandinaves, leurs coutumes et leurs rituels. Encore que les choses avaient pu se passer autrement, et Dash, plus troublé qu'affligé, n'avait peut-être fait qu'un bref commentaire au cours du trajet – quelque chose comme : « Snorri aurait tiré une sacrée histoire de tout ça » – et cette référence avait rappelé à Poynton un peu de ce qu'il lui avait raconté en d'autres circonstances :

« Les sagas islandaises, Donald. C'est quelque chose d'extraordinaire, s'exaltait Hammett. À l'époque où je lisais tout ce que je trouvais à la bibliothèque publique de San Francisco, je suis tombé par hasard sur ces récits du XIIe ou du XIIIe siècle qui parlent de choses encore plus anciennes. Pas de princes, pas de dragons ou d'épées sanglantes, à la différence des fabuleuses épopées des autres littératures des régions froides de l'Europe, en ces temps obscurs, quand n'étaient pas encore consolidées les langues telles que nous les connaissons aujourd'hui. Ce sont de petites histoires de rivalités entre clans ou de règlements de comptes pour un cheval ou une insulte. Parfois, ce sont des litiges entre nobles, il y a des poètes, des dompteurs de chevaux, des histoires de saints ou d'amoureux. Leur originalité tient à la façon de raconter, tu sais. À leur forme.

— Qu'est-ce qu'elle a de spécial ?

— L'économie de moyen, la sobriété. Elles se contentent des faits, sans expliquer les causes ni faire intervenir les sentiments. Tu vois les gens faire des choses, tu ne comprends qu'ensuite de quoi il retournait. Pourquoi ils ont agi comme ils l'ont fait. Crois-moi, ces sagas m'en ont plus appris sur la façon d'exposer les faits que toute la littérature moderne. On ne te dit pas ce qui anime les personnages, ni ce qu'ils ressentent, ni ce qui est en train de leur arriver. Ils se contentent d'aller et venir, ils disent, ils font. On dirait du cinéma. Une caméra qui filme ce qui se passe, rien de plus. Le genre de choses que le roman moderne a mis six ou sept siècles à comprendre, tu vois ce que je veux dire ?

— Je suppose. »

Étonnamment ou pas, quand ce genre de scène se produisait, Donald éprouvait une forme de malaise. D'un côté, que Dash évoque ces choses avec lui le rendait plutôt fier, même s'il se doutait avec embarras qu'il ne comprenait qu'à moitié de quoi il était question ; mais d'un autre côté, il ressentait une sorte de honte, ou même un inavouable sentiment de pitié pour Hammett, parce que le fait qu'il en parle avec lui soulignait son isolement, la solitude dans laquelle il vivait. Lui-même ne l'admettrait jamais, bien sûr. Au fond, le propre de Hammett était de toujours exister dans la négation : ne pas faire, ne pas dire, ne pas accepter. Plutôt que d'affirmer, sa façon de s'exprimer consistait à retirer, à prendre sans donner, toujours en alerte, réduisant l'affirmation au minimum, autant que possible, sans nuire à la cohérence. Il pouvait se montrer sarcastique, sembler faire table rase de tout, et pourtant il ne rechignait jamais à donner des explications ou à en recevoir. Mais ce n'était sans doute pas ce dont Tony Irongate avait besoin en ce moment.

Donald Poynton aurait voulu le lui faire comprendre, ou du moins expliquer un peu cette conclusion à laquelle il était arrivé chemin faisant, mais il se contenta de dire :

« Le petit se sert à merveille de son arbalète, Dash. Mais il ne sait pas quoi en faire.

— Pas étonnant. Le carreau, c'est lui. »

Ils arrivèrent au bord du lac. Sous un ciel presque entièrement couvert de nuages gris immobiles, l'eau calme et noire attendait l'orage. Une luminosité subreptice, presque clandestine, se faufilait de derrière la masse menaçante par d'étroits interstices de lumière qui laissaient tomber de grosses taches de clarté sur la surface ridée de l'eau. Seule une étroite frange céleste découpait les pins noirs de l'autre rive sur l'horizon. Il n'y avait pas la moindre brise. L'amas de joncs demeurait immobile dans la clarté opaque, pour l'instant encore paisible. À l'écart, le radeau de branchages reposait sur deux grandes pierres plates et sombres qui faisaient, en s'avançant sur le lac, un embarcadère naturel.

Sans un mot, Donald et Hammett déposèrent le sac sur

le lit de rameaux qui couvrait le fond de l'embarcation de fortune et se mirent à entasser, par-dessus le cadavre et tout autour, d'autres branches et de petites bûches, ainsi que des chiffons imbibés d'huile et tout le bois mort qu'ils avaient apporté.

« Il nous en faut plus », dit Hammett.

D'instinct, Tony vint leur prêter main-forte et, après une demi-douzaine d'aller-retours à l'orée du bois, le bûcher était prêt, un tumulus de branches recouvrait complètement le corps du héros.

« Et maintenant ? demanda le garçon.

— Ceux qui étaient morts au combat, comme Old Rush, les Vikings les inhumaient avec leurs armes et quelques objets qui leur appartenaient, pour les accompagner dans l'au-delà, dit Hammett.

— Il n'avait pas d'armes mais j'ai amené sa couverture et ses jouets », dit Donald.

Il sortit de son sac un bout de chiffon marron, une pantoufle en cuir mordillée et une figurine de Père Noël toute cassée. Il les déposa délicatement sur le bûcher.

« Une prière ? » dit Hammett.

Donald fit non de la tête.

« C'était un bon chien », dit Tony avec grand sérieux.

Ils gardèrent le silence quelques instants.

« L'idée était de brûler le corps pour que l'âme s'envole, dit Hammett. Mais aussi, on confiait les cendres aux esprits de la mer. Maintenant, dépêchons-nous, l'orage approche. »

Il se tourna vers Tony. « À toi l'honneur ? »

Le garçon prit le briquet, s'accroupit, et, au bout de deux

tentatives, parvint à obtenir une flamme précédée d'un panache de fumée blanche et épaisse. Dans un crépitement de bon augure, le feu s'intensifia et prit rapidement. Tony se releva, étrangement excité. Ils patientèrent. Lorsque la fumée devint noire et que les flammes s'élevèrent comme en se bousculant, Hammett dit :

« Allons-y. »

Ils poussèrent tous les trois en même temps et l'embarcation funéraire se mit en mouvement sur les rochers jusqu'à glisser à la surface du lac, en penchant un peu. Un instant, il sembla qu'elle allait rester là, échouée, mais Donald poussa la poupe – ou disons le côté le plus proche – avec une branche, ce qui lui donna un nouvel élan. La sépulture enflammée commença à s'éloigner lentement de la rive.

Ils restèrent en haleine, à observer le feu dans un grand silence. Une ou deux minutes passèrent, la brise se leva petit à petit et commença à faire bruisser les feuilles au-dessus de leurs têtes.

« Ça s'éteint, dit Tony.

— On est allés trop vite », dit Poynton.

Le radeau penchait de plus en plus et le feu ne gagnait plus, seul un coin brûlait alors que le reste du bois n'avait pas pris.

« Je plonge le chercher, dit Tony.

— Inutile, dit Hammett. Apporte l'arbalète. »

Les yeux du garçon se mirent à briller.

« Dépêche, avant qu'on soit trop loin. »

Tony revint avec l'arbalète tandis que Donald et Hammett rassemblaient les restes de chiffons imbibés d'huile. Le grand maigre retira le lacet d'une de ses chaussures, le coupa en deux avec le couteau et Donald attacha les morceaux de chiffon à la pointe de deux carreaux.

« Tu as deux essais, Robin Hood. »

Le radeau fumant flottait à environ vingt pieds du bord.

Tony se mit en position, prit le premier carreau et visa.

« Prêt ? »

Le garçon acquiesça. Hammett approcha le briquet et la pointe du carreau s'enflamma.

« Prends ton temps. »

Tony retint sa respiration et mit quelques secondes à tirer.

Le carreau décrivit une légère parabole et transperça la surface du lac avec un floc presque imperceptible, à moins de cinquante centimètres du radeau.

« Bien, Tony, très bien, dit Hammett. Presque. Essaie l'autre. »

Mais l'embarcation avait dérivé sur la gauche et la barrière des joncs empêchait de l'atteindre depuis l'endroit où ils se trouvaient.

« Je vais essayer depuis l'embarcadère », dit Tony, et il partit en courant. Donald le suivit.

Le ponton de bois était plus éloigné mais, comme il avançait de trois mètres sur le lac, l'angle était meilleur pour viser.

Hammett les suivit du regard sans bouger. Le bûcher de la sépulture viking dérivait un peu plus vite, il tournait sur lui-même, toujours fumant. Tony et Donald avaient gagné le bout du ponton ; le grand maigre les regarda prendre position et enflammer la pointe du carreau. Mais, cette fois, le garçon prit son temps pour viser. Quatre ou cinq secondes s'écoulèrent.

« Allez, Tony… », dit Hammett tout bas.

Le carreau prit son envol, flammèche tremblante contre le ciel de plus en plus obscur, et à l'instant précis où elle se ficha au centre du bûcher, un coup de tonnerre résonna.

Des cris de joie éclatèrent sur l'embarcadère. Hammett vit Tony et Donald se prendre dans les bras tandis que, d'abord progressivement, et tout d'un coup violemment, le feu se propageait sur le bûcher, attisé, ébouriffé même par la brise désormais transformée en rafales qui poussaient le radeau vers le milieu du lac, agitaient la surface de l'eau, ballottaient les joncs et poussaient l'orage imminent à grands coups.

Le ciel tonna de nouveau.

« C'est quoi, ça ? »

Hammett se retourna. C'était Gus Irongate. Son sourire était une grimace figée, il agitait les bras en direction du spectacle sur le lac, mais il avait tellement bu qu'il pouvait à peine tenir debout. Il fit un ou deux pas vers la rive.

« C'est quoi, ça, Dash ? répéta-t-il. Richard Wagner ?

— Sois prudent, Gus. »

Hammett tendit la main pour le retenir mais Gus lui écarta le bras et faillit tomber :

« Ne me touche pas, Dash. »

Après la grimace, il montrait férocement des dents serrées.

« Mon cher voisin m'a prévenu que vous faisiez du feu… Tu vas aussi brûler ma forêt ?

— Pas du tout, ne t'en fais pas.

— C'est sur ma propriété, sur ma propriété à moi ! »

Le vieux McConnell fit irruption derrière eux en glapissant. « Vous faites du feu sur ma propriété ! »

Hammett retint Gus par la taille pour éviter qu'il s'en mêle ou tombe dans le lac, mais celui-ci se débattit furieusement :

« Lâche-moi, traître ! »

Hammett le lâcha et ils se firent face. Tandis que Gus l'insultait aveuglément, Hammett vit Tony et Donald se disputer l'arbalète sur le refuge de l'embarcadère.

« Ce nègre devrait être en prison ! cria McConnell, le bras pointé sous la pluie. Tu as quitté le comté, négro ! Et tu as fait du feu sur ma propriété ! Je vais appeler la police ! »

Hammett entendit Donald crier quelque chose qu'il ne comprit pas.

« Traître, tu m'as volé mon fils... », dit Gus avant de se jeter sur lui, le poing levé.

Hammett s'écarta et Gus le manqua, mais, emporté par son élan, il l'entraîna dans sa chute. Ils tombèrent à la renverse, Gus cogna sa tête chancelante contre un rocher et ne bougea plus ; Hammett, face contre le ciel et la pluie, entendit le cri de Donald :

« Non ! »

Il tourna la tête et eut le temps de voir McConnell s'effondrer en étouffant un juron. Il avait un carreau d'arbalète planté dans la cuisse.

Le grand maigre se débarrassa difficilement de Gus, qui roula et resta allongé sur le ventre, tandis que Tony et

Poynton s'approchaient en courant le long de la rive. Le garçon avait deux carreaux à la main, Donald lui avait pris l'arbalète.

Hammett se pencha sur McConnell, sa respiration était agitée, il poussait des jurons et hurla en forçant pour arracher le carreau.

« Ce nègre va me le payer, ce fils de pute a voulu me tuer !

— Du calme, c'était un accident. »

Tony et Poynton s'approchèrent et restèrent bouche bée quelques mètres en arrière.

« Je ne voulais pas…, commença le garçon.

— Mieux vaut que tu la fermes, dit Hammett sans se retourner. Va t'occuper de Gus. »

Tony hésitait mais Donald Poynton l'écarta sans ménagement avant de s'accroupir à côté de Hammett.

« Tu vas moisir en prison, dit McConnell en le voyant.

— La ferme, ordonna Hammett, avant de demander à voix basse : Qu'est-ce que tu en dis ? »

Donald Poynton s'approcha et examina la blessure avec attention.

« Ne touche pas le carreau, il perdrait trop de sang, Dash. Avant de pouvoir le transporter, je dois lui faire un garrot. »

Il se leva, retira sa veste et, à l'aide du couteau, découpa la manche de sa chemise qu'il arracha en tirant violemment deux fois. Il se retourna pour voir Tony pétrifié près de son père, lequel semblait évanoui, étendu de tout son long, insensible aux gouttes de pluie qui lui tombaient sur le visage.

« Tony, amène la grande brouette. Dépêche-toi. »

Le garçon hésita.

« C'est pour le porter. Allez ! »

Tony lâcha les carreaux et courut dans les bois.

« Fais vite ! » cria Hammett.

Une fois sa manche arrachée, Poynton découpa deux bandes, les attacha ensemble et demanda à Hammett d'immobiliser McConnell, qui avait déjà les yeux fermés.

« Lève-lui doucement la jambe. »

McConnell gémit à peine lorsqu'ils lui plièrent le genou. Poynton passa la bande sous la cuisse, juste au-dessus de l'endroit où était planté le carreau, il tira les bouts, fit un nœud et serra. McConnell gémit à nouveau. Poynton fit un second nœud, bien serré. Le blessé soupira et se détendit. On aurait dit qu'il s'était évanoui.

« Qu'est-ce qui s'est passé ?

— Je vous avais prévenu, Dash.

— D'accord, tu m'avais prévenu. Qu'est-ce qui s'est passé ?

— Quand il s'en est pris à vous, dit Poynton et désignant Gus de la tête, Tony a chargé son arbalète et l'a visé. J'ai pu dévier son bras mais pas éviter qu'il tire. Voilà...

— Et ce vieux fils de pute qui est myope comme une taupe...

— Il n'est pas si myope, dit Poynton sans rancœur apparente. Mais il est comme tout le monde : il ne voit que ce qu'il veut voir. Vous avez un mouchoir ? »

Hammett en avait un.

« Faites-le-lui mordre, dit Poynton.

— Tu vas retirer le carreau ?

— Pour mon plus grand plaisir. »

Avec la pointe de son couteau, Poynton découpa un gros bout de tissu à l'endroit où était enfoncé le carreau. Le bout avait traversé le haut de l'étui à lunettes qui se trouvait dans la poche du pantalon, ce qui avait amorti l'impact. Avec la main gauche, Poynton souleva la poche traversée par le carreau en s'efforçant de le faire bouger le moins possible. Il fit apparaître la blessure, qui saignait à peine, et lorsqu'il eut la place, il l'attrapa avec la main droite à pleine main et donna un bref à-coup vers le haut. Le carreau sortit proprement, sans rien déchirer. McConnell émit un bruit guttural et Hammett sentit ses dents à travers le mouchoir. Juste après, il redevint calme.

« Passe-le-moi, Dash. »

Poynton attrapa le mouchoir et nettoya la blessure, un trou noir et rond au bord rouge et humide. Il appuya quelques secondes ; il n'y avait presque pas de sang. Il laissa le mouchoir en place.

« L'artère fémorale n'est pas touchée, dit-il.

— Il va s'en sortir », supposa Hammett.

Ils se levèrent.

Après l'averse, la pluie avait momentanément cessé. Hammett observa les deux hommes à terre :

« Je ne sais pas, on ne doit pas s'y prendre comme il faut. »

Poynton acquiesça en souriant, mais sans rien dire. Il jeta un coup d'œil vers le lac. Échoué au bord d'un des petits îlots, le bûcher funéraire n'était plus qu'un désordre de branches noires, roussis et fumantes. Un échec complet.

« Il en met du temps, Tony » dit Hammett.

Poynton s'essuya les mains sur son pantalon, passa sa

chemise en lambeaux à sa ceinture, remit sa veste et ramassa son sac.

« Il vaudrait mieux que j'y aille, dit-il.

— Où ? »

Poynton secoua la tête. Au loin, la traditionnelle sirène de police se mit à retentir.

« Tu crois qu'ils viennent ici ?

— Non, mais je n'ai pas l'intention de rester pour voir. »

Le grand maigre observa la main tendue de Poynton et la serra, ne trouvant pas d'argument pour le faire changer d'avis. Il sortit de sa poche tout l'argent qu'il avait sur lui.

« Va voir Sam. Tu sais comment le trouver ? »

Donald Poynton n'en avait aucune idée mais fit oui de la tête et attrapa les dollars.

« Prenez soin de vous, Dash », conclut-il.

Il se retourna et s'en fut au petit trot.

En le voyant s'éloigner dans la forêt, Hammett ressentit une impression de déjà-vu. Il mettrait quelques années à se souvenir de ce que c'était, de ce que la scène lui avait rappelé : un Noir qui s'enfuyait dans les bois, c'était la couverture d'un livre de Faulkner des années quarante. *Le Hameau* ? Non. *Descends, Moïse.* C'était ça : la couverture de *Descends, Moïse.*

24

Blowing on the table

Environ douze heures plus tard, à sept heures et demie le matin suivant, Sam Rosen entrait dans le bureau du capitaine Thriller, de la police du comté, lequel avait passé une mauvaise nuit ; Rosen était accompagné, ou plutôt poussé, voire, pour tout dire, traîné derrière elle par Paulie Gerscher. L'avocat tenait deux enveloppes à la main ; la mère de Tony portait d'élégantes lunettes noires et sa fureur semblait incontrôlable.

Les premiers cris résonnèrent à l'unisson du claquement de la porte qui se refermait brusquement derrière une Paulie hystérique.

« Deux personnes ont été admises à l'hôpital du comté, madame Irongate, dit le capitaine Thriller avec un calme affecté après l'ouragan d'insultes. L'une d'entre elles est votre époux, avec un traumatisme crânien doublé d'un diagnostic de coma éthylique ; l'autre est M. Andrew McConnell, blessé à l'arme blanche… ou plutôt rouge. »

Le capitaine Thriller saisit entre deux doigts le carreau

posé sur son bureau à côté de l'arbalète, avec la délicatesse prudente de qui manipule un objet à la beauté redoutable.

« À l'heure qu'il est, que pouvez-vous nous apporter pour compléter ce que nous savons, à part votre colère ?

— Virez vos flics de chez moi. C'était un accident.

— L'affaire a été qualifiée autrement. »

Paulie Gerscher n'était pas d'humeur pour les distinguos ou les arguties :

« Vous n'avez qu'à changer.

— C'est au juge d'instruction de décider, pas à moi. Lui n'a pas l'air de trouver que c'était un accident. Expliquez-lui, maître.

— Pourtant, c'en était un, capitaine, implora Rosen en posant une des enveloppes près du carreau. Tenez : voilà une déclaration de la main même de la victime, que j'ai recueillie à l'hôpital, et qui confirme la thèse de l'accident. Je la ferai parvenir au juge en charge de l'affaire mais je voudrais que vous en preniez connaissance d'abord. »

Thriller prit l'enveloppe, la soupesa, écrivit « McConnell » au dos et la mit de côté sans l'ouvrir.

« On verra ça plus tard, si tant est que ça ait une valeur quelconque. À mon avis, c'est irrecevable », dit-il sur un ton déplaisant.

Paulie Gerscher se retourna pour dévisager son avocat, lequel répondit à son invitation muette en en remettant une couche :

« Par ailleurs, il y a un témoin. »

Du pouce, Sam Rosen fit un geste derrière lui.

« C'est qui ?

— Hammett.

— Il est ici ? »

Rosen acquiesça.

Le capitaine Thriller fit une grimace de contrariété :

« Emmenez-le loin d'ici, pas question que je prenne la déposition de cet individu.

— Je l'ai par écrit, je peux vous la laisser si vous voulez, dit Rosen en esquissant le geste de tendre l'autre enveloppe.

— Gardez ça. Et n'insistez pas ou je le coffre aussi.

— Vous ne pouvez pas faire ça, dit Paulie Gerscher.

— Si, je peux, dit Thriller. Et je peux aussi me passer de votre présence, madame.

— Vous n'oseriez pas. »

D'une voix forte, Thriller s'adressa à l'agent de faction près de la porte.

« Morgan.

— Capitaine...

— Raccompagnez madame.

— Mais c'est quoi, votre problème ? éclata une nouvelle fois Paulie. Vous savez très bien ce qui s'est passé. Tony, mon écervelé de fils, s'entraînait avec cette arbalète dont la sûreté marche mal, le vieux McConnell est passé par là au mauvais moment, le cran a lâché et il s'est pris une flèche. Heureusement, rien de grave. Il a été soigné, point final, simplifia-t-elle.

— Madame... Monsieur McConnell a déclaré que c'était quelqu'un d'autre qui lui avait tiré dessus. On vérifiera les empreintes. Vous pouvez y aller. »

Paulie regarda de nouveau Rosen, lequel l'incita à

s'exécuter d'un léger battement de paupières. Ce n'est qu'alors qu'elle sortit, non sans une nouvelle série de menaces et le traditionnel claquement de porte.

Après tant d'émoi, le silence retomba doucement. Ce furent quelques secondes de délicieuse expectative, comme lorsqu'on regarde, à travers l'eau claire, se déposer de faux flocons sur le toit de la petite maison d'une boule à neige de Noël.

Une fois sa mission accomplie, l'agent Morgan revint à son poste près de la porte et le capitaine Thriller, avec un grognement et un signe de la tête, fit s'asseoir l'avocat avant de prendre enfin la parole avec un calme aussi calculé qu'artificiel :

« Écoutez-moi bien, Rosen : hier, McConnell a déclaré, à moi, pas à n'importe qui, qu'on l'avait agressé. Et il a accusé le Noir, qui a des antécédents récents, non seulement de violation de propriété mais aussi de ce qui s'apparente à une tentative d'homicide…

— Je ne le nie pas : il était sous le choc. Par contre, dans cette nouvelle déposition, McConnell change de version : il n'accuse plus personne. »

Thriller se fâcha :

« Il est où ? Vous le cachez où ?

— De qui parlez-vous ?

— Du Noir, Poynton.

— Je n'ai pas la moindre idée de l'endroit où peut se trouver Donald Poynton en ce moment.

— Quelqu'un sait ? Hammett, votre témoin, il sait ? C'est tout ce que je veux l'entendre déclarer.

— Il ne sait pas non plus.

— Vous en êtes sûr ? »

Le capitaine Thriller se renversa en arrière et haussa les épaules.

« Vous faites fausse route, maître. Tant que ce Noir… tant que le fugitif Donald Poynton ne se rendra pas, non seulement je ne pourrai pas lever le dispositif autour de la maison de la susceptible Mme Irongate mais je ne tiendrai pas non plus compte d'autres déclarations de la victime que celle que j'ai recueillie moi-même. Demain au plus tard, un avis de recherche sera lancé contre Poynton.

— Mais la déclaration que j'ai apportée est très précise…

— Regardez ce que j'en fais, de votre déclaration. »

Le capitaine Thriller attrapa l'enveloppe fermée et, posément, les mains tendues au-dessus de son bureau, après avoir relevé les manches de sa veste comme un illusionniste consciencieux, il la déchira en deux, puis en quatre, puis en huit, et finalement en seize, avant de pousser le petit tas de bouts de papier vers Sam Rosen, avec la paume de sa main perpendiculaire à la surface du bureau.

« Voilà.

— Merci, capitaine, dit l'avocat sans la moindre pointe d'ironie, avant de se retourner vers le policier toujours immobile : Morgan, vous êtes témoin de ce qui vient de se passer. »

Après quoi, il se mit en devoir de rassembler les morceaux de l'enveloppe pour les garder dans la poche de sa veste, comme s'il ramassait non pas les fruits mais les feuilles mortes de l'arbre du Bien et du Mal.

En sortant du bureau du capitaine Thriller, Paulie Gerscher ne trouva pas Hammett à l'endroit où elle l'avait laissé, ce qui fit redoubler sa colère malgré elle. De façon prévisible, cette absence confortait les noires pensées sur Hammett qu'elle désirait, qu'elle avait besoin de confirmer. Elle était sur le point de poursuivre sa route furibonde vers la rue sans se retourner lorsqu'elle l'entendit :

« Paulie... »

Elle se retourna vers la voix. Dash sortait des toilettes en finissant de remonter sa braguette. Mais Paulie Irongate ne vit pas le Dashiell Hammett qu'elle connaissait ; subitement, elle ne vit qu'un homme trop maigre, vieux et presque désemparé.

« J'ai cru que tu étais parti, dit-elle.

— Ça ne m'étonne pas, dit-il, soudain redevenu lui-même. La prostate a ses raisons que la raison et la police...

— Arrête.

— Pourquoi tu es sortie ?

— Il ne veut pas nous voir, ni toi ni moi.

— Enfin quelqu'un qui nous réunit dans le même camp, dit Hammett. Allons déjeuner. »

Paulie acquiesça sans sourire. Elle lui expliqua brièvement la scène dont elle venait d'être exclue tandis que tous deux cheminaient, perplexes, sur le trottoir ensoleillé à cette heure matinale.

« Quel connard », commenta Hammett sans rien ajouter.

Au bout d'un moment, il désigna le bar d'en face. « De là-bas, on pourra voir sortir Sam. »

Ils traversèrent en silence, après quoi elle dit :

« Je n'ai presque pas dormi. J'ai rendu visite à Gus tôt ce matin mais ils ne m'ont pas laissé le voir. Il a repris conscience, à ce qu'ils m'ont dit.

— Tant mieux. »

Rien de plus.

Ils s'assirent près de la fenêtre et commandèrent des tartines beurrées à la confiture de myrtilles, accompagnées d'un café très léger et d'un jus de citron vert douteux. Le revêtement plastique de la table était orange et décoloré par endroits. Mais il était propre, laborieusement propre. Par contre, les bords en aluminium qui délimitaient la surface rectangulaire conservait des traces opaques, témoignages d'une inexpugnable saleté, résidus à moitié fossilisés de centaines ou de milliers de petits déjeuners et de casse-croûte semblables.

Hammett posa le bout de l'ongle de l'index de sa main droite contre un des rebords et le fit glisser lentement, décollant la centenaire crasse accumulée en de petites vagues noires et graisseuses sur lesquelles il souffla ensuite en se penchant sur la table, pour les faire tomber par terre :

« Qu'est-ce que tu fais ?

— Rien, je nettoie. »

Le grand maigre but le reste de son jus et reposa le verre sur la table sans le lâcher ; il la dévisagea : « Tu veux que je te raconte ?

— Ta version.

— La vérité, si tu es disposée à l'entendre.

— Parce que, avant, tu m'as menti ?

— Pas plus que nécessaire. »

Paulie préférait avoir affaire à ce Hammett serein, presque imperturbable, avec sa carapace de sarcasmes, c'était plus facile, elle connaissait cette image mieux que celle qu'elle avait entrevue fugacement, l'homme fragile au bord du désespoir.

« Je t'écoute. »

Elle alluma une cigarette, lui en offrit une, et après qu'ils eurent tous deux aspiré une bouffée, Hammett dit, avec une sorte de solennité qu'elle ne lui connaissait pas :

« Je ne sais pas si on dira ça à quelqu'un, Paulie ; je ne sais même pas si on le lui dira à lui, Tony, ou à Gus, qui ne se souviendra de rien, et encore moins à cette ordure de vieux McConnell... Mais il faut que quelqu'un le sache, en plus de moi et du pauvre Donald.

— De quoi tu parles ?

— De ce qui s'est vraiment passé, imbécile. »

Paulie ne méritait pas qu'il riposte sur ce ton, elle ne faisait pas semblant de ne pas comprendre. Elle soupçonnait peut-être ce que Dash allait lui raconter, mais la peur de savoir l'emportait sans doute sur le besoin.

Ils n'avaient pas eu l'occasion de parler de ce qui s'était passé, c'est à peine s'ils s'étaient croisés. À son arrivée à Katonah, vers les dix heures du soir, après que Rosen avait eu toutes les difficultés du monde à la localiser, complètement déphasée et hors du coup – ivre, suggéra Linda –, il y avait des heures que Hammett, après avoir ramené les enfants à la maison, était monté dans l'ambulance pour accompagner les deux blessés à l'hôpital du comté, puis était rentré, une fois ceux-ci internés et en observation. Alertée par l'hôpital, la femme de McConnell avait déjà appelé la police, qui avait pris la déposition du vieux. Déposition sur laquelle le capitaine Thriller s'était appuyé deux heures plus tard pour remplir de flics cette maison assiégée et coupée du monde.

Voilà le panorama qui attendait une Paulie déboussolée à son arrivée. Elle avait d'abord écouté les sommaires explications de Hammett qui parlait d'accident, ce qui coïncidait avec ce que Tony arriva à peine à balbutier, après quoi, dans un flot d'injures, elle avait bravement franchi le cordon de police et emmené ses enfants à New York sans que personne puisse l'arrêter. Pendant ce temps, sur les instructions de Hammett, Sam Rosen parvenait pour ainsi dire à extorquer une déclaration subreptice à la victime de l'arbalète, et c'est avec ce document inutile et le témoignage de l'écrivain en main qu'ils avaient passé toute la nuit à élaborer leur stratégie. Voilà pourquoi Paulie et Dash ne s'étaient recroisés que quelques minutes avant d'entrer dans le bureau du capitaine Thriller. C'était tout.

Hammett lui fit donc un compte rendu succinct des évènements de la veille et, ce faisant, il ressentait tout le poids, toute l'ampleur du ridicule de la situation. Afin que son récit mette en avant l'essentiel, il lui fallait laisser de côté le détail des motivations qui se trouvaient à l'origine et qui expliquaient le spectaculaire cérémonial des funérailles d'Old Rush. En conséquence, tout paraissait plus gratuit et plus ridicule que dans les faits. Et même plus tragi-comique le funeste dénouement :

« En résumé : la malchance ou l'imprudence n'ont rien à voir là-dedans, Paulie. Quand Gus m'a attaqué pour des raisons qui lui sont propres, que je ne peux qu'imaginer et que toi, qui sait ce que tu en penses…

— De toi, je pense pis que pendre.

— Je m'en doute. Gus était ivre à ce moment-là mais, de façon générale, il est au fond du trou. Il a dû croire que je lui volais Tony, il s'est senti jaloux de moi.

— La fameuse jalousie de Gus.

— On dirait bien. Mais la question n'est pas là, Paulie : c'est lui que Tony visait, et c'est seulement parce que Donald est intervenu et l'a fait dévier que le carreau a fini dans la jambe du vieux McConnell. »

Elle reformula avec agressivité :

« Tu prétends que Tony a voulu tuer le père… »

Hammett s'était remis à gratter le rebord de crasse, avec un cure-dents cette fois, c'était plus efficace.

« Dis comme ça… c'est un peu violent. »

Il se pencha pour souffler.

« Mais la vérité est qu'il lui a tiré dessus.

— Dans ce cas…

— Ni le soi-disant agresseur ni la victime supposée n'ont rien à voir là-dedans : c'est une affaire entre Irongate.

— Père contre fils, une vraie tragédie.

— J'imagine, mais si tu vas par là, dans le genre grec, il y a aussi une femme entre les deux qui… »

Paulie garda le silence un moment avant de lever soudain son bras pour le gifler.

Hammett para le coup et, instinctivement, répliqua, d'un geste court du revers de l'autre main.

Les lunettes de soleil volèrent.

Le grand maigre se leva, se baissa pour les ramasser, les posa sur la table et partit sans se retourner. Mais il n'alla pas plus loin que la porte. Il revint sur ses pas et se rassit à sa place.

Paulie sanglotait.

« Pardon, dit-il.

— Fils de pute.

— Calme-toi.

— Ivrogne et violent, comme lui. »

Hammett appela la serveuse la plus proche, une femme robuste :

« Encore du café, s'il vous plaît. »

Elle s'approcha du grand maigre, les mains sur les hanches, les lèvres serrées, et dit à quelques centimètres de son visage :

« On a tous vu ce que vous avez fait, monsieur. »

Elle serrait aussi les lèvres entre chaque mot. Par *tous*, elle faisait référence à un nombre indéterminé de témoins, entre trois et cinq, sans compter les distraits. Elle se retourna vers Paulie :

« Vous avez besoin de quelque chose, madame ?

— D'un avocat, peut-être, dit Hammett. Il est en route. »

La serveuse resta perplexe.

« Apportez plutôt ce café », dit Paulie.

Hammett attendit que la serveuse s'éloigne pour s'excuser, en prenant trois minutes pour s'expliquer. Paulie acquiesçait.

Ensuite, sans rien dire, elle prit deux serviettes en papier pour s'essuyer les yeux, mais lui sortit un mouchoir blanc impeccable de la poche supérieure de sa veste et le lui tendit :

« Prends ça.

— Qu'est-ce que c'est que ce vieux machin ? Quelle horreur ! Tu te mouches avec ?

— Non. Mais un gentleman se doit d'avoir toujours un mouchoir sur lui au cas où il faudrait sécher les larmes d'une dame.

— Ou du sang de son nez.

— Elle est bonne, celle-là, admit le grand maigre. C'est de l'humour juif ?

— Le sang l'est.

— Et le nez aussi. »

Elle lui balança un grand coup de pied sous la table.

La serveuse vengeresse qui revenait avec le café ne vit pas le coup et Hammett le gentleman ne montra rien de sa douleur.

Une fois qu'ils eurent bu leur tasse de café, Hammett dit :

« Ne perdons pas de temps, Paulie. Il ne s'agit pas de savoir qui a raison ni d'avoir le dernier mot. Ni de joutes verbales ou d'ironie. Il y en a qui vont avoir des emmerdes pour de bon, dans cette affaire.

— Pas toi, évidemment.

— Bien sûr que non. Et aucun d'entre vous non plus ; d'entre nous, je veux dire, parce qu'on trouvera toujours le moyen de digérer ce genre d'expérience et de l'utiliser au mieux, si néfaste soit-elle. Même Tony. Sans compter, par ailleurs, que c'est à ça que servent les psychanalystes.

— Qu'est-ce que tu en sais, psychopathe ? Toi, tu n'as même pas d'inconscient !

— J'en ai un mais je ne l'utilise pas. Et encore moins comme prétexte. Mais ne recommençons pas : celui qui est dans une merde noire, c'est Donald, sans parler de Linda, qui reste toute seule. Et ils n'ont rien à voir là-dedans.

— Pourquoi il s'est enfui ? Tony et toi, vous pouviez expliquer ce qui s'est passé.

— La mémoire – appelons-la atavique – est la plus forte : dans le doute, voire sans le moindre doute, on ne va pas te croire ; voilà ce que lui dit son expérience. Il y a une semaine, il n'avait rien fait non plus, j'étais là, mais ils l'ont passé à tabac uniquement pour avoir ouvert la bouche.

— Tu crois que Tony devrait faire une déposition ?

— Difficile à dire. Je ne crois pas qu'il y soit obligé, il est mineur. Et il n'a pas à s'accuser lui-même. Sam nous dira. Par contre, il faut préserver Donald, parce qu'il est clair que Tony n'ira pas en prison, que Gus sortira de l'hôpital et qu'il s'en remettra une fois encore. Le problème, en l'occurrence…

— Il n'y a pas de problème parce que mes enfants ne reverront jamais leur père. C'est simple.

— Pas si simple que ça, Paulie : les tenants et les aboutissants, les rapports de guerre de vos batailles et combats quotidiens, je m'en fiche, je ne veux pas les connaître, ce n'est pas mon rôle. En règle générale, je suppose que c'est toi qui as raison, d'ailleurs. Mais il y a quelque chose que vous faites de travers. Je sais de quoi je parle parce que je suis un très mauvais père moi-même.

— À propos de Tony…

— Et des filles, aussi, mais ça ne se voit pas pour l'instant : elles ont clairement pris parti pour toi, elles ne sont pas en pleine contradiction. Pour Tony, c'est plus compliqué : il doit te défendre toi, mais il a besoin de conserver quelque chose du père, ou plutôt du « masculin », si tu préfères. C'est la raison pour laquelle il s'est momentanément rapproché de moi, notre complicité, nos secrets. Mais ça n'a pas vraiment marché. Au fond, en ce moment, je ne représente pas un modèle foncièrement différent de Gus : l'alcool, la création en échec… Tony doit bien sentir qu'être un homme, c'est autre chose que parler, boire et perdre son temps. Voilà pourquoi il ne sait pas quoi viser, littéralement. Il est bien possible que ses meilleurs modèles aient été un chien qu'on vient d'enterrer et un Noir qui, s'il ne court pas vite et longtemps, finira à un moment ou un autre avec une balle dans la nuque.

— C'est réjouissant.

— Comme tu voudras. Mais ce garçon, ce merveilleux garçon qu'est Tony, ne sait pas quoi faire de toute son énergie. Il y en a qui la retournent contre eux-mêmes. Par chance, ça n'a pas l'air d'être son genre. Mais gérer ce surplus de vitalité a un coût élevé, qu'on ne devrait pas lui demander de payer pour l'instant.

— Qu'est-ce que tu veux que je fasse ?

— Quelque chose d'un peu sensé. Parle avec Gus, faites une trêve jusqu'à l'inauguration. Et si tu vois quelqu'un d'autre, ou que tu vas le faire, sois prudente.

— Comment oses-tu ?

— Je ne te parle pas de ton mari mais de l'avenir de ce que la peinture américaine a de meilleur.

— À ce point-là ?

— Ses tableaux sont bons parce qu'ils ne sont pas tristes, ce n'est pas le travail d'un cocu, d'un pauvre type qui se regarde le nombril. Il y a du désespoir raisonné en eux. Tu les as vus ?

— Non, mais j'ai lu ce que tu as écrit.

— Ils ne sont pas seulement bons, Paulie. C'est ce qu'il a fait de meilleur. Ce salaud peut peindre merveilleusement bien quand il n'a plus rien à perdre.

— Rien ?

— Quand il a l'impression d'avoir tout perdu, je veux dire : qu'il ne lui reste rien. »

Sam Rosen ne tarda pas à arriver. À ce moment-là, Dash et Paulie avaient plus parlé ensemble qu'au cours des trois dernières années. Probablement aussi plus qu'ils ne le feraient jamais, mais au moins, pour une fois, ils avaient fait ce qu'il fallait. Ils ne se sentaient ni heureux ni satisfaits. Juste plus sereins, confusément tristes et infiniment las. Comme après un enterrement, ou après avoir abattu un vieil arbre planté il y a très longtemps mais qui menaçait de tomber sur une maison à tout instant.

25

Photos et timbres

Il était encore tôt. Tandis que Paulie et Sam remontaient dans leurs voitures respectives et rentraient à Manhattan chacun de son côté, Hammett choisit de prendre le bus qui va du centre de Katonah à la station-service, à quelques rues de la maison. Il avait besoin d'être seul et, malgré le manque de sommeil et l'impression d'avoir boxé trente rounds, n'aurait pas supporté le stress d'une compagnie trop envahissante, quelle qu'elle soit. À part Lillian, admit-il presque en secret.

Il acheta le journal. À la page des faits divers, il constata malgré lui qu'Ashley Dickinson – l'écrivain, le mari, l'amant, le cadavre – avait disparu en plus d'être mort ; c'en était fini de sa seconde vie publique, il n'existait plus non plus sur papier. Sans aucun doute, la photo la plus importante de sa vie, la plus médiatique, avait été – sans paradoxe aucun – celle qui avait illustré la nouvelle de sa mort. Désormais, il ne lui restait même plus cela.

Hammett se dit qu'on sait en général – pas toujours – où finissent nos lourds cadavres, car les effroyables cimetières, avec leurs pierres tombales et leurs épitaphes, servent à entretenir l'illusion de la dernière demeure et le simulacre d'une mémoire attachée à quelque chose de tangible. La question étant – qui n'en est même pas une – de savoir où finissent les cadavres hors champ, ceux qui ne font plus la une, lorsqu'on les jette hors des avis de décès destinés à faire savoir quoi, qui et pourquoi. Une fois que c'en est fini non seulement de la mémoire écrite et de l'image paisible, mais aussi du bla-bla stupide.

Car l'insaisissable Irma – si tel était son nom –, fantôme aussi pitoyable qu'un fantôme peut l'être, pénitente convertie en criminelle, n'était plus là non plus, et, selon toute vraisemblance, ne s'était jamais trouvée là où elle aurait voulu. Elle n'existait pas, elle pouvait très bien n'avoir jamais existé. L'erreur consiste à supposer l'existence d'évènements et de personnes à part, alors qu'il n'y a que des circonstances, de pures circonstances impossibles à colliger pour un esprit pondéré. Des pièces éparses. Des revirements soudains, des orbites qui se percutent à l'improviste, des enchaînements et des variables libres. Quelqu'un qui passe, nous regarde, nous emporte avec lui et nous invente un destin parallèle, dans notre dos. Mieux vaut se taire, ne rien essayer de retenir avec des mots, ne pas interpréter ou tenter de donner un sens au cours des choses. Mais Hammett, pourtant, avait toujours le réflexe de construire des récits, de chercher des relations de cause à effet. Plus jamais ! « Laissons parler le vent. » Voilà. Qui avait dit ça ?

À la page « Spectacles », il y avait une photo de Pat Neal, un beau portrait de studio, ou plutôt un portrait de studio sur lequel Pat et le photographe avaient voulu qu'elle soit belle. Elle ne regardait pas l'objectif; par un pacte de fiction tacite, Pat, le photographe et le spectateur acceptaient le simulacre du naturel. Poser, élaborer le spectacle de la beauté.

Hammett leva les yeux de la photo et du journal; il observa les passagers du bus et retrouva l'espace d'un instant cette vieille sensation que tout n'est que mensonge et que, d'un moment à l'autre, la représentation s'achèvera probablement. À la différence de ce qu'il avait éprouvé dans son enfance, lorsqu'il sortait brusquement de sa chambre ou se levait au milieu de la nuit pour vérifier si tout le monde ne jouait pas un rôle à son intention, ne le trompait pas, il croyait désormais savoir ou deviner faire partie de la distribution des rôles-titres, il n'était pas ce spectateur maudit ou élu (le seul pour qui se déroulait le scénario prévu) mais un des membres d'une troupe d'acteurs qui avaient oublié le script, ou plutôt qui avaient oublié qu'ils étaient en représentation pour on ne sait qui et que le spectacle continuait et qu'ils ne faisaient rien d'autres que se disputer encore et encore à propos du scénario, comme si quelqu'un en avait la moindre idée.

C'est peut-être à cause de cette intuition de sa condition de fantôme et d'imposteur qu'il avait tendance à accréditer l'absurde dans ses actes, comme font les acteurs. Camus avait raison à ce sujet, comme sur presque tout. Cependant, Hammett n'appréciait pas beaucoup le monde des acteurs en général; aussi bien l'argent obscène de Hollywood que la fatuité des petits spectacles off de Broadway rendaient fous les gens, leur faisaient baisser la garde et les dénaturaient, en les offrant en pâture à des salopes comme Edda Hopper ou à ces vaniteux intellos à lunettes de critiques du *New York Times*, capables de détruire votre vie, votre réputation ou votre fragile estime de soi. Il est toujours difficile de vivre et de gagner sa vie de façon décente ; mais la plus compliquée est de vivre des applaudissements. On en est réduit à serrer les fesses en rasant les murs ou à porter son cul en étendard. Deux postures qui ne sont ni naturelles ni confortables.

La photo de Pat illustrait un long article sur les dernières répétitions avant l'imminente première – en réalité, c'était une reprise – de *The Children's Hour*. Il y avait deux autres photos : le gros metteur en scène avec sa barbe bien taillée et un échantillon hétérogène d'acteurs sur une scène vide. Il s'arrêta au deuxième paragraphe sans avoir pu s'assurer que le nom de l'autrice de la pièce était mentionné quelque part.

Il descendit du bus à la station-service et téléphona à Pat.

Elle n'était pas chez elle. Roald Dahl l'informa aimablement – sans se sentir obligé d'expliquer ce qu'il faisait là, sans doute en robe de chambre et encore au lit à cette heure – qu'elle était partie tôt car on répétait deux fois par jour les dernières semaines.

Hammett fit quelques commentaires aussi vagues qu'élogieux sur l'article qu'il venait de ne pas lire en entier. Roald n'avait pas encore vu le journal mais il eut l'air de s'intéresser à la question :

« À propos, Dash, Pat et le metteur en scène n'ont pas eu

de nouvelles de Lillian, ils voudraient savoir si elle arrivera à temps pour la première.

— C'est ce qu'ils craignent ?

— Je suppose, admit le cabillaud norvégien, faisant preuve d'un inhabituel sens de l'humour.

— Alors, mets-leur la pression pour qu'ils soient fin prêts, ou plutôt, non... »

Hammett parut hésiter :

« Il vaut peut-être mieux que tu ne leur parles pas de cette conversation.

— Pourquoi ?

— Lillian ne leur donne peut-être pas de nouvelles mais, à moi, elle ne parle que de ça dans ses lettres..., ajouta-t-il comme s'il le payait en retour d'une confiance amicale. Elle m'a même téléphoné exprès de Paris pour évoquer le sujet. Elle a l'air inhabituellement à cran, si tu veux mon avis. Mais elle ne veut pas communiquer son stress aux autres.

— Laisse-moi te dire que le silence n'est pas la bonne méthode, Pat est insupportable.

— Désolé, dit Hammett comme s'il l'était. Je dirai à Lillian de la contacter et tout ira bien. »

Dahl remercia au nom de Pat et pour le bien de son couple, avant de changer de sujet :

« Je voudrais te demander un grand service, Dash. Je n'aurais pas osé te téléphoner moi-même mais j'ai dû t'invoquer de façon inconsciente, par quelque moyen secret.

— Raconte.

— Je voudrais que tu lises le recueil de nouvelles que je

viens de terminer. Et, si tu aimes, que tu écrives une préface ou quelque chose pour la quatrième de couverture.

— Quel est le titre ?

— *Someone Like You*. Une idée de Knopf.

— Et toi, tu voulais l'intituler comment ?

— *Tales of the Unexpected*.

— Ce qui serait vraiment inattendu, ce serait que Knopf veuille un texte de moi.

— Je crois qu'on ne perd rien à essayer. »

Hammett garda le silence un moment.

« Tu es en train d'essayer de me venir en aide, ou quelque chose dans le genre ? dit-il lentement. Tu as l'impression d'avoir des obligations morales envers moi, Roald ?

— Je ne dirais pas ça comme ça.

— Comment, alors ?

— Disons que, en tant qu'auteur, je serais extrêmement fier que tu écrives que mes nouvelles sont bonnes, ou du moins qu'elles valaient la peine d'être écrites.

— Tu essaies de te faire bien voir mais je n'arrive pas à comprendre de qui », dit Hammett avec une malveillance certaine.

Dahl prit quelques secondes pour répondre :

« Laisse tomber, Dash. Faisons comme si je n'avais rien dit. »

Mais Hammett n'avait pas l'air disposé à laisser tomber :

« Tu crois que Knopf acceptera que je signe de mon nom ou qu'ils feront comme avec Trumbo ?

— Je ne comprends pas.

— Le scénario de *Roman Holiday*, la réponse de Hollywood

à Rossellini, c'est lui qui l'a écrit, le Trumbo des listes noires, Dalton *Dix de Hollywood* Trumbo en personne, tu savais ça ?

— Non.

— C'est un secret de Polichinelle. Le film est nommé aux Oscars. On verra sans doute un MacGuffin monter sur scène pour recevoir la statuette.

— Ah.

— Voilà pourquoi j'ai une idée encore meilleure que ton offre miséricordieuse, Roald : l'année prochaine, après le succès de tes nouvelles, tu n'auras qu'à signer toi-même mon prochain roman. Record de ventes assuré, je te parie ce que tu voudras.

— Ne parie pas avec moi, Dash.

— Pourquoi ?

— Tu n'as pas de Cadillac et tu as besoin de tes dix doigts.

— De quoi tu parles ?

— Dommage que tu ne veuilles pas lire *Someone Like You*. Tu aurais trouvé ça drôle.

— Je n'ai pas dit que je ne le lirais pas. J'attendrai seulement qu'il sorte en poche.

— Je dirai à Pat que tu as téléphoné.

— Parle-lui de ta bonne action du jour. Elle te saura gré de tes bonnes intentions.

— Va te faire foutre.

— Toi, va te faire foutre. »

Chacun s'empressa de raccrocher sans avoir la certitude de l'avoir fait en premier.

Hammett sortit de la cabine téléphonique et regretta de

ne pas pouvoir raconter à Donald ce qui venait de se passer. Il ne pourrait en réalité en parler à personne, car il tiendrait à partir de maintenant Lillian à l'écart de ces joutes honteuses, ces duels de brames entre mâles sur le retour. Il se doutait, en dépit de la virulence ponctuelle de l'échange, que Pat n'en saurait rien non plus, car ce grand cabillaud norvégien – regretta-t-il ironiquement – ne manquait assurément pas de style. Il fallait espérer que ses nouvelles non plus.

De retour chez lui, Hammett trouva une demi-douzaine de lettres sur la machine à écrire dans sa housse. Linda s'appliquait au travail – le bungalow était plus propre et mieux rangé que jamais – et, en l'absence de Donald, tentait de suivre la routine habituelle, même dans des circonstances aussi exceptionnelles. Voilà pourquoi elle s'était chargée elle-même de lui rapporter son courrier de New York.

Deux lettres avaient des timbres français, postées toutes deux à Paris. Celle de Lillian avait été envoyée par avion ; l'autre, celle de Marcel Duhamel, par voie normale. Il jeta à la poubelle deux prospectus, laissa de côté l'enveloppe à l'en-tête de l'Association pour les droits humains et ouvrit en premier, avec une certaine inquiétude, comme chaque fois, la lettre de Mary Jane. Le texte était bref, conventionnel et affectueux, un simple prétexte pour accompagner une photo de sa petite-fille. Dans les bras de sa mère, coiffée d'un bonnet blanc pour la protéger du soleil trop fort, la petite avait la bouche ouverte, en plein bâillement ou prête à pleurer. Mary Jane paraissait heureuse et fière. L'ombre projetée du père, photographe improvisé, s'étendait sur le sol en damier de la terrasse où ils étaient montés – Hammett connaissait ce petit appartement, un peu sombre et déprimant – en quête de lumière.

La photo reproduisait – ou plutôt lui rappelait – une scène similaire trente ans plus tôt : Mary Jane était dans le rôle du bébé et c'était lui qui la portait, en bras de chemise. Qui avait pris cette photo à San Francisco ? Pas Jose, qui travaillait pendant qu'il restait à la maison, à essayer d'écrire tout en s'occupant de la petite ; sans compter qu'ils n'avaient pas d'appareil photo, entre autres choses qui leur manquaient. C'était peut-être un dimanche et ils avaient de la visite. Impossible à savoir. Il posa la photo de Mary Jane et de sa petite-fille face à lui, appuyée sur le dos des livres de la deuxième étagère, à côté de la flasque de Four Roses intacte.

L'Association pour les droits humains, dont il était membre, l'invitait à participer à un meeting et à signer la pétition pour que la Cour suprême des États-Unis invalide la sentence et annule la condamnation à mort des époux Rosenberg, accusés « sans fondement » d'espionnage. Il décida de signer cette pétition, inutile selon toute probabilité, sans pour autant se rendre au meeting ; il n'avait aucune envie d'y croiser certains personnages. Si Lillian avait été là, peut-être.

Sa lettre à elle, étonnamment brève, presque télégraphique, comprenait un reproche – « tu dois m'écrire depuis trois semaines, qu'est-ce qui se passe ? » –, un avertissement

– « Marcel Duhamel t'a écrit, ou doit t'écrire, pour te faire une offre que tu devrais accepter, à mon avis : fais-le pour moi, à défaut de meilleur argument » –, et une annonce sous forme de menace qui aurait fait trembler, comme il le savait, la grosse douzaine de responsables de la mise en scène de *The Children's Hour* : « J'arrive le jeudi 6 pour la générale. Si tu imagines y couper, tu te mets le doigt dans l'œil. »

Le reproche l'étonna. De toute évidence, Lillian n'avait pas encore reçu sa volumineuse dernière lettre, celle où il lui parlait de son travail d'écriture et faisait la liste de la kyrielle de personnages et d'évènements qui avaient accaparé son temps et son attention au cours des dernières semaines. Peut-être Poynton n'avait-il pas eu le temps de la poster, avec toute cette effervescence. Il se remémora les circonstances. La lettre avait été rédigée l'après-midi de sa vilaine dispute avec Paulie, la première, à cause du rasoir de Tony, juste avant le coup de téléphone de Bunny au sujet de Nell. Hammett avait demandé à Poynton de le conduire à la gare, le soir du Pontiac, et c'est à ce moment qu'il la lui avait donnée.

Ou pas.

Il se leva pour aller fouiller ses deux vestes pendues au portemanteau. Il ne trouva rien dans la première ; il crut qu'il n'y avait rien dans la seconde mais trouva soudain la lettre au fond de la poche intérieure. Elle y était restée quelques jours. L'envoyer n'avait plus aucun intérêt, Lillian arriverait avant de la recevoir. Et c'était peut-être mieux ainsi. Il la lui remettrait en main propre, ce serait intéressant d'assister à la lecture, en particulier parce qu'il ne se souvenait pas de tout ce qu'il avait écrit ni de ce qu'il avait omis à ce moment-là. Dans son souvenir, il avait été très disert ; auquel cas, l'occasion serait bonne d'avoir un aperçu a posteriori du fonctionnement de son esprit. Sans compter qu'il lui était arrivé un tas de choses depuis ce moment-là.

Il ouvrit finalement la lettre du directeur de la Série Noire. L'anglais de Duhamel laissait à désirer, à la différence de sa proposition, comme le lui avait laissé entendre Lillian ; c'était le genre de proposition difficile à refuser. Notamment parce qu'elle avait le mérite indéniable et calculé de ne pas mettre l'accent sur la rémunération mais faisait le pari tacite – sans insister lourdement – de poser, pour le convaincre, la question de la réédition de ses œuvres complètes – avec de nouvelles traductions soignées et des préfaces de spécialistes – en termes de « revendication de la meilleure littérature tout court ». Venant du directeur de la plus prestigieuse collection européenne de roman noir, lequel citait l'avis de Gide au passage, il s'agissait d'un engagement fort. Sans compter que Duhamel avait l'amabilité de garder le problème principal pour son court dernier paragraphe, et de ne stipuler ni même d'insinuer à aucun moment qu'il subordonnait sa proposition de réédition à l'obligation de lui remettre par la suite un texte inédit. Il se contentait de conclure chaleureusement en espérant que Hammett accepterait de se rendre à Paris – en tant que son invité d'honneur – lorsqu'il aurait terminé d'écrire son nouveau roman tant attendu, « sur les caractéristiques et les qualités duquel Mlle Hellman a su éveiller notre très grande curiosité avec tant d'éloquence». Un vrai gentleman, ce Français.

Cependant, il ressentit malgré lui une désagréable sensation de malaise. Il détecta même les prémices d'un sentiment de panique qu'il ne pouvait pas se permettre. Immédiatement, il en devina l'origine. Paulie Gerscher aurait eu beaucoup à dire sur l'activité de son inconscient. Elle aurait même pu créer uniquement pour lui la catégorie des psychopathes masochistes. N'ayant pas envoyé sa lettre à Lillian, cette dernière avait continué à promouvoir énergiquement un projet de roman, *The Big Meat*, que lui-même avait abandonné définitivement. Inutile d'ouvrir l'épaisse lettre de six pages posée devant lui comme un inquiétant boomerang pour se souvenir – tout compte fait – d'une partie de son contenu, en particulier ce qui avait trait à la nouvelle orientation qu'il pensait donner à son œuvre, s'il en était capable. Toutes ces considérations, ces inutiles spéculations pour lui-même, restaient désormais lettre morte, tandis que les bonnes intentions de Lillian finissaient paradoxalement par se retourner contre lui : à cet instant, il ignorait comment il s'y prendrait pour affronter, sans dommages collatéraux, la déception prévisible de Lillian lorsqu'elle l'apprendrait.

Il fut tenté de détruire sur-le-champ la lettre jamais envoyée mais ne le fit pas. Il ne l'ouvrit pas non plus pour vérifier l'exactitude de ce dont il croyait se souvenir. En attendant, il la remit dans la même poche de veste et s'en fut préparer du café à la cuisine. Marcel Duhamel et la Série Noire pouvaient attendre.

À son retour, une tasse fumante à la main, il s'assit devant la Remington. Il alluma une cigarette, retira la housse un peu poussiéreuse de la machine à écrire et retrouva la feuille qu'il avait laissée en place la dernière fois qu'il avait travaillé, qui sait combien de jours auparavant. C'était la page 96 du développement de TULIP, à peine trois lignes et demie qu'il lut comme si quelqu'un d'autre les avait écrites ; il avait du mal à se souvenir du déroulé de l'action. Il chercha le dossier qui contenait les pages précédentes mais ne le trouva pas à sa place habituelle, à côté de la machine à écrire. Une fois de plus, Linda avait fourré son nez dans son désordre organisé. Il chercha alors parmi les livres et les papiers qui recouvraient presque toute la table, au bout des étagères, sur les rangées de livres, même par terre, en vain. Après un long moment, il renonça à mettre la main sur le dossier ; sous une pile de papiers, il retrouva seulement une première version abandonnée, à peine plus de la moitié du texte. Il rangea ces feuillets dans le tiroir du bureau et remit la Remington dans sa housse. La difficile route de l'écriture semblait pavée de pertes et d'oublis.

Il alluma la radio, changea de fréquence jusqu'à tomber sur de la musique de chambre dans les tons graves et s'allongea sur le canapé. Moins de cinq minutes plus tard, il dormait du sommeil profond et sans rivages qu'il s'était promis depuis longtemps.

26

L'art de conclure

Les jours suivants, entre autres occupations, Hammett se rendit deux fois à l'hôpital du comté. La première, Tony et Paulie Gerscher l'accompagnaient, après une longue négociation en privé avec cette dernière.

Il n'avait pas reparlé au garçon depuis le soir de la cérémonie viking et, lorsqu'ils se retrouvèrent face à face dans l'appartement new-yorkais – Paulie avait tenu à être présente –, il mit immédiatement les choses au clair :

« Tony, je ne te demande pas de faire des déclarations impossibles, je ne te demande pas non plus de mentir ou de dire des choses que tu ne voudrais pas dire. Il ne s'agit même pas d'une déposition à la police ou d'un témoignage devant un juge dans le cadre d'un procès. C'est exactement ce qu'on veut éviter, il n'y a aucune raison de finir devant les tribunaux vu qu'aucun délit n'a été commis. C'est clair ? »

Tony fit oui de la tête.

« Ce que je veux, c'est que tu fasses ce que tu as à faire. Aller à l'hôpital, parler au vieux McConnell et lui dire qui a tiré. Il n'y a que toi qui le saches. Parce que, lui, il veut accuser Donald, ça n'est pas juste. »

Le garçon acquiesça de nouveau.

« Tu viendras avec moi ? »

Hammett se tourna vers Paulie Gerscher avant de revenir vers le garçon :

« Non. Je préférerais éviter. Tu peux y aller avec ta mère, dit Hammett avec un clin d'œil, ou y aller seul, comme le grand garçon que tu es, et personne ne saura jamais, à part toi et le vieux, de quoi vous avez parlé.

— Je ne lui ai jamais adressé la parole, Dash.

— Il faut un commencement à tout. Tu n'as qu'à imaginer, si tu veux, que Donald Poynton t'accompagne.

— Il est où ?

— On ne sait pas. Personne ne sait.

— D'accord. »

Paulie se leva pour aller chercher du café à la cuisine ; ils restèrent seuls.

« Dash… Je ne suis pas encore en mesure de te donner le truc. Il faut que tu attendes encore quelques jours.

— Ne t'en fais pas pour ça. »

L'après-midi même, à l'heure des visites, ils se rendirent à l'hôpital dans la voiture de Paulie. Ils déposèrent le garçon devant la porte et, une fois qu'il fut entré, Hammett voulut savoir :

« Comment il va ?

— Mieux. Mais il est interdit de sorties. La semaine prochaine, retour au collège et début des séances de psy.

— Lui tout seul ?

— Tu veux que je te prenne un rendez-vous ? » rétorqua l'indomptable *yiddishe mame.*

Hammett secoua la tête en souriant, l'embrassa sur la joue et descendit de voiture. En le voyant monter les marches du perron à son tour, Paulie ne put s'empêcher de demander :

« Tu vas voir Gus ?

— Tu ne le sauras jamais », dit-il, son meilleur sourire aux lèvres.

Et elle ne le sut pas.

La seconde fois que Hammett se rendit à l'hôpital du comté, ce fut avec Sam Rosen, le lendemain. En réalité, Sam Rosen l'y précéda et Hammett le rejoignit après que l'avocat eut dit ce qu'il avait à dire à McConnell, comme prévu. À l'arrivée de Hammett, à la fin de l'horaire de visite, la chambre du vieux paraissait surpeuplée. Étaient présents son épouse décrépite et son fils, en costume, sur la défensive, chacun d'un côté de la tête du lit, et, à l'autre bout, au pied du lit, une robuste infirmière noire et Sam, qui venait d'éparpiller théâtralement sur le couvre-lit, comme une pluie de confettis, les morceaux de la déclaration de McConnell soigneusement déchirée par le capitaine Thriller.

« Tout ce que je vous demande, monsieur McConnell, disait l'avocat en faisant tomber de la manche de sa veste quelques petits bouts de papier, c'est qu'en sortant d'ici, une fois soigné et heureusement remis sur pied en quelques jours, vous preniez en compte deux choses : d'abord, l'arbitraire scandaleux de l'autorité policière, qui rejette sans l'avoir lue, et devant témoin qualifié – l'agent Morgan en l'occurrence, lequel est prêt à témoigner –, une déclaration formelle signée par vous en ma présence, uniquement par préjugé et opinion préconçue, et la jette aux ordures. Et ensuite, poursuivit Sam Rosen en posant la main droite sur l'épaule de l'infirmière, que si le malheureux accident n'a pas eu de conséquences plus graves, c'est parce que quelqu'un s'est chargé de vous administrer les soins d'urgence, avec un doigté et une compétence dignes d'un professionnel. L'infirmière Reynolds vous a déjà expliqué l'importance du garrot qui vous a été fait, après avoir pris la peine de fouiller les poubelles pour retrouver le morceau de manche de chemise souillé de sang et de boue que vous avez désormais en votre possession. »

En effet, le vieux l'avait entre les mains, et le regarda, peut-être ému.

« C'est la preuve que quelqu'un a déchiré ses propres vêtements pour que vous ne vous vidiez pas de votre sang. »

À aucun moment le nom de Poynton n'avait été prononcé. Il n'y avait pas lieu. On n'avait pas non plus trouvé pertinent de l'écrire ou même d'y faire allusion dans la première déclaration que Rosen était parvenu à arracher à un McConnell sous le choc le premier soir : il avait suffi que le vieux affirme avant de signer sans se relire attentivement qu'il « avait reçu un impact de flèche sans pouvoir déterminer avec une certitude absolue ce qui s'était passé ». Ce papier – sans doute et même à coup sûr inutile – que le capitaine Thriller avait refusé dans un accès d'arbitraire malavisé ne disait rien de plus.

« De toute façon, nous porterons plainte, maître, dit l'encostumé dans une envolée d'ardeur filiale. Mon père a été blessé et quelqu'un devra payer pour les dommages occasionnés.

— Feriez-vous par hasard allusion à M. Irongate, le propriétaire des lieux ? Que faisait votre père à ses côtés ? C'est le hasard qui l'a voulu. Si, en plein orage, sur la propriété d'autrui, quelqu'un est frappé par la foudre ou reçoit un arbre sur la tête, qui doit-il poursuivre en justice…

— Ehhh… »

La voix tremblotante du patient chercha à se faire entendre.

« Je ne porterai pas plainte contre mon ami Gus, qui est venu me rendre visite tôt ce matin. C'est réglé. Les Irongate se sont toujours comportés comme des gentlemans. »

Le vieux McConnell aperçut Hammett, qui était resté près de la porte :

« Qu'est-ce que vous faites ici, vous ? dit-il avec mauvaise humeur.

— On m'a convoqué comme témoin, dit Hammett sereinement. J'étais présent, au cas où vous ne vous en souviendriez pas. Il n'y a que moi qui puisse dire de quelle couleur était votre caleçon, McConnell. Bleu ciel. Je l'ai vu quand on a découpé votre pantalon pour retirer le carreau. Il était propre, soit dit en passant. Vous êtes un vieux ronchon mais je dois admettre que vous avez été courageux.

— Canaille… », murmura Mme McConnell.

L'infirmière Reynolds acquiesça en souriant.

« Sans compter, chanceux que vous êtes, que vous allez entrer dans le *Livre Guinness des records*, ajouta Hammett. Vous êtes le seul blessé par flèche du XXe siècle dans l'État de New York. »

Le vieux éructa quelque chose qui ressemblait à un rire mal contenu et la douleur de la blessure le tirailla. Une fois remis, il dit :

« Le fils de Gus... »

Il se tourna vers son fils.

« Tu sais, Howard, le fils de Gus a les yeux de son grand-père, exactement les mêmes. Il te dit quelque chose, n'importe quoi, et tu es obligé de le croire. Pareil que le vieil Harry Irongate... Tu te rends compte, ils disent tous que non seulement ce Noir ne m'a pas tiré dessus, mais qu'en plus je lui dois quasiment la vie.

— Papa...

— À partir de maintenant, les deux propriétés auront la jouissance commune du lac, comme au bon vieux temps. »

Hammett songea que Gus en avait peut-être un peu trop fait, mais il ne dit rien. S'il avait appris quelque chose de son passage par les pervers studios hollywoodiens, c'est qu'on ne discute pas un happy end.

C'est précisément cette capacité à résoudre des situations complexes par des retournements aussi improbables que salutaires que quelqu'un – peut-être Billy Wilder, cet irréprochable sceptique – avait appelé « l'art de conclure ». Que lui-même, Hammett, ne puisse ou ne sache ou ne veuille pas dénouer une intrigue de cette façon-là dans ses textes ne voulait pas dire qu'il en allait de même dans la vie, surtout celle des autres. Spade et Nick Charles n'avaient pas lu Aristote, ils ignoraient tout de la catharsis et de l'expérience du fait d'autrui, mais Hammett les supposait – comme lui-même – des adeptes inconscients de Schopenhauer.

En sortant de l'hôpital, Sam Rosen déposa un baiser sur la joue de l'infirmière en guise d'au revoir et, en se retournant tout sourire vers Hammett, lui proposa de le reconduire chez lui :

« Amène-moi plutôt à New York, dit le grand maigre sans enthousiasme. Il faut que j'aille au collège de Tony rencontrer un professeur qui me connaît et qui – comme tout le monde, à ce qu'il semble – écrit des romans policiers. Mais lui est publié, par-dessus le marché. Je me prépare au pire.

— Tout pour le môme.

— Tout… Mais c'est encore toi qui as fait le plus pour lui et pour Donald, tu as sorti le grand jeu au vieux McConnell.

— Tu as apprécié ? »

Sam Rosen sourit sans quitter la route des yeux.

« Remarquable, maître. C'est plutôt toi qui devrais avoir droit au *Guinness des records*. “Le faux jeton patenté qui a transgressé la loi le plus grand nombre de fois en quarante-huit heures sans s'écarter d'un pouce de l'éthique requise pour la défense des justes causes.”

— C'est plutôt flatteur.

— En effet. Elle t'a coûté combien, l'infirmière Reynolds ? »

Sam Rosen fronça les sourcils.

« Rien, c'est une amie.

— J'étais sur place et je n'ai pas fait que regarder le caleçon du vieux McConnell, poursuivit Hammett comme si de rien n'était. Donald avait une chemise à carreaux, pas une chemise rayée... Et si quelqu'un avait l'idée d'analyser la composition de la boue...

— Des détails, se justifia l'avocat en secouant la tête. Ce qui compte, c'est le sang. Rien de plus facile à obtenir dans un hôpital. C'était le sien, je peux te l'assurer...

— Je n'en doute pas. J'imagine que ton amie Reynolds l'aura prélevé sur les crocs des vampires de l'administration.

— Pas que je sache, répondit Rosen sans cesser de sourire. Puisque tu en parles, qui va payer l'hôpital ?

— Gus, j'imagine. Après ma conversation avec lui, les problèmes bancaires se sont résolus comme par enchantement, et lui et Paulie ont maintenant procuration sur le compte.

— Ils vont se séparer ?

— Je ne sais pas, peut-être. Les seuls qui ne peuvent pas se séparer, ce sont les siamois unis par le cœur, le cerveau ou la moelle épinière.

— Dans ce cas...

— Ce sont peut-être des âmes sœurs mais leurs corps ne sont réunis que par les ongles.

— C'est très bon, ça. Très cruel, aussi. C'est de toi ?

— Je suppose, comme dirait Poynton. J'aimerais bien ; mais je n'ai jamais vécu (littérairement, je veux dire) sur des images et des comparaisons ingénieuses. Chandler en a fait un art, lui. Pour décrire un grand coup de poing, il dit : "Il le cogna avec autant de force et de rage que frappa de son marteau le manœuvre qui enfonça le dernier rivet de l'ultime rail du Transsibérien." Pas toujours avec autant de talent, évidemment.

— Impossible.

— On ne perd rien à essayer. »

Au bout d'un moment, Rosen alluma la radio et ils écoutèrent Esso Reporter en silence, jusqu'au bout.

« Pas de nouvelles de Poynton ? dit Hammett en baissant le volume. Je lui ai dit d'aller te voir. »

Rosen fit non de la tête.

« Rien de rien. Mais je suis déjà allé deux fois à la morgue centrale. »

Hammett fit une grimace contrariée.

« J'ai un ami là-bas, Dash. Je lui ai dit de me prévenir chaque fois qu'un Noir non identifié arriverait. Je ne sais même plus combien de fois il m'a déjà appelé en moins d'une semaine.

— Tu penses que… ?

— Envisageons le pire scénario : le capitaine Thriller se retrouve sans crime. Il n'y a pas eu de dépôt de plainte officiel et il n'y en aura pas, sans compter qu'aucune charge sérieuse ne justifie plus le mandat d'arrêt contre Poynton. S'ils le trouvent, ils ne vont pas s'embêter à l'arrêter pour le relâcher trois heures plus tard… Ils s'éviteront la paperasse, comme d'habitude. Au cas où, j'ai préparé une demande d'*habeas corpus*.

— Je vois. Poynton n'est pas non plus entré en contact avec Linda, du moins d'après elle. Peut-être qu'elle nous ment, je la trouve étrangement calme. Mais dans le cas contraire, je n'aimerais pas être à sa place… »

Rosen le regarda du coin de l'œil et sourit de façon énigmatique :

« Quelqu'un demande à un juif ce qui se passerait si Jésus-Christ revenait soudain pour se mettre à prêcher dans les rues de New York. "À moitié nu et sans papiers, il n'irait pas bien loin", répond le juif. C'était mon père, homme de synagogue, qui racontait cette blague.

— Je suis entouré, dit Hammett avec sérieux.

— Par ?

— Le sage et terrible peuple de Sion. L'humour juif est une des plus pures manifestations de la sagesse humaine. Même Paulie Gerscher le pratique, probablement sans s'en apercevoir. »

Et il relata, avec aussi peu de pudeur que possible et sans emphase, quelques-uns des plus grotesques moments de son échange de coups et de sarcasmes avec la mère de Tony, récit que l'avocat apprécia encore plus a posteriori.

Ils entraient dans Manhattan quand Sam Rosen, comme s'il cochait une liste exhaustive de problèmes incontournables, aborda finalement, avec précaution, le sujet Nell Martin. Hammett remarqua qu'il soulevait la question de façon elliptique, ou disons prudente à l'excès :

« Les nouvelles sont si mauvaises que ça ? dit-il.

— Non. Pas forcément, je veux dire. Tout dépend de ce que tu attends.

— Je n'attends rien.

— Tant mieux, alors. J'ai parlé au docteur Leggett, son état est stable, elle est sous traitement.

— Diagnostic ?

— Elle a eu ce qu'on appelle en médecine une attaque

psychotique, Dash. Je n'ai pas tout compris mais ça provoque une perte de lien avec le réel, de la paranoïa…

— Et donc ?

— Malgré son état, elle est allée voir la police, ou alors quelqu'un l'y a emmenée, elle a fait une première déposition avec un avocat commis d'office et elle est repartie libre. Mais elle est sous protection policière à la clinique.

— Qu'est-ce qu'elle a raconté ? Elle leur a fait le coup de la séquestration, de l'enlèvement de Dickinson et des vingt mille dollars de l'héritage Boyer ?

— Je ne sais pas. Frisson est sur l'affaire. Nell a hérité d'un peu d'argent mais il semblerait que ce soit le défunt Ashley qui ait touché le gros lot avec sa vieille tante, pas mal de cash et des actions, en plus de la maison de la rue Purple, à Brooklyn. Par ailleurs, il semblerait finalement qu'Irma n'ait pas été relâchée. Une confrontation va être organisée entre elle et Nell pour comparer les versions.

— Quelles versions ?

— Le petit Phil Frisson, qui n'est peut-être pas une flèche mais a pas mal roulé sa bosse, avait une théorie et on dirait qu'elle se confirme. Tu te souviens qu'on se demandait qui était avec qui et contre qui ? Il suffisait de réunir les couples : Nell, Irma, Ashley, Fanesi. Eh bien, c'est le couple le plus inattendu...

— Ne me dis pas que…

— Si. »

Hammett secoua la tête avant de se tourner vers Rosen :

« Je connais cette fille, Sam. Je la connais même très bien. C'est une vraie femme, tu comprends ? Et ton Frisson est le cas typique de petit branleur frustré qui finira à sucer des bites dans les toilettes du métro ou sous un pont, si ce n'est pas déjà le cas... »

L'avocat fit comme s'il n'avait pas entendu :

« Je ne sais pas ce que fait Frisson en dehors de ses heures de travail, Dash ; mais tout semble indiquer que c'étaient les filles qui étaient en cheville. »

Il fit une pause, comme pour mettre en valeur un premier argument avant de reprendre son raisonnement.

« Au début, Ashley a effectivement abusé d'Irma, ou l'inverse, ou ils étaient amants, ou les deux à la fois, et Nell les a surpris.

— Elle me l'a dit elle-même.

— Tu n'as pas trouvé bizarre qu'il ait été le seul à partir et que Nell n'ait pas aussi foutu Irma à la porte ? Toutes les deux étaient déjà de mèche, elles sont devenues amantes une fois Nell séparée de Dickinson... Mais quand ce dernier est revenu avec l'argent de l'héritage et qu'ils ont tous déménagé à Brooklyn, leur relation est devenue une partie de poker menteur : Dickinson jouait les rois de la basse-cour à son aise mais les filles complotaient pour se débarrasser de lui et s'emparer du magot. Voilà pourquoi Irma lui a refait du gringue et fait croire qu'elle voulait partir avec lui. Ils se retrouvaient dans l'appartement du Queens et c'est elle qui a proposé à Dickinson d'organiser un enlèvement (un auto-enlèvement, en réalité) pour mettre la main sur l'argent. Après quelques jours de captivité, il a découvert le pot aux roses et leur a claqué entre les doigts en essayant de s'enfuir.

— Et puis ?

— Une fois qu'elles ont pu faire disparaître l'argent sans éveiller les soupçons, avec, par-dessus le marché, Dickinson mort accidentellement, elles se sont disputées. Apparemment, Irma a voulu garder le magot pour elle et il semble bien qu'elle ait frappé Nell ; mais l'épisode du piano doit dater d'avant, à l'époque où ils vivaient à Manhattan. Dans son délire, Nell a tout mélangé, et elle a rajouté un type dans l'affaire pour détourner l'attention sur Irma et un complice, afin qu'on ne comprenne pas qu'elles avaient agi seules... Tu me suis ?

— Oui, mais c'est très alambiqué, pas très crédible. »

Sam Rosen ne dit rien. Il se contenta de sourire.

« Quoi, qu'est-ce qui te fait rire ?

— Rien, Dash, rien... Ton commentaire m'étonne, de la part de quelqu'un qui a écrit *L'Introuvable*.

— Qu'est-ce que tu veux dire ?

— En matière de crédibilité...

— Tu l'avais dit et on était d'accord : deux folles, c'est trop pour une seule histoire.

— Tout à fait : il n'y a qu'une seule déséquilibrée, et c'est Nell. Irma est parfaitement saine d'esprit, à ce qu'il semble. C'est juste qu'elle a du mal à s'exprimer, tu sais, alors tout le monde dit ça d'elle. Mais tu l'as vue en action. Et, entre nous, disons que, culturellement, on s'imagine toujours que les étrangers ou ceux qui ne parlent pas notre langue sont méchants, stupides ou irrationnels. C'est un grand classique : les Peaux-Rouges ne peuvent pas être une civilisation avec des valeurs et une conception du monde intelligente et sensible puisqu'ils ne font que hurler et dire “ugh” ! »

Hammett garda le silence tandis qu'il observait la circulation de la ville par la vitre.

« Une fois, j'ai demandé à Raymond…, dit-il soudain.

— Quel Raymond ? Raymond Chandler ?

— Non, Alex Raymond, le dessinateur, l'auteur de *Flash Gordon*, avec qui j'ai travaillé sur *L'Agent secret X9*, expliqua Dash en se retournant. Je lui ai demandé comment ils avaient résolu le problème de la communication, du langage, quand Flash, Zarkov et Dale Arden arrivent sur la planète Mongo. Il m'a dit : aucun problème, Ming est un empire, une civilisation puissante, personne ne s'est étonné qu'ils parlent anglais, c'était naturel.

— Et s'ils ne parlent pas notre langue, ce sont des barbares, voilà ce que les Romains nous ont appris.

— C'était pas plutôt les Grecs ?

— Je n'en sais rien. De toute façon, Rome nous correspond mieux. »

À cet instant précis, ils passaient sous l'Empire State Building mais personne n'y fit allusion. Point trop n'en faut.

Ils traversèrent le centre de Manhattan et, dix minutes plus tard, le décor avait changé. Ce n'était pas un quartier pauvre ou un ghetto mais, au fur et à mesure qu'ils s'approchaient de l'adresse notée par Hammett, Sam Rosen remarqua qu'il y avait de moins en moins d'arbres et de policiers dans les rues, contrairement aux gens désœuvrés et aux poubelles qui attendaient des éboueurs peu empressés.

Finalement, ils stoppèrent au beau milieu d'une rue à moitié bloquée par une demi-douzaine de motos garées perpendiculairement au trottoir. Les jeunes motards, blouson en cuir et casquette sur le côté, le sac sur le dos ou suspendu au guidon, fumaient et tuaient le temps avec leurs copines.

Hammett descendit de voiture.

« Bonne chance, Dash, dit Rosen.

— Je vais en avoir besoin. Je retournerai au Derby, après. »

Le collège de Tony Irongate était un bâtiment en béton, grand, neuf, sans attrait, dont les murs et les fenêtres faisaient peine à voir. Sans doute cette détérioration précoce – à moins que ce ne soit simplement du laisser-aller – était-elle la conséquence du vague acharnement de certains des jeunes disséminés à l'entrée et aux alentours ; peut-être y contribuait aussi la désinvolture ou l'impuissance de certains des adultes en costume qui entraient et sortaient comme des voleurs par la porte principale, livres et papiers en main, la tête basse ou le regard droit devant, évitant tant bien que mal les étudiants éparpillés sur les marches de l'entrée.

Hammett longea un ou deux couloirs bondés sans que personne l'arrête. C'était l'interclasse de midi, dans les bureaux de l'administration une jeune fille aux cheveux attachés qui buvait un soda avec une paille lui expliqua où trouver celui qu'il cherchait.

« Le cours du professeur Lombino commence dans quinze minutes, l'avertit-elle.

— Je sais, il m'attend.

— Salle 105. »

C'était au premier étage. Hammett passa en revue l'enfilade de porte avant d'arriver à celle qui portait le bon numéro peint sur la vitre. Il jeta un coup d'œil et, immédiatement, se souvint du personnage et le reconnut.

Le professeur Lombino, sans cravate, en veste de sport, assis sans façon sur le rebord de son bureau, discutait en toute décontraction avec deux élèves – une Noire et une Blanche – qui tournaient le dos à la porte, les cheveux attachés par un ruban; l'une avait des lunettes, toutes deux portaient des jupes de couleur et des socquettes blanches avec des chaussures plates.

Hammett frappa discrètement à la porte; le professeur leva la tête, le vit à travers la vitre et lui sourit. Il congédia sans délai les deux étudiantes, elles croisèrent le grand maigre qui entrait.

« Un honneur, monsieur Hammett. »

La main vigoureuse au dos légèrement hâlé était – en harmonie avec un visage jeune, les cheveux sur le front, mais à la peau mate tannée et ridée – celle d'un homme d'un peu plus de trente ans dont on devinait qu'il passait plus de temps à l'air libre qu'assis derrière son bureau ou à sa machine à écrire.

« Vous me remettez, maintenant ? dit Lombino, conscient d'être examiné sous toutes les coutures. Le coordinateur de cette anthologie mort-née…

— Parfaitement, dit Hammett. Fredric Brown aussi assistait à cette décevante réunion, c'est là que je l'ai rencontré. Il y avait aussi William Irish. Moi, je croyais qu'il n'existait pas...

— Comment, qu'il n'existait pas ?

— J'ai toujours cru que c'était Cornell Woolrich, le vrai.

— Et au final ? »

Hammett se permit d'admettre son erreur.

« Je ne sais plus, il se peut que j'aie confondu.

— L'important, c'est que lui le sache, non ? dit Lombino, jovial. Moi, par exemple : il a fallu que je publie mon troisième roman pour comprendre enfin. Dès le début ou presque, j'ai compris qu'il me faudrait prendre un pseudonyme, pour le meilleur ou pour le pire : avec un nom et un prénom comme les miens, Salvatore Lombino, personne ne peut me prendre pour un écrivain de fiction, quelqu'un de cultivé, si vous me passez l'expression ; un Italo-Américain, ça ne peut écrire que des livres de cuisine italienne.

— Ou les confessions apocryphes d'un mafieux, suggéra Hammett.

— J'y penserai, si l'occasion se présente, approuva le professeur en souriant. Pour l'instant je vais garder mon pseudonyme. Il me réussit bien.

— Et sous quel nom publie le Lombino auteur ? »

Pour toute réponse, le jeune enseignant ouvrit son porte-documents et en sortit un livre de poche à la couverture bariolée, qu'il lui tendit :

« C'est pour vous, en toute modestie. »

Hammett lut : *The Blackboard Jungle*, par Evan Hunter. « Un roman sur la délinquance juvénile ». Il observa un instant les deux jeunes menaçants sur la couverture, une version quelque peu stéréotypée de certains des individus bigarrés qu'il avait croisés sur le trottoir ou dans les couloirs qu'il venait de parcourir. Sur la première page, il trouva la dédicace manuscrite : « Pour Dashiell Hammett, le maître ». Il garda le petit volume dans la poche de sa veste et dit :

« Merci... Comment je dois t'appeler ? »

Le tutoiement lui était venu naturellement.

« Evan ou Hunter, qui est une référence au Hunter College ; c'est là que j'ai étudié. Mes personnages n'ont sans doute pas eu cette chance. »

Hammett acquiesça. Il ressortit le livre :

« L'allusion à *The Asphalt Jungle* fonctionne, Hunter. C'est un bon roman ; mais peut-être que le film est meilleur... Huston a fait des progrès.

— Bien sûr, comme tout le monde.

— Et William Burnett aussi, malgré ses outrances d'écrivain tout-terrain professionnel. *High Sierra* n'est pas mal, même un truc comme *The Little Caesar* vaut le coup d'œil...

— C'est votre époque, maître.

— Oui. Les gangsters faisaient en permanence la une des journaux ; aujourd'hui ce sont ces jeunes dont tu t'occupes, avec leurs airs et leurs poses de méchants. »

Hammett fit une pause. « Tu t'intéresses vraiment à eux, pas vrai ?

— Oui, ils ont d'abord été un sujet de préoccupations dans mon travail au quotidien, et seulement après un thème que j'ai traité dans le roman, affirma Evan Hunter avec conviction. La situation est difficile pour tout le monde. Particulièrement pour Tony Irongate...

— C'est sa classe, ici ?

— Oui, le matin.

— Tony est un garçon que j'aime beaucoup.

— Il vous le rend bien, il vous admire. Je vous remercie d'avoir pris la peine de venir. Tony a… comment dire… bon fond.

— Je touche du bois. »

Le regard de Hammett se promena sur les deux ou trois douzaines de pupitres.

« En parlant de ça, où a-t-il réalisé sa gravure originale ? »

Hunter sourit.

« Qui sait ? dit-il avec un large geste. Si vous regardez de près, vous verrez des inscriptions, des slogans et des déclarations en veux-tu en voilà. »

Le grand maigre eut l'air disposé à le faire. Il descendit de l'estrade sur laquelle ils discutaient, s'assit sur un des pupitres du premier rang et passa le doigt sur la surface rugueuse, creusée d'innombrables entailles :

« Pourquoi voulais-tu me voir ?

— Pas pour ça, évidemment. »

Hunter contourna l'estrade et prit par terre une valise qu'il posa sur le bureau :

« C'est à vous ? »

Hammett la reconnut instantanément :

« Oui. Où était-elle ?

— Dans le casier de Tony.

— Tu sais ce qu'elle contient ?

— Oui, c'est pourquoi je vous ai appelé.

— Il est au courant ? »

Hammett ne s'était pas levé.

« Pas encore, mais il doit s'en douter, je ne crois pas qu'il sera surpris. C'est la règle : les casiers ne sont pas des coffres-forts. Et lui, avec son comportement et l'affaire du rasoir, il s'est exposé à une inspection.

— Je comprends. »

Le grand maigre s'approcha de la valise, déboucla la courroie et l'ouvrit. Il fureta sur le dessus, comme s'il en reconnaissait le contenu, prit un papier et le lut deux fois avant de le mettre dans sa poche. Il referma la valise.

« Tout est en ordre ?

— Oui, je crois.

— Je suppose que ces documents ont beaucoup de valeur, et pas seulement pour vous, pour n'importe qui.

— Si tu t'imagines qu'il me les a volés, tu fais fausse route, Hunter, dit-il en pointant son index sur lui. Il y avait un pacte de confiance entre Tony et moi, qui est d'ailleurs toujours en vigueur. Disons que ceci restait sous sa garde en attendant que je remplisse ma part du contrat. Ce que j'ai fait récemment. Je suppose qu'il a choisi cette cachette parce qu'il la croyait sûre. Bon… c'est raté. Merci de m'avoir prévenu. »

Salvatore Lombino, alias Evan Hunter, sourit au moment où la sonnerie retentit au loin. Les premiers élèves ne tarderaient pas à arriver.

« Ça n'a pas été facile, admit-il avec une sincérité dépitée. À plusieurs reprises, j'ai été sur le point d'en mettre un ou deux de côté… Mais je crois (j'en suis presque sûr) que j'ai tout remis en place. »

Son sourire s'épanouit.

« Ce qui m'a retenu, c'est de penser que vous alliez

peut-être utiliser certains de ces textes ou des idées qu'ils contiennent dans un projet de roman, maître, peut-être même celui auquel vous travaillez en ce moment. »

Hammett saisit la poignée de la valise.

« Je te vois venir, Hunter ; et je suis persuadé que tu n'as pas besoin de moi. Je te parie que tu auras publié une douzaine de titres avant que moi j'en sorte un seul, en admettant que j'en aie envie et que j'en sois capable. Une fois, à ton âge, j'ai écrit cinq romans en un peu plus de cinq ans. Désormais, il y a des chances que je ne publie plus que des fragments posthumes.

— Ne dites pas des choses pareilles. Si vous n'avez pas pu continuer sur ce rythme, c'est peut-être parce qu'il vous exposait trop : les auteurs trop prolifiques sont suspects d'improvisation ou de cupidité. Parfois, les noms de plume servent à atténuer ou à cacher une grande productivité.

— Et d'autres fois, les contradictions et l'opportunisme, compléta Hammett. On peut émettre des jugements moraux inflexibles sous un nom, défendre le bon sens bourgeois, et sous un autre publier de la pornographie. »

Evan Hunter rit de bon cœur.

« Je n'irai pas jusque-là, mais je sais que le roman que je suis en train d'écrire, sur un commissariat de district avec tous ses policiers, je ne le signerai pas Hunter. C'est l'œuvre de quelqu'un de différent. »

Hammett s'approcha et pointa de nouveau son index sur lui :

« S'il s'agit d'adopter le point de vue des policiers, les Britanniques sont plus crédibles que nous ; à cause de Scotland

Yard et tout ça. Choisis un nom qui sonne un peu british, écossais ou irlandais, ça fait chic, en général. Un Mac, par exemple…

— Il y a plusieurs bons MacDonald, et McCoy aussi, mais c'est son vrai nom.

— Tant que ce n'est pas McConnell… »

Hammett secoua la tête. « Ça me rappellerait de mauvais souvenirs. »

À cet instant, les premiers élèves firent leur entrée. Hammett tendit la main et le professeur Lombino la serra :

« J'aimerais avoir votre avis sur mon roman.

— Bien sûr. Bonne chance dans la jungle, chasseur ! » dit Hammett.

Et il sortit, la valise à la main, à contre-courant des bêtes sauvages.

À son arrivée au Derby, il était deux heures moins dix et il y avait plus de monde au comptoir qu'assis aux tables. D'un rapide coup d'œil, il s'assura que le señor Fanesi n'était pas encore arrivé. Bunny lui fit signe et Hammett le rejoignit à l'autre bout du comptoir.

« Sam Rosen a appelé il n'y a pas longtemps. Il a dit qu'il réessaierait.

— Il a dit où il était ?

— Non. C'est quoi, ça ? dit le barman en désignant la valise. Le trafic d'armes, ça suffit, Dash…

— Du calme. C'est autre chose.

— Tu t'es fait virer de chez toi ?

— Non, mais ça ne devrait pas tarder. Donne-moi un peu de monnaie et fais-moi un café, Bunny. »

Depuis la cabine téléphonique, Hammett appela le cabinet de Sam Rosen.

C'est le jeune Frisson qui décrocha.

« Sam est absent, monsieur Hammett. La morgue l'a appelé pour un corps non identifié. »

Il observa une pause. « Cette fois, on dirait que c'est le bon.

— Le bon quoi ? s'énerva Hammett, que le genre de l'assistant de son avocat exaspérait.

— Sam croit que ça pourrait bien être Donald Poynton, monsieur Hammett.

— Il croit ?

— C'est ce qu'il a dit, monsieur Hammett. Je suppose qu'il voudrait que vous alliez…

— Tu… Tu supposes trop, toi aussi, Frisson. »

Hammett eut la sensation d'étouffer.

« Quand tout sera fini, il faudra qu'on ait une petite discussion à ce sujet, toi et moi.

— À quel sujet, monsieur Hammett ?

— Laisse tomber. Dis à Sam que je suis au Derby.

— C'est quoi, le Derby, monsieur Hammett ? »

Il raccrocha.

Il ressentait un poids énorme sur la poitrine et s'appuya un moment à la paroi de la cabine. Il lui fallut une ou deux minutes pour retrouver une respiration normale. Ensuite, il se traîna littéralement jusqu'au box le plus proche, en tirant la valise comme un forçat son boulet. Il s'assit et la posa entre lui et le mur.

Quand Bunny apporta son café, il demanda un verre d'eau et avala deux pilules qui lui faisaient du bien dans ce genre de situation.

« Passe-moi Rosen dès qu'il appelle, dit-il en reposant le verre vide, et puis, sans transition : la morgue est loin d'ici ? »

Bunny fronça les sourcils :

« Tu te sens si mal que ça ? »

Il n'eut pas le temps de répondre. Un señor Fanesi sous son meilleur jour s'avançait depuis la porte d'entrée, directement vers lui. D'un geste sec, rapide, presque instinctif, le grand maigre fit glisser la valise de la banquette vers le sol, sous la table, et la poussa contre le mur, complètement hors de vue.

Le jeune Argentin avait cette attitude indéfinissable de ceux qui font escale, les gens de passage. On ne l'aurait pas dit à la vitesse de ses mouvements ni à sa tenue, mais plutôt à l'excès d'énergie amicale déployée dès le premier contact et sa façon de se laisser tomber sur la banquette opposée, comme quelqu'un qui doit se reposer tout en se dépêchant de reprendre des forces afin d'être prêt à repartir. Une façon de dire : cette rencontre ne met fin à rien; quelque chose commencera peut-être par la suite mais, pour le moment, il ne s'agira probablement que d'un intermède, le temps de quelques explications. Ou à peu près.

« Dash ! Il n'y a que nous deux ? dit-il en tendant la main.

— Que je sache.

— Parce que j'attends quelqu'un, dit-il en consultant son énorme montre. Il arrivera dans quelques minutes. »

Hammett ne condescendit pas à lui poser la moindre question. Il se contenta de l'observer, le regard vide.

« Nous n'allons peut-être pas nous revoir avant longtemps, dit Fanesi pour meubler le silence. Je dois me rendre en Argentine plus ou moins en urgence, laissez-moi vous dire que c'est aujourd'hui un privilège pour moi, et un futur souvenir impérissable, que les ultimes images que j'emmène de New York soient celles de notre rencontre.

— Qu'est-ce qui vous pousse à partir ? Les affaires, la famille ? demanda distraitement Hammett, les yeux tournés vers le comptoir, Bunny et le téléphone.

— Disons que je suis venu aux États-Unis pour raisons de famille et qu'un voyage d'affaires me ramène à la maison. Toutefois, je suis conscient que, tel le voyageur pressé qui ferme placards et tiroirs sans avoir le temps de ranger leur contenu, et laisse une réserve de nourriture dans le réfrigérateur et le garde-manger en prévision d'une consommation à une date indéfinie, il reste des questions auxquelles je voudrais, si ce n'est répondre, du moins apporter quelques éclaircissements, en posant des jalons qui permettront de les résoudre de la façon probablement la plus honnête. Certaines personnes impliquées dans cette affaire ne méritent pas plus d'ennuis qu'elles n'en ont déjà.

— Qui, par exemple ?

— Pour commencer, notre amie commune Nell Martin, Dash. Les petits évènements qui se sont produits au cours de ma visite au cabinet de son avocat sont pour moi très révélateurs et inquiétants à la fois. Vous et moi n'avons pu parler qu'au téléphone et il se peut que vous ayez eu une version déformée et mensongère de mon comportement. Comment va-t-elle, avec qui est-elle en ce moment ?

— À ce que j'en sais, son état est stable, elle est suivie par un psychiatre et sous protection policière. Elle a même pu faire sa déposition ; il y aura probablement une confrontation avec votre amie Irma, dit Hammett avec un manque d'entrain flagrant. Mais vous en savez beaucoup plus que moi, Fanesi. Vous devriez me donner des explications plutôt que de tourner autour du pot encore et encore... »

Le señor Fanesi consulta sa montre :

« Je serai bref, Dash.

— J'en doute.

— Deux mots suffisent : Frisson ment. »

Le grand maigre dressa l'oreille :

« C'est effectivement bref. Et ça me plaît. En quoi Frisson ment-il ?

— Je l'ai entendu, presque par hasard, suggérer l'idée qu'Irma et Nell aient pu être amantes, et par conséquent – déduction hâtive – associées dans le crime... »

Le señor Fanesi secoua la tête. « Je sais que c'est faux.

— Vous le savez ?

— Je le sais, mais pas parce que j'ai mené l'enquête, s'excusa l'Argentin avec une inédite spontanéité. Mais j'avoue être un lecteur, et, en tant que lecteur, je peux, ou plutôt il m'arrive d'affabuler, de mentir ou de hasarder des hypothèses, mais je suis surtout capable de deviner le récit caché sous chaque récit. Voilà mon grand talent.

— Je ne comprends pas. Et rappelez-vous que vous aviez promis d'être bref.

— Frisson a un esprit sinistre et retors, Dash. »

Fanesi se pencha en avant, il s'inclina par-dessus la table du box.

« C'est pas du Boileau-Narcejac, cette affaire ; on ne parle pas d'un triangle amoureux à la française. Et puis, le rôle de *diaboliques* taille un peu grand pour ces deux femmes-là, tout simplement parce que Dickinson n'a pas l'étoffe pour justifier un pareil complot. »

Il interrompit soudain sa rhétorique bien huilée :

« Excusez-moi, vous savez de quoi je parle ? Vous vous souvenez de *Celle qui n'était plus* ?

— Je ne lis pas bien le français, admit le grand maigre, à bout.

— Une traduction vient d'être publiée : *The Woman Who Was No More.* »

Hammett fronça les sourcils et voulut être sûr d'avoir bien compris :

« Vous pensez que Frisson croit ces deux femmes complices uniquement parce qu'il a lu un roman de Boileau-Narcejac ?

— Oui monsieur. Et ce n'est pas tout : apprenez que, moi-même, si je suis ici, c'est parce que j'ai lu *Le Faucon maltais*, et uniquement pour cette raison. »

Le grand maigre fit une grimace de lassitude et jeta encore un coup d'œil à Bunny :

« On en a déjà parlé. Vous lisez trop, Fanesi.

— Peut-être pas assez, au contraire, Dash.

— Je préférerais que vous vous en teniez à vos intuitions à propos de Frisson. Vous avez quelque chose de plus solide contre lui ?

— Laissez-moi m'expliquer : c'est *parce qu'*il a lu le roman que ce pervers a l'idée d'invoquer l'argument des affinités électives féminines; mais il n'en croit pas un seul mot, Dash. Et n'allez pas croire qu'il s'agisse d'une simple lubie. Il l'utilise pour dévier l'attention de ce qu'il sait s'être réellement passé. »

Le señor Fanesi avait l'air d'arriver au nœud de son raisonnement.

« Irma ne lui a pas tiré dessus parce qu'elle avait reconnu en lui l'homme qui surveillait la maison. Elle a été prise de panique parce qu'elle a cru qu'il l'avait trahie.

— Un abus de confiance ? Est-ce que qu'elle lui avait raconté quelque chose ? »

Fanesi fit non de la tête.

« Pire que ça ? Un différend entre complices ? » conjectura Hammett.

Fanesi acquiesça tout en laissant planer le doute :

« Je ne peux pas le prouver. Au début, je n'ai pas compris pourquoi Frisson mentait; j'ai cru qu'il protégeait quelqu'un, le troisième homme.

— Intéressante catégorie.

— C'est pourquoi, à toutes fins utiles, après l'avoir fait sortir de force du cabinet de Rosen, je l'ai violemment menacé pour qu'il me donne un nom. En bafouillant, il m'a dit que c'était surtout moi que sa théorie blanchissait, au bout du compte, que son hypothèse jouait en ma faveur...

— C'est vrai, non ? »

Le señor Fanesi ne répondit pas directement :

« Pour toute réponse, j'ai appuyé mon revolver à cet endroit, dit-il en posant l'index juste sous son nez, et je lui ai fait savoir que si quoi que ce soit arrivait à l'une ou l'autre de ces deux femmes par sa faute, je lui ferais sauter la tête. »

Il fit le geste d'appuyer sur la détente.

« Un vrai redresseur de torts.

— Pas tout à fait. Mais, en quelque sorte, j'ai une dette envers ces dames, Dash.

— Les remords du séducteur, compléta Hammett. Pour les faveurs reçues. »

Le jeune señor Fanesi se rejeta en arrière et Hammett retrouva soudain qui il lui rappelait : c'était Dan Duryea dans ce film de Fritz Lang, l'amant un peu mac de Joan Bennett, ce couple qui abuse d'Edward G. Robinson, le caissier tragique, le peintre amoureux.

« Pas en l'occurrence, dit le jeune Argentin comme s'il lisait dans ses pensées. Je me suis rapproché d'elles dans un but précis, je ne le nie pas, mais je n'ai extrait d'elles que ce qu'elles avaient de meilleur et d'unique.

— Vous l'avez extrait ?

— Je les ai aidées à l'extraire, Dash. Nell par exemple, quand je suis tombée sur elle – en cherchant à vous rencontrer, je l'admets –, elle vivait résignée aux côtés d'un type médiocre, elle n'écrivait plus. Grâce à moi, elle s'y est remise.

— Elle m'a parlé d'une prétendue revue, d'un roman court qu'elle avait... »

Fanesi haussa les sourcils :

« La moitié d'un roman court, à vrai dire. Quand je lui ai raconté la suite de l'histoire de Flitcraft, nous avons fusionné nos récits. »

Hammett opina du chef, il croyait commencer à comprendre :

« Par "fusionner", vous faites référence à toute la partie de Landucci, avec sa cousine ou sa tante, cette Patty Moth de la fin.

— Cette histoire, c'est celle de Nell. Elle l'avait écrite, et moi, je lui ai suggéré de…

— Alors ce n'est même pas vous qui avez écrit "La main et le poing" ?

— Techniquement, non. Mais l'idée, oui… Et j'ai payé Nell, bien sûr. Mais, sur le moment, je ne pouvais pas vous l'avouer, Dash, sans me découvrir et admettre que je la connaissais.

— Parce que votre véritable intention était…

— Que vous me parliez de Flitcraft. »

Hammett le dévisagea en silence.

« Voilà pourquoi j'ai fait jouer cette petite scène à Irma, elle devait réciter quelques phrases : "Je suis la fille de Charles Pierce, je suis la fille de Charles Pierce"… »

Le grand maigre continuait à se taire, il se retourna un instant vers le comptoir avant de revenir vers Fanesi :

« Vous êtes fou, dit-il gravement. Vous en êtes conscient ?

— Tout a une raison d'être, Dash, soyez-en sûr, expliqua l'autre, imperturbable. Dans le Montana, en remontant la piste de Flitcraft, je suis tombé sur cette fille un peu simple d'esprit, pour le dire comme ça. Son père s'appelait Charles Pierce, il avait été brûlé vif, apparemment par vengeance… Ça pouvait coller. Elle était orpheline, je l'ai emmenée avec moi. Tout ce que je lui ai demandé, c'est de jouer le rôle de Daisy devant vous.

— De la comédie.

— Pas pour l'essentiel. Parfois, il faut bien fabriquer de fausses preuves pour qu'éclate au grand jour une vérité impossible à démontrer.

— La leçon de “Fumée”.

— Quoi ?

— Vous me décevez, insatiable lecteur : c'est une nouvelle dans *Le Gambit du cavalier*, de Faulkner. »

Hammett se souvint d'une longue conversation, presque vingt ans auparavant, autour d'une bouteille de Jack Daniels, au cours de laquelle Bill Faulkner avait établi la différence entre vérité et preuve, une démonstration qu'auraient pu illustrer des exemples aussi divers que le vieux saint Thomas d'Aquin ou la toute récente infirmière Reynolds. Mais c'était le jeune Argentin qui lui faisait face, toujours plus semblable à un Dan Duryea sur la défensive.

« Et donc, quelle était cette vérité que vous aviez l'intention de démontrer ? » le pressa Hammett.

Pour toute réponse, le señor Fanesi tira de la poche supérieure de son veston – comme s'il s'agissait de l'incontournable geste rituel d'une cérémonie initiatique – une autre de ses fameuses cartes de visite et la déposa devant Hammett avant de lire à haute voix :

« Roberto P. Fanesi. »

Il leva les yeux.

« Vous savez ce que signifie le P, mon cher Dash ? »

Hammett fit non de la tête et détourna le regard vers le comptoir où rien de nouveau ne se passait.

« C'est le P de Pierce, dit le señor Fanesi sans faire cas de son indifférence. Voilà qui je suis : Robert Pierce, fils de Charles Pierce, né à Rosario, République argentine, en 1924. Vous comprenez ce que je suis en train de dire ? »

Le grand maigre acquiesça :

« J'ai lu "La main et le poing", et je l'ai trouvé bien fichu, señor Fanesi, ou Pierce Fanesi, ou Pierce tout court. Mais nous en avons déjà parlé : à partir de patronymes plus ou moins récurrents, vous tirez des conclusions hâtives. Les statistiques qui jouent en notre faveur ou les coïncidences ne nous donnent aucun droit, et encore moins raison. »

Le jeune Fanesi cligna des yeux, l'air de capituler un instant, avant de se remettre à argumenter :

« En plus, il y a la nouvelle.

— Quelle nouvelle ?

— N'essayez pas de m'avoir. La première version de "Retour au pays" se passe là-bas. Ce texte, je l'ai lu, il était avec vos autres manuscrits, chez Nell, et puis il a disparu, et la valise aussi. »

Hammett se souvint de sa première discussion avec Tulip et de ce vieil original dactylographié que le colonel prétendait tenir d'un jeune homme qui n'était autre que l'omniprésent Fanesi.

« Je ne sais pas où vous voulez en venir, dit-il sans expliquer que ces vieux feuillets étaient désormais en sa possession, ni comment.

— Vous vous souvenez de cette course-poursuite au bout du monde, Dash ? »

Le señor Fanesi se penchait vers lui par-dessus la table du box, en parlant à voix basse comme pour mieux le persuader. Quel fugitif avez-vous connu à votre époque Pinkerton qui vous a raconté cette histoire ? Qui vous a parlé du Paraná, de Formosa, des alligators du fleuve, du port de Rosario… ?

— C'était il y a longtemps…

— Ce n'est pas Flitcraft, ce n'est pas Pierce ? »

Le señor Fanesi se renversa théâtralement en arrière.

« Ce n'est pas mon père, Dash ? »

Le grand maigre resta passagèrement sans voix devant le pathétique spectacle de cet espoir démesuré.

Soudain, sorti de nulle part, Bunny apparut :

« Dash, Sam Rosen à l'appareil. »

Hammett le regarda avec l'air de revenir de très loin, il murmura un merci, quitta la table sans la moindre explication et pressa le pas vers le téléphone décroché au bout du bar.

« Qu'est-ce qui se passe, Sam ?

— Je suis à la morgue.

— Je sais. C'est Poynton ? »

Il y avait des bruits, des murmures sur la ligne.

« Ils l'ont sorti de l'Hudson. On dirait bien que c'est lui.

— Qu'est-ce que ça veut dire "on dirait" ?

— Désolé, je ne suis pas sûr, Dash. Je ne l'ai pas vu souvent et l'eau l'a…

— C'est lui ou c'est pas lui ? s'emporta Hammett. Ne viens pas me raconter que tous les Noirs se ressemblent ; les Chinois, peut-être. Il faut que je vienne ? »

Sam Rosen ne répondit pas tout de suite. Quelqu'un était en train de lui parler.

« Sam ! » insista Hammett sans obtenir de réponse.

Les bruits continuaient.

Il jeta un coup d'œil vers le box pour s'apercevoir que le señor Fanesi avait disparu.

« Ce que je fais est illégal, Dash, dit Sam en reprenant la conversation à voix basse. C'est une faveur. Ils acceptent de me le montrer avant l'arrivée de la police. Si on ne l'identifie pas, si on ne dit pas oui ou non tout de suite, on ne pourra plus le voir ni réclamer le corps. Et moi, je n'en sais rien, l'eau l'a déformé…

— Ne dis rien, alors. Attends-moi, j'arrive… »

Hammett s'interrompit.

« Ou plutôt non, dis-leur… »

À cet instant, le señor Fanesi revint à l'intérieur du Derby. Derrière lui, en costume, élégant comme Mono Gatica lui-même, s'avançait avec souplesse – comme s'il descendait l'allée qui mène au ring sous les projecteurs – un Donald Poynton tout sourire, qui lui faisait bonjour de la main.

« Qu'est-ce qui se passe, Dash ?

— Ne leur dis rien…, dit Hammett en soupirant de soulagement, tandis qu'il répondait à son salut. Ou si, à la réflexion : dis-leur que oui, que c'est bien lui, que c'est le cadavre de Donald Poynton, comme ça ils arrêteront de le chercher. C'est le mieux à faire, vu que cet irresponsable de négro vient de débarquer au Derby, Sam.

— Comment ? »

Il répéta et Sam Rosen siffla :

« Dieu merci !

— Il sera toujours temps de voir quel rôle le Seigneur a joué dans cette affaire, dit Hammett tandis que Fanesi et Poynton s'installaient dans le box. Encore qu'il faudra voir ce qui se cache dans les détails, comme toujours.

— Ce qui compte, c'est que Donald est en vie.

— Presque trop à mon goût. Les expériences limites, soit elles te remettent d'aplomb, soit elles te font changer de vie. »

Hammett prit son temps pour observer la conversation animée qu'il n'entendait pas ; son regard se posa sur le jeune Fanesi, lequel tournait de temps en temps la tête vers lui.

« Il y a autre chose, Sam, dit-il. Écoute-moi bien.

— Autre chose ?

— À propos de Nell. Ou plutôt à propos de Phil Frisson. »

Au retour de Hammett, dix minutes plus tard, le señor Fanesi et Donald Poynton s'enfilaient chacun un cheeseburger au bacon accompagné d'une chope de bière glacée.

Sans un mot, Hammett s'approcha de Donald et le serra maladroitement dans ses bras sans lui laisser le temps de se lever ; après quoi, il s'assit à côté de lui et le mit au courant de la situation de McConnell, Tony, Gus et les autres intéressés.

« Il n'y a aucune charge contre toi, Donald, résuma-t-il.

— Je m'en vais quand même, monsieur Hammett », dit Poynton avec une conviction réjouie.

Hammett acquiesça en palpant entre deux doigts, avec admiration, la texture du revers de son épais veston :

« On dirait Miles Davis à Paris, la tournée avec le Dameron Quintet. »

Il se retourna vers Fanesi. « Vous partez ensemble ?

— Je l'emmène. Mais pas forcément à Paris : on a besoin de bons poids welter partout », affirma le jeune Argentin en lançant un jab du gauche que Poynton esquiva, sa chope à la main.

Et puis, sans transition :

« Est-ce que maître Rosen a des nouvelles de Nell ?

— Non, il m'a appelé pour autre chose, dit Hammett qui regardait Poynton. Tous les deux, comment vous vous êtes...

— Par pur hasard, Dash : il pleuvait, je sortais de la forêt à toute vitesse, la Studebaker passait par là, dit Donald. Maintenant, je lui suis doublement redevable.

— On dirait typiquement le début d'un roman de David Goodis, glosa Fanesi. Même si, pour bien faire, il aurait fallu que je sois une femme. Blonde, de préférence. »

Ensuite, à eux deux, Poynton et Fanesi relatèrent comment le jeune Argentin avait recueilli le Noir en fuite quasiment sur le pas de la porte de la maison, à une centaine de mètres du portail :

« Il ne m'a pas fait signe. C'est moi qui me suis arrêté en le voyant jaillir d'entre les arbres ; il m'a dit qu'il allait à la gare. »

Fanesi racontait et Poynton acquiesçait derrière son hamburger.

« J'ai proposé de l'avancer mais, au peu qu'il m'a raconté en chemin, j'ai compris qu'il allait avoir besoin d'autre chose que d'un bout de conduite. Ou alors un très long, quelques milliers de miles. Vous n'ignorez pas, Dash, que je voyage régulièrement, et que ce que je transporte n'est pas toujours, disons… régulier. »

Pour exemple, ou pour preuve, le jeune Fanesi souleva son paquet de Chesterfield avant de le laisser retomber sur la table. Hammett acquiesça.

« Un article de plus ou de moins… »

La métaphore ne parut pas déranger Donald Poynton. Au contraire :

« Prévenez Linda, Dash, dit-il avec une surprenante assurance. Je n'ai pas voulu retourner à la maison ni appeler, au cas où le téléphone serait sur écoute. Une fois en sécurité, je lui donnerai des nouvelles. Et on se retrouvera, je suppose.

— Tu supposes qu'elle suppose…

— C'est l'affaire de quelques mois, Dash. Un an tout au plus. Je veux tenter ma chance à l'étranger. Je suis fait pour la boxe. »

Hammett les regarda l'un après l'autre :

« Je comprends ce que tu vas chercher, maintenant, Donald. Et vous, qu'est-ce que vous alliez chercher à Katonah ce jour-là, señor Fanesi ?

— La même chose que je suis venu chercher ici aujourd'hui.

— Une valise. »

L'Argentin secoua la tête :

« Une certitude. »

Hammett comprit que Sam Rosen avait raison, le jeune Argentin ne pouvait pas s'empêcher de jouer un rôle dont lui-même n'était peut-être pas conscient, et il enfilait les répliques ou les phrases toutes faites comme on choisit des vêtements dans une élégante garde-robe bien garnie. Et le voilà, après une pause rhétorique, qui rectifiait, sur le même ton :

« Ou, à défaut de certitude, un indice pour prouver qu'il y a quelque chose de vrai dans cette histoire à laquelle j'ai besoin de croire. Par conséquent, disons que la discussion d'aujourd'hui est celle que nous aurions pu avoir la dernière fois, en différé.

— Vous êtes un sacré impatient : nous étions déjà convenus par téléphone du rendez-vous d'aujourd'hui.

— C'est vrai, Dash, admit-il. En prenant la décision de me rendre à Katonah, je ne savais pas si je vous y trouverais. »

Hammett le regarda droit dans les yeux :

« Ou alors, vous pensiez peut-être que je n'y étais pas, justement, mais vous y êtes allé quand même…

— Qu'est-ce que vous voulez dire ?

— Vous aviez déjà réussi à vous introduire une fois dans le bungalow en mon absence, avec l'autorisation de Donald. »

Poynton intervint :

« Quand il m'a ramassé, il n'arrivait pas, Dash, il n'allait pas en direction de la maison. Au contraire, il en revenait.

— Un détail sans importance, Donald, le coupa rapidement

Fanesi. Je sais ce que vous insinuez, Dash. Mais j'ai appris de vous que les choses – et notamment les histoires – appartiennent à ceux qui les désirent ou en ont le plus besoin. On ne peut rien y faire. Ni les thésauriser ni les confisquer. »

Hammett plissa les yeux et dit, en joignant ses maigres mains, doigts contre doigts, au-dessus de la table :

« Dans ce cas, puisque c'est ce que vous voulez entendre, supposons que quelqu'un dont je ne me souviens pas m'ait raconté avoir éprouvé la vaine lubie de s'enfuir, être parti pour l'Amérique du Sud quelques années, avoir changé de nom, peut-être même avoir eu une femme et des enfants avant de revenir près de l'endroit d'où il était parti. Et supposons aussi que moi, des années plus tard, devenu écrivain, j'aie fusionné ce récit avec un conte oriental que j'avais lu, ou plutôt l'inverse, comme Frisson : que j'aie mis à profit ce conte pour réélaborer et donner du sens à une histoire compliquée qui, dans ma jeunesse, m'avait semblé un mystère sans explication apparente.

— C'est la vérité ?

— Je ne suis pas en train de vous faire un cadeau, monsieur Fanesi. »

Les mains de Hammett se posèrent à plat, paumes sur la table.

« Débrouillez-vous avec ça. Il y a une heure à peine, ce négro-là avait un pied dans la tombe et la prison attendait une amie très chère. Maintenant, il est bien possible qu'aucun de ces malheurs n'arrive. J'en suis heureux et il faut bien avouer que vous y êtes pour quelque chose.

— Dash…

— Ne dites rien. Il y a une troisième raison qui me pousse à me montrer presque, je dis bien presque, reconnaissant.

— Laquelle ?

— Après ça, j'espère bien ne plus jamais avoir affaire à vous. »

Le jeune Fanesi resta bouche bée. Il regarda Hammett, qui le dévisageait imperturbablement, et puis Poynton, qui ne quittait pas son assiette des yeux, à la suite de quoi, petit à petit, un large sourire se dessina sur son visage, quelques secondes avant qu'il explose d'un long rire sophistiqué auquel finit par se joindre Poynton, peut-être sans trop savoir pourquoi. Tandis que l'hilarité gagnait autour de lui, le grand maigre se retourna vers le comptoir et demanda l'addition d'un geste las.

Quand le comptoir laissa finalement un répit à Bunny, Dash était resté seul, il regardait par la fenêtre. La Studebaker tape-à-l'œil – qu'on pouvait voir depuis sa place quelques instants auparavant – venait de disparaître au coin de la rue.

« Tout va bien ?

— Oui. Il y a même eu un happy end.

— J'ai entendu ça. »

Hammett paya, se pencha sur le côté et tendit le bras sous la table. Il se redressa comme si un serpent l'avait piqué :

« La valise ! Ce fils de pute a emporté la valise ! »

Il fit mine de se lever et Bunny recula d'un pas :

« Il l'a portée dans sa voiture pendant que tu étais au

téléphone, Dash. J'ai cru que vous vous étiez mis d'accord. Comme il est revenu et que je vous ai vus discuter... »

Le grand maigre continuait à farfouiller vainement sous la table ; les lèvres serrées de rage, il marmonnait.

« Le fils de pute, le sale fils de pute !

— Il y avait quoi, dedans ? On peut savoir ? »

Hammett se retourna vers Bunny. Il allait répondre mais prit d'abord le temps de se calmer, soupira et se rassit :

« Rien, Bunny... Des papiers. Dans l'ensemble, des histoires qui parlent d'un tas de gens morts depuis longtemps.

— La Bible ?

— Si seulement, dit Hammett sans sourire, pas encore remis de sa colère insensée, et plongé dans l'incertitude. Encore que Lui, tout le monde Le plagie et personne ne Lui a jamais payé de droits d'auteur. C'est une consolation, pas vrai ? »

27

Cummings & Giuliano à Harvard

Dash et Sam Rosen quittèrent Katonah dans la voiture de l'avocat en début d'après-midi. On était vendredi, ils calculaient qu'il leur faudrait au moins trois heures pour traverser tout le Connecticut d'ouest en est et arriver à Cambridge. Le cinquième cours magistral d'E. E. Cummings dans le cadre de la chaire de poésie de Harvard devait se tenir à cinq heures dans le grand auditorium. Ils arriveraient juste à temps.

Hammett n'avait pas mis les pieds à Harvard depuis plus de quinze ans. La dernière fois, c'était pour la remise de diplôme de Clarence Phillips, une amie anthropologue de Lillian spécialisée dans les cultures américaines de l'Arctique. Il se souvenait peu de cette cérémonie aux aurores, ayant trop bu la veille. Quelques années plus tard, Clarence avait fait la une des journaux lorsqu'un hélicoptère de l'armée l'avait secourue avec ce qui restait de son expédition scientifique, quelque part au nord-est du Groenland, dans une région où même les redoutables ours polaires n'osent pas s'aventurer. Elle avait ensuite tiré de cette expérience et d'autres similaires un livre qu'elle avait présenté dans une librairie de Greenwich Village, avec une gutturale famille d'Esquimaux en invités vedettes. Un vrai succès, cette présentation ; le livre, lui, était passé inaperçu.

De cette soirée dans un Manhattan suffoqué de chaleur, Hammett ne se souvenait de presque rien. La seule glace était celle qui flottait dans les gros verres de scotch et les aborigènes polaires transpiraient dans les tenues traditionnelles que leur contrat avec l'éditeur les obligeait à porter. À l'époque, les Esquimaux n'étaient pas aussi à la mode que depuis le succès d'*Igloos dans la nuit*, le roman de Hans Ruesch, un pilote de course suisse reconverti en romancier dont Hammett reconnaissait l'efficacité gnangnan des titres.

Le jour de cette interminable et étouffante présentation, Hammett et Dotty Parker s'étaient amusés à imaginer, malgré les reproches de Lillian et parfois à voix inconsidérément haute, des trames de récits policiers situés dans ces régions perdues, avec un détective inuit chargé de résoudre, entre autres affaires, le mystère d'un igloo clos.

Hammett en faisait un récit à la vivacité propre aux souvenirs souvent plus grotesques qu'heureux. Rosen conduisait, écoutait, demandait des détails :

« Comment s'appelait ce détective inuit né de votre imagination ?

— *Frost, the Freezer.* Chaque fois qu'une partie de la réserve de poisson disparaissait, qu'une adolescente était enlevée pour être vendue dans le Yukon ou par là-bas, que quelqu'un perdait son couteau en os ou qu'un voleur égorgeait un ou deux chiens de garde pour s'emparer de cinq ou six peaux, le conseil des anciens se réunissait dans le plus grand igloo et quelqu'un disait : "Voilà une affaire pour *Frost, the Freezer*." Et ils partaient à sa recherche, vu que Frost aimait chasser et pêcher tout seul aux confins de la région. Il disait ne pas aimer les agglomérations ; c'est-à-dire plus de trois personnes... »

Rosen riait.

Hammett se tourna vers lui :

« À propos, où en est-on avec notre Frisson ? *Frisson, the Freak*. Tu ne m'en as pas parlé, Sam. »

L'avocat se rembrunit et lui jeta un coup d'œil en coin avant de se mettre à parler en fixant la route :

« Je ne sais pas encore quoi te dire, Dash.

— Tu as enquêté sur ce que je t'ai demandé ?

— Je n'ai pas vraiment pu.

— Et pas voulu non plus. »

Sam ne répondit pas. C'était un sujet sensible. Il ne s'était écoulé que deux jours depuis l'épisode de la morgue et le départ de Poynton pour une destination inconnue, en compagnie du rapide Fanesi. Les conversations ultérieures entre Rosen et Hammett à propos des péripéties de la valise – d'abord le récit de la rencontre avec le professeur Lombino, ensuite les détails de la réunion du Derby – avaient remis à plus tard – ou temporairement de côté – ce qui concernait Nell, Irma et l'enlèvement de Dickinson. Aussi et surtout le rôle joué par le jeune associé de Sam.

« En réalité, Phil ne va pas bien, il a des soucis. Hier, il m'a demandé deux jours de congés pour régler des problèmes personnels. Il faut que tu saches qu'il est le benjamin de la famille et que sa mère est hospitalisée à Baltimore.

— Tu peux vérifier qu'il y est bien allé ?

— Qu'est-ce que tu veux dire ?

— Rien de plus que ce que j'ai dit. »

Sam Rosen secoua la tête et roula une bonne minute en regardant droit devant lui.

« Tu te trompes au sujet de Phil, Dash. C'est un bon gars.

— Tu n'es pas non plus allé jeter un coup d'œil chez lui… »

De nouveau, l'avocat secoua la tête :

« Je ne trouve pas ça juste, Dash, dit-il calmement. Comme tu me l'as demandé, j'ai parlé avec Giuliano, qui est chargé de l'affaire, et, même s'il ne m'a pas autorisé à la voir parce qu'elle était à l'infirmerie, il m'a confirmé qu'Irma n'a pas parlé, elle n'a balancé personne. Il ne croit pas qu'elle couvre quelqu'un, bien que l'argent n'ait pas refait surface. On verra bien ce que donne la confrontation avec Nell.

— Pourquoi ne pas la relâcher ou faire courir le bruit ? Ils l'ont déjà fait une fois. À vrai dire, personne ne l'a revue depuis son arrestation.

— Ce n'est pas envisageable. Je ne peux pas suggérer cette possibilité sans que Giuliano comprenne qu'il y a un suspect.

— Parce qu'*il y a* un suspect ?

— Toi, tu as des soupçons, concéda Rosen sèchement. Pas moi. Mais je te promets de parler à Phil dès son retour de Baltimore. »

Hammett ne dit rien.

Ils entraient dans Cambridge. Ils s'arrêtèrent au premier

feu. À droite, la route de Boston ; à gauche, un panneau indiquait Harvard University à quatre miles. Ils tournèrent. De vieilles demeures alternaient avec des constructions de style rationaliste et des bâtiments publics entourés de jardins. Comme ils passaient devant l'Opéra, Hammett tapota la cuisse du conducteur dans une tentative pour détendre l'atmosphère :

« Tu savais que les Esquimaux n'ont pas d'orchestres symphoniques ? »

Sam Rosen ne savait pas.

« Parce que chaque fois qu'ils vont au concert ils prennent les musiciens pour des pingouins et ils les mangent.

— Il n'y a pas de pingouins dans le Grand Nord, Dash.

— C'est vrai. Mais il n'y a pas non plus d'orchestres symphoniques en Antarctique. Voilà une affaire parfaite pour *Frost, the Freezer* », conclut sérieusement Hammett.

Lorsqu'ils arrivèrent enfin à Harvard, ils se garèrent dans une rue perpendiculaire à l'avenue principale et arpentèrent une ou deux rues sur des trottoirs encore ensoleillés surplombés par les silhouettes néoclassiques des constructions centenaires de la Nouvelle-Angleterre : deux ou trois étages, d'épais murs de briques apparentes et des fenêtres vertes à vitraux.

« Bizarrement, j'ai l'impression que, si on lui avait donné le choix, Cummings aurait préféré un chapiteau de cirque, commenta Hammett en se dirigeant vers le perron de pierre de l'entrée.

— Ou une scène de music-hall.

— À coup sûr. Et il y aurait eu plus de public. »

Une demi-heure plus tard, ils étaient installés au bout du troisième rang d'un auditorium clairsemé. Soudain, les lumières se tamisèrent sans nécessité et une universitaire en chemisier blanc et tailleur sombre entra par un côté de la scène pour présenter le cycle dans le cadre de la chaire de poésie Charles Eliot Norton et introduire succinctement la cinquième conférence du poète.

Les applaudissements eurent l'air d'ébouriffer Cummings, qui grimpa sur l'estrade d'un petit saut de vieillard fringant, s'assit et se mit immédiatement à parler, jetant de rares coups d'œil à des papiers dont il n'avait en règle générale pas besoin, comme si ses notes ne servaient qu'à le guider.

Dans le cadre austère de la vénérable salle de conférences aux boiseries de chêne, la voix de l'orateur faisait comme une pluie tranquille mais pourtant annonciatrice, énonciatrice, de prodiges. L'imperturbable auditoire – pas plus de dix rangs d'un public attentif aux surprises de l'avant-dernière *inconférence* du poète – écoutait E. E. Cummings comme on écoute chanter ou raconter la migration épique d'un oiseau sans ailes apparentes, un voyageur ironique et démesuré, arrogant d'éternité :

« *Un artiste, un homme, un zéro, doit aller de l'avant*, disait-il. *IL DOIT ALLER DE L'AVANT.* » Le poète émacié aux gestes incisifs soulignait d'une voix forte cet axiome d'un programme non programmé.

Sans pouvoir vraiment l'admettre, Hammett admirait Cummings. Il ressentait une étrange empathie pour l'absolue liberté de ce dérangeant poète à la minuscule sans concession. Ils ne s'étaient jamais rencontrés, venaient de mondes différents – le petit Edward Estlin avait grandi, appris et mûri ici même sur les pas de son père, le vieux Cummings, qui avait été professeur à Harvard jadis –, mais ils avaient exactement le même âge (ils étaient nés en 1894, à quelques mois d'intervalle) et avaient en commun d'avoir enduré et porté les séquelles les moins visibles de la Première Guerre mondiale, chacun à sa manière : *The Enormous Room* avait fait grande impression sur le jeune Hammett, avant même qu'il ne découvre les curieux vers de *Tulips & Chimneys*, à l'époque où lui-même se risquait à envoyer ses propres poèmes à *Smart Set*. Et bien que, les années suivantes, l'individualisme forcené de Cummings et le portrait dévastateur qu'il avait fait de l'URSS dans *Eimi* auraient pu le faire baisser dans son estime, Hammett trouvait dans son iconoclasme, sa dénonciation de l'imposture sociale et des compromissions de la démocratie, ainsi que dans sa féroce critique de toute forme de pouvoir, de nombreux points d'accord et un socle d'affinités minimales. Sans compter qu'ils partageaient l'honneur – en un certain sens – d'être la cible commune des éditoriaux de Walter Winchel, l'exécuteur des basses œuvres de Randolph Hearst.

Et maintenant, tandis que Sam Rosen se trémoussait d'un plaisir remuant sur le siège voisin, Hammett voyait Cummings s'empresser, sans préambule ni avertissement préalable, de commencer la lecture de quelques-uns des sonnets de *XAIPE*, ce salut, cette invitation à ouvrir les yeux et à célébrer le miracle de la vie qu'il avait publié tel quel, avec le titre en grec, à la façon d'Ezra Pound le maudit, quelques années plus tôt :

lorsque les serpents marchanderont leur droit à serpenter
et que le soleil fera grève pour un salaire décent
que les épines considéreront la rose en se méfiant
et que les arcs-en-ciel signeront des assurances-vie

lorsque aucune grive n'aura le droit de chanter la lune
nouvelle
tant que leur voix ne sera pas approuvée par les chouettes
effraies
et que toute vague devra signer sur la ligne en pointillé
pour ne pas qu'un océan soit forcé de fermer

quand le chêne demandera au bouleau l'autorisation
de faire ses glands ; que les vallées reprocheront
leur taille aux montagnes ; et que mars
dénoncera avril pour sabotage

alors nous pourrons enfin croire en cette invraisemblable
humanité inanimale (mais pas avant)

La lecture eut beau continuer et continuer, face à la lente et silencieuse défection des étudiants officiels et la fervente obstination des admirateurs du poète, Hammett n'alla pas plus loin que ce premier poème. Il aurait pu prêter serment sur cet ascétique credo, sur cette ironique et presque espiègle déclaration d'authentique scepticisme devant les fastes de la civilisation, mais qui renfermait de la solidarité à l'état pur et un respect émerveillé pour toutes les formes de vie.

« Les gens ne savaient pas s'il fallait applaudir, rire ou se mettre à pleurer, commenta Rosen à la sortie, pendant qu'ils se dirigeaient vers la voiture parmi les étudiants.

— Applaudir, jugea Hammett. Le reste viendra en son temps, tu ne crois pas ? »

Sam acquiesça sans faire de commentaires.

Le soir tombait. Le soleil presque horizontal illuminait les toits, les hautes fenêtres, les branches déjà verdoyantes des mélèzes alignés le long des larges trottoirs peuplés de jeunes gens.

Ils montèrent en voiture et roulèrent en silence pendant un bon moment sans beaucoup avancer. La sortie et les rues autour du campus étaient encombrées de voitures et de vélos.

« Nous avons souvent parlé de la peinture de Cummings avec Gus, dit soudain Hammett. Dans d'autres circonstances, il aurait pu nous accompagner.

— Comment va-t-il ?

— Mieux, mais pas encore bien.

— Mais il est rentré chez lui.

— À l'écouter, il n'a pas de chez-lui où rentrer, dit Hammett avec un rictus agacé. Il dort à l'atelier. Certains jours, il se prend pour Cézanne, et d'autres, voudrait annuler l'exposition. Un vrai gâchis. Tu sais, c'est quelqu'un qui a une intelligence, une sensibilité très particulières.

— Et qui aime Cummings.

— Non. C'est ce que j'allais te dire. Gus dit que les tableaux de Cummings sont bons, *assurément* bons, nous sommes d'accord là-dessus. Mais qu'avec lui, qui est presque meilleur critique que peintre, ça ne prend pas, qu'il n'est pas dupe. Il dit qu'on dirait que ces tableaux ne sont pas de Cummings, qu'ils seraient mieux s'ils n'étaient pas de lui. En d'autres termes : qu'il peint bien mais que ces tableaux ne sont pas ceux que "devrait" peindre un type qui (par ailleurs, ou par-dessus le marché) se trouve être Cummings le poète. Comme si toute son énergie, sa capacité d'innovation et son expérimentalisme formel passaient dans la poésie ; et qu'il se contentait de peindre comme on fait le ménage ou on prépare le petit déjeuner : correctement, en fonction des desiderata et des besoins quotidiens.

— Je n'ai jamais vu ses tableaux, dit Sam sans quitter la route des yeux. Tu lui donnes raison ?

— Je ne sais pas. Il y a un peu de ça, dit Hammett après quelques instants de réflexion. Même si je me disais que c'est peut-être l'inverse. Peut-être que l'authentique Cummings, celui qui est le plus clairement et le plus honnêtement à l'écoute de sa vraie nature intérieure, c'est le peintre, apaisé, prenant du plaisir à bien faire son travail, plutôt que ce poète toujours en tension pour produire de la nouveauté, non seulement pour être moderne mais aussi pour en avoir l'air et le faire savoir à chaque occasion. Être original, essayer d'être génial tout le temps, voilà qui doit être épuisant. Sauf si on est un imposteur, évidemment. »

Sam sourit.

« Qu'est-ce qui te fait rire, avocat ?

— “L’orgueilleux *connais-toi toi-même* socratique est, en réalité, une invitation à explorer nos inévitables impostures”, dit-il, l’air de citer. Tu sais qui a dit ça ? »

Hammett secoua la tête et dit :

« Je ne sais pas qui c’est, mais il a raison.

— Bien sûr : c’est toi qui l’as dit, la première fois que j’ai assisté à un de tes cours à Jefferson. »

Le grand maigre sourit à son tour :

« C’est que, dès que tu prends de la distance pour t’observer toi-même, pour t’analyser, tu es déjà quelqu’un d’autre, tu joues un rôle, dit-il d’une traite. Tel est le piège du moi conscient, individualisé, moral et autonome : des poupées russes infinies. Si on ne s’en échappe pas, vers l’extérieur, vers le haut, on est foutu. Par exemple, ce strip-tease spirituel, public, fantastique, tenté il y a quelques minutes par Cummings… Voilà pourquoi je trouve que les Chinois ont raison : il faut se dissoudre dans le tout plutôt que s’en séparer tout seul… »

Hammett s’interrompit d’un coup, comme on s’arrête après une longue marche inconfortable pour retirer un pull trop chaud ou un caillou dans sa chaussure.

« Excuse-moi, Sam. Je peux devenir insupportable quand je joue les conceptuels. On dirait que Tulip n’a pas tort : la pédanterie, le plaisir de s’écouter parler… Pfff…

— Ne t’excuse pas. J’aime bien, mais c’est peut-être parce que nous ne sommes pas en train de parler de ce que nous devrions.

— Peut-être. »

Ils avaient quitté Cambridge, ils circulaient sur la route,

parmi les bois et les fermes. Le soir tombait et la brise les faisait cligner des yeux. Hammett ferma à moitié sa vitre et alluma une cigarette avec l'allume-cigare de la voiture. Il en offrit une à Sam et l'alluma pour lui.

« J'ai repensé à Phil tout le temps, dit l'avocat à l'improviste, après une longue bouffée. Tout le temps de la conférence, je veux dire.

— Ah oui ? Et quelles sont tes conclusions ?

— Aucune conclusion, Dash. Je ne sais pas quoi faire. Phil est mon ami, il me doit tout ce qu'il sait, je n'arrive pas à concevoir qu'il puisse faire quelque chose dans mon dos ou me trahir.

— Tu sais ce qu'a dit Giuliano, à ce qu'il paraît ?

— Le lieutenant ? »

Hammett sourit :

« Non : Salvatore Giuliano, le bandit, le soi-disant Robin Hood sicilien qu'ils ont abattu il y a un an ou deux... Il y a un bon livre sur lui.

— Ah, je ne connais pas. Qu'est-ce qu'il a dit ?

— Alors qu'il était coincé, encerclé par ses ennemis, la mafia, le gouvernement et la noblesse qui voulaient sa peau, il s'est confié au cercle de ses intimes et aurait dit : “Picciota va me trahir.” Picciota était son bras droit, son homme de confiance depuis toujours. Voilà pourquoi tout le monde a été surpris : “Comment pourrait-il te trahir, lui, ton ami ?” “Précisément, a dit Giuliano, seuls les amis trahissent.” Ça c'est une phrase, pas vrai ? Encore faut-il qu'il l'ait dite...

— Je ne comprends pas.

— Sam, n'importe qui peut te mentir, te décevoir, te

dénoncer ou t'escroquer, dit Hammett en énumérant sur ses doigts : tes associés, tes clients, tes parents, tes connaissances... Mais tu n'appellerais pas ça une trahison. Pour qu'il y ait trahison, il faut quelque chose d'autre, un préalable : de la loyauté, un engagement commun, des idéaux ou des valeurs partagées. Judas en est l'exemple parfait. »

Sam Rosen acquiesça :

« Dans ce cas...

— Je vais te simplifier les choses. Dis à Giuliano, le lieutenant digne de confiance, pas le philosophe rural sicilien, expliqua Hammett sur un ton presque moqueur, que tu n'es pas certain que Phil Frisson soit réellement ton ami et qu'il te faut en avoir le cœur net. Et que tu as besoin de son aide intéressée.

— Je ne ferai pas une chose pareille.

— Très bien : alors on s'en charge toi et moi. Nous, on est amis, pas vrai ?

— Oui.

— Parfait : dans ce cas, écoute-moi bien. Toi, tu te contentes de vérifier si Frisson est allé à Baltimore, je me charge du reste.

— Qu'est-ce que tu vas faire ?

— Enquêter sans te mêler à l'affaire. Je te le promets. D'accord ? »

Sam Rosen mit quelques secondes avant d'acquiescer. Pour tout dire, il ne le fit pas. Il se contenta de dire :

« Passe au cabinet demain à midi. Je mettrai tout le nécessaire à ta disposition.

— D'accord. »

Le reste du voyage, la conversation divagua sans but précis et, cette fois, ils n'eurent pas la chance de trouver, comme à l'aller, une aventure ou une enquête de *Frost, the Freezer* à partager, ni rien dans le genre. Ils arrivèrent tard à Katonah et Sam déclina l'invitation à dîner.

« Je t'attends demain à midi, Dash », confirma-t-il.

Hammett lui tapota la joue, descendit de voiture un peu engourdi et claqua la porte d'un coup sec. La voiture démarra. Il resta à regarder ses feux arrière jusqu'à ce qu'elle tourne et disparaisse.

Ce n'est qu'alors qu'il se retourna et prit le chemin de la maison.

28

Beignets & jambon

La maison était silencieuse et curieusement plongée dans l'obscurité. Même la petite lanterne accrochée au-dessus de la porte d'entrée sous la véranda n'était pas allumée. Hammett se souvint qu'on était vendredi, jour où Linda rentrait tôt, d'autant plus maintenant qu'elle n'avait plus personne de qui s'occuper. Il l'imagina seule dans son appartement de Brooklyn, de plus en plus en proie au doute et à une rancune naissante, attendant des nouvelles du fugitif équivoque, ce Donny Brown libre de toute accusation. Combien d'années avaient-ils vécu ensemble ? Il songea avec plus de mélancolie que de peine à elle et à ce poids welter vétéran décidé à remonter sur les illusoires rings du monde.

Dans l'obscurité, il continua en direction du bungalow, avant de se souvenir qu'il comptait passer un ou deux coups de fil tactiques et de revenir sur ses pas. Il ouvrit à tâtons avec sa clé et, en allumant la lumière, vit s'agiter le rideau de la fenêtre près de la porte. Elle était restée ouverte. Il la ferma et se rendit dans la cuisine. Sur la table l'attendait une assiette couverte d'une serviette à carreaux verts et blancs. Il jeta un coup d'œil à ce qu'elle contenait : quatre beignets aux épinards et deux grosses tranches de jambon. Linda ne l'avait pas oublié. Sur le plan de travail, à côté du frigo, il remarqua un verre avec un fond de soda, une assiette couverte de miettes et un couteau avec des traces de confiture.

Il était en train d'ouvrir le frigo quand la sonnerie du téléphone le fit sursauter. Il alla répondre dans le salon. C'était Gus :

« Une chance de tomber sur toi, Dash. »

Il avait l'air bien, serein. « Tony est là ?

— Je viens d'arriver et j'ai trouvé la maison vide. Je crois qu'il n'y a personne.

— Vérifie, s'il te plaît. »

Hammett alluma une ou deux lumières, monta les escaliers, ouvrit et ferma la porte des différentes chambres et regagna le salon. Il se dirigeait vers le téléphone lorsqu'il le vit : Tony Irongate dormait à poings fermés, allongé de tout son long dans le plus grand des canapés. Hammett ne l'avait pas remarqué en entrant.

Il reprit le combiné :

« Il est ici, Gus. Il dort dans le salon. Il a son sac à dos. »

Un soupir se fit entendre à l'autre bout du fil.

« Tu veux lui parler ? Je le réveille ? dit Hammett.

— Non, laisse-le, j'arrive. On devait se retrouver mais on s'est ratés.

— Ça arrive.

— Comment il a fait pour entrer ? Il n'a pas les clés.

— Par la fenêtre, j'imagine. Je l'ai trouvée ouverte.

— Il a de la ressource, ce môme.

— Oui, mais peut-être pas des ressources infiniment renouvelables. On en a déjà parlé.

— Ne sois pas cruel, Dash, dit Gus sur un ton las. Cette fois, c'est différent.

— Bien sûr. On t'attend pour dîner ?

— Ne t'occupe pas de moi. Je serai là-bas dans moins d'une heure. Dis-le-lui. »

Gus raccrocha.

Hammett garda un moment le combiné à la main, et puis le reposa en jetant un coup d'œil vers le canapé. Tony était assis, parfaitement réveillé :

« Qu'est-ce qu'il a dit ?

— Il arrive dans une heure, dit Hammett sans s'approcher. Tu as tout écouté ? »

Tony acquiesça.

« Tu m'as entendu arriver ? Tu as fait semblant de dormir ? »

Tony acquiesça encore, en souriant, cette fois :

« C'est quoi cette histoire de ressources renouvelables ? »

Hammett fronça les sourcils, comme s'il ne comprenait pas :

« Ah... ça... On parlait du pétrole, Tony : le pétrole, l'or noir. Ton père et moi, en butte à l'échec manifeste de nos talents d'artistes pour générer des revenus réguliers qui assurent la sécurité et le bien-être de ceux qui nous sont chers, nous avons décidé, en association avec ton ami le vieux McConnell, de lancer un programme d'exploitation commune, subordonné à des prospections préalables, du pétrole enfoui sous les eaux de ce lac qui a récemment été l'objet de stupides disputes. Rien de mieux que le business pour mettre les gens d'accord ; et celui des précieuses énergies non renouvelables est l'un des plus rentables

— Tu ne me fais pas rire, dit Tony, soudain redevenu sérieux.

— Toi non plus, de moins en moins, répondit Hammett sur le même ton. Je vais manger, tu veux quelque chose ? »

Tony ne répondit pas mais il le suivit dans la cuisine.

Pendant que Hammett mangeait ses beignets et faisait deux sandwichs jambon-beurre – un pour chacun –, le jeune Irongate déboucha un soda et raconta comment, lassé d'attendre son père, il avait décidé au bout d'une heure et demie de partir seul en train.

« Tu sais ce qui l'a mis en retard ?

— Il m'a dit qu'il avait rendez-vous avec son avocat.

— Tu l'as cru ? »

Tony haussa les épaules. Un geste que reconnut Hammett, à sa grande contrariété.

« Il n'avait peut-être pas envie de venir, suggéra Tony. C'est une idée du psy, tu sais ? »

Hammett haussa les sourcils.

« Tu crois que c'est idiot ?

— Absolument pas. Quelle est l'idée, exactement ?

— De passer les week-ends ensemble, juste Gus et moi, pour partager des choses tous les deux. Il dit que le problème, c'est peut-être qu'on ne se connaît pas assez.

— Qu'est-ce que tu en penses, toi ?

— Que je ne le connais que trop, au contraire. »

Hammett écarta les assiettes et alluma une cigarette :

« Je n'ai jamais eu de garçon, Tony. Ne pas comprendre mes filles me suffit. J'ai eu un père, par contre. Et c'est vrai que je ne l'ai pas connu moins qu'il ne m'a pas connu moi.

— C'est impossible à prononcer, ça. »

Hammett posa la cigarette contre une assiette, attrapa la tête du garçon entre ses mains et la secoua lentement au rythme de ses mots :

« Gus t'aimait déjà avant de te connaître et, même s'il ne te comprend jamais, il t'aimera toujours, imbécile. Mais lui aussi est un imbécile, qui plus est nul pour communiquer. Le jour de la rixe, il t'a offert le spectacle gratuit de son incapacité à t'exprimer son amour.

— C'était horrible.

— C'était rien du tout, gamin. Il n'y a pas de quoi se plaindre. »

Tony ouvrit tout grand les yeux. Hammett reprit ses distances et parla en le regardant droit dans les yeux :

« Réfléchis-y : si Gus m'avait tué, bouleversé par mon intimité avec toi, et que tu lui avais planté ton carreau dans la poitrine, Donald était bon pour la potence, vu que l'unique témoin aurait été ce vieux rancunier de McConnell, et toi, à plus ou moins longue échéance, la culpabilité t'aurait poussé au suicide. Ce qui aurait été la moindre des choses, d'ailleurs. »

Tony le dévisageait en silence, les yeux de plus en plus écarquillés. Soudain, il dit :

« Je vais raconter au psy ce que tu viens de me dire.

— C'est une menace ou la reconnaissance sincère de ma possible contribution à ta future santé mentale ?

— Parle-moi sérieusement, Dash. »

Hammett se rendit compte que Tony Irongate était au bord des larmes. Il reposa sa cigarette, se leva et le prit dans ses bras par-dessus la table, renversant la bouteille. Le liquide se répandit et commença à goutter par terre sans que les embrassades s'interrompent pour autant. Sans lâcher complètement Tony, en serrant sa nuque, Hammett fit le tour de la table et le reprit dans ses bras, en le pressant contre sa poitrine maigre. En se penchant sur la tête de l'enfant, il mit ses lunettes de travers et les retira d'un coup. Les bras serrés autour de sa taille, Tony sanglotait convulsivement.

Lorsqu'il se calma un peu, Hammett l'écarta, lui fit relever la tête et lui dit avec sérieux :

« J'ai deux nouvelles, Tony. Une bonne et une mauvaise. »

Le garçon cligna des yeux et renifla bruyamment.

« D'abord la mauvaise : tu es entouré d'imbéciles. Mais la bonne nouvelle, c'est qu'ils t'aiment. Souvent, la façon dont on vit sa vie dépend de l'ordre dans lequel on découvre ces deux vérités. Surtout quand on finit par réaliser qu'on est un imbécile soi-même et qu'on ne sait pas comment aimer d'autres imbéciles qui ont besoin de notre amour. Tu comprends ? »

Tony acquiesça.

« Alors tu n'es pas aussi imbécile que je croyais. Pas encore. »

Le garçon se tranquillisa et s'essuya les yeux avec la serviette à carreaux :

« Merci, Dash, dit-il avant de se mettre à débarrasser la table, transportant assiettes et couverts dans l'évier sous le regard de Hammett. Mais j'ai l'impression que c'est le genre de raisonnements auxquels tu as recours pour l'emporter dans les discussions avec ton ami Tulip, à ce que tu m'as dit. Pas forcément vrais mais utiles.

— Utiles à quoi ? Je ne l'ai emporté sur personne.

— Qu'est-ce que tu en sais ? »

Ils nettoyèrent la table, essuyèrent par terre et Hammett raconta à Tony son entrevue avec le professeur Lombino. Ils parlèrent de la valise dans le casier et Tony admit qu'il craignait d'aborder le sujet.

« Je ne pouvais pas la garder à la maison, Dash. Gus l'a trouvée sous mon lit, il a voulu savoir ce qu'elle contenait. Je lui ai dit que c'était un secret entre toi et moi. »

Ils furent d'accord sur le fait qu'il aurait pu trouver une meilleure réponse.

« J'en ai parlé avec lui à l'hôpital, dit Hammett. De ça et d'autres choses… mais ce sont des secrets entre lui et moi », l'imita-t-il.

Tony voulut en savoir un peu plus sur Lombino et ce qu'étaient devenus les manuscrits mais Hammett préféra dévier imperceptiblement la conversation :

« Ton professeur m'a donné un roman que je suis en train de lire, je ne sais pas encore ce qu'il vaut mais il pourrait peut-être t'intéresser. Rappelle-moi de te le prêter.

— De quoi ça parle ?

— Entre autres choses, de l'usage intensif des rasoirs dans le cadre scolaire.

— C'est une blague ? »

Hammett fit non de la tête :

« Non, sérieusement. Ce sera sans doute une lecture édifiante, tu vas voir. En réalité, toute lecture t'ouvre la tête, de façon plus créative que ne le ferait un rasoir. Je t'ai raconté ce qu'a fait un gamin qui s'appelait Gladstone à l'hôpital de Tacoma ?

— Tu ne m'as presque rien raconté de Tacoma. La dernière fois, mes sœurs ont passé leur temps à t'interrompre.

— Je vais te raconter. »

Hammett quitta la cuisine pour le salon.

« Mais avant, tu pourrais m'aider à chercher dans l'annuaire téléphonique ? Il faut que je trouve une femme nommée Frisson, avec deux s. Pas facile, mais ça pourrait marcher.

— À Manhattan ?

— Peut-être. À New York ou dans les environs, en tout cas. Mais je ne sais pas où.

— Et son prénom ?

— Je ne sais pas non plus. Mais ça doit être un prénom à l'air démodé, un prénom de vieille fille. Tu m'aides à chercher ? Tu n'as qu'à souligner celles qui te semblent correspondre. »

Ils s'installèrent chacun dans un fauteuil avec un annuaire, tandis que Hammett relatait cette histoire qui avait eu lieu trente ans plus tôt, à l'hôpital de Tacoma :

« Gladstone était un petit brun, le visage en lame de

couteau, à qui l'armée a versé un beau jour des indemnités d'invalidité. C'était une grosse somme, je ne me souviens plus exactement combien. Tu sais ce qu'il a fait ? Il a tout dépensé pour acheter deux voitures d'occasion et les œuvres complètes de James Gibbons Huneker, parce qu'il voulait se cultiver et que je lui avais dit que Huneker était un érudit. »

Hammett réalisa que Tony n'avait pas la moindre idée de qui il parlait mais il poursuivit. « Alors il a commencé le premier tome... Je ne crois pas qu'il ait lu plus de vingt pages. Mais il fallait bien passer le temps.

— La vie devait être bien ennuyeuse, dit Tony.

— C'est sûr. L'ennui devenait parfois insupportable, mais pas toujours. Nous avions tous quitté l'armée récemment et s'ennuyer, ça nous connaissait, tenta d'expliquer Hammett. L'ennui était tel que je ne suis même pas sûr d'être capable de m'en souvenir correctement... »

Les yeux de Tony clignaient de sommeil, c'était un signe. « Tu as trouvé une vieille fille Frisson ?

— Il y a deux Emily, une Gertrude...

— C'est prometteur : souligne-les.

— Et toi ?

— Une Anne Rosamunde Frisson, une Mildred...

— On fait ça pourquoi, Dash ?

— Pas pour s'amuser, au cas où tu penserais que je te fais perdre ton temps : j'essaie de localiser un type.

— Quel type ?

— Dans le meilleur des cas, un menteur.

— Ah… J'imaginais quelque chose de plus grave. Parle-moi encore de Tacoma.

— Je vois que tu es un peu déçu. Tu voulais du sang… C'est toujours comme ça, les attentes du public. Écoute ce qui nous est arrivé dans ce même hôpital. Un jour, quelqu'un a accusé les citoyens de Tacoma de ne pas s'occuper de nous, alors, deux ou trois dimanches de suite, ils nous ont rendu visite. Les gens venaient nous voir pour qu'on leur raconte nos expériences au combat. À l'époque, les histoires d'atrocités de guerre étaient très populaires. »

Hammett sentit que Tony approuvait tacitement le tour que prenait son récit.

« En particulier les anecdotes de soldats à qui on avait coupé la langue. Nous, on demandait aux infirmiers de l'hôpital de nous amener voir les visiteurs les plus bêtes sur des chaises roulantes, et on faisait semblant d'être dérangés, pour leur glacer le sang ; mais on les divertissait aussi (souvent, les deux étaient liés) en leur racontant les horreurs les plus extravagantes qui nous passaient par la tête. Ou en jouant de véritables spectacles. »

Les yeux de Tony se remirent à briller.

« J'étais assez ami avec un ancien Marine du nom de Bizzarri. Dans les scieries ou les campements de terrassiers, chaque fois que sont rassemblés des hommes qui doivent vivre et travailler ensemble, on fait une certaine blague vieille de Dieu sait combien d'années, de décennies ou de siècles : deux hommes font semblant d'avoir un différend qui provoque entre eux une bagarre à coups de poing, ou bien de couteau ou de revolver, en fonction de la gravité du motif apparent ; mais, finalement, au lieu de se battre, ils se moquent des curieux et s'en vont paisiblement, bras dessus, bras dessous. Eh bien, ce Bizzarri et moi, on a monté un numéro dans le genre, tellement bien que tout l'hôpital a fini par s'en mêler. Dans cette dispute entre deux amis jusque-là intimes, il y en a qui ont pris parti pour l'un, les autres pour l'autre. On a poussé la farce jusqu'à l'affrontement final, on s'est donné un ou deux coups chacun, à la limite du vrai et du faux ; on était l'un et l'autre trop intelligents pour exagérer ou nous mettre à rire, et on jouait notre rôle plutôt sérieusement. Eh bien, après ça, on n'a jamais été aussi bons amis qu'avant…

— C'est ce qui est arrivé avec ton ami Tulip ? Et avec l'autre aussi... comment il s'appelait ? Whitey ? C'est Tulip qui a pris quelque chose trop au sérieux ou c'est toi ? »

Hammett ne répondit pas mais il regarda Tony avec le regard que celui-ci attendait, plein de la complicité de ceux qui se comprennent.

« C'est nous deux.

— Pourquoi ? dit Tony.

— Peut-être parce que, quand on joue un rôle pour convaincre les autres, on finit souvent par se convaincre soi-même. »

Ils établirent une liste de huit potentielles vieilles filles Frisson et Hammett décida d'essayer d'abord avec les quatre de Manhattan.

« Mademoiselle Gertrude ?

— Oui.

— Bonsoir. Je suis un ami de votre frère Phil…
— Je n'ai pas de frère.
— Excusez-moi. »
Il tenta sa chance avec Rosamunde, Emily, une autre Gertrude, toujours en vain. Il essaya la dernière :
« Mademoiselle Mildred Frisson ?
— Oui.
— Excusez-moi de vous déranger à cette heure, j'appelle de la part de votre frère Phil.
— Oui, qu'est-ce qui se passe ?
— Rien pour l'instant. Il voulait juste vous prévenir qu'il va rentrer un peu plus tard que prévu.
— Où est-il ?
— À Baltimore, évidemment.
— Où ?
— À Baltimore.
— Qu'est-ce que mon frère fait là-bas ?
— C'est ce que j'aimerais bien savoir. Bonsoir », dit Hammett, et il raccrocha.
Tony était sur des charbons ardents :
« C'était quoi, ça ?
— De l'espionnage intuitif. Maintenant, note l'adresse : Mildred E. Frisson, 43e Rue, numéro 501, troisième étage D. »

Gus arriva un quart d'heure plus tard, élégamment vêtu, comme s'il venait d'un entretien d'embauche ou d'un enterrement, sobre, sans faire le moindre reproche, du chocolat et des bonbons plein les mains. Il apportait aussi les premiers tirages du dépliant – terminé et parfaitement imprimé en quadrichromie – en vue de l'inauguration de l'exposition, le mardi suivant. Il en tendit un à Hammett, lequel le reçut d'un air approbateur bien qu'il fût en ligne avec Baltimore, et un autre à Tony, qui était assis à l'extrémité du grand canapé.

Gus Irongate défit son nœud de cravate, passa le bras autour des épaules raides de son fils et lui annonça qu'il allait devoir travailler tout le week-end aux derniers détails de l'exposition.

« Voilà l'activité que je voulais te proposer de faire ensemble, dit-il en essayant de ne pas trop montrer son optimisme. Je me suis dit que tu pourrais peut-être m'aider.

— À quoi ? » dit Tony sans lever les yeux du dépliant.

Gus lui demanda alors formellement de l'aider avec les cadres et surtout l'éclairage.

Tony fit oui de la tête sans interrompre sa lecture.

Son père lui caressa la tête avant de rejoindre Hammett, qui venait de raccrocher.

« Je ne comprends rien à ce que tu as écrit, Dash, dit Tony à voix haute.

— Excellent, approuva le grand maigre. Ce qui compte, c'est qu'on ait l'impression que les tableaux m'ont plu.

— Oui, ça oui.

— Ça va, alors. C'est comme pour décrire les arômes du vin, Tony.

— Je ne bois pas de vin. Je n'en boirai jamais, dit le garçon.

— C'est encore ce qu'il y a de mieux pour rédiger les

étiquettes de bouteilles, dit Hammett en enfilant son veston. Pas vrai, Gus ?

— Je ne sais pas. Je n'ai jamais pris le temps de les lire. Tu t'en vas déjà ?

— Oui. Je voulais seulement téléphoner mais je suis tombé sur ce passager clandestin. »

Hammett fit à Tony un clin d'œil en guise d'au revoir. Gus l'accompagna dehors, dans la nuit :

« Tout va bien ? demanda le grand maigre.

— On a commencé les procédures de divorce, Dash. La réunion avec les avocats a été interminable.

— Vous vous êtes mis d'accord ?

— Ce sera un divorce à l'amiable. On ne va rien vendre pour l'instant, elle vivra avec les enfants dans l'appartement de Manhattan, qui restera à son nom, et moi ici, en attendant. C'est chez moi, Dash.

— Qu'est-ce que tu vas faire ?

— Je ne sais pas encore. Plus tard, je pourrais tout vendre et acheter autre chose, ou juste réduire la surface de la propriété. Le vieux McConnell et son fils ne seraient pas contre m'en acheter une partie, l'ensemble du lac, par exemple. Tu sais, après ce qui est arrivé, on s'est mis d'accord pour en avoir la jouissance commune.

— C'est une bonne chose. Et les enfants ?

— La dernière fois, Paulie avait menacé de me retirer la garde. Mais elle a fait marche arrière, et aussi en ce qui concerne l'interdiction de m'approcher d'elle ou d'eux. Comme tu vois, Tony…

— Excellent.

— Même si, pour le moment, je ne vais pas insister pour voir les filles, elles ne veulent pas entendre parler de moi.

— C'est plus raisonnable, laisse-les tranquilles, elles finiront bien par revenir. »

Gus Irongate alluma une cigarette et se promena lentement le long de la véranda en bois, comme le soir où Hammett avait vu les tableaux pour la première fois.

« Il faut que je fasse attention, Dash, dit-il d'une voix grave. Je me suis engagé à suivre une cure de désintoxication. S'ils ne m'internent pas, c'est à cause de l'exposition, mais j'ai un traitement de cheval. J'ai même du mal à conduire. Ils vont me faire des tests toutes les semaines. Je ne sais pas comment je vais tenir.

— Tu vas y arriver, Gus. Arrêter de boire, c'est à portée du premier crétin venu, c'est moi qui te le dis. Souviens-toi de notre conversation, tout ce que tu as à perdre. Tu veux devenir Modigliani ? Tes enfants t'en seront reconnaissants, mais tu ne seras plus là pour les aider à compter les dollars. »

Dash ne vit pas, dans l'obscurité, le petit sourire douloureux de son ami.

« On prend le petit déjeuner ensemble demain matin ? dit Gus.

— Je ne sais pas. Je dois partir tôt.

— Bonne chance.

— Bonne nuit, Gus. Prends soin de toi.

— Bonne nuit, Dash. »

29

La grande fenêtre

Quand Sam Rosen arriva à son bureau, Hammett s'y trouvait déjà, installé dans un des fauteuils de la réception. Il buvait du café, lisait de vieilles revues prises sur la pile de la table et faisait la conversation à Jenny, la secrétaire.

« Dash, qu'est-ce que tu fais ici ? dit jovialement Rosen.

— Monsieur m'instruit en m'amusant, Sam, répondit-elle à sa place, en battant légèrement des paupières. En peu de temps, j'en ai plus appris sur la Corée et l'histoire des Yankees que sur n'importe quel autre sujet, depuis deux ans que je travaille ici.

— Et moi, sur le fonctionnement occulte de ce cabinet, dit Hammett en penchant la tête. Tu devrais l'augmenter, Sam : elle en sait trop.

— Elle n'a pas de prix, elle le sait bien.

— Faites toujours une offre, boss. »

Jenny était une brune tape-à-l'œil aux cheveux aussi courts que ses jupes, dont Sam vantait l'efficacité, à tous points de vue.

« On n'avait pas rendez-vous à midi ? insista l'avocat. Il est onze heures et quart.

— Désolé Sam, on ne dort pas beaucoup, nous les vieux. »

Hammett se leva.

« L'anxiété, sans doute. Je suis arrivé il y a plus d'une heure et j'ai déjà tout lu. À en croire ce *Newsweek* de l'année dernière – il agita la revue avant de la mettre dans la poche de son veston –, Eisenhower avait peu de chances de devenir président... Achètes-en des nouvelles, de temps en temps.

— C'est peine perdue. Dans quelques mois, tout ce qu'aura dit le numéro de la semaine sera démenti, argumenta Rosen. Il y a du neuf, Jenny ?

— Non. Quand M. Hammett a ouvert la porte, j'ai pensé que c'était Phil, il a appelé tôt ce matin pour dire qu'il était en chemin, dit-elle d'une voix chantante. Sa sœur a téléphoné aussi.

— Merci. Rappelle-la et passe-la-moi. »

L'avocat fit un léger signe de complicité à Hammett, il ouvrit la porte de son bureau et s'écarta pour laisser passer le grand maigre. Il entra à son tour et referma la porte derrière lui :

« Tu es toujours décidé à enquêter sur Phil ?

— Je ne crois pas que ce sera nécessaire, Sam.

— Il y a deux possibilités, dit l'avocat comme s'il ne l'avait pas écouté : tu as entendu, il est sur le chemin du retour de Baltimore. Si tu veux, tu peux l'attendre et lui parler ; sinon, tiens... »

Hammett secoua inutilement la tête.

Sam Rosen écrivit une adresse au dos d'une carte du cabinet et prit dans le deuxième tiroir de son bureau un anneau métallique avec deux clés. Il posa le tout devant Hammett, qui n'y toucha pas.

« D'accord, merci. »

À cet instant, l'interphone sonna.

« Je te passe la communication, Sam », dit Jenny.

L'avocat prit le combiné en s'excusant du geste auprès de Hammett.

« Bonjour Mildred, dit-il en se renversant dans son fauteuil. Qu'est-ce qui se passe, tu as appelé ? »

Pendant une ou deux minutes, Hammett écouta Sam Rosen faire appel à ses arguments les plus convaincants pour tranquilliser Mildred Frisson, qu'il n'entendait pas mais qui, de toute évidence, s'inquiétait de savoir où se trouvait son frère.

« Je t'ai déjà dit qu'il est en chemin. Je lui demanderai de t'appeler dès qu'il mettra les pieds ici. Ne t'en fais pas. »

Comme elle n'avait pas l'air de s'en contenter et demandait de plus amples explications, Hammett se leva pour faire les cent pas dans la pièce. La porte du bureau de Phil était entrebâillée et, entre les rideaux de la grande fenêtre ouverte, on apercevait des coins de ciel bleu printanier derrière les immeubles. L'avantage d'avoir un bureau au onzième étage orienté à l'est.

Quand Sam Rosen raccrocha dans un soupir de soulagement, le grand maigre vint se rasseoir face à lui :

« Qu'est-ce qu'elle voulait ?

— Elle s'inquiète de la santé de leur mère et Phil ne l'a pas appelée pour lui donner des nouvelles.

— C'est tout ?

— C'est une femme très anxieuse, une vieille fille pleine d'angoisses. Ce n'est pas très bon pour Phil, mais...

— Tu la connais bien ?

— Elle ? Depuis toujours, comme Phil. Même s'il y a un petit moment que je ne vais plus chez eux ; la dernière fois, c'était pendant que Phil se remettait du coup de feu... »

Le regard de l'avocat dévia vers le plafond avant de se fixer sur la poitrine de Hammett.

« Mildred part au travail dans quelques minutes et ne revient pas avant six heures. L'appartement sera vide. Entièrement à ta disposition : à tout seigneur, tout honneur. »

Un silence inconfortable s'établit. Lorsque leurs regards finirent par se croiser à nouveau, Hammett dit :

« Je n'ai pas l'intention d'y aller, Sam, mais je veux que tu voies ça. »

Il tira la revue de la poche de son veston et la posa sur le bureau devant son ami. Rosen prit le vieux numéro de *Newsweek*.

« Tu veux que je lise quoi ? L'article sur Eisenhower ?

— Il ne s'agit pas de lire. Il y a quelque chose de bizarre, regarde ce qui est arrivé aux pages publicitaires. »

Sam Rosen tourna les pages sous le regard inquisiteur de Hammett. Il s'arrêta à une publicité de Chrysler. Elle était déchirée, coupée en plusieurs endroits. Quelqu'un s'était appliqué à découper des lettres.

« Il y en a d'autres. »

Sam passa quelques pages et tomba sur une publicité pour Firestone dans le même état : des trous à la place des lettres découpées. Il leva les yeux mais n'eut pas le temps de poser de questions.

« On les a utilisées pour faire ça, Sam. »

Il sortit de sa poche intérieure un papier plié en quatre qu'il déplia. C'était le message fait de lettres collées que Nell avait trouvé sur la table après avoir été libérée par un anonyme chevalier servant : *Si vous voulez revoir Ash vivant, quittez cette maison et ne prévenez pas la police. On vous surveille.*

« Je l'ai toujours sur moi. On ne sait jamais... »

Le visage de Sam Rosen devint gris. Son regard allait de la lettre anonyme aux pages découpées de la revue :

« Qu'est-ce que tu comptes faire, Dash ?

— Il va falloir une enquête en bonne et due forme, je ne crois pas pouvoir m'en charger moi-même. Je m'en vais avant l'arrivée de Frisson.

— Non, reste. »

Hammett s'était déjà levé :

« Je suis fatigué, je me suis levé tôt ce matin. Je suis d'abord allé voir Giuliano à Brooklyn pour faire ce que tu n'as pas eu le courage de faire et j'ai appris qu'Irma avait été relâchée avant-hier. L'information n'a pas été rendue publique parce qu'ils l'ont laissée partir en toute illégalité, comme on met un agneau entre les griffes du tigre. Quelques heures plus tard, une voiture l'a renversée ; elle n'est pas morte mais elle est dans un sale état. Tu étais au courant ? »

Sam fit non de la tête :

« Pourquoi tu ne me l'as pas dit plus tôt ?

— Parce que Giuliano avait raison.

— Qu'est-ce qu'il a dit d'autre ?

— Pas le lieutenant, Sam : l'autre, le Sicilien.

— Ah... évidemment. »

L'avocat secoua la tête en regardant les papiers sur le bureau.

« Dis-moi que Phil Frisson n'a jamais réellement été mon ami, ça me fera du bien.

— Peut-être pas. Mais toi, tu es le mien. Aucun doute là-dessus. »

Sam fronça les sourcils :

« Pourquoi tu dis ça ?

— Parce que, ce matin, avant de venir ici, tu es allé chez Phil et sa sœur. »

Hammett s'interrompit mais Sam n'eut pas le temps d'esquisser une réponse.

« Je le sais parce que j'y étais, je t'ai vu entrer, poursuivit-il. Je t'ai dit que je m'étais levé tôt ; il y avait des trucs qui m'empêchaient de dormir. Enfin... Je ne sais pas pourquoi ni dans quel but, mais tu y es allé. C'est suffisant pour donner raison au Sicilien. »

Sam Rosen restait de marbre.

Hammett récupéra la revue et replia la lettre anonyme. Il allait partir.

« Laisse-moi ce truc, dit Rosen en le retenant par la main. Je m'en occupe. »

Hammett le dévisagea en silence et, au bout d'un moment, reposa le *Newsweek* sur le bureau.

« Ne la perds pas, Sam. »

Il rangea la lettre anonyme dans sa poche, fit demi-tour et quitta le bureau. Il salua Jenny d'un geste, ouvrit la porte du cabinet, la referma derrière lui et longea lentement le couloir. Peut-être espérait-il que son ami le rattraperait. Peut-être, mais il n'avait pas les idées très claires. Il appuya sur les boutons des trois ascenseurs. Il ne monta pas dans le premier, ni dans le deuxième. Une fois ou deux, il jeta un coup d'œil derrière lui. En montant dans le troisième, il eut le temps d'apercevoir, du coin de l'œil, Phil Frisson qui sortait de celui qui arrivait du rez-de-chaussée.

Il sortit sur le trottoir ensoleillé, traversa la rue et entra dans un bar aux portes vitrées, étroit et long, juste en face. Près de l'entrée se trouvait une cabine téléphonique d'où il pourrait passer ses appels tout en surveillant l'entrée de l'immeuble.

Il appela la clinique du docteur Leggett et demanda l'heure à laquelle il pourrait rendre visite à Nell Martin.

« De la part de qui ? demanda une jeune voix féminine.

— Dashiell Hammett.

— Vous êtes de la famille ?

— Un ami. »

Il attendit une ou deux minutes. Il l'imaginait expliquant qui appelait. Un ami, c'est ce qu'il avait dit. Il n'avait pas menti, qu'est-ce qu'il aurait pu dire d'autre ? Tout à coup, Leggett en personne prit l'appel. Avec effusion ou presque, le docteur lui affirma qu'il se souvenait de lui, il se dit honoré de lui parler et finit par lui indiquer les horaires de visite, tout en ajoutant que Mlle Martin bénéficiait d'une protection policière constante et qu'il serait impossible de lui parler seul à seul.

« Tant mieux », dit Hammett. Il remercia et raccrocha.

Sans quitter des yeux l'entrée de l'immeuble du cabinet de Sam, il consulta un numéro manuscrit sur une carte de visite qu'il sortit de son portefeuille et appela le commissariat du 71e District de Brooklyn. Il demanda le lieutenant Franck Giuliano. On le lui passa sans attendre :

« Giuliano, entendit-il à l'autre bout du fil.

— Ici Hammett, on a parlé d'Irma ce matin.

— Je vous écoute, monsieur Hammett.

— J'ai des preuves, ou du moins des indices, de l'implication de quelqu'un d'autre dans la demande de rançon de Dickinson. Nell Martin ne ment pas.

— Très bien. En lien avec l'individu dont nous avons parlé ?

— Oui.

— Ne m'en dites pas plus par téléphone. Discutons-en ici.

— Comment va la fille ?

— Irma va mieux. Elle s'en remettra. On a déjà retrouvé la voiture et le type qui l'a renversée...

— C'est qui ?

— Personne en particulier, des quidams, deux gamins bourrés qui ont volé une voiture et conduisaient trop vite. Ça ressemble vraiment à un accident. »

Hammett eut du mal à cacher sa déception et Giuliano parut s'en apercevoir :

« Vous attendiez autre chose ? Le scénario ne vous plaît pas ? »

Hammett fut à deux doigts de répondre mais il garda le silence.

« J'en ai pour plus d'une heure de trajet, lieutenant. Et je l'ai déjà fait aujourd'hui, dit-il finalement.

— Prenez un taxi, à notre charge.

— Je n'ai jamais touché un dollar de la police.

— Arrêtez de faire des phrases, Hammett.

— Je vous rappellerai. »

Il raccrocha et sortit de la cabine.

Le bar était comble et bruyant. Il s'installa au bout d'un assourdissant comptoir bondé et commanda un café léger. Il attrapa un journal abandonné sur le tabouret d'à-côté et fuma deux cigarettes en jetant un coup d'œil aux gros titres sans cesser de surveiller les mouvements sur le trottoir d'en face. Mais il n'arriva pas à la section des faits divers car un grand bruit le fit sursauter et trembler la tasse dans sa main.

L'impact avait été violent, sourd, comme une collision, il avait dominé le brouhaha ambiant et même les *Silly Symphonies* braillardes qui passaient à la télé noir et blanc, juste au-dessus de sa tête. Le fracas fit se retourner d'un même mouvement – pareils à des rameurs synchronisés – tous les membres d'équipage du comptoir et regarder vers l'extérieur du bar, dans la clarté de midi.

Après quelques secondes de silence, il y eut un cri et de l'agitation dehors, les gens traversaient la rue et se déplaçaient à droite et à gauche en regardant en l'air.

Hammett laissa le prix du café sur le comptoir, descendit de son tabouret et rejoignit tardivement les clients qui s'agglutinaient à la porte. Il réussit finalement à sortir ; le trottoir était bondé.

« Quelqu'un s'est jeté, dit un de ceux qui revenaient du trottoir d'en face. Il est tombé sur une voiture. »

Hammett regarda en haut et vit une femme à une grande fenêtre. Il compta les étages. Il y en avait onze et la femme pouvait bien être Jenny.

« Faites que ce soit Frisson, pensa Hammett, avant de le répéter tout bas : mon Dieu, faites que ce soit Frisson... »

30

Des quintes de toux

Le cadavre de Samuel Rosen, la photo du cadavre de Samuel Rosen sur le trottoir, « un avocat à succès de trente-et-un ans », fut publié le jour même en première page de *The Daily Graphic*, un journal du soir à scandale, sous un titre sur cinq colonnes à la une : « Des fleurs à gogo ».

Quelques minutes avant midi, le photographe de faits divers Tim Forbes, qui rentrait au journal après un reportage et passait par hasard devant l'immeuble Big Jumper de la 23e Rue, avait pu la prendre en exclusivité juste avant que les policiers du 14e District, la brigade du lieutenant Ron Carter, n'intervienne pour recouvrir le corps et établir un périmètre de sécurité.

Apparemment, après s'être écrasé sur le toit d'une berline Plymouth grise modèle 1947, Rosen avait rebondi sur le trottoir, à proximité d'un stand de fleurs. La photo montrait un ou deux seaux de roses et des géraniums renversés près du cadavre, lequel était positionné sur le côté, la main droite pendant le long de la bordure du trottoir, la tête qui semblait reposer sur son bras gauche tendu parallèlement au corps.

Il avait les yeux ouverts, et aussi la bouche, parce qu'il s'était de toute évidence déboîté la mâchoire. On n'apercevait pas de sang ni de blessures apparentes.

Selon la chronique, la fleuriste Brenda Cooper, une fois remise du choc d'avoir vu tomber du ciel un corps de soixante kilos pratiquement à ses pieds, avait expliqué que quelques minutes avaient passé avant que le sang ne commence à se répandre tout doucement.

Cooper, qui décrivait la victime comme « un jeune homme prévenant » qui avait ses bureaux dans cet immeuble et lui avait « plusieurs fois acheté des bouquets de fleurs pour sa mère », avait déclaré que le plus horrible était qu'il criait en tombant, raison pour laquelle elle avait levé la tête et avait pu suivre les dernières secondes de sa chute.

La chronique confirmait que Rosen – d'après le témoignage de sa secrétaire (dont l'anonymat était préservé) – était tombé d'une fenêtre de ses propres locaux professionnels, au onzième étage du Big Jumper, dans des circonstances qui faisaient l'objet d'une enquête. Selon une version, on aurait trouvé dans la poche intérieure du veston de l'avocat, en plus de ses papiers d'identité et d'objets personnels habituels, deux liasses de dix mille dollars chacune, en grosse coupures. Cette information capitale et révélatrice n'avait pas été confirmée.

Les indices manquaient à ce stade pour défendre la thèse du suicide, de l'accident ou d'un assassinat éventuel. Pour le moment, sa secrétaire avait fait une longue déposition spontanée et restait à la disposition de la police, en qualité de témoin oculaire. Le seul à avoir été effectivement arrêté, mais sans inculpation formelle, était le jeune homme qui se trouvait dans la même pièce que Rosen au moment du drame. La police l'avait trouvé sur les lieux, en proie à une violente crise de nerfs et de larmes. Il n'avait opposé aucune résistance. Son identité était gardée secrète, même si l'on pouvait supposer qu'il s'agissait du jeune assistant de l'avocat qui travaillait avec lui au cabinet.

La chronique n'en disait pas plus.

Hammett baissa le journal, le posa à côté de lui sur la longue banquette en bois pas très confortable et appuya son dos contre le mur gris brillant. Il ressentit une sorte de nausée, un vertige, mais il se contrôla, de peur de s'effondrer contre la femme de couleur qui patientait à ses côtés, sa fille dans les bras. Il ferma les yeux jusqu'à se sentir mieux. L'agitation autour de lui se remit en place. Le gris des commissariats de New York – particulièrement dans les commissariats de quartier – visait la sobriété du gris militaire des bureaux de l'armée, sans parvenir à l'égaler. Il n'en était qu'une imitation, une version finalement bon marché, comme ces pharmacies et ces drugstores qui se parent de blanc et de métal pour ressembler à des blocs opératoires, avec une rigueur d'apparat.

Le policier de service cet après-midi-là, un petit bonhomme maigre et chauve à l'illisible patronyme polonais – tellement long que son badge allait de son sternum à son aisselle – que tout le monde appelait *Polsky*, faisait son possible pour mettre un peu d'ordre dans l'incessant manège des gens et des questions, avec succès. Il manœuvrait comme un receveur de base-ball attentif et expéditif, bien plus dynamique que Warley, son homologue du matin, un malabar blond, baraqué et inévitablement irlandais, avec de petits yeux clairs qu'il aurait voulus inquisiteurs. Quoi qu'il en soit, Hammett sentait bien que l'un comme l'autre l'avaient traité avec une condescendance déplaisante.

Ils n'appréciaient pas que quelqu'un se présente de son propre chef pour parler avec un supérieur, et sans expliquer pourquoi.

« Est-ce que vous êtes attendu, monsieur... »

Ils prenaient leur temps pour vérifier le nom qu'ils venaient de noter. « ...Hammett ?

— Non, c'est de l'inattendu. »

Telle avait été son insolente réponse au pataud Irlandais, le matin.

L'après-midi, la réponse au Polonais aurait été :

« Non, c'est un malentendu. »

Mais il n'était plus d'humeur à faire des jeux de mots. Après un trajet interminable en métro et une dizaine de rues à pied sans trouver de taxi, il était arrivé épuisé. Il avait seulement dit que c'était urgent, que le lieutenant savait de quoi il s'agissait et qu'il pouvait attendre son retour.

Désormais, il n'était plus certain de pouvoir. Il arrivait à peine à parler, et à peine à tenir droit. Il n'avait rien pu avaler depuis trop longtemps. Même son café léger de midi, il l'avait vomi dans la rue lorsqu'il avait jeté un coup d'œil entre les têtes des curieux et reconnu les chaussures de Sam, sans pouvoir ni vouloir ni avoir besoin d'en voir plus.

Encore moins à l'arrivée des policiers, qui couvrirent le

corps, ou à celle du médecin légiste, qui le découvrit et l'examina tandis que d'autres le photographiaient, traçaient des marques au sol avant de le couvrir à nouveau puis de l'emmener, et qu'il ne resta que la flaque de sang noir, diluée par l'eau des seaux de fleurs renversés.

Pendant ce temps-là, Hammett était retourné deux fois à la cabine téléphonique pour appeler le lieutenant Giuliano, mais en vain. La première fois, on lui dit qu'il était déjà en ligne, et la communication fut coupée ; la seconde fois, il dut attendre que les journalistes qui commençaient à arriver et voulaient transmettre l'information libèrent la cabine. Lorsqu'il avait enfin pu rappeler, on lui avait fait savoir que le lieutenant venait de partir, et il ne fit aucun doute pour Hammett que c'était la mort de Sam Rosen qui lui faisait quitter sa juridiction de Brooklyn, et qu'il devait participer lui aussi à l'enquête.

Il avait regagné la rue et attendu – sans trop savoir pourquoi – au premier rang, juste derrière le cordon de police à l'entrée de l'immeuble, jusqu'à ce que Jenny et Frisson sortent tête basse une heure et demie plus tard pour s'engouffrer dans une voiture du 14e District. À peine l'accès au Big Jump libéré, il était monté au onzième étage uniquement pour découvrir que les bureaux de Sam étaient bien fermés, avec scellés et sous bonne garde policière. Un agent de faction lui ordonna de circuler sans ménagement et tout ce dont il put s'assurer, c'est qu'il ne restait rien ni personne à l'intérieur. Et qu'il n'avait plus rien à faire là. Mais il manquait d'énergie pour faire autre chose qu'attendre. Une ou deux fois, il se surprit – submergé par une sensation d'urgence – à penser qu'il lui fallait téléphoner à Sam, comme toujours, ou demander à Donald de s'en charger. Mais il était seul désormais.

Et maintenant, il était cinq heures moins dix, il y avait presque dix heures qu'il avait quitté la maison et une qu'il attendait le lieutenant Giuliano. Il avait du mal à respirer de façon régulière et par deux fois des quintes de toux l'avaient forcé à se réfugier aux toilettes, un mouchoir sur la bouche. Chaque fois qu'il toussait, il examinait le mouchoir avec la même inquiétude qu'à la lointaine et difficile époque où la maladie occupait presque toute sa vie.

À un moment donné, il s'assoupit et se retrouva soudain assis dans un bus à écouter la conversation de deux types qui se rendaient comme lui à Brooklyn et n'arrivaient pas à se mettre d'accord sur l'adresse ni sur comment y arriver, l'un tenait un plan mais l'autre connaissait les lieux, et c'est pourquoi ils se disputaient. Hammett intervenait dans ce débat houleux pour dire qu'une telle dispute ne pouvait avoir lieu parce que seuls les morts connaissent Brooklyn. Les autres se tournaient vers lui et lui demandaient de quoi il parlait, et s'il était mort lui-même pour le savoir. Et lui répondait avec sérieux que oui, qu'il était mort, aussi mort que Thomas Wolfe, le meilleur des écrivains morts en vie. C'étaient ses mots : le meilleur des écrivains morts en vie. Le meilleur.

Quelqu'un le secoua.

« Le lieutenant vient d'arriver, il vous attend. »

Le visage de Polski n'était qu'à quelques centimètres du sien.

« Allez, réveillez-vous. »

Il le suivit.

Franck Giuliano était en train de suspendre sa veste au portemanteau, en manches de chemise, le pistolet dans son holster, dos à la porte, lorsqu'il entendit le bruit de la poignée. Au bout de quelques secondes, il se retourna.

L'homme que le sergent Polkitzuwalski soutenait par l'avant-bras au beau milieu de son bureau se tenait les jambes un peu écartées, un mouchoir à la main, l'air de tenir à peine sur ses jambes.

« Monsieur Hammett, vous vous sentez bien ?

— J'ai connu des jours meilleurs, parvint à articuler le grand maigre. Et de bien meilleures matinées, en tout cas.

— J'imagine. Asseyez-vous, s'il vous plaît. »

Le lieutenant en personne rapprocha une chaise pour la placer en face de lui, de l'autre côté du bureau.

Hammett s'y laissa tomber dans un soupir mais, immédiatement, comme s'il rebondissait, une quinte de toux le fit se pencher en avant et l'obligea pendant une bonne minute à se retenir à l'accoudoir avec la main gauche, tandis que de l'autre il maintenait le mouchoir contre sa bouche. Lorsqu'il finit par se redresser, son front était en sueur.

« Un verre d'eau ? »

Le grand maigre fit oui de la tête, sans mot dire.

Le sergent Polski sortit dans le couloir et revint du distributeur d'eau avec un verre plein.

Tandis que Hammett buvait à petites gorgées, le lieutenant

Giuliano fit le tour du bureau pour s'asseoir sur le rebord, face à lui :

« Vous êtes malade ? Qu'est-ce qui se passe ? J'appelle un docteur ? »

Hammett agita la tête dans un sens et dans l'autre, répondant alternativement par l'affirmative et la négative.

« Pas très clair, votre interrogatoire... lieutenant... parlons de Sam..., dit-il finalement.

— Il y a des médicaments qui vous feraient du bien ? »

Pour ultime réponse, Hammett haussa les épaules avant de fermer les yeux et de se laisser glisser lentement, comme s'il coulait devant lui sur le sol. Giuliano le maintint assis par terre tout en faisant un signe au sergent, qui sortit du bureau.

« Les vingt mille, c'est vrai ? » dit Hammett sans ouvrir les yeux.

Giuliano fit oui de la tête.

« Mais Sam n'a pas sauté tout seul, dit Hammett sans ouvrir les yeux.

— Il a probablement été poussé, dit Giuliano. On ne sait pas encore par qui.

— Frisson, je vous l'ai dit ce matin... Frisson... L'ami Frisson, Hammett murmurait sa litanie. Frisson... Il y a des preuves contre lui. »

Giuliano ne comprenait pas :

« Quelles preuves ? »

Hammett sortit de sa poche la feuille de papier pliée en quatre.

« Des preuves de l'enlèvement. Voilà la lettre anonyme qu'ils ont laissée à Nell Martin... »

Giuliano déplia le papier, le lut, acquiesça.

« Les lettres..., poursuivit Hammett. Elles ont été découpées dans une revue qui se trouvait au cabinet. Un *Newsweek* de l'année dernière. Je m'en suis aperçu et j'ai donné la revue à Rosen.

— C'est la raison pour laquelle vous m'avez appelé ? »

Hammett acquiesça avant d'être pris d'une nouvelle quinte de toux et de fermer les yeux :

« Sam l'a accusé et Frisson l'a tué.

— Je vois..., dit le lieutenant en observant la lettre. Je vois... Et où elle est, cette revue ? »

Hammett secoua la tête, il se sentait aussi coupable que déçu.

Le sergent revint avec le médecin du commissariat, lequel écarta Giuliano et emmena Hammett. Ils escortèrent le grand maigre – un pantin qu'ils traînaient derrière eux – le long du couloir, le déposèrent sur le brancard à l'infirmerie et refermèrent la porte. Immédiatement, Giuliano reparut :

« Prévenez-moi dès qu'il revient à lui. »

Personne ne lui répondit. Il regagna son bureau, la lettre anonyme à la main, et appela le commissariat du 14e District.

« Ici le lieutenant Giuliano, passez-moi Carter. »

Le lieutenant Ron Carter prit immédiatement l'appel.

« Ici Giuliano. Du nouveau sur l'affaire Rosen ?

— La fille n'a rien vu et Frisson continue de prétendre que Rosen a sauté.

— Et les billets ?

— La banque nous enverra demain les informations que vous avez demandées, lieutenant, dit carter avec un peu d'agacement dans la voix. Ils devraient pouvoir nous dire si les billets viennent de chez eux. En attendant, pas moyen de relier cette affaire avec Dickinson.

— Je suis au courant, merci. Vous avez touché à la scène de crime, vous avez emporté quelque chose ?

— Non, tout est en l'état, jusqu'à demain.

— Dans la poubelle, de la cendre..., insista Giuliano.

— Qu'est-ce que vous cherchez, lieutenant ?

— Une revue.

— Des revues... il y en avait plusieurs sur la table, si ma mémoire est bonne...

— Un vieux *Newsweek* », précisa-t-il.

Giuliano entendit le rire étouffé à l'autre bout du fil.

« Il s'agit d'un indice, Carter, c'est pas une blague, insista-t-il. On peut aller jeter un coup d'œil ?

— Demain. Il faut une autorisation du juge pour entrer.

— Il faut que ce soit maintenant. J'ai un témoin, je ne sais pas si je vais pouvoir compter sur lui longtemps, exagéra Giuliano. Si ça marche, dès demain, on classe l'affaire, lieutenant, et même les deux affaires. Je vous promets qu'on pourra convoquer les journalistes à dix heures du matin. Et c'est vous qui aurez l'honneur de leur parler. »

Carter hésitait entre rire et l'insulter :

« Venez. Mais tout de suite », dit-il, résigné.

Le soir tombait derrière les vitres du Big Jumper lorsqu'ils pénétrèrent dans les bureaux du onzième étage. Hammett entra le premier, avec un agent pour le soutenir par l'avant-bras, et Giuliano et Carter de part et d'autre. Il fallut allumer la lumière, après quoi ils allèrent directement à la pile de revues sur la table de la réception, qui avait l'air mieux rangée que dans le souvenir de Hammett. Lui-même y jeta un coup d'œil, d'abord superficiellement, puis en détail, sans résultat. Après que les autres eurent vérifié le reste de la réception, ils passèrent au bureau de Sam. La revue ne s'y trouvait pas non plus, ni sur la table, ni dans les tiroirs que quelqu'un fouilla, les mains gantées, ni par terre. Sur le côté, la porte qui communiquait avec le bureau de Frisson était toujours ouverte mais la sinistre fenêtre avait été refermée. C'est par là que Sam s'en était allé. Hammett scruta le moindre recoin avant de se rendre à l'évidence. Il n'y avait rien, pas de pages arrachées ni roulées en boule dans la poubelle, même pas une poignée de cendres tièdes. Rien.

Dix minutes après leur arrivée, ils n'avaient plus aucune raison de rester.

« Allons-y, dit Carter avec irritation. Et que personne ne touche plus à rien. »

Sans rien dire, Franck Giuliano posa presque instinctivement la main sur l'épaule de Hammett au moment où celui-ci succombait à une quinte de toux qui semblait devoir ne jamais finir et dura presque tout le trajet en ascenseur.

Les deux voitures de police les attendaient, gyrophares allumés, mais il leur fallut patienter le temps qu'un camion-grue de la fourrière municipale finisse son travail. On enlevait la berline Plymouth 1947 au toit défoncé. Le camion-grue prenait son temps et la mauvaise humeur gagnait les policiers :

« Dégagez ce foutu tas de ferraille, qu'on en finisse ! » cria le conducteur de la première voiture, en passant la tête par la vitre.

Tout à coup, Hammett dit :

« Un instant, attendez voir. »

Il descendit de la banquette arrière de la seconde voiture et marcha à grandes enjambées prudentes jusqu'à la place de stationnement désormais libre devant le stand de fleurs. Il s'accroupit au bord du trottoir, un genou à terre. Il tendit la main et ramassa, encore humide d'eau et de sang, l'exemplaire du numéro 921 du magazine *Newsweek*, daté du 24 avril 1952.

Il s'en frappa la cuisse plusieurs fois pour faire tomber la saleté et regagna la voiture de police sans dire un mot.

31

Exposition de tableaux

Le mardi matin, quand Linda monta les escaliers avec Cinq qui lui sautait dangereusement entre les jambes et posa le plateau du petit déjeuner sur la table de nuit près du lit, Hammett – qui occupait la chambre d'amis du premier étage depuis trois jours – se réveilla avec la sensation désagréable d'avoir laissé s'échapper un rêve qui l'avait rendu heureux quelques secondes plus tôt. Mais quand il sentit le chiot lui lécher les mains, huma l'odeur du café et retrouva son appétit perdu devant ces tartines à la crème de fromage et à la confiture d'oranges, il se sentit mieux et se dit que, peut-être, après tout, il serait en mesure de tenir sa promesse d'assister à l'inauguration de l'exposition de Gus.

S'il avait promis, c'était dans le but de tranquilliser ses hôtes le soir où la voiture de police du 71e District de Brooklyn l'avait remis, accompagné par un médecin, littéralement entre les mains des hommes Irongate.

Tony avait pris peur car il ne l'avait jamais vu dans cet état, en pleine crise ; Gus avait eu la sensation qu'il rendait la pareille à Hammett, d'une certaine manière, pour toutes les fois où c'était lui-même qui avait eu besoin d'être secouru. Isolés du monde, pleinement consacrés à préparer l'exposition et à réparer le lien entre eux, père et fils n'avaient pas regardé la télévision ni écouté la radio. Ce n'est que le lendemain, en écoutant les actualités et en lisant les journaux, qu'ils apprendraient les détails de la mort tragique de Sam Rosen et comprendraient un peu de la douleur de leur ami.

Mais sur le moment, tout avait eu l'air de se dérouler en rêve. Dans l'obscurité seulement percée par la lumière blanche des phares de la voiture de police qui allongeait les ombres, tandis que le grand maigre plus maigre que jamais demandait à Tony de lui apporter ses médicaments au bungalow, un inspecteur qui dit s'appeler Franck Giuliano avait pris Gus à part et l'avait succinctement mis au courant des invraisemblables évènements du jour, en lui demandant de prendre soin de Hammett jusqu'à ce que celui-ci soit en mesure de prendre contact avec lui.

« Comment va-t-il ?

— Il est brisé, avait dit le lieutenant. Mais il va pouvoir se reposer, il le faut. Nous ne l'embêterons plus. Son nom n'apparaîtra même pas dans l'affaire.

— Qu'est-ce qu'il a fait ?

— J'imagine qu'il vous racontera s'il en a envie. Ce dont je doute.

— Moi aussi », avait confirmé Gus.

Ils ne se trompaient pas. Hammett avait dormi tout le week-end ; et lorsqu'il ne dormait pas, il se taisait. Le lundi, Giuliano avait téléphoné, mais n'avait parlé qu'à Gus, lequel avait transmis le message.

« Frisson a parlé, il est sous les verrous. »

Hammett avait hoché la tête :

« Merci, Gus », avait-il seulement dit. Et il s'était retourné contre le mur.

Mais le mardi, après avoir déjeuné pendant que Linda et Cinq s'agitaient dans la chambre, Hammett se sentit un peu mieux, en tout cas prêt à accepter l'idée qu'il ne pourrait pas rester couché éternellement. Il se leva, demanda après Gus – qui était parti tôt pour New York mais qui l'appellerait – et passa des coups de fil à la clinique de Leggett, au lieutenant Giuliano, et encore à la clinique. Jusqu'à midi, il lut le journal que Linda lui avait apporté. Ensuite, il se promena un peu dans le parc, alla au bungalow prendre une douche, se raser, et, assis dans son fauteuil, les jambes allongées, dans sa robe de chambre rayée, il fuma sa première cigarette de la semaine.

C'est alors que lui revint à l'esprit le rêve qu'il avait fait la nuit précédente. Il savait bien que la mémoire après coup réélabore des versions partielles, appauvries, dénuées de complexité, et recompose quelque chose à partir de bribes. Mais il savait aussi, ou du moins il était résigné à l'accepter, que tout n'est que version. Au fond, ce qu'on lit, ce qu'on vit et ce qu'on rêve ne sont que des versions, il n'existe rien d'autre.

On frappa à la porte du bungalow.

Le nouveau jardinier, un jeune homme petit et large coiffé d'un chapeau de paille que leur prêtait le vieux

McConnell depuis la fuite de Poynton l'informa qu'on le demandait au téléphone.

« Homme ou démon ? »

Le garçon fronça les sourcils.

« Qui appelle ? expliqua Hammett.

— Je ne sais pas. Une femme. On n'entend pas bien.

— Merci, Barker. »

Et il sortit derrière lui.

En prenant le combiné, il entendit des bruits lointains, une voix forcée.

« Nell ? hasarda-t-il.

— Dash ?

— Oui.

— C'est Lillian, Dash. Tu m'as prise pour qui ?

— Lillian... Ça passe très mal. Où es-tu ?

— À Paris, chez Gallimard, je te téléphone de la maison d'édition. Pat m'a appris, pour Sam Rosen. Comment tu te sens ?

— Ça va.

— C'est vrai ? Qu'est-ce qui s'est passé ? »

Hammett s'assit dans le fauteuil. Il croisa les jambes et dit :

« Ce n'est pas un suicide. Son associé l'a poussé par la fenêtre.

— Quoi ? »

Il répéta plus fort, lentement. Elle n'entendait pas bien et il lui fallut le dire encore deux fois. Il se sentit complètement démuni et malheureux.

Lillian comprit, elle fit son possible pour le consoler mais lui sentit qu'il ne pourrait pas supporter une longue conversation.

« Cette nuit, j'ai rêvé de toi, dit-il comme pour récompenser on ne sait quoi.

— Tu as rêvé ?

— On ne peut pas parler dans ces conditions, Lillishka. Tu rentres quand ? »

Lillian expliqua qu'elle restait au moins une semaine de plus, qu'elle devait se rendre quelque part avant de revenir et qu'elle arriverait juste à temps pour la première. En tout cas, c'est ce qu'il crut comprendre.

« Dis à Duhamel que je n'ai pas de roman pour lui, dit soudain Hammett.

— Comment ?

— Dis à Duhamel que je n'écrirai plus de roman.

— Pourquoi ? Pas question que je lui dise ça.

— Il est avec toi ? »

Lillian lui fit comprendre qu'elle utilisait son téléphone en cachette.

« Il faut que je raccroche, je te rappellerai, dit-elle subitement. Prends soin de toi, Dash.

— Je vais à l'exposition de Gus.

— Prends soin de toi. Il faut que je raccroche. »

Et elle raccrocha.

Immédiatement après avoir reposé le combiné, Hammett fut pris d'une quinte de toux. Linda le trouva roulé en boule, recroquevillé dans le fauteuil, et lui donna du thé chaud. Il mit du temps à retrouver une respiration normale mais, une heure plus tard, quand Gus téléphona, il était remis et fit montre des meilleures dispositions pour l'accompagner :

« Tu viens me chercher et c'est moi qui t'emmène, comme d'habitude, plaisanta-t-il, jovial.

— Pas besoin. Tu as encore mal ?

— Seulement quand je respire.

— Très mauvaise habitude, dit Gus. Je te veux frais et dispo, les lunettes propres, peigné et élégant, dans quarante minutes.

— Compte sur moi. »

Il retourna alors au bungalow, s'habilla comme pour les grandes occasions et attendit le taxi pour Manhattan avec la prestance formelle et l'air absent d'un *gentleman farmer* victorien se rendant à la ville en carriole.

L'exposition de Gustave Irongate occupait une salle confidentielle, la plus petite des trois, au sous-sol de la galerie *The Present Continuous Arts* refaite à neuf. L'endroit, stratégiquement situé à un angle sud très passant de la Septième Avenue, au niveau de Greenwich Village, avait récemment changé de nom et de propriétaire, dans l'intention évidente de se moderniser, en misant avant tout sur les jeunes créateurs.

Hammett arriva tôt, il entra et descendit les premières marches de l'escalier. Du sous-sol montait, par-dessus le murmure presque inaudible des conversations, le son profond et sourd d'un saxo baryton et fier de l'être. Ne reconnaissant personne dans les rares groupes épars, il remonta.

Une promenade à travers les deux autres étages de la galerie le convainquit un peu paradoxalement qu'il y avait beaucoup plus d'originalité dans les portraits tout en retenue de Gus que dans les coups d'éclat conventionnels d'imitateurs inavoués de De Kooning ou de Pollock qui encombraient les murs des autres salles.

À son retour, un quart d'heure plus tard, l'accès du sous-sol était bondé et il vit Nell discuter avec l'inattendu docteur Leggett, qu'il mit du temps à identifier. Elle avait bonne mine et l'air joyeux ; lui jouait les anges gardiens sans rien laisser paraître, très professionnellement.

Hammett s'approcha d'eux et, après les salutations d'usage, le docteur prit congé, sans transition ni prétexte aucun :

« Je vous attends ici même à vingt et une heures, madame Dickinson, dit-il aimablement. Monsieur Hammett... »

Ils se serrèrent à nouveau la main et Leggett se dirigea vers la sortie.

Nell se retourna en souriant :

« Qu'est-ce que tu dis de ça ? »

Il fronça les sourcils :

« Bien, c'est parfait. Après avoir parlé avec lui et Giuliano ce matin, j'ai cru qu'ils allaient te faire accompagner par un flic en uniforme qui ne te lâcherait pas d'une semelle.

— Il a préféré venir lui-même, Dash. C'est un gentleman, comme toi », dit-elle en lui serrant le bras.

Hammett jeta un coup d'œil autour d'eux et consulta sa montre :

« Je vois : cinquante minutes, et au dodo. Tu es comme Cendrillon.

— J'aimerais bien ; elle avait la permission de minuit, elle. Les contes de fées ne sont plus ce qu'ils étaient.

— De quoi tu te plains, princesse à l'heure ? Le bal du palais commençait plus tard... »

Hammett recula d'un pas pour la contempler.

« Vous êtes très élégante, madame Dickinson. »

Elle acquiesça, touchée, en lissant les plis de sa robe :

« Je l'ai récupérée aujourd'hui. »

À cet instant, tous les regards curieux furent inéluctablement attirés par la haute stature de Roald Dahl et la lumineuse Pat Neal à ses côtés, à l'entrée de la galerie. Après les politesses, cette dernière repéra Hammett et, l'air subitement grave, s'approcha, lui fit la bise et le prit dans ses bras :

« J'ai appris ce qui est arrivé à ton ami, comment tu te sens ?

— Bien, autant que possible.

— Tu peux compter sur moi... »

Elle se corrigea : « Sur nous.

— Bien sûr. »

Le regard de Hammett croisa celui de Dahl, l'air sérieux un peu en arrière, et il dit :

« Roald, je te dois des excuses. »

Avec une légère inclinaison de tête, le Norvégien concéda :

« Et réciproquement. »

Pat les observa l'un et l'autre.

« De quoi vous parlez ?

— Je lui ai marché sur le pied dans la rue, dit Hammett.

— Je lui ai fermé la porte de l'ascenseur au nez », dit Dahl.

Elle rechercha la complicité de la femme qui se trouvait près de Hammett :

« Je les déteste, lui dit-elle.

— Je suis Nell Martin », dit Nell en lui tendant la main.

Pendant qu'elles faisaient connaissance, Dash et Dahl se retournèrent à l'unisson vers l'homme entièrement vêtu de noir qui remontait l'escalier à contre-courant des autres invités, un sourire fatigué aux lèvres.

« Qu'est-ce qu'il y a en bas, monsieur ? Est-ce que ça vaut le coup ? demanda Hammett. Le saxo est entraînant et nos amies voudraient danser.

— Ne descendez pas, répondit avec sérieux celui qui remontait. Il n'y a que des tableaux.

— Des tableaux ? Il y a de quoi s'asseoir, au moins ? insista le grand maigre.

— Non, on avait peur que les gens s'endorment. »

Dahl sourit et Hammett les présenta :

« Roald, voici Gustave Irongate.

— Je m'en étais douté. Je suis Roald Dahl. »

Dans la limite de ce que permettaient les calmants, le visage de Gus s'éclaira et il fit l'éloge d'une nouvelle de Roald dont il ne se souvenait pas du titre mais qu'il avait lue dans *Saturday* :

« L'histoire du pari : le gamin au briquet et le vieux avec son couteau..., décrivit-il avec enthousiasme.

— "Man from the South". Elle est parue dans *Collier's*, pas dans *Saturday*.

— Tu l'as lue, Dash ?

— Non, mais je crois que Roald m'a menacé avec, il y a quelques jours.

— Tout à fait, dit Dahl. Mais, par pitié, Gus, ne lui racontez pas l'histoire. Il ne la mérite pas.

— Je ne suis pas ce genre de personne, admit Hammett avec ironie.

— Certainement pas. »

Après leur avoir proposé de se retrouver plus tard pour aller dîner, Gus Irongate poursuivit sa tournée de bienvenue et Dahl retourna auprès de Pat. Hammett se mit à regarder dans toutes les directions.

« Allons voir l'expo, Dash, dit Pat en posant sa main sur son bras et son regard dans le sien. Ton amie nous rejoint. Elle est allée aux toilettes.

— Merci. »

Cinq minutes plus tard, il partit à sa recherche. Elle n'était pas aux toilettes ni dans les étages. Pas non plus dans la rue. Il finit par la trouver au comptoir d'un bar voisin, penchée sur un double bourbon qu'elle tenait à deux mains.

Il s'approcha en silence, lui toucha le bras, elle se retourna :

« Ah... Dash chéri ! »

Elle lâcha le verre comme s'il brûlait et posa ses mains tremblantes sur ses cuisses.

« Tu m'as fait peur.

— Qu'est-ce que tu fais ?

— Rien, j'allais partir. »

Elle déplissait sa robe.

« Il a fallu que j'aille aux toilettes. Ça me prend d'un coup, à cause des médicaments. »

Hammett la prit par le bras, la fit descendre du tabouret et la conduisit dans un box au fond de la salle. Il retourna poser de l'argent sur le comptoir :

« Gardez la monnaie.

— C'était le second », dit le barman.

Hammett changea pour un plus gros billet :

« Mettez-nous deux cafés légers en plus. »

À son retour, Nell se tenait debout, la main sur la table et la tête penchée sur l'épaule :

« Tu l'aimes, cette robe que j'ai récupérée ?

— Je t'ai déjà dit qu'elle t'allait très bien. Maintenant, assieds-toi, Nell, dit-il en s'asseyant lui-même. Il faut qu'on parle. »

Elle n'obéit pas et resta debout :

« Qu'on parle de quoi ? Encore de Sam ? Dès que j'ai appris, j'ai appelé sa mère. Tu sais, on était devenues, pour ainsi dire, amies. Je lui ai dit que je devais lui rendre sa robe. Elle m'a remercié et m'a fait envoyer la mienne. Elle était prête, lavée et repassée. Sam n'avait pas eu le temps de me la rendre.

— Comment elle allait ?

— Tu n'as qu'à regarder, répondit Nell en faisant un tour sur elle-même.

— Je ne te parle pas de la robe, Nell. Je parle de la mère de Sam Rosen.

— Ah... Elle, tu veux dire... »

Nell baissa la tête et la secoua pendant quelques secondes interminables, avant de se laisser tomber sur la banquette, sans regarder en face d'elle.

« Elle allait mal, Dash, très mal. C'est compréhensible. Mais, dans une certaine mesure, elle devait savoir que ça finirait comme ça.

— De quoi tu parles ? »

Nell leva les yeux et Hammett comprit qu'elle ne le reconnaissait pas, comme si elle le voyait pour la première fois.

« Comment, de quoi je parle ? De sa relation avec Phil Frisson. »

Sa bouche se tordit en une grimace.

« Même si elle ne veut pas se l'avouer, une mère est toujours la première à comprendre que son fils est homosexuel. »

Hammett cligna des yeux.

« C'est dommage, quel gâchis ce garçon, conclut-elle, l'air véritablement affecté.

— D'où tu sors que... ? »

Mais elle ne l'entendait pas. Tout à coup, une grimace de profond mépris défigura son visage :

« Mais pas l'autre, ce morveux de Phil Frisson... Une saloperie qui ne voit les choses qu'à travers son foutu trou du cul... Et c'est pour ça qu'il croit que tout le monde est comme lui, même Irma et moi.

— Arrête ! »

On aurait dit qu'il l'avait frappée. Nell se jeta en arrière, hors d'atteinte, et resta de longue secondes dans cette position :

« Tu ne savais pas... Tu... ne... savais... pas, dit-elle comme si les mots tombaient goutte à goutte de sa bouche. Désolé pour toi, Dash, mais c'était visible comme le nez au milieu de la figure. »

Hammett ne dit rien. Le barman leur apporta les deux cafés.

« Je l'ai su au bout de trois minutes, à l'hôtel, ce soir-là..., continua-t-elle d'une voix qui tremblait encore un peu plus, comme si la corde qui tenait ses phrases tendues s'était relâchée. Un gentil garçon... qui vit avec sa maman. Et sa façon de te regarder, de t'admirer... Il avait envie de toi.

— Tais-toi, s'il te plaît. »

Mais elle ne pouvait pas s'en empêcher, elle était ailleurs :

« Tu sais quel est mon problème avec toi, Dash... ? J'ai trop de concurrence, tout le temps. Et maintenant, par-dessus le marché, tu m'abandonnes avec cette starlette qui me regarde sans me voir... comme si je n'existais pas. À l'instant même où tu t'es éloigné, elle a cessé de m'adresser la parole, Dash... J'ai eu pitié de moi-même, tu sais ? Et toi aussi, tu m'as fait un peu de peine, avec ton air gaga d'elle comme un vieux minable... J'ai pas supporté. Et voilà le résultat... »

Hammett n'avait rien dit, il buvait son café sans même la regarder.

« Excuse-moi, mon chéri... Tu me sors et moi je fiche la soirée en l'air, poursuivit-elle au bout d'un long moment. Je ne pensais pas ce que je viens de te dire. De quoi tu voulais parler, Dash ? Il peint bien, ton ami Gus... ? J'ai même pas vu les tableaux... Si on y allait ? »

Il fit non de la tête et consulta sa montre. Il était neuf heures moins le quart.

« Je ne crois pas que ce soit une bonne idée que tu essaies de descendre ces escaliers. Bois déjà ton café. Et tâche de te contrôler un peu si tu ne veux pas mourir d'un cocktail fatal bourbon-pilules ou passer le reste de ta vie à la clinique transformée en légume. »

Elle acquiesça :

« Tu parles d'une perspective, dit-elle, cachée derrière sa tasse de café : Ne dis rien au docteur Leggett, d'accord ?

— À quoi bon ? »

Hammett réalisa brutalement qu'il n'avait plus envie d'être là, que sa présence n'avait aucun sens, qu'il ne reverrait plus jamais Nell parce qu'il ne voulait plus entendre parler d'elle.

« Mais rends-toi compte d'une chose, quelque chose qui a à voir avec ton futur immédiat, lança-t-il machinalement, comme s'il désirait se libérer de sentiments désagréables, le plus vite possible et sans se sentir coupable : même après avoir récupéré tes vingt mille dollars, il restera quelques étapes avant de pouvoir te présenter sobre devant des juges, les convaincre de ta bonne foi et sortir de toute cette merde dans la peau d'une riche et jolie veuve.

— Tu vas m'y aider ?

— Non. Étant donné les circonstances, m'avoir publiquement à tes côtés ne t'aiderait pas. Et puis, il n'y a pas si longtemps, j'avais un avocat de confiance à te recommander, mais plus maintenant. Il fait partie du problème, lui aussi.

— Le problème de qui ?

— Le tien, le nôtre si tu préfères, admit Hammett. C'est une façon de parler. »

Nell but le reste de son café. Vainement, elle farfouilla dans son sac à main :

« Tu as une cigarette ? »

Hammett lui en tendit une et l'alluma :

« Fais attention, cette fois. »

Elle aspira et recracha la fumée une ou deux fois. Lorsqu'elle reprit la parole, ce fut posément, avec une fluidité étonnamment retrouvée :

« Les hommes sont bizarres. Et ceux qui écrivent, encore plus. Même les plus lucides et les moins crédules, comme toi, ne peuvent pas, ne veulent pas voir certaines choses.

— À quoi tu fais allusion ?

— Imaginons que nous sommes dans un roman. Un roman à toi, Dash. Non pas quelque chose qui t'arrive en vrai mais quelque chose que tu fais arriver. Tu as déjà décidé deux choses : premièrement, que c'est Frisson qui m'a volé les vingt mille, et, deuxièmement, que Sam l'a couvert. Sur cette base, tu vas construire ton intrigue... »

Hammett voulut faire une objection mais elle ne lui en laissa pas le temps :

« Ce que je veux dire par là, c'est que tu n'aimes pas l'idée de vivre quelque chose que tu ne serais pas en mesure d'écrire. Ton esprit n'en veut pas... Tu voudrais que ce soit *La Clé de verre* ou *Le Faucon maltais* plutôt que toute cette merde.

— Je ne suis pas si bête.

— Bien sûr que si, tu l'es. Si tu découvrais finalement que la mère de Frisson souffrait d'une maladie en phase terminale et que son fils m'avait volée uniquement pour pouvoir la soigner, avec la bénédiction de son ami Sam, lequel n'avait évidemment pas manqué de lui faire la morale en privé, tu l'absoudrais. Je veux dire que tu l'écrirais. Mais que la mère ne soit qu'un faux prétexte et que, le sachant pertinemment, Sam ait couvert Frisson uniquement par amour, c'est trop pour toi. Et comme tu ne serais pas capable de l'écrire, tu ne te rends pas non plus compte que c'est ce qui se passe. Les bassesses et les trahisons impardonnables de femmes comme Brigid ou d'homosexuels, ça passe mieux à l'écrit, pas vrai ?

— Où veux-tu en venir ?

— Tu te souviens de notre conversation sur la fin du *Faucon maltais* ?

— Oui, plus ou moins.

— Tu penses toujours ce que tu disais ? Spade, c'est toujours toi ? »

Hammett croyait avoir une réponse toute prête à cela :

« Le moi de l'écrivain est réparti entre ses personnages : je suis Spade, Brigid, Cairo, Flitcraft, même Archer. Tu devrais savoir ça.

— Évidemment que je le sais. Seulement, dans le cas présent, tu n'aimes pas ces parts de toi-même que nous sommes, Sam et moi. Tu croyais, pourtant ; mais ce n'est pas toi qui écris les histoires que tu vis, tu es au courant ? »

Hammett l'était, mais il n'y avait jamais pensé dans ces termes. Il garda le silence et observa attentivement Nell, laquelle ne le regardait plus. Après une démonstration aussi subtile que lucide, elle avait l'air éreinté, ou plutôt excédé, comme après un grand effort inutile.

« J'aime bien leur bourbon, ici, dit-elle, le regard tourné vers le bar.

— Allons-nous-en, il est neuf heures », dit Hammett.

Le docteur Leggett n'attendait pas seul près de sa voiture. Un homme d'âge moyen, à l'allure et à l'expression trompeusement ordinaires, avait l'air de faire son possible pour que personne ne se souvienne jamais de sa présence à ses côtés. Hammett les salua, prit congé de Nell d'un baiser sur la joue et la laissa aux mains de ces hommes comme on livre une espionne insoupçonnable dans un classique échange de film d'espionnage.

Une fois Nell dans la voiture, Leggett prit Hammett à part :

« Alors ?

— Alors quoi ? »

Le psychiatre fronça les sourcils :

« Vous avez vu dans quel état elle est. Comme je vous ai dit ce matin, le lieutenant Giuliano a accepté que vous la voyiez seul à seul afin de tirer vos propres conclusions. Vous avez bien vu qu'elle a des hallucinations, elle dit des choses incohérentes, elle échafaude des théories... Elle vous a parlé de sa robe ? »

Hammett acquiesça.

« Il a fallu la lui acheter ce matin. Sinon, elle refusait de venir.

— Je comprends, oui... J'ai remarqué quelques petites choses. »

Le docteur Leggett se voulut précis, presque professoral :

« La validité de son témoignage dépend du diagnostic sur sa santé mentale. Vous voyez où je veux en venir ?

— C'est ce que je lui ai dit. Mais il y a aussi des preuves matérielles.

— Apportées par elle. Devant un tribunal, leur valeur est relative.

— Je me suis laissé dire que Phil Frisson avait avoué.

— Vous avez dû mal comprendre.

— Je verrai avec Giuliano. »

Le policier d'âge moyen et de taille moyenne qui surveillait leur discussion en douce s'approcha d'un pas tranquille :

« Allons-y, docteur, dit-il à voix basse. C'est l'heure. »

Hammett resta seul sur le trottoir. Il se retourna quelques instants vers l'entrée de *The Present Continuous Arts* avant de tendre le bras pour arrêter un taxi :

« À Brooklyn, commissariat du 71e District, dit-il avant d'ajouter sans transition : C'est la police qui paie. »

Le taxi démarra. Quelques secondes plus tard, Hammett entendit la sirène d'une ambulance ; plongé dans ses pensées, il ne se retourna pas pour la voir s'arrêter à l'endroit exact qu'il venait de quitter.

32

À la recherche du Bierce perdu

Dashiell Hammett était assis par terre, seul, le dos contre la paroi de l'abri du petit ponton de bois. Il était onze heures du matin. Les bras à demi tendus et les lunettes sur la pointe de son long nez, le grand maigre lisait. Il venait souvent, ces derniers temps, maintenant que le printemps avait l'air de vouloir s'y mettre pour de bon et que la lointaine fonte des neiges revigorait les eaux d'un lac qui n'avait jamais été autant peuplé d'oiseaux plus ou moins excités par les parades nuptiales. Conscient que le décor rendait la concentration difficile, il avait décidé d'alterner les longues et précises tirades proustiennes avec les brèves définitions du *Dictionnaire du Diable*. En réalité, chaque matin commençait avec Albertine, mais dès que Hammett réalisait qu'il avait perdu le fil et lisait pour la troisième fois le même paragraphe, il abandonnait le monde compassé de Guermantes pour savourer, à petites gorgées amères, les grandioses définitions de Bierce, dont il soulignait certaines au crayon :

Canon, n. m. : Instrument utilisé pour corriger les frontières.

Dos, n. m. : Partie du corps d'un ami qu'on a le privilège de contempler dans l'adversité.

« Qu'est-ce que tu fais là à rire tout seul ? »

Hammett se retourna. Lillian était enfin arrivée :

« Je préfère rire tout seul que pleurer accompagné », dit-il en baissant son livre.

Et il l'invita du geste : « Viens voir ici. »

Lillian secoua la tête. Elle se tenait à trois mètres de l'abri, debout sur l'herbe, à la limite de la boue qui jouxtait la rive du lac. Elle désigna ses chaussures vertes à talons étonnamment hauts assorties à sa robe :

« Je ne les ai pas achetées sur les Champs-Élysées pour venir les bousiller dans la vase américaine. »

Hammett se leva avec un peu de difficulté et remonta ses lunettes pour mieux l'observer :

« Dis donc, qu'est-ce que tu es chic, Lillishka... Il y a longtemps que tu es là ?

— Un petit moment, répondit-elle en mettant la main en visière. Ton profil est beau et la lumière tombait juste sur toi, comme ça, sur tes cheveux blancs. Je n'ai pas souvent le temps ni la chance de t'observer à mon aise.

— C'est parce que les chiens ne sont pas là...

— C'est vrai, ça... »

Elle jeta un regarda alentour.

« Ni les chiens ni personne, Dash. Qu'est-ce qui s'est passé ? Les autorités sanitaires ont donné l'ordre d'évacuer la zone ?

— La débandade générale, plutôt. C'est le petit Barker qui t'a dit où me trouver ?

— C'est qui, Barker ? Je n'ai vu personne.

— Justement : personne, c'est lui.

— Je suis allée au bungalow, c'était fermé, j'ai failli repartir. Tu as du café ?

— Il doit en rester un peu. »

Hammett ramassa ses livres, passa par la gauche pour descendre du ponton, franchit la boue d'une longue enjambée, se retrouva face à elle et, après l'avoir observée un instant, la prit dans ses bras. Ils restèrent longtemps dans cette position ; elle se blottissait contre sa poitrine, lui la tenait par la nuque. En s'écartant à peine, ils s'embrassèrent.

« J'en avais besoin, finit-elle par dire.

— Tant mieux. »

Ils firent demi-tour et prirent la direction des bois ; Hammett passa son bras maigre autour les épaules de Lillian, laquelle mit le sien en travers de son dos, la main sur sa hanche osseuse.

Ils échangèrent des petits riens, en commençant par la fin, par les détails :

« Tu es plus maigre », dit-elle en lui palpant les côtes.

Il s'arrêta et posa la main sur la tête de Lillian :

« Et toi plus grande ; le vert et les échasses ont du bon. »

Ils reprirent leur chemin. Les feuilles crissaient comme il se doit.

« Tu m'as manqué », dit Lillian en fixant le chemin.

Il ne répondit pas. En se tournant vers lui, elle vit qu'il l'observait en souriant.

« Qu'est-ce qui te fait rire, à présent ?

— Je ne me moque pas de toi, dit-il en lui serrant l'épaule, sans cesser de sourire. Écoute ça, Lily, ça va te plaire : juste avant que tout ici parte à vau-l'eau, les enfants sont allés camper quelques jours dans la montagne, ils se sont bien amusés. À leur retour, Paulie a demandé à Lola si elle lui avait manqué. La petite a ouvert des yeux tout grands et a dit, pour s'excuser : "Oh non, ça m'est sorti de la tête !" C'est pas formidable ? »

Lillian acquiesça. Elle trouvait toujours attendrissant de voir combien la compagnie des enfants Irongate plaisait à Dash.

« Et toi ? Ça t'est sorti de la tête aussi ?

— J'ai pensé à toi tous les jours, dit-il cérémonieusement. Et j'ai même rêvé de toi une ou deux nuits. Je ne sais pas si c'est ce qu'on appelle manquer à quelqu'un. J'aurais aimé que tu sois avec moi, quelques fois en tout cas. Et pas uniquement au lit. »

Lillian lui serra la taille, elle posa sa tête contre sa poitrine en se hissant un peu sur la pointe des pieds pour l'embrasser.

« Je t'ai attendu, hier soir, dit-elle.

— Au lit ?

— Oui, mais pas seulement. Je croyais que tu viendrais à la première. Je suis arrivé en milieu de journée et j'ai à peine eu le temps de passer chez moi ; je suis restée tout l'après-midi au théâtre. Je ne me suis même pas changée. Si je ne t'ai pas téléphoné, c'est parce que j'étais sûre que tu finirais par venir. »

Hammett secoua la tête.

« Je ne veux pas me trouver des excuses, il ne faut pas, encore moins avec toi. Mais je te jure que je ne sais même pas quel jour on est ; je ne parle qu'à Ambrose et à Marcel depuis des jours et des jours et je ne suis pas retourné à Manhattan depuis la dernière fois que tu m'as téléphoné, de chez Gallimard, et qu'on n'entendait rien ; le jour de l'inauguration de l'exposition de Gus, pour être exact.

— Et lui, comment il va ? »

Lillian savait que le peintre, victime d'un malaise, s'était effondré dans les escaliers de la galerie et s'était fendu le crâne pour la seconde fois en quelques semaines. Visiblement, la vente de trois toiles à bon prix et les doses massives d'anxiolytiques avaient failli être fatales à l'artiste, paradoxalement.

« À ce que j'en sais, l'ami Gus se remet de ses excès d'abstinence en Floride, dit Hammett. Et il a une nouvelle copine. C'était son infirmière, mais elle a peu à peu gagné des parts d'attention...

— Et toi, qui t'a soigné après ce qui est arrivé à Sam ? Tu avais l'air dans un triste état au téléphone.

— La meilleure des infirmières : Linda. Elle a tellement bien travaillé qu'elle a pris congé, après ça ; on lui a donné son congé, plutôt. Je ne l'ai plus revue dans les parages.

— Pat et Roald m'ont dit que tu avais l'air d'aller mieux le jour de l'exposition, mais que tu es arrivé à la galerie et reparti bien vite avec une femme.

— C'était Nell Martin.

— Ah. »

Elle allait ajouter quelque chose mais elle se retint. Ils poursuivirent leur route en silence.

« Et Nell, en termes de distribution d'acteurs, c'est un second rôle, crut soudain bon d'expliquer Hammett. Si tu as une heure ou deux devant toi, de grosses réserves de rationalité cartésienne et quelques quintaux de ce bon sens de M. de Montaigne probablement acquis au cours de ton séjour offshore, je te ferai un topo sur les personnages qui m'ont gravité autour, profitant du vide laissé par ton absence.

— D'accord. Mais tu ne m'as même pas écrit.

— Si, je t'ai écrit, peut-être même trop. Je t'ai écrit encore hier, très tard, après une visite inattendue dont tu apprendras les détails en me lisant. »

Lillian fronça les sourcils.

« Je te remettrai mes lettres en main propre, espèce de fugitive : tout y est. C'est une façon de faire qui apaise les angoisses et évite les malentendus. On économise sur l'affranchissement mais pas sur la franchise. Regagnons notre résidence, je vais préparer le salon de lecture. »

Le bungalow se détachait dans la clairière, au milieu du parc, à l'extrémité du chemin.

« Qui est venu, hier ?

— L'Inquisition.

— Le FBI ?

— Pire, beaucoup plus vulgaire : les sbires des Impôts. Comme chaque fois, je leur ai fait en toute sincérité l'inventaire de mes biens et de mes maux.

— Qu'est-ce qu'ils ont fait ?

— Ils m'ont pendu par les pieds. »

Hammett mima.

« Pas un centime n'est tombé. Alors, ils ont fait un rapport qu'il m'a fallu parapher, bien entendu. Dans ce document fait à la va-vite, il est dit par exemple que M. Hammett "ne dispose d'aucun moyen de subsistance" et se déclare *insolvable*, ce qui n'est pas la même chose qu'*insoluble*, comme ils l'avaient écrit au début, avant que je leur explique la différence. C'est triste à dire mais c'est vrai. »

En s'imaginant la scène, Lillian hocha la tête silencieusement.

« Dash... », essaya-t-elle d'intervenir.

Mais Hammett reprit avec force détails :

« Ce que je leur ai expliqué, et qu'ils ont pris en note, c'est que je paye un loyer symbolique, pour ainsi dire de faveur, sachant que je ne dispose pas de ma seule et unique vraie source de revenus, à savoir les droits d'auteur, gelés par le fisc.

— Dash...

— Et un dernier détail : une fois qu'ils furent partis en fumant des cigarettes qu'il m'a fallu leur offrir moi-même, j'ai profité que j'étais dans ces excellentes dispositions pour t'écrire, comme je te l'ai dit, une lettre au dos des formulaires d'arriérés d'impôts qu'ils m'ont laissés. Est-ce que ce n'est pas un geste de bonne volonté ? Mais changeons de sujet. Comment s'est passée la première ?

— Hein ?

— *The Children's Hour*, hier soir ?

— Ah… La première? Pas mal. »

L'appréciation se voulait prudente. Aux aurores, Lillian avait acheté les journaux pour lire les critiques – toutes absolument ou raisonnablement élogieuses – mais elle les avait laissés dans sa voiture.

« Pat est si belle, elle illumine la scène, Dash ; même si, par moments, je me demande si elle comprend ce qu'elle dit. Ce n'est peut-être pas un rôle pour quelqu'un qui est sur le point de se marier.

— À cause du bonheur ou de la peur ?

— De la peur de ne pas ressentir suffisamment de bonheur, peut-être. En tout cas un bonheur tel qu'on croirait pouvoir s'en contenter.

— Tu en as parlé avec elle ?

— Non, bien sûr que non. Je l'ai félicitée, elles ont été couvertes de fleurs, elle et l'autre actrice, qui a été encore moins bonne. En plus, tu sais quoi ? »

Lillian baissa la voix comme si elle avait du mal à admettre ce qu'elle allait dire.

« J'en ai un peu marre qu'on me félicite pour les mauvaises raisons.

— C'est notre lot. Je m'étonne que tu ne sois pas encore habituée.

— Et puis, quelque chose se passe avec cette pièce.

— Le temps, c'est la seule chose qui passe.

— Vingt ans... Pfff...

— Arrête. Je t'ai dit que je n'ai aucune envie de pleurer à deux. »

Dans le bungalow, ils ressentirent une pesante atmosphère de renfermé, l'odeur décantée de la fumée de cigarette. Sans rien dire, Hammett ouvrit les fenêtres, rangea les papiers et les livres éparpillés sur le sofa et alla préparer le café dans la cuisine.

« Il y a trois ou quatre lettres pour toi, quelque part sur la table. »

Lillian eut du mal à s'y retrouver dans le désordre. Elle se déplaça avec une certaine difficulté entre les piles de livres et de journaux, et manqua trébucher sur la machine à écrire qui gisait par terre, oubliée dans sa housse couverte de poussière, comme un aérolithe tombé sur la face cachée de la lune. Elle ne fit aucun commentaire.

Finalement, elle trouva les lettres ; il y en avait quatre, appuyées contre la flasque de bourbon intacte.

« Ne mets pas tout en désordre », dit Hammett depuis la cuisine.

Il revint avec deux tasses tandis qu'elle se plongeait avec concentration dans la lecture de la première lettre. Il lui fallut quelques minutes. Après quoi, elle la remit dans son enveloppe, quitta le fauteuil en silence, s'approcha de lui qui buvait son café debout et l'embrassa. Il lui tendit la deuxième lettre et mit un disque de Satie interprété par un pianiste finlandais au nom imprononçable que Lillian lui avait offert un ou deux ans plus tôt, et qu'il n'avait encore jamais écouté. Lillian le remercia de cette attention en déviant légèrement le regard de la lettre pour lui sourire tout en buvant une gorgée de café.

« Je suis sûr qu'Yves Montand ne t'a pas aussi bien traitée.

— Son tourne-disque ne marchait pas alors c'est lui qui a chanté pour moi.

— Je peux essayer aussi. Ça ne doit pas être trop difficile de mettre des paroles sur une ou deux *Gymnopédies.* »

Hammett baragouina quelques phrases dénuées de sens en accompagnant la douce mélodie.

« Tais-toi, tu me déranges. »

Lillian retira ses chaussures, mit les pieds sur le canapé et s'étira de tout son long.

« Je suis en train de lire une lettre de mon fiancé et je ne sais pas encore s'il va proposer qu'on se sépare, qu'on se marie ou qu'on se suicide ensemble.

— Ne te fais pas d'illusions. »

Et, se laissant tomber dans son fauteuil, le grand maigre se replongea dans la lecture de son Bierce de chevet.

Lillian connaissait bien – ou croyait connaître – certaines des réactions et des stratégies de Hammett. La chronique détaillée quoique assurément expurgée qu'il lui donnait à lire – couchée sur les fines feuilles d'un courrier par avion qui n'avait jamais décollé ou au dos d'un document plutôt déshonorant – avait pour fonction de conjurer quelque peu la commotion émotionnelle aussi inattendue qu'inévitable qui l'avait surpris la garde baissée au cours des dernières semaines. C'était comme si, pour une raison ou pour une autre, le système de protection personnelle du grand maigre avait commencé à donner des signes de faiblesse sans prévenir et que les barrières qui entouraient le territoire jalousement gardé de son intimité s'étaient effondrées ; dans cette situation critique, Hammett mettait ses dernières expériences à distance avec une prudence ironique.

Donald Poynton en fuite, Sam Rosen au destin tragique, le fantomatique colonel Tulip, l'insolite señor Fanesi, l'inextricable Nell Martin et les tragi-comiques Irongate entraient et sortaient de la chronique pour réapparaître comme si de rien n'était, comme s'ils faisaient les trois-huit au programme d'un hétéroclite spectacle de cabaret en continu : illusionnistes, apprentis mimes, chansonnier de café-concert, contorsionnistes et danseurs de claquettes. Chose intéressante, dans son récit, Hammett lui-même était tantôt le critique assis au parterre, tantôt l'assistant de la lanceuse de couteaux, tantôt rien de moins que le lapin dans le chapeau haut de forme, le pianiste d'une chanteuse qui chantait faux, celui qui frictionnait le dos du trapéziste ou qui payait l'orchestre. Partout et nulle part à la fois, le narrateur traversait les péripéties avec les talents d'esquive d'un imposteur ou – pire encore – de celui qui croit en être un.

« Je crois que j'étais bien mieux à l'époque où la seule chose qui me préoccupait était de savoir si les cerfs se laisseraient chasser cette saison », concluait-il d'une belle écriture mais sans conviction à la fin de l'interminable troisième lettre.

Lillian fit non de la tête comme si elle lui répondait, et dit à voix haute :

« Tu veux qu'on parle des raisons pour lesquelles tu m'as dit de dire à Duhamel qu'il n'y aurait pas de nouveau roman ?

— Tu le lui as dit ?

— Évidemment que non.

— Brave fille.

— Qu'est-ce que tu dis ? Je n'ai pas compris.

— Tu comprends parfaitement : il est probable que je ne sois plus jamais en mesure d'écrire un roman, indépendamment de ton entêtement à supposer, à expliquer et à désirer le contraire. Tu ne t'avoueras probablement pas vaincue avant que je le dise moi-même à Duhamel, à ton grand regret. Voilà pourquoi tu es une brave fille. La meilleure de toutes, même.

— Tu as une trop bonne image de moi. Peut-être que je ne le lui ai rien dit dans le but de conserver ma prestigieuse image de femme de confiance, la seule et unique à avoir accès aux projets littéraires de l'énigmatique Hammett.

— Il doit y avoir de ça, mais l'essentiel est ailleurs, dit Hammett avant de se replonger dans Bierce.

— Je t'aime, dit-elle.

— Hein ?

— Rien. »

Et Lillian agita la main comme pour faire partir une mouche ou disperser les mots qui flottaient dans l'air, en suspens, entre eux.

Hammett ne remarqua sans doute pas le geste mais il n'en lut pas moins à voix haute ce qu'il venait de souligner :

« Écoute ce que Bierce dit du patriotisme : "Déchet combustible pouvant servir de torche pour illuminer le nom des ambitieux." Après le docteur Johnson, que Bierce cite avec déférence parce qu'il est un gentleman, personne n'en a donné de meilleure définition.

— Le docteur Johnson ?

— “Le patriotisme est l’ultime refuge des scélérats.” C’est bien connu.

— Comment tu sais tout ça ? »

Lillian se leva, s’approcha et le prit dans ses bras.

« Tu m’anéantis, comme disait Sartre à propos du néant. Ou alors c’était l’autre, l’Allemand ?

— Allons manger un morceau, comme disait Shakespeare à l’heure du déjeuner », conclut-il.

Avec des tranches de pain grillé et ce qu’ils trouvèrent dans le réfrigérateur, ils improvisèrent des sandwichs bacon-œufs durs accompagnés de quelques feuilles de salade. Ils partagèrent une nouvelle carafe de café et le jus d’une unique orange. Ils restèrent sur leur faim. En attendant mieux, Hammett ne lâchait pas *Le Dictionnaire du Diable* :

« Il dégoupille les définitions comme des grenades. Tu sais ce que c’est qu’un immigrant ? “Personne inculte qui croit qu’un pays vaut mieux qu’un autre.” Bierce ne respecte rien.

— On a du mal à l’imaginer en famille ; ou même rien qu’avec un chien. Il ne reste que lui, seul avec lui-même.

— Même pas. Tu connais sa définition de seul ? “En mauvaise compagnie.” C’est le misanthrope parfait : celui qui ne se supporte pas lui-même. »

Lillian le dévisagea fixement.

« Pourquoi tu me regardes ? dit Hammett.

— J’essayais seulement de me rappeler. Est-ce que c’est Bierce qui a dit que confier son argent à des banquiers de

Wall Street, c'est comme d'envoyer ses enfants à la garderie du roi Hérode ?

— Non, c'est Marx.

— Quel Marx ?

— Harpo.

— Crétin. »

Après manger, tandis qu'ils fumaient couchés en travers sur l'édredon en indienne de l'étroit lit de Hammett, Lillian expliqua que si le repas qu'ils venaient de prendre n'arrivait pas à la cheville du déjeuner standard d'un coursier de l'Hôtel de Ville, il n'avait pas à rougir de la comparaison avec le casse-croûte habituel des cochers des Invalides. Hammett, quant à lui, crut se souvenir que, dans sa cabane au fond des bois, le garde-chasse qui trompait l'ennui de Lady Chatterley et troublait son sommeil restait en forme grâce à un régime alimentaire similaire à celui-ci.

« Avec du bacon et des œufs durs, l'essentiel est fait.

— De quoi tu parles ?

— D'optimiser les performances. »

Lillian éclata de rire :

« On ne dit pas des choses comme ça. D'où tu sors des idées pareilles ?

— La solitude n'est pas bonne aux hommes. »

Elle se mit debout et le tira pour qu'il se lève :

« Va prendre une douche, le garde-chasse. J'ai encore un peu de lecture à faire. »

Après s'être lavé, Hammett se mit à s'habiller de façon

civilisée – ce que Lillian considérait comme tel – tandis qu'elle finissait de lire la dernière lettre.

« Il faut que je te parle d'un rêve que j'ai fait à ton sujet, dit-il depuis sa chambre. Je ne crois pas que ce soit par hasard que je vienne de m'en souvenir sous la douche.

— Ne sois pas prévisible, c'est indigne de toi, répondit-elle sur le même ton, sans lever les yeux de ce qu'elle était en train de lire, avant d'ajouter au bout d'un moment : J'imagine que tu as dû penser à Nell Martin.

— Pourquoi ?

— Tu crois que je ne m'en suis pas rendu compte ? Au téléphone, tu m'as parlé de ton rêve juste après m'avoir confondu avec Nell. Tu espérais que c'était elle qui appelait.

— Ah bon ? J'ai fait ça ? On n'entendait pas grand-chose, rien du tout, même.

— La question n'est pas là : tu as fait semblant. Tu es un comédien, Hammett. »

Après un long silence, Hammett finit par faire son apparition, fin prêt, en veston, dans l'encadrement de la porte de sa chambre :

« Et donc, quelle est la question ? dit-il avec un sérieux jovial. Je suis parfois un peu comédien. J'avoue. »

Elle allait répondre mais il ne lui en laissa pas le temps :

« Mais pas toujours ; je sais aussi être sincère et digne de confiance, à mes heures. Mais peut-être que l'alternance entre les deux n'est pas bonne, je me trompe d'attitude, parce que mon seul trait de caractère structurant et stable, c'est que je suis un imbécile.

— Dash...

— La voilà, à mon avis, la vraie question. »

Elle tenta à nouveau de parler mais il poursuivit. « Je t'ai parlé du lieutenant Giuliano ? Je ne sais pas si je le mentionne dans les lettres...

— Je ne crois pas. Qui c'est ?

— Il est du 41e District, à Brooklyn ; c'est lui qui mène l'enquête sur la disparition et la mort du mari de Nell, en lien avec l'assassinat de Sam par Phil Frisson... »

Hammett remarqua qu'elle avait soudain l'air sérieux.

« Tu me suis ?

— Je crois. Tu en parles à la fin, dit-elle en montrant les feuilles qu'elle tenait à la main. C'est incroyable, Dash. On dirait un mauvais roman.

— Oui, un roman mal écrit, répondit-il en cherchant les mots justes : le plus invraisemblable, ce n'est pas ce qui se passe mais le mauvais jeu d'acteur, comme si les comédiens ne comprenaient pas la tragédie qu'ils interprètent.

— Mais toi, oui ?

— Je ne sais pas. J'ai toujours trouvé plus facile d'observer les gens vivre tragiquement les petites scènes de comédie qui leur ont été distribuées. »

Il s'assit à côté d'elle sur le canapé.

« Raison pour laquelle, je vais te raconter une dernière chose avant d'oublier le sujet pour toujours, en ce qui me concerne. »

Elle nota son ton subitement grave.

« Tu parlais de Giuliano.

— Oui. La dernière fois que j'ai vu Nell, le jour de notre

conversation téléphonique et de l'inauguration de Gus, au lieu de rentrer ici, je suis allé voir le lieutenant.

— Pourquoi ?

— Dans mon esprit, pour deux raisons : d'abord parce que, après avoir parlé avec elle, j'avais acquis la certitude qu'elle perdait la boule, dans certaines circonstances et sur certains sujets, et je voulais être certain que son témoignage pouvait être retenu pour inculper le détestable Frisson.

— Détestable pour qui ?

— Sage interrogation, Lillishka..., admit Hammett. Mais je poursuis : ma seconde raison, c'était que je voulais des renseignements fiables sur les déclarations de Frisson, car j'avais supposé dans un premier temps qu'il avait avoué sur la base des preuves que j'avais fournies.

— Et tu avais mal supposé.

— Exact. Mais ce qui compte, c'est que, au beau milieu du pont, alors que les lumières de Brooklyn s'approchaient de moi, l'acteur principal, dans un resplendissement d'enseignes lumineuses, expliqua-t-il avec un ample geste du bras devant ses yeux, ou bien, si tu préfères, comme les intimidants feux de la rampe, j'ai su qu'il n'en était rien.

— Que tu n'arriverais pas à prouver quoi que ce soit.

— Non : j'ai su que ce n'était pas pour des raisons aussi raisonnables que j'allais voir Giuliano. En réalité, je voulais prouver que j'étais capable de défendre la version que je tenais pour vraie tout en étant conscient qu'il ne s'agissait que d'une construction de l'esprit. Raison pour laquelle Giuliano pouvait élaborer lui-même une autre version à partir des mêmes pièces de puzzle, ce qu'il n'a pas manqué de faire.

— Et il t'a convaincu ? »

Hammett écarta les bras avec résignation.

« Toute cette affaire est très *british*. Intitule-la *The Mystery of the Lost Magazine* et le succès est assuré. Un problème dans les cordes de l'inspecteur Foggest, de Scotland Yard, avec un double renversement final et un témoin clé qui n'apparaît qu'au dénouement, dans un pseudo-scénario de chasseur-chassé à la Wilkie Collins.

— Trop invraisemblable ?

— Pas tant que ça : ma version était pire, la sienne est plus pure, estampillée cent pour cent Detection Club. Avec une solution qui repose sur le témoin surprise classique. Parce que si Frisson, comme il fallait s'y attendre, a nié en bloc, Jenny a parlé, elle.

— Qu'est-ce qu'elle a vu ?

— Rien de rien. Et je ne parle pas seulement de la dispute entre les associés, étant donné qu'elle a déclaré être entrée dans la pièce après que Sam avait fait le grand saut, mais aussi de cette putain de revue : elle a dit que, à son avis, le *Newsweek* mouillé et sale qu'on lui montrait ne provenait pas de leurs bureaux... Elle prétend ne l'avoir jamais vu. Et il n'y a pas qu'elle. Est-ce que la fleuriste qui a vu Sam tomber a remarqué qu'il tenait quelque chose à la main ? Non plus. En résumé, personne n'en était sûr, à part moi.

— Par conséquent...

— Giuliano m'a ouvert les yeux : j'avais beau accuser, j'étais surtout suspect. Un détective pas au-dessus de tout soupçon, si tu préfères. Nell m'avait remis la lettre anonyme à moi plutôt qu'à la police, et ma parole avait une valeur toute relative, pour ne pas parler de la sienne... Dans la pure logique policière, j'aurais pu introduire le magazine dans le cabinet et faire semblant de l'y trouver, et même – si on pousse un peu – mettre en scène sa découverte dans la rue...

— Mais cette Jenny pourrait bien être complice de Frisson, Dash. Et le couvrir.

— Encore faudrait-il pouvoir le prouver. Parce qu'il y a autre chose : Sam était abonné à *Newsweek* et tous les numéros qu'on a trouvés sur la table de l'entrée portent un autocollant avec son nom et l'adresse du cabinet sur la couverture ; sur celui qui a été découpé, en revanche, il n'y a aucune marque d'envoi ; c'est-à-dire qu'il a dû arriver par un autre moyen. La théorie implicite de la police – impossible à démontrer, évidemment –, c'est que Nell a sciemment caché cette preuve à sa première visite, la fois où je l'ai accompagnée. Après quoi, avec ma complicité ou en misant sur ma foutue perspicacité, c'est selon, elle l'aurait fait découvrir...

— Rien de tout ça ne peut être prouvé.

— Le contraire non plus. Ce qui est certain, du moins pour moi, c'est que le vol des vingt mille dollars a bien eu lieu, que Frisson cachait l'argent chez lui et que Sam le savait ou le soupçonnait, parce qu'il est allé le chercher pour que je ne tombe pas dessus. Et ce, soit parce qu'ils étaient complices, soit simplement parce qu'ils étaient amants. On ne sait pas à propos de quoi ils se sont disputés après mon départ. On ne sait pas non plus si Frisson l'a poussé. Sans compter que la banque, c'est officiel, ne peut pas assurer que les vingt mille dollars que Sam avait sur lui sont ceux que Nell avait retirés.

— Par conséquent : tout est vrai ou faux, et on ne peut rien prouver.

— Version, tout n'est que version, approuva-t-il en se laissant glisser sur le côté pour poser sa tête sur les genoux de Lillian : le vrai, le probable, le véridique et le vraisemblable... C'est un miracle si je n'ai pas fini en cellule, Lilishka : "Monsieur Hamlet (c'est comme ça que m'a appelé Giuliano : Hamlet), votre situation est délicate..." Au bout du compte, je l'ai presque remercié de me laisser partir. »

Elle posa la main sur ses cheveux crépus et les caressa longuement, prenant son temps pour répondre :

« Les femmes peuvent être sans pitié, monsieur Hamlet. Vous devriez le savoir. Leur dédier un roman peut s'avérer encore pire que de leur promettre le mariage. »

Il ne dit rien mais enfonça son visage entre ses jambes en souriant légèrement. Elle ne pouvait pas voir ses lèvres mais elle s'en aperçut en lui palpant le visage :

« De quoi tu ris ?

— De rien ni de personne. »

Et après une pause : « Tu veux que je te raconte mon rêve ? »

Elle cogna de petits coups sur sa tête, avec les phalanges, comme on frappe à une porte :

« Sortez de là, monsieur Hamlet. Vous devenez insupportable. »

Hammett tourna sur lui-même pour se retrouver sur le dos. Elle se pencha pour l'embrasser :

« Allons-nous-en. Voyage léger ; si on finit tard, tu n'auras qu'à dormir chez moi. On dîne avec Pat et Roald, je leur ai promis.

— Tu leur as promis que tu m'emmènerais ?

— Je ne t'emmène pas, c'est eux qui viennent chez moi. Je les ai prévenus que je ne savais pas si tu y serais ou pas.

— C'est toi qui cuisines ?

— Je préparerai le café. Selma meurt d'envie de s'y remettre. Aujourd'hui elle m'a demandé : "Quand revient M. Hammett ?" C'est toi qui lui as manqué tout ce temps. Moi, par contre, elle s'en fiche.

— Mais pas moi », dit-il avant de frotter son visage contre sa robe.

Lillian prit Hammett par les épaules, l'écarta de ses genoux et le releva difficilement jusqu'à ce qu'il se retrouve de nouveau assis à côté d'elle :

« On y va, un peu de contact avec la civilisation ne pourra pas te faire de mal. »

Ce soir-là, au cours du dîner, ils eurent une conversation d'un intérêt et d'une éloquence piquants à souhait, digne de deux couples que l'usure matrimoniale n'a pas (pas encore ou pas du tout) érodés et qui partagent des centres d'intérêt culturels suffisamment proches, à défaut d'être exactement semblables, dans l'absolu. À coup sûr, l'équilibre en termes de genre – deux femmes, deux hommes – et les différences d'âge, grandes mais bien réparties sur trente ans de vie et d'expériences, auraient donné à un observateur extérieur – Selma elle-même, par exemple, qui entrait et sortait avec les plats de nourriture – la sensation d'assister, tour à tour, à une amicale mais disputée partie de cartes invisibles ou à la discussion préalable des membres d'un jury réuni spécialement pour un concours d'une discipline dont aucun n'était spécialiste. Il y avait dans l'air ce sentiment d'irréalité salutaire et cette aisance des jeux d'esprit qui ne vont pas jusqu'à la compétition ou au duel de séduction compulsive.

En théorie, la tournée européenne de Lillian, la reprise de sa pièce avec Pat sur scène dans le rôle principal et le recueil de nouvelles de Roald tout juste sorti de l'imprimerie, dont il eut la délicatesse de n'offrir un exemplaire à ses hôtes qu'au moment des au revoir, auraient dû être des sujets de conversation substantiels et d'un intérêt commun propre à satisfaire les vanités de chacun ; mais, pour cette raison même, peut-être, à cause d'une forme de pudeur inconsciente, la discussion suivit un cours trivial inattendu, dont un premier détour fécond – comme de coutume dans les dîners – par des commentaires élogieux sur les talents de la cuisinière et le menu du soir, ce qui, par contraste, suscita le souvenir d'expériences de dégustation moins agréables.

« Mes compliments au chef. Toutefois, il me faut admettre que mes critères d'excellence culinaire sont relativement bas, dit tranquillement le circonspect Roald Dahl après avoir écarté la serviette de sa bouche et bu une gorgée de vin. Mon initiation s'est faite à la dure dans les cuisines des écoles britanniques où, en tant qu'interne depuis le plus jeune âge, j'ai systématiquement ingéré, des années durant, des tambouilles infâmes qui ne doivent le nom d'aliment qu'à la proverbiale indulgence du dictionnaire Webster. J'ai dû digérer ça, sans parler des châtiments corporels, bien entendu. »

Sa diction émerveilla Hammett au moins autant que l'idée :

« Et comment on surmonte une pareille épreuve, Roald ?

— On ne la surmonte pas. Quand le monde commence par répondre de cette façon à vos besoins primaires, il s'ensuit un potentiel suicidaire latent qu'il faut, si on y survit, canaliser par la vocation militaire. Laquelle repose aussi, dans une moindre mesure, sur le besoin de régler nos comptes avec le monde, par une méthode qui consiste à trucider nos congénères, nos compagnons de table et de peine, pour ainsi dire.

— Et ensuite, une fois qu'on est passé par là, comme toi, qu'est-ce qu'il reste ?

— La littérature, Dash. Tu le sais parfaitement, je crois que nous le savons tous. »

Le bref silence qui suivit ne fut troublé que par le bruit des couverts.

« Tout le monde n'écrit pas depuis cette perspective, dit Lillian.

— Il y a des façons détournées et d'autres plus voyantes, dit Hammett. Dans *Le Club des parenticides*...

— Tu aimes Bierce ? le coupa Dahl.

— Bien sûr. Lillian et moi avons lu *Le Dictionnaire du Diable* toute la journée. »

Alors, Roald Dahl se leva, se déplia de tout son long et,

par-dessus la table, il serra la main droite de Hammett avec une cordialité effusive.

« On devrait en trouver un exemplaire sur la table de nuit de tous les motels, comme la Bible, dit-il sans aucune retenue. Le lendemain matin, de deux choses l'une : ou bien le concierge retrouve le client pendu à la douche, ou bien il ne le retrouve pas du tout : il est monté dans sa voiture et parti sans payer, dans la direction contraire à sa destination initiale, pour se perdre une bonne fois pour toutes... »

Ils tombèrent d'accord. La conversation tourna alors autour de l'élaboration de la bibliothèque minimale du voyageur solitaire : les livres qu'on devrait trouver en accès libre dans tous les motels de passage.

« Il faut deux catégories principales. Ceux pour dormir et ceux pour ne pas dormir, proposa Lillian. Pour éteindre la lumière plus vite : l'interminable *Contrepoint* de Huxley et un Henry James de plus de quatre cents pages. Pour ne pas arrêter de lire, Saki : encore une page, encore une page et j'éteins. Quelque chose comme ça. »

Pat n'avait pas de liste mais une expérience particulière :

« Ça s'est passé dans un motel de l'Arizona, en plein désert, il y a quelques années. J'étais toute jeune, je voyageais seule, le vent soufflait, les coyotes hurlaient, du moins c'est ce qui me semblait. Comme je ne pouvais pas dormir, à dix heures du soir je suis allé au lobby et j'ai demandé à la concierge de nuit, une femme énergique en combinaison de travail grise, les cheveux attachés, si elle avait des revues ou quelque chose à lire, vu que je n'arrivais pas à trouver le sommeil. Sans le moindre commentaire, elle s'est penchée derrière le comptoir et m'a tendu un livre recouvert de papier marron en mauvais état. « Essaie ça, petite », elle m'a dit. « Quoi que ce soit, je suis à ta disposition », et elle m'a fait un clin d'œil. C'était *Le Puits de la solitude*, de Radclyffe Hall.

— Tu l'avais lu ? voulut savoir Lillian.

— Non. Mais je savais que c'était un roman lesbien, évidemment. Je me suis enfermée à double tour et je l'ai lu en deux heures. J'ai oublié le vent et les coyotes, mais j'avais tout le temps l'impression que quelqu'un frappait de petits coups à ma porte... Je n'ai pas fermé l'œil. »

En signe de solidarité, Roald serra la main de sa splendide future femme.

« Je crois qu'il faudrait seulement des recueils de nouvelles, des nouvelles et encore des nouvelles, dit-il avec aplomb. Rien d'autre. Saki, comme tu l'as proposé, Lillian, c'est parfait. Tu te souviens de ce que Bierce dit des romans dans son dictionnaire ? »

Elle fit non de la tête. Hammett posa ses couverts en travers de son assiette.

« Il méprise le roman à cause de sa prétention au réalisme, de ses descriptions d'ambiance stériles, de ses détails inutiles et évidents. C'est-à-dire..., expliquait Dahl à propos de Bierce : inutile d'écrire sur des choses qui se passent habituellement, du moins à ce qu'on croit, c'est une perte de temps. Pour lui, la qualité essentielle et absolue d'une fiction, c'est l'imagination, rien que l'imagination, et son livre de chevet est *Les Mille et Une Nuits*. Du concis et de l'extraordinaire.

— Tu en ferais ton credo ?

— Les yeux fermés, Dash. Je ne sais pas si j'écrirai un roman un jour mais je détesterais avoir à me débattre pendant des pages et des pages dans des bourbiers d'explications pour justifier une scène dont l'origine se trouve une centaine de pages auparavant... Quelque chose que le lecteur a peut-être lu quinze jours plus tôt et dont il ne se souvient pas.

— C'est pénible. Et le lecteur s'en rend compte. »

Ils trinquèrent à l'imagination capricieuse et déplorèrent les difficultés du métier.

« Faites que nous n'en manquions jamais », dit l'un d'entre eux.

Les autres approuvèrent.

Ce soir-là, Hammett dormit chez Lillian, dans sa petite chambre à lui. Pour lire au lit, il prit le recueil de nouvelles de Roald. L'histoire « du pari » éveillait sa curiosité et il lut d'une traite la douzaine de pages de « Man from the South ».

Lillian, en pyjama, entra lui souhaiter bonne nuit et s'assit sur le lit :

« C'est excellent, dit-il. Une nouvelle remarquable. »

Elle tendit la main et caressa sa joue maigre.

« Je suis ravie que tu sois ici. Cette chambre est faite pour toi. »

Le murmure de la circulation nocturne montait par la petite fenêtre de la rue et la lumière verte de l'abat-jour de la lampe de chevet projetait un cône de douce clarté sur le papier peint.

« Reste quelques jours ; si tu pars, Selma ne me le pardonnera pas. »

Mais Hammett pensait à autre chose :

« Tu sais quoi, Lillishka ?

— Quoi ?

— La mémoire de Roald ne le trompait pas. Écoute ça. »

Le grand maigre s'étira pour attraper son livre de chevet, le *Dictionnaire* de Bierce, chercha une définition qu'il avait marquée en cornant la page et lut : « "*Roman : nouvelle dilatée. Impossible d'obtenir un effet homogène et complet ; car, à part les quelques pages finales, il ne reste dans l'esprit du lecteur que l'argument général. Le roman réaliste est au récit fantastique ce que la photographie est à la peinture.*"

— Et après ?

— Rien. Voilà ce qui me bloque, et je ne m'en rendais pas compte. Cette fois, ton ami Duhamel va vraiment devoir patienter. Tout part à la poubelle. »

Elle soupira en appuyant la tête sur sa poitrine :

« Tu me le racontes, ce rêve que tu as fait de moi ? »

Hammett lui caressa le lobe de l'oreille :

« *Nevermore*, dit le chat dans un chaos de plumes noires et de sang.

— C'était quoi, ça ?

— Un récit court. »

Et il la serra contre lui.

Lorsque Lillian se leva, tard le lendemain matin, Selma l'informa – sur un ton de reproche – que M. Hammett était parti tôt en lui demandant expressément de ne pas la réveiller. Sur la table du salon, elle trouva les restes de son petit déjeuner et le journal du jour ouvert à la page qui annonçait l'exécution des époux Rosenberg à l'aube : malgré tous les recours en grâce, les délais de commutation de la peine avaient expiré.

En marge des photos des condamnés et du titre sur cinq colonnes, Hammett avait écrit deux lignes :

Conséquences extrêmes de la vie de couple.
Prends soin de toi. Dash.

33

Des chaussures marron avec un costume bleu

Deux mois plus tard, un matin, une voix féminine inconnue informa Hammett que le colonel Edmund Sanders se trouvait interné à Poisonville, dans une clinique pour anciens combattants ; on l'avait amputé d'une jambe, son état était grave et il avait demandé qu'on prévienne son ami.

Hammett prit un bus, puis un autre, puis le train. De la gare – dont, avec le temps, il oublierait tout à l'exception d'une publicité en fer-blanc pour les soupes Campbell, qui lui rappellerait celle d'une droguerie de Baltimore, dans son enfance –, il se rendit directement à l'hôpital, un vieil édifice blanc avec des colonnes doriques en façade et un parc où se promenaient, dans de fières chaises roulantes, de vieux militaires aux airs de soldats confédérés poussés avec entrain par de jeunes gens en uniforme.

Le colonel à la retraite était au nombre de ceux qui, dans le dortoir commun, se faisaient face en deux longues files prêtes pour l'affrontement final.

Hammett put profiter du court horaire de visite mais il lui

fallut attendre que Tulip se réveille. Il avait toujours trouvé un peu obscène d'épier les gens pendant leur sommeil, c'est sans doute la raison pour laquelle, dès que le colonel ouvrit l'œil, il se mit à lui adresser des marques de complicité bien inutiles. Il lui fit un clin d'œil, serra sa main froide et, après lui avoir refilé une demi-douzaine de cigarettes en cachette des infirmières aux aguets, il lui montra la nouvelle sur laquelle il avait travaillé ces dernières semaines, à sa propre surprise : « Un costume bleu avec des chaussures marron ». Environ cinquante pages, la seule et unique copie.

Il la posa sur le lit, à sa portée, et dit :

« J'ai fini par suivre tes conseils, Tulip.

— Ne me raconte pas d'histoires, Chimney.

— Promis : tu es arrivé à tes fins.

— C'est pas mon impression, mais si tu le dis... »

Le colonel ne tendit même pas la main vers le manuscrit. Il avait l'air faible et amaigri. Seuls ses yeux conservaient des vestiges de son ancienne énergie. Hammett désigna le vide à la place de la jambe amputée sous la couverture :

« Comment ça va ?

— Ça ne va nulle part, comme tu vois.

— Comment tu te portes, je veux dire.

— Je ne me porte plus, non plus. »

Tulip sourit d'un air las. « Toi d'habitude si habile avec les mots, c'est étonnant...

— Qu'est-ce qui s'est passé ?

— Ce putain de diabète, Chim. Tu dois te souvenir que je traînais déjà la patte quand je suis venu te voir dans ton trou. »

Hammett lui adressa un regard inquisiteur. Il posa la main sur l'autre jambe, la bonne, dont le pied dépassait du lit.

« Le temps a passé, mais, va savoir pourquoi, je croyais me souvenir que tu boitais de ce côté-là », dit-il, comme si de rien n'était.

Tulip ramena la jambe mais Hammett tira la couverture, découvrant un mollet blanc amaigri. Juste au-dessus du talon, deux séries de cicatrices roses se détachaient sur la peau pâle et sans poils.

« Peut-être que c'était à cause de ça que tu boitais la première fois, poursuivit-il d'un ton indifférent, en remettant la couverture en place. C'était peut-être une blessure très récente que tu préférais ou qu'il valait mieux cacher.

— Tu as peut-être raison, dit Tulip en soutenant son regard. Mais pourquoi tu ne me ferais pas un peu la lecture, plutôt ? Je t'ai déjà dit que tu deviens insupportable quand tu joues les détectives. *All's well that ends well*, comme a dit Groucho Marx.

— C'est pas Groucho, c'est...

— Ne commence pas, triste sire. On ne contredit pas les malades en phase terminale. Lis-moi un peu de ton truc. »

Hammett ouvrit le dossier :

« J'ai repris l'histoire de Lee Branch telle que tu me l'as racontée.

— L'histoire de Lee ? »

Les yeux du colonel s'animèrent soudain d'un élan de curiosité. « Et ce gros dossier là-bas qui dit TULIP en grand sur la couverture ?

— Ah... »

Hammett sourit.

« Je savais bien que tu avais farfouillé là-dedans la dernière fois, bien que tu n'aies pas voulu l'avouer. C'est un projet plus complexe, auquel je n'ai pas encore le courage de m'attaquer. Long et très explicatif. Je ne crois pas être capable d'en faire quelque chose. Tu comprends ? »

Tulip acquiesça les yeux fermés. Hammett s'éclaircit un peu la gorge :

« Je lis ? »

Tulip fit oui de la tête et Hammett commença par le titre :

« "Un costume bleu avec des chaussures marron"...

— Ce devrait être l'inverse, l'interrompit immédiatement le colonel : "Des chaussures marron avec un costume bleu".

— Je ne crois pas, Tulip, dit le grand maigre sur un ton presque didactique. Logiquement, on choisit d'abord le costume qu'on veut porter, les chaussures sont des accessoires, elles sont ce qu'elles sont, on les trouve après coup, il faut s'en contenter... On a déjà parlé de ça.

— Tu réfléchis de travers, triste sire..., dit le colonel d'une voix presque condescendante. Ce qui fait de toi ce que tu es, ce n'est pas la finalité du costume, qu'on ne porte en général qu'à des occasions spéciales pour avoir l'air de ce qu'on n'est pas, c'est ces putains de chaussures : cette unique paire de chaussures que tu possèdes, voilà ta vérité, ce que tu es au quotidien, ces chaussures marron. »

Hammett le dévisagea avec admiration avant de reprendre, sans un mot de plus :

DES CHAUSSURES MARRON AVEC UN COSTUME BLEU

« Tire, gamin », dit le colonel.

Le Fox calibre 20 ressemblait à un jouet entre ses énormes mains, il fit feu de là où il se trouvait assis, sous le saule à moitié mort. D'abord le canon gauche, puis le droit, au moment où le canard de tête s'immobilisait un instant au sommet de l'angle aigu de son vol vers les cieux. Deux oiseaux tombèrent dans l'eau en même temps. L'un était mort. L'autre décrivit trois quarts d'un petit cercle à la nage avant d'expirer.

Lee Branch se leva, pointa son lourd fusil plus à droite, fit feu, visa et tira à nouveau. Deux autres oiseaux tombèrent. L'un en perdant pas mal de plumes. Lee sourit au colonel, lequel était en train de recharger son fusil.

« Je crois qu'on a ce qu'il nous faut pour aujourd'hui, Swede. »

Le colonel jeta un regard satisfait aux canards morts qui gisaient dans les herbes sèches, près de lui, puis aux quatre autres qui flottaient sur le lac.

« Ouais, acquiesça-t-il en cherchant des cigarettes dans sa poche. Mais le premier, tu l'as farci de plombs.

— J'aurais peut-être dû attendre un peu. J'aime bien les fusils qui ont du recul. Faudrait que je me trouve un calibre 10. »

Lee rechargea son fusil belge spécial pour la chasse aux canards et le posa par terre avec une tendresse non feinte. « C'est à qui d'aller chercher le gibier ? »

Le colonel pointa son doigt vers lui avant de se laisser tomber dans les herbes.

Lee Branch avait vingt-huit ans, des cheveux châtains soyeux avec une raie au milieu – cachés en l'occurrence sous un chapeau marron – et des yeux sombres et brillants. Il n'était pas petit mais les vêtements de cuir dans lesquels il se frayait un chemin à travers les ronces pour rejoindre l'autre côté de la petite île où ils avaient caché leur barque le rapetissaient.

Lorsqu'il revint avec les canards, le colonel était couché sur le dos, à fumer, les yeux fermés.

Lee lui dit :

« Un des tiens était un canard branchu. »

Et il le lui montra.

« Je sais, dit le colonel en ouvrant un œil pour apercevoir le canard à travers la fumée. Ils sont trop beaux, ils ne méritent pas la mort, mais l'homme a tellement faim. »

Il jeta son mégot dans l'eau par-dessus les joncs et ouvrit les bras en croix.

« Tu n'as pas menti, gamin. Tout ici a été exactement comme tu l'avais décrit. »

Lee commença à dire quelque chose mais, subitement, il pivota sur ses talons, les yeux noirs aux aguets.

« Qu'est-ce que tu veux dire par tout a été *? demanda-t-il. Tout est. »*

Il fit une pause avant d'ajouter : « Et tout sera. » Tout d'un coup, il avait l'air très jeune.

Le colonel referma les yeux.

« Je n'en suis pas sûr, gamin. Depuis combien de temps je suis ici ?

— Une semaine. Dix jours. J'en sais rien. Qu'est-ce que ça peut faire ? À l'armée, quand on parlait de ton retour, qu'on

disait que tu viendrais ici après la guerre, il n'était pas question de temps. L'idée, c'était que tu viennes ici et...»

Le colonel s'agita et fronça les sourcils, sans ouvrir les yeux :

«D'accord, d'accord..., dit-il. Tu ne crois quand même pas que tout le monde suit à la lettre les plans d'avenir qu'on fait à la guerre, si ?

— Bien sûr que non. Mais là, c'est... C'est différent, pas vrai, Swede ?

— Les choses sont ce qu'elles sont, Lee, répondit le colonel.

— Alors, tu vas faire quoi ? Partir ?

— J'en sais rien. Qui sait ce qui peut se passer ?

— Je ne te retiens pas mais...»

Le jeune homme s'interrompit en dévisageant fixement le colonel. «Écoute, Swede : si c'est parce qu'on est chez Paulie...

— Non.

— Parce que tu lui plais, et je sais qu'elle voudrait que tu restes.

— Je suis content de lui plaire, dit le colonel précipitamment, vu qu'elle me plaît beaucoup aussi.

— C'est ce qui compte, pas vrai ? Tu ne crois pas que ce serait une bonne raison pour rester ?

— Non.»

Lee cassa une petite branche et se mit à lui faire des marques avec l'ongle de son pouce. Au bout d'un long moment, il parla sans quitter ses mains des yeux :

«Un type de ton âge ne devrait pas passer son temps à vagabonder à droite et à gauche.

— Je sais. C'est pas que ça me plaise, de vagabonder, mais il y a toujours des choses qui me rappellent d'autres endroits.»

Swede ouvrit finalement les yeux et s'assit, le Fox en travers des cuisses.

« Tu ne t'en sers pas, de ce fusil. Tu me le vendrais ?

— Je te l'ai prêté mais il est à Paulie, à vrai dire. Pose-lui la question. »

Le colonel secoua la tête.

« Paulie est aussi dingue que son frère. Elle est capable de me l'offrir.

— Et puis ? Tu te prends pour le dernier des confédérés, tu n'acceptes pas de cadeaux des femmes ?

— Tu n'as pas dû connaître beaucoup de confédérés, dit le colonel, avant d'ajouter, sans transition : Paulie était très amoureuse de son mari ? »

Lee regarda le colonel, lequel regardait les pièges, de l'autre côté du lac.

« Pour être honnête, j'en sais rien. C'était un type très sympathique. Tu ne l'as jamais rencontré, à l'armée ?

— Il s'est fait descendre avant mon arrivée. Mais il y en avait qui parlaient encore de lui.

— Tout le monde l'appréciait. »

Lee jeta la petite branche qu'il avait massacrée.

« Pourquoi tu m'as demandé si Paulie était amoureuse de lui ?

— Parce que j'aime m'occuper de ce qui ne me regarde pas, voilà pourquoi, dit ironiquement le colonel.

— Je ne voulais pas dire que tu n'aurais pas dû..., se fâcha le jeune homme. Bon dieu, que c'est difficile de parler avec les gens ! »

Le colonel haussa ses larges épaules :

« Tu peux me parler de ce que tu veux, Lee; mais il y a un ou deux sujets que tu devrais éviter de mentionner.

— Par exemple toi et Paulie ? »

Le colonel tourna la tête pour observer le jeune Branch avec attention :

« Ah ! Typique des petits frères... »

Lee rougit, il éclata de rire et dit :

« Va au diable ! »

Et après une pause : « Mais c'est pourtant bien ce que tu as voulu dire, pas vrai ? »

Le colonel fit non de la tête.

« Je crois que tu devrais t'occuper d'autre chose. C'est pas ton rôle. »

Paulie Horris jaillit de derrière un énorme tulipier, à l'extrémité la plus éloignée du lac. Elle mit ses mains en entonnoir et cria :

« Eh, les assassins ! Le soleil s'est couché. Depuis dix minutes, vous êtes hors la loi. »

Tous deux se levèrent pour lui faire signe de la main, ils ramassèrent leur fusil et regagnèrent la barque entre les joncs. Le colonel, debout à la poupe, les dirigea vers les pièges. À deux reprises, Lee Branch eut l'air sur le point de dire quelque chose mais il garda le silence jusqu'au moment où il se pencha pardessus bord pour récupérer le canard qui servait de leurre.

« Tu ne trouves pas que tu te comportes comme un imbécile, Swede ? »

Le colonel, qui s'était penché pour attraper deux pièges au moment où la barque passait à proximité, répondit :

« Arrête de faire des messes basses. »

Lee se redressa et lui dit d'une voix claire :

« Je veux dire qu'on dirait que tu te laisses impressionner par le fait que son mari était un héros de guerre, et tout ça. Je me trompe ?

— Bon Dieu..., s'exclama le colonel. Et moi qui croyais avoir tout entendu. Occupe-toi de tes affaires... »

Le visage de Lee rougit de nouveau. Il éclata d'un rire nerveux :

« Au fond, discuter avec toi, ça ne sert jamais à rien... », répondit-il.

À eux deux, ils ramassèrent les derniers pièges. Tandis que le colonel dirigeait la barque vers l'abri de baignade, Paulie Horris contourna un buisson de sumac très rouge, à l'autre bout du lac, et se dirigea vers l'embarcadère en pierre pour les rejoindre. Grande, les cheveux et les yeux sombres, la trentaine, elle portait une jupe de flanelle grise et un blouson en cuir jaune.

« Vous êtes une vraie randonneuse, madame Horris », lui cria le colonel.

Elle répondit courtoisement :

« Vous êtes trop aimable, monsieur. »

Lee rangea les pièges dans l'abri tandis que le colonel amarrait la barque de façon à ce qu'elle ne puisse pas donner contre l'embarcadère en cas de vent. Ils récupérèrent ensuite les canards et, la jeune fille entre eux, prirent ensemble le chemin de la maison.

Après une dizaine de mètres, Lee Branch expliqua à sa sœur :

« Swede s'en va. »

Le ton sur lequel il prononça ces mots fit que Paulie lui adressa un regard inquisiteur, avant de demander :

« Et ? »

Lee fit ce qu'il put pour s'expliquer :

« Je dois être bête mais j'avais pensé qu'on aurait pu... »

En marchant, le jeune homme donna un coup de pied dans une motte de terre. « Bon, quoi qu'il en soit, Swede a parlé de partir... »

Paulie stoppa brusquement et les deux hommes firent de même. Le visage pâle, presque déformé, elle dévisagea le colonel :

« Il a..., commença-t-elle à dire avant de s'interrompre. Il a voulu te caser avec moi ?

— Il y a des façons plus jolies de le dire, Paulie », dit le colonel en s'excusant.

Le regard de Paulie se fixa sur le bout de ses pieds et elle commenta à voix basse :

« Oui, j'imagine que oui... » Et elle reprit son chemin.

Une fois à la maison, le colonel déposa ses canards dans la cuisine et monta dans sa chambre pour se mettre à écrire une lettre à une fille d'Atlanta :

Ma chère July,

Tu seras peut-être étonnée d'avoir de mes nouvelles après tant d'années, mais il se trouve que, pour diverses raisons, j'ai beaucoup pensé à toi ces dernières semaines, et comme il me faut me rendre à Atlanta, j'ai cru bon de...

Hammett s'interrompit.

« Je continue ? »

Tulip ne répondit pas. Il avait l'air de dormir, mais à peine Hammett eut-il posé le manuscrit sur la table de chevet qu'il rouvrit les yeux :

« Laisse ça là, Chim, je finirai de le lire plus tard. »

Il fit une pause, comme s'il hésitait à dire ce qu'il avait en tête. « Le début, on dirait du Hemingway à l'époque des histoires de Nick Adams. C'est pas mal. »

Hammett acquiesça, admiratif malgré lui.

« Je reviens demain. L'horaire de visite est presque terminé, ils vont me jeter dehors.

— D'accord. Merci d'être venu, Chim. »

Ce soir-là, fatigué, Hammett resta au motel, mais il eut du mal à dormir et resta tard à regarder un film de gladiateurs avec le veilleur de nuit. Il se sentait à la veille d'une révélation qui allait confirmer ses hypothèses, mais, étrangement ou peut-être pas tant, il n'en concevait aucune fierté. Pour une fois, avoir raison n'avait aucun intérêt ni aucune importance.

Voilà pourquoi, le lendemain, il se présenta tôt à la clinique, en dehors des horaires de visite, presque en catimini, pour dire au revoir. Étonnamment, Tulip lui dit qu'il avait déjà tout lu.

« Je suppose que c'est réussi », dit-il dans un filet de voix.

Il tenait les feuilles dans une main et, dans l'autre, le crayon avec lequel il les avait abondamment annotées d'une main tremblante. Hammett vit des signes indéchiffrables, comme des petites encoches.

« Je suis content que ça te plaise, dit-il au pied du lit.

— Mais je crois que tu as perdu de vue l'objectif principal, Chim.

— C'est ce que les gens pensent, en général.

— Je vais le relire, si tu veux bien... »

Tulip fit une longue pause.

« J'ai peut-être été trop vite, mais je serai plus attentif la prochaine fois, si ça te fait plaisir.

— D'accord. Je repasse cet après-midi et on en reparle plus calmement.

— Je ne crois pas », dit Tulip avec une rare conviction.

Il lâcha le crayon qui roula sur la couverture blanche jusqu'à un pli, à l'endroit vide où aurait dû se trouver la jambe.

Ils se dévisagèrent quelques instants, immobiles. Tulip fit un drôle de bruit avec le nez :

« Et même si tu te trompais pour les chaussures, tu avais raison pour ce qui était de boiter, Chim. »

Il le dit comme ça, en passant, comme s'il reprenait une conversation interrompue il y a peu.

« Je m'en souviens, maintenant : c'était un chien sacrément agressif, il a fallu que je lui tire dessus, tu sais ? Je n'en avais pas l'intention, mais c'était lui ou moi.

— Je comprends », dit Hammett.

Il parlait de la situation en général.

Du moins, c'est ce que crut comprendre le colonel, qui ferma les yeux et tourna la tête. Au bout d'un moment, il reprit, en s'adressant au mur le plus proche :

« Ils me tenaient, Chim. Je te l'ai dit dans le taxi en allant à Brooklyn. Enfin... j'ai voulu te le dire mais tu as joué au con et tu m'as fait sortir de mes gonds : ils avaient des preuves pour l'affaire de Kiska et ils m'ont promis le conseil de guerre si je ne collaborais pas avec eux. Ils ne m'ont pas laissé le choix. »

Hammett l'interrompit :

« Ne te sens pas obligé de me raconter quoi que ce soit, Tulip.

— Ne prends pas ce ton condescendant avec moi, triste sire. Je t'ai déjà prévenu. »

Il fallut quelques secondes au colonel pour réarranger sa voix :

« J'étais malade et sur la paille, Chim. J'avais besoin de médicaments que je ne pouvais pas obtenir sans prescription, et ils le savaient, ils savaient que nous étions amis, ils savaient tout de toi, de moi, de nous... Et, au bout du compte, tu étais déjà cramé et tout ce qu'ils voulaient, c'étaient ces papiers...

— La liste.

— Cette putain de liste de connards que tu étais le seul à connaître. »

Hammett secoua la tête et s'assit sur la chaise près du lit :

« Et tu croyais la trouver dans la valise de Nell ? »

Tulip se retourna à peine :

« C'est eux qui le croyaient, Chim... Moi, je savais bien que non, je savais qu'il n'y avait que des vieux trucs dans cette valise. Mais je les ai fait marcher un moment. Je pensais pouvoir les occuper jusqu'à ce que tu passes devant la Commission. Mais ils m'ont mis la pression.

— Qui a eu l'idée de prendre la maison d'assaut ?

— Eux. Moi, j'ai emmené Gath et Chaves parce que je savais pouvoir leur faire confiance. Les gars ne savaient même pas à qui ils s'en prenaient. On nous a donné ces armes parce que l'opération était illégale, personne ne nous couvrait. Au moindre problème, ils auraient nié en bloc. Ils auraient même été capables de nous liquider. On n'était pas censés tirer. Mais les chiens se sont pointés...

— Et les plans ont changé. »

Tulip fit non de la tête :

« Non. Mon boulot, c'était de trouver cette putain de liste, de la localiser pour qu'ils reviennent avec un mandat et te prennent en flagrant délit. Ils n'avaient pas trouvé d'autre moyen pour t'inculper... à les en croire. Moi, je devais seulement la débusquer.

— Comme un chien de chasse.

— C'est le cas de le dire. »

Hammett lui prit la main.

« Et ça a mal tourné, dit-il.

— Pas tant que ça, triste sire : je te l'ai dit, tu me sous-estimes toujours... »

Presque douloureusement, le colonel sourit.

« Malgré ma patte folle et tout, je suis allé directement à la boîte en fer-blanc, et la liste y était, un petit papier à la con. J'imagine que tu l'avais déjà avec toi aux Aléoutiennes. »

Hammett acquiesça :

« Je suis plutôt prévisible. Mais tu ne l'as pas emportée ;

tu l'as laissée sur place et tu as tout mis sens dessus dessous pour détourner l'attention...

— Quelque chose comme ça.

— Et après ?

— Je leur ai dit que je n'avais rien trouvé mais qu'il fallait me donner une seconde chance.

— Pourquoi ?

— Parce que je t'ai à la bonne, abruti. »

Comme si cette confession avait du mal à passer, Hammett fut pris d'une quinte de toux.

« C'est moi, le malade, arrête de toujours vouloir rivaliser avec moi », dit sévèrement Tulip.

Hammett lui serra la main.

« Tu as raison. Continue.

— Je les ai convaincus de me laisser faire à ma manière et je suis venu te voir. Je voulais savoir comment tu t'en sortais, si ça valait le coup que je t'aide. Mais tu t'es comporté de façon tellement distante, orgueilleuse et insupportable, comme d'habitude, que j'ai décidé de m'emparer de la liste le soir même, après que tu m'as foutu dehors. Je t'ai laissé le sac avec la capote et la clé et je suis allé la chercher.

— Mais elle n'y était plus.

— Non, elle n'était plus là où je l'avais trouvée, dit le colonel en plissant les yeux.

— Je l'ai enterrée, dit Hammett en s'excusant presque. Le soir des coups de feu, j'ai deviné ce qui se passait, et comme je ne voulais pas avoir de problèmes avec les Irongate ni les impliquer dans les miens, je l'ai mise dans un flacon et je l'ai enterrée avec le chien. C'était sans doute une idée stupide, mais le matin où tu as fait ton apparition, j'étais assis dessus. »

Tulip secoua la tête :

« Assis sur la liste ? Tu es vraiment impossible, triste sire. »

De la poche de sa veste, Hammett tira deux feuilles de papier pliées en quatre et salies sur les bords, sans doute des traces de boue séchée.

« La voilà, dit-il en la lui mettant sous le nez. J'aime l'idée que ceux qui ont leur nom là-dessus crèvent de peur en pensant qu'elle puisse être rendue publique. Voilà pourquoi je ne l'ai pas détruite.

— Tu es un pervers, Chim. Qu'est-ce que tu comptes faire de ça ?

— Elle est à toi. Les choses doivent revenir à ceux qui les désirent le plus. »

Il se leva et laissa la liste sur la table de chevet, à côté du lit :

« Repose-toi, maintenant. Je repasse dans l'après-midi. »

Lorsqu'il revint, juste avant l'horaire de visite, le lit était vide, les vêtements et les affaires de Tulip rangés dans un sac en plastique transparent posé sur la chaise où lui-même s'était assis le matin.

Une infirmière lui apprit que le patient du lit 23 – c'est ainsi qu'elle le désigna – était décédé à deux heures de l'après-midi.

Resté seul, Hammett ouvrit le sac en plastique et récupéra son manuscrit ; par contre, il ne trouva pas la liste. Elle ne se trouvait pas non plus sur la table de chevet, ni dans le tiroir. Près du lit, il y avait une poubelle en osier pleine de boîtes de médicaments vides, de serviettes en papier et de coton usagé. C'est là qu'il la trouva, roulée en boule. Ce qui lui parut un destin approprié.

Le manuscrit de « Des chaussures marron avec un costume bleu » était intact. Aucune nouvelle annotation, à part deux grandes ratures tremblantes qui traversaient des pages entières. Hammett le mit sous son bras et sortit, d'abord de la salle, puis de l'hôpital.

L'après-midi était radieux, le ciel sans nuages. Il alluma une cigarette et, dès qu'il trouva une poubelle, il y jeta le manuscrit.

Jamais plus, il n'écrivit la moindre ligne.

À la toute fin : récits de vie

À la cafétéria, Tony Irongate retira son veston vert, le mit sur le dossier de sa chaise et s'assit. Face à lui, Linda ne bougeait pas, hors d'atteinte et peut-être même hors du temps, à le dévisager comme si elle ne le reconnaissait pas vraiment, comme si elle n'arrivait pas à croire que ce jeune homme, cet homme tout court, était celui qu'elle avait vu grandir.

En raison du froid, Tony n'eut aucun mal à convaincre Linda de commander une tasse de chocolat chaud, comme lui, mais ce fut elle qui choisit – non sans réserve – les tartines de pain de seigle avec du beurre et de la confiture de myrtilles.

« La tienne était meilleure, dit-il aimablement après l'avoir goûtée.

— Ta mémoire te joue des tours.

— Souvent, mais pas pour ce qui est bon. »

Elle préféra ne pas lui avouer que c'était la première fois qu'elle entrait dans une cafétéria depuis deux ans, autant qu'elle n'avait pas changé de chaussures ni de gants. Sans doute pour les mêmes raisons, lui-même ne mentionna pas sa bourse d'études en France – il venait de rentrer - et repoussa à plus tard le récit de ses modestes succès de chercheur débutant.

« Parle-moi de tes sœurs.

— Do s'est mariée l'année dernière avec un nageur olympique, ils vivent en Australie.

— Oh !

— Lola est encore au lycée. C'est sa dernière année. Elle vit à Toronto avec maman et son nouveau mari, Michael, un vieux millionnaire qui possède un journal, une radio et une agence de pub. Lola va bien mais je pense qu'elle se fera la malle dès qu'elle en aura l'occasion, comme moi.

— Tu fais quoi, toi ?

— En ce moment, j'étudie et j'essaie d'écrire. Mais j'ai connu des périodes difficiles, Linda. Quand papa a tout plaqué pour partir vivre avec Angie, son infirmière, sur une île en Floride, on est tous restés avec maman. Elle était dans une colère noire, tu vois le tableau.

— Je vois. Comment va ton père ?

— Bien, j'imagine. On dirait, en tout cas. Il a eu deux autres enfants avec Angie, des jumeaux. Mes petits frères... Il m'envoie des photos ensoleillées, m'invite tout le temps à aller les voir et, des fois, j'y vais. Il vend des tableaux affreux aux touristes et gagne bien sa vie.

— Et Paulie ?

— Elle ne s'est jamais faite à l'idée que papa refasse sa vie sans elle. Jusqu'à l'apparition de Michael. Quand elle est partie à Toronto avec lui, j'avais dix-huit ans, je venais d'entrer à l'université, j'ai préféré rester.

— Tu études... C'est bien...

— L'anthropologie culturelle, à Columbia, expliqua Tony comme on s'excuse d'avoir des passe-temps onéreux. Alors je suis resté, dans l'appartement de Manhattan. Ça fait quatre ans.

— Mon pauvre.

— Faut pas exagérer : je vais bien, j'habite avec des copains et j'ai une petite amie canadienne, on parle français. Mais parle-moi un peu de toi. »

Linda n'avait pas grand-chose à dire, du moins c'est ce qu'elle croyait :

« Quand Donald a dû partir et que j'ai quitté Katonah, tes parents m'ont aidée un peu, tu te rappelles. J'ai d'abord travaillé dans une blanchisserie, et ensuite chez Harper's. De temps en temps, Donald m'envoyait de l'argent. Il s'était remis à la boxe, mais l'argent de là-bas ne valait pas grand-chose ici, Tony. Ce n'était pas assez pour joindre les deux bouts. En plus, il ne parlait jamais de revenir.

— Et de ton côté ?

— Au bout d'un temps, j'ai arrêté de lui promettre que je l'attendrais, dit Linda dont le regard s'illumina un très court instant. J'ai une fille de cinq ans, elle s'appelle Sheryl. »

Tony lui prit les mains et, d'un froncement de sourcil, posa la question implicite.

« L'histoire n'a pas duré. »

Ce fut presque une confirmation.

« Mais ma fille est magnifique, tu verras. En partant d'ici, on peut aller la chercher pour l'emmener à l'école.

— Elle n'habite pas avec toi ?

— Si, mais comme je voulais venir tôt ce matin faire mes adieux à M. Hammett, elle a passé la nuit chez... un ami. »

Tony acquiesça, il l'accompagnerait, sans compter qu'il avait quelque chose à lui proposer :

« Tu as beaucoup de travail ? »

Linda répondit qu'elle faisait des ménages et qu'elle s'en sortait parce qu'elle n'avait pas de loyer à payer. En plus, les vendredis et samedis, elle travaillait dans un restaurant italien, en cuisine.

« Tu voudrais venir chez moi deux jours par semaine ? Pas faire le ménage. Juste la cuisine, et un peu de repassage si tu veux : regarde l'état de cette chemise... »

Elle sourit en secouant la tête :

« Tu n'as pas à t'en faire pour moi, Tony. Je m'en sors, je n'ai besoin de rien.

— Mais moi, à l'inverse, j'ai besoin de toi, dit-il sur un ton grandiloquent. À dire vrai, je ne suis venu aux funérailles que pour te voir, parce que tu pourrais m'être d'une grande aide pour un travail de recherche que j'ai commencé. Je voudrais t'enregistrer. »

Au début, Linda ne comprit pas, mais après que Tony eut fait signe à la serveuse et qu'ils se furent mis en chemin - elle avait consulté sa petite montre au moins deux fois -, le jeune homme lui expliqua de quoi il s'agissait :

« Tout ce que tu as à faire, c'est parler devant un magnétophone, juste pour moi.

— Qu'est-ce que tu veux que je te raconte ?

— Ta vie. »

Elle ouvrit de grands yeux. Ils sortirent dans le froid.

« Qui ça pourrait bien intéresser ?

— Moi, dans le cadre de mon travail. On appelle ça un *récit de vie*, c'est une nouvelle méthode d'aborder les sciences sociales : faire parler des gens qui ont des choses intéressantes à raconter.

— Tu veux m'étudier, moi ?

— Non ; ou plutôt oui, d'une certaine façon... Mais pas seulement toi. »

Tony mit son bras autour de ses épaules, il voulait la protéger du froid et peut-être aussi éloigner toute sorte de méfiance.

« C'est anonyme, tu sais, ton identité est protégée. C'est un professeur à moi qui a commencé, un anthropologue du nom de Lewis, Oscar Lewis. L'idée est de recueillir directement les expériences des gens avec leurs propres mots. C'est quelque chose qui vient en amont des études interprétatives habituelles, c'est bien plus respectueux et intéressant. Tu comprends ?

— Hein ?

— Est-ce que tu comprends ce que je voudrais faire ? »

Elle acquiesça sans trop de conviction.

« En plus, c'est payé, dit-il en souriant. Tu viens t'occuper de l'appartement, je mange autre chose que des pizzas, et par-dessus le marché tu te fais quelques dollars rien qu'en t'asseyant une ou deux heures par jour devant le magnétophone. »

Ils gardèrent consciencieusement le silence pendant quelques minutes. Le froid redoublait et la récente neige rendait glissants les trottoirs humides.

« Je me demande bien comment tu en es venu à t'intéresser à un truc pareil », dit soudain Linda. Elle faisait en parlant de petits nuages de vapeur.

« C'est à cause de Dash. Au fond, tout est toujours sa faute. Une fois, il a parlé d'une tribu, les Cœurs d'Alène. Comme il n'a jamais eu le temps, l'envie ou la volonté de me raconter l'histoire, et qu'il ne m'a pas dit à quoi ce nom correspondait dans sa vie, on pourrait dire qu'il m'a poussé à mener mes propres recherches. C'est toujours ce qu'il y a de mieux à faire, Linda.

— Il était comme ça, M. Hammett : il jouait à me faire peur avec la bombe atomique mais il était le seul à savoir combien de cuillerées de sucre je mettais dans mon café ou à connaître ma pointure. C'est tellement triste, ce qui est arrivé… »

Ils traversèrent la rue, aussi convaincus l'un que l'autre.

« C'est là-bas, là où il y a marqué Oregon Trail, dit Linda en désignant un drugstore avec un reste de neige sur son auvent vert. Tu vas voir comme elle est belle, ma Sheryl.

— Je n'en doute pas. Allons-y. »

Mais Linda retint Tony par la manche de sa veste.

« Attends. Passe juste la tête. Je veux que tu voies avec qui elle est. »

Tony essaya de voir à travers la vitre du magasin mais elle était couverte de buée. Il ouvrit alors la porte, juste le nécessaire pour jeter un coup d'œil, et c'est alors qu'il les vit. Ils se tenaient de profil, face au présentoir des sucreries. La petite portait un manteau rouge et un bonnet de laine jaune enfoncé jusqu'à ses grands yeux brillants. Elle riait de toutes ses dents et, à cause de ses gants, n'arrivait pas à retirer le papier du bonbon qu'elle tenait dans les mains. L'homme, encore jeune et athlétique, robuste, tête nue et vêtu d'un manteau sombre sans doute pas assez chaud, se pencha pour l'aider en lui parlant avec douceur. Ce faisant, il jeta brièvement un regard interrogateur vers la porte par où venait d'entrer une rafale de vent glacé. Tony la referma.

« Quand est-il revenu ?

— Il doit y avoir deux ans, mais on n'a repris contact que depuis quelques mois, dit Linda sans expression. C'est lui qui m'a appelée, on se fréquente un peu. Il est très affectueux avec Sheryl, mais je ne sais pas…

— Il veut que vous vous remettiez ensemble ?

— Oui, mais il est devenu bizarre : il dit qu'il a été partout mais qu'il n'avait nulle part où rentrer. Il a refusé d'assister aux funérailles, aujourd'hui, il ne voulait pas voir M. Hammett dans un cercueil. Il ne lui a pas rendu visite de son vivant, alors aller le voir maintenant reviendrait à l'espionner à son insu, voilà ce qu'il m'a dit. Il a honte. Moi, je crois plutôt qu'il avait peur de tomber sur certaines personnes. Tu te souviens du type à la Studebaker, celui qui l'avait emmené avec lui ? Il est de retour. »

Tony lui prit le bras.

« Entrons, il fait froid. »

Et juste après, la poignée de la porte en main : « Tu crois que Donald accepterait que je l'enregistre ?

— Je ne sais pas.

— Il était où, tout ce temps ? Au Brésil ?

— Quelque part par là, dit-elle. Viens. »

Linda entra et Tony suivit à un ou deux mètres. Il esquissa un sourire qui resta en suspens. C'était peut-être la surprise, ou alors les quelques secondes qu'il lui avait fallu pour le reconnaître, mais il lui sembla que, discrètement, imperceptiblement, Donny Brown s'était mis en garde.

Buenos Aires, juillet 1984 - mars 2017

DU MÊME AUTEUR

Aux Éditions Gallimard

LE SENS DE L'EAU, Série Noire, 1999
DU SABLE DANS LES GODASSES, Série Noire, 1995
MANUEL DES PERDANTS, Série Noire, 1993

DANS LA MÊME COLLECTION

RON RASH, Plus bas dans la vallée
PATRICK PÉCHEROT, Pour tout bagage
SÉBASTIEN RUTÉS, Pas de littérature !
JEAN-BERNARD POUY, En attendant Dogo
ELSA MARPEAU, L'âme au fusil
TIM WINTON, La cavale de Jaxie Clackton
SHELBY FOOTE, Tourbillon
CAROLINE DE MULDER, Manger Bambi
SHELBY FOOTE, September September
SÉBASTIEN RUTÉS, Mictlán
RON RASH, Un silence brutal
WILLIAM GAY, Stoneburner
HERVÉ PRUDON, Nadine Mouque

Direction artistique : Anne Lagarrigue
Maquette de couverture : Martin Corbasson

Composé en Greta Sans, Caponi Text et Times Europa
Achevé d'imprimer en octobre 2022
Imprimeur : Normandie Roto Impression s.a.s.
Numéro d'impression : 2204847
Dépôt légal : octobre 2022
ISBN : 978-2-07-290467-7/Imprimé en France

369749

LA NOIRE

LA NOIRE
LA NOIRE
LA NOIRE
LA NOIRE
LA NOIRE
LA NOIRE

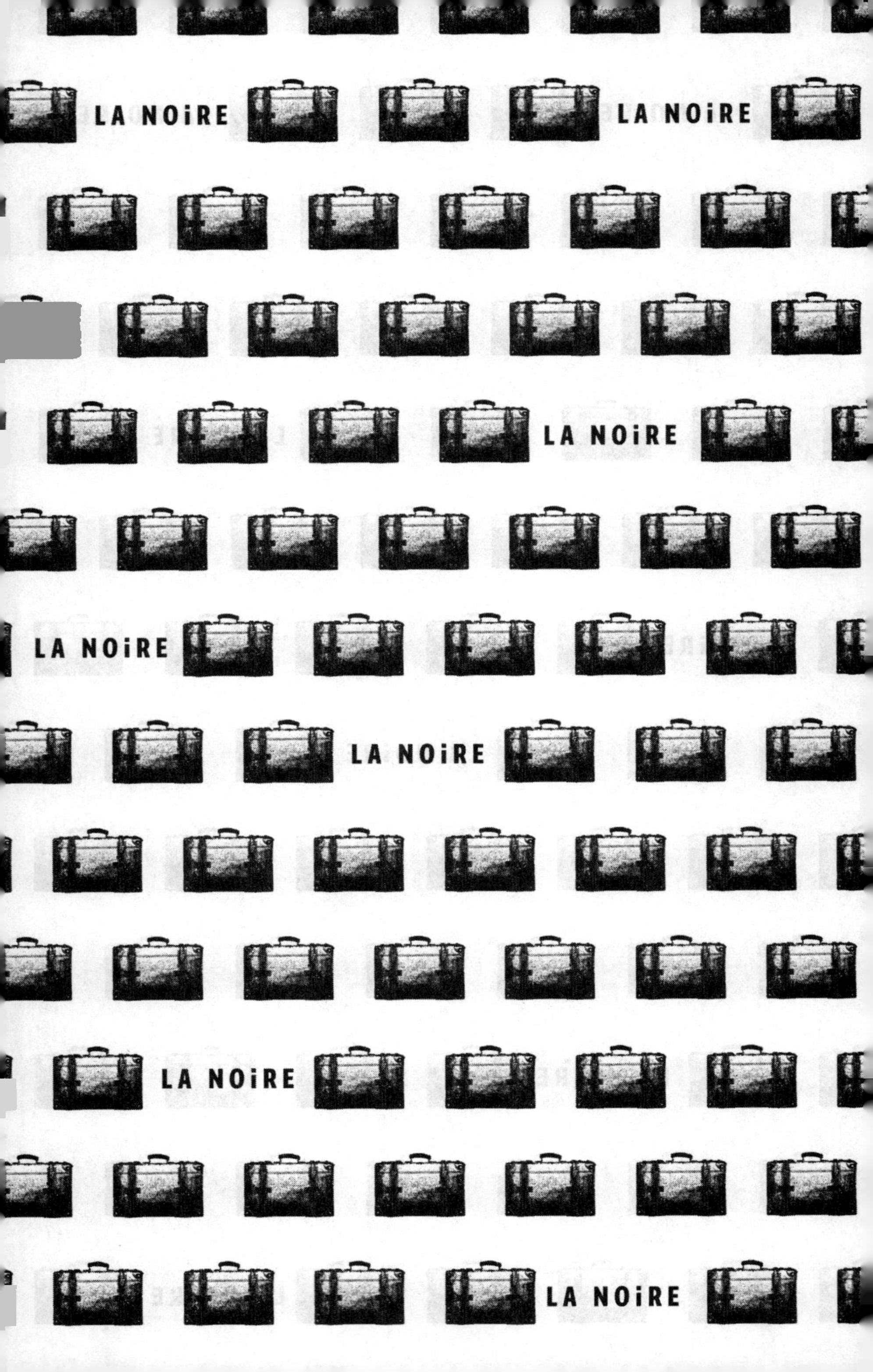
LA NOiRE
LA NOiRE
LA NOiRE
LA NOiRE
LA NOiRE
LA NOiRE
LA NOiRE